官場現形記 下

李伯元　撰
張素貞　校注
繆天華　校閱

三民書局

回目

下冊

第三十一回　改營規觀察上條陳　說洋話哨官遭毆打

話說：冒得官回家之後，囑咐太太把女兒裝扮停當，又收拾了一間房屋，將家中上下人等，統通交代清楚。他自己一路出來，先送信給統領的小戈什，託他「務必將此事拉攏成功，感德匪淺！」自己卻躲在一個朋友家去過夜。

卻說：統領向例，每天這頓晚飯，是從不在家吃的，託名在外面應酬；其實是天天在秦淮河裏鬼混。這天到了下午，仍舊坐轎出門，先在船上打牌，又到釣魚巷裏吃酒。約摸應酬到十一點多鐘，畢竟心上有事，便先吩咐打轎回去。小戈什的心上明白，預先叮囑轎夫，叫他把轎子一直擡到冒得官的公館跟前，打門進去。羊統領假充吃醉，跟了進來。此時冒家上下，都是串通好的。當把他一領領到小姐房中，眾人一鬨而出。統領等房中無人，才上前同小姐勾搭。聽說這一夜裏，總共問了冒小姐不少的話；冒小姐只是不答，同啞子一樣。羊統領以為他是害羞，所以並不在意。

良宵易過，便是天明。羊統領正在好睡的時候，忽聽得大門外有人敲門，打的震天價響。隨後接著，有人出來開門。聽這來的人，分明是個男人聲氣。羊統領雖然是個偷花的老手，到了此時，不禁心中害怕起來，生恐是小戈什誤聽人言，以致落了他們的圈套。連忙骨碌從牀上爬起，察看動靜。聽了聽，只聽得房間外面，有人低聲的說話。於是羊統領格外疑心，正想穿起長衣，輕輕拔去門閂，拿在手中，預備當作兵器，可以奪門而出。說時遲，那時快，羊統領在裏面各事停當，走到門前，又側著耳朵聽了一聽，誰知反無動靜。於是心上更為驚疑不定，想要開門，一時又不敢去開，只得呆呆站立在門內。

約摸站了有兩刻鐘之久，冒小姐亦業已披衣下牀。此時冒小姐嵩睡初醒，花容愈媚。羊統領越看越愛，不禁看出了神，忘其所以，輕輕說得一句道：「天還早得很，為什麼不再睡一會兒？」冒小姐亦不理他。卻不料這一問，早被門外一個人聽見，用手指頭，輕輕把門叩了兩下，亦說道：「天還早得很，統領為什麼不再睡一會兒？」羊統領一聽門外有男人說話，這一嚇非同小可。但是說話的聲音很熟，一時想不起是誰，怔在那裏，半天喘不出氣來。還是冒小姐爽快，連忙邁步走近門前，伸手將兩扇門豁琅一聲，拉了開來，說了聲：「有話讓你們當面講。」

羊統領起初，還當是小姐過來拉他的，卻不料有此一番舉動。房門開處，朝外一望，只見一個男人直僵僵的，朝著房門，跪著不動，那人低著頭亦看不出面貌。羊統領滿腹狐疑，更是摸不著頭腦。正在兩難的時候，幸虧門外跪的人，先開口道：「沐恩在這裏伺候老帥。難得老帥賞臉，沐恩感恩匪淺！」說完這兩句，擡起頭來，聽統領吩咐話。羊統領仔細一看，認得他是冒得官，直弄得毫無主意。只聽得冒得官又說道：「丫頭還不過來，幫著我求求統領！」一言未了，他女兒亦跪下了。羊統領至此，方才恍然大悟。見他們跪著不起，知道沒有歹意。急忙的一手去拉冒得官，一手去拉小姐，嘴裏說道：「你們這番好意，我都曉得。此刻我要回去，彼此心照就是了。」冒得官起來之後，又請一個安，說道：「全仗老帥栽培！」其時臉水和點心，都已齊備。羊統領只揩了一把臉，立刻要走。冒得官父女兩個，拉著抵死不放，定要統領吃過點心再去。羊統領無奈，只得每樣夾了一點吃了，方才走的。冒得官又趕出門外，站過出班，方才進來。

自此以後，羊統領便天天到冒家走動。又過了兩日，卻把冒得官傳了去問個仔細。見了制臺，替他竭力的洗刷。制臺一心修道，還來不及，那裏有工夫管這閒事，便也不去追問。統領回來，便借了一樁事，把朱得貴的差使撤掉還不算，又要斥革他的功名，辦他的遞解。朱得貴急了，到處託人替他求情。冒得官便挺身而出，說：「我去替你求求。」見了統領，鬼混了一陣。統領非但不革他的功名，並且還賞他一封信，叫他到四川良大人標下去當差。一個好人，全做在冒得官身上。這朱得貴非但不恨他，而且還感激他。這便是狡猾人的作用。

* * *

話分兩頭。且說：羊統領在江南久了，認識的人亦就漸漸的多了。而且他南京有買賣，上海有買賣，都是同人家合股開的。便有他現在南京一爿字號裏做擋手的一個人，其人姓田號子密，是徽州人氏；這人生的又矮又胖，但是頭髮不多，背後卻拖了一根極細極短的辮子；因此眾人就送他一個表號，叫田小辮子。做了十幾年擋手，手裏著實有錢，近來忽然官興發作。羊統領便勸他道：「如要做官，捐個同通，到江南來，有我的面子，無論那個道臺跟前託託，差使是一定有的。」無奈田小辮子在南京住久了，碰來碰去的官，道臺居多；他便有心爬高，官小了不要做，一定要捐道臺。他自己拿錢捐官，朋友是不好止住他的，只好聽其所為。等到上兌之後，便把店中之事，料理清楚，又替東家找了一個人接手，他便起身進京引見。

他東家往來的人，都是官場，他在官場登久了，而且一心一意，又酷慕的是官，官場的規矩，應該是在行的了。誰知大謬不然。不要說別的，單說他進京引見的時候，有人請他上館子吃飯。他到的晚了，大夥兒已入了座，還有叫的條子，亦在那裏。他進門之後，見了人就作揖，見了相公❶亦是作揖。後來人家問他：「怎麼你見了相公，要如此恭敬？」他說：「我看見他們穿著靴子。我想起我在南京的時候，那些局子裏當差的老爺們，都是天天穿著靴子的。我見了他們，疑心他們是部裏的司官老爺，才從衙門裏下來。他們做京官的，是不好得罪的。橫豎禮多人不怪，多作兩個揖，算得什麼。」自己做錯了事，人家說說他，他還不服。諸如此類的笑話，也不知鬧出多少。

等他到省之後，齊巧這江南的藩司，糧道，鹽道，統通換了新人，他一個也認不得。這天大早，頭一個上制臺衙門，到了司道官廳上。人家是曉得制臺脾氣的，總要打過九點鐘，才上衙門。他一進官廳，就在炕上頭一位坐下。後來等等大家不來，他便不耐煩，獨自一人，坐在炕上打盹，穿著簇新的蟒袍補褂，身子一歪，就睡著了。睡了一會，各位候補道，也有有差使的，也有沒有差使的，霎時間絡絡續續，來了五六十位。號房看見，別位大人來到，方才把他推醒。他一隻手揉眼睛，卻拿一隻手滿身的亂抓，說是炕上有臭蟲，把他咬著了。說話間定睛一看，一見來了許多人，把他嚇了一跳，幸虧全是候補道，其中也有認得的，也有不認得的。連忙下炕，一一招呼。

招呼之後，正待歸坐，卻見一個人走了進來，也是紅頂，花翎，朝珠，補褂。他卻不認得這人是誰，見了面，一揖之後，忙問的：「貴姓？」那人道：「姓齊。」接下來又問：「台甫？」旁邊走上來一位候補道，是羊統領的熟人，曾經託過他，招呼田小辮子的。這位候補道，忙把田小辮子一拉，說了聲：

❶ 相公：伶人之別稱。

「這是方伯。」田小辮子連忙應聲道：「原來是方翁先生，失敬失敬！」藩臺也不理他，逕自坐下。

這個當口，外面又進來一個人，大家都認得是兩淮運使，新從揚州上省稟見的。眾人見了，一齊都招呼過。獨有田小辮子，又頂住問：「貴姓？台甫？」運司說了。接著又問：「貴班？」運司亦看出他是外行，便回了聲：「兄弟是兩淮運司。」誰知田小辮子不聽則已，及至聽了「運司」二字，那副又驚又喜的情形，真正描畫不出；陡然把大拇指頭一伸，說道：「啊喲！還了得！財神爺來了！」大眾聽了他的話，都為詫異，就是那位運司亦楞住了。只聽得田小辮子說道：「你們想想看，兩淮運司的缺有名的，是：一個鐘頭進來一個元寶，一個元寶五十兩；一天一夜二十四個鐘頭，就是二十四個元寶，二十四個元寶，就是一千二百兩；十天一萬二千兩，一個月三十天，便是三萬六千兩；十個月三十六萬，再加兩個月七萬二，一共是四十三萬二。呵唷唷，還了得！這們一個缺，只要給我做上一年，就儘夠了。」

他正說得高興，忽然旁邊有他一個同寅插嘴道：「有如此的好缺，怎麼給人家做，人家還不肯做呢？」眾人忙問：「給誰誰不要？」那人說道：「就是那個唐什麼先生，不是有旨意放他這個缺，他一定要辭不做嗎？」又一個人說道：「唐某人呢，本來是個大名士。做名士的人，不免就把銀錢看輕些，任他是什麼好缺，也都不在他心上；而況現在的這個運司缺，亦比以前差了許多。」田小辮子道：「任他缺分如何壞，做官的利息，總比做生意的好些。」眾人見他說的窮形盡致，也不理他。

停了一刻，約摸已有十點打過，制臺在老祖前應做的功課，一一停當，方才出外見客。頭一班司道進見，田小辮子是初次稟到的人，於是隨著一同進去。見了制臺，一切禮節，全是隔夜操練好的，居然還沒有大錯。不過一件毛病不好，是：愛搶說話，無論制臺問到他不問到他，他都要搶著說。幸虧這位制臺，是位好好先生，倒也並不動氣。見過一面之後，第二天藩司上院，就說他的壞話，說他是生意人出身，官場上的規矩，都不懂得。制臺道：「還好，尚不失他的本色，這種人倒是老實人，是不會說假話的。而且他在南京年代多了，有些外頭的事情，我們不曉得，倒好問問他。究竟他還沒有沾染官場習氣，諒來不敢蒙蔽我們。」藩臺見制臺如此，亦沒有別的說了。等到公事回完，只好退了下來。

* * *

第三天又一同上院，湊巧同見的是營務處上的一位道臺，制臺朝著這位道臺說道：「現在營制太不講究，就以羊某人所帶的幾營而論：有一營一半是德國操，一半是英國操；又一營全是德國操，忽然當中羼了些長苗子。這長苗子是我們中國原有的，如今羼在這德國操內，中又不中，外又不外，倒成了一個中外合璧。我兄弟年紀大了，有些小事情怕心煩，總要諸位費心幫幫忙。羊某人也是馬馬虎虎的，你們總得說說他才好。還有此一件習氣最不好：我每逢看見，街上有些兵，都把洋槍倒掮在肩膀上，那一頭也有拴著一把雨傘的，也有掛一雙釘鞋的，真正難看。」制臺說到這裏，那個營務處道臺，還沒有答話，田小辮子搶著說道：「不瞞大帥說，職道在敝居停羊某人營裏，看得多了，德國操的洋槍，都是倒掮的，大帥倒不必怪他。」

制臺聽了，也不去理他，只同那個營務處上的道臺說話；一會又說道：「新近有個大挑知縣，上了一個條陳，其中有些話，都是窒礙難行。畢竟書生之見，全是紙上談兵，這些營務事情，如非親身閱歷，決不能言之中肯。」田小辮子又插嘴道：「職道跟敝居停羊某人相處久了，有年職道同敝居停談起這件事，職道擬過幾條條陳，很蒙敝居停說好，明天倒要抄出來，送給大帥瞧瞧。」制臺道：「你有什麼見解，儘管寫出來。」田小辯子又答應了：「是。」

等到院上下來，便把從前在店裏專管寫信的一位朋友，請了來，同他商議。他自己拿嘴說，那個朋友拿筆寫。寫了又寫，改了又改，足足弄了十六個鐘頭，好容易寫了一個手摺，其中又打了幾個補釘。到了次日上院，齊巧這日，制臺感冒，止轅不見客。田小辯子撩了一個空，心中甚是不快活，便同巡捕官說道：「我是來遞條陳的，與別位司道不同；老帥既不出來見客，可以帶我到簽押房裏獨見的。」巡捕官說：「老帥今天連老祖跟前的功課都沒有做，此刻剛正吃過藥，蒙著兩條棉被，在那裏出汗。早有過吩咐，統通不見。請大人明天再過來罷！」田小辯子無奈，只得悶悶而回。

誰知制臺一連病了五天，就一連止了五天轅門，田小辯子要見不能見，真把他急得要死。到了第六天，制臺的病稍為好些；因江南地方大，事情多，不好不出來理事。於是有兩三個跟班扶持著，勉強出來會客。田小辯子跟了一班司道進見。自然是藩臺同著鹽糧二道說話，問：「老帥今天可大安了？」制臺道：「病是好了；不過覺著沒氣力。到了我這樣的年紀，算算不大，怎麼一病之後，竟其如此無用？」別人尚未開口，田小辯子先搶著道：「老帥白天忙，晚上忙，早晨有早晨的公事，夜裏有夜裏的公事，人有多少精神，禁得起如此折磨呢！老帥總要保養保養才好。」他說的原是真話。不料這位制臺上房裏一共有十一個姨太太，聽了他話，一時誤會了意，沉吟了半晌，忽然說道：「老兄的話很不錯。但是兄弟姬妾雖多，這兩年因為常常在老祖跟前當差，一直是齋戒的，怎麼還會生病？」田小辯子連忙接口道：「職道說的公事，是老帥天天辦的公事；並不是……」說到這裏也咽住了。制臺見他說話莽撞，心裏好不自在，半天不響。

正想端茶送客，忽然田小辮子站起來，從袖筒管裏，掏出一個手摺，雙手奉上制臺，說道：「這是上回老帥吩咐擬的條陳，職道已經寫好了五六天了。帶來請老帥過目。」制臺說了半天的話，早已力倦神疲，恨不得他們即刻出去，好到上房歇息。偏偏田小辮子要他看條陳，他要待不看，無奈他是好好先生做慣的了，一時又放不下臉來。只好打起精神，把手摺接了過來，掙扎著大略看了一遍；兩手拿著手摺，禁不住瑟瑟的亂抖。

藩臺怕他勞神，便說：「老帥新病之後，不可勞神，條陳上的事情，過天再斟酌罷！」誰知田小辮子拉了藩臺袖子一把道：「兄弟這個條陳，是大帥五六天前頭吩咐的。」一面說，一面又跑到制臺面前，拿手指著條陳說道：「大帥，條陳不多，只有四條。大帥請看這第一條。」此時制臺正被他弄得頭昏眼花，又見他自己離位指點，毫無官體；本來就要端茶送客的，如今見他這個樣子，倒要看看他的條陳如何再講。但是頭裏發暈，雖然帶了眼鏡，也是看不清楚。便道：「你說給我聽罷！」

田小辮子一聽大喜，忙把手摺接了過來，雙手高捧站在地當中，高聲朗誦。未曾念滿三行，已經念了好些破句。原來替他做手摺的人，其中略為掉了幾句文，所以田小辮子念不斷句。制臺聽了不懂，便問大眾：「諸公懂他的話不懂？」各位司道都不言語。制臺道：「你老實講給我聽罷，不要念了。」

田小辮子便解說道：「職道的第一條條陳，是：出兵打仗，所有的隊伍，都不准他們吃飽。」制臺道：「還是要剋扣軍餉不是？俗語說的好：『皇帝不差餓兵』。怎麼叫他們餓著肚皮打仗呢？」田小辮子道：「大帥不知道。這裏頭有個比方：職道家裏養了個貓，每天只給他一頓飯吃。到了晚上，就不給他吃了，等他餓著肚皮；他要找食吃，就得捉耗子。倘或那天晚上給他東西吃了，他吃飽了肚皮，就去睡覺，便不肯出力了。現在拿貓比我們的兵，拿耗子比外國人，要我們的兵去打外國人，斷斷乎不可吃得全飽。只好叫他們吃個半飽，等到走了一截的路，他們餓了，自然要拚命趕到外國營盤裏搶東西吃。搶東西事小，那外國人的隊伍，可被我們就吵亂了。」制臺道：「不錯，不錯。外國人想是死的，隨你到他營盤裏搶東西吃。他們的炮火，那裏去了！我看倒是一個兵不養，等到有起事來，備角文書給閻王爺，請他把枉死城裏的餓鬼放出來打仗，豈不更為省事？」說完，哈哈一笑。

田小辮子雖聽不出制臺是奚落他的話，但見制臺的笑，料想其中必有緣故。於是臉上一紅，說道：「這個道理，是職道想了好幾天，悟出來的。」制臺聽他說的話開味，便也不覺勞乏，反催他說道：「第一條，我已懂的了。你說第二條。」田小辮子見制臺要聽他條陳，更把他喜得了不得，連忙說道：「前頭第一條講的是陸師。這第二條講的是炮臺。現在我們江南頂吃重的是江防要緊，口子上，都有炮臺。這炮臺上的大炮，是專門打江裏的船的；職道有一個好法子，教這炮臺的兵，天天拿了大千里鏡，把這江裏的路看清。譬如：外國人的船，朝著西面來的，我們就架上大炮，朝著東面打去；倘若是朝著東面來的，我們就朝著西打去；這就叫『迎頭痛剿』，萬無一失。至如或南或北，都是如此。」制臺道：「炮臺上的炮，不打江裏敵船，打那一個；難道撥轉來打自己的人不成？至於炮臺上的人，原應該懂得點測量的，等到看見了敵船，東西南北，對準水線，要算準時刻，約摸船還未到的前頭，一秒鐘或兩秒鐘三秒鐘，就得把炮放出。等到炮子到那裏，卻好船亦走到那裏，剛剛碰上。自然是百發百中，萬無一失。天下那裏有但辨方向，不論遠近，向海闊天空的地方，亂開炮的道理？況且放一個炮，要多少錢，你也仔細算算沒有？」

田小辮子見制臺正言厲色的駁他，又當著各位司道面上，一時臉上落不下，只好分辯道：「職道所說的『迎頭痛剿』，原說的是對準了船頭，才好開炮。」制臺道：「等船頭對準炮門，已來不及了。等到炮子到跟前，那船早已走過，豈不又是落了空？總之：不懂得理，還是不要假充內行的好。」田小辮子被制臺駁的無話可說。於是臉上紅一陣，白一陣，一聲也不敢響。

此時制臺同他駁了半天，虛火上來，也有了精神了；索性叫他再把後頭兩條，逐一解說出來。田小辮子只得又吞吞吐吐的說道：「第三條是：為整頓營規起見，怕的是臨陣退縮，私自逃走，或者在外頭鬧亂子闖禍。照職道這個法子，就不怕他們了。」制臺道：「有什麼高明法子，倒要請教請教？」田小辮子道：「職道也不過如此想，可行不可行，還求大帥的示下。」制臺道：「快講，不要說這些廢話了。」田小辮子道：「凡是我們的兵，一概叫他們剃去一條眉毛。職道想：這眉毛，最是無用之物，剃了也不疼的；每個人只有一條眉毛，無論他走到那裏，都容易辨認。倘是逃走了，以及鬧了亂子，隨時拿到，就可正法。是斷乎不會冤枉的。」制臺道：「從前漢朝有個『赤眉賊』，如今本朝倒有了『無眉兵』了；真正奇聞！你快一齊說了罷！」

田小辮子只得又說道：「這第四條是：每逢出兵打仗的時候，或是出去打鹽梟，拿強盜，所有我們的兵，一齊畫了花臉出去。」制臺道：「畫了花臉，可是去唱戲？」田小辮子道：「兵的臉上，畫的花花綠綠的，好叫強盜看了害怕。他們老遠的瞧著，一定當是天神天將來了，不要說是打強盜，就是去打外國人，外國人從來沒有見過，見了也是害怕的。」制臺道：「你的法子很好，倒又是一個『義和團』了。」田小辮子把臉一紅道：「職道雖然沒有見過『義和團』，常常聽北邊下來的朋友，談起團裏的打扮，有些都學黃天霸的模樣。職道現在，乃是又換一個樣兒，是照著戲臺上打英雄的那些花臉去畫。無論什麼人見了，都要害怕的。」

田小辮子只圖自己說得高興，不提防制臺聽了他的條陳，竟其大動肝火，頓時啐了一口道：「呸！這樣放屁的話，也要當作條陳來上！你們諸公聽聽，傳出去，豈非笑談！江南的道臺都是如此，將來候補的一定還要多哩！」田小辮子還當制臺有心說笑話，同他嘔著玩耍，便亦笑嘻嘻的湊趣說道：「江南本來有個口號，是：『婊子多，驢子多，候補道多。』」制臺不等他說完，便接口道：「像你這樣的候補道，本來只好比比驢子，婊子，再稍微上等點的人，你就比不上。」其時藩臺等人，見制臺的話說的長遠了，恐怕他累著，又要犯毛病，上了年紀的人是經不起的，況且這位制臺，是忠厚慣的，今忽一旦動了真火；田小辮子又是個市井無賴，不曉得什麼輕重的；生恐他兩個人把話說僵，將來不好收場。於是不等端茶碗，便一齊站立告辭。制臺一面送他們，還一面數說田小辮子。此時田小辮子要強辯，也不敢強辯了，於是跟著大眾，一塊兒出去。

走到外面，將要上轎，便有他的相好，埋怨他這個條陳，今天是不應該上的。勸他的人，就是他的同寅趙元常，他便拉了趙元常袖子，自己分辯道：「我那裏有工夫上這撈什子。這原來是大帥他自己問我要的，他問我要，我怎麼好說不給他。而且條陳上不上在我，用不用由他，他也犯不著生這們大氣，拿人不當人。人家的官小雖小，到底也是個道臺，銀子一萬多兩呢！」趙元常見他的為人，呆頭呆腦，說的話，不倫不類，又想到制臺剛才待他的情形，恐怕事情不妙。

趙元常本是羊統領的知交，田小辮子到省，羊統領曾託過他說：「田小辮子是個生意人，一切規矩都不懂得，總得你老哥隨時指點指點他才好。」所以這趙元常才肯埋怨他，勸他不要多講話。後來他不服趙元常的話，趙元常也生氣，便趁空回了羊統領說：「田某人太不懂事，總得統領自己，把他叫來開導開導才好。」羊統領本來同他很關切的，當時一口應允說：「等我馬上關照他。」

＊　＊　＊

齊巧這日陰天，很有雨意。羊統領沒有事情做，便叫差官拿了片子，把一向同在一起的幾個道臺，什麼孫大鬍子，余藎臣，潘金士，糖葫蘆，烏額拉布，田小辮子，一共六人，又面約了趙元常，統通賓主八位，同到釣魚巷大喬家，打牌吃酒。趙元常因另有事情，說明白去去再來。羊統領卻自己坐了轎子，先去吃煙。這大喬同羊統領也有三年多的交情了。見面之後，另有副肉麻情形，難描難畫，一霎時親熱完了，所請的這七位大人，也陸續來了。

當下先打牌，後吃酒。卻不料那田小辮子田大人，新叫的一位姑娘，名字叫翠喜，是烏額拉布烏大人的舊交。烏額拉布，田小辮子今天是第一次相會；看見田小辮子同翠喜要好，心上著實吃醋。起初田小辮子還不覺得。後來烏大人的臉色，漸漸的白裏發青，青裏變白；他是旗下人，又是闊少出身，是有點脾氣的；手裏打的是麻雀牌，心上想的卻是他二人。這一副牌，齊巧是他做「莊」，一個不留神，發出一個「中風」，底家拍了下來。上家跟手發了一張「白板」，對面也拍出。其時田小辮子正坐對面，翠喜歪在他懷裏，替他發牌；一會勸田小辮子發這張牌，一會又說發那張牌，田小辮子聽他說話，發出來一張「八萬」，底家一攤就出。仔細看時，原來是「北風」「暗刋」，二三四萬「一搭」，三張「七萬」，一張「八萬」「等張」，如今翠喜發出「八萬」。底家數了數：「中風」「四副」，「北風」「暗刋」「八副」，三張

「七萬」「四副」，「八萬」「吊頭」不算，連著和下來「十副」頭，已有二十六副；一翻五十二，兩翻一百零四，萬字「一色」，三翻二百零八。烏額拉布做莊，打的是五百塊洋錢一底的「么二解」，「莊家」單輸這一副牌，已經二百多塊。烏額拉布輸倒輸得起，只因這張牌，是翠喜發的，再加以醋意，不由得「怒從心上起，惡向膽邊生」，頓時拿牌往前一推，漲紅了臉說道：「我們打牌四個人，如今倒多出一個人來，看了兩家的牌，發給人家和；原來你們是串通好了，來做我一個的。」

翠喜忙分辯道：「我又不曉得下家等的是『八萬』，你『莊家』固然要輸，田大人也要陪著你輸。」烏額拉布道：「自然要輸，你可曉得你們田大人不是『莊』，輸的總要比我少些？」翠喜道：「一個老爺，不是做一個姑娘，一個姑娘，不是做一個老爺。什麼我的田大人？你們諸位大人聽聽，這話好笑不好笑？」田小辮子看見烏額拉布同翠喜搗蛋，心上已經不願意。他本是個草包，毫無知識的人，聽了翠喜的話，便也發話道：「中正街的驢子，誰有錢誰騎。烏大人，你不要這個樣子！」烏額拉布見田小辮子說出這樣的話來，便也惱羞成怒，伸手拿田小辮子兜胸一把，那一隻手，就想去拉他的辮子。幸虧糖葫蘆眼睛快，說道：「別的好拉，他的辮子，是拉不得的，共總只賸了這兩根毛，拉了去就要當和尚了！」烏額拉布果然放手。說時遲，那時快，田小辮子也拉住烏額拉布的領口不放。只聽得田小辮子罵烏額拉布「烏龜」；烏額拉布亦罵田小辮子「田雞」。田小辮子道：「我做『田雞』，總比你當『烏龜』的好些。」當下你一句，我一句，兩人對罵的話，記也記不清。

這日打牌的人，共是兩桌。大眾見他二人扭在一處，只得一齊住手，過來相勸。其時外邊正下傾盆大雨，天井裏雨聲，嘩喇嘩喇，鬧的說話都聽不清楚。大家勸了半天，無奈他二人總是揪著不放。烏額拉布臉上，又被田小辮子拿手指甲挖破了好兩處，雖然沒有出血，早已一條條都發了紅了。羊統領雖然是武官，無奈平時酒色過度，氣力是一點沒有的，上前拉了半天，絲毫拉不動二人。又想：「倘或被他二人一個不留神，誤碰一下子，恐怕吃不住。」便自己度德量力，退了下來。後來好容易，被孫大鬍子，趙元常一干人，將他倆勸住的。

烏額拉布坐定之後，方覺得臉上火辣辣的發疼；及至立起，走到穿衣鏡前一看，才曉得被田小辮子挖傷了好幾處。明天上不得衙門，見不得客，心上格外生氣。一面告訴別人，一面立起身來，想找田小辮子報復。其時田小辮子已被趙元常等，拖到別的屋裏去坐。烏額拉布見找他不到，於是又頓著腳罵個不了。羊統領道：「烏大哥臉上的傷，可惜是田小辮子挖的，倘或換在相好身上，是相好挖的，弄得這個樣兒，烏大哥非但不罵他，而且還要得意呢！」說的大家嗤的一笑。其時天已不早，外面雨勢雖小了些，依舊淅淅瀝瀝下個不了。羊統領便吩咐擺席。正要叫人去請田，趙二位大人，只見趙元常獨自一個進來，說田小辮子不肯吃酒，一個人溜回去了。羊統領只好隨他。於是大家入坐，商議著明天上院，叫人替烏額拉布請了三天感冒假，好在釣魚巷養傷。

* * *

席面上正說著話，忽見外面走進四五個人來。為首的渾身拖泥帶水，用一塊白手巾紮著頭，手巾上還有許多鮮血。走進門來，一見統領，便拍託一聲，雙膝跪地，口稱：「軍門救標下的命！」羊統領一見之下，不覺大驚失色，心上想：「剛才他們打架的時候，並不見他在內。怎麼他的頭會打破？」

正在疑疑惑惑，又聽那個人說道：「標下伺候軍門這多少年，從來沒有誤過差事，就是誤了差事，軍門要責罰標下，或打或罵，標下都是願意的。如今憑空裏添了個外國上司，靠著洋勢，他都打起人來，這還了得！標下是天朝人，雖說都司不值錢，也是皇上家的官，怎麼好被鬼子打？標下今年活到毛六十歲的人了，以後這個臉，往那裏擺？總得求求軍門，替標下作主！」說罷，又碰了幾個頭，跪著不起來。羊統領還不明白他的說話，便問：「你到底是做什麼的？你說在我這裏當差，怎麼我不認得？你是好好一個人，怎樣會給外國人打？總是你自己不好，得罪了他了。」那人道：「標下在新軍左營當了十八年的差，軍門有時出門，或者回來，標下跟著本營的營官接差送差，軍門的面貌，早已看熟的了。平時沒有事，標下又夠不上常到軍門跟前，伺候你老人家，軍門那裏會認得標下呢？至於外國人那裏，標下算得忍耐的了，他說外國話，標下也學他說外國話對答他，並沒有說錯什麼。他搶過馬棒，就是一頓。現在頭上，已打破了兩個大窟窿，流了半碗的血。軍門不替標下作主，標下拚著這條老命不要，一定同這鬼子拚一拚。」

其時檯面上的人，算孫大鬍子公事頂明白；聽了那人的話，沒頭沒腦，心上氣悶得很，急忙插嘴問道：「你到底是誰？叫個什麼名字？怎麼會同外國人在一塊兒？說明白了，好叫你軍門大人替你作主。」羊統領到此，亦被孫大鬍子一言提醒，幫著催他快說。又見那個人回道：「標下叫龍占元，是兩江儘先補用都司，現在新軍左營當哨官。五天頭裏，標下奉了營官的差遣，同了本營的翻譯，到下關迎接本營的洋教習。那知一等等了五天，連個影子都沒有。偏偏今天下大雨，標下以為下雨，那外國人總不會來了；正因等得不耐煩，就跑到一個朋友家去躲雨。那曉得正是下大雨的時候，輪船正攏碼頭，標下聽見輪船上放氣，趕緊跑到躉船上去看，只見外國人站在那裏生氣，說：天下雨，把他行李弄潮了。諸位大人想想看，是天下雨，濕了他的行李，又不是人家弄潮他的。標下因為他是外國人，制臺大人尚且另眼看待；標下算得什麼東西，當時就趕緊上前周旋他。他一連問下幾句話，標下又趕緊的答應他。不料標下周旋他，倒周旋壞了，他咭咧呱啦說的是些什麼話，標下是一句不懂。他已經動了氣，拿起腿來，朝著標下就是兩腳。標下說：『有話好說，你犯不著踢人。』他也不聽見，順手就把標下手裏的馬棒，搶了過去，一連拿標下打了十幾下子，以致把頭打破。標下說的句句真言，諸位大人不相信，現今翻譯同了標下同來，他就是個見證。」

說到這裏，跟他來的人當中，便有一個衣服穿的略為齊全的，走上來，朝著羊統領打了一個扦，自稱他是營裏的翻譯，一向少來替軍門請安；今天是被龍占元龍都司拉了來，替他做見證的。羊統領見他打扦，也只把身子略欠了一欠，仍舊坐下。問他道：「怎麼好端端的，會叫洋教習打他？洋教習說些什麼？他是怎麼回答的？」這翻譯便湊前一步道：「回統領的話：龍都司實實在在被洋人打的可不輕，頭都打破。他說的話，一字兒不假，至於他為了什麼捱打，卻要怪他自己不會說話。」羊統領道：「是啊！外國人斷乎不會憑空打他的，總是他自己不好。」此時龍占元跪在地下，聽見翻譯說他不是，統領怪他不好，直把他氣的臉紅筋脹，昂著頭，撅著嘴，一個人賭咒。

羊統領也不理他，便催翻譯快說。翻譯回道：「千不是，萬不是，總是老天爺今天下雨的不是。如果不下雨，洋人的行李不會弄潮，就沒有這場事了，偏偏輪船攏碼頭，偏偏下了大雨，那洋人的行李，從輪船上搬到躉船上，雖然一跨就過；搬行李的人，又沒有拿傘，不免弄潮了些。洋人的脾氣，亦實在難說話；到了躉船上，就跳著腳罵人。等他罵過一會子，沒有人在他面前，他也只好罷手。齊巧龍都司要去討好，上去同他拉手，周旋他。那洋人的脾氣，是越扶越醉的，不理他倒也罷了；理了他，他倒跳上架子了。龍都司同他拉手，他不同他拉，卻把他的手一推，瞪著眼睛，打著外國話問他。你不會外國話，不理他也就罷了；偏偏這位龍都司又要充內行，不曉得從那裏學會的，別的話一句不會說，單單會說『也司』一句。洋人打著外國話問他：『你可是來接我的不是？』龍都司接了一聲『亦司』。洋人又問：『既然派你來接我，為什麼不早來？你可是偷懶不來？』龍都司又答應了一聲『亦司』。洋人聽了他『亦司亦司』，心上愈覺不高興，又問他道：『你不來接我，如今天下雨，你可是有心要弄壞我的行李不是？』這時候，我們懂得外國話，都在旁邊替他發急。誰知他不慌不忙，又答應了一聲『亦司』。洋人可就不答應了，他手裏本來有根棍子的，舉起棍子兜頭就打；誰知用力過猛，棍子一碰就斷。彼時洋人氣不過，一面嘴裏罵他，一面就伸手把他手裏的馬棒奪過來，沒頭沒腦就是一頓。等到頭已打破，他嘴裏還在那裏『亦司亦司』，真正把我們旁邊人氣昏了。後來好容易，把洋人勸開。等到雨下小些，叫了馬車連人連行李，一齊替他送回家去。我們這裏，大家都怪龍都司說：『你同洋人說話，怎麼只管說「亦司亦司」一句？如今為這「亦司」上，可就吃了苦了。』我們說話，他還不服，說：『我們官場上，向來是：上頭吩咐話，我們做下屬的人，總得「是是是」，「喳喳喳」，如今我拿待上司的規矩待他，他還心上不高興，伸出手來打人，真正是豈有此理！』現在洋人已經回家去了。龍都司因為捱了洋人的打，而且頭亦打傷，心上不甘，特地奔到軍門公館裏喊冤。到了公館裏，曉得軍門在這裏，所以又趕了來的。」

羊統領聽完了一席話，不禁緊鎖雙眉，把頭搖了兩搖，說道：「我就曉得你們這些人，不安本分，專門替我惹亂子。好端端的外國人那裏，你又去得罪他做什麼？」龍占元道：「標下怎敢得罪外國人！他打標下，卻是打得不在理。」羊統領道：「你要怎樣？」龍占元道：「求大人伸冤。」羊統領尚未答言。畢竟孫大鬍子老奸巨猾，忙替羊統領出主意道：「人已經被外國人打了，你有什麼法子想，你去替他伸冤，終究是我們自己人不好，他不去躲雨，輪船一到，他就把外國人接了下來，自然沒得話說。如今是他自己誤了公事，反說外國人不講情理，這場官司，就怕打到制臺跟前，非但打不贏，而且還要弄出交涉重案。我們現在是『今朝有酒今朝醉』，『做一天和尚撞一天鐘』。人已打了，外國人不來問你的信，總算有你的臉了。如今反要生出是非來，我看很可不必！」

一席話，提醒了羊統領，立刻把臉一沉，朝著龍占元發話道：「本營營官派你去接洋教習，沒有叫你去躲雨；你偷著去躲雨，以致外國人的行李，沒人照應，自然要弄潮的了。這要怪你自己不好，外國人打你是應該的。以後當差使，這樣的誤事，還了得！」一面說，一面回頭吩咐同來的翻譯，叫他回去同營官說，叫他另外派人。「這龍哨官，我非但撤去他的差使，而且還要重辦，以為妄言生事者戒。」翻譯聽了羊統領的吩咐，只好答應著。可把龍占元急死了，跪在地下，叩頭如搗蒜，口稱：「軍門開恩，標下以後不敢生事了。如今也不求伸冤了。」羊統領道：「你們眾位請聽，他到如今，還說他自己冤枉。『不到黃河心不死』，我一定不能饒他，明天我還要把外國人請了來，叫他看我發落。」龍占元一聽不妙，又連忙磕頭，連忙說道：「求諸位大人可憐標下，替標下好言一聲罷！」羊統領又問他：「冤枉不冤枉？」龍占元回稱：「不冤枉。」又問：「該打不該打？」回稱：「實在該打。」羊統領見他自己認了不是，還不肯放他，叫同來的翻譯把他帶回去，交代給營官：「倘或三天之內，外國人不來說話，便罷。倘有一言半語，我是問他要人的。」龍占元至此，方才無話可辯，又磕了一個頭起來，含著眼淚，抱頭而去。

欲知後事如何，且看下回分解。

第三十二回　寫保摺筵前親起草　謀釐局枕畔代求差

卻說：羊統領雖然喝退了龍占元，只因他憑空多事，得罪了洋教習，深怕洋教習前來理論，因此心上很不自在。又加以田小辮子同烏額拉布兩個人，吃醋打架，弄得合席大眾興致索然。於是無精打采，草草吃完，各自回去。第二天羊統領特地把田小辮子請來，先埋怨他不該到制臺面前上條陳，弄得制臺不高興；又怪他不該同烏某人翻臉，「過天我替你們和和事；不然天天同在一個官廳子上，彼此見面不說話，算個什麼呢！」田小辮子畢竟是做過他的夥計，吃過他的飯的，聽了他的話，心上雖然不服，嘴裏不便說什麼，只好答應著。又過了兩天，羊統領看洋教習不來找他說什麼，於是才把心上一塊石頭放下。

後來龍占元是本營營官又上來回過羊統領，求統領免其看管，並且不要撤他差使。當時又被羊統領著實說了他許多不好，看他本營營官面上，暫免撤差，只記大過三次，以儆將來。

龍占元又親自上來叩謝。羊統領吩咐他道：「現在的英文學堂，滿街都是。你既然有志學洋話，為什麼不去拜一個先生，好好的學上兩年？一個月，只消化上一兩塊洋錢的束修。等到洋話學好了，你也好去充當翻譯。再不然，到上海洋行裏做個『康白度』，一年賺上幾千銀子，可比在我這裏當哨官強得多哩！要照現在的樣子，只學得一言半語，不零不落，反招人家的笑話，這是何苦來呢！」龍占元道：「回軍門的話：標下從前總共讀過三個月的洋書。通學堂裏只有標下天分高強，一本潑辣買，只贉得八頁沒有讀。後來有了生意，就不讀了。過了兩年，如今只有『亦司』這一句話，沒有忘記。滿打算借此應酬應酬外國人，不提防倒捱了一頓打。這一下子可把標下打苦了，到如今頭上還沒有好。以後標下再不敢說洋話了。倘若再學會兩句，標下有幾個腦袋，又是馬棒，又是拳頭，這不是性命相關嗎？」羊統領聽了，點點頭道：「不會也罷了，完完全全做個中國人，總比那些做漢奸的好。」龍占元於是又答應了幾聲「是」，然後退了出來。

* * *

這裏羊統領便想仍到釣魚巷相好家擺一檯酒，以便好替烏，田二人和事。兩天頭裏寫了知單，叫差官分頭去請。所請的無非仍舊是前天打牌吃酒的幾個，其中卻添了兩位。一位是趙大人，號堯莊，乃廣西人氏。說是制臺衙門的幕府。還有人說制臺凡遇要做摺子奏皇上，都得同他商量，制臺自己不起稿，都是他代筆。合省的官員，文自藩司以下，武自提鎮以下，都願意同他拉攏。然而他面子上，極其不肯同人家來往，坐在那裏總不肯同人說話；不曉得是架子大呢，亦不曉得是關防嚴密的緣故，望上去很像有脾氣似的。他的官雖是知府，只有道臺以上的官請他吃飯，或者還肯賞光。就是道臺，亦得要當紅差使的；倘或是黑道臺，以及他同寅以下的官，都不在他心上。人家同他說話，他只是仰著頭，臉朝天，眼睛望著別處。別人問三句，回答一句；有時候還冷笑了一聲兒，也不言語。因此大眾都稱他為趙大架子。這回羊統領請他，他曉得羊統領上頭的聲光極好，而且廣有錢財，愛交朋友，所以請帖送去，答應肯來。

又一個姓胡號筱峰，排行第二，也是捐的道臺班子。有人說他父親曾經當過「長毛」，後來投降的，官亦做到鎮臺。胡筱峰一直在老人家手裏當少爺，脾氣亦並非不好。不過他的為人，一天到晚，坐亦不是，站亦不是。人家要靜，他偏要動。說起話來，沒頭沒腦，到人家頂住問他，他又說到別處去了。知道他底細的人，都叫他小長毛。後來人家同他相處久了，摸著他的脾氣，又送他一個表號，叫他為胡二搗亂。

再說：胡二搗亂這天因為羊統領請他在釣魚巷吃花酒，直把他樂的了不得。頭天晚上，就叫管家開箱子，把衣服拿好。其時是四月天氣，因為氣節早已經很熱，拿出來的衣服，是：春紗長衫，單紗馬褂。當天晚上忽下了兩點雨，清晨起來，微微覺得有點涼颼颼的。他又叫管家替他拿夾紗袍子，夾紗馬褂。紮扮停當，專等羊統領來催請。羊統領請的是晚飯，他忘記著帖子，還當請的是早飯；所以一早就把衣服穿好了。等了一會，不見來催，又把他急的了不得，動問管家：「羊統領請客，可是今天不是？不要你們記錯了！」管家回答：「不錯，是今天。」隔夜雖然下了幾點雨，第二天仍舊很好的太陽。胡二搗亂在公館裏，前院後院，前廳後廳，跑了十幾趟；一來心上煩躁，二來天氣畢竟熱，跑得他頭上出汗，夾紗袍子夾紗馬褂穿不住了。於是又穿了件熟羅長衫，單紗馬褂，裏面又穿了件夾紗背心。此時已有晌午，還不見羊統領來催，又問管家：「到底是什麼時候？」當中有一個記得的，回了一聲請的是晚飯。胡二搗亂罵了聲：「王八蛋，為什麼不早說！」於是仍在自己家裏吃中飯。

好容易捱到三點半鐘，到這時候，熟羅長紗也有些不合景了，只得仍舊換了春紗長衫，單紗馬褂。剛要出門，忽然又想起一件事來，於是仍舊回轉上房，在抽屜裏翻了半天，翻出一個鼻煙壺來，說道：「街上驢馬糞，把人熏的實在難受，有了這個，就不怕了！」等到坐了轎子，誰知鼻煙壺是空的，又叫管家回去拿煙。管家拿不到，好容易自己下轎，方才找到。走到半路上，又想起未曾帶扇子，不及回家去取。幸虧街上有個扇子鋪，就下轎買了一把。一回又想到早晚天氣是涼的，晚上回來要添衣服。於是又吩咐管家回家去，把小夾襖拿了來，預備晚上好穿。如此的往返耽擱，及至到釣魚巷已經有五點多鐘了。幸虧只到得一個主人，其餘之客一個未到。

胡二搗亂到處搗亂，人家同他也沒有什麼談頭的。同羊統領見面之後，略為寒暄了兩句，便也無話可說。羊統領自去躺下去吃煙。胡二搗亂便趁空找著姑娘搗亂，也不顧羊統領吃醋，只是他搗亂他的。搗亂了半天，恨的那些姑娘們，都罵他為斷命胡二，胡二搗亂只是嘻著嘴笑。後來端上點心來，請他吃點心，方才住手。

又歇了一回，請的客人絡絡續續的來了。羊統領見田小辮子，烏額拉布二人到了，便拉了他們的手，說了許多的話；又給他二人一家作了兩個揖，說：「你二位千萬不要鬧了，大家都是好朋友，獨有你二位見面不說話，好像有心病似的，叫人家瞧著算什麼呢！」其時田小辮子頗有願和之意，無奈烏額拉布因為臉上挖的傷還沒有好，一定不肯講和。禁不起羊統領再三朝著他打拱作揖，後來又請了一個安，旁觀那些客人，亦著實幫著說，烏額拉布方才氣平。大家都派田小辮子不是。羊統領叫他替烏大人送了一碗茶；兩個人又彼此作了一個揖，各道歉意，方才了事。

其時已有七點半鐘了，羊統領數了數所請的人，卻已到齊；只有制臺幕府趙堯莊趙大架子沒有到。後來想叫差官去請，又怕他在陪著制臺說話，恐有不便，只好靜等。誰知一直等到九點鐘，才見他來。他是制臺衙門裏的闊幕，人人都要巴結他的。大概的人，他不過略為把手拱了一拱，便一手拉了余藎臣到煙鋪上說話，連主人都不在眼睛裏。後來擺好席面，主人就起讓坐，他方同主人謙了一謙。主人手執酒壺，又等了好半天，一直等到把話講完，方才起身入座。主人連忙敬他第一位；他起讓了一句道：「還有別位沒有？」余藎臣道：「這裏並沒有第二個人僭你堯翁的。」趙大架子也不答言，昂然據首座而坐。其餘的人，亦就依次入座。

通檯面上只有余藎臣當的差使頂闊，而且錢亦很多，新近制臺又委了他學堂總辦，常常提起某人很能辦事。余藎臣便趁這個機會，託人關說，求大帥賞他一個明保，送部引見。制臺雖然應允，但是摺子尚未上去。余藎臣又打聽得，制臺凡有摺奏，都是這趙大架子拿權。因此余藎臣就極意的拉攏他。趙大架子的架子雖大，等到見了錢，架子亦就會小的。當初也不曉得余藎臣私底下餽送他若干，弄得這趙大架子竟同余藎臣非常知己。這時候到了檯面上，趙大架子還只是同余藎臣攀談，下來再同主人對答兩句；餘下的人，他既不屑理人；人家亦不敢仰攀他，同他說話。

* * *

在釣魚巷吃酒，是要叫局的。趙大架子恐怕有礙關防，一定不肯破例。主人只得隨他。其他賓主，每人只叫得一個，亦為著趙大架子在座，怕他說話的緣故。因此這一席酒，人雖不少，頗覺冷清得很。趙大架子吃了兩樣菜，仍舊離座躺在炕上吃煙；余藎臣是同他有密切關係的，便亦離座相陪。後來主人讓他歸位吃菜，他始終未再入席，搖搖頭，對余藎臣說：「這般人兄弟同他們談不來的。」余藎臣得了這個風聲，便偷偷的關照過主人，叫他們只管吃，不要等了。

趙大架子吃煙，自己不會裝。余藎臣雖然不吃煙，打煙倒是在行的。當下幸虧他替趙大架子連打了十幾口，吃得滿房之中，煙霧騰騰。霎時菜已上齊，主人又過來請吃稀飯，趙大架子搖搖頭說：「心上怪膩的很，不能吃了。」余藎臣也陪著不吃。主人深抱不安，席散之後，又走過來道歉，又說：「另外替趙大人余大人留了飯。」趙大架子回稱：「謝謝。」說完這句，立起身來，想要穿了馬褂就走。余藎臣曉得他不願久留，便讓他同到自己相好王小五子那裏坐。趙大架子點頭應允。

兩人一同出門。其時主人早已穿好了馬褂，候著送了。一時別過主人，同到王小五子屋裏。王小五子接著，自然另有一副場面。余藎臣立刻脫去馬褂，橫了下來，又趕著替趙大架子打煙。王小五子趕過來，替他代打，余藎臣還不要。一連等趙大架子又抽過了七八口，漸漸的有精神，兩手抱著水煙袋，坐在炕沿上，要想吃煙；余藎臣忙叫王小五子過來替他裝煙。此時余藎臣一見房內無人，便把身子湊前一步，想要同趙大架子說話。趙大架子忽然先問道：「藎翁，託你安置的兩個人，怎麼樣了？」余藎臣道：「兄弟早同藩臺說過，一有調動，就委他兩人前去。」趙大架子道：「還要等幾個月？」余藎臣道：「現在正在這裏替他倆對付著。看有兩處，就在這幾天裏頭期滿，不過幾天就要委他們的，那裏用著幾個月。你老先生委的事，豈有儘著耽擱的道理。」余藎臣這時候，本來相請趙大架子過來商量自己事情的；不料趙大架子先同他說安置人的話，自己的事，倒弄得一時不好開口。只得權時隱忍著，仍舊竭力的敷衍；又叫王小五子備了稀飯，留趙大架子吃。趙大架子推頭有公事，還要到衙門裏去。余藎臣不好挽留，自己的事，始終又未曾能夠向他開口。臨到出來上轎，便邀他明天晚上到這裏吃晚飯。趙大架子道：「再看罷！如果沒有公事，準來。」趙大架子去後，余藎臣當夜便住在王小五子家。

王小五子見余藎臣很巴結趙大架子，就問趙大架子的履歷。余藎臣便告訴他說：「趙大人是制臺衙門的師爺，見了制臺，是並起並坐的。通南京城裏，沒有再闊過他的。」王小五子便問余大人：「你當的什麼差使？一年有多少錢進款？」余藎臣便說：「我當的是通省牙釐局總辦。所有那些外府州縣，大小鎮市上的釐局，都是歸我管的。這些局裏的委員老爺，我要用就要用，我不要用就換掉，他們不敢不依我的。」王小五子道：「他們那些官都歸你管，你的官有多們大？」余藎臣道：「我的官是道臺，所以才能夠當這牙釐局總辦。」王小五子鼻子裏嗤的一笑道：「道臺是什麼東西，就這們闊？」說到這裏，又自言自語道：「哦！原來如此。」

忽然又問道：「余大人，我問你，我聽說現在的官，拿錢都好買得來的，你這個官，從前化過幾個錢？」余藎臣起初聽他罵道臺「什麼東西」，心上老大不高興；後來又見他問自己的官，從前化過幾個錢；便正言厲色道：「我是正途兩榜出身，是用不著化錢的。化錢的另是一起人，名字叫捐班，我們是瞧他不起的。」王小五子道：「余大人，官好捐，你們的差使，想亦是捐來的了？」余藎臣道：「你胡說！差使那裏好捐？私下化了錢買差使的，固然亦有；然而我得這個差使，是本事換來的，一個錢沒有化。就是人家在我手裏當差使，我也是一文不要的，那是最公正沒有。」王小五子道：「照此說來，你余大人是一個錢不要的了。」余藎臣道：「這個自然。」

王小五子道：「我倒想起一件事來了；前個月裏，有天春大人請你吃酒，我看見他當面送給你一張銀票，說是六千兩銀子。春大人還再三的替你請安，求你把個什麼釐局給他。不是你接了他的銀票，滿口答應他的嗎？不到十天，果然有人說起，春大人升了釐局總辦，上任去了。」余藎臣見王小五子揭他的短處，只得支吾其詞道：「他的差使，本來要委的了。銀子是他該我的，如今他還我，並不是化了錢買差使的。這種話你以後少說。」王小五子道：「照這樣說起來。沒有銀子的人，也可以得差使了。」余藎臣道：「怎麼不得？老實對你說，只要上頭有照應，或者有人囑託，看朋友面上，亦總要委他差使的。」王小五子道：「原來派差使也要看交情的。余大人，咱們的交情怎麼樣！我要薦個人給你，你得好好的派他一樁事情。」余藎臣當他說笑話，並不在意，只答應了一聲道：「這個自然。你薦給我的人，我便拿頭一分的好差使給他。」王小五子默默無語的歇了半晌，起身收拾安寢。

* * *

一宵易過，又是天明。到了次日，余藎臣惦記著自己的事情，上院下來，隨又寫信給趙大架子，約他今天晚上，同到王小五子家吃酒。趙大架子回說公事忙，不得脫身；等到事完出衙門，八點鐘，在自己相好貴寶那裏吃晚飯，可以面談一切。余藎臣只得遵命。才打七句鐘，便餓著肚皮，先趕到貴寶房間裏伺候。一等等到九點鐘，趙大架子才從衙門裏出來。余藎臣接著，賽如捧鳳凰似的，把他迎了進來。一進門來抽煙。

堂子裏曉得他的脾氣的，早已替他預備下，打好的煙二十來口，一齊都打好在煙扦之上，賽如排槍一樣，一排排的都放在煙盤上。只等趙大架子一到，便有三四根槍，兩三個人，替他輪流上煙對火門。此時趙大架子來不及同余藎臣說話，只見他躺在炕上，呼呼的拚性命的只管抽個不了。有時貴寶來不及，余藎臣還幫著替他對火，足足抽了一點鐘。

其時已有十點鐘了，趙大架子要吃飯，飯菜是早已預備下的。當下只有他同余藎臣兩個人對面吃，貴寶打橫，伺候上菜添飯。趙大架子叫他同吃，他不肯吃。趙大架子還生氣說道：「陪我吃頓飯，有什麼要緊的，就這樣的不好意思起來。你們當窰姐的人，只怕不好意思的事情，儘多著哩！」說罷，便把面孔板起，做出一副生氣的樣子。余藎臣搭訕著，替他們解和。

等到把飯吃完，趙大架子一面漱口；余藎臣又順手點了一根紙煙給他，慢慢的談了幾句公事；然後趁勢問他：「這兩天大帥背後，於兄弟有什麼話說？」趙大架子道：「不是藎翁提起，兄弟早在這裏打算主意了。無奈兄弟公事實在忙，一天到晚，竟其沒有動筆的時候。」余藎臣忙問：「什麼事，一定要堯翁親自動筆？」趙大架子道：「就是藎翁得明保的那句話了。」余藎臣一聽「明保」二字，正是他心上最為關切之事，不覺眉飛色舞。仔細一想，又怕趙大架子拿他看輕，立刻又做出一副謹慎小心的樣子，柔聲下氣的說道：「這都是大憲的恩典，堯翁的栽培！」趙大架子道：「豈敢。不過制軍既有這個意思，我們做朋友的人，那裏不替朋友幫句忙？說也好笑：前幾天是兄弟催制軍；這兩天卻反了過來，倒是他催兄弟。」余藎臣道：「催什麼？」趙大架子道：「起先是制軍雖然有了保舉藎翁的意思，一直沒有定規。是兄弟天天追著他問，同他說道：『像余某人這樣人，直要算得江南第一個出色人員。大帥既有恩典給他，摺子可以早些進去；將來朝廷或者有什麼恩典，也好叫他及早自效。』制軍聽了兄弟的話，果然答應了，就立逼著兄弟替他起稿子。這兩天兄弟一來因為事忙，沒有工夫動筆，二來怎麼保舉法子，下個什麼考語，也得商量商量。」余藎臣道：「正為這件事，兄弟要過來求教。承堯翁的吹噓，又承堯翁替兄弟上勁，真正感激得很！但是還望你堯翁成全到底，考語下得體面些，那就是感之不盡！」說罷，特地離位，深深一揖，又說得一句道：「全仗大力。」

趙大架子兩手捧著水煙袋，趕忙拱手還禮，卻一面說道：「自家兄弟，說那裏話來！今天既是藎翁提起，我們都是自己人，藎翁愛怎麼說，就怎麼說，兄弟無不遵辦。照樣寫了上去，制軍看了，也不好挑剔什麼。」余藎臣道：「這是堯翁的格外成全，兄弟何敢妄參末議，而且又是自己的事，天下斷無自稱自讚的道理，只得仍請堯翁先生主裁。」趙大架子聽了他這一番恭維，心上著實高興。原想立刻就替他起稿，可以賣弄他的權力；無奈吃過了飯，沒有過癮，霎時煙癮上來，坐立不安，十分難過。便道：「你我不是外人，你來，我念你寫，寫了出來，彼此商議。」其時余藎臣還不肯寫，後來又被趙大架子再三的相催，說：「你我自家人，有什麼怕人的？不是說句大話，現在南京城裏，除了你我，餘人都不在咱眼裏。我念，你寫，這不同我寫的一樣嗎？」

其實是余藎臣心上，巴不得這個摺子，自己竭力的恭維自己。今見趙大架子一再讓他自己寫，遂也不便過於推辭。便向貴寶要了一副筆硯，一張紙；讓趙大架子炕上吸煙，他卻自己坐在桌子邊起稿。嫌掛的保險燈不亮，又叫人特地點了一支洋燭。貴寶曉得他要寫字，忙著過來替他磨墨。余藎臣不要，叫他到炕上替趙大架子裝煙。貴寶去後，余藎臣便提筆在手，拿眼瞧著趙大架子，看他說什麼，好依著他寫。足足等了七八袋大煙的時候，約摸趙大架子煙癮已過得一半，隨見趙大架子一骨碌從炕上爬起。卻先歪著身子，提起茶壺，就著茶壺嘴抽了兩口，方才坐起來說道：「兄弟的意思，摺子上沒有多少話說，還是夾片罷。」余藎臣道：「似乎摺子鄭重些，叫上頭看得起些。」趙大架子道：「這倒不在乎，橫豎保了上去，上頭沒有不准的。總還你一個『著照所請』。依兄弟看來，其實是一樣的。」余藎臣見他如此，便亦不敢過於計較，只得跟著他說道：「既然如此，就是夾片亦好。」

趙大架子見著余藎臣擎筆在手，只是不寫，便道：「你寫罷！」余藎臣道：「等堯翁念了好寫。」

趙大架子笑道：「藎翁的大才，還有什麼不曉得的。你別同我客氣，你儘管寫罷，寫出來一定合式的。我要過癮，你費點心罷！」說完，仍舊躺下，呼呼抽他的煙去了。余藎臣至此，面子上只得勉強著自己起稿，心上卻是十二分高興，嘴裏卻不住的說道：「姑且等兄弟擬了出來再呈政。」此時趙大架子只顧抽煙，一聲不響。

幸喜余藎臣是正途出身，又在江南歷練了這幾多年，公事文理，也還辦得來。於是提筆在手，想了想，一口氣便寫了好幾行，後來填到自己的考語，心上想：「還是空著十六個字的地步，等趙某人去填。」既而一想：「又怕趙某人填的字眼不能如意，不如自己寫好了，同他去斟酌。他同我這樣交情，諒來不致改我的。」主意打定，又斟酌了半天，結結實實自己下了十六個字的考語，後頭帶著敘他辦厘金，辦學堂，如何成效，說的天花亂墜，又足足的寫了幾行。一霎寫完，便自己離位，拿著底子，踱到煙炕前，請趙大架子過目。

趙大架子接在手中，就在煙燈上看了一回，一聲不言語，又心上盤算了一回。余藎臣忍耐不住，急忙問他道：「堯翁看了，不知好用不好用？兄弟於這上頭不在行，總求堯翁的指教。」趙大架子道：「格式倒還不錯，就是考語還得……。」余藎臣不等他說完，接嘴問道：「考語怎麼樣？」趙大架子道：「若照藎翁的大才，這幾句考語，著實當之無愧。不過寫到摺子上，語氣總似乎還要軟些，叫上頭看著也受用。如果說的過於好了，一來不像上司考核下屬的口氣，二來也不像摺子上的話頭。兄弟妄談，藎翁高見以為何如？」說罷，仍把底稿遞在余藎臣手裏。

余藎臣一聽他話，不禁面孔漲得緋紅，半天說不出話來。楞了一回，仍舊踱到桌子跟前坐下，提起筆來想改。誰知改來改去，不是怕趙大架子說話，就是自己嫌不好，捱了半天，仍舊未曾改定，只得老著臉皮，朝趙大架子說道：「這個考語，還是請你堯翁代擬了罷。『不是撐船手，休來弄竹竿』。兄弟實實在在有點來不得了。」趙大架子道：「我們知己之談，這考語雖只有幾個字，輕了也不好；重了也不好，我兄弟擬了出來，還得送制軍閱過。一向制軍卻沒有改過兄弟的筆墨，如今倘若未能弄好，被他改上一兩句，兄弟卻坍臺不下；所以要替你藎翁斟酌盡善，就是這個緣故。藎翁自己人，我兄弟不妨直說。」

余藎臣聽了愈為感激，當下便親自蘸飽了筆，送到炕牀邊，請趙大架子動手。趙大架子道：「這個兄弟也得思量思量看。」於是亦不接他的筆，仍把身體橫了下來，一聲不言語，一口氣又吸了五六口煙。吃完了煙，趿著鞋皮，走下炕來，把原稿略為改換了幾句。卻把十六個字的考語，統通換掉。余藎臣看了，似乎覺得還不能滿意；但是恐怕趙大架子動氣，只得連稱：「好極，好極。」趙大架子改好之後，便往衣裳袋中一塞。因為堂子裏的煙，吃的不爽快，要回到公館裏過癮。余藎臣只得穿了馬褂，陪著一同出門。臨時上轎，余藎臣又打了一躬，說了許多感激的話，又道：「大帥前深荷一切成全，明天過來叩謝。」說完，兩人分手。

* * *

余藎臣仍往王小五子家而來，其時已有夜半十二點鐘。余藎臣尚未走進王小五子家的大門，黑影裏望見有個人，先從他家裏出來。燈光之下，雖不十分明白，然而神氣還看得出，很像是個熟人似的。後來彼此又擦肩而過，這人沒有看見余藎臣，余藎臣卻看清這人，原來是認得的。但是官職比他差了幾級，大人卑職，名分攸關。余藎臣怕他看出不好意思，連忙拿頭別了過去。等到這人去遠，方一步步踱進了大門，霎時走到王小五子房中，他倆本是老相好，又兼余藎臣明保到手，心上便也十分高興。見面之後，說不盡那副肉麻的情形，兩個人鬼混了一陣。

王小五子忽然想起昨夜的話來，連忙說道：「余大人，我託你一樁事情，你可得答應我？」余藎臣道：「好答應的，我自然答應。」王小五子道：「你別同我調脾。好答應也要你答應，不好答應也要你答應，你先答應了，我才說。」余藎臣道：「到底什麼事，要我答應？」王小五子道：「不是你昨兒說的，在你手下當差的人，統通不用錢買；只要上頭有面子，或者是朋友相好的交情薦來的，都可以派得。這個話可有沒有？」余藎臣道：「自然派差使一個錢不要。但是面子，也得看什麼面子，就是相好，也要看什麼相好，不能執一而論的。」王小五子道：「我不同你說這些。你但看我們的交情怎樣？」余藎臣道：「用不著提到咱們倆的交情。難道你有什麼人薦給我不成？咱倆交情雖厚，你要薦人，那我卻不收。」王小五子見他說不收，頓時把臉一沉，拿頭睡在余藎臣的懷裏，卻拿兩隻雪白粉嫩的手，抱住余藎臣的黑油津津的胖臉，撒嬌撒癡的說道：「你不答應我，我定見不成功。」此時余藎臣穿了一件簇新的外國緞夾袍子，被王小五子拿頭在懷裏，膩了兩膩，頓時皺了一大片。余藎臣向來吝嗇慣的，見了肉痛，為的是相好面上，是有些說不出口，只好往肚皮裏嚥。

兩個人揪了半天，畢竟余藎臣可惜那件衣服，連連說道：「有話起來說。不要這個樣子，被別人家看了要笑話。」那王小五子又把臉一板道：「誰不曉得我是余大人的相好，將來我還要嫁你哩！我嫁了你，我便是釐金局總辦的太太，誰敢不巴結我，誰敢來笑我？」余藎臣又只得順著他說道：「不錯，你嫁了我，你就是我的太太。我有了你這位好太太，從此以後，釣魚巷也不來了。」王小五子又把眼一眇道：「這些話誰相信你？誰不曉得余大人的相好多？這些話，快別同我客氣。倒是我託你的事情怎麼樣？」說話間，余藎臣接連打了幾個呵欠，伸手摸出夾金表來一看，短針已過一點，長針卻指在六點鐘上。余藎臣道：「啊唷不早了！我們快睡了，明天要早起上院哩！」一面說，一面自己寬去衣服，躺在牀上去了。王小五子道：「你不答應，我不許你睡覺。」於是也不及卸裝，趕到牀上同他纏個不了。余藎臣被他鬧急了，便道：「你先把那人說給我，等我好替你對付著看。」王小五子見他已有允應，便不同他吵了，和衣歪著，拿頭靠在枕頭上，低聲說道：「我說的不是別人，你們同在一處做官，還有什麼不認得的。」余藎臣道：「到底是誰？」王小五子道：「就是候補同知黃大老爺，他託我的。」余藎臣道：「姓黃的天底下多得很，沒頭沒腦，叫我去找那一個？」

王小五子道：「真個我記心不好。他有個條子在這裏。」說著，便伸手從衣裳小襟袋裏，把個名條摸了出來，跟手又叫房間裏奶奶，點了一支洋燭。余藎臣睡眼朦朧的，拿起名條靠近燭光一看，只見上面寫的，是「知府用試用同知黃在新，叩求憲恩賞委釐捐差事」兩行小字。余藎臣不看則已，看了之時，不覺心上畢拍一跳，半天不言語。王小五子忙問：「看清楚了沒有？這人可是認得的？」余藎臣還不響。又停了一大會，方問得一句道：「這人是幾時來嫖起你的？這條子可是方才給你的？」王小五子見問，也不由得臉上一紅，楞了半天，回答不出話來。

列位看官，你道此人是誰？原來方才余藎臣在王小五子大門口，碰見的那個人，就是黃在新。這黃在新雖是江南的官，同余藎臣比起來，一個道臺，一個同知，兩人官堦不同，不在一個官廳子上。余藎臣如何偏會認識他？只因這黃在新最會鑽營，凡是紅點的道臺，他沒有一個不巴結，因此都認得他。他此時身上雖有幾個差使，無奈薪水不多，無濟於事。因見余藎臣正當釐金局的老總，便想謀個釐局差事，託了幾個人，遞了幾張條子，余藎臣尚未給他下落，他心上著急。幸喜他平日，也常到釣魚巷走走，與余藎臣有同靴之誼。王小五子見他臉蛋兒長得標緻，便同他十分要好，余藎臣反退後一步。黃在新在王小五子家走動，余藎臣卻一字兒不知。余藎臣在王小五子家玩耍，黃在新卻盡知底裏。即此一端，已可見王小五子待他二人的厚薄。此時余藎臣看了名條，想起剛才齊巧碰見他在這裏出去，不免心上一動。又接著問王小五子的話，王小五子又對答不出，自然格外疑心。疑心過重，便是吃醋的根了。

此時余藎臣看了王小五子的情形，心上早已懂得八九，接連哼哼冷笑兩聲說道：「他的條子沒有人替他遞了，居然會想著了你，託你替他求差使，他這人真會鑽。倒是你倆是幾時認識起來的，你卻同他如此關切？」王小五子見余藎臣生了疑心，畢竟他自己賊人膽虛，亦不敢撒嬌撒癡，立刻拿兩隻手，扳著余藎臣的腦袋，同他臉對臉的笑著說道：「這裏頭有個講究，你不曉得，等我來告訴你。我是江西人，七歲上就賣在擋子班裏學唱戲。等到十五歲上，纔到的南京。這黃大老爺他也是江西人，同我是嫡親同鄉。他是我自己家裏的人，有什麼不認得的？我替他求差使，也無非是照應同鄉的意思，有什麼動疑的！」余藎臣連連搖頭道：「算了罷！你們江西人，我也請教過的了，做官的，讀書的，於這鄉誼上很有限。不信你一個做窰姐的，倒比他們做官的，讀書的有義氣，這話不要來騙我。況且你七歲上就賣在擋子班裏，東飄西蕩，這姓黃的果然是你的同鄉，你也不會認得他的；這話越說越不對。倒是你倆有了多少時候的交情，你老實對我說罷。他不同你有交情，你為什麼要替他求差使呢？我曉得我們化了錢，無非做個大冤桶，替人家墊腰。如今竟其公然替恩客說人情求差使，我又不是三歲小孩子，被你們弄著玩。」

此時余藎臣越說越氣，也不睡覺了，一骨碌從牀上坐起，吩咐叫轎夫打轎子。又自己立誓道：「從今以後，再不到這裏來了。倘若以後再到這裏，你們看我左腳跨到這屋裏來，你們拿刀砍我的左腳，右腳跨到這屋裏來，你們拿刀砍我的右腳。」一面說，一面捲捲袖子，直把兩個袖子，捲到手灣子上頭；兩隻眼睛，睜的像銅鈴似的；又拿兩隻手去盤辮子。辮子盤好，人家總以為他這個樣子，一定要打人了。誰知並不打人，卻又著兩隻臂膊，握緊了兩個拳頭，坐在牀沿上生氣。

再說：王小五子起先聽見余藎臣拿他數落，不禁臉上一陣陣的紅上來，心頭止不住必必的跳。後來又見他爬起，連忙和著身子去按捺他，無奈氣力太小，當不住余藎臣的蠻力，按了半天，按他不下，只得隨他起來。後來見他盤好辮子，並不打人，方才把心放下。連忙和顏悅色的自己分辯道：「同鄉有什麼好假冒的，天生同鄉是同鄉，我不能拿他當外人看待。至於問我如何認得他，蘇州來的洪大人，清江來的陸大人，每逢吃酒，都有他在座，慢慢的我就認得了他。怎麼沒有交情，我就不作興認得他的？」余藎臣也不理他，只是坐在牀沿上生氣。鬧得大了，連著房間裏的奶奶，都上來勸和。余藎臣只是不言語。一迸迸到五更雞叫之後，天色微微的有點亮了，余藎臣也不等轎子了，要了長衣裳，紮扮停當，一直逕去。王小五子抵死留他不住，只得聽其自然。

余藎臣走到街上，尚是冷冷清清的，一無所有。此時心上又氣又悶，不知不覺，忘記了東西南北，又走錯了一大段。後來好容易，雇了一部東洋車子，纔把他拉到公館。打門進去，一路罵轎夫，罵跟班的，罵老媽，罵丫頭，一直罵進了上房。驚動了上下人等，曉得大人在外頭住夜回來。於是重新打洗臉水，拿漱口水，茂生肥皁，引見胰子，又叫廚子做點心，真正忙個不了。

齊巧這日是轅期，照例上院。點心未曾吃完，轎子已伺候好。等到走到院上，已有靠九點鐘了。余藎臣還是氣吁吁的。頭一個會見了孫大鬍子，便把黃在新託王小五子求差使的話，統通告訴他。又說：「黃在新的品行，太覺不堪，什麼人不好託，單單會託到婊子，真正笑話。」孫大鬍子笑道：「這也難怪他。實在是你藎翁同王小五子的交情，非他可比。朋友說的話，不及貴相知說的靈，所以黃某人纔走的這條路。出來做官，為的是賺錢，只要有錢賺，也顧不得這些了。」余藎臣聽了孫大鬍子奚落他的話，不覺的把臉一紅，拿話分辯道：「我們逛窰子，也不過行雲流水罷了，算得什麼交情。」孫大鬍子忙接嘴道：「又行雲，又流水，還算不得交情？不曉得弄到什麼分上，纔算得交情呢？」余藎臣發急道：「人家同你說正經話，你偏拿人來取笑，真正豈有此理！老實對你講罷，王小五子同黃某人，都是江西人，他替他求差使，乃是照應同鄉的意思。」孫大鬍子道：「一個當妓女的，居然肯照應同鄉，賢於士大夫遠矣！藎翁，你應該立刻委他一個上等的釐差；一來顧全貴相好的面子，二來也可以愧勵愧勵那般不顧鄉情的士大夫。你們眾位聽聽，我兄弟說的可是不是？」此時官廳子上的人，已經來得不少了，天天在一起的幾個熟人，聽了他言，都說：「應得如此。」無奈余藎臣決計不答應，一定還要回制臺，撤去他的差使，拿他參辦，以為卑鄙無恥，巧於鑽營者戒。當時又被孫大鬍子指駁了一回，余藎臣方始頓口無言。

欲知孫大鬍子說的何話，且看下回分解。

第三十三回　查帳目奉札謁銀行　借名頭斂錢開書局

話說孫大鬍子聽見余藎臣一定要稟揭黃在新託妓謀差的事，一再勸他，都不肯聽。孫大鬍子哼哼冷笑道：「他託妓謀差，雖然是他的壞處；然而你做監司大員的人，你不到窰子裏去，怎麼會曉得他託妓謀差呢？這樁事，還怪你不是。」余藎臣被他這一駁，頓時閉口無言，歇了半天，纔勉強說道：「我們嫖婊子，不過是好玩罷了。他鑽營差使，竟走婊子的門路，這品行上總說不過去。我就是不到上頭去說他壞話，這種人要在我手裏得意，叫他一輩子不用想了。」說完，面子上雖把此事丟開，後來又著實到王小五子家發了幾回脾氣。經王小五子千賠不是，萬賠不是；後來又把這話通知了黃在新，嚇的黃在新有許多時，不敢公然到釣魚巷王小五子家住夜。余藎臣拿不到破綻，方纔罷手。

* * *

又過了兩月，余藎臣的保摺批了回來，所保送部引見，業已奉旨允准。等到奉到飭知，立刻上院叩謝。接著便是同寅前來道喜，下僚紛紛稟賀。余藎臣少不得置辦酒席，請這班同寅。同寅當中，多半都是好玩的。家裏請酒不算數，一定要在釣魚巷擺酒請他們。余藎臣也樂得借花獻佛；一來趁他們的心願，二來又應酬了相好。回回吃酒，都推趙大架子為首座，趙大架子便亦居之不疑。接連又是你一檯，我一檯，替他賀喜。如此者輪流吃過，足足有半個多月光景。

真正是光陰似箭，日月如梭，余藎臣便想請咨入部引見，制臺答應。所有他的差事，一齊都委了別人暫行代管，為他不久就要回來的。一連幾天，白天忙著料理交代，晚上又有一班相好，輪流擺酒，替他餞行。

有天夜裏，正在釣魚巷吃的有點醉醺醺了，他忽然發議論道：「回想兄弟纔到省頭一天的光景，再想不到今日是這個樣子。我還記得我到省頭一天，其時正是黃制軍第二次到江南來。我頭一天上院，沒有傳見。其實上司見不見，並不是什麼大不了的事；倒是那時候，臉上總覺得擱不下去。從官廳子走出去上轎，賽如對了跟班轎夫，都像沒有臉見他們似的。此時得差得缺的心，還沒有。心上總想：『我連上司都見不著，我還出來做什麼官呢？』到了第二次上院，還沒有見。因為別人見不著的很多，並不光我一個，那時心上便坦然了許多，見了轎夫跟班，也不難為情了。以至頂到如今，偏偏碰著這位制軍，是不輕容易見客的。他見也好，不見也好，便也漠然無動於中了。我還記得，從前沒有得事的時候，只指望能夠得一個長差使，便已心滿意足了。實因江南道臺太多，得缺本非易事。誰料後來，接二連三的，竟其弄了好幾個長差使在身上，一天到晚忙個不了。此時不以為樂，反以為苦，屢次三番想辭掉兩個，無奈上頭一定不放。現在憑空的又得了這個明保，索性不叫我過安安穩穩的日子，拿我送部引見，想是我命裏注定的。今年『流年』犯了『驛馬星』，所以要叫我出這一趟遠門。」眾人道：「能者多勞，像你藎翁的這樣大才，怎麼上頭肯放你呢？至於這回明保，乃是放缺的先聲，光當當差使，也顯不出藎翁大才；所以制軍一定要有此一舉。從此簡在帝心，陳臬開藩，都是意中之事；放個把實缺，小焉者也，算不得什麼。」余藎臣道：「承諸位老哥厚愛。放個把缺做做，兄弟也毋庸多讓。至於將來還有什麼好處，兄弟卻不敢妄想。」說罷，那副得意揚揚之色，早流露於不自知了。霎時席散。

* * *

又過了兩天，上院稟辭。剛剛走到院上，齊巧昨日制臺接到軍機大臣上的字寄，說是一連有三個都老爺，奏參江南的吏治，大大小小，共有二十幾個官。什麼孫大鬍子，田小辮子，烏額拉布，余藎臣，還有督幕趙大架子，統領羊紫辰等，一干人統通在內。其中所參的劣迹，以余藎臣，趙大架子頂利害。說余藎臣總辦釐金，非但出賣釐差，並且以剔除中飽為名，私向屬員需索陋規。等到屬員和盤托出，他又並不將此款歸入公家，一律飽其私囊。某人餽送若干，某局繳進若干，那位參他的都老爺，查的清清楚楚，摺子上都聲敘明白。還說他出賣釐差，並不在南京過付；上海有一爿錢莊，內中有他一個把弟擋手，專門替他經手；人家要送他銀子，只要送到這爿錢莊上，由他把弟出封信給他，或者打個電報，南京這邊，馬上就把差使委了出來，真正是再靈驗沒有。摺子上又說他，所有賺來的銀子，足有五十多萬兩，就在上海置買了些地皮產業，剩下的一齊存在一爿銀行裏。至於參趙大架子頂重的頭一款，是說他霸持招搖；甚至某月某日，收某人賄賂若干，亦查的明明白白。又說兩江總督，保舉道員余某一摺，係趙某及余某，在秦淮河妓女貴寶房中，擬定摺稿。摺子後頭，歸結到兩江總督身上，說他年老多病，昏瞶糊塗，日惟以扶鸞求仙為事，置吏治民生於不顧。此外孫大鬍子，田小辮子，烏額拉布，羊紫辰，不過多是帶筆。在初入仕途的人，見了難免擔驚受怕，至於歷練慣的人，卻也毫不在意。

閒話休提。言歸正傳；且說：這日，余藎臣剛把手本遞了上去，制臺一見是他，雖說是自己保舉的人，究竟事關欽派查辦之案，便也不敢迴護，忙叫巡捕官傳話給他，叫他不必動身，在省候信。巡捕出來，說完這句，各自走開，也不說制臺請見，也不說制臺道乏。余藎臣摸不著頭腦，在官廳子上呆了半天。有些不知底裏的人，還過來敷衍他，問他「幾時榮行」。他也只好含含糊糊的回答。後來坐了一回，看見各位司道上去，又見各位司道下來。其時藩臺糧道都已得信，見了制臺出來，朝著他都淡淡的，似招呼不招呼的，各自上轎而去。他甚為沒趣，也只好搭訕著出來。

這時候，他的差使，都已交付別人替代，他已無公事可辦。院上下來，一直逕回公館，一天未曾出門，卻也無人前來拜他。頭天晚上，趙大架子還面約今日下午，在貴寶房中擺酒送行。誰知等到天黑，還不見來催請。自己卻又為了早晨之事，好生委決不下，派了師爺管家出去打聽，獨自無精打彩的在家靜等。誰知等到起更，一個管家從院上回來稟報，說：「趙大架子趙大人，不知為了什麼事情，行李鋪蓋，統通從院上搬了出來。後來小的又打聽到孫大鬍子孫大人門口，纔曉得京城裏有幾位都老爺，說了閒話，連制臺都落了不是，總算仍舊派了制臺查辦，還算給還他的面子。」余藎臣忙問道：「這位都老爺是誰？但不知有幾個人參在裏頭？孫大人在內不在內？」管家道：「聽說雖然在內，並不十二分要緊。趙大人參的卻很不輕。」余藎臣又急忙說道：「我呢？」家人不言語。余藎臣連連搖頭，頓腳道：「完了，完了！怪不得趙大人他說今兒請我吃飯的，原來他自己遭了事，所以沒有來催請。但是我自己被參，為的是那一件，連我自己也不明白。怎麼好呢？」一回又想到自己平時所作所為，簡直沒有一件妥當的。一霎時萬慮千愁，坐立不定。正躊躇著，派出去打聽消息的一位師爺，也從外面回來了，手裏還抄了制臺新出的一張諭帖。余藎臣見面就問：「打聽的事怎麼樣了？」那位師爺有心在東家面前討好，不肯直談，只聽他吞吞吐吐的說道：「只說京城裏有什麼消息，大約在省城候補的，統通在內。這一定是都老爺想好處，我們不要理他。觀察這樣的憲眷，還怕什麼呢？」余藎臣道：「怕是不怕什麼，為的是到底參的是那幾件事，……你手裏拿的什麼？」那位師爺見問，索性把他所抄的那張諭帖，往袖筒管裏一藏，說沒有什麼。余藎臣道：「明明白白的，看見有張紙寫的字。你瞞我做什麼呢？」師爺到此無奈，方把一張諭帖拿了出來。余藎臣取過看時，只見上面寫的，無非「勸戒屬員，嗣後不准再到秦淮河吃酒住夜；倘若陽奉陰違，定行參辦不貸。」各等語。這張諭帖，是寫了貼在官廳子上的，如今被這位師爺抄了回來。余藎臣看過後，往旁邊一擱，說道：「這種東西，那一任制臺沒有，我也看見慣了。他下他諭帖，我住我的夜，管他娘的事。這也值得遮遮掩掩的？」那師爺被東家搶白了兩句，面孔漲得緋緋紅，一聲也不言語。

余藎臣又問道：「我叫你打聽的事，有什麼瞞我的，你快老實說罷！」那師爺只是咳嗽了兩聲，一句話還是沒有。余藎臣知道他是無能之輩，便頓著腳說道：「真正是什麼材料，這從那兒說起！」說完了這話，便背著手，一個人在廳上踱來踱去。他不理師爺，師爺亦嚇的不敢出聲。擱下余藎臣在家候信不提。

* * *

且說：制臺自接奉廷寄之後，卻也不敢怠慢，立刻就派了藩司糧道兩個人，按照所參各款，逐一查辦。因為幕友趙大架子被參在內，留住衙門恐怕不便；就叫自己兄弟二大人通信給他，叫他暫時搬出衙門，好遮人耳目。趙大架子無奈，只得依從。所以頭天雖在相好貴寶家中定了酒席，並未前去請客。到了第二天，貴寶派了男女班子，到石壩街趙大人公館裏請安，聽見門上說起，才曉得大人出了岔子，如今在家裏養病，生人一概不見。男女班子無奈，只得悵悵而回。

此時省城裏面，一齊曉得制臺委了藩臺糧道查辦此案。幸喜都是同寅，彼此大半認識，一個個便想打點人情，希圖開脫。其中糧道為人，卻很爽快；有人來囑託他，他便同人家說道：「制臺雖然拿這件事委了兄弟，其實也不過敷衍了事而已，現在的事情，無論那一樁那一件，不是上瞞下，就是下瞞上。他手幾時見查辦參案，有壞掉一大票的，非但兄弟不肯做這個惡人，就是制臺也不肯失他自己的面子。他手下的這些人雖然不好，難道他平時是聾子瞎子，全無聞見，必要等到都老爺說了話，他才一個個的掀了出來，豈不愈顯得他平時毫無覺察麼？不過其中，也總得有一兩個當災的人，好遮掩人家耳目。總算都老爺的話，並非全假，等他平平氣，以後也免得再開口了。兄弟說的句句真言，所以諸公儘管放心罷了。」眾人聽了他言，俱各把心放下。

不料藩臺自從奉到委札的那一天起，卻是凡有客來，一概擋駕。今天調卷，明天提人，頗覺雷厲風行，大家都不免提心弔膽。然而想想糧道的話，曉得制臺將來，一定要顧自己的面子，決不會參掉多少人的；不過彼此難為幾弔銀子，沒有什麼大不了事，便亦聽其自然。藩臺見人家不來打點，他便有心公事公辦，先從余藎臣下手，同制臺說：「原參余道，出賣釐差，銀子放在上海，別的雖然沒有憑據，然而銀子存在銀行裏，是有簿子可查的。只要查明白了，簿子上是余藎臣的花戶，便一定是他的贓款了。現在是什麼時候，庫款如此空虛，他們還要如此作弊，真正沒有良心了！司裏同余道雖是同寅，然而為大局起見，決計不敢迴護的。」制臺道：「別的還好辦；銀行是外國人的，恐怕他不由你去查哩！」藩臺道：「銀行雖是外國人開的，然而做的是中國人生意。既然做我們中國人生意，一年到頭，賺我們中國人的錢也不少了，難道這點交情還沒有？我又不向他捐錢，看看帳簿子，有什麼不可的。」制臺道：「既然老哥說可以，料想沒有什麼不可以的。本省的官雖多，能夠辦事的人，究竟很少，還是老哥諸事諳練，這件事情，就借重老哥辛苦一趟罷！早些去，早些回來，也好早點覆奏進去，免得再生枝節。」藩臺一想：「話雖如此說。究竟自己做了這幾年的官，從未同外國人打過交道。外國人摳眼睛高鼻子，雖然見過幾個；但是上海地方，聽說一共總有十幾國的人；我是一省的藩臺，到了那裏，總得一家家的都去拜望拜望，彼此言語不通，這個十幾國的繙譯，倒不好找。一個弄得不得法，被繙譯瞞著我做了手腳。……」左思右想，總覺不好，只得回覆制臺道：「司裏的公事，承上宣下，一來忙的實在走不脫身，二來司裏亦不會說外國話，不認得外國字，將來到了銀行裏，查起外國帳來，一個字不認得，還不是白去？這樁事關係很大，請大人委了別人罷。」制臺道：「好在總要帶著繙譯去的，只要帶個明白點的繙譯就是了。就是兄弟亦不會說外國話，不認得外國字，怎麼也在這裏辦交涉呢？」

藩臺被制臺頂的無話可說，只得又稟請了一位洋務局裏的提調——乃是本省候補知府，姓楊名達仁。因為他從小在水師學堂裏出身，認得鬼子多，而且也會說兩句外國應酬話。——同他去，便借他做個靠山。他本任之事，當由制臺札委鹽道，暫行兼理。藩臺無奈，只得回家部署行裝，因係欽派案件，不敢耽誤，次日有下水輪船，遂即攜帶隨員幕友，逕赴上海。

一路上，兩手很捏著一把汗，深悔自己多嘴，惹出這件事來。次日輪船到了上海，上海縣接著迎入公館，跟手進城去拜上海道。見面之後，敘及要到銀行查帳之事，上海道道：「但不知余某人的銀子，是放在那一爿銀行裏的？」藩臺大驚道：「難道銀行還有兩家嗎？」上海道道：「但只英國，就有麥加利，匯豐兩爿銀行。此外俄國有道勝銀行，日本有正金銀行，以及晞囒國，法蘭西統有銀行，共有十幾家呢！」藩臺聽說，楞了半天，又說道：「我們在省裏，只曉得有匯豐銀行洋票，幾年頭裏，兄弟在上海時候，也曾使過幾張，卻不曉得有許多銀行。依兄弟想來，只有匯豐同我們中國人來往，余某人的這銀子，大約是放在匯豐，我們只消到匯豐去查就是了。」上海道道：「外國人銀行開在上海的，原是為著做中國人生意來的，那一爿不好存銀子，並不光是匯豐一家如此。但是匯豐兩個字，人家說起來，似乎熟些，或者余某人的銀子，就放在他家，也未可知。方伯可先到他家去查查也不妨。」藩臺聽說，稱「是」。於是端茶告辭。回到公館，過了一夜。

第二天一早，就要想到匯豐去查帳；起身梳洗之後，便吩咐套馬車。穿好行裝，帶了繙譯，兩個人同上了馬車，一直往黃浦灘而來。未曾上車的時候，車夫就問：「到那裏去？」藩臺說：「匯豐銀行。」車夫說：「今天禮拜，銀行是不開門的。」那繙譯因是省裏帶來的，在內地久了，也忘記禮拜不禮拜。被馬夫一句話提醒，他亦恍然道：「不錯，禮拜日外國人是不辦公事的，去也是白去。不如大人到別處拜客，明天一早去不遲。」藩臺道：「管他媽的禮拜不禮拜，我到他門口飛張片子，我總算到過的了。就是他不辦公事，料想客人總好見的。我昨天就到此地，今天還不去拜他，被外國人瞧著也不好。況且我今天見了他，先把大概情形告訴了他，明天再去查帳，也就容易些。」繙譯道：「禮拜關門，連客也是不見的，不如明兒一塊去的好。」藩臺道：「你們這些人，多走一步路都是怕的。橫豎坐馬車，又不要你跑了去，多走一趟也不難。」繙譯也不敢說別的，只好跟了他走。一霎時走到匯豐銀行門口，果見兩扇大門，緊緊閉著。投帖的人叫喚了半天，亦沒有一個人答應。投帖的無奈，只得走到馬車跟前，據實回覆。藩臺道：「既然沒有人，留張片子就是了。」投帖的又跑回去，拿張片子塞了半天，亦沒有塞進，只好蘸了點唾沫，拿片子貼在門上走了。

藩臺自己覺著無趣，又怕繙譯笑他，說他不懂外國規矩；回到公館，坐定之後，便對手下的人說道：「外國人禮拜不辦事不會客，我有什麼不曉得的。不過上頭委了我這件事，照例文章，總得做到。將來查帳查得到，固然有面子；即使查不到，我們這裏到底來過兩趟，總算是盡心的了。」他如此說，手下的人，只好連連答應稱「是」。

到了第二天，便是禮拜一，銀行裏開了門。他老人家仍舊坐了馬車趕去。未曾到銀行門口，投帖的已經老早的，拿著名片，想由前門闖進去，上了臺堦，就挺著嗓子喊：「接帖！」幸虧沒有被外國人碰見，撞見一個西崽，連忙揮手，叫他出去；又指引他走後門，到後頭去。等到投帖的下了臺堦，藩臺也下了馬車了。投帖的上前稟明原由，藩臺心上很不高興，自想：「我是客，我來拜他，怎麼叫我走後門？」原來這匯豐銀行，做中國人的買賣，什麼取洋錢，兌匯票，帳房櫃臺，統通都設在後面；所以那西崽指引他到後邊去。當下藩臺無奈，只得跟了投帖的號房，走到後面。大眾見他戴著大紅頂子，都以為詫異，說他倘然是來兌銀子的，用不著穿衣帽；如果是拜買辦的，很可以穿便衣，也用不著如此恭敬。

其時櫃臺上收付洋錢，查對支票，正在忙個不了，也沒人去招呼他。號房拿了名片，叫喚了幾聲「接帖」，沒有人理他；便拉住一個人，問：「外國人在那間屋裏住？」那人道：「我是來支洋錢的，我不曉得，你去問他們櫃上罷！」號房無奈，站在櫃臺邊望了一望，都是忙碌碌的，不好插嘴；急的藩臺罵：「沒中用的王八蛋，連帖子都不會投，還當什麼號房！」號房急了，隨檢了櫃臺上一個鼻架銅絲眼鏡的小夥子先生，問他：「外國人在那裏？我們大人要拜他。」小夥子先生望了他一眼，並不理他，仍舊低下頭，手摸算盤，跌跌撻撻算他的帳去了。

號房沒法，只得又檢了一個嘴上兩撇鬍鬚的老頭子先生，照前問了一句。畢竟老頭子先生，古道可風，回問了一聲：「你們是那裏來的？要找外國人做什麼？」號房還沒有回答他來的是藩臺大人，那老頭子先生，手裏早拿了一管筆，一疊支票，一張張的往簿子上自己去謄清，再問他話，也聽不見了。號房急得要死，藩臺瞧著生氣。

正在走頭無路的時候，忽見裏面走出一個中國人來，也不曉得是行裏的什麼人。藩臺便親自上前，向他詢問；自稱是江南藩司，奉了制臺大人的差使，要找外國人說一句話，看一筆帳。那人聽說他是藩臺，便把兩隻眼拿他上下估量了一番，回報了一聲：「外國人忙著在樓上。你要找他，他也沒工夫會你的。」此時繙譯跟在後頭，便說：「不看洋人，先會會你們買辦先生也好。」那人道：「買辦也忙著哩！你有什麼事情？」藩臺道：「有個姓余的道臺，在你們貴行裏存了一筆銀子，我要查他，到底是有沒有。」那人道：「我們這裏，沒有什麼姓余的道臺。不曉得。我要到街上有事情去，你問別人罷！」那人揚長的竟出後門去了。

其時來支洋錢取銀子的人，越聚越多。看洋錢叮叮噹啷，都灌到藩臺耳朵裏去。洋錢多用大笸籮盛著，豁瑯一攢，不曉得幾千幾萬似的。整包的鈔票，一疊一疊的數給人看，花花綠綠，都耀到藩臺眼睛裏去。此時藩臺心上著實羨慕，想：「我官居藩司，綜理一省財政，也算得有錢了；然而總不敵人家的多。」正想著，忽聽繙譯說道：「啊唷已經十二點半鐘了！」藩臺道：「十二點半鐘便怎麼樣？」繙譯道：「一到十二點半，他們就要走了。」藩臺道：「很好，我們就在這裏候候他，他總得出來的。等他們出來的時候，我們趕上去問他們一聲，不就結了嗎？」

正說著，見許多人一鬨而出，都向後門出去，也分不出那個是買辦，那個是帳房，那個是跑街，那個是跑樓。一干人出去之後，卻並不見一個外國人。你道為何？原來外國人都是從前門走的。所以藩臺等了半天，還是白等，直等到大眾去淨之後，靜悄悄的鴉雀無聲。繙譯明知就裏，也不敢說別的，只好說：「請大人暫回公館吃飯。過天託人找到他的買辦，問他一聲，或也就託他代查。大人犯不著褻尊，自己一趟趟往這裏來。」藩臺看此情形，也覺無味，只得搭訕著說道：「我同余某人並不是寃家，一定要來查他的帳。不過我不來兩趟，上頭總說我不肯盡心。如今外國人不見我，這事便不與我相干，我回省也有得交代了。至於買辦那裏，你們明天順便去問一聲也好。我們的事情凡是力量可以做到的，無不樣樣做到。他不理你，那卻無法了。至於當差使，也說不到『褻尊』二字，外國人瞧不起我們中國的官，也不自今日為始了。這件事我碰著了，倒還是心平氣和。」說罷，拉起衣裳，一直出來上馬車，趕回公館。

繙譯當天，果去託人找著了買辦，提起前情。買辦道：「不要說難查，就是容易查，他有銀子，儘著他存，他愛存那裏，就存那裏，總不能當他是贓款辦。幸而你們大人沒有來見外國人，倘若見了外國人，被外國人說笑上兩句，那卻難為情呢！」繙譯聽了這話，回來回了藩臺。於是藩臺才打斷了查帳的念頭，只想拿話搪塞制臺。不敢說洋人不見；他造了一篇謠言，說問過洋人，簿子上沒有余某人的花戶，所以無從查起。一面先行電稟，一面預備自行回省。

* * *

這日正想夜裏乘招商局輪船動身，早晨還在棧房裏默默自想：「深悔自己多事，憑空的要捉人家的錯處，如今人家錯處捉不著，自己倒弄了一場沒趣。」越想越沒味。正在出神的時候，忽然門上傳進一個手本，又拿著好幾部書，又有一個黑紙簿子，上面題著「萬善同歸」四個大字。藩臺見了詫異，忙取手本看時，只見上面寫著「總辦上海善書局候選知縣王慕善」。又看那幾部書：一部是太上感應篇詳解，一部是聖諭廣訓圖釋，一部是陰騭文制藝，一部是戒淫寶鑑，一部是雷祖勸孝真言，藩臺看了，心上尋思道：「原來都是些善刻。刻善書，固是好事。但他忽然要來找我，卻為何事？」

心上正想回復不見，那個拿手本的二爺說道：「這位王老爺，據他自己說起，真正是個好人，自從他開了這個書局之後，所有的淫書，已經被他搜尋著七百八十三種，現在一齊存在局中，預備大人調查。有些書，外頭都沒有板子，只有他那裏一部。他隨身帶個手摺，都開的明明白白，預備當面呈上來的。」藩臺一聽這話，心上便想：「姑且叫他進來問問再說。我生平淫書亦算看得多了。那裏會有七百八十幾種？他既然有，姑且調來看看。等到看過，再出示禁止不遲。」

主意打定，便吩咐了一聲：「請。」少停，王慕善進來，磕頭請安，自不必說。歸坐之後，藩臺先問他：「這個局子，是幾時開的？一共刻了多少書？」王慕善道：「回大人的話：從卑職曾祖手裏，以至傳到如今，一直以行善為念。到卑職父親晚年，就想創個善書會；苦於力量不足，沒有辦得起來。卑職仰承先志，現在雖然粗具規模，然而經費總還不夠，所刻的書亦有限得很，剛才呈上來的幾部都是的。卑職此來：一來想求大人提倡提倡；二來還有一篇淫書目錄，等大人寓目之後，求大人賞張告示，嚴行禁止，免得擾亂人心。」一面說，一面又站起來，把呈上來的書，檢出二部，指著說道：「凡事以尊主為本，所以卑職特地注了這部聖諭廣訓圖釋，是專門預備將來進呈用的。這一部太上感應篇詳解，是卑職仰體制臺大人的意思做的。聽說制臺大人極信奉的是道教，這太上感應篇，便是道教老祖李老子先生親手著的救世真言。卑職足足費了三年零六個月工夫，方才解釋得完。意思想要再求大人賞張告示，禁止書賈翻刻，只准卑局一家專利，如此卑局方能持久，如有什麼善書，便可多刻幾部；就是大人有什麼著作，卑職亦可效勞。」藩臺道：「能夠多刻幾部，原是極好的事；不過專利一層，我們做大憲的人，只能禁人為非，那能禁人向善。至於提倡一節，亦是我們應盡之責，什麼聖諭廣訓圖釋，太上感應篇詳解，你明天可送幾百部來，等我下個公事派給各府州縣去看。」王慕善道：「卑局裏的書，能得大人如此提倡，將來一定可以暢銷。卑職回去，就在每部書的面上，加上『奉憲鑑定』四個大字。明天每樣先繳進兩百部來。」藩臺道：「很好。」

王慕善道：「請大人的示：這筆書價，卑職還是具個領字，由大人這裏來領呢？還是等到大人回省之後，再到大人庫上來領呢？」藩臺初意，以為他這些善書，雖然賣錢，至於這一二百部，一定是捐給各府州縣看的。今見他論到書價，心上便有點不高興，楞了半天，說道：「既然想要勸人為善，最好把這些書，捐送與人家。如果要人家拿錢，恐怕來買的就少了。」王慕善不禁一驚道：「回大人的話：三部五部，卑職還捐送得起；再多，不要說是卑職捐不起，就是卑局裏也難支持得住！」藩臺道：「這開書局的經費，是那裏來的？」王慕善道：「都是捐得來的。」說著，又把那本「萬善同歸」的簿子，翻了出來，查給藩臺瞧。一頭指著，一頭說道：「這是某軍門捐銀五十兩，這是某中丞捐洋五十元，這是某方伯捐銀三十兩，這是某太守捐洋四十元。」隨後又特地翻出一條，指給藩臺看道：「這是家兄王子密部郎，就是現在做小軍機的，他也幫過二十四兩。」藩臺道：「原來老兄是子翁的令弟！兄弟同令兄很要好，兄弟去年陛見進京，我們兩個很說得來。但是這些錢，都是眾人捐湊的，更不應該拿他賣錢。兄弟既與令兄相好，將來回省之後，替老兄想個法子，弄一筆永遠經費。外府州縣有肯為善的，也著他們捐兩個。」王慕善聽了，特地離位請了一個安，又說了聲：「謝大人栽培。」藩臺道：「這書同簿子，你先帶回去。我這裏有什麼捐款，隨手就送來給你，不消得寫簿子的。」王慕善於是感激涕零而去。

藩臺送客回來，對著同來的幕友相公說道：「現在時勢，拿著王法威嚇人，叫人做好人，還沒人聽你的話。如今忽然拿著善書去勸化人，你送給他瞧，他還不要瞧；還要叫人家拿錢，豈非是做夢。說句老實話，這些書我就不要瞧；倒是把他那七百多種淫書調來看看，一定有些新鮮東西在內。」藩臺說到這裏，便有一個幕友插嘴道：「方伯既然曉得他這些書沒用，為什麼還勸他捐給人家看呢？」藩臺道：「勸人為善，一來名氣好聽；二來他是小軍機王子密的令弟，把他敷衍過去就完了。我那裏有這許多工夫，去替他派書，替他斂錢呢？」眾人聽了，方才明白。到得晚上，便即搭了輪船回省銷差。

次日王慕善還痴心妄想，當他未走，把善書裝了兩板箱，叫人擡著，自己跟著，送到行轅裏來。到門一問，才曉得藩臺大人，昨兒夜裏已經離了上海。王慕善至此，還不覺得藩臺昨兒同他說的一番話，是敷衍他的；還疑心有了什麼要緊公事，急於回省。仍舊把書箱擡了回來，同人商量，把書箱交輪船寄上去。自己又另外打了一個稟帖，隨著書箱，同寄南京。

藩臺回省，查的參案，預先請過制臺的示，無非是「事出有因」，「查無實據」。大概的洗刷一個乾乾淨淨，再把官小的壞上一兩個。什麼羊紫辰，孫大鬍子，趙大架子一干人，統通無事。稟復上去，制臺據詳奏了出去。凡有被參的人，又私底下託人到京裏打點，省得都老爺再說別的閒話。一天大事竟如此瓦解冰銷。這是中國官場辦事，一向大頭小尾慣的；並不是做書人，先詳後略，有始無終也。閒話慢表。

*　　*　　*

且說：王慕善自經藩憲一番獎勵，果然於此日，刻了一塊戳記。凡他所刻的善書，每部之上，都加了「奉憲鑑定」四個大字。又特地上了幾家新聞報紙的告白。又把自己書局門口原有的招牌，重新寫過，是「奉憲設立善書總局」。招牌之旁，又添了兩扇虎頭牌，寫的是「書局重地，閒人免入」；一面又掛著一條軍棍。據他自己說：「現在我這爿書局，既然收了由官經辦，我應得按照總辦體制：夥計們就是司事；吩咐手下的人，以後都稱我為總辦。」看了日子開局，懸掛招牌。預先由帳房，在九華樓定了幾桌酒，登了一張知單。凡認識的官紳兩途，請了好幾十位。單子上：也有寫「知」字的，也有寫「代知」的，還有寫「謝謝」的。有些不曉得他的根底的，還當他的確是小軍機王某人的令弟，同藩臺有多大的交情，一齊湊了分子來送禮。

吉期既到，書局門前，懸燈結彩；堂屋正中，桌圍椅披，鋪設一新，又點了一對大蠟燭。王慕善穿了行裝，掛著一付忠孝帶，先在堂中關聖帝君神像面前，拈香行禮。磕頭起來，手下的司事，又一齊向他叩頭賀喜。然後人來客往，足足鬧了半日。王慕善生怕正經官紳來的不多，掃他的面子，預先託了人，走了門路，處處說好。居然到了那日，大老紳衿，也到得兩位。王慕善便殷殷勤勤，留住吃飯。

當下居中一席，賓主六位，王慕善自己奉陪。五個客人，統通都是道臺。第一位姓宋號子仁，廣東人氏；官居分省試用道，乃是這裏有名的紳董，常常要同上海道見面的。第二位姓申號義甫，蘇州人氏；乃是一爿善局裏的總董，自從他爺爺手裏創辦善舉，無論那一省有什麼賑捐，都是他家起頭。有名的申大善人，沒有一個不曉的。到這申義甫手裏，也著實有幾文了。申義甫每辦一次賑捐，連捐帶保，不到五六年，居然由知縣也升到道臺，指省浙江。因為近年光景甚好，過的日子很舒服，也就不去到省了。第三位新從京裏引見出來，路過上海，尚未到省的一位湖南試用道，姓朱號禮齋，山西人氏。王慕善因為他也是觀察，借他來裝場面的，偏偏這位朱禮齋，最喜歡擺自己的觀察架子，有人問他「貴姓，台甫」，他對答之後，定要贅上一句：「兄弟是湖南候補道。」無論湖南人員，也不論候選候補，只要官比他的小，見了他面，無論在張園裏，或者戲館裏，番菜館裏，尊他一聲「大人」；他馬上就替人家惠茶東，惠戲價，惠酒帳。上海每爿票號，都說有他的本錢在內，手邊亦著實開闊。有人拿了手本，到他公館裏請安，同他敘大人卑職，他定請見。倘或告幫：少則十塊八塊，多則三十二十，亦常常的給人家。王慕善曉得他這個脾氣，便有心結交他，無論那裏碰著，老遠的就是一個安，高高朗朗，叫聲：「大人。」請起安來，眼睛望著鼻子，低下了頭，拿兩隻手往屁股後頭一癟。倘或朱觀察問長問短，他滿嘴的「是是是，者者者」。因此朱觀察很賞識他，肯同他來往。第四是一位江西候補道，姓蔡號智菴，乃浙江人氏，是聰明刁刻一路的人。曾經代理過三個月鹽道，自以為拿過印把子的人，覺得比眾不同，眼眶子裏只有督撫藩臬，別人都不在他心上了。因與王慕善稍微沾點親戚，王慕善特地央他來陪客。他初意想不來的，後來聽說宋子仁，申義甫一干人，統通在彼，曉得場面還好，所以趕得來的。還有一位姓翁號信人，山東人氏；身上只捐了一個候選道，在上海做做生意，不知如何被王慕善請得來的，便把他屈坐了第五位。

幸虧他為人顢顢頇頇，對於這上頭，倒也並不在意。

當下坐定之後，王慕善先開口問宋子仁，申義甫二位道：「宋老伯，申老伯，這兩天的公事一定忙得很？」宋子仁皺著眉頭道：「不要說別的，單是兩江制臺，蘇州撫臺，託我查察的事件，就也有七八樁在身上。還有上海道，託我出來調處的事情，還有地方官辦不了的事情，亦一齊來找我。真是天天吃了人參，精神亦來不及！剛剛上海道還在兄弟那邊，上海道前腳走，上海縣跟著又來，並不是欺他官小，對不住他，只好擋駕。見面之後，有得同你纏，只怕到此刻還不得來。義翁，你這兩天接到山東的電報沒有？黃河怎麼樣了？」申義甫立刻擺出一副憂國憂民的面孔道：「利津口子還沒有合龍，齊河的大堤又衝開了。山東撫臺昨兒一天，共總有九個電報給兄弟，託兄弟立刻替他匯十萬銀子去。子翁，現在市面銀根如此之緊，一時那裏提得到許多！後來又來一個電報，說叫二小兒到工上去當差，年終合龍，兩個過班可得道員。因此情面難卻，匯了五萬銀子給他。二小兒亦就這兩天動身前去。子仁可有什麼信帶？」宋子仁道：「恭喜恭喜，二世兄不日也同義翁一樣，真正是鳳毛濟美。兄弟有什麼信，回來寫好再送過來。」

正談論間，代理過江西鹽道的蔡智菴，因與朱禮齋，翁信人攀談，彼此問起「貴姓，台甫」。朱禮齋回答之後，又從靴筒子裏掏出一張申報，上面刻著分發人員名單，便指著一行說道：「上月引見分發的這湖南道員朱儀孫，就是兄弟。」蔡智菴自以為曾經拿過印把子的人，自然目空一切。誰知翁信人也只是不理他。只有王慕善替他亂吹，說道：「這位朱大人，學問經濟，名重一時。這回晉京引見，上頭聖眷極好，不日就要放缺的。」蔡智菴不等他說完，急於替自己表揚道：「現在皇上很留心吏治，所以我們敝省撫憲陸大中丞，委派兄弟代理糧道的摺子上頭，特地還加了四個字的考語。諸位要曉得代理的時候雖短，有得代理，就會署事，有得署事，就會補缺。同是一樣候補道。儘有候補了幾十年，一回印把子拿不到的多著哩！」王慕善聽了，不勝傾倒。

這時候朱禮齋已經問過翁信人的「貴班」；翁信人說是候補道。蔡智菴道：「信翁要做事情，何不分發到省？不要說補缺，就是像兄弟代理過一次，到底多了一付官銜牌，說起來名氣也好聽些。」翁信人道：「在這裏做做生意，本來算不得什麼。不過常常要同你們諸位在一塊兒，所以不得不捐個道臺，裝裝場面。我這道臺，名字叫做『上場道臺』，見了你們諸位道臺在這裏，我也是道臺；如果見起生意人來，我還做我的一品大百姓。」翁信人一面說，一面端起酒杯來，一連喝了五大鍾，也微微的有了點酒意。蔡智菴被他說得頓口無言；朱禮齋也做聲不得。

中義甫大善士，便提起印刷善書一節：「真是關係人心風俗的一件事情。明天小兒到北邊，可以叫他帶幾十部去，順便送送人，也算得一樁善舉。」王慕善道：「小姪這爿書局，所出的書，有諸位老伯，諸位憲臺提倡，不愁沒有銷路。但是吃本利害，小姪自己一個錢的薪水不支；以及天天到局裏辦公事，什麼馬車錢，包車夫，還有吃的香煙，茶葉，都是小姪自己貼的。真正涓滴歸公，一絲一毫不敢亂用。如此謹慎，每月還要墊得五六百塊，什麼朋友薪水，刻板印刷的工錢，以及紙張等類，沒有一項少得來的。上回南京藩臺到這裏，小姪前去叩見。承他老人家美意，允許各項善書，每種要一千部，札派各府州縣，代為分銷；將來這項書價，就在他們養廉銀子裏扣回，卻是再好沒有。不過目下要墊本印書，至少非四五千金不可；所以小姪要求諸位老伯，諸位憲臺，替小姪想個法兒，支持過去。將來少則三月，多則五月，各府州縣書價領到之後，一定本利同歸。小姪是決不食言的。」

當下各位道臺聽了他的話，你望望我，我望望你，一句話也沒有。到底朱禮齋慷慨，首先創議，助銀五百兩。王慕善立刻請安，「謝大人提倡。」跟手宋子仁說了聲：「兄弟只好勉竭棉力，捐一百銀子，附附驥的了。」蔡智菴是向來吝嗇的，不肯自己拿錢，卻替王慕善出主意，說道：「這件事情，我們儘力幫一千，幫八百，在我們已經出了一身大汗，然而還缺多少，於事仍屬無濟。兄弟有個愚見，不知義甫翁以為何如？」申大善士忙要請教，蔡智菴道：「所有各省賑捐銀子，都在義翁的手裏，無非是存在莊上生息。現在兄弟做個中人，求義翁撥借王大哥五千，利錢或照莊折，就是多點也不妨。將來書價領到，本利雙還：一則成全了善舉；二來義翁又可多收幾個利錢，豈不公私兩便？」宋子仁也幫著勸說，連稱「智翁所言極是。」王慕善聽得心花都開。只見申大善士連連搖頭道：「使不得！使不得！這筆賑捐銀子，自從先曾祖存到如今，已有八十多年，是從來沒有人提過。如今五千金雖然為數不多。王大哥非荒唐之人，兄弟亦沒有什麼不放心。但是此例一開，人人都好來借。借的多了，都像王大哥這樣謹慎的人，是不打緊；設有差池，這筆款子誰來歸還？所以兄弟這個不能出借的苦衷，還求諸公原諒！」

正說話間，忽見外面來了一個人，急匆匆走到申義甫耳朵旁邊，說了兩句話。頓時申大善士面孔失色。大家正要問信，又見走進兩個堂子裏的娘姨大姐，直至筵前，朝著王慕善說道：「恭喜耐王大少，倪先生也來哉！」一句話，又把個王慕善弄得置身無地。

欲知後事如何，且看下回分解。

第三十四回　辦義賑善人是富　盜虛聲廉吏難為

話說：王慕善這日，正在局裏請客吃酒，忽然走進來兩個堂子裏的娘姨大姐，笑嘻嘻的朝著他說：「我們先生就來。」王慕善一看，來的不是別人，正是他相好，西薈芳花媛媛的一個大姐，名叫阿金，一個娘姨名喚阿巧的。便是前個月裏過節，王慕善短欠這花媛媛十二檯酒錢，九十六個局錢，節邊正因轉運不靈，沒有送去。花媛媛的母親，平時因見這位王大少來往的很有幾個大人老爺，諒非安心漂帳的人，一時掉頭不轉，也是有的。因此並未叫娘姨大姐上門來討。以為過節之後，只要王大少仍舊前來照應，這錢終究要還的。誰料自從節前頂到如今，王大少一趟未嘗光臨。到局裏問問，總說在家裏。到公館裏問問，又說在局裏。打定主意，總不叫你見面。後來又聽他同走的朋友講起，說王某人節後又做了百花底的周寶寶，兩人十分要好，不到一月，已經吃過三個雙檯，碰過八場和。花媛媛的娘心上恨極了，幾次三番要去候他；總被他預先得信，不是從後門逃走，便是賴在周寶寶房間，迸住不出來。

因此花媛媛的娘，一連候了幾日，未曾候到，只得天天仍舊到書局裏來跑。後來碰到過一次，花媛媛的娘本來要同他拚命的，禁不起他花言巧語，下氣柔聲，一味的苦纏，央告花媛媛的娘道：「姆媽不要動氣，實因前帳未付，沒臉登門，並非不放在心上。」又道：「姆媽，我的事情，你是曉得的。目下我這邊書局，新馬路宋子仁宋大人，鐵馬路做善舉的申義甫申大人，都肯幫我銀子，把局面著實還要撐大。目下他們幾位都已答應，但是銀子還未到手；等到他們把錢一送來，頭一注就先拿來還你。非但酒錢菜錢兩三百塊，算不得什麼；並且我從前許過媛媛，送他一付金釧臂，如今也要了此心願。請你今天先回去。我少則十天，多則半月，一定不會誤你事的。」花媛媛的娘道：「大少！人心是肉做的。你春天來做我們媛媛的時候，還是個小先生；如今……。」王慕善不等他說完，便道：「你不要說了，我有什麼不曉得的。等我銀子下來的多，還要討媛媛來做姨太太哩！你就是我的丈母娘。我討了媛媛，接你丈母娘一塊同住。」花媛媛的娘道：「大少，你只要把局錢菜錢算還給我，就夠了；別的好處，我亦不敢妄想了。」王慕善道：「事情將來定要如此辦，你放心便了。」花媛媛的娘，也只得權時隱忍而去，連他跳槽的事，亦未揭穿。

誰知過了半個多月，仍無消息。花媛媛的娘，一連又叫人來過兩三趟，無奈總不見面。他這爿書局，乃開在靶子路北面，來一趟非輕容易。花媛媛的娘急了，乃買通王慕善的車夫；車夫便告訴他：「幾時幾日開局，我們東家一定在這裏的，你們儘管來就是了。」花媛媛的娘，記在肚裏。誰知到了開局的那一天，王慕善早已防備，預先託了宋子仁，替他到營裏借了四名親兵，穿著號褂子，站在局門口，彈壓閒人。又請巡捕房，派了兩個華捕，幫同禁阻一切閒雜人等，毋許擅入。

卻說：花媛媛的娘，這日有事在心，一早便喚女兒起身，收拾停當，已有十一點半鐘，及至走到，不差亦有半點鐘了，只見人來客往，馬車包車，著實不少。花媛媛母女兩個，曉得此時不便，又在外面茶館裏，等了點半鐘。看看來的人已有大半，方同了阿金，阿巧，來至門前；親兵巡捕，攔阻不准進去。媛媛母女二人，面孔究竟還嫩，禁不起呼喝，便退了出來。

畢竟阿巧心靈機巧，便道：「既到此間，那有不見之理？」便讓媛媛母女仍到茶館裏去坐。他就拉了阿金，硬闖進去，巡捕喝問何人，阿巧便說是王老爺自己公館的人。巡捕不便阻攔，任其揚長進去。王慕善一見，果然大吃一驚。檯面上正是一班貴客，倘若鬧穿，諸多不便。急能生巧，便道：「你們來，極好，我家大老爺，本來有一信在這裏，我因為有事，所以還沒送來；如此就託你二人帶了去，省得我去一趟。」說罷，趁著到房取信為由，把阿金，阿巧，一直領到帳房。先埋怨他不該當著大眾，坍我的臺；又說：「上下不過幾天，怎的急到這步田地？」阿巧道：「事情並不與我相干，他母女兩個，一定要來，伺候在茶館裏，大少你自己同他去說罷！」王慕善皺皺眉頭道：「我在這裏有事，你們偏偏要來同我胡纏！」阿巧道：「這是你自己不好，說話不當話，也怪不得別人。洋錢一時來不及，多少給他們幾個，陸陸續續的開銷點，他們也不來找你了。」王慕善曉得今天的事，非錢不能了結。硬硬頭皮，從帳房櫃子裏，取出昨兒新借來的一封洋錢，數了數，除用之外，只賸得六十多塊了。於是把零頭留下，先拿五十塊錢給媛媛；又拿十塊給阿金，阿巧平分，叩求二人，快快勸他母女回去，有話過天再說。

阿巧，阿金見錢眼開，樂得做好人，拿著洋錢，倒千恩萬謝而去。王慕善見他二人走出大門，方把一塊石頭放下；重新趕到客堂入席，連道：「對不住！」又道：「剛才來的兩個人，說也好笑，他先生就是普慶里的洪如意，還是家兄去年路過上海的時候，照應過他幾十個局，碰過幾場和，吃過兩檯酒。等到家兄進京之後，他們常常通信，還帶東西，都是小姪替他們傳遞。」宋子仁道：「令兄大人，真要算個風流才子了。洪如意是由蘇州來的，一切氣派到底兩樣。」當下你一句我一句，竟把花媛媛一段故事，絲毫未嘗揭穿。

王慕善於是把心放下，舉箸讓菜。忽然才覺得不見了上面第二位申大善士，忙問眾人：「申老伯那裏去了？」宋子仁對他說：「申義翁聽說為著莊上存的一筆款子，也不曉得怎樣，管家來送了個信給他，他就急忙忙的去了。不及關照你，託我們關照你，一打岔就忘記了。」王慕善聽了，甚為氣悶；只因蔡智菴有勸他代借五千銀子的一句話，雖未答應，在王慕善卻不能不痴心妄想。當下席散，眾人告辭。

次日朱禮齋果然送到五百兩銀子。王慕善千恩萬謝，自不必說。但是上節過節，拖欠太多。五百銀子，換了六百幾十塊錢，還還局帳，還還店帳；大老官有了錢，腰把子就硬起來了，不免又要多擺幾個雙檯，以及吃大菜，叉麻雀，坐馬車，看戲製行頭，都是跟著來的；不到十天，五百雪花銀，早花得乾乾淨淨。

等到錢化完了，又想到：「宋子仁還答應過我一百銀子，不免向他要來應用。」偏偏碰著這位老先生，極其囉唆，又是極其小心。見面之後，問長問短：問局裏一個月有多少開銷，現在已刻了多少書，每年可趁幾個錢。王慕善於是隨嘴亂編，只求搪塞過去，好拿他的銀子。後來宋子仁，又說了許多勉勵他的話，然後拿出來一張月底的期票。王慕善錢既到手，如獲至寶，便也不肯久坐，隨意敷衍了幾句，一溜煙辭了出來。

回到局裏，一看是張期票，遠水不能救得近火，於歡喜之中，不免稍為失望。躊躇了半天，只得託本局帳房朋友，化了幾塊洋錢，到錢莊上去貼現，換了回來。又被帳房扣下五十多塊，說是工匠薪工，廚房伙食，再不付，人家都要散工了。王慕善因到手只有八十來塊錢，急的朝著帳房頓腳；心上雖不願意，而又奈他不得。八十來塊錢，禁不得大用，不到三天又完了。沒得錢用，只得另覓別法。

又想：「錢少了，實在不夠揮霍。現在不如去找蔡智菴，前天承他美意，肯替我向申義甫設法。」主意打定，便去找蔡智菴。蔡智菴聽出前天申義甫的口氣，曉得他一定不肯挪借，恐怕自己去說不成功，要坍臺的；便道：「這話，須得你老哥自己去找他，我們旁邊人，只能敲敲邊鼓。他同老哥交情厚，自然會替你老哥想法子的。」王慕善不知他用意，便道：「卑職遵大人的示，且等卑職去過之後，看是如何說法，再來稟復大人，求大人替卑職想個法兒。」蔡智菴道：「就是如此。」

王慕善從蔡智菴那裏出來，果然去找申大善士。進門之後，託門上人通報。門上人說：「我們大人，正接著山西電報。聽說山西今年鬧荒年，撫臺有電報來，託這裏匯銀子去。正請了閻二老爺來，在廳上商量呢！你老還是此刻見，還是停刻見？」王慕善一想：「我這趟來的真不湊巧，偏偏來找他，偏偏碰著他有事。但既來到此間，斷無不見佛面之理。」便道：「不管是誰，你替我回就是了。」

門上人遞上名片。申義甫一見是他，肚皮裏就有點不願意，心上想道：「那天蔡某人一開口，就勸我借給他五千銀子，好容易被我借端逃走。他今日又纏上門來，真正討厭！」欲待不見，不料王慕善已到廳簷底下等請了。申大善士無法，只得叫「請」。見面之後，寒暄過去。申義甫不等他說話，先問他道：「你曉得了沒有？」王慕善回稱：「不知。」又問：「老伯有什麼事情？」申義甫道：「山西荒年，草根樹皮沒得吃了，現在吃人肉。撫臺有電報來，託我替他捐一百萬銀子的款，立等散放。老兄你是曉得我的光景的，不要說是一百八十萬，就是十萬八萬三千五千，我也得一個個的在人頭上捐下來，那裏有這筆閒款來墊哩？」王慕善道：「救人一命，勝造七級浮屠。老伯做的是好事，如果有錢墊，自然早解去一天，可以把人早救活一天。」申義甫道：「呀呀乎！兄弟若不是辦的頂真，都像這樣東挪西借起來，那裏還能撐得起這個局面？」閻二先生也幫著申義甫說：「申大先生如何勸懇，如何為難。現在賑捐已成強弩之末，那裏能像從前來的容易？」滔滔汩汩，說個不了。

* * *

王慕善到此，方請教他姓名。申義甫道：「你連閻二先生閻大善人還不認得，也難為你這個『老上海』了！他姓閻，他的號叫佐之。新近由知州保舉了直隸州，已經三次奉旨嘉獎。有兩回上諭高頭，兄弟名字底下一個總是他。」閻二先生聽了，滿面孔義形於色，便亦請教王慕善的名號。王慕善說了。申義甫道：「這位王大哥，就是我同你說過，開辦善書局的那一位。」閻二先生道：「我們中國人，認的字的有限，要做善事靠著善書教化人，終究事倍功半。倘若拿善書送給人家，人家不看，這書豈不白丟？依兄弟愚見，總不如實事求是，做些眼前功德到底實在些。申大先生以為何如？」申義甫未及開口，王慕善道：「兄弟力量不足，所以只好刻刻書，勸化勸化人。如果本錢大，力量足，像申老伯做的這些事，我都要做的。」

閻二先生冷笑道：「做善事要本錢，任憑你一輩子都做不成。兄弟資格淺，說不著。即以我們這申大先生而論：當初他家太太老伯手裏，何嘗有錢。他家太太老伯，起初處個小館，一年不過十來弔錢。後來本鄉裏，因他年高望重，就推他做了一位鄉董。他老人家從此到處募捐，廣行善事。俗語說：『和尚吃八方』，他家太太老伯，連著師姑菴裏的錢，都會募了來做好事，也總算神通廣大了。他家太太老伯不在的時候，已經積聚下幾百弔錢。到他太老伯，以至他老伯手裏，齊巧那兩年，山東，河南接連決口。京，津一帶赤地千里，地方上曉得他家肯做好事，就把他推戴起來。凡有賑捐，一概由他家經手。所以等到他家老伯去世，莊上的銀子，已經存了好幾十萬了。申老伯去世的前頭幾年，記得那時候，我只有十三歲。有天到申府上，替申老伯請安，申老伯拉著我的手說道：『你們小孩子家，第一總要做好人。做了好人，總究有返本的。你想我公公手裏，是什麼光景，連頓粗茶淡飯，也吃不飽。自從做了善事，到我手裏，如今房子也有了，田地也有了，官也有了，家裏老婆也有了，孩子伺候的人也有了，那一樁不是從善事來的？「皇天不負苦心人」，這句話是一點不差錯的。』後來申老伯去世，就傳到我們這位申大先生手裏。申大先生更與眾不同，非但局面比前頭來的大，如今他老人家的頂子，已經亮藍，指日就要紅了。你不聽見說，他們世兄即日也要保道臺，真正是『鳳毛濟美』，可欽可敬！」王慕善聽了，不勝豔羨；隨向閻二先生說道：「你佐翁先生，雖然不及申老伯，照此下去，發財亦是意中之事。」閻二先生道：「說那裏話！我那裏比得上他！大學上說的『心誠求之，雖不中不遠矣！』我現在正在這裏求著哩！」

申義甫道：「不用你求，山西這一趟，你亦跑不掉。現在算來算去，與其我們捐了銀子匯上去，叫他們去做現成好人；何如我們自己去，也樂得叫他們地方上供應供應。我們吃辛吃苦賣了許多面子，捐了許多銀子，還不應該好好的巴結巴結我們嗎？而且還可以多帶幾個人去，將來義賑出力，保舉當中，也樂得提拔幾個人。」閻二先生一迭連聲的答應「是」，又問：「大約幾時可以動身？」申義甫道：「至少亦得十來天。現在頂要緊的是刻捐冊，刻好了，好託報館裏替我們一家家去分送。稿子我這裏已經擬好了一張，你看看還有要改的地方沒有？」閻二先生大約看了一遍，說道：「好是好，但是還少了八個字。」申義甫忙問：「那八個字？」閻二先生道：「『經手私肥，雷殛火焚。』這八個字好少的嗎？你若是不把這個字刻上去，人家一定不相信。」申義甫道：「是極，是極。這是我一時忘記。這八個字本來是不能少的。」

其時王慕善亦站起來，幫著看了捐冊底稿一遍，楞在旁邊，一聲不敢言語。後來聽了他二人攀談。方曉得其中還有這許多講究。末後申，閻二人，又談論到名字。申義甫道：「兄弟是勸捐世家，居中頭一個兄弟也不消客氣的了。其餘的你斟酌去罷！」王慕善至此，忽然動了附驥的念頭，便朝著申義甫說道：「申老伯，小姪雖是財力淺薄，這勸捐的事，自分還辦得來。可否這捐冊後頭，附上小姪一個名字？一來等小姪附驥，叫人家瞧著，小姪得與諸大善士在一塊兒辦事，也是莫大之榮幸；再則小姪也可以借此歷練歷練。小姪情願報效，捐來的錢，涓滴歸公，一個薪水也不敢領。」

申義甫聽了他話，同閻二先生兩個，你看看我，我看看你。歇了半天，申義甫未及開言，閻二先生先發話道：「備個名字在裏頭，這樣事倒不容易。你不要以為安個名字上去是小事。一個名字，雖然只有三個字，一個字要有幾百萬銀子的鄭重。你自問你有這個肩膀，擔得起這個鄭重不能？」王慕善道：「既然如此，我去找宋子仁宋老伯，做個保人，可好不好？」申義甫一想：「他這來是為借錢來的。現在借錢的話，說不出口，倒想幫著勸捐，只求附個名字，我不好不答應他。而且他所來往的，都是幾個觀察，看上去場面還不錯，樂得送個人情，答應了他。」便道：「並不是兄弟不相信吾兄，一定要吾兄找保人，實因事情關係者大，並不是兄弟一人之事，兄弟也作不得主；倘有保人，人家就不會批評到兄弟了。」王慕善道：「這個小姪都知道。」申義甫又道：「吾兄現在做了我們自己一家人了，但願吾兄從此一帆順風，升官發財。各式事情，都在此中生發，真正是名利雙收，再好沒有。從前人說『為善最樂』，兄弟是過來人，難道還騙你嗎？」王慕善聽了，自然高興。

閻二先生道：「現在捐冊還沒有刻，再一筆筆的捐起來，至快也要二十天才得動身。今年十月裏，乃是家慈的七十晉九的生日。上次廣西賑捐，請獎案內，已經替他老人家，請了二品封典。前月家表兄進京，順便把誥命軸子領到。兄弟打算看個日子，借張園替他老人熱鬧一天；十月裏兄弟又出去放賑，不能在家裏，也就借此預祝，以盡人子之心。大先生以為何如？」申義甫道：「是極，是極。顯親揚名，本該如此。佐兄不是這兩年辦賑，那裏能夠有此一番作為？如有知單公啟，兄弟一定預名。」閻二先生道：「本要借重。」又閒談了一回，彼此別去。

自從這天起，申義甫便拿紅紙，另寫了一張「勸捐山西急賑總局」的條子，貼在門口。王慕善便不時到他的家裏鬼混。過了三天捐冊石印好了，下一排末了一個，果然刻著王慕善的名字。王慕善看了，心上著實得意。所有捐冊，除送報館代為隨報分送外，但止王慕善一個人，身上就揣了五六百張。每到一處，開口三句話不離本行，立刻從懷裏掏出捐冊來送給人看，又指著末一個名字說道：「這就是兄弟，現在也在這裏頭幫忙。諸公如要賑濟，不妨交給兄弟，同送到局裏都是一樣的。再者兄弟是初進去，等兄弟名下多捐幾個，也替兄弟撐撐面子。」人家見他說得如此懇切，有些抹不下臉的，不免都得應酬他幾塊。然而大注捐款，一注沒有。捐了三天，捐冊送掉三百多份，只捐得一百八十幾塊洋錢，都是些零星碎戶。王慕善便有些懶惰起來。及至回到局裏一問，才曉得申大人三天不出門，坐在家裏，已經捐了人家十幾萬了。王慕善才曉得這勸捐一事，竟同做官一樣，非有資格不可。

* * *

正是有話便長，無話便短。過了幾天，便是閻二先生替他老太太預祝的日子。到了幾天頭裏，先把張園大洋房定下，隔夜帶了家人前去，鋪設一新。又定了一班髦兒戲。發了一張知單，總共請了三百多客，都是上海有名的大人先生。到了次日，閻二先生一早起來，穿了袍褂，坐了馬車，趕到張園，又把自己妾生的一個兒子帶了來；這個兒子才有九歲，也紮扮著，穿著小袍套小靴帽，戴著五品頂子。說今天來的客多，好叫他幫著回拜。此外帳房家人，一共去了十來個。閻二先生是七點鐘到的張園，八點頭一位客到，乃是這裏有名的一位道臺，叫做磕頭道臺，這人年紀，也有四十來歲了，據他自己說，他這個道臺，也捐了二十來年了，指省湖北，一直沒有當過差使。公館住在上海。專候人家有喜慶等事，他便穿著衣帽，前來攏闊；無論這家同他有無往來，只要是場面上的人，被他曉得了，到了這一天，定是他頭一個，戴著大紅頂子，前來磕頭的。後來大家看熟了，就送他這們一個美號，叫做磕頭道臺。

人家見磕頭道臺無處不磕頭，就有些不認得的人，偶遇家中有事，亦就發付帖子給他，等他來磕頭。這位磕頭道臺吃量又好，每到一個人家，總要等到開過席，吃過中飯，纔走；有時並且連晚飯都吃了去。人家有事，人來客往，總得有人陪客；別位大人先生，就是發帖子請他光臨，來雖來，不過同點卯應名一般，一來就走，而且還有擺架子不來的；獨有這位磕頭道臺，他一到之後，馬上就替你陪客送客，一直忙碌到走，不消主人費心的。因此各家都有他，都要請他。

且說：這天，磕頭道臺到了大洋房裏，拜過壽堂，見過主人，讓坐奉茶。此時為時尚早，大洋房內空落落的，一個客人沒有。主人閻二先生，因這位磕頭道臺沒有什麼談頭，便把兒子喚過來，叫他替老伯請安磕頭。道臺一見，先問幾歲，讀什麼書。閻二先生一一回答過。磕頭道臺又見他戴著頂子，便叫：

「世兄貴班。」閻二先生道：「還是前年四川水災賑捐案內，買的捐票，捐的一個同知職銜。小孩子年紀小，等他大些，再替他弄實官。」磕頭道臺道：「現在捐票什麼折頭？兄弟想請一個三代一品封典。」閻二先生道：「有有有。某翁是自己人，我老實說，若是別人，就是出了錢，我也不同他講的。某翁要辦這件事，姑且再等一個多月。這回山西義賑，極少要捐七八十萬。有些捐整千整萬的人，他們各人會替自己請獎，或者移獎子弟，我們想不到他的好處；就是請獎之外，有點盈餘，也為數有限。其次，當鋪錢業，雖然由各府各縣，傳諭各幫首董，勒令派捐。將來他們這些捐票，仍舊要出賣與人，希冀撈回兩個。這種捐票，都跟著大行大市走的，我們也佔不到便宜。要拾便宜，倒在零碎捐款上頭。人家捐了一百八十，十塊八塊，誰還想什麼好處；然而積少成多，這便是經手人的佔光。譬如：有一萬銀子的捐款，照例請獎，人所共知的，也不過十萬八萬二十萬；餘的都要等到湊齊整數，將要奏報出去的時候，那一省的事，就由那一省的督撫同我們商量好了，定個折扣，賣給人家，仍舊可以請獎，人家樂得便宜，誰不來買？而且這筆買賣，多半還是我們經手。」

磕頭道臺道：「如此一來，就是打個六折七折，賣給人家，豈不是一百萬銀子的捐款，又多出六七十萬嗎？倒可以救人不少！」閻二先生道：「你這人好呆，再拿這銀子去賑濟，我們一年辛苦到頭，為的什麼？果然如此，我是為什麼不叫你買捐票，倒叫你等兩天呢？叫你等兩天，就有便宜給你。不過這裏頭，也不是我兄弟一人之事。現在山西急等賑濟，靠你觀察的面子，只要能彀經手募捐萬把銀子，於照例請獎之外，兄弟並且可在別人名下，想個法子再送你一個保舉，不要說是一個三代一品封典，別的官還可以得好幾個哩！」磕頭道臺聽了，著實心動。不過要他募捐一萬銀子，尚待躊躇。正談論間，客人也陸陸續續的來了，於是打住話頭。

後來客人漸漸的多了，主人便吩咐開席。磕頭道臺搶著代做主人，讓人喝酒。自從冷葷盤子吃了，以及吃到後四道，一直沒有住嘴。末了上了一碗紅燒蹄子，他先讓眾人吃，眾人都說：「謝謝，實在吃不下了。」他見眾人不吃，便拿筷子橫著一捲，一張蹄子的皮，統通被他捲來，放在飯碗上。只見他拿筷子把蹄子皮一塊一塊夾碎，有一寸見方大小，和在飯裏，不上一刻工夫，狼吞虎嚥，居然吃個精光。依他肚皮，還沒有吃飽，因見眾人都停了筷子，他亦只好罷休。

這桌席散，齊巧有後來的客多開一席，他又搶著代東，吃過第二頓，方纔吃飽。抹過臉，又著實替主人張羅了一回，看了一回堂戲。後來見客人都已散完，他纔走的。

* * *

且說：閻二先生，等老太太生日做過，停了一日，出門謝過客，便預備起身。他說出去放賑，是穿不得皮袍子的；山西天冷，叫家裏人替他做了一身的絲棉襖褲穿在裏頭，將來外面，是罩件破棉袍子也很夠了。因為要做大善士，面子上不能不裝做十二分儉樸。銀子可以由匯兌莊匯去，棉襖棉褲不要說自己帶去。好在沿途都有地方官，派人照料。大善士是前去救人的，皇上還要另眼看待，不要說是一個小州縣，一個不好，只要大善士一封信給撫臺，立刻拿他撤任，就是參官亦容易，因此上誰敢不來巴結他？

諸事停當，便帶了師爺二爺一塊兒上了火輪船，取道京，津，逕往山西。在路行走非止一日。他到那裏，沿途都打電報給山西撫臺。好在大善士打電報是不化錢的。

有天到了山西境界，山西撫臺預先有滾單下來，給沿途州縣，說是南方大善士閻某人，帶了銀子，還有棉襖棉褲，前來賑濟，是救我們山西百姓來的；我們地方上，不好不盡地主之誼，一路之上，都要好好派人招呼。那些州縣，接到本省上司的公事，有什麼不盡心的？打尖住宿，一齊都預備公館；有些還張燈結綵，地方官自己出來迎接。大善士到店之後，還送魚翅酒席。

閻二先生要做出清正的樣子，一到店，便忙叫店家把燈彩一齊撤去；人家送來的酒席，一概不收。問店裏夥計要一碗開水，把那帶來蓏糕，泡上兩個吃了充饑，同人家說：「我們有乾糧吃，還算過的天堂日子。將來走到太原那邊，赤地千里，寸穀不收，草根樹皮都沒得吃，餓得吃人肉，那日子才不是人過的哩！」說到這裏，恨不得就哭出來，說道：「我想到那些遭難人的苦楚，我連乾糧都吃不下了！」人看了他這個樣子，都拿他十分敬重，齊說：「這才真正是好人呢！」

這個風聲一出，那些辦差的，便不敢替他張燈結彩，送酒席了。誰知他見人家辦差草率，便道人家有心怠慢他，說：「我費了千辛萬苦，帶了銀子，來到你山西地方放賑，原是替你們地方上救百姓的；怎麼連點供應都沒有，吃的東西亦不預備？還是瞧不起我們，拿我們不當人呢；還是多嫌我們，不要我來放賑？既然多嫌我們，不要我們放賑，我立刻寫封信給撫臺，等我們回去就是了。」地方官一見大善士生了氣，那還了得，早嚇得屁滾尿流。自己當面求情求不下，又託了紳士出來挽留，才算答應的。

等到地方官趕把酒席做好送來，他又說不要了，又道：「我不是爭他這點東西，為的是場面上下不去；況且我們辦慈善的人，自有乾糧充饑，是從來不受人家酒席的。」決計不收，一定叫來人抬回去。地方官拿他無可如何，只得忍氣吞聲而止。

有些州縣，還有意巴結大善士，連大善士的師爺二爺，都得好處，託他們在大善士跟前吹噓，將來大善士到省，好在撫藩跟前替他說好話，調好缺。因此這一路上。大善士甚有威風！

*　*　*

一日到了太原地界。這太原一府，正是被災頂重的地方。大善士見機，曉得善門難開，倘若再像從前耀武揚威，被鄉下那些人瞧見，一擁而前，那時節連他的肉，都被人家吃掉還不夠。於是吩咐手下人，分做三四起，一齊扮做逃荒的樣子，都不坐車，走了十幾里。等到進了城，見了本城地方官，然後再聲張起來，說是南邊閻大善士到了。撫臺得了信，不等他來拜，先自己去拜他，說了多少仰慕感激的話，一口一聲「閻老先生」，又面諭首府縣，好生款待，好生招呼。

閻二先生的官階，雖然只有個知州；然而這一回，乃是賑濟而來，便擺出他大善士的架子，連撫臺亦不放在眼裏，竟稱撫臺為某翁，自己稱兄弟。齊巧這位撫臺，乃是最講究這些過節的；現在為著要銀子賑濟，不能不仰仗於他。雖然奈何他不得，心上卻實在不高興，面子上依舊竭力敷衍。閻二先生頭天到得太原，第二天就派了手下司事等眾，帶了銀米，分往各處，稽查戶口，核實散放；自己也穿了極破的衣服，跟了裏頭做事。

列位要曉得，這些做大善士的人，一年到頭，捐了人家多少銀錢，自己吃辛吃苦，畢竟那被災戶口，也著實佔光。若無此輩，更不知要死掉多少人；有了此輩，到底救活性命不少，此乃做書人持平之論；若是一概抹殺，便不成為恕道了。但是辦捐的人，能夠清白乃心，實事求是，不於此中想好處的，雖然也有；至於像這回書上所說的各節，卻亦不能全免，既然有了這種人，這等事，做書的人，拿他描畫出來，也不算得刻薄了。閒話少敘。

且說：閻二先生在太原，足足放了兩個多月的賑，又辦了些善後事宜，功德做了不少，銀子卻也用去不少。不但山西百姓頌聲載道，就是山西官員，從巡撫以下，也沒有一個不感激他的。他到此更覺揚揚得意，目中無人。又他生平為人度量極小，天底下人除他之外，沒有一個好的。回省之後，見了撫臺，便把他放賑所到的地方，那些府廳州縣，某人如何不好，某人如何不好，一半公怨，一半私仇，竟說的沒有一個好人。

撫臺聽了，當時亦著實生氣，吩咐藩臺，把情節較重的，撤參了幾個。畢竟他的架子太大了，不滿意於人的地方很多。起先是他到撫臺面前，說人不好；後來漸漸的人到撫臺面前，說他不好。人眾我寡，一張嘴如何說得過眾人。撫臺想起前情來，見了人那副傲慢樣子，心上很不舒服。因此便將機就計，即上了一個摺子，上敘：「山西吏治，早已壞到極處。現當大旱之後，戶口凋殘，元氣一時難以驟復；非得關心民瘼之員，竭力撫循，不足以資補救。茲查有南中義紳，分省補用知縣閻某人，此次由上海捐集鉅款，來晉賑濟，急公好義，已堪嘉尚。自到太原後，臣屢次接見，見其才識宏通，性情樸實；每至一次放賑，往往惡衣菲食，與廝養同甘苦，奔馳於炎天烈日之中，實屬堅忍耐勞，難能可貴。及試以他事，尤復剛毅勇敢，不避嫌怨，實為當今不可多得之員。伏乞俯念晉省需才，允留該員在晉差遣，委用之處，出自逾格鴻慈……。」各等語。摺子上去，朝廷自然沒有不答應的。

有天批摺回來，撫臺也不聲張，袖了摺子，前去拜他。見面之後，又著實拿他擡舉，慢慢露出借重之意。閻二先生聽了，只當是撫臺挽留住他的話，不免拿腔做勢，添了許多自擡身價的話，說什麼「現在山東，直隸，專等著我去放賑。我顧了你們，便不顧了別處。現在除非有上諭留我在貴省幫忙，那是無可如何之事。除此之外，無論是誰，都留我不住。」撫臺到此，方微微的一笑，從袖筒管裏，取出批摺，送到他的面前。此時也不稱呼他閻老先生，但說得一句道：「現在有上諭在此，老兄請看。」閻二先生一聽大驚，趕忙接在手中看時，只見乃是山西撫臺的摺子，保舉他留他在山西的一派話；後面一行奉旨，是閻某人著交某人差遣委用十幾個字。

閻二先生看到這裏，一時又驚又喜，兩手拿著摺子放不下來。驚的是：「他在我面前，從未提過一筆，憑空的一個摺子，竟其把我留下。」喜的是：「我本是一個沒有省分的人，現在忽然歸了特旨班，即日就可補缺。」因此心上忐忑不定。「但是既經留在山西，同撫臺便是堂屬，體制不能再照前番稱呼。一旦要我恭順起來，並非心有不甘，實在面子上，一時放不下去。前日是並起並坐，今日是『大人，卑職』，未免叫不出口，難以為情。」仔細思量，躊躇不決。既而一想：「他既然能夠曉得我的好處，保舉我，他便是我的知己。古人云：『感恩知己』。我既感他的恩，就是叫聲大人，有何不可。」主意打定；於是放下摺子，連忙離坐，恭恭敬敬朝撫臺磕了個頭。磕頭之後，接著請了一個安，說了聲：「卑職蒙大人提拔，謝大人栽培。卑職情願伺候大人，替大人效力。」

撫臺仍舊是同他客氣，每逢稟見，無不立請，見了面總是灌米湯。有些實缺知府，都趕他不上，他說一是一，二是二，撫臺從沒道過一個「不」字。因而官場上有些黑點的，反去趨奉他，巴結他。他起初同人家假客氣，到得後來，就居之不疑了。又過了些時，他帶來的銀錢，已漸漸放完。因為要在撫臺面前討好，又打電報到上海，匯了十幾萬來。起先銀子都歸他一人經手，除掉放賑之外，並無別用。自從改歸山西差遣之後，上海二批匯來的錢，撫臺漸漸也要干預；有時並借辦善後為名，向他支付，他礙於撫臺情面，不敢不付。十幾萬銀子，經不得幾回，也就完了。銀子用完，再打電報到上海；人家曉得他已經做了山西的官，而且銀子已用掉不少，大約可以無須再行接濟，以後的錢，便來得不像前頭容易了。

他此時正在熱頭上，不知一樣什麼事，到撫臺面前，說首府不好。撫臺馬上把首府撤任，就同藩臺商量，派閻某人署理；藩臺道：「閻某人乃是知州班次，署理知府，未免銜缺不甚相當。」撫臺把臉一板道：「現在是什麼時候，還拘什麼資格嗎？我從前保舉他，留他在山西，就想要重用他的。現在朝廷尚且破格用人，你我豈可拘守成例？」藩臺被撫臺駁得無話可說，只得諾諾稱「是」，回到衙門裏，立刻掛牌；然而為他碰了撫臺一個釘子，心上總不高興。

第二天閻二先生上去謝委，獨獨藩臺沒有見他。撫臺又立逼催他接印。恰巧前任這幾月，碰著天旱，一無進款，賠的也苦極了，也樂得早交卸一天，早輕快一天。閻二先生擇定第三天接印。他老先生向來是儉樸慣的，上任的那一天，坐了一乘破轎子——名為四轎，其實只有兩個轎夫——一把紅傘，一面鑼，喝道的亦只有一個。問問那些人那裏去，回稱都饑跑了。閻二先生不便挑剔。等到拜過印，升堂點卯，六房書吏，只有三個人，差役亦只有五六個。點卯應名，都是一個人輪流上來好幾趟了。至於他們穿的衣裳，都同叫化子一樣。閻二先生手裏早捏著一把汗，曉得荒年沒有收成，這個缺萬無生發；只得將機就計，做個清官，還好騙騙上司的耳目。等到接印之後，一連十幾日，下屬應送的到任規，一處沒有；而且弄得是政簡刑清，案無留牘，連下屬申詳的案件，半個月來，亦是一樁沒有。並不是德化感人，實因太原一府的百姓，都已死淨逃光，所以接印以來，竟無一事可做。

他這時，仍舊總辦放賑事務。看看秋盡冬來，北方天氣寒冷，未交十月，已下得一場大雪。上海一連去了幾個電報，不見有銀子匯來，心中正在愁悶。一日端坐衙中，忽然接到撫臺一個札子。拆閱之下，這一急非同小可。

要知所為何事，且看下回分解。

第三十五回　捐鉅資紈袴得高官　吝小費貂璫發妙謔

話說：閻二先生自從代理太原府以來，每日上院稟見撫臺，以及撫臺同他公事往來，外面甚是謙恭。雖然缺分苦些，幸而碰著這種上司，倒也相處甚安，怡然自得。

不料一日正坐衙中，忽然院上發來一角公事，拆閱之下，乃是撫臺下給他的札子，前面敘說他集款放賑如何得力；接著又說：「現在已交冬令，不能布種；若待交春，又得好幾個月光景。這幾個月當中，百姓不能餐風飲雪，非再得鉅款接濟，何以延此殘生。該員聲望素孚，官紳信服。為此特札該員，迅速多集款項，源源接濟；幸勿始勤終惰，有負委任。」各等語。閻二先生接到札子，躊躇了半夜。次日上院，又要顧自己面子，不能說上海不能接濟的話；只說已經打了電報去催，大約不久就有回信的。撫臺聽了，無甚說得。

過了三日，又下一個札子催他。他弄急了，便和一個同來放賑的朋友，現在他衙門裏做帳房的一位何師爺商量。何師爺廣有韜略，料事如神，想了一想，說道：「撫臺一回回的札子，只怕為的自己，不是為的百姓罷！」閻二先生道：「何以見得？」何師爺道：「現在太原府的百姓，都完了。到了春天雨水調勻，所有的田地，自然有人回來耕種。目下逃的逃，死的死，往往走出十八里，一點人煙都沒有，那裏還要這許多銀子去賑濟？所以晚生想來，一定是撫臺自己想好處。他總覺著你太尊上海地方面子大，扯得動，一個電報去，自然有幾十萬匯下來。那裏曉得今非昔比，呼應不靈！」閻二先生道：「如今上了他的圈套，要脫亦脫不掉，你有什麼法子呢？」

何師爺此時雖然掛名管帳，其實自從東家接任到今，一個進帳沒有；而且這位東家又極其嗇刻，每日零用，連合衙門上下吃飯，不到一弔錢，就是要賺他兩個，亦為數有限。這個帳他正管得不耐煩；如今聽了東家的話，他便將機就計，想好了一條計策，說道：「太尊明日上院，只消求撫臺給晚生一個札子。晚生拚著辛苦，替太尊回上海去走一趟。」閻二先生道：「札子上怎麼說法？」何師爺道：「勸捐。」閻二先生道：「目下捐務，已成強弩之末，況且上海有申大先生一幫在那裏，你人微言輕，怎麼會做過他們？」何師爺聽了笑道：「勸捐是假，報效是真。」閻二先生聽到「報效」二字，便曉得其中另有文章，連問：「報效如何辦法？」何師爺道：「若照部定章程，開個捐局，專替山西辦捐。人家有了銀子，不論那裏都好上兌，何必定要跑到你們局裏？此所以我不說勸捐，而說勸人報效，因為勸捐是呆的，報效是活的。我只要撫臺上一個摺子，先說本省災區甚廣，需款甚繁，倘有報捐在一萬兩以上者，准其專摺奏請獎勵。」閻二先生道：「能捐一萬銀子的有幾個呢？」何師爺道：「晚生的話，還沒有說完。捐不捐在他，出奏的權柄在我。能捐一萬銀子的固然不多，只要他能多捐上六七千，我們同撫臺說明，算他一萬，給他一個便宜，人家誰不趕著來呢？合起捐官的錢來，所多有限，將來一奉旨就是特旨班，人家又何樂而不為呢？這筆款子，叫名是山西賑濟，賑濟多少，有甚憑據？儘著撫臺的便，隨他愛怎麼報銷，就怎麼報銷。如此辦法，撫臺有了好處，一定沒別的話說。你太尊就是要調好缺，過府班，都是容易之事；他還肯再叫你在這太原府喝西風嗎？」

一席話，說得閻二先生不覺恍然大悟，連連點頭，忙稱：「你話不錯。」又道：「話雖如此說，明天我就上去，照你的話回撫臺，這個札子，一定是一要就到。但是你一無官職，他下札子給你，稱呼你什麼呢？」何師爺道：「太尊辦了這數十萬銀子的捐款，還怕替晚生對付不出一個官來？起碼至少一個同知，總要叨光的了。」閻二先生笑了一笑，心上也明白：「將來一個官，總得應酬他的。准其明日等把話同撫臺說好，隨後填張實收給他就是了。」

商量已定，次日上院，便把勸人報效的法子，告訴了撫臺；又道：「我們山西沒有外銷的款子，所以有些事情，絀於經費，都不能辦。現在開了這個大門，以後儘多儘用，部裏頭還能再多來挑剔我們嗎？」撫臺聽了，果然甚喜，便問：「這件事，仍舊要到上海去辦，那裏有錢的主兒多，款子好集；但是派誰去呢？」閻二先生便把何師爺保舉上去，又說：「這何某就是在上海幫著卑府辦捐，後來又同到此地放賑的。此人人頭極熟，而且很靠得住，委他勸辦，一定可以得力。」撫臺道：「你老哥想出來的法子就不錯。保舉的人亦是萬無一失的。」說著，便叫人請了奏摺師爺來，同他說知底細。一面拜摺進京，一面就下公事給何師爺，委他到上海勸辦。

次日何師爺上轅謝委，一張嘴猶如蜜糖一般，說得撫臺竟有十二分器重。閻二先生又趁空求調好缺，撫臺道：「我亦曉得你苦久了，要緊替你對付一個好缺，補補你前頭的辛苦。你由知州保直隸州的部文已到。這回賑濟案內，我同藩臺說，單保一個過班，尚不足以酬勞；所以於免補之外，又加一個候補知府，併以道員用。兄弟老實說，這山西太原府一府的百姓，不全虧了你一個人，還有誰來救他們的命呢？就是再多給你點好處，也不為過。」閻二先生聽了，謝了又謝。不久撫臺果然同藩臺說了，另外委了他一個美缺。不在話下。

* * *

且說：這位何師爺，名順號孝先，乃是紹興人氏，自從奉了委札，便也不肯耽擱，過了兩日，遂即上院稟辭。又蒙撫臺發了來二百兩銀子的盤費，又有在省的上司同寅，託他到上海辦洋貨買東西的錢，倒也有三百兩，一共約有五百銀子光景。他便留起二百兩當盤纏，拿那三百兩換了現錢，帶著。走到路上，遇見那些被災的人，鬻兒賣女的，他男的不要，專買女的；壞的不要，單檢好的；那些人餓都昏了，只要還價，就肯賣人。人家討價，譬如十歲的人，只要十弔，五歲的只要五弔。他還價，每一歲只肯出五百小錢。人家想錢用，沒得法子，只好賣給他。於是被他這一買，不到三天，竟其買到五十多個女孩子，他一路之上，為這五十多個女孩子，倒也花得盤費不少。到了上海，檢了幾個年紀大些，面孔長得標緻些的，留下預備將來自己受用。其餘的都是賣給親戚，或是賣給朋友，總收人家好幾倍錢。末後又賸下十二多個沒有人要，幸虧他上海人頭熟，找到一個熟識的媒婆，統通交代了他，販了出去，大大的賣了一筆錢。後來這班女孩子，也不曉得被媒婆子一齊賣到一個何等所在，做書的人既非目覩，說說亦是罪過，也就付諸不論不議之列了。

且說：何師爺回到上海，便自己另外賃了一座公館，掛起「奉旨設立報效山西賑捐總局」的牌子。未到上海的前頭，已吩咐手下人等，不准再稱何師爺，須改口稱何老爺。靠著山西巡撫的虛火，天天拜客，竭力同人家拉攏。有人請酒，一概親到。如此者應酬了一個月下來，居然有些人上他的弔；報效一萬銀子的有三個，八千銀子的有四個，六千銀子的有十來個。一面上兌，一面就打電報給山西撫臺，替人家專摺奏請獎勵。真正是信實通商，財源茂盛。等到三個月下來，居然捐到三十多萬銀子；他一齊作為六七千，報銷上去，下餘的都是他自己所賺。山西撫臺得了他這筆銀子，究竟拿去做了什麼用度，曾否有一文好處到百姓沒有，無人查考，不得而知。

單說：何孝先自辦此事以來，居然別開生路。與申大善士一幫，旗鼓相當，彼此各不相下。畢竟他是山西撫臺奏派的，卻也拿他無可如何。又過了些時，何孝先私自打電報，託山西撫臺於賑捐案內，兩個保舉，從同知上一直保到道臺，又加了二品頂戴，從此搖搖擺擺，每逢官場有事，他竟充作大人大物了。偶然人家請他吃飯，帖子寫錯，或稱他為「何老爺」，「何大老爺」，他一定不到，只要稱他「大人」，那是頂高興沒有。從此以後，羨慕他的人更多，不是親也是親，不是友也是友，都願意同他往來。就有他一個表弟，是從前瞧不起他的。如今見他已做了道臺，居然他表弟到上海，也就來拜他了。

* * *

他表弟姓唐行二，湖州人，是他姑丈的兒子。他姑夫做過兩任鎮臺，一任提臺，手中廣有錢財。他表弟當少爺出身，十八歲上由廕生連捐帶保，雖然有個知府前程，一直卻跟在老子任所，並沒有出去做官。因他自少有個脾氣，最歡喜吸鴉片煙；十二歲就上了癮，一天要吃八九錢。人家都說吃煙的人，心是靜的。誰知他竟其大謬不然，往往問人家一句話，人家才回答得一半，他已經說到別處去了。他有年夏天穿了衣帽出門拜客，竟其忘記穿襯衫。同主人說說話，不知不覺會把茶碗打翻。諸如此類，不一而足。一天到晚，少說總得鬧上兩個亂子；因此大眾送他一個美號，叫他做唐二亂子。

且說：這唐二亂子二十一歲上丁父憂，三年服滿，又在家裏享了一年福。這年二十四，忽然想到上海去逛逛，預備花上一二萬玩一下子，還想順便在堂子裏討兩個姨太太。到了上海，雖然同鄉甚多，但因他一直是在外頭隨任，平時同這般同鄉，並沒有什麼來往，所以彼此不大接洽。恰巧他表兄何孝先新過道班，總辦山西捐輸，場面很大，唐二亂子於是找到了他。

當天何孝先就請他吃大菜，替他接風；跟手下來，又請他吃花酒，薦相好給他。唐二亂子畢竟無所不亂，席上朋友叫的局，他見一個愛一個，沒有一個不轉局。後來又把老表兄何孝先素來有交情的，一個大先生名字叫甄寶玉的，轉了過去。何孝先心上雖不願意，但念他同亂人一般，無理可講，只好隨他。好在他煙癮過深，也不能再作別事，樂得聽其所為，彼此不露痕跡。

唐二亂子又想買東西，不要說別的，就是香水，一買就是一百瓶，雪茄煙一買就是二百匣。別的東西以此類推，也可想而知了。一連亂了十幾日。何孝先見他用的銀錢，像水淌一般，趁空便兜攬他生意之事。

他問報效是何規矩；何孝先一一告訴了他。因為他是有錢的人，冤桶是做慣的，樂的用他兩個；於是把打折扣上兌的話藏起不說，反說：「正項是一萬，正項之外，再送三千給撫臺，包你一個特旨道一定到手。你是大員之後，將來引見的時候，只要山西撫臺摺子上多加上兩句，還怕沒有另外恩典給你？有此一條路，就是要放缺，也很容易的。」一席話，說得唐二亂子心癢難抓，躍躍欲試。但是帶來的銀子，看看所剩無幾，辦不了這樁正事，忙同何孝先商量，要派人回家去匯銀子。何孝先是曉得他底細的，便說「一萬幾千銀子，看你老表弟聲光那裏借不出，何必一定要家裏匯了來。」唐二亂子道：「本來我亦等用錢，索性派人回去多弄幾文出來。」何孝先生怕過了幾天，有人打岔，事情不成功，況且上海辦捐的人，鑽頭覓縫無孔不入，設或耽擱下來，被人家弄了去，豈不是悔之不及。盤算了一會道：「老表，你如果要辦這件事，是耽誤不得的。我昨天還接到山西撫臺衙門裏的信，恐怕這個局子，早晚要撤；這種機會，求亦求不到，失掉可惜！依我的意思這萬多銀子，我來替你擔，你不過出兩個利錢，一個月兩個月還我不妨。你果然如此辦，馬上我就回局子，一面填給你收條，一面打電報知會山西。這事情辦的很快，不到一個月，就好奉旨的。一奉旨你就是特旨道，趕著下個月進京，萬壽慶典還趕得上，趁這當口，我替你山西弄個差使。這裏頭事在人為，兩三個月，只怕已經放了實缺，也論不定。」一席話，說得唐二亂子高興非常，連說：「准其託老表兄代借銀子，利息照算，票子我寫。」

何孝先見買賣做成，樂得拿他拍馬屁，今天看戲，明天吃酒。每到一處先替他向人報名，說這位就是唐觀察；有些扯順風旗的，亦就一口一聲的觀察，唐二亂子更覺樂不可支。何孝先便勸他道：「老弟你即日就要出去做官了。像你天天吃煙，總得睡到天黑才起來，倘若放實缺到外邊呢，自由自便，倒也無甚要緊。但是初到省，總得趕早上幾天衙門；而且你要預先進京謀幹謀幹；京裏那些大老，那一個不是三更多天，就起來上朝的？老弟別的事，我不勸你，這個起早，我總得勸你歷練歷練才好。」唐二亂子道：「要說起早，我不能。要說磨晚，等到太陽出了再睡，我卻辦得到。我倘若到京城，拚著夜夜不睡，趕大早見他們就是了。」何孝先道：「他們朝上下來，還要上衙門辦公事，等到回私宅見客，總要等到吃過中飯。你早去了，他們也不得見的。就是你到省之後，總算夜夜不睡，等到天亮上院；難道見過撫臺，別的客就一個不拜？人家來拜你，亦難道一概擋駕？倘若上頭委件事情，叫你立刻去辦，你難道亦要等到回來，睡醒了再去辦？只恐有點不能罷！」唐二亂子想了一想道：「老表兄你說的話不錯。

我就明天起，遵你教，學著早起何如？」當時無話。

是夜唐二亂子果然早睡。臨睡的時候，又吩咐管家：「明天起早喊我！」管家答應著。無奈他睡慣晚的人，早睡了睡不著。在床上翻來覆去，雞叫了好幾遍，兩隻眼一直睜到天亮。看看窗戶角上有點太陽光射了下來，恰恰才有點朦朧，不提防管家來喊他了，一連叫了三聲，把他喚醒。心上老大不自在，想要罵人。忽然想起：「今天原是我要起早，叫他們喊我的。」於是隱忍不言，揉揉眼睛爬了起來。當下管家忙著打洗臉水，買早點心。眾管家曉得少爺今天是起早，恐怕熬不住，只好拿鴉片來提精神，於是兩個管家，彼此輪流裝煙，足足吃了三十六口。剛坐起來，卻又打了兩個呵欠，正想再横下去睡睡，卻又何孝先來了。一見他起早，不禁手舞足蹈，連連誇奬他有志氣，「能夠如此奮發有為，將來什麼事不好做呢？」唐二亂子一笑不答。

何孝先便說：「你不是要買翡翠翎管麼？我替你找了好兩天，如今好容易，才找到一個，真正是滿綠；你不相信，拿一大碗水來，把翎管放在裏頭，連一大碗水都綠得碧綠的。」唐二亂子道：「要多少價錢？」何孝先曉得他大老官脾氣，早同那賣翎管的掮客，串通好的，叫他把價錢多報些。當時聽見唐二亂子問價，便回稱三千塊。誰知唐二亂子聽了，鼻子裏嗤的一笑道：「三千塊買得出什麼好東西，快快拿回去，我看亦不要看。」那個賣翎管的掮客，聽他說了這兩句，氣的頭也不回，提了東西，一掀簾子竟去了。

唐二亂子道：「我想我這趟進京，齊巧趕上萬壽，總得進這幾樣貢才好。你替我想，這進貢要預備多少銀子？」何孝先道：「少了拿不出手，我想總得兩三萬銀子，你看夠不夠？」唐二亂子又嗤的一笑道：「兩三萬銀子夠什麼，至少也得十來萬。」何孝先道：「你正項要用十來萬，你還預備多少去配他。你一個候補道，不走門子幫襯幫襯，你這東西誰替你孝敬上去呢？」唐二亂子道：「自己端進去。」何孝先道：「說得好容易！不經老公的手，他們肯叫你把東西送到佛爺面前嗎？要他們經手，就得好好的一筆錢。你東西值十萬，一切費用，只怕連十萬還不夠！」唐二亂子道：「我們是世家子弟，都要塞起狗洞來，還了得。」何孝先道：「你不信，你試試看。」唐二亂子道：「這些閒話少說，這種錢我終究是不出的。如今且說辦幾樣什麼貢？」

何孝先又想了一想說：「電氣車。」唐二亂子雖亂，此時卻福至心靈。連說：「用不得，這個車在此地大馬路，我碰見過幾次，大馬路如此寬的街，我還嫌他走的太快，怕他鬧亂子。若是宮裏，那裏用得這傢伙，不妥不妥。」何孝先又說：「電氣燈。」唐二亂子又嫌不新鮮。後來又說了兩樣，都不中意，結果還是他自己點對，想出四樣東西，是：一個瑪瑙瓶，一座翡翠假山，四粒大金鋼鑽，一串珍珠朝珠。好容易把東西配齊，忙著裝潢停當。看看又耽擱了半個月。

唐二亂子要緊進京。齊巧山西電報亦來，說是已經保了出去。得電之後，自然歡喜。過了一天，又接到家信，由家裏託票號又匯來十多萬銀子。收到之後，算還何孝先的墊款，還了置辦貢貨的價錢。然後寫了招商局豐順輪船大餐間的票子，預備進京。在路非止一日，已到北京。

* * *

唐二亂子是自小嬌生慣養，以至成人。今番受了輪船火車上下勞頓，早害得他叫苦連天。預先託人在順治門外南半截胡同賃了一所房子。搬了進去，就一連睡了三天。又叫人請大夫替他看脈，大夫把了脈出來，同管家說：「你們大人，不過路上受了點辛苦，沒有什麼大毛病，將息兩天就好的。」管家連忙搖手道：「先生你萬萬不可如此說，你要說他沒病，你二遭就沒有生意了。你一定要說他有病，而且說病的很利害，開的藥味要多，價錢要大。頂好每劑藥裏，都要有人參。他瞧了才歡喜，說你本事不小，明日仍舊請你。」大夫道：「人參是補貨，無論什麼病可以吃的嗎？」管家道：「大老官吃藥不過呷上一口就吐掉的。本來沒有什麼病，橫豎藥又吃不到肚裏去，莫說是人參，就是再開上些別的亦不妨。我們已同對過藥鋪裏說明，方子上有人參，叫他不論什麼放上些。價錢儘管開大，賺了錢一家一半。先生，你若是要生意好，要我們敝上天天來請你，你醫金不妨多要些，三十兩二十兩儘管開口。要的少了，他還瞧不起你。這個錢，我們亦是一家一半。先生，我們講的是真話，並不是玩話。他是有錢的人，不賺他的賺誰的？」那個醫生唯唯遵教而去。

到了次日，唐二亂子果然又派人來請。那醫生即同來人說：「貴上的症候很不輕！而且不好耽誤日子，一天最好要看三趟！」又說：「我為著要替你們貴上看病，把別的主顧生意，一齊回掉，專看你一家，總得二十四塊錢一趟，再加四元六角掛號錢。」唐二亂子一一遵命。等到開出方子來，動不動人參五錢，珠粉二錢，一貼藥總在好幾十元。唐二亂子吃過之後，連稱大夫有本事，果然病已好了許多。

又過了幾天，方才出門去拜客。此番來京，為辦萬壽進貢；於是見人就打聽進貢的規矩，也不管席面上戲館裏，有人沒人，一味信口胡吹。又道：「我這分貢，要值到十萬銀子，至少賞個三品京堂侍郎銜，才算化的不冤枉。」人家聽了他，都說他是個癡子，稠人廣眾地方說的，他並不以為意。

他有個內兄，姓查號珊丹，大家叫順了嘴，都叫他為查三蛋。這查三蛋現在官居刑部額外主事，在京城前後混了二十多年。幸虧他人頭還熟，專門替人拉拉皮條，經手經手事情，居然手裏著實好過。如今聽得妹夫來京，曉得妹夫是個闊少出身，手頭著實不少，早存心要弄他幾個。便借至親為名，天天跑到唐二亂子寓處，替他辦這樣，弄那樣，著實關切。不料唐二亂子是大爺脾氣，只好人家巴結他，他卻不會敷衍別人的。查三蛋見妹夫同他不甚親熱，便疑心妹夫瞧他不起，心上老大不自在，因此心上愈加想要算計他一下子。唐二亂子是在那裏存不下一句話的，把進貢的事，天天朝著大眾說。查三蛋立刻拉在身上，說：「我裏頭極熟，宮門費一切等事，等我找個人進去替你講，十萬銀子的貢，大約化上三萬銀子的使費，也就夠了。」

　　無奈唐二亂子另有一個偏見，別的錢都肯化，單單這個宮門費不肯化，說：「我有銀子寧可報效皇上。他們是什麼東西，要我巴結他？我做皇上家的官，是天子奴才，他們伺候皇上，難道不是奴才，我為什麼要送錢給他用？我有三萬銀子，我大八成的道臺，都可捐得了，我為什麼拿錢塞狗洞？」查三蛋道：「『閻王好見，小鬼難當。』他們這些人，正像那些小鬼，你同他們去纏些什麼？見上司要門包，難道見皇帝，就不要門包麼？這宮門費，就同門包一樣，從敬事房起，裏裏外外，有四十八處，一千多人，分這筆錢，怎麼好少他們的呢？」唐二亂子一聽內兄要他化錢，心上愈加不高興，閉著眼睛，搖頭不語。

　　其實查三蛋說的，都是真話，就是勸他出三萬兩，也恰在分寸，所謂不接不離。無奈唐二亂子因為舅爺是窮京官，本來就瞧他不起的，如今見他想要經手，越發生了疑心，所以彼此更不投機。查三蛋一見妹夫有疑他的意思，就是要掏良心，也不肯掏了。

*　　*　　*

此時趨奉唐二亂子的人真不少，大家一見查三蛋語不投機，就有個想討好的，私下同唐二亂子說：「我認得軍機上某王爺，大約只消化得一萬銀子，這分貢就託王爺替我們帶了進去。有了王爺的面子，還怕上頭不收。王爺又在軍機上，這事情由他經手，將來上頭有什麼恩典，少不得仍在王爺手裏經過，他得你一萬銀子了，一定是替你盡心的。不要說京堂，論不定上頭只肯給你一個京堂，王爺替你求求，變個侍郎，亦未可知。」唐二亂子信以為真，從此便不理他內兄，把這事全託了那個人。那個人又天天來候信，催著付銀子，又道：「早進去一天，觀察就早高陞一天。」唐二亂子果然把一萬銀子給了他。誰知那人錢已到手，一連三日沒有回覆。唐二亂子急了，幸虧他是直性子的人，等到沒得主意的時候，仍舊請了舅爺來商量。查三蛋見妹夫又請教到他，便乃揚揚得意的說道：「你這人本來好糊塗，我們至親，豈肯叫你上當？你不相信，偏要聽人家的瞎說，拿我們不當人，如今怎麼樣？一萬銀子那裏去了？事情到底辦成沒有？」亂子道：「這些話不用說了，都是我不好，誤聽人言，丟掉一萬銀子，算不了什麼。」查三蛋道：「我叫你只出三萬銀子的宮門費，你嫌多。如今又貼上一萬，倒說算不得什麼。真正不曉得你打的什麼算盤。」唐二亂子一聲不響，悶在那裏吃煙。查三蛋又道：「京城裏這種人——撞木鐘的人很多，一個不留心，就上了當去。等到騙了你的銀子，你要找他，就沒有地方去找他了。我且請教你，那個人到底叫個什麼名字？你怎麼會認得他的？」唐二亂子道：「那人沒有姓，名叫文明，是個在旗的；還是那天在志美齋席面上認得的。他說他是內務府的司員，現住城裏石駙馬大街。我想他既是內務府的官，一定裏頭的信息靈通的，所以就託他去辦。誰知遭了他的騙，真正意想不到之事！」查三蛋道：「越發荒謬！他既然是內務的人員，不在裏頭走門路，倒走到外頭來，豈有此理！豈有此理！也好，但不經一事，不長一智。這已是過去的事情，也不用談他了。且商量現在我們怎麼辦法？」

唐二亂子道：「我已經吃虧一萬，若是你再要三萬，豈不是總共要化去四萬，我總嫌太多。如今我只肯再出兩萬，連失撇的總共三萬，總算依你數了。」查三蛋道：「一萬銀子，是你自己的情願，被人家騙去，與我何干，又不是我用的，這話可笑不可笑。」唐二亂子道：「我不管，我總在這個算盤算上。」查三蛋低頭一想：「他的算盤如此打法，我如今按照三七叫他拿錢，並沒有叫他多拿分文。無論那裏，看他用錢用的很大方，獨獨於我至親面上，如此計較；而且我辦的，仍舊是他切己之事。他同我調脾，我也犯不著拿好良心待他。看來他上過當一次還不夠，定要叫他再上一次，方能明白。」主意打定，便道：「既然你只肯兩萬，三成之中，不過少了一成，同前途去商量起來看。只要他們肯收，我又何苦要你多化呢？」唐二亂子聽得此言入耳，方才說了聲：「費心。」

查三蛋退了出去，便去找到素來同他做連手的一個老公，告訴他有這筆買賣。老公不等他提價錢，先說道：「三爺的事情，又是令親，我們應得效力。」查三蛋道：「不是這等說。」便附耳如此這般，述了一遍；又道：「我們雖是親戚，但是他太覺瞧人不起，只肯出一萬銀子的宮門費。他是有錢的人，不是拿不出。等他多化兩個，亦不打緊。」老公一聽他們至親，尚且如此，是樂得多敲兩個。連忙堆下笑來說道：「他是什麼東西，連著親戚都不認，真正豈有此理！就是三爺不吩咐，咱也要打抱不平的。你去招呼他，叫他把那銀子先交了進來，就說上頭統通替他回好，叫他後天十點鐘，把東西送上來。等他到了這裏，咱們自然會有法子擺佈他。」查三蛋諾諾連聲。

連忙趕到唐二亂子寓所，同他說：「准定二萬銀子的宮門費，由總管大人替我們到上頭去回過。叫你今天先把宮門費交代清楚，後天大早再自己押著東西進去。」唐二亂子道：「何如？我說這些人，是個無底洞，多給他多要，少給他少要，不是我攔得緊，豈不又白填掉一萬？如今二萬銀子，我是情願出的。」說著，便叫一個帶來的朋友，拿著摺子，到錢莊上劃二萬銀子，交給查三蛋，替他料理各事。查三蛋銀子到手之後，自己先扣下一半，只拿一半交代了老公，老公會意。

* * *

到了第三天，唐二亂子起了一個大早，把貢禮分作兩檯，叫人抬著。查三蛋在前引路，他自己卻坐車跟在後頭。由八點鐘起身，一直走到九點半鐘，約摸走了十來里，走到一個地方。查三蛋下車說：「這裏就是宮裏了。閒雜人不准進去。」眾人於是一齊歇下。查三蛋揮手，又叫眾人退去。唐二亂子亦只得下車等候。等了一回，只見裏頭走出兩個人來，穿著靴帽袍子。查三蛋便招呼唐二亂子說：「門裏出來的，就是總管的手下徒弟，所有貢禮，交代他倆一樣的。」

唐二亂子一聽是裏頭的人，連忙走上前去，恭恭敬敬請了一個安，口稱：「唐某人現有孝敬老佛爺的一點意思，相煩老爺們代呈上去。」誰料那兩老公見了他，大模大樣一聲不響。後來聽他說話，便拿個眼瞧了他一瞧，說道：「你這人好大膽！佛爺有過上諭，說過今年慶典，不准報效。你又來進什樣貢？你是什麼官？」唐二亂子道：「道臺。」老公道：「虧你是個道臺，不是個戲臺。咱問你，你這官是怎麼來的？」唐二亂子道：「山西賑捐案內報效，蒙山西撫院保的。」老公道：「銀子捐來的就是，拉什麼報效名字。倒好聽！咱一見你，就曉得你不是羊毛筆換來的。如果是科甲出身，怎麼連個字都不認得。佛爺不准報效，有過上諭，通天底下誰不曉得？單單你不遵旨。今兒若不是看查老爺分上，一定拿你交慎刑司，辦你個『膽大鑽營，卑鄙無恥』。下去候著罷！」那老公說完了這兩句，揚長的走進去。

唐二亂子這一嚇，早嚇得渾身是汗，連煙癮都嚇回去了。歇了半天，問人道：「我這是在那裏？」其時擡東西的人，早已散去，身旁止有查三蛋一個。查三蛋一見他這個樣子，曉得他是嚇呆了，立刻就走過來，替他把頭上的汗擦乾。對他說道：「當初我就說錢少了，你不聽我；可恨這些人，我來同他說，他們連我都騙了。既然二萬不夠，何不當時就同我說明，卻到今天拿我們開心？」

此時唐二亂子神志已清，回想剛才老公們的說話不好，又記起末後還叫他「下去候著」的一句話，看來凶多吉少，越發急的話都說不出。只聽查三蛋附著他耳朵說道：「老妹丈，今天的事情鬧壞了，有我亦不中用，看這樣子，若非大大的再破費兩個，不能下場。」唐二亂子一個心只想免禍，多化兩個錢是小事，立刻滿口應允。

查三蛋便留他一人在外看守東西，自己卻跑上臺階，走到門裏，找著剛才的那個老公。往來奔波，做神做鬼，又添了二萬銀子，先把貢禮留下做當頭。二萬銀子交來，非但把貢禮賞收，而且還有好處；倘不交二萬銀子，非但不還東西，而且還辦「膽大鑽營」的罪。三面言定，把貢禮交代清楚，那唐二亂子方急急的跟了查三蛋出來。這天起得太早，煙癮沒有過足，再加此一嚇，又跑了許多路，等到回寓，已經同死人一樣了。

以後如何，且看下回分解。

第三十六回　騙中騙又逢鬼魅　強中強巧遇機緣

話說：唐二亂子唐觀察從宮門進貢回來，受了一肚皮的氣，又驚又嚇，又急又氣。回到寓中，脫去衣裳，先吸鴉片煙過癮。一面過癮，一面追想：「今日之事，明明是舅爺查三蛋混帳。我想我待他也不算錯，拿他當個人，託他辦事；不料他竟其如此靠不住。你早說辦不來，我不好另託別人，何至於今天坍這一回臺呢？」往來盤算，越想越氣。然而現在的事情，少他不得，明曉得他不好，又不敢拿他怎麼發作，只好悶在肚裏。過足了癮，開飯吃了。老爺一肚皮悶氣，無處發洩，只好拿著二爺來出氣，自從進門之後罵人起，一直罵到吃過飯，還未住口。查三蛋見他罵的不耐煩，於是問他：「許人家的二萬頭怎麼樣？」唐二亂子道：「有什麼怎麼樣，不過是我晦氣，注著破財就是了。」一面說，一面叫朋友拿摺子，再到錢莊裏打二萬銀子的票子給查三蛋。臨走的時候，卻朝著查三蛋深深一揖道：「老哥，這遭你可照應照應愚妹丈罷！愚妹丈錢雖化得起，也不是偷來的，出的也不算少了；我也不敢想什麼好處，只圖個錢去身安樂罷。老哥千萬費心！」查三蛋聽他的話，內中含著有刺，畢竟自己心虛，不禁面上一紅一白，想要回敬兩句，也就無辭可說了。掙扎了半天，才說得一句道：「我們至親，我若是拿你弄著玩，還成個人嗎？單是他們不答應，也是叫我沒有法子！」唐二亂子並不理他。查三蛋同了那個朋友去劃銀子。不提。

約摸過了五個鐘頭的時候，其時已將天黑，唐二亂子見他沒有回報，不免心中又生疑慮，便想派人去找他。正談論間，只見他從外頭興興頭頭的進來，連稱「恭喜。」唐二亂子一聽「恭喜」二字，不禁前嫌盡釋，忙問：「銀子可曾交代？進的貢怎麼樣了？」查三蛋道：「銀子自然交代，貢都進上去了。聽說上頭佛爺很歡喜，總管又幫著替你說話，已有旨意下來，賞你個四品銜。」唐二亂子道：「什麼四品銜？我自己現現成成的二品頂戴，進了這些東西，至少也賞我個頭品頂戴，怎麼還是四品銜？難道叫我縮回去戴藍頂子不成？」查三蛋道：「這個不曉得。但是恩出自上，大小你總得感激。就是你說的有現成的紅頂子，這個不相干，那是捐來的；這是特旨賞的，到底兩樣。」唐二亂子道：「道臺本是四品，也不在乎又賞這個四品銜。」查三蛋道：「這個何足為奇。怎麼有人賞個三品銜，派署巡撫，難道巡撫不比三品銜大些？」終究唐二亂子秉性忠厚，被查三蛋引經據典一駁便已無話可說；並不曉得凡賞三品銜署理巡撫的，都由廢員起用。一層他仕路閱歷尚淺，這都不必怪他。

且說：他自從奉到賞加四品銜的信息，心上一直不高興。無奈查三蛋只是在傍架弄著，說：「無論大小，總是上頭的恩典。到底上起任來，官銜牌多一付。你雖不在乎此，人卻求之不得。無論如何，明天謝恩總是要去的。倘若不去，便是看不起皇上。皇上家的事情，一翻臉你就吃不了，還是依著他辦的好。」唐二亂子無奈，只得一一遵行。

* * *

到了第二日謝恩下來，無精打彩的，也沒有拜客，一直回到寓處。心想：「我化了不差十五萬銀子，只弄到這們一點點好處，真正划算不來。」一個人正低著頭亂想，忽見管家拿進一張名片來，說是有客拜會。唐二亂子舉目看時，只見片子上寫著：「師林」二個大字，便知又是旗人了。楞了一回。回稱：「我不認得這人，他是誰？來拜我做什麼？」管家道：「小的也問過他們爺們。他們爺們說，他老爺是內務府堂郎中的兄弟。曉得上回，文明文老爺拿了老爺一萬銀子，事情沒有辦妥。如今這一萬銀子的事情，連堂官都曉得了，交派他老爺的哥哥查辦這事。他老爺的哥哥，為著事情忙，所以特地派他四老爺來的；因為自己親兄弟，各式事情靠得住點。」

唐二亂子此時，正因一注注的銀子化的冤枉，心上肉痛，一聽這話，心想：「這樁事，怎麼會被內務府堂官曉得，如果內務府堂官用了我的錢，少不得總有好處給我；倘若沒有用，這個錢果然被姓文的吃沒，也總有個水落石出，不如請他進來問問再講。」主意打定，便吩咐一聲：「請！」

此時六月天氣，正是免褂時候。師四老爺下得車來，身上穿了一件米色的亮紗開氣袍，竹青襯衫，頭上圍帽，腳下千層板的靴子，腰裏羊脂玉搭龍虎的扣帶，四面掛著粘片表連袋，眼鏡套，扇套，華帕，桹榔荷包，大襟裏拽著小潮煙袋，還有什麼漢玉件頭，叮嚀噹啷，前前後後都已掛滿。進門的時候，手裏還搖著團扇，鼻子上架著大圓墨晶眼鏡，走到會客廳坐下。

等了一回，主人出來。師四老爺慌忙除掉眼鏡，把團扇遞在管家手中，因係初見，深深一躬。唐二亂子連忙還禮。禮畢歸座，先敘寒暄。師四老爺為人著實圓到，見了唐二亂子說了無數若干的仰慕話。又說：「兄弟常常聽見家兄提起大名，每恨不能一見。今日齊巧有堂派查辦的公事，家兄裏頭事情多，不得閒，所以派了兄弟來的。所查的事情，老哥想已曉得的了？」唐二亂子道：「恰恰曉得。多承諸位大人，及令兄大人費心，兄弟實在感激得很！諸位大人及令兄大人跟前，兄弟還沒有過來請安，甚是抱歉！」師四老爺道：「自家人說那裏話來！」唐二亂子道：「文某人同四哥是同衙門？」師四老爺道：「兄弟在銀庫上行走，文某人在外頭當些零碎差使。雖同衙門，卻不同在一處，不過曉得有他這麼一個人罷了！現在是上頭堂官曉得了這樁事情。不瞞老哥說，這些事情，原是瞞上不瞞下，常常有的；就是家兄及兄弟，也常常替人家經手。堂官曉得了這件事很生氣，說：『被他這一鬧，豈不拿我們內務府的牌子都鬧壞了嗎？』馬上要撤姓文的差使，還要拿他參辦。後來是家兄出了一個主意，說：『文某人這注錢到手不多幾天，大約尚可以歸原。現在不如暫且不拿他發作，由我們下頭嚇嚇他，騙騙他；等他把原銀繳了出來，就求上頭給他一個恩典，一來保全他的聲名，二來拿銀子還了原主，亦可見得我們內務府的牌子，到底不錯。』堂官聽了家兄的話，甚以為然。答應照辦。誰知家兄事情雖則拉在身上，無奈一天到晚，公事忙不了，那裏還有工夫管這些閒帳，一擱擱了三天。難為上頭堂官倒惦記著這事，今天又問了下來，所以家兄特地派兄弟過來，先問問詳細情形，好斟酌一個辦法。」唐二亂子道：「多蒙費心！」

說著，便把姓文的事情，細敘一遍。又道：「兄弟並不是捨不得這一萬銀子，為的事情上太說不過去了。」師四老爺道：「是喲！等到回去告訴了家兄，再過來稟覆。」於是二人又談了些別的閒話。唐二亂子著實拿師四老爺恭維；又道：「現在朝廷廣開言路，昨兒新下上諭，內務府人員，可以保送御史，將來貴府衙門又多一條出路。」師四老爺皺著眉頭說道：「好什麼！外頭面子上好看，裏頭內骨子吃虧。粵海，淮安，江寧織造，一齊裁掉，你算算，一年要少進幾個錢！做了都老爺，難道就不喝西風？就是再添一千個都老爺，也抵不上兩個監督，一個織造的好；這叫做明升暗降。」唐二亂子又問他住處。師四老爺道：「家兄及兄弟，都是一天到晚不回家的時候多。有什麼事情，兄弟過來，千萬不敢勞駕。」說完，起身告辭，臨時上車，又再三作揖打恭，叫唐二亂子不要回拜。唐二亂子只得答應著。

等到師四老爺去後，唐二亂子一人想道：「憑空丟掉一萬銀子，一點聲音也沒有聽見，真正恨人！卻不料這事，竟被內務府堂官曉得，看起來這銀子倒還有回來的指望。銀子小事，堵堵查三蛋的嘴也好。」想罷，怡然自得。因為師四老爺再三叮囑，不要回拜，只好遵命。意思想過天，邀他吃飯，以補此情。

誰知到了次日一大早，師四老爺改穿了便衣過來，說：「昨日兄弟回去之後，就把詳細情形告訴家兄。家兄當時就把姓文的找了來。你曉得這姓文的是誰？」唐二亂子道：「不曉得。」師四老爺道：「他就是福中堂的嫡親姪少爺。他叔叔現在闊了，未曾入閣，就奉旨擡進了鑲白旗。因為他姪兒沒出息，不幹正經，所以一點不肯照應他，由他一個人去混。他還常常打著他叔叔的旗號，在外頭招搖撞騙，弄人家的錢。被福中堂曉得了，打過好幾頓，鎖在一間空屋裏，此番不曉得幾時放出來的。我們堂官，總看他叔叔分上，當派他個小差使，等他混兩個錢使。大一點事情，又不敢派他，怕他要鬧亂子。如今好，索性又把堂官的旗號打出來了。家兄一想，這件事倘要認真辦起來，與受同科，不但姓文的擔不起，就是老哥亦落不是的。再說句老實話，福中堂的面上也不好看。平時他老人家雖然恨他姪兒，等到有起事情來，折了膀子往裏灣，總是幫自己人的；就是老兄也不犯著因此得罪福中堂。所以家兄一聽是他，越發要替兩面，把這事圓全下來。當時找著他之後，衙門裏不便說話，家兄請他上館子，吃到了一半，才把這事先吐一點風給他。他起初還想賴，後來被家兄點了幾句眼，他無話說了，然後自己招認的，自認是一時糊塗，央告家兄替他想法子。家兄看他軟了下來，索性把他一嚇，便同他說道：『你老哥這件事也太荒唐了！原主兒已在都察院拿你告下了，不久就有文書來提你歸案的。堂官今兒早上得了這個信，氣的了不得，已回過你們老中堂。將來都察院文書來的時候，因為要顧本衙門的聲名，不能不拿你公事公辦。』誰知這一嚇，才把個小哥嚇毛了。這小哥兒不管有人沒人，在館子裏朝著家兄就跪下了，求著替他想法子。家兄一見大驚，說：『這是什麼地方，有話請起來說，被人家瞧著，算那一回事呢！』家兄叫他起來，他不肯起來，後來好容易被家兄拉了起來。家兄就問他：『你這個錢可曾動過沒有？』那姓文的回稱：『剛正騙到之後，一直沒有敢出手。這兩天聽聽外頭風聲定些，到昨日才動了九百幾十兩銀子。』家兄道：『好好好。現在你把那未動的九千零幾十兩銀子拿了來。堂官跟前，我替你想法子去，保你無事。』姓文的說：『總要能夠按住姓唐的不告才好。』家兄就說：『唐觀察那裏，有我們兄弟倆替你求情，這點面子還有。』」唐二亂子此時，聽得一萬銀子，尚有九千多好收回，早已心滿意足；便連連的說道：「不要說是還能夠收九千多，就是再少些，只要賢昆仲一句話，兄弟無不遵命。況且賢昆仲替兄弟出了這把力氣，難道兄弟就不該應拿出兩吊銀子來道乏❶嗎？」師四老爺道：「咱們自己人，還說什麼道乏。你快別說了，叫人不好意思的！」唐二亂子道：「四哥雖如此說，兄弟總得盡心的。」

師四老爺道：「兄弟的話，還沒有完。家兄見他肯把九千多銀子交出來，便不肯放鬆一步，當時拿話攏住他。等到吃完了飯，同他同車到他家裏，叫他把銀子一五一十，統通交代了家兄，點過數目不錯。然後家兄又到衙門裏，找到兄弟，叫兄弟過來送個信，並且叫兄弟代達，說姓文的拿了老哥這邊一萬兩銀子，已經被敝衙門的兩位堂官統通知道。後來是家兄出意，叫姓文的吐出來，求求上頭保全他的功名。

❶道乏：慰勞。

現在上頭已答應，姓文的銀子，家兄亦業已到手了。卻不料已經被他用掉了九百多兩，歸不得原，上頭堂官跟前，也就不好交代。倘若為著這九百多銀子，弄得姓文的壞官；一來他們令叔面子上不好看；二來家兄騙他這個九千多銀子出來，原答應他，保他無事，現在也不可失信於他，但是銀子只有九千零幾十兩，堂官不好拿來交還吾兄。愚兄弟有錢的時候呢，這個幾百兩銀子，就替姓文的墊了出來，替他光光臉；只要預先同老哥說一聲，將來老哥銀子拿到手之後，把那九百多兩仍舊算還就是了，連利錢都不要的。大家都是好朋友，有什麼說不明白。無奈愚兄弟應酬大，錢來不夠用，都弄得前缺後空，一個堂郎中，一個銀庫，連著九百多銀子都墊不出，說出來人家亦不相信。要不是老哥跟前，彼此知己，兄弟也不好實說。」唐二亂子道：「笑話。賢昆仲如此出力，已經當不起，怎麼好再叫賢昆仲貼錢？少掉九百多銀子，兄弟情願自己吃虧。既不要賢昆仲代認，也決計不要文某人吐出來，一則顧全福中堂面子，二則我們那裏不拉個朋友。拜求四哥代為稟覆貴衙門的幾位大人，這個九百多兩銀子，就說姓唐的情願不要了，務請諸位大人不必追究此事。」師四老爺連忙分辯道：「你老哥不在乎這九百多銀子，我們有什麼不曉得；不過姓文的總得把一萬銀子歸原，由他完完全全交到堂官手裏，再由堂官完完全全交給老哥手，然後大家都有面子。倘若少了一分一釐，姓文的就不能交代上頭，上頭也不能交還老哥。就是老哥不說什麼，勉強收了，終究於敝衙門聲名有礙。現在用了這九百多銀子，上頭堂官還不曉得。是姓文的拉住家兄，替他想法子，所以家兄叫小弟過來代達。不看別的，總看他令叔福中堂分上，由老哥這邊，借給他九百多銀子，等他把一萬之數湊足，交代上頭；好在此款終究是歸老哥的，將來老哥一同收了回來，彼此不響起。如此辦法，不但成全了姓文的功名，且顧全了他叔叔福中堂的面子，三則敝衙門也保全聲名不少；我們敝衙門的人，沒有一個不感激老哥。至於老哥說什麼道乏，我們敝衙門上下，已承老哥保全不少，還敢想什麼好處？就是老哥另有賞賜，家兄及小弟，亦決計不敢再領的。」

唐二亂子聽了他話，心上盤算了一回，自言自語道：「面子上叫我拿九百兩銀子，去換九千銀子回來，而且連那九百也還我，不過他們借去用一用，此事原無不可。但是我同姓師的才第二回見面，一來人心測摸不定，二來他哥是堂郎中，他自己又管著銀庫，如此發財的官，連九百多銀子都無處拉攏，這個話誰能相信？我已一誤再誤，目下不能不格外小心。我與其脫空九百多銀子，我情願失撇二千銀子；姓文的用掉九百多，總算一千，我不要他，還我九千；當中我情願再送他昆仲一千道乏。況且這種事情，何必定要煩動堂官，莫妙於大家私下了結。」

主意打定，又委宛曲折告訴了師四老爺。師四老爺也曉得他九百多銀子不肯脫空，然而面子上掉不過來，便道：「這也怪不得老哥，兄弟同老哥是新交。姓文的九千銀子沒有拿回來，反叫老哥先拿出九百多兩，無論誰不能相信。」唐二亂子亦忙分辯道：「並不是不相信四哥，為的是大家簡便辦法，省得堂官知道。」師四老爺道：「這事原是堂官派下來的，怎能夠不稟復？這事亦是兄弟荒唐，不該應來同老哥商量，先叫老哥墊銀子。現在不說別的，姓文的用掉的九百多，不要他還。兄弟回去，同家兄商議，無論如何為難，總替他想個法兒，湊齊這一萬整數，等他在堂官面前交代過排場。堂官跟前，既然老哥不願出面，兄弟同家兄說，將來仍由兄弟把這一萬銀子的銀票送過來。兄弟也不同老哥客氣，老哥就預備一張一千銀子的銀票，還了兄弟就是了。兄弟雖佔光幾十銀子，拿回去到堂官跟前，替老哥賞賞人，也不能少的，至於道乏，萬萬不敢。」唐二亂子見他說得如此，有何不放心之理，立刻滿口應承。

師四老爺又問：「老哥給姓文的一萬銀子，是誰家的票子？」唐二亂子道：「是恒利家的票子。」師四老爺道：「如此甚好，我們來往的，亦是恒利，明天仍到恒利打張一萬銀子的票子就是了。」說罷自去。唐二亂子果然也到恒利，劃了一張一千銀子的票子，預備第二天換給師四老爺。另寫了一千，說是人家出了這們一把力總得道乏的。

誰知到了次日，左等不來，右等不來。唐二亂子心上急的發躁，想：「他說得如此老靠，斷無不來之理，莫非出了岔子，又有什麼變卦？」左思右想，反弄得坐立不定。好容易等到天黑，師四老爺來了。唐二亂子喜得什麼似的！迎了進來，讓茶讓煙。師四老爺說：「本來早好來了，無奈堂官定要見老哥一面，反怪老哥許多不是，都是家兄替你抗下來的，現在也不要你去見了。銀子也拿來，這話也不用提了。為了這件事，兄弟今兒一天沒有吃飯。」唐二亂子忙說：「我們同到館子去。」師四老爺道：「兄弟還有公事，要緊把東西交代了回去。改日再奉擾罷！」

唐二亂子一再挽留，見他不肯，只得罷休。於是師四老爺方在靴統子裏，掏出一大堆的銀票，從幾萬至幾千，一共約有十幾張，翻來覆去，才檢出一張一萬銀子的票子。剛要遞到唐二亂子手裏，又說：「昨兒說明白要恒利的票子，這張不是。」於是又收了回去，又在票子當中，檢了半天，檢出一張恒利的一萬票子，交代唐二亂子看過無誤。唐二亂子見他有許多銀票，心想：「到底內務府的官兒有錢，他昨天還推頭沒有錢墊，這話哄誰呢！」師四老爺也覺著，連忙自己遮蓋道：「這都是上頭發下來給工匠的。兄弟若有這些錢，也早發財了，不在這裏做官了。」

說話之間，唐二亂子也把自己寫好的兩張一千頭的銀票拿出來交代師四老爺。師四老爺一看是兩張，忙問：「這一千做什麼用？」唐二亂子道：「令兄大人及四哥，公事忙，兄弟連一杯酒都沒有奉請，這個就折個乾罷！」師四老爺把眉頭一皺道：「說明白不要，你老哥一定要費事，叫兄弟怎麼好意思呢！」唐二亂子道：「這算得什麼！以後叨教之處多著哩。」師四老爺道：「既然老哥說到這裏，兄弟亦不敢自外，兄弟這裏謝賞了！」說著，一個安請了下去。請安起來，把銀票收在靴統子裏，說：「有要緊公事。」匆匆告辭出門而去。臨走的時候，唐二亂子又頂住問他的住處，「預備過天來拜。」師四老爺隨口說了一個。

自此唐二亂子得意非凡。過天查三蛋來了，唐二亂子又把這話說給他聽，面孔上很露出一副得意揚揚之色。查三蛋只是冷笑笑，心上卻也詫異想道：「像他這樣的昏蛋，居然也會碰著好人，真正奇怪！」誰知過了一天，出門拜客，趕到師四老爺所說地方，問來問去，那裏有姓師的住宅！唐二亂子罵車夫無用。等到回來，又差人到內務府去打聽，堂郎中，及銀庫上那裏有什麼姓師的！唐二亂子這才嚇壞了，連忙再取出那張一萬頭票子，差個朋友到恒利家去照票。櫃上人接票在手，仔細端詳了一回，又進去對了一回票根，走出來問：「你這票子是那裏來的？」去人說：「是人家還來的。怎樣？」櫃上人冷笑一聲道：「這是那裏來的假票子。幸虧彼此是熟人，不然可就要得罪了。如今相煩回去拜上令東，請查查這張票子，是那裏來的，膽敢冒充小號的票子。查明白了，小號是要辦人的。」去人一聽這話，嚇得面孔失色；連忙回來，通知了東家。唐二亂子也急得頓腳，大罵姓師的不是東西。立刻叫人去報了坊官，叫坊官替他辦人。自此以後，唐二亂子就躲在家裏生氣，一連十幾天沒有出門。查三蛋也曉得了，不過背後拿他說笑了幾句，卻沒有當面說破。

又過了些時，到了引見日期，唐二亂子隨班引見。本來指省湖北，奉旨照例發往。齊巧碰著這兩日，朝廷有事，沒有拿他召見。白白賠了十五萬銀子進貢，不過賞了一個四品銜，餘外一點好處沒有。這也只好怪自己運氣不好，注定破財，亦怨不得別人。閒說少敘。

* * *

且說：唐二亂子領憑到省，在路火車輪船，非止一日。路過上海，故地重臨，少不得有許多舊好新歡，又著實抖亂了十幾天。方才搭了長江輪船，前往湖北。

單說：此時做湖廣總督的，乃是一位旗人，名字叫做湍多歡。這人內寵極多，原有十個姨太太，湖北有名的，叫做「制臺衙門十美圖」。上年有個屬員，因想他一個什麼差使，又特地在上海，買了兩個絕色女子送他。湍制臺一見甚喜，立刻賞收；從此便成了十二位姨太太。湖北人又改稱他為「十二個金釵」，不說「十美圖」了。

湍制臺尚未曾添收這兩位姨太太的時候，他十位姨太太當中，只有九姨太太最得寵。這九姨太太，是天津侯家后窰子裏出身。生得瘦括括長攏面孔，兩個水汪汪的眼睛，模樣兒倒還長得不錯；只是脾氣太刁鑽了些。天生一張嘴，說出話來，卻是甜蜜蜜的，真叫人又喜又愛，聽著真正入耳；若是他與這人不對，罵起人來，卻是再要尖毒也沒有。他巴結只巴結一個老爺，常常在老爺跟前狐狸似的，批評這個姨太太怎不好，那個姨太太怎不好。起先湍制臺總要聽他的話，拿那些姨太太打罵出氣。然而湍制臺雖然糊塗，總有一天明白；而且天天聽他絮聒，也覺得討厭。

有天這九姨太太又說大姨太太怎麼不好，怎麼不好。湍制臺聽得不耐煩，冷笑了一笑，隨口說了一句道：「我光聽見你說人家不好，到底你比別人是怎樣個好法？我總不能把別人一齊趕掉，單留你一個。況且這大姨太，是從前伺候過老太爺老太太的，就是去世的太太也很歡喜他，我看死人面上，他就是有不好，也要擔待他三分。你既然多嫌他，你住後進，他住前院，你不去見他就是了。」九姨太因為湍制臺一向同他還就慣的，忽然今兒幫了別人，這一氣非同小可；不等湍制臺說完，早把眉毛一豎，眼睛一瞪，拿出十指尖尖的手，朝著自己的粉嫩香腮，畢畢拍拍一連打了十幾下子，一頭打，一頭自己罵自己道：「我知道我這話就說錯了。我是什麼東西，好比得上人家。人家是伺候過老太爺老太太的，有功之人，自然老爺要另眼看待。既然要拿他擡上天去，橫豎太太死了，為什麼不拿他就扶了正，我們一齊死了讓他。」湍制臺是吃鴉片的，每位姨太太房裏，都有煙傢伙，九姨太順手在煙盤裏，撈起一盒子鴉片，往嘴裏一送，趁勢把身子一歪，就在地下睏倒了；睏在地下，又趁勢打了幾個滾，兩隻手在地下亂抓，兩隻腳卻蹬在地板上綳咚綳咚的響；頭上的頭髮也散了，一枝的翡翠簪子，也蹬成好幾段了；嘴裏還是哭罵不止。

湍制臺看了這個樣子，又氣又恨，又發急：氣的是九姨太有己無人；恨的是九姨太以死訛詐；急的是九姨太吞了鴉片煙，倘若不救，就要七竅流血死的。事到此間，只得勉強捺定性子，請醫生弄了藥來，拿他灌救。誰知一連弄了多少藥，九姨太只是咬定牙關，不肯往嘴裏送。湍制臺急得沒法，於是又自己賠小心，拿話騙他，說：「把大姨太立刻送回北京老家裏去，不准他在任上。」以為如此，九姨太總可以不尋死了，豈知仍然還是個不開口。自從頭天晚上鬧起，一直鬧到第二天下午四點鐘，看看一週時不差，只有三個時辰，過了這三個時辰，便不能救，只好靜等下棺材了。

湍制臺被他鬧的早已精疲力倦。一回想到九姨太脾氣不好，不免恨罵兩聲；一回又想到他的恩情，不免又私自一人落淚，此時房間裏，有許多老媽子丫頭，圍住九姨太等死，他一個人，卻躺在對過房間牀上傷心。正在前思後想，一籌莫展的時候，忽見九姨太的一個貼身大丫頭進房有事。這丫頭年紀二九，很有幾分姿色。女孩兒家，到了這等年紀，自然也有了心事，碰著這位湍制臺，又是個色中餓鬼，無人的時候，見了這丫頭，常常有些手腳不穩。這丫頭曉得老爺愛上了他，也不免動了知己之感，但是懼怕九姨太的利害，不敢如何，口雖不言，偶然眼睛一眇，就傳出無限深情。湍制臺，是何等樣人，豈有不領略之理？

且說：此時湍制臺，見他一人進得房來，頓時把痛恨九姨太的心思，全移在他一人身上，便招手將他叫近身邊。借探問九姨太太為名，好同他勾搭。當時說過幾句話，湍制臺忽然拿嘴朝著對過房間努了兩努，說道：「阿彌陀佛！他這人居然也有死的日子。等他一死，我就拿你補他的缺。你願意不願意？」說著，就伸手要拉這丫頭的手。丫頭見是如此，恐防人來看見，連忙拿手一縮道：「你等著罷！你當他眼前會死，你再等一百年，他亦不會死的。只怕這種煙吃了下去，他的精神格外好些。」湍制臺詫異道：「據你說起來，難道他吃的不是鴉片煙？然而明明白白，我見他在煙盤子裏拿的。你不要胡說，不是鴉片是什麼？」大丫頭道：「我告訴你，你不許告訴別人。」

湍制臺一聽這話，一骨碌的從床上爬起，也不下床，就跪在床沿上發咒道：「你同我說的話，我若是同別人說了，叫我不得一死！」大丫頭道：「為了這一點點小事，也不犯著發這大的咒。」湍制臺也未聽清，但是一味胡纏，拉著袖子催他快說。大丫頭道：「不是三個月頭裏九姨太鬧著有喜，說肚子大了起來；老爺喜的什麼似的，弄了多少藥給他吃，還有一罐子的益母膏，叫他天天拿開水沖著吃的。誰知過了兩個月，九姨太肚子也不痛了，又說並不是喜，藥也不吃了，就把剩下來的半罐子益母膏，丟在抽屜裏，一直也沒有人問信。齊巧前天收拾抽屜，把他拿了出來，不料被九姨太看見，奪了過去。昨兒九姨太同大姨太鬪了嘴回來，就把個大姨太恨得什麼似的，口說：『一定要老爺打發了大姨太，倘若老爺不肯，我就同他拚命。』後來又說：『我的命沒這們不值錢，我死了，倒等他享福不成。』一面說，一面就找了個小煙盒子，挑了些益母膏在裏頭，原是預備同老爺拚命的。九姨太挑這益母膏的時候，只有我在跟前，他還囑咐我不准說。所以你老爺發急，只是空發急，老實對你說，九姨太是不會死的。」湍制臺聽了，方才恍然大悟，說：「這賤人如此可惡，原來是裝死訛詐我的！」還要同大丫頭說什麼，大丫頭已經掙扎脫身子，說聲「有事」去了。湍制臺只得眼巴巴，望他出去，又生了一個悶氣；曉得九姨太是裝死，索性不理他，一個人到外面去了。

這裏九姨太，見湍制臺不來理他，只道老爺見他不肯吃藥，無法施救，索性死心塌地，避了出來；弄得事情不能收篷，自己懊悔不迭，卻不料大丫頭有背後一番言語。想來想去，今日之事，總無下場。等到半天，老爺仍無音信。看看一週時已到，到時不死，反被人拿住破綻；於是躊躇了半天，只得自己裝作噁心，乾弔了半天，哇的一口，吐出些白沫。旁邊看守他的人，都說：「好了。九姨太把煙吐了出來，就不妨事了。」當時老媽三五個，一個搥背，一個揉胸，還有一個拿飯湯，又有一個拿開水，鬧得七手八腳，煙霧騰天。又聽得，九姨太哇的一聲，把方才吃的飯湯，也吐了出來，自己反說道：「我吞了生煙，等我自己死，豈不很好。何必一定要救我回來，做人家的眼中釘，肉中刺！」說著，又嗚嗚咽咽哭起來了。大眾見九姨太回醒轉來，立刻著人報信給老爺。老媽子又拿了一把掃帚，把他吐的東西掃了出去。誰知吐的全是水，一些煙氣都沒有。

卻說：湍制臺到前面簽押房裏，坐了一回，不覺神思困倦，歪在牀上，朦朧睡去。正在又濃又甜的時候，不提防那個不解事的老婆子，因九姨太回醒過來，前來報信，倏地把湍制臺驚醒。恨的湍制臺把老婆子罵了兩句，又說什麼：「我早曉得他不會死的。要你們大驚小怪！」老婆子討得沒趣，只得趔趄著，退到後面。九姨太便從這日起，借病為名，一連十幾天，不出房門。湍制臺亦發脾氣，一連十幾天止轅，沒有見客，卻也不到上房。畢竟九姨太自己詐死，賊人心虛，這幾天內，反比前頭安穩了許多。不在話下。

* * *

單說：湍制臺自從聽了大丫頭的話，從此便不把九姨太放在心上，卻一心想哄騙這大丫頭上手。無奈大丫頭懼怕九姨太，不敢造次。湍制臺亦恐怕因此家庭之間，越發攪得不安，於是亦只得罷手。但是自從九姨太太失寵之後，眼前的幾位姨太太，都不放在心上，不免終日無精打彩，悶悶不樂。

合當他色運亨通，這幾天止衙門不見客；他為一省之主，一舉一動，做屬員的都刻刻留心。便有一位候補知縣，姓過名翘，打聽得制臺所以止轅之故，原來為此，這人本是有家，到省雖不多年，卻是善於鑽營，為此中第一能手。他既得此消息，並不通知別人，亦不合人商量。從漢口到上海，只有三天多路，一水可通。他便請了一個月的假，拿了一萬多銀子，面子上說到上海消遣，其實是暗中物色人材。一耍耍了二十來天，並無所遇。看看限期將滿，遂打電報叫湖北公館替他又續了二十天的假。四處託人，才化了八百洋錢，從蘇州買到一個女人，帶回上海。過老爺意思說：「孝敬上司，至少一對起碼。」然而上海堂子裏，看來看去，都不中意。後首有人薦了一個局，跟局的是個大姐，名字叫迷齊眼小腳阿毛，面孔雖然生得肥胖，卻是眉眼傳情，異常流動。過老爺一見大喜，著實在他家報效，同這迷齊眼小腳阿毛，訂了相知。有天阿毛到過老爺棧房裏玩耍，看見了蘇州買的女人，阿毛還當是過老爺的家眷。後首說來說去，才說明是替湖北制臺討的姨太太。

這話傳到阿毛娘的耳朵裏，著實羨慕，說：「別人家勿曉得阿是前世修來格。」過老爺道：「只要你願意，我就把你們毛官討了去，也送給制臺做姨太太，可好？」阿毛的娘還未開口，過老爺已被阿毛一把拉住辮子，很很的打了兩下嘴巴，說道：「倪是要搭倷軋姘頭格，倪勿做啥制臺格小老婆。」又過了兩天，倒是阿毛的娘做媒，把他的外甥女——也是做大姐——名字叫阿土的，說給了過老爺。過老爺看過，甚是對眼。阿毛的娘說道：「倪外甥媛是才好格，不過腳大點。」過老爺也打著強蘇白說道：「不要緊格，制臺是旗人，大腳是看慣格。」就問要多少錢。阿毛的娘說：「倪有男人格，現在搭倪男人斷了，連一應使費才勒海，一共要倷一千二百塊洋錢。」過老爺一口應允。次日人錢兩交。

又過了幾天，過老爺見事辦妥，所費不多，甚是歡喜。又化了幾千銀子，製辦衣飾，把他二人打扮得煥然一新。又買了些別的禮物。諸事停當，方寫了江裕輪船的官艙，逕回湖北。恰巧領憑到省的湖北候補道唐二亂子，剛在上海玩夠了，也包了這隻船的大餐間，一同到省。

這唐二亂子的管家，同過老爺的管家，都是山東同鄉，彼此講起各人主人的官階事業。唐二亂子的管家，回來告訴了主人，竟說過大老爺替湖北制臺接家眷來的。唐二亂子初入仕途，惟恐禮節不周，也不問青紅皂白，立刻叫管家拿了手本，到官艙裏替憲太太請安；又說：「如果憲太太在官艙裏住的不舒服，情願把大餐間奉讓。」過大老爺一看手本，細問自己的管家，才曉得大餐間住的，原來是湖北本省的上司，也只得拿了手本過來稟見。彼此會面。唐二亂子估量他，一定同制臺非親即故；見面之後，異常客氣。

又問：「憲太太幾時到的上海？」過老爺正想靠此虛火，便不同唐二亂子說真話，但說得一聲：「同來的不是制臺大太太，乃是兩位姨太太。」唐二亂子道：「大太太，姨太太，都是一樣的；不妨就請過來住。兄弟是吃煙人，到官艙裏倒反便當些。」

後來過老爺執定不肯，方始罷休。唐二亂子因過老爺能夠替制臺接家眷，這個分兒一定不小，所以拿他十分看重；過老爺也因為他是本省道臺，將來總有仰仗之處，所以也竭力的還他下屬禮制。在路非止一日，一日到了漢口，擺過了江，唐二亂子自去尋找公館不提。

* * *

且說：過老爺帶了兩個女子，先回到自己家中。把他太太住的正屋，騰了出來，讓兩位候補姨太太居住。制臺跟前文巡捕，有個是他拜把子的，靠他做了內線。又重重的送了一分上海禮物，託他趁空把這話回了制臺。這兩個月，湍制臺正因身旁沒有一個隨心的人，心上頗不高興；一聽這話，豈有不樂之理？忙說：「多少身價，由我這裏還他。」巡捕回道：「這是過令竭誠報效的，非但身價不敢領，就衣服首飾，統通由過令製辦齊全，送了進來。」湍制臺聽了，皺著眉頭道：「他化的錢不少罷！」巡捕道：「兩三萬銀子，過令還報效得起。他在大帥手下當差，大帥要栽培他，那裏不栽培他；他就再報效些，算得什麼。只要大帥肯賞收，他就快活死了！就請大帥吩咐個吉日，好接進來。」湍制臺道：「看什麼日子，今兒晚上抬進來就是了。」從前湍制臺娶第十位姨太太的時候，九姨太正在紅頭上，尋死覓活，著實鬧了一大陣，有半年多沒有平復。這回的事情，原是他自己不好，湍制臺因此也就公然無忌，倏地一添就添了兩位。九姨太竟其無可如何，有氣放在肚裏，只好罵自己用的丫頭老媽出氣。湍制臺亦不理他。

過老爺孝敬的這兩位姨太太，蘇州買的一位，年紀大些，人亦忠厚些，就排行做第十一，阿土排行第十二。阿土年紀小雖小，心眼極多。進得衙門，不到半月，一來是他自己留心，二來是湍制臺枕上的教導，居然一應賣差賣缺，弄銀子的機關，就明白了一大半。此時他初到，人家還不把他放在眼裏。除了過老爺之外，他亦並無第二個恩人；因此便一心只想報答這過老爺的好處。此時湍制臺感激過老爺送妾之情，已經委他辦理文案，又兼到了別處兩個差使，暫時敷衍，隨後遇有優差美缺，再行調劑。過老爺倒也安之若素。

卻不料這第十二姨太太，每到無事的時候，便在這些姊妹當中，套問人家，我們做姨太太的，一年到頭到底有多少進項。就有人告訴他，從前只有九姨太，有些脫天漏網的事，做的頂多，銀子少了不要，至少五百起碼，以及幾千幾萬不等。他因此便有心聯絡九姨太，好學九姨太的本事。九姨太此時是失寵之人，見了這兩位新的，自然生氣。等到阿土前來敷衍他，卻又把他喜的了不得，畢竟性子爽直，一個不留心，又把自己的生平所作所為，統通告訴了阿土。阿土大喜，趁空就在湍制臺面前，試演起來。頭一個，是替過老爺要缺，而且要一個上等好缺。湍制臺情面難卻，第二天就把話傳給了藩臺，不到三天，牌已掛出去了，過老爺自從進來當文案，合衙門上下不到半個月，統通被他溜熟，又結交湍制臺一個貼身小二爺做內線，常常到十二姨太太跟前通個信。此番得缺，就託小二爺暗地許了十二姨太五千銀子的孝敬；小二爺經手在外。言明只要有缺，每年加送若干銀子；這便是十二姨太開門第一樁買賣。十二姨太見這宗買賣，做得得意，等到過老爺上任去之後，又把衙門裏的委員，以及門政大爺勾通了好幾位。只要圖得湍制臺心上歡喜，言聽計從，他們便好從中行事。

此時唐二亂子到省已將一月，照例的文章都已做過。但他是初到省的人員，兩眼墨黑，他不認得上司，上司也不認得他。彼此雖然見過一面，不過旅進旅退，上司亦未必就有他在心上。所以凡是初到省的人，要得到一個差使，若非另有腳路，竟比登天還難！還虧他胸無主宰，最愛結交。自從路上認得了過老爺，到省之後，他倆便時常來往；但吃虧頭一個月，過老爺自己的事情，還沒有著落，如何能夠替人家說話。好容易熬到十二姨太把過老爺事情弄好；但是又要出赴外任，不能常在省城。等到稟辭的前兩天，唐二亂子在寓處備了酒席，替他餞行。話到投機，過老爺就把湍制臺貼身小二爺這條門路，說給了唐二亂子；自己又替他從中湊合。自此唐二亂子有此內線，只要不惜銀錢，差使自然唾手可得。況兼這十二姨太，精明強幹，不上兩月，便把全套本領統通學會，無錢不要，無事不為，真要算得一女中豪傑了。

要知所為之事，且看下回分解。

第三十七回　繳憲帖老父託人情　補札稿寵姬打官話

話說：湖北湍制臺從前曾做過雲南臬司。彼時做雲南藩司的，乃是一個漢人，姓劉名進吉。他二人氣味相投，又為同在一省做官，於是兩人就換了帖，拜了把兄弟。後來湍制臺官運亨通，從雲南臬司任上，就升了貴州藩司，又調任江寧藩司，升江蘇巡撫，不上兩年，又升湖廣總督；真正是一帆風順，再要升得快亦沒有了，劉進吉到底吃了漢人的虧，一任雲南藩司，就做了十一年半，一直沒有調動。到了第十二年的下半年，才把他調了湖南藩司，正受湖廣總督管轄。官場的規矩：從前把兄弟，一朝做了堂屬，是要繳帖的。劉藩司陛見進京。路過武昌，就把從前湍制臺同他換的那副帖子找了出來，拿了紅封套套好，等到上衙門的時候，交代了巡捕官，說是繳還憲帖。巡捕官拿了進去。湍制臺先看手本，曉得是他到了，連忙叫請。巡捕官又把繳帖的話回明。湍制臺偏要拉交情，便道：「我同劉大人交非泛泛，你去同他說，若論皇上家的公事，我亦不能不公辦。至於這副帖子，他一定要還我，我卻不敢當；總而言之：我們私底下見面，總還是把兄弟。」巡捕官遵諭，傳話出來。劉藩司無奈，只得受了憲帖，跟著手本上去。面見之後，無非先行他的官禮。湍制臺異常親熱。劉藩臺年紀大，湍制臺年紀小，所以湍制臺竟其口口聲聲稱劉藩臺為大哥，自己稱小弟。劉藩臺一直當他是真念交情，便把繳帖的話，亦不再提了。

在武昌住了五日，湍制臺又請他吃過飯。接著稟辭過江，坐了輪船，逕到上海，又換船到天津，然後搭了火車進京。藩臬大員，照例是要宮門請安的。召見下來，又赴各位軍機大臣處稟安，一連在京城應酬了半個月。他乃是一個古板人，從不曉得什麼叫做走門路，所以上頭仍舊交他回任。等到請訓後，仍由原道出京，二次路過武昌，湍制臺同他還是很要好。留住了幾天，方才辭赴長沙上任。

無奈劉藩臺是個上了年紀的人，素來身體生得又高又胖。到任不及三月，有天萬壽，跟了撫臺拜牌，磕頭起來，一個不留心，人家踏住了他的衣角，害得他跌了一個筋斗。誰知這一跌，竟其跌得中了風了。當時就嘴眼歪斜，口吐白沫。撫臺一見大驚，立刻就叫人把他抱在轎子裏頭，送回藩臺衙門。他有個大少爺，是捐的湖北候補道，此時正進京引見，不在跟前。衙門裏只有兩個姨太太，幾個小少爺，一個大少奶奶，兩個孫女兒。一見他老人家中了風，合衙門上下都驚慌了，立刻打電報給大少爺，大少爺得到電報，幸虧其時引見已完，立刻起身出京。到了武昌，也沒有稟到，就趕回長沙老人家任上來了。

此時他父親劉藩臺，接連換了七八個醫生，前後吃過二十幾劑藥，居然神志漸清；不過身子虛弱，不能用心。當時就託撫臺，替他請了一個月的假，以便調養。誰知一月之後，還不能出來辦事。他心上思量：「自己已有這們一把年紀，兒子亦經出仕，做了二三十年的官，銀子亦有了。古人說得好：『急流勇退』，我如今很可以回家享福了；何必再在外頭吃辛吃苦，替兒孫作馬牛呢？」主意打定，便上了一個稟帖給撫臺，託撫臺替他告病。撫臺念他是老資格，一切公事，都還在行，起先還照例留過兩次；後來見他一定要告退，也只得隨他了。摺子上去，批了下來，是沒有不准的。一面先由巡撫派人署理，以便好好交卸，交卸之後，又在長沙住了些時。常言道：「無官一身輕」，劉藩臺此時卻有此等光景。閒話少敘。

＊　＊　＊

且說：他大少爺號叫劉頤伯，因見老人家病體漸愈；他乃引見到省的人，是有憑限的；連忙先叩別了老太爺，逕赴武昌稟到。臨走的時候，劉藩臺自恃同湍制臺有舊，便寫了一封書信，交給頤伯，轉交湍制臺，無非是託他照應兒子的意思。自己說明暫住長沙，等到兒子得有差使，即行迎養。當時分派已定，然後頤伯起程。等到到了武昌，見過制臺，呈上書信；湍制臺問長問短，異常關切。

官場上的人，最妒忌不過的；因見制臺向劉頤伯如此關切，大家齊說：「劉某人不久一定就要得差使的。」就是劉頤伯自己亦以為靠著老太爺的交情，大小總有個事情當當，不會久賦閒的。那知一等等了三個月，制臺見面，總是很要好；題到『差使』二字，卻是沒得下文。劉頤伯亦託過藩臺，替他吹噓過；湍制臺說：「一來誰不曉得我同他老人家是把兄弟；二來劉道年紀還輕，等他閱歷閱歷，再派他事情；人家就不會說我閒話了。」藩臺出來，把話傳給了，劉頤伯亦無可如何。

又過了些時，長沙來信，說老太爺在長沙住的氣悶，要到武昌來走走。劉頤伯只好打發家人去接。誰知老太爺動身的頭天晚上，公館裏廚子做菜，掉了個火在柴堆上，就此燒了起來。自上燈時候燒起，一直燒到第二天大天白亮，足足燒了兩條街。這劉進吉一世的宦囊，全被火神收去。好容易把一家大小救了出來。當火旺的時候，劉進吉一直要往火裏跳，說：「我這條老命也不要了！」幸虧一個小兒子，兩三個管家，拿他拉牢的。這火整整燒了一夜。合城文武官員，帶領兵役，整整救了一夜；連撫臺都親自出來看火。

當下一眾官員，打聽得前任藩臺劉大人被燒，便由首縣出來，替他設法安置，另外替他賃所房子暫時住下；衣服伙食，都是首縣備辦的。到底撫臺念舊，首先送他一百銀子。合城的官，一見撫臺尚且如此，於是大家湊攏，亦送了有個七八百金。無奈劉進吉是上了歲數的人，禁不起這一嚇，一急老毛病又發作了。

起火之後，曾有電報到武昌，通知劉頤伯。等到劉頤伯趕到，他老人家早已病得人事不知了。後來好容易找到前頭替他看的那個醫生，吃了幾帖藥方，才慢慢的回醒轉來。又將養了半個月，漸漸能夠起來，便吵著要離開長沙。兒子無柰，只得又湊了盤川，率領家眷，伺候老太爺同到武昌。此時老頭子還以為：制臺湍某人是他的把弟，如今老把兄落了難，他斷無坐視之理。一到武昌，就坐了轎子，拄了拐杖，上制臺衙門求見。他此時是不做官的人了，自己以為可以脫略形骸，不必再拘官禮。見面之後，滿口「愚兄，老弟」，人家聽了，甚是親熱。豈知制臺心上大不為然。見了面，雖然是你兄我弟，留茶留飯，無奈等到出了差使，總輪劉頤伯不著。

有天劉進吉急了，見了湍制臺，說起兒子的差使。湍制臺道：「實不相瞞，咱倆把兄弟，誰不曉得。世兄到此，未及一年，小點事情委了他，對你老哥不住；要說著名的優差，又恐怕旁人說話。這個苦衷，老哥不體諒我，誰體諒我呢？老哥儘管放心，將來世兄的事情，總在小弟身上就是了。」劉進吉無奈，只好隱忍回家。

後來還是同寅當中，向劉頤伯說起，方曉得湍制臺的為人，最是講究禮節的；劉進吉第一次到武昌，沒有繳回憲帖，心上已經一個不高興。等到劉頤伯到省，誰知道他的號這個「頤」字，又犯了湍制臺祖老太爺的名諱下一個字。因此二事，常覺耿耿於心。湍制臺有天同藩臺說：「劉某人的號，重了我們祖老太爺一個字，兄弟見了面，甚是不好稱呼。」湍制臺說這句話，原是想要叫他改號的意思。不料這位藩臺，是個模模糊糊的，聽過之後，也就忘記，並沒有同劉頤伯講起。劉頤伯一直不曉得，所以未曾掉換，湍制臺還道他有心違抗，心上愈覺不高興。

等到劉頤伯打聽了出來，回來告訴了老太爺。老太爺聽了，自不免又生了一回暗氣。但是為兒子差使起見，又不敢不遵辦。不過所有的東西，早被長沙一把天火都收了去，各樣值錢的東西，都搶不出，那個還顧這副帖子。劉進吉見帖子找不著，心上發急。幸虧劉頤伯明白，曉得湍制臺一個字不會寫，這帖子一定是文案委員代筆的。現在只須託個人，把他的三代履歷抄出來，照樣謄上一張；只要是他的三代履歷，他好說不收。劉進吉聽了兒子的話，想想沒法，只好照辦。

卻巧文案上有位陸老爺，是劉頤伯的同鄉，常常到公館裏來的，劉頤伯便託了他。陸老爺道：「容易得很。制軍的履歷，卑職統通曉得。新近還同荊州將軍換了一副帖，也是卑職寫的。大人只要把老大人同他換帖的年分記清，不要把年紀寫錯，那是頂要緊的。」劉頤伯喜之不盡，立刻問過老太爺；把某年換帖的話，告訴了陸老爺。陸老爺回去，自己又賠了一付大紅全帖，用恭楷寫好了，送了過來。劉頤伯受了，送給老太爺過目。老太爺道：「只要三代名字不錯就是了；其餘的字，只怕他還有一半不認得哩！」劉頤伯卻又自己改了一個號，叫做期伯，不叫頤伯了。

次日一早，父子二人一同上院：老子繳還憲帖，兒子稟明改號。當由巡捕官進內回明。湍制臺接到帖子，笑了一笑，也不說什麼，也不叫請見。巡捕官站了一回，無可說得，只得出來，替制臺說了一聲

「道乏」。父子二人，悵悵而回。

因為臬臺為人還明白些，並且同制臺交情還好；到了次日，劉期伯便去見臬臺，申明老人家繳帖，並自己改號的意思，順便託臬臺力為吹噓。臬臺滿口應允。次早上院，見了湍制臺，照話敘了一遍。湍制臺笑著說道：「從前他少君不在我手下，他不還我這副帖子，倒也罷了；如今既然在我手下當差，被人家說起，我同某人把兄弟，我照應他的兒子，這個名聲可擔不起！所以他這回來還帖子，我卻不同他客氣了。至於他們少君的號，犯了我們先祖的諱，吾兄是知道的。我們在旗頂講究的，是這回事。他同兄弟在一省做官，保不住彼此見面，總有個稱呼；他如果不改，叫兄弟稱他什麼呢？他既然『過而能改』，兄弟亦就『既往不咎』了。」臬臺接著說：「劉道老太爺年紀大了，一身的病，家累又重得很。自遭回祿之後，家產一無所有。劉道到省，亦有好幾個月了；總求大帥看他老人家分上，賞他一個好點的差使。等他老太爺，也好借此養老。」湍制臺道：「這還用說嗎？我同他是個什麼交情。你去同他講，他的兒子，就是我的兒子，叫他放心就是了。」臬臺下來，回覆了劉期伯。不在話下。

* * *

且說：湍制臺過了兩天，果然傳見劉期伯，見面先問：「老人家近來身體可好？」著實關切。後來提到差使一事，湍制臺便同他說道：「銀元局也是我們湖北數一數二的差使了；衛某人當了兩年，也不曉得他是怎麼弄的，現在丁憂下來，聽說還虧空二萬多；今兒早上託了藩臺來同我說，想要後任替他彌補。老實說：我同衛某人，也沒有這個交情；不過看徐中堂面上，所以才委他這個差使。現在你老哥可能答應下來，替他彌補這個虧空不能？」劉期伯一想：「這明明是問我能夠替他擔虧空，才把這事委我的意思。我想銀元局，乃是著名的優差，聽說弄得好，一年可得二三十萬。果然如此，這頭二萬銀子，算得什麼，不如且答應了他。等到差使到手，果然有這許多進項，我也不在乎此；倘若進款有限，將來還好指望他調劑一個好點的差使。」主意打定，便回道：「蒙大帥的栽培。衛道的這點虧空，不消大帥費得心，職道自當替他設法彌補。」湍制臺道：「你能替他彌補，那就好極了。」劉期伯又請安謝過。等到退出，告訴了老太爺，自然合家歡喜。

誰知過了兩天，委札還未下來。劉期伯又託了臬臺，進去問信。湍制臺道：「前天我不過問問他能否還有這個力量，籌畫一二萬金，借給衛某人彌補虧空。他說能夠，足見他光景還好，一時並不等什麼差使。所以這銀元局事情，兄弟已經委了胡道胡某人了。」臬臺又說：「劉道自己倒不要緊；一來年紀還輕，就是閱歷兩年，再得差使，並不為晚。二則像大帥這樣的公正廉明，做屬員的人，只要自己謹慎小心，安分守己，還愁將來不得差缺嗎？所以這個銀元局得與不得，劉道甚為坦然。不過他老太爺年紀太大了，總盼望兒子能夠得一個差使，等他老頭子看著好放心，司裏所以肯來替他求，就是這個意思。」湍制臺一聽臬臺的話，頗為入耳，便道：「既然如此，釐金會辦，現要委人，不妨就先委了他。等有什麼好點的差使出來，我再替他對付罷！」臬臺出來，通知劉期伯。劉期伯雖然滿肚皮不願意，也就無可如何。只等奉到札子，第二天照例上院謝委，自去到差。不提。

* * *

且說：湍制臺所說委辦銀元局的胡道，你道何人，他的老底子，卻是江西的富商。到他老人家手裏，已經不及從前，然而還有幾十萬銀子的產業。等到這胡道當了家，生意一年年的失本下來，漸漸的有點支不住。因見做官的利息尚好，便把產業，一概併歸別人，自己捐了個道臺，來到湖北候補。候補了幾年，並沒得什麼差使，他又是舒服慣的，平時用度極大，看看只有出，沒有進，任你有多大家私，也只有日少一日。後來他自己也急了，便去同朋友們商量。就有同他知己的，勸他走門路，送錢給制臺用，將本就利，小往大來，那是再要靈驗沒有！

胡道臺亦深以為然，當時就託人搭他走了一位搢奏師爺的門路，先送制臺二萬兩，指名要銀元局總辦，接差之後，再送一萬；以後倘若留辦，每一年認送二萬。另外再送這位搢奏師爺八千兩，以作酬勞。三面言明，只等過付。卻不料這個當口，正是上文所說的那位過老爺得缺赴任。因為使過唐二亂子的錢，便把湍制臺貼身跟班小二爺的這條門路，說給了唐二亂子，又替他二人介紹了。這個二爺年紀雖小，只因制臺聽他說話，權柄卻著實來得大，合衙門的人，都聽他指揮。而且這小二爺專會看風色，各位姨太太，都不巴結，單巴結十二姨太；十二姨太正想有這們一個人，好做他的連手，故爾他倆竟其串通一氣，只瞞湍制臺一人。此時省裏候補的人，因走小二爺門路得法的，著實不少。

唐二亂子到省不久，並不曉得那個差使好，那個差使不好。人家見他朝天搗亂，也沒有人肯拿真話告訴他。至於他的為人，外面雖然搗亂，心上並非不知巴結上司。瞧著一班紅道臺，天天跟著兩司上院見制臺，見撫臺，院上下來便是什麼局，什麼局；局裏一樣有這般小官人，拿他當上司奉承，每逢出門，一樣是戈什親兵呼么喝六；看了好不眼熱！空閒之時，便走來同小二爺商量，想要弄個點點事情當當。

此時十二姨太，正在招權納賄的時候；小二爺替他出力，便囑咐唐二亂子，叫他一共拿出二萬五千兩，包他銀元局一定到手。起初唐二亂子，還不曉得銀元局有多少進項；聽小二爺一說，嚇的把舌頭一伸，幾乎縮不進去。回家之後，又去請教過旁人，果然不錯。便一心一意，拿出銀子，託小二爺替他走這條門路。

誰知這邊才說停當，那邊姓胡的，亦恰恰同摺奏師爺議妥，只等下委札，付銀子了。小二爺一聽不妙，一面先把外頭壓住，叫外頭不要送稿，聽他的消息；他此時正是氣燄薰天，沒有人敢違拗的。一面進來同十二姨太打主意，想計策。議論了半天，畢竟十二姨太有才情，便道如此如此，這般這般，「只等今天晚上老爺進房之後，看我眼色行事。」小二爺會意，答應著，自去安排去了。

* * *

且說：這天湍制臺做成了一注買賣，頗覺怡然自得，專候銀札兩交；於是制臺催師爺，師爺催門上，說明當天送稿，次日下札。不料催了幾次，一直等到天黑，外頭還沒送稿。畢竟制臺公事多，一天到晚，忙個不了，又不能專在這上頭用心，橫豎銀子是現成的，偶然想起，催上一二次也就算了。到了晚上，公事停當；這兩個月，只有十二姨太頂得寵，湍制臺是一天離不開的；是夜仍然到他房中。

坐定之後，想起日間之事，還罵門上公事不上緊的辦：「吃中飯的時候，就叫送稿。等到如今，還不送來，真正豈有此理！」一言未了，小二爺忙在門外答應一聲道：「怎麼還不送來，等小的催去。」說罷，蹬蹬蹬的一氣跑出去了。不多一會，果見小二爺帶了一個門上進來，呈上公事。湍制臺看見，還罵門上：「問他白天幹的什麼事，如今趕晚上才送來。」說罷，就在洋燈底下，把稿看了一遍。正要舉起筆來，填注胡道臺的名字，說時遲，那時快，只見十二姨太，倏地離坐，趕上前來，一個巴掌，把湍制臺手中之筆，打落在地。湍制臺忙問：「怎的？」十二姨太也不答言，但說：「現在什麼時候，那裏來的怎麼大蚊子！」湍制臺方曉得十二姨太打他一下，原來是替他趕蚊子的。於是叫人舉火照地，替他尋筆。趁這當口，十二姨太便問：「什麼公事，這等要緊！要寫什麼，不好等到明天到簽押房裏去寫？」湍制臺忙道：「為的是一件要緊事。」十二姨太道：「什麼事？」湍制臺道：「你女人家，問他做什麼？我為的是公事，說了你也不會曉得。」十二姨太道：「我偏要曉得曉得。」湍制臺道：「告訴你亦不要緊。為要委一個人差使。」十二姨太道：「什麼差使，不好明天委，等不及就在今天這一夜？」湍制臺道：「為著有個講究，所以一定要今天委定。」十二姨太道：「到底什麼差使，你要委那一個，你不告訴我，我不依。」湍制臺道：「你這人真正麻煩。我委人差使，也用著你來管我嗎？我就告訴你。只為著我們省城裏鑄洋錢的銀元局，前頭的總辦丁艱，如今要委人接他的手。」十二姨太搶著說道：「你要委那一個？」湍制臺道：「我要委一個姓胡的。他是個道臺。」十二姨太道：「慢著。我有一個人要委，這人姓唐，也是個道臺。這個差使，你替我給了姓唐的，不要給姓胡的了。等一回再出了什麼好差使，再委姓胡的，你說好不好？」湍制臺道：「莫胡說！派差使，也是你們女人可以管得的。你說的姓唐，我知道這個人有名的唐二亂子。這等差使，派了這樣人去當也好了，我定歸不答應，你快別鬧了。把筆拾起來，等我畫稿。連夜還要謄了出來，明兒早上，用了印，標過硃，才好發下去，等人家也好早點到差。」

十二姨太見制臺不答應他的話，頓時柳眉雙豎，杏眼圓睜，筆也不尋了，一個老虎勢，就望湍制臺懷裏撲了過來；撲到湍制臺懷裏，就拿個頭往湍制臺夾肢窩裏，直躺下去。湍制臺一向是拿他寵慣的，見了這樣，想要發作兩句，無奈發作不出。只得皺著眉頭說道：「你要委別人，我不願意，你總不能朝著我這個樣子。究竟這個官是我做的，怎麼能被你作了主意？」十二姨太道：「我要委姓唐的。你不委，我就不答應。」說著，順手拿過一隻茶碗來，就往地下順手一摔，豁瑯一聲響，早已變為好幾片了。跟手又要再摔別的東西，湍制臺道：「我不委姓唐的，這又何苦拿東西來出氣！」話猶未了，十二姨太忽伸手到桌子上，把剛才送進來的那張稿，早已嗤的一聲，撕成兩片了。湍制臺道：「這更不成句話了。這是公事，怎麼好撕的！」十二姨太也不理他，一味撒嬌撒癡，要委姓唐的。他倆伴嘴吵鬧，小二爺都在旁邊，看的明明白白。等到看見十二姨太把公事撕掉，便朝送公事進來的那個門上，努努嘴說了聲：「你先出去，明兒快照樣再補張進來。」小二爺進來，把筆拾起，也就跟手出去。

十二姨太見門上及小二爺都出去，便又換了一副神情，弄得湍制臺不曉得拿他怎樣才好。一回十二姨太要湍制臺把這銀元局的事情，說給他聽。一回又要湍制臺拿手，把住他的手寫字與他看。一回又問唐二亂子的名字怎樣寫。湍制臺道：「你要委他差使，怎麼連他的名字都不會寫？」十二姨太拿眼睛一瞅道：「我會寫字，我早搶過來，把稿畫好，也不用你費心了。」湍制臺無奈，只得寫給他看。十二姨太又嫌寫的不清爽，要寫正字，不可寫帶草。說著便把方才撕破的那件送進來的稿，檢了個無字的地方，叫湍制臺拿筆寫給他看。湍制臺一見是張破紙，果然把唐二亂子的名字，一筆一筆的寫了出來。十二姨太等他寫完，便說：「曉得了，不用你寫了。時候不早，我們睡罷！」湍制臺巴不得一聲，立刻寬衣上床。十二姨太順手把撕破的字紙，以及湍制臺寫的字，團作一團，一齊往抽屜裏一放；又把洋燈旋暗。湍制臺並不留意，等到睡下，兩個人又咕唧了一回。歇了半天，湍制臺沉沉睡去。

十二姨太聽了聽，房中並無聲息，便悄悄的披衣下牀，走到桌子邊，仍把洋燈旋亮；輕輕從抽屜中取出那團字紙，在燈光底下，仍舊把他弄整齊了，一張張攤在桌上；好在一張紙，分為兩片，漿子現成，是容易補的。便另取了一條紙，從裂縫處在後面用漿子貼好。翻過來一看，仍舊完完全全一張公事；唐某人三個字的名字，又是湍制臺自己寫的。十二姨太看了，不勝之喜。此時小二爺早在門外伺候好的，從門簾縫裏，見十二姨太諸事停當，亦輕輕的掀簾進來。十二姨太便將公事交在他的手中，把嘴一努。小二爺會意，立刻躡手躡腳，趕忙出去，連夜辦事。不提。這裏十二姨太仍舊寬衣上床。湍制臺猶自大夢方酣，睡得如死人一般，毫無知覺。

一宵易過，容易天明。湍制臺起身下床，十二姨太裝著未醒。湍制臺也不叫他，獨自一人洗面漱口，吃早點心。——自然另有丫頭老媽承值點心，剛吃到一半，忽見外面傳進一個手本，說是新委銀元局總辦唐某人，在外候著謝委。湍制臺聽著，楞了一回，問道：「誰來謝委？」外面門上回稱：「候補道唐某人謝委。」制臺詫異道：「委的什麼差使；可是撫臺委的？何以撫臺並沒咨會我？」門上回道：「就是才委的銀元局。」湍制臺更為詫異，連點心都不吃了，筷子一放，說道：「我並沒有委他，是誰委的？」拿手本的門上，笑而不答。湍制臺更摸不著頭路。

正相持間，忽見十二姨太，一骨碌從床上坐起，一手揉眼睛，一面問道：「什麼事？」湍制臺道：「不是你昨兒晚上要給唐某人銀元局嗎？一夜一過，他已經來謝委了，你說奇怪不奇怪。」十二姨太把臉一板道：「我當作什麼事，原來這個，有什麼希奇的。」湍制臺愈覺不解，說道：「你的話，我不懂。」十二姨太冷笑道：「自家做的事，還有什麼不懂。你不委他，他怎麼敢來冒充。」湍制臺道：「我何曾委他！」十二姨太道：「昨天的稿，是誰填的姓唐的名字？」湍制臺道：「我何曾填姓唐的名字。」十二姨太道：「呸！自家做事，竟忘記掉了。不是你寫了一個是草字，我不認得，你又趕著寫一個正字的給我瞧嗎？就是那個。」湍制臺道：「那不是拉破的紙嗎？」十二姨太道：「實不相瞞，等你睡著之後，我已經拿他補好了。兩點鐘補好，三點鐘發騰，四點鐘用印過硃，等五點鐘，已經送到姓唐的公館裏去了。他接到了札子，立刻就來謝委，這人辦事，看來再至誠沒有。這明明是你自己做的事，怎麼好推頭不曉得。」

一席話，說的湍制臺嘴上的鬍子，一根根的蹺了起來，氣憤憤的道：「你們這些人真正荒唐！真正豈有此理！這些事都好如此胡鬧的。這姓唐的，也太不安分了，我一定參他，看他還能夠在那裏當差使？」十二姨太冷笑道：「你要參他的官，我看你還是先參自己罷。『只許州官放火，不許百姓點燈』；你賣缺賣差，也賣的不少了，也可分點生意給我們做做。現在生米已經做成熟飯，我看你得好休便好休。你一定要參姓唐的，我就頭一個不答應，等到弄點事情出來，我們總陪得過你。我看你還是模模糊糊的過去，大家不響，心上明白。這個差使，你賣給姓胡的，拿他幾個錢，等到姓唐的到差之後，我叫他再找補你一萬銀子就是了。」湍制臺聽了，氣的一個肚皮，幾乎脹破，坐著一聲也不響，獨自一個心上思量：「倘若發作起來，畢竟姨太太出賣風雲雷雨，於自己的聲名也有礙，何如忍氣吞聲，等他們做過這一遭兒，以後免得說話，而且還有一萬銀子好拿，縱然姓胡的不得銀元局，不肯出前天說的那個數目，另外拿個別的差使給他，他至少一半還得送你；兩邊合攏起來，數目亦差仿不多。罷罷罷，橫豎我不吃虧，也就隨他們去罷！」想了一回，居然臉上的顏色，也就和平了許多。

拿手本的門上，還是在那裏候示。湍制臺發怒道：「怎麼等不及，叫他等一回兒，什麼要緊。也總得等我吃過點心，再去會他。」說完了這句，重新舉起筷子，把點心吃完，方才洗臉換衣服，出去會面。等他轉背之後，十二姨太指指他，對家人們說道：「他自己買賣做慣的，怎麼能夠禁得住別人。以後你們有什麼事情，只管來對我說，我自然有法子擺佈，也不怕他不依。」家人們亦俱含笑不言。自此這十二姨太，膽子越弄越大，湍制臺竟非他敵手。這是後話不提。

且說：湍制臺出去，見了唐二亂子，面上氣色雖然不好；然而一時實在反不過臉來，只得打官話，勉勵他幾句。然後端茶送客。唐二亂子自去到差不提。這裏姓胡的弄了一場空；幸虧預先說明銀札兩交，所以銀子未曾出手。後來見銀元局委了唐二亂子，不免去找摺奏師爺，責其言而無信。摺奏師爺有冤沒處伸，於是來問東家。此時湍制臺又不便說是姨太太所為，只得含糊其詞，遮掩過去。後來又被摺奏師爺釘不過，始終委了他一個略次一點的差事，也拿到他一萬多銀子，才把這事過去。

以後還有何事，且看下回分解。

第三十八回　丫姑爺乘龍充快婿　知客僧拉馬認乾娘

卻說：湍制臺九姨太身邊的那個大丫頭，自見湍制臺屬意於他，他便有心惹草拈花，時向湍制臺跟前勾搭。後來忽然又見湍制臺從外面，收了兩個姨太太，他便曉得自己無分。嗣後遇見了湍制臺，總是氣的蹺著嘴唇，連正眼也不看湍制臺一眼，至於當差使，更不用說了。湍制臺也因自己已經有了十二個妾；又兼這新收的十二姨太，法力高強，能把個湍制臺壓伏的服服帖帖，因此也就打斷這個念頭。但是每逢見面，觸起前情，總覺自己於心有愧。又因這大丫頭見了面，一言不發，總是氣憤憤的，更是過意不去。因此這湍制臺左右為難，便想早點替他配匹一個年輕貌美，有錢有勢的丈夫，等他們一夫一妻，安穩度日，藉以稍贖前愆。

主意打定，於是先把候補道府當中，看來看去，不是年紀太大，便是家有正妻，嫁過去一定不能如意。至於同通州縣一班捐納的，流品太雜，科甲班酸氣難當。看了多人，總不中意。湍制臺心中，因此甚為悶悶。後來為了一件公事，傳督標各營將官，來轅諭話。內有署理本標右營游擊戴世昌一員，卻生得面如冠玉，狀貌魁梧，看上去不過三十左右。此時湍制臺有心替大丫頭挑選女壻，等到大眾諭話之後，便向他問長問短，著實垂青。幸喜這戴世昌人極聰明，隨機應變，當時湍制臺看了，甚為合意。等到送客之後，當晚單傳中軍副將王占城，到內衙簽押房，細問這戴世昌的細底，有無家眷在此。王占城一一稟知，說：「他是上年八月斷絃，目下尚虛中饋。堂上既無二老，膝前子女猶虛。」湍制臺一聽大喜，就說：「我看這人相貌非凡，將來一定要闊，我很有心要提拔提拔他。」王占城道：「大帥賞識，一定不差。倘蒙憲恩栽培，實是戴游擊之幸。」

湍制臺聽了，正想託他做媒；忽然想起：「我一個做制臺的人，怎麼管起丫頭們的事來？說出去甚為不雅。」轉念一想：「不好說是丫頭，須改個稱呼，人家便不至於說笑我了。」想了一會，便道：「現在有一事相煩；從前我們大太太去世的前頭，曾撫養親戚家一個女孩子，認為乾女兒。等到我們大太太去世，一直便是我這第九個妾照管。如今剛剛十八歲，自古道：『男大須婚，女大須嫁』；雖則是我乾女兒，因我自己並未生養，所以我待他，卻同我自己所生的無二。今天我看見戴游擊甚是中意，又兼老兄說他斷絃之後，還未續娶，如此說來，正是絕好一頭親事。相煩老兄做個媒人，並且同戴游擊說，他武官沒有錢，不要害怕，將來男女兩家的事，都是我一力承當。」

王占城諾諾連聲。出去之後，連夜就把戴世昌請了過來，告訴他這番情由，又連稱「恭喜」，口稱：「吾兄有這種機會，將來前程未可限量。」戴世昌聽了，不禁又喜又驚又怕；喜的是本省制臺，如今要招他做女壻；驚的是我是個當武官的，怎麼配得上制臺千金？轉念一想：「我要同他攀親，這頭親事雖闊，但是要拿多少錢去配他？」因此心中七上八下，楞了半天，除卻嘻開嘴笑之外，並無他話。王占城懂得他的意思，又把湍制臺的美意，什麼「男女兩家，都歸我一人承當」的話，說了出來。戴世昌聽了，止不住感激涕零，連連給王占城請安，請他費心。

王占城不敢怠慢，次日，一早上轅，稟復制臺。稟明之後，湍制臺回轉上房，不往別處，一直竟到九姨太房中。此時他老人家，久已把九姨太丟在腦後了，今兒忽然見他進來，賽如天上掉下來的寶貝一般。想要前來奉承，一想自己是得過寵的，須要自留身分；如果不去理他，或者此時什麼回心轉意，反恐因此冷了他的心。正在左右為難的時候，湍制臺早已坐下，說道：「我今兒來找你，不為別的事情，為的我們上房裏丫頭，年紀大的，留著也要作怪。我想打發掉兩個，眼睛跟前，也清楚清楚。你跟前的那個大丫頭，今年年紀也不小了，也好打發了。你又不缺什麼人用，所以我特地同你說一聲兒。」九姨太起先聽見湍制臺要打發他的丫頭，心上老大不自在；要說不遵，怕他著惱；如果依他，為什麼檢著我欺負。尚在躊躇的時候，只聽湍制臺又說道：「你的丫頭，我是拿他另眼看待的呢！我替他檢了一個做官的女婿，又是年輕，又是有錢，亦總算對得住他的了。但是一件，既然說是配個做官的，怎麼好說我們的使女，我想來想去，沒有法子，只好說是你的乾女兒。你說好不好？」九姨太本來滿肚皮不願意。後來見他是許給一個做官的，方才把氣平下；又想：「這丫頭果然大了，留在家裏，亦是禍害。倘若再被老爺看上了眼，做了什麼十三姨太，更不得了。不如將機就計，拿他出脫也好。」想完，便道：「我當不起他做我的乾女兒，就說是你的乾女兒罷！」湍制臺道：「你我並不分家，你的我的，還不是一樣嗎？」九姨太道：「既然如此，也得叫他出來，替你磕個頭。」湍制臺道：「這也可不必了。」正說著，九姨太已把大丫頭喚了出來，叫他替老爺磕頭；還要改稱呼。大丫頭扭扭捏捏的，替湍制臺磕了一個頭。湍制臺還了一個半禮。起來又替九姨太行過禮。九姨太便吩咐一應人等，都得改稱呼，因他小名喚做寶珠，就稱他為寶小姐。

　　過了兩天，湍制臺便催著男家，趕緊行聘。叫善後局撥了三千銀子給戴世昌，以作喜事之用。又委戴世昌兩個差使。此時湍制臺因為自己沒有女兒，竟把這大丫頭，當作自己親生的一樣看待，也撥三千銀子給九姨太，叫九姨太替他辦嫁妝；有了錢，樣樣都是現成的。男家看了是十月初二日的吉期。戴世昌特地又租了一座大公館。三天頭裏，請媒人過帖，送衣服首飾，面子上也很下得去。兩位媒人：一位中軍王占城，一位首府康乃芳。到了這一天，一齊穿著公服，到制臺衙門裏來。湍制臺卻是自己沒有出來奉陪，推說自己有公事，叫姪少爺出來陪的。兩個媒人，也沒有坐大廳，是在西面花廳另外坐的；這倒是湍制臺愛惜聲名的緣故。

且說：到了正日，男府中張燈結彩，異常鬧熱。雖然有些人也曉得是湍制臺姨太跟前用的丫頭，但是制臺外面總說是亡妻的乾女兒。大家也不肯同他計較，樂得將錯就錯，順勢奉承。還有些官員，借此緣由，前來送禮。湍制臺也樂得檢禮重的，任意收下。這場喜事，居然也弄到頭兩萬銀子，又做了人家的乾丈人，頗為值得。花轎過去，一切繁文，都不必說。

到了二朝，寶小姐同了新姑爺回門，內裏便是九姨太做主人。九姨太自己不曾生養，平空裏有了這個女壻，自然也是歡喜。而且這女壻能言慣道，把個乾丈母娘，奉承得什麼似的。因此這九姨太更覺樂不可支。

* * *

閒話少敘。單說：這戴世昌，自從做了總督東牀，一來自己年紀輕，閱歷少；二來有了這個靠山，自不免有些趾高氣揚，眼睛內瞧不起同寅。於是這些同寅當中，也不免因羨生妒，因妒生忌；有幾個曉得這寶小姐底細的，言語之間，便不免帶點譏刺。起初戴世昌還不覺著，後來聽得多了，也漸漸的有點詫異，回家便把這話告訴了妻子。寶小姐道：「我的娘是亡過大太太的好姊妹。我才養下來三天，大太太就過來抱了，人家的閒話，有影無形，聽他做甚？」話雖如此說，但是面子上甚不好看。戴世昌便亦丟過。

同樣，寶小姐回到衙內，除了湍制臺，九姨太，認他為乾女兒之外；其他別位姨太太，以及姪少爺等，還拿他當丫頭看待，不過比起別人，略有體面。他亦不敢同這些人並起並坐。他有幾個舊夥伴，見了他，拿他取笑，一個個都來讓他，請他坐，請他吃茶，一口一聲的，稱他為小姐。把他急的什麼似的。十二位姨太太當中，除掉九姨太，自然算十二姨太嘴頂刻毒，見了人一句不讓。自見老爺抬舉九姨太的丫頭，心上很不舒服。一日聽見大眾奉承寶小姐，更把他惱了！便對著自己丫頭，連連冷笑道：「什麼小姐，你們只好叫他一聲『丫小姐』。將來你們一個個都有分的。」誰知自從十二姨太這一句話，便是一傳十，十傳百，通衙門都曉得了。有些刻薄的，更指指點點，當著他面，拿這話說給他聽。把他氣的了不得，而又無從發作。後來又把這話，傳到戴世昌的耳朵裏，心上也覺氣悶；忽念要靠這假泰山的勢力，也只得隱忍不言。

這假泰山果有勢力，成親不到一月，便把他實補游擊。除了尋常差使之外，又派了一隻兵輪，委他管帶。人家見他有此腳力，合城文武官員，除掉提鎮兩司之外，沒有一個不巴結他的；就有一班候補道，也都要仰承他的鼻息。至於內裏這位寶小姐，真正是小人得志，弄得個氣燄薰天；見了戴世昌，喝去呼來，簡直像他的奴才一樣。後來人家走戴世昌的門路，戴世昌又轉走他妻子的門路，替湍制臺拉過兩回皮條，一共也有一萬六千銀子，湍制臺受了。自此以後，把柄落在這寶小姐手裏，索性撒嬌撒癡，更把這乾爸爸，不放在眼裏了。

寶小姐有一樣脾氣，是歡喜人家稱呼他「姑奶奶」，不要人家稱他「戴太太」。你道為何？他說稱他「戴太太」，不過是戴大人的妻子，沒有什麼希罕；稱他「姑奶奶」，方合他制臺乾小姐的身分。他常常同人家說：「不是我說句大話，通湖北一省之中，誰家沒有小姐，誰家小姐不出嫁，出了嫁，就是姑奶奶，這些姑奶奶當中，那有大過似我的？」他既歡喜奉承，人家也就樂得前來奉承他。

有些候補老爺，單走戴世昌的門路不中用，必定又叫自己妻子，前來奉承寶小姐。大家是曉得脾氣的，見了面，姑奶奶長，姑奶奶短，叫的應天價響。候補老爺當中，該錢的少，這些太太們同他來往，知道他是闊出身，眼睛架子是大的，東西少了拿不出手，有些都當了當，買禮送他。

* * *

當中就有一家太太，他老爺姓瞿號耐菴，據說是個知縣班子，當過兩年保甲，半年發審，都是苦事情；別的差使，卻沒有當過。心上想調一個好點的，就回家同太太商量，要太太走這條門路。太太拿腔做勢，說道：「自古道『做官做官』，是要你們老爺自己做的，我們當太太的，只曉得跟著老爺享福，別的事是不管的。」禁不住瞿耐菴左作一揖，右打一恭，幾乎要下跪。太太道：「我要同你講好了價錢，我再去辦這一回事。」瞿耐菴道：「聽太太吩咐。」太太道：「你得了好事情，一年給我多少錢？」瞿耐菴道：「我同你又不分家，我的就是你的，你的就是我的，這又何用說在前頭呢？」太太道：「不是這樣說，等你有了事，我問你要錢，比抽你的筋還難。不如預先說明白了好。」瞿耐菴道：「太太用錢，我何曾敢說一個『不』字，沒有亦是沒法的事。」太太道：「我不曉得你得個什麼差使，多少我不好說。

你自己憑良心罷。」瞿耐菴想了半天，纔說得一句：「一家一半。」太太不等說完，登時柳眉雙豎，杏眼圓睜，喝道：「什麼一家一半！那一半你要留著給誰用？」瞿耐菴連連陪笑道：「留著太太用，我替你收好著。」太太道：「不用你費心，我自己會收的。」瞿耐菴道：「太太說得是，說得是。」連連屏氣斂息，不敢作聲。

太太又吩咐道：「我替你辦事情，我是要化錢的，頭一回一分禮是不能少的。你想要差使，以後還得時時刻刻去點綴點綴。你現在已經窮的什麼似的，那裏還有錢給我用；無非苦我這副老臉出去，向人家挪借，借不著，自己當當，這筆錢難道就不要還我嗎？」瞿耐菴道：「應得還，應得還，既然太太如此說法，以後差使上來的錢，一齊歸太太經管，就是我要用錢，也在太太手裏來討。你說可好不好？」太太道：「如此也罷了。」當下商量已定，就想託一個廟裏的和尚做了牽線。

此時寶小姐聲氣廣通，交遊開闊。省城裏除了藩臺糧道兩家太太之外，所有的太太，一齊同他來往。他們這般女朋友竟比男朋友來得還要熱鬧；今天東家吃酒，明天西家抹牌，一齊坐著四人大轎，點著官銜燈籠，親兵隨從簇擁著，出出進進，好不威武。就這裏頭說差使，託人情，在湖北省城裏，賽如開了一爿大字號一樣。

寶小姐又愛逛廟宇，所有大大小小的寺院，都有他的功德。譬如寶小姐捐一百塊洋錢。這廟裏的和尚姑子，一定要回送公館裏管家大爺一分，上房裏老媽丫鬟一分，每一分至少也得十幾塊洋錢。寶小姐進款雖多，無奈出款也不少，就是寶小姐不願意多出，手下的那些老媽丫鬟們也一定要勸他多出。和尚姑子還時常到公館裏請安。見了面，拿兩手一合，頭一低，念一聲「阿彌陀佛」。然後再說聲「請姑奶奶的安」；跟著下來，就儘量的拿「姑奶奶」奉承。無論有多少的高帽子，寶小姐都戴得上。寶小姐既同這般人混熟了，以後就天天的往寺院裏跑。又請那些要好的太太奶奶們吃素齋。人家見他禮佛拜懺，便認他是持齋行善一流；於是人家要回席請他，也只得把他請在廟裏。這個風聲傳了出去，慢慢地那些會趨門路的人，也就一個個的，來同和尚姑子拉攏了。閒話休敘。

且說：這武昌省城，有名的是一座龍華寺。這龍華寺坐落在賓陽門內，乃是個極大叢林，聽說亦有幾千百年的香火了。寺裏居中，一座大雄寶殿，供的是釋迦牟尼。此外觀音殿，羅漢堂，齋堂，客堂，禪堂，僧房，曲曲彎彎，已經不在少處。另外還有精室，專備接待女客。因這龍華寺是武昌名勝所在，所以合城文武官員，空閒時候，都走來遊玩遊玩。就是過往遊客，亦都有慕名來的，寺裏有方丈，是專門只管清修，不問別事。執事的另外有人。頂闊的是知客僧，專管應酬客人，以及同各衙門來往，督撫司道以下，統通認得。凡是當知客和尚：第一要面孔生得好，走到人前，不至於討厭；第二要嘴巴會說，見人說人話，見鬼說鬼話，見了官場，說官場上的話，見了生意人，說生意場中的話；真正要八面圓通，十二分周到，方能當得此任。

知客和尚專管知客，不要上殿做佛事。又常常聽見人說起，知客應酬老爺們還容易，最難的是應酬太太們。應酬了老爺，老爺當中，不肯化錢的居多。應酬了太太，卻是大把銀子抓給他們用；所以他們趨奉太太，竟其比趨奉老爺，還要來得起勁。這位太太的老爺，是什麼人，同誰家是親戚，跟前伺候的人，誰拿權，誰不拿權，和尚肚皮裏，都有詳詳細細的一本帳，說出來是不會錯的。

* * *

單說這龍華寺裏的知客，法號善哉，是鎮江人氏，自少在金山寺出家。生的眉清目秀，一表非凡，而且人亦能言會道。二十三歲上，因往四川朝山回來，路過武昌，就在這龍華寺內掛單，一連住了幾日。此時龍華寺當家老和尚，正苦少個幫手；見他伶俐聰明，討人歡喜，遂寫一封書信，給金山寺裏的老和尚，留這善哉和尚在龍華寺裏執事。過了幾個月，當家老和尚見他著實來得，就升他為知客和尚，不上一年，凡是湖北省裏的貴官顯宦，豪賈富商，他沒有一個不認得，而且還沒有一個不同他說得來。他更有一件本事，就是這些大人老爺們的太太，尤其沒有一個不喜歡到他這裏走動。不說別的佈施，只是佛事一項，已經比前頭要多出好幾倍了。他既有此人緣，也就樂得借此替人家拉攏；人家自然不肯叫他白出力的。

此時這善哉和尚，打聽得寶小姐是制臺乾小姐，是湖北第一分闊人。便借捐建水陸功德為名，先送了一分禮物，無非是吃食等類；又送了兩副請帖，暫時不說佈施，只說是：「某日開建道場，請戴大人同姑奶奶前往隨喜❶。」寶小姐是少年性情，聽見有好玩的所在，沒有不趕著去的。善哉和尚又早同戴府管家，聯絡一氣，某日前往，預先送信給他。

到了這天，善哉和尚竭力張羅，把寺裏寺外，陳設一新。男客所在，分上中下三等：上等是提督司道，以及督撫衙門的幕友官親；二等是實缺候補，府班以下人員，至首縣止，同著些闊商家，什麼洋行買辦，錢莊匯票等字號；三等乃是候補州縣，以及佐貳各官，同隨常買賣人等。三等地方，都另有招呼的人。戴世昌雖是游擊，因係制臺的乾女婿，所以坐了第一等客位，女客所在，也分三等，同男客不相

❶ 隨喜：參觀廟宇。

上下。善哉和尚卻又另外替寶小姐備了一間精室。這精室之中，特地買了一張外國牀，一副新被褥，湖色外國紗帳子，鴨毛枕頭，說是預備姑奶奶歇中覺的。床面前四張外國椅子，一張小小圓檯。圓檯上放著一個小小菓盒，堆著些蜜餞點心之類，極其精緻，說是預備姑奶奶隨意吃吃的。靠窗一張妝檯，脂粉鏡奩，梳篦鑷花水之類，亦都全備，又道是預備姑奶奶，或是睡後，或是飯後，重新梳妝用的。床後頭還有馬桶一個。寶小姐有了這個好地方，又加以和尚趨奉，比書上說的「先意承志」，做人家兒子的，也沒有這麼孝敬。寶小姐來的多了，外頭的名聲也大了。就有些想走門路的，鑽頭覓縫的，來巴結善哉和尚。善哉和尚也就此賣些風雲雷雨，以顯他的聲光。

這個風聲，恰巧被瞿耐菴的太太曉得了。這瞿耐菴的太太，平時也是極其相信持齋念佛的，見了出家人，分外有緣。無事便到這龍華寺裏來跑，因此同這善哉和尚也極相熟。但是一樣：瞿耐菴的太太，手裏是沒有什麼錢的。和尚眼睛，最為勢利不過，見了沒錢的施主，就把他比下來了。這回起建水陸道場，開懺的那一天，寶小姐到場，只吃了一頓飯，就捐了五百兩銀子。瞿太太也跟來隨喜，好容易在家裏，連當帶借，送了十塊錢給和尚。和尚那裏拿他放在眼裏；不過是來者不拒，多多少少，一齊留下罷了。瞿太太雖然竭力拉攏，無奈出手不大，總覺上不得臺盤；此乃境遇使然，無可奈何之事。

恰巧四十九天功德圓滿，善哉和尚弄錢本事真大，又把老和尚架弄出來，說是要傳戒。預先刻了傳單，外府州縣，分頭叫人去貼。這個風聲一出，那些願意受戒的善男信女，果然不遠千里而來。此番善哉和尚卻是大開山門，定了規例；凡來受戒的，每人定要多少錢。要了錢還不算，還要叫這些人吃苦頭，一體個個跪在老和尚面前，拿些蘄艾，分為九團，或十二團，放在光郎頭上，用火點著；燒到後來，靠著頭皮，把他油都烤了出去，燒的吱吱的響，這人痛的愁眉苦臉，流淚滿面，嘴裏頭只是念「阿彌陀佛」，「阿彌陀佛」，不敢說一聲「痛」。凡受過戒的，都說：「燒到痛的時候，只要念『阿彌陀佛』，佛菩薩自然會來救你的，就是要痛也就不痛了。」又說道：「凡一個人入了道，七情六慾是不能免的。如今這一燒，可把他燒斷，永遠不想開葷，亦不想偷女人了。」如是者一個個頭上就同骨牌攢了眼的一樣，這地方永遠不生頭髮，其名又謂「燒香洞」，凡有香洞和尚，到那裏都好掛單，有飯吃，大家都肯佈施他。要說是沒有香洞，大家都叫他野和尚，可是沒有人理的。燒過香洞之後，還要進禪堂。禪堂裏的規矩，是：坐一炷香，跪一炷香，輪流到九天九夜，一刻不得休歇，亦不准打盹睡覺。九天之後，方算圓滿，這九天裏頭，倘然錯了他一點規矩，另外有管他們的人拿著又粗又長的板子，要在光郎頭上敲的。看起來真正苦惱，並不是修行，直截是受罪！閒話少敘。

單說：此時這龍華寺受戒的人，只有僧眾，並無女人。善哉和尚會出主意，便出來同一班太太們說道：「諸位太太，都是前世裏修行，所以這一輩子，纔有這們大的福分。倘若這一輩子裏再修行修行，下一輩子還不曉得怎樣好哩！」一句話提醒了眾人，便問：「怎樣修行的好？」善哉和尚道：「阿彌陀佛，若要修行，也沒有別的，只要同我們出家人一樣到大和尚跟前受個戒，等大和尚替你們起個法名。以後遇見寺裏做什麼功德，量力佈施點，這就是修行了。」寶小姐道：「要剃頭髮不要？」善哉和尚道：「阿彌陀佛，我的姑奶奶，倘若要你們剃頭髮，豈不同姑子一樣；以後這們大的福分，誰去享呢？小僧說的，原是帶髮修行，只要一心皈依，都是一樣的。」寶小姐道：「既然如此，我亦來一分，修修來世，也是好的。」又問：「要多少錢？」善哉和尚道：「隨緣樂助，亦要看各人的身分。姑奶奶大才斟酌罷了！」

於是在座的各家太太，聽見和尚說「隨緣樂助」，大家高興，就有一大半要受戒的。當時算寶小姐頂闊，送了大和尚三百塊洋錢，說是孝敬老師傅的贄敬。又拿出一百塊錢來齋僧，說是同眾位師兄結結緣的。和尚笑納之後，大和尚就替他起了一個法號，叫做妙善。其餘各位受戒的女太太們，從四元起碼，以至幾十元為止。瞿太太亦送了十塊洋錢，隨同受戒。等到事完之後，和尚又備了幾桌素菜，請眾位受戒的女太太，一同到來，以敘同門之禮。

瞿太太是有心巴結寶小姐的，如今借此為由，被他搭上了手。便即趨前跟後，做出千奇百怪的樣子，來奉承寶小姐。又時常到寶小姐公館裏去請安，送東送西，更不必說。有天寶小姐在一位姊妹家裏，吃醉了酒，其日瞿太太也在座。瞿太太一見這樣，便過來替他搥背，替他裝煙，又親自攙扶他上轎，一直把寶小姐送回公館。這一夜瞿太太也沒有回家，就在寶小姐公館裏伺候了一夜。第二天寶小姐酒醒，很覺得過意不去。後來彼此熟了，見瞿太太常常如此，也就安之若素了。瞿太太的脾氣，再要隨和沒有，連老媽的氣都肯受的。有些丫環，問他要東西不必說，空著還要拿他說笑取樂。寶小姐見丫嬛們如此，他也和在裏頭，拿瞿太太來開心。

有天亦是寶小姐醉後，瞿太太過來，替他倒了一碗茶，接著又裝了幾袋水煙。寶小姐醉態可掬的，一手摟著瞿太太的頸項，說道：「我來世修修，修到有你這個女兒，我就開心死了！」瞿太太道：「我是巴不得做姑奶奶的女兒，只怕彀不上。」寶小姐道：「別的都可以，倒是你是上了歲數的人，我只有這一點點年紀，那有你做我的女兒的道理？」瞿太太道：「姑奶奶說那裏話來！常言說得好，有志不在年高，我那一樁趕得上姑奶奶？只要姑奶奶肯收留我，就情願拜在膝下，常常伺候你老人家。」此時寶小姐已有十分酒意，忘其所以，聽了瞿太太的話，並不思量，便衝口而出道：「既然如此，你就替我磕個頭，叫我一聲『娘』罷！以後我疼你。」一句話直把個瞿太太樂得要死，果真爬在地下，替寶小姐磕了一個頭，叫了一聲：「乾娘。」寶小姐趁著酒蓋了臉，便答應了一聲。見他磕頭，動也不動。

當日瞿太太伺候寶小姐睡覺之後，立刻趕回家中。此時他老爺瞿耐菴，蒙戴世昌替他吹噓，已經委了清道局的差使。這天正領了薪水回來，等太太，等到半夜，不見回家，以為一定是戴公館留下，今天不轉的了。豈知三更過後，急聽打門聲急。開出門去一看，不是別人，原來就是太太。太太回家，不說別的，劈口便問：「薪水領到沒有？」瞿耐菴道：「恰恰今日領到。因為太太未曾過目，所以不敢動用。」太太道：「好。」登時取了出來，一看整整七十塊洋錢。太太便吩咐備燕菜酒席兩桌，下餘的備辦男女衣料四分，再配些別的禮物，一概明天候用。瞿耐菴是懼怕太太，一向奉命如神的，只得諾諾連聲，不敢違拗。次日一早，備辦停當。太太也早起梳洗。諸事齊備，便擡了酒席禮物，送往戴公館而來。

這日寶小姐因為昨夜酒醉，人甚困乏，睡到十二點鐘，方纔起身。人報瞿太太到來。只見瞿太太身穿補褂，腰繫紅裙；他老爺是有花翎的，所以太太頭上，也插著一支四寸長的小花翎，扭扭捏捏走出宅門後面。兩個擡手擡著禮物酒席。寶小姐忘記昨夜酒醉後之事，見了甚為詫異。見面之後，忙問所以。瞿太太笑而不言。但見他走到客堂，拿圈身椅兩把，居中一擺。跟來的人隨手把紅毡鋪下。瞿太太便說：「請你們大人。今日是寄女兒特地過來，叩見乾爹乾娘，是不用迴避的了。」此時戴世昌正躲在房中，聽了摸不著頭路。寶小姐也覺茫然。倒是旁邊的丫頭老媽記著，便把昨晚之事說出。

寶小姐道：「醉後之言，何足為憑，我那裏好收瞿太太做乾女兒？真正把我折死了！」剛剛跨出房門，想要推讓，瞿太太已拜倒在地了。嘴裏還說：「既然乾爹不出來，朝上拜過，亦是一樣的。」寶小姐連忙還禮，連說：「這是那裏說起！」瞿太太拜過之後，趕忙又把禮物獻上，說是兩分送給乾爹乾娘，兩分連著一席酒，是託乾娘孝敬與乾外公乾外婆的。寶小姐只是謙著不受。瞿太太那裏肯依，說：「昨晚已蒙乾娘收留，倘今天不算，叫我把臉擱在那裏去呢！」於是旁邊一眾丫頭老媽，都湊趣說：「今天瞿太太來拜乾娘，乃是出於一片至誠；太太倒是收了他的好，叫他心上快活。太太只要以後疼他就是了。」此時寶小姐無可如何，只得老老臉皮，認了他做乾女兒。後來戴世昌也出來見過禮。寶小姐又把丫頭老媽底下人廚子，統通叫了上來，叩見瞿太太；大家亦改口叫他瞿姑奶奶。當時擺席吃酒。

等到飯後，寶小姐一想，自己總覺過意不去。「索性今天把他帶進制臺衙門，叫他認認乾外公乾外婆，也可顯顯我的手面。」當下便把此意，同瞿太太說知。瞿太太有何不願之意，登時滿口答應，又說：「於理應得去請安的。」於是寶小姐先打發老媽，到制臺衙門裏去說明白，只說姑奶奶收了一個乾女兒，立刻進來叩見老爺同九姨太太，但是且慢說出人頭來。老媽去後，寶小姐帶著瞿太太也就跟手上轎而去。

一霎時到得湍制臺衙門，自然是一逕到九姨太上房裏。此時湍制臺聽了老媽的話，都曉得寶小姐收了一個乾女兒；大家以為總是人家的小姐了。九姨太急忙預備見面禮。正鬧著，人報寶小姐回來了。大家立起身看時，都想看看這位小姐，長得面貌如何。只見寶小姐走在頭裏，後面跟了一個臉上起皺紋的老婆婆，再細看看，頭髮也有幾根白了。大家見了詫異，還當是那小姐的娘自己同來的；然而來的，只有他倆，並沒有第三個，因此大眾格外疑心，此時湍制臺亦正在房中，從玻璃窗內看見，也覺著奇怪。

只聽得寶小姐在院子裏喊道：「乾媽，我同個人來給你瞧瞧。」一頭說，一頭走進上房，吩咐老媽，把紅毡鋪地。寶小姐就拉了瞿太太一把，說道：「你就在這裏拜見外公外婆罷。」大眾至此，方才明白，這同來的老婆婆，就是他的乾女兒，但是他要收個乾女兒，為什麼不收個年輕的，倒收個老婆婆，真正叫人不明白。但是他如此一片至誠，九姨太只得出來，同他謙了一回，受了他一禮，讓他坐下，彼此寒暄了一回，瞿太太又把孝敬的禮物送上。九姨太也送了五十塊洋錢的見面錢。然後招呼開席，直吃到二更天，方才盡歡而散。這天湍制臺雖未出來相見，但把他孝敬的禮物收下，也要算得賞臉的了。

* * *

且說：瞿太太這天，因為頭一天來不便住下，約摸到了時候，便即起身告辭。九姨太還再三叮嚀，叫他空了，只管進來，現在是自己一家人，用不著客氣的了。此時瞿太太喜的心花都開，相別出來，上轎，在轎子裏滿腹盤算：思量幾時再進來；又思量過天還得備席，請請乾外婆。又想：「他們是闊人，眼架子是大的，請他們不能過於寒儉，須得稍為體面些。」又想：「橫豎有今天乾外婆送我的五十塊錢，羊毛出在羊身上，就拿來應酬他。彼此要好了，少不得總要替我們老爺弄點事情。只要弄得一個好點差使，就有在裏頭了。」又想：「這條門路，全虧了善哉和尚，等到有了錢，須得到他寺裏，大大的佈施些，以補報他這番美意。」正盤算間，不提防轎子落地，說是已經到了自己家的門口了。瞿太太定了一定神，方才從轎子裏走出來。還沒有出轎門，忽然一個跟班的走上來，回道：「太太，老爺不好了！今天出出小恭，跌斷了一隻腿了！」瞿太太聽了，不禁大吃一驚。

欲知後事如何，且看下回分解。

第三十九回　省錢財懼內誤庸醫　瞞消息藏嬌感俠友

話說：瞿太太從院上回來，在轎子裏，聽說老爺跌斷了一條腿，這一驚非同小可；連忙問道：「怎麼好端端的會把腿跌斷了？是什麼時候跌斷的？」跟班回道：「今兒早上老爺送過太太上轎之後，也就到了局子裏辦公事。但是今兒一天，總是低著頭想心事，沒精打彩，沒有吃飯就回來的。恰恰進門，提著褲子要去解手；小的正走過，看見擺尿缸的地方，原來潮濕，亦不曉得那一位在尿缸旁邊，掉了一個錢在地下；老爺見了錢，彎著腰要去拾，不想怎樣一個不留心，就滑倒了。弄得滿身是溺，還在其次；只聽老爺『啊唷』一聲，說是一條腿跌斷了。」瞿太太罵道：「混帳東西，地下掉了錢，你們不去拾，要叫老爺去拾。」跟班的道：「小的又沒瞧見錢，後來是老爺說了出來，才曉得的。」瞿太太道：「跌壞怎麼樣？請大夫瞧過沒有？」跟班的道：「老爺跌倒之後，只顧啊唷的叫。他老人家的身體來得又大，小的一個人，怎麼拉得動他？好容易找了打雜的廚子轎夫，才把他老人家連擡帶扛的擡進上房牀上睡下。齊巧見那個會說外國話的胡二老爺，有事來拜會，一聽說是他老人家跌斷了腿，胡二老爺就急了說道：『我們做官的人，全靠這兩條腿辦事；又要磕頭，又要請安，還要跑路。如今倒把他跌折了，豈不把吃飯的傢伙完了嗎？』到底胡二老爺關切，進去看過老爺之後，立刻就出去找了一位外國大夫來，瞧了一瞧。」瞿太太大驚道：「為何不請一個傷科看看？那外國大夫，豈是我們請得起的？」跟班的道：「老爺亦何嘗不是如此說；所以一聽見胡二老爺說請外國大夫，可把他老人家急死了，說：『我這分家私，都交給他還不彀，我情願做個殘廢罷！』誰知胡二老爺硬作主，自己去把個外國大夫請了來。老爺一定不要看，胡二老爺捉住老爺的腿，一定要看。外國大夫看了一回，便說：『治雖可治，將來走起路來，不免要一瘸一拐的呢！』胡二老爺道：『好好好，只要能彀會走路，可以磕得頭，請得安，就做個瘸子，也不打緊。』外國大夫道：『倘若只要磕頭請安，那是我敢寫得包票的。』後來胡二老爺要他包醫，他要十兩銀子。」瞿太太道：「老爺怎麼說？」跟班的道：「老爺急的什麼似的，暗底下拉了胡二老爺好幾把，朝著他搖搖手，說是不要他包醫。胡二老爺沒法，方才又打了兩句外國話，同著外國大夫走的。」

瞿太太一聽這話，方才把一塊石頭落地。一面往上房裏走，一面又問：「可請個傷科來瞧過沒有？」跟班的道：「請是請過一個走方郎中瞧過，亦要什麼十五塊錢包醫；老爺還嫌多。後來請了一個畫辰州符的，來到家裏，畫過一道符，一個錢沒化，亦沒見什麼功效。」太太道：「為什麼不早送個信給我？」跟班的道：「小的趕到戴公館，說太太到了制臺衙門裏去了。太太，你想制臺的衙門，可是我們進得去的？所以小的也就回來了。」

正說著，太太已到上房。走進裏間一看，老爺正睡在牀上呻吟著。太太把帳子揭開，望了一望，問了聲：「怎麼好好的會把腿跌壞了？」又問：「現在痛的怎麼樣了？那個畫符的先生，他可包得你不做殘廢不能？」老爺正在痛得發暈，一聽太太的聲息，似乎明白了些，但回答得兩句道：「你回來了？今天幾乎拿我跌死！」說完這兩句，仍舊哼哼不已。太太就在牀沿上坐下，嘆了一口氣說道：「我們又不是沒有見過錢的人，你要錢用，儘管告訴我，自然有地方弄給你，何犯著為了一個錢，跌斷一條腿呢？

如果一個治不好，當真的不能磕頭請安起來，你這一輩子不就完了嗎？叫我這一輩子指望什麼呢？」說著，也就嚇嗤嚇嗤的哭起來了。

瞿耐菴道：「你莫哭了。現在既已回來，應該怎麼找個大夫給我瞧瞧？」太太道：「外國大夫價錢大，無論如何我們是請不起的，這個也不用提他了。如今你們趕快把傷科獨眼龍王先生請了來，問他要多少錢，我給他。務必今夜裏請他來一趟，就是睡了覺，也要來的。」跟班的去了一會，回來說道：「王先生說的：一過晚上十點鐘，就是拿八人轎去擡他，也不來的。有話明天早晨再講罷。」太太道：「這東西混帳！你去同他說，他再不來，我去叫制臺衙門裏的人，押著他來，看他敢不來？」說著，就想坐轎子，再回到制臺衙門裏去。還是瞿耐菴明白，連連搖手道：「現在是什麼時候了！去不得，去不得。你這一往回，要有多少時候！再等一會，天就亮了。等等再去請他，他總要來的。何苦半夜裏吵到制臺衙門裏去。請了來請封仍舊一個錢不能少的，我多熬一會就是了。」太太一想他話不錯，只得依他。

果然不多一刻，天也亮了。又過了一會，太太就叫人去請獨眼龍王先生。家人去了好半天，才回來說道：「先生才起來，正看門診；總得門診看完了，才得來呢！」瞿耐菴夫婦無法，只得靜等。誰知一等等到下半天四點鐘敲過，王先生才來。當時引進上房，先問是怎麼跌的。瞿耐菴連忙伸出來給他看。王先生生來只有一隻眼，歪著頭，斜著眼，看了一會，說是骨頭跌錯了筍了，只要拿他扳過來就是了，沒有什麼大不了的事。瞿太太在帳子後頭說道：「既然如此，就請你先生替他扳過來就是了。」王先生道：「如果是別人家，一定要他五十塊大洋。你們這裏打個九折罷。」瞿太太把舌頭一伸道：「要的可不少！怎麼比外國大夫還貴？」王先生也不答話。

瞿太太又再三同他磋磨。王先生道：「要我治就得這個價錢。要省錢，可以不必請我，你們要曉得你們老爺這條腿是值錢的；不比尋常人的腿，不要磕頭，不要請安，可以隨隨便便的。我要替他弄好，三五天就要叫他走路的。外面有外敷的藥，裏頭有內治的藥。我這副藥，珍珠八寶，樣樣都全；但是這副藥本，就得四十塊大洋。倘若只要扳扳好，不消上藥，也費我半點鐘工夫，至少也得五塊洋錢。」瞿太太道：「只要你扳扳好，不敷藥可以不可以？」王先生道：「這也沒有什麼不可以。不過好得慢些。跌壞的雖是骨頭，那骨頭四面的肉，就因此血不流通；血不流通，這肉豈不是同死的一樣？將來一點點都要爛的，爛過之後，還得上藥，然後去腐生新。合算起來，化的錢只有比我多些，還要耽擱日子。你們划算得來，我就依著你做，我原是無可無不可的。」瞿太太一想四十五塊錢，總嫌太多，心上思量：「且叫他把骨頭的筍頭扳進，至於藥，可以不用他的。昨天我在乾外婆屋裏，看見玻璃廚裏，擺著藥瓶，什麼跌打損傷藥，生肌散，樣樣都有，我只要去討點就是了，只怕還要比他的好哩！」

主意打定，便道：「好些的藥我們自己有，只要到制臺衙門裏去討來。現在只要你先生替他扳准了就是了。」王先生一聽，生意不成功，一來是心上不高興，二來也是他本事有限，當下不問青紅皁白，能扳不能扳，就拉住瞿耐菴的腿，看准受傷的地方，用兩隻手下死力的一扳。只聽得牀上啊唷的一聲，瞿耐菴早已是暈過去了。瞿太太正在帳子後頭，一聽這個聲響，知道不妙，立刻三步併作兩步，趕到前面，忙問怎的。王先生也不打言。瞿太太揭開帳子一望，只見老爺已經兩眼直翻，氣息全無，頭上汗珠子，有黃豆大小。瞿太太一見這個樣子，曉得是被王先生扳壞了。又見王先生拿袖子捲了兩捲，把條腿夾在夾肢窩裏，想用蠻勁，再把這條腿扳過來。瞿太太發急道：「先生，你快鬆手罷！再弄下去，他的腿不折的，倒被你一弄弄折了，也論不定！如今的人，還不知是活是死哩！」

一面說，一面又拿老爺掐人中，渾身的揉來揉去。幸虧歇了不多一會，瞿耐菴慢慢的回醒過來，只是啊唷啊唷的喊痛。大家一見老爺有了活命，方始放心。王先生受了瞿太太的埋怨，只好鬆手，站在一旁，瞪著一隻眼睛在那裏呆望，好容易瞧著瞿老爺有了活氣，他又想上前去用勁。瞿太太連忙搖手道：「你快別來了！你再來來，我們老爺要送在你手裏了！叫門房裏趕緊替先生打發了馬錢，請先生回府罷！」王先生無法，只得跟了跟班的走到門房裏，替他發給了四百錢的馬錢。王先生不答應，一定要五塊洋錢，說：「我是你們請了來的，同你們太太講明白的，不下藥，單要五塊洋錢。現在是你們不要我治，並不是我不治，如今要少我的錢可不能。」門房裏人道：「你先生的本事太好，所以不請你治。老實同你說，你的本事一個錢不值。現在給你四百錢，已經有你面子了，不走做甚？」

王先生一見門房裏人罵他，愈加不肯干休，賴在門房裏不肯去，說：「你們要壞我的招牌，我是要同你們拚命的。」門房裏人道：「這王八羔子不走，真個等做！」一面說，一面就伸出手來，打了王先生兩拳。王先生氣急了，於是躺在地下，喊地方救命。鬧的大了，上房裏都聽見了。瞿耐菴睡在牀上說道：「這種人同他鬧什麼，給他兩個錢，叫他走罷！」瞿太太道：「你有錢，你給他，我可是沒有這多錢。他肯走就走，不走我去到制臺衙門裏去說一聲，叫首縣押著他走。」一面說，一面自己走到外頭，叫底下人趕他出去。

正吵著，齊巧胡二老爺走來，看瞿耐菴的病。瞿太太連忙退回上房。胡二老爺便問：「吵的什麼事？」門房裏人說了。還是胡二老爺顧大局，就過來好勸歹勸，又在自己搭連袋裏摸了一塊洋錢給他，才肯走的。王先生臨走的時候，還說：「今天若不是看你二老爺臉上，我一定同他拚一拚哩！」說完了這一句，方才撣撣衣服，辭別胡二老爺出門。胡二老爺跟了瞿家跟班，直入內室。瞿太太仍舊躲入牀後頭。胡二老爺當下便問：「大哥的腿怎麼樣了？可曾好些？」瞿耐菴說不得話，只是搖頭。胡二老爺是瞿老爺的把兄弟，所以異常關切，便朝著跟班的說道：「外國大夫既不請，中國大夫又是如此，現在總得想個法子，找個妥當的人，替他看看才好，總不能聽其自然。照這樣子，幾時才會好呢？我也曉得你們老爺光景，彼此至好，這二三十塊錢，就是我替他出也不打緊。」剛說到這裏，瞿太太一聽他肯出錢，便在牀背後接話道：「難為二老爺如此關切，一回一回的好意！只要外國大夫包得好，就請二老爺同了他來就是了。」胡二老爺道：「這外國大夫，在外國學堂考過，是頂頂有名的；連這個都醫不好，還做什麼大夫？而且三十塊錢，要的亦並不算多。」瞿太太道：「既然如此，就拜託費心了！」

胡二老爺去不多時，果然同了外國大夫來，言明三十塊洋錢包醫，簽字為憑。當下就由外國大夫，替他推拿了半天，也沒下什麼藥。畢竟外國大夫本事大，當天就好了許多。前後亦只看過三次，居然慢慢的能彀行動，亦沒有甚瘸子。他夫婦二人，自然歡喜不盡。不在話下。

* * *

單說：瞿太太自從拜寶小姐做了乾娘之後，只有瞿耐菴腿痛的兩天沒有去，以後仍是天天去的。制臺衙門裏，亦跟寶小姐去過兩次。九姨太亦請過他，雖不算十分親熱，在人家瞧著，已經是十二分大面子了。瞿太太便趁空就託寶小姐替他老爺謀事情，說道：「不瞞乾娘說，你女壻自從弄這個官到省，就背了一身的空子。雖說得過幾個差使，無奈省裏花費大，所領的薪水，連開銷還不夠。現在官場的情形，只要有差使，無論大小人家有事，總要找到你，反不如沒有差使的好。現在你女婿，就是吃了這個有差使的虧，所以空子越發大了。不怕你老人家笑話，照這樣子再當上兩年，怕要弄得精打光呢！現在只求你老人家照顧我，你老人家不照顧我，更叫我找誰呢？」

一番話，說得寶小姐不由不大發慈悲，特地為他到了制臺衙門一趟，先把這話告訴了九姨太，九姨太道：「你這話很可以自己同你乾爹說。」寶小姐道：「我託乾爹這點事情，不怕他不依；然而總得再託乾娘，替我敲敲邊鼓，來得快些。」九姨太太應允。

寶小姐立即跑到內簽押房，逼著湍制臺委瞿耐菴一個好缺。湍制臺起初不答應，說：「他是有差之人，很可敷衍。現在省廳裏候補的人，熬上幾十年，見不著一個紅點子的都有，叫他不要貪心不足。」寶小姐一見湍制臺不答應，登時撒嬌撒癡，因見簽押房裏無人，便把屁股坐在制臺身上，一手拉著制臺的耳朵，說：「乾爹，這件事我已經答應了人家；你不答應我，我還有什麼臉出去！」說著，便從懷裏掏出手帕子，哭起來了。湍制臺被他纏不過，只得應允。寶小姐一直等他應允，方才收淚，另外坐下。跟手九姨太亦走進來，又幫著他說了兩句敲邊鼓的話。湍制臺自然是無可推卻，當面說定，次日見了藩臺，就叫他替瞿耐菴對付一個缺，然後寶小姐走的。

* * *

原來：瞿耐菴老夫婦兩個，年紀均在四十七八，一直沒有養過兒子。瞿耐菴望子心切，每逢提起沒有兒子的話，總是長吁短嘆。心上想弄小，只是怕太太，不敢出口。太太也明曉得他的意思，自己不會生養，無奈醋心太重，凡事都可商量，只有娶姨太太一句話，一直不肯放鬆。每見老爺望子心切，他總在一旁寬慰，說什麼：「得子遲早有命，命中注定有兒子，早晚總會養的。某家太太五十幾歲，一樣生產，咱們兩口子，究竟還沒有趕上人家的年紀，要心急做什麼呢？」瞿耐菴被他駁過幾次，雖然面子上無可說得，然而心總不死。朋友們都曉得他有懼內的毛病，說起話來，總不免拿他取笑。起先瞿耐菴還要抵賴；後來曉得的人多了，瞿耐菴也就自己承認了。

有天一個朋友，請他吃飯，同桌的都是愛嫖的人。有兩個創議，說席散之後，要過江到漢口去吃花酒，今天一夜不回來，於是同席的人，都答應說去；獨有瞿大老爺不響。大家無非又拿他取笑，說他怕太太，恐怕回來要罰跪。此時瞿耐菴已經吃了幾杯酒，酒蓋著臉，忽然膽子壯了起來，就說了聲：「我也同去！」眾人又問他：「你這話可當真？」瞿耐菴道：「怎麼不當真，我也不過讓他些；果真怕了他也好了，還做什麼男子漢大丈夫呢？」眾人見他如此，都覺希罕。當天果然同他到漢口去頑了一夜。第二天酒醒，不覺懊悔起來，怕太太生氣。回家之後，少不得造謠言，說局子裏有公事，又有外頭解來的強盜；臬臺因為他老手，特地派他審問，足足審了一夜，所以一夜未回。太太信以為真，以為臬臺叫他問案，乃是有面子的事情，非但不追究他，而且也甚喜歡。不過說了一句：「既然有公事，為什麼不差人送個信回來，省得家裏等門？而且夜裏天冷，也好差人送件衣服給你。」瞿耐菴一見太太如此體貼，連忙感謝不盡。

過了十天半個月，朋友們見他吃花酒沒有事，以後就常常有人請他。起先還辭過幾次，後來曉得太太受騙，便就膽子漸漸大了起來，因此常常跟著朋友們走動走動了。他雖然是有家小的人，但是積威之下，只有懼怕的心，沒有喜樂的心，忽然一天到得堂子裏面，打情罵俏，骨軟筋酥，真同初世為人一般，其快樂可想而知。

這時候漢口有個做窰姐的，名字叫做愛珠，姿色甚是平常，生意也不興旺；自從那日瞿耐菴破例，跟著朋友吃花酒，因為他沒有局帶，有個朋友，就把愛珠薦給了他。愛珠生意本來清淡，好容易弄到這個孤老，豈有不巴結之理？當夜吃完了酒，其時已經不早，愛珠屢次三番，要留瞿老爺住在他那裏。無奈瞿老爺一來怕有玷官箴，二來怕「河東獅吼」，足足坐了一夜；愛珠也就陪了一夜。到了第二天，過江回省，見了太太，胡造一派謠言，搪塞過去。這便是第一次破戒。這次住雖未住，然而瞿老爺心上感念愛珠相待之情，已覺得是世界上有一無二了。後來瞿老爺時常跟著朋友們過江閒逛，人家請他吃酒，愛珠少不得也要敲他吃酒；朋友們也要他回覆東道：推來推去，無可推卻。

有一天，太太到戴公館寶小姐那裏請安，午飯之後，跟班的回來說：「太太跟著戴太太到了制臺衙門裏去，留住了吃晚飯，今天恐怕不得回來，叫小的回來拿衣服。」瞿耐菴一聽大喜，曉得太太在戴公館制臺衙門內，常常住的，今天決計不回。便趁這個空，偷偷開了箱子，換了一身的新衣服。齊巧這天早上，領的薪水尚未交帳，便包了二十塊錢，溜過江去。到得愛珠那裏，一班好頑的朋友，是天天在漢口的，自然一招就到。這天瞿老爺居然擺了一檯酒，自己坐了主位。愛珠坐在他旁，不時還同他咬耳朵說話，直把個瞿老爺樂得手舞足蹈，比起候補老爺，忽蒙掛牌署缺接印之後，第一次升堂理事，其開心也不過如此。

這天愛珠又留他。他曉得今天太太是不回家了，當即一口答應。這一夜他倆要好，自不必說。愛珠在枕頭上，訴說「我本是好人家女兒；父母因為沒有錢用，所以才拿我賣到窰子裏來。誰知竟是個火坑，老鴇的氣也受夠了，實實在在一天住不下去。你老爺倘若有心救我，就求你救到底，我只要出得此門，就是做丫頭，亦是情願的。」說完了這兩句，便不住的嚇嗤嚇嗤的哭。瞿耐菴聽了傷心，也幫著掉眼淚。後來愛珠再三問他：「你老爺的意思，到底怎麼樣？」瞿耐菴一時也回答不出。一來是愛他，二來又是憐他，滿心滿意，想要弄他。但是一樣：太太是著名的潑辣貨，這事萬萬商量不通的；倘若瞞著他做了，將來這禍患一定不小，因此便把念頭冷了下來。禁不住愛珠一隻手，偎住他的頸子，一面又臉對臉的說道：「瞿老爺你好狠心！我如此的求你，你都不肯可憐可憐我！你放心，我來的時候，老鴇只出二百五十塊洋錢；你如今潑出，再多一半，有了五百塊，也儘夠使的了。」瞿老爺一聽五百塊錢，不禁心上又畢拍一跳，思量：「我那裏弄得五百塊洋錢呢！」當時便愣住無語；然而心上又實實捨他不得，只說：「等明天商量起來再看。」也沒有回絕他。

到了次日，總想太太尚不會回家。恰巧有位朋友在別的窰子裏，約他吃酒打牌，因此也沒有過江回省。這天愛珠又頂住他，問過幾次。瞿耐菴也巴不得討他；但是苦於太太不准，二來亦是款項難籌，一時無從答應。

* * *

齊巧這天請他吃酒的這位朋友，——姓笪號玄洞——是湖北著名有錢的人。論起他的錢來，也不是自己賺的；是他老人家做武官，打長毛在軍營裏得來的。這兩年他老人家過世了，他自己尚在服中，就出來爛賭爛嫖；無論什麼朋友，都肯結交，一齊拉了來吃酒。不過也天生就的，另外一種脾氣，是：朋友遇有急難，問他借錢，他是一毛不拔的。倘若是在窰子裏替婊子贖身，或者在賭檯上，人家借做賭本，他卻整百整千的，借給人家，從來沒有回頭過。因此湖北官幕兩途，凡是好頑的人，都肯同他交結。他並且很高興，借著官場勢力，欺壓欺壓那些烏龜王八開窰子的。

瞿耐菴曉得他這個脾氣，齊巧這天正是他請吃酒，不覺打動念頭。想好了主意，先走到筥玄洞相好家裏，問：「筥老爺來了沒有？」窰子裏人回稱：「筥老爺剛剛起身，在屋裏牀上吃大煙哩！」瞿耐菴掀簾進去。筥玄洞立即起身相迎，劈口便問：「今兒晚上奉請條子，接到了沒有？」瞿耐菴忙稱：「一定過來奉陪。」當下言來語去，扳談了半天。瞿耐菴思思索索，想要說，又不好直說。楞了好幾次，才走到筥玄洞身邊，附耳說了一句：「有件事，要同老哥商量。」筥玄洞見他來時，早已一手拿著煙槍坐起來，洗耳恭聽；聽說「有事商量」，便正顏厲色的，問他：「有什麼事情？」瞿耐菴又扭扭捏捏的半天，把臉漲的緋紅，說道：「不為別的，就是愛珠的事情。」筥玄洞道：「可是你要娶他？」瞿耐菴道：「老哥真真是明鑑萬里！怎麼一猜就猜著了？」

說著，便把愛珠要跟他的話，一五一十說了，又說：「別的多好商量；單是身價要五百塊洋錢，這件事頂煩難，一時往那裏去湊？所以來同老哥斟酌斟酌。」筥玄洞道：「身價還是小事。你是曉得我的脾氣的；無論什麼好朋友，就是親戚本家，他老子娘死了，沒有棺材睡，跪在地下問我借錢，要我幫幫忙，我卻是不答應的；倘然人家要討小，或是賭錢輸了，這個錢我最肯幫忙的。不過你老嫂子答應不答應；不要將來我們旁邊人都弄得沒趣。」瞿耐菴又把臉一紅，道：「這個……。」筥玄洞道：「這個……怎麼樣？」瞿耐菴道：「……等我再去斟酌斟酌看。」筥玄洞道：「斟酌好了，快給我個信，我的錢是現成的。」

瞿耐菴仍回到愛珠屋裏，拿兩隻眼睛瞧著愛珠，一聲不響，呆坐了半天。愛珠又問他：「事情怎麼樣？」瞿耐菴看了半天，實在捨不得，一時色膽包天，只說得一句：「依你辦就是了。有什麼怎麼樣？」愛珠便催他立刻叫了老鴇來，當面商量。老鴇來了。瞿耐菴吱吱了半天，臉漲紅了，還是說不清楚。幸虧愛珠自己爽爽快快的說了。老鴇先討他八百，後來磨來磨去，磨到五百五。愛珠問瞿老爺：「怎麼樣？」瞿老爺道：「五百塊錢是有的，多了我沒處去借。」老鴇道：「瞿大老爺大福大量，何在乎這五十塊錢。」愛珠也生了氣，說：「瞿老爺為了五十塊錢，不肯救我麼！」說著就哭。瞿耐菴沒有法子，又去找笪玄洞。

笪玄洞就一口答應，代借五百五十塊，又說：「娶了過來，老哥你總得另外打公館。這裏洋街上西頭，有我一處房子空著，你不妨就搬了先住起來。」又道：「正價雖有，零星開銷，也不能省的。我討小討慣的了，還有什麼不曉得的？索性成全你到底罷，五百五的正價，算是借項；如今再多送你兩百塊錢，就算是我的賀儀，我也不另外送了。」瞿耐菴感激不盡。

當天就去看房子，租傢伙。諸事停當，然後到窰子裏，同老鴇交涉清楚，連夜一頂小轎把愛珠接了出來。這天瞿耐菴一心只有新討的小老婆在心上，潑出膽子來做，早把太太丟在九霄雲外了。這一夜又沒有過江。第二天晚上，特地叫了兩席酒，請請眾位朋友；自然是笪玄洞首座。席面上大家又叫局豁拳，盡情取樂。等到席散，又有十二點鐘了。接連瞿耐菴三夜沒有回家。他太太跟著寶小姐在制臺衙門裏，恰恰亦住了三夜。

第四天太太回來，問起老爺；家人不便直回，只說：「老爺在局子裏辦公事，三天三夜，沒有回來。」

太太大動疑心，說：「他這個差使，有什麼大不了的事情，整日整夜辦不完？就是上司有什麼公事，交代他辦，亦何至於連著回家睡覺的工夫都沒有了？這話我不相信。」立刻吩咐跟班：「趕快到局子裏，看老爺到底在那裏不在？」跟班心上是明白的；出來打了一個轉身，回來告訴太太，說：「老爺正在局子裏忙著呢！」瞿太太是何等樣人，眼睛比鏡子還亮，早看出那跟班說的是假話，便說：「是了。替我打轎子！」跟班的只得依他。等到上了轎，請示：「到那裏？」瞿太太說：「到局子裏看老爺去。」一句話把跟班的嚇急了，只好硬硬頭皮，跟到那裏再說。當時一群人，跟著太太的轎子，一直走到局子裏。誰知局子裏聲息全無，連鬼影子也沒有了。

瞿太太見了把門的，劈口就問：「瞿大老爺今天來過沒有？」把門的回道：「大老爺有四天不到這裏來了。」瞿太太回頭瞧著跟班的，哼了兩聲，嚇得跟班臉色都變了。瞿太太下轎，問明白了，走到老爺素來辦公事的一間屋子裏坐下。那個跟班連忙拿雞毛撣子，撣桌子上的灰塵，又忙著替太太獻茶。瞿太太道：「用不著你忙。我有話問你。」跟班的拉長了嗓子，一疊連聲的答應「是，是」。手裏還是不住的做他的事情。瞿太太看著格外生氣，又厲聲罵道：「混帳王八蛋！你說老爺在局子裏，如今到那裏去了？你替我把老爺找出來，找不出來，問你要。」那個跟班的，還只顧答應「是，是」，站在底下，拿兩隻眼睛相著鼻子，嚇得一句話也沒有。太太氣極了，一迭連聲的拍桌子，罵「王八蛋！」叫他還出老爺來。

其時同來的，還有一個，是本在公館廚房裏做打雜的，現在亦升作二爺了。這人姓胡名福，最愛挑唆是非，說人壞話。瞿太太歡喜他，外頭有什麼事，都是他聽了來說，賽如耳報神一般，所以才會提升到二爺。瞿太太到局子裏下轎，他早已跑到別屋子裏，向別人家的二爺，探問詳細；知道老爺這兩天同了朋友，出城過江，到漢口窰子裏頑耍，戀著不回來。他得到這信息，又如趕頭報似的，趕過來到瞿太太跟前，彎著腰蝎蝎螫螫的，將此情由，和盤托出。他說話說得旁人都不聽見；只見瞿太太面孔氣得鐵青。四肢厥冷，坐在椅子上，半天說不出話來。後來想了半天：「這事情非得自己親身過江到漢口，決不能弄個明白。」又問胡福：「老爺在漢口什麼人家住夜？」胡福道：「出去問過眾人，都說不曉得；橫豎到了漢口，總打聽得出的。」瞿太太無奈，遂命：「打轎，你們都跟著我到漢口去。」眾人只得答應著。

要知此去如何，且看下回分解。

第四十回 息坤威解紛憑片語 紹心法清訟詡多才

話說：瞿太太霎時過得江來，下船登岸。轎夫仍把轎子擡起，都說：「這們一個大地方，曉得老爺在那裏？到那裏去問呢？」到底瞿太太有才情；吩咐一個跟班的，叫他到夏口廳馬老爺衙門裏去，就說是制臺衙門裏來的，要找瞿老爺，叫他打發幾個人幫著，去找了來。家人奉命如飛而去。瞿太太也不下轎，就叫轎夫把轎子擡到夏口廳衙門左近，歇了下來，等回信。

原來這位夏口廳馬老爺在湖北廳班當中，也很算得一位能員，上司跟前巴結得好，就是做錯了兩件事，亦能含糊過去了。他雖是地方官，也時常到戲館裏窰子裏走走，不說是彈壓，就說是查夜。就是瞿耐菴，笪玄洞幾個人，近來也很同他在一塊兒。瞿耐菴討愛珠一事，他也得知。昨夜請客，他亦在座。這天在衙門裏，忽然門上人上來，說：「制臺衙門有人來問瞿大老爺，叫這裏派人幫著去找他。」他便急得屁滾尿流，立刻叫門上人出來，說：「瞿大老爺新公館在洋街西頭第二條衖堂，進衖右手轉彎，第三個大門便是。」又派了兩名練勇，同去引路。當下又問：「制臺衙門裏什麼人找他？為的是什麼事？」來人含含糊糊的回了兩句，同了練勇自去。

走不多時，遇見瞿太太的轎子，跟班的上前稟復，說：「老爺在某處新公館裏。」瞿太太一聽「新公館」三個字，知道老爺有了相好，另外租的房子，這一氣更非同小可。隨催轎夫跟著練勇，一路同到洋街西頭，按照馬大老爺所說的地方，走進衖堂，數到第三個大門，敲門進去。瞿太太在轎子裏，問：「這裏住的可是姓瞿的？」只見一個老頭子出來，回道：「不錯，姓徐。你是那裏來的？」

瞿太太不由分說，一面下轎，一面就直著嗓子喊道：「叫那殺坯出來，我同他說話，辦的好公事！天天哄我在局子裏，如今局子搬到這裏來了！快出來，我同你去見制臺。」一面罵，一面又號令手下人：「快替我打！」其時帶來的人，都是些粗鹵之輩，不問青紅皂白，一陣乒乒乓乓，把這家樓底下東西，打了一個淨光。那個老頭子也氣昏了，連說：「反了反了！這是那裏的強盜！」正鬧著，瞿太太已到樓上搜尋了一回。一看樣子不對，急忙下樓，問同來的練勇道：「可是這裏不是？怎麼不對呀？」那房主老頭兒也說道：「你們到底找的是那個？什麼也不問個青紅皂白，就出來亂打人，世界上那有這種道理？」

瞿太太自知打錯，連忙出門上轎，罵手下人糊塗，不問明白就亂敲門。老頭子見自己的東西被他們搗毀，如今一言不發，便想走出去上轎，立刻三步併做兩步，跑出來，拉住轎槓要拚命。幸虧有兩個練勇助威，一陣吆喝，又要舉起鞭子來打，終把老頭子嚇回去了。這裏瞿太太在轎子裏，還罵手下人，罵練勇。內中有一個練勇，稍須明白些，便說：「莫不是我們轉彎轉錯了罷？我們姑且到那邊第三家去問聲看。」

剛剛走到那邊第三家門口，只見本公館裏另外一個管家，正在那裏敲門。瞿太太一見有自己的人來敲門，便道：「就是這裏了。」那管家一見太太趕到，曉得其事已破，連忙上前打一個扦，說道：「替太太請安。小的亦是來找老爺的，想不到太太也會找到這裏來。」瞿太太道：「你們一個鼻子管裏出氣，做的好事情，當是我不知道。如今被我訪著了，你倒裝起沒事人來了。你仔細著，等我同你老爺算完帳，再同你算帳。」說完，推門進去。

卻不料其時瞿老爺已不在這裏了。只有新娶的愛珠，同一個老媽在樓上。一見樓下來了許多人，知道不妙，坐在樓上，不敢作聲。瞿太太因剛才打錯了人家，故到此不敢造次。連問兩聲，不見有人答應，便即邁步登樓。一見樓上只有兩個女人，不敢指定他一定是老爺的相好；只得先問一聲：「這裏可是瞿老爺的新公館？」愛珠望望她，並不答應。瞿太太只得又問。歇了半晌，愛珠才說道：「你是什麼人？為什麼走到這裏來？」瞿太太見問，反不免楞住了，站在扶梯邊，進又不得，退又不得，正在為難的時候，忽然胡福上來報道：「太太！正是這裏。跟老爺出門的黃升報信來了。」瞿太太一聽是這裏，立刻膽子放大，厲聲說道：「叫他上來！」黃升上樓見了太太，就跪在地下磕頭，說是替太太叩喜。瞿太太發怒道：「老爺討小，他歡喜，我是沒有什麼歡喜，用不著你們來巴結，我是不受這一功的。」黃升道：「小的替太太叩喜，不是這個，為的是老爺掛了牌子。」瞿太太一聽「掛牌」二字，很像吃了一驚似的，連忙問道：「掛那裏？」黃升道：「署理興國州。」

瞿太太道：「這一個缺也罷了。但是還不能遂我的心願。橫豎我們這位老爺，無論得了什麼缺，出去作官，總是一個糊塗官。你們不相信，只要看他做的事情。他說年紀大了，愁的沒兒子，要討小，難道我就不怕絕了後代，自然我的心比他還急。我又沒有說不准他討小，如今瞞著我做這樣的事情，你們想想看，叫我心上怎麼不氣呢！」眾人一見太太嘴裏雖說有氣，其實面子上比起初上樓的時候，已經好了許多。就以瞿太太本心而論：此番率領眾人，一鼓作氣而來，原想打一個落花流水；忽然得了老爺署缺信息，曉得乾娘寶小姐的手面做到，心中一高興，不知不覺，早把方才的氣恨，十分中撇去九分。但是面子上一時落不下去，只得做腔做勢，說道：「我末辛辛苦苦的，東去求人，西去求人，朝著人家磕頭禮拜，好容易替他弄了這個缺來。他瞞著我，倒在外頭窮開心，我這是何犯著呢！他指日到任，手裏有了錢，眼睛裏更可以沒有我了。不如在今天同他拚了罷！我也沒福氣做什麼現任太太，等我死了，好讓人家享福。」說著，便要尋繩子，找剪刀，要自己尋死。一眾管家老媽，只得上前勸解。此時新姨太太愛珠，坐在窗口揩眼淚，只是不動身。一眾管家因聽得老爺掛牌，都不肯多事，一個個站著不動。

瞿太太看了，愈加不肯罷休，說：「你們都是幫著老爺的，不替我太太出力。老爺得了缺，你們想發財；你們可曉得老爺的這個缺，都是太太一人的力麼？既然大家沒良心，索性讓我到制臺衙門裏去，拿這個缺仍舊還了制臺，叫他另委別人；有福同享，有難同當，我又不是眾人的灰孫子。」說罷，大哭不止。正鬧著，人報馬老爺上來。

原來瞿太太初上樓之後，齊巧瞿耐菴亦從外頭回來。剛進大門，一聽說是太太在這裏，早已嚇得魂不附體，知道事情不妙，心上盤算了一回：「別的朋友都靠不住，只有夏口廳馬老爺精明強幹，會能隨機應變，不如找了他來，想個法子，把個閻王請開；不然，亂子有得鬧哩！」想好主意，剛出大門，那邊第三家被太太打錯的那個姓徐的老頭兒，趕了過來，一把拉住瞿耐菴說：「你太太打壞了我的東西，要你賠我；你若不賠我，要叫洋東出場，到領事那裏告你的。」瞿耐菴聽了，頓口無言。還是跟去的管家會說話，朝姓徐的千賠不是，萬賠不是，才把老爺放手。瞿耐菴得了命，立刻一溜煙跑到夏口廳衙門，將以上情形，同馬老爺說知。馬老爺無可推卻，只得趕了過來。瞿太太雖然從未見面，事到此間，也說不得了。

當下馬老爺上樓，也不說別的，但連連跺腳說道：「要人家冒名頂替，亦得著什麼人去。他們叫耐菴頂這個名，我就說不對。如今果然鬧出事來了，打錯了中國人，還不要緊；怎麼打到一個洋行買辦家去？馬上人家告訴了洋東，洋東稟了領事，立時三刻領事打德律風來，不但要賠東西，還要辦人。大家都是好朋友，叫我怎麼辦呢？」他說的話，雖然是沒頭沒腦；瞿太太聽了，亦很有點懂得；本來是坐著的，到此也只好站起來。

馬老爺裝作不認識，連問：「那一位是瞿太太？」管家們說了，馬老爺才趕過來作揖。瞿太太也只得福了一福。馬老爺又說道：「這事情只怪我們朋友不好，連累大嫂過這一趟江，生這一回氣。這女人本是在窰子裏的，因為老鴇兇不過；所以兄弟起頭合了幾個朋友，大家湊錢，拿他贖了出來。兄弟是做官人，如何討得婊子？眾朋友都仗義，你也不要，我亦不要，原想等個對勁的朋友，送給他做姨太太。當時就有人送給我們耐菴兄的；兄弟曉得耐菴兄的脾氣，糊裏糊塗，不是可以討得小的人，所以力勸不可。當時朋友們商量，大家拿出錢來養活他，供他吃，供他用；還要門口替他寫個公館條子，省得不三不四的人闖進來。大嫂是曉得的：我們漢口比不得省城，游勇會匪，所在皆是，動不動要闖禍的，有了公館條子，他們就不敢進來了。其時便有朋友說頑話：「耐菴兄怕嫂子，不敢討小。我偏要害他一害，將來這裏我就寫個瞿公館，等老嫂子曉得了，叫他吃頓苦頭，也是好的。」條子如今還沒有寫，不料這話已經傳開，果然把大嫂騙到這裏，嘔這一回氣，真正豈有此理！」瞿太太聽說，低頭一想：「幸虧沒有動手，幾幾乎又錯打了。」又轉念想道：「如果不是這裏，何以我叫人請問你馬老爺，你馬老爺派了同我到這裏來呢？為什麼黃升亦來這裏找老爺呢？」當把這話說了出來。馬老爺賴道：「我並沒有這個話。果然耐菴討了小，要瞞你嫂子，我豈肯再叫人同了你來？一定是我們門口，亦是聽了謠言，以訛傳訛，大嫂斷斷不要相信。」瞿太太又問黃升，虧得黃升人尚伶俐，亦就趁勢回道：「小的亦是聽見外頭如此說，所以會找到這裏來；不過是來碰碰看，並不敢說定老爺一定在這裏。」

瞿太太又把瞿老爺幾天在外不回來的話說了。馬老爺道：「公事呢，原有公事。」又湊前一步，低聲對瞿太太說道：「新近我們漢口到了幾個維新黨，不曉得住在那一爿棧房裏。上頭特地派了耐菴過來訪拿；恐怕聲張起來，那幾個維新黨要逃走，所以只以頑耍為名，原是叫旁人看不出的意思。大嫂，你不曉得，這維新黨是要造反的，若抓住了就要正法的。這兩年很被做兄弟的辦掉幾百個。不料現在還有這種大膽的人，來到這裏，又不曉得有什麼舉動。將來耐菴把人拿著了，還要大大的得保舉呢！」瞿太太道：「如今掛了牌，就要到任，怎麼還能來辦這個呢？」馬老爺道：「牌是藩臺掛的，拿維新黨是臬臺委的，大家不接頭。大約總得把這件事情辦完了，才得去上任。」瞿太太道：「維新黨是要造反的，是不好惹的。有了缺還是早到任的好。等我去同制臺說，把這差使委了別人罷，我們拿了人家的腦袋來換保舉，怕勢勢的，這保舉還是不得的好！」馬老爺道：「制臺跟前有大嫂自己去，自然一說就妥。」瞿太太又搶著說道：「倒是前頭打錯的那個人家，怎麼找補找補他才好？」馬老爺皺著眉頭道：「這倒是頂為難的一樁事情。現在牽涉洋商，又驚動了領事，恐怕要釀成交涉重案咧！」瞿太太亦著急道：「到底怎麼辦呢？這個總得拜託你馬老爺的了。」說著，又福了一福。

馬老爺見瞿太太一面已經軟了下來，不至生變，便也趁勢收篷，立刻拿胸脯一拍道：「為朋友說不得，包在我身上，替他辦妥就是了。大嫂此地也不便久留，就請過江回省。且看事情辦的怎麼樣，兄弟再寫信給耐菴兄。」於是瞿太太千恩萬謝，偃旗息鼓，率領眾人，悄悄回省而去。這裏馬老爺回到衙門，一看瞿耐菴還在那裏候信，馬老爺先把他署缺的話說了，催他趕緊回省謝委；又把方才同他太太造的一派假話，亦告訴了他，以便彼此接洽。一面又叫人安慰徐老頭子，打壞的東西，一齊認賠，還叫人替他點一付香燭，賠禮了事。又同瞿耐菴商量：「現在看尊嫂如此舉動，尊寵只好留在漢口，同了去是不便的。等你到任一兩月之後，看看情形如何，再來迎接。好在這裏有我們朋友替你照應，你只管放心前去。」

瞿耐菴見各事都已辦妥，異常感激，方才辭別馬老爺渡江回省，向公館而來。回家之後，雖說有馬老爺教他的一派胡言，可以抵制。畢竟是賊人膽虛，見了太太，總有點扭扭捏捏說不出話來。幸虧他太太打錯了一個人家，又走錯了一個人家，亦覺得心上沒趣，沒精打彩。見了老爺，但說得一句：「還不趕快去謝委！」又道：「拿什麼維新黨的差使，可以趁空讓給別人罷！自己犯不著攬在身上。」瞿耐菴一見馬老爺之計已行，便道：「這捉人的差使，我就去回覆了臬臺，叫他另外派人。我們可以馬上就去到任。」瞿太太道：「你辭得掉頂好；倘若辭不掉，只好苦了我，再到制臺衙門裏替你去走一趟。」瞿耐菴道：「容易得很，一辭就掉，不消太太費心。」說著，便換了衣服，赴各憲衙門謝委。第二天瞿太太又到戴公館叩謝過乾娘。又求寶小姐把他帶到制臺衙門，叩謝過乾外公乾外婆。瞿耐菴不日也就稟辭。接著便是上司薦人，同寅餞行，亦忙了好幾日。

臨走的頭一天，瞿耐菴又到夏口廳馬老爺那裏，再三把新娶的愛妾相託。馬老爺自然一口答應。當下又請教做官的法門；馬老爺道：「耐菴，你雖然候補了多年，如今卻是第一回拿印把子。我們做官人有七個字秘訣。那七個字呢，叫做：『一緊二慢三罷休。』各式事情到手，先給人家一個老虎勢：一來叫人家害怕，二來叫上司瞧著我們辦事還認真，這便叫做『一緊』。等到人家怕了我們，自然會生出後文無數文章；上司見我們緊在前頭，決不至再疑心我們有什麼；然後把這事緩了下來，好等人家來打點，這叫做『二慢』；『千里為官只為財』，只要這個到手。」馬老爺說著把兩個指頭一比，瞿耐菴明白，曉得他說的是錢了。馬老爺又說：「無論原告怎麼來催，我們只是給他一個不理；百姓見我們不理，他們自然不來告狀，這就叫做『三罷休』。耐菴，你要曉得我們湖北民風刁悍，最喜健訟；現在我們不理他，亦是個清訟之法。至於別的法門，一時亦說不盡。好在你請的這位刑名老夫子王召興，本是此中老手，一切趨避之法，他都懂得，隨時請教他就是了。」耐菴聽了，甚是佩服。回家收拾行李，雇船啟程。

等到上了船頭一夜，瞿太太等人靜之後，親自出來，船前船後看了幾十遍，生怕老爺另雇了船，帶了相好同去。後來見老爺一直睡在大船上，曉得沒有別人同來，方才放心。

* * *

興國州離省不過四五天路程。頭天派人下去下紅諭。次日趕到本州，書差接著。瞿耐菴拜過前任，便預備第二天接印。這天原看定時辰，午時接印，到了十一點半鐘，瞿老爺換了蟒袍補褂，打著全副執事，前往衙門裏上任。齊巧來個鄉下人不懂得規矩，穿了一身重孝，走上前來，拉住轎槓，攔輿喊冤，轎子跟前一班聽差的衙役三班，趕忙一齊過來呼喝；無奈這鄉下人蠻力如牛，抵死不放。瞿老爺忌諱最深，這日看定了時辰接印，說是黃曆上雖然好星宿不少，底下還有個壞星宿，恐怕沖撞了不好；特地在補褂當中，掛了一面小銅鏡子，鏡子上還畫了一個八卦，原取「諸邪迴避」的意思。如今忽見一個穿重孝的人，攔輿叫喊，早把瞿老爺嚇得面如土色，以為到底時辰不好，必定撞著什麼「披蔴星」了。

好容易定了一定神，方問得一句：「這穿孝的是什麼人？」那鄉下人見老爺說了話，連忙跪下叩頭，說道：「小的冤枉！小的名叫王七。小的父親，上個月死了，有兩個本家想搶家當，爭著過繼，硬說小的不是小的父親養的，因此要把小的趕出大門。」瞿老爺道：「不是你父親養的，難道是你娘拖油瓶拖過來嗎？」王七道：「我的青天大老爺！為的就是這句話！前任大老爺得了被告的錢，所以就把小的斷輸了。小的打聽得今日青天老大爺上任，所以趕來求伸冤的。」瞿老爺不等話完，拍著扶手板大罵道：「好刁的百姓，我沒有來到這裏，就曉得你們興國州的百姓健訟。如今還沒有接印，你就來告狀，什麼大不了的事情，這是你們家務事，亦要老爺替你管？我署這個缺，原是上頭因我在省裏苦夠了，所以特地委個缺給我，原是調劑我的意思，不是叫我來替你們管家務。一個興國州，十幾萬百姓，一家家都要我老爺管起來，我亦來不及呀！趕下去！不准！」差役們一陣吆喝，七八個人一齊上前來拖，好容易把個王七拖走。王七嘴裏，還是一味的喊「冤枉！」見老爺不准，索性在轎子旁邊，大哭起來。瞿老爺聽著討厭，連連吐饞唾，連連說「晦氣」。後來見王七痛哭不止，不由無名火動，在轎子裏大聲喊道：「替我把那王八蛋鎖起來！等我接了印再打他。」新官號令，衙役們無有不遵的，立刻把王七鎖起。

說話間，瞿老爺已經到了大堂下轎。禮生告吉時已到，鼓手吹打著。等老爺拜過了印，便是老爺升座。典史堂參，書差叩賀。瞿老爺急急等諸事完畢，一天怒氣，便在王七身上發作，立刻叫人把他提到案前跪下，拍著驚堂木罵道：「你要告狀，明天不好來，後天不好來，偏偏老爺今日接印，你撞了來。你死了老子的人，不怕忌諱，老爺今天是初接印，是要圖個吉利的。拉下去，替我重打！」兩旁差役一聲吆喝，猶如鷹抓燕雀一般，把王七拖翻在地，剝去下衣。霎時間兩條腿上，早已打成兩個大窟窿，血流滿地。瞿老爺瞧著底下一灘紅的，方才把心安了一半。原來他的意思，以為：「我今日頭一天接印，看見這個身穿重孝的人，未免太不吉利；如今把他打的見血，也可以除除晦氣了。」他坐在堂上，一直不作聲，掌刑的皂班，便一直不敢停手，看看打到八百，他還不作聲。倒是值堂的籤押二爺，瞧著不對，輕輕的回了老爺，方把王七放起來，然而已經不能行動了。瞿耐菴至此，方命退堂。

此時前任還住在衙門裏，沒有讓出。瞿耐菴只好另外賃了公館辦事，把太太一塊兒接了上來同住。

* * *

且說：他的前任姓王，表字柏臣，乃是個試用知州；委署這個缺，未及一年，齊巧碰著開徵時候，天天有銀子進來，把他興頭的了不得；以為只要收過這季錢漕，就是交卸，亦可以在省裏候補幾年了。那知樂極悲生，剛才開徵之後，未及十天，家鄉來了電報；道是老太爺沒了。王柏臣係屬親子，例當呈報丁憂。報了丁憂，就要交卸，白白的望了錢糧漕米，只好讓別人去收。當下他看過電報，回心一想，連忙拿電報往身上一塞，吩咐左右不准聲張。他全不想一個外府州縣衙門，平空裏來了一個電報，大家總以為省裏上司來了什麼公事，後來好容易才打聽出來；然而他老人家雖然死了老太爺，因為要瞞眾人，並不舉哀。後被大家看破了，不免指指摘摘，私相議論。

柏臣曉得遮蓋不住，只得把帳房及錢穀師爺請來，並幾個有臉面，有權柄的大爺們亦叫齊；等到眾人到了，他一齊讓到簽押房牀後頭一間套屋裏去。兩位師爺坐著，幾個二爺站著，別的人一概趕出。王柏臣更親手把兩扇門關好，然後回轉身來，朝著兩位師爺，一跪就下。大家雖然明曉得他是丁憂，面子上只作不知，一齊做出詫異的樣子，問道：「這是怎麼一回事？斷斷乎不敢當。快快請起。」說著，兩位師爺也跪下了。王柏臣只是不起，爬在地下，哭著說道：「兄弟接到家鄉電報，先嚴前天已經見背了。」兩位師爺又故作嗟嘆說道：「老伯大人是什麼病？怎麼我們竟其一點沒有曉得呢？」王柏臣道：「如今他老人家死已死了，俗語說得好，『死者不可復生』；總求兩位照應照應我這些活的。我們一家幾十個人吃飯，丁憂下來，一靠就是三年，坐吃山空，如何乾靠得住！如今事情權柄，是在你們二位手裏。」又指著幾個大爺們說道：「至於他們，都是兄弟的舊人，他們也巴不得兄弟遲交卸一天，好一天。只要你二位肯把丁憂的事情，替兄弟瞞起，多耽擱一個月或二十天，不要聲張出來，上頭亦緩點報上去。趁這當口，好叫兄弟多弄兩文，以為將來丁憂盤纏；便是兩兄莫大之恩。就是先嚴在九泉之下，亦是感激你二位的。」

一席話說得兩人都回答不出。還是帳房師爺有主意，一想：「東家早交卸一天印把子，我們亦少賺一天錢。好在他匿喪，與我們無干，我們樂得答應他，做個順水人情，彼此有益。」便把這話，又與錢穀師爺說明，錢穀師爺亦應允了；幾個大爺們，更是不願意老爺早交卸的；於是彼此相戒不言。王柏臣重行爬下，替兩位師爺磕了一個頭，爬了起來，送兩位師爺出去，一路說說笑笑，裝作沒事人一般。

當天帳房師爺，同錢穀師爺，又出來商量了一條主意，說：「現在錢糧才動頭開徵，十幾天裏，如何收得齊？總得想個法子，叫鄉下人願意在我們手裏來完才好。」於是商量了一個跌價的法子，譬如：原收四吊錢一兩的，如今改為三吊八，或是三吊六，言明幾天為限。鄉下人有利可圖，自然是踴躍從事。如此辦法：看來錢糧可以早收到手，二來還落個好聲名。商妥之後，當把這話告訴了王柏臣；王柏臣一想不差，便叫照辦。立刻發出告示，四鄉八鎮，統通貼遍。鄉下人見有利益可沾，果然趕著來完。

看看到了半個月，這一季的錢糧，已完到六七成了。王柏臣的銀子也賺得不少了。帳房錢穀二位師爺，又商量道：「錢糧已收到一大半，可以勸東家報丁憂了。等到派人下來，總得有好幾天，怕不要收到八九分？多少留點給後任收收，等人家撈兩個，也堵堵人家的嘴。倘若收得太足了，後任一個撈不到，恐怕要出亂子的。」

當把這話又通知了王柏臣，王柏臣還捨不得；兩位師爺便說：「有了這個樣子，我們也很對得住東家了。到這時候，再不把丁憂報出去，倘或出了什麼岔子，我們是不包場的。」便有人把這話又告訴了王柏臣。王柏臣是個毛躁脾氣，一聽這話，便跳得三丈高，直著嗓子喊道：「我死了老太爺，我不報，我匿喪有罪名，我自己去擔，要他們急的那一門呢？」話雖如此說，自己轉念一想：「不對。如今我自己把丁憂的事情嚷了出來，倘若不報丁憂，這話傳了出去，將來終究要擔處分的。罷罷罷！我就吃點虧罷！」當時就把這話交代了出去。又自譬自解道：「丁憂大事，總以家信為憑，電報是作不得准的。猶如大小官員，升官調缺，總以部文為憑，電傳上諭，亦是作不得准的，所以我前頭雖然接到電報，不報丁憂，於例上亦沒有什麼說不過去。」

此時合衙門上下，方才一齊曉得老爺丁憂，一個個走來慰問。王柏臣也假裝出聞訃的樣子，乾號了一場。一面稟報上司，一面將印信交代典史太爺看管。跟手就在衙門裏，設了老太爺的靈位，發報喪條子，即日成服。從同城起，以及大小紳士，一齊都來叩奠。轉眼間上頭委的瞿耐菴也就到了。

*　　*　　*

瞿耐菴未到之前，算計正是開徵時候，恨不得立時到任。等得接印之後，一問錢糧，已被前任收去九分光景，登時把他氣的話都說不出來。後來訪問，前任用的是個什麼法子，才曉得每兩銀子，跌去大錢四百，所以鄉下人都趕著來完。常言道：「好事不出門，惡事傳千里。」王柏臣接著電報，十幾天不報丁憂，這話早已沸沸揚揚，傳的同城都已知道；就有些耳報神到瞿耐菴面前送信討好。瞿耐菴拿到這個把柄，恨不得立時就要稟揭他；遂又詳求實在。又有人把帳房師爺代出主意，叫他跌價的話，說了出來；於是瞿耐菴恨這帳房師爺，比恨王柏臣還要利害；總想找他一個錯，拿練子鎖了他來，打他二千板子，方雪此恨。

此時王柏臣錢雖到手，一聽外頭風聲不好，加以後任同他更如水火，現在尚未結算交代，後任已經處處挑剔，事事為難。凡他手裏頂紅的書差，不上三天，都被後任換了個乾淨；就是斷好的案子，亦被後任翻了好幾起。此事瞿耐菴一心只顧同前任作對，一樁案到手，不問有理無理，只是前任手裏占上風的，他總得反過來叫他占下風；要是前任批駁的，到他手裏一定批准。

有天坐堂，一件案情是：姓張的欠了姓孫的錢，有二十多年沒有還；還是前任手裏，姓孫的來告了。王柏臣斷姓張的，先還若干，其餘找付。兩造遵斷下去。這個當口，齊巧新舊交替，等姓張的繳錢上來，已是瞿大老爺手裏了。瞿大老爺有心要拿前任斷定的案子批駁就傳諭下來，硬叫姓孫的找中人出來，方准具領。姓孫的說：「我的老爺！事情隔了二十多年，中人已經死了，那裏去找中人！橫豎有紙筆為憑，被告肯認帳就是了。」瞿耐菴道：「放屁！姓張的答應，我老爺不答應，沒有中人，沒有憑見，就聽你們馬馬虎虎過去嗎？錢存案，候尋到中人再領。」一陣吆喝，把兩邊都攆了下去，這是一樁。

又有一樁，是一個姓富的，定了一家姓田的女兒做媳婦。後來姓田的，忽然賴婚，說了姓富的兒子許多壞話，說把女兒另外許給一個姓黃的。姓富的曉得了，到州裏來打官司。前任王柏臣斷的，是叫姓黃的退還禮金；拿姓田的訓飭了兩句，吩咐他不准賴婚，仍舊將女兒許配姓富的。當時三家已遵斷具結。到了瞿耐菴手裏，姓黃的又來翻案。耐菴一翻舊卷，便諭姓田的，仍將女兒許與姓黃的兒子。姓富的不答應，上堂跪求。老爺說：「你兒子不學好，所以人家不肯拿女兒許給你，只要你兒子肯改過，還怕沒有人家給他老婆嗎？不去教訓自己的兒子，倒在這裏咆哮公堂，真正豈有此理！再不遵斷，本州就要打了。」一頓臭罵，又把姓富的罵了下去。

過了一天又問案，頭一起，乃是：胡六偷割了徐大海的稻子，卻不是前任手裏的事。瞿耐菴坐到堂上，看了看狀子，便把原告叫了上來，問了兩句，叫他下去。又叫被告胡老六上來，便拍著桌子罵道：「好個混帳王八蛋！人家種的稻子，要你去割他的。」便喊叫：「拉下去，打他百三板子。」被告胡老六道：「小的還有下情。」瞿耐菴喝令：「打了再說。」早有皂役把他拖翻了，打了三百板，放他起來跪著。瞿耐菴道：「你有什麼話，快說快說。」胡老六道：「小的的地，是同徐大海隔壁。他佔了小的地，小的不依他，他不講理，所以小的纔去割他的稻子的。」瞿耐菴道：「原來如此。再把原告徐大海帶上。」罵道：「天下人總要自己沒有錯，纔可告人；你既然自己錯在前頭，怎麼能怪別人呢？也拉下去打三百。」徐大海道：「小的沒有錯！」瞿耐菴道：「天下那有自己肯說自己錯的？不必多說，快打快打。」站堂的早把徐大海拉下去，亦打了三百。瞿耐菴便喝令到一邊去，具結完案。

隨手問第二起，乃是：盧老四告錢小驢子，說他酗酒罵人。瞿耐菴也是先帶了原告問過，叫他下去，把被告帶上來，打了一百。被告說：「小的平時一杯酒不喝的，見了酒，頭就痛，怎麼會吃醉了酒罵人呢？是他誣賴小的的。」瞿耐菴又信以為真了，竟把原告喊上來，幫著被告硬說他是誣告，也打一百，仍舊帶在一旁具結。

於是又問第三起，是：一個人家大小老婆打架兒。大老婆朱苟氏，小老婆朱呂氏，男人朱駱駝。這件事實在是小老婆撒潑行兇，把大老婆的臉都抓破，男人制伏不下，所以大老婆來告狀的。瞿耐菴把狀子略看了一看，便叫帶朱苟氏。朱苟氏上來跪下，剛說得幾句，耐菴不等他說完，便氣吁吁的罵道：「統天底下做大老婆的，就沒有好東西。常言說得好：『上梁不整下梁差』，你倘若是個好的，小老婆敢同你打架麼？這要怪你自己不好。我老爺那裏有工夫替你管這些閒事。不准！」又把男人朱駱駝叫上來，吩咐道：「你家裏有這樣兇的大老婆，為什麼要討小？既然討了小，就應該在外頭，不應該叫他們住在一塊兒。鬧出事來，你自己又降伏不住他們，今又來找我老爺。你想我老爺又要伺候上司，又要替皇上家完錢糧，再管你們的閑帳，我老爺是三頭六臂，也來不及呀！快快回去，拿大小老婆分開在兩下裏住，包你平安無事。」朱駱駝道：「起初本是兩下住的，後來大的打上門來，吵鬧過幾次，纔併的宅。」瞿耐菴道：「這還是大的不是了。」說著，要打。大老婆急了，求了好半天，算沒有打。亦是具結完案。

接著又審第四起，乃是：兩個鄉下人，一個叫楊狗子，一個叫徐划子，兩個為了一隻雞，楊狗子說是他的，徐划子又說是他的，說不明白，就打起架來；楊狗子氣力大，把徐划子右腿上踢傷了一塊，一齊扭到州裏來喊冤。官叫仵作驗傷。仵作上來，把徐划子的褲子脫了下來，看了半天，跪下稟過。瞿大老爺便同徐划子說道：「因為他踢壞了你的右腿，我老爺現在就打他的右腿。」於是吩咐把楊狗子翻倒在地，叫皂隸只准拿板子打他的右腿。一連打了一百多下，先是發青，後來發紫，看看顏色同徐划子腿上蹋傷的差不多了，瞿耐菴便命放起來。嘴裏又不住的自讚道：「像我這樣的老爺，真正再要公平沒有。」於是徐，楊二人，又爭論那隻雞。瞿耐菴道：「這雞頂不是好東西，為了他害得你們打架。老爺替你講和罷！」正說話間，忽面孔一板道：「這雞兩個人都不准要，充公。來替我拿到大廚房裏去。叫他倆下去具結。」衙役一聲吆喝，兩個人只得一拐一拐的走了下來，眼望著雞早拿到後頭去了。

這天瞿耐菴從早上問案，一直問到晚，方纔退堂。足足問了二三十起案子，其判斷，與頭四起都大同小異。

* * *

第二天正想再要坐堂，只見稿案門上，拿了幾十張稟帖進來，說是：「這些人因為老爺精明不過，都不願意打官司了。這是息呈，請老爺過目。請老爺的示，還是准與不准？」瞿耐菴忙道：「自然一齊准。」「我正恨這興國州的百姓健訟，今我纔坐幾回堂，他們就一齊息訟，可見道政齊刑，天下無不可治之百姓。現在上頭正在講究清訟，這個地方照這樣子，只要我再做一兩個月，還怕不政簡刑清麼？」想罷，怡然自得。

那知這兩天來，把興國州的百姓，弄得怨聲載道了，一齊都說：「如今王官丁憂，來了這個昏官，我們百姓還有性命嗎！」又加瞿耐菴自以為是制臺的親眷，腰把子是硬的，別人是抗他不動的。便不把紳士放在眼裏，到任之後，一家亦沒有去拜過。弄得一船狗頭紳士，起先望他來，以為可以同他聯絡的；等到後來一見他一家不拜，便生了怨望之心，都說：「這位大老爺瞧我們不起，我們也不犯著幫他。」又過兩天，聽見瞿耐菴問案笑話，於是一傳十，十傳百；其中更生出無數謠言，添了無數假話，竟把個瞿耐菴說得一錢不值，恨不得早叫這瘟官離任纔好。於是這話傳到王柏臣耳朵裏，便把他急的了不得。

要知後事如何，且看下回分解。

第四十一回　乞保留極意媚鄉紳　算交代有心改帳簿

話說：王柏臣正為這兩天外頭風聲不好，人家說他匿喪，心上懷著鬼胎，忐忑不定；瞿耐菴亦為錢糧收不到手，更加恨他，四處八方，打聽他的壞處。又查考他是幾時跌的價錢，幾時報的丁憂；應該是聞訃在前，跌價在後，如今一查不對，倒是沒有聞訃丁憂，他先跌起價來。他好端端的在任上，又沒有要交卸的消息，為什麼要跌價？據此看來，再參以外面人的議論，明明是匿喪無疑了。瞿耐菴問案雖糊塗，弄錢的本事卻精明。既然拿到了這個把柄，一腔怨氣，便想由此發作；立刻請了刑名師爺，替他擬了一個稟稿，謄清用印，稟稿出去。

瞿耐菴這面發稟帖，王柏臣那面也曉得了，急得搔首抓耳，坐立不安，亦請了自己的朋友，前來商議；大家亦是面面相對，一籌莫展。還虧了帳房師爺有主意，一想：「東家自到任以來，外面的口碑，雖然不見得怎麼，幸虧同紳士還聯絡。無論什麼事情，只看紳士如何說，他便如何辦。有時還拿了公事，走到紳士家中，同他們商量，聽他們的主意；至於他們紳士們自己的事，更不用說了。因此地方上一般紳士，都同他要好，沒有一個願意他去的，如今是丁憂，也叫做沒法。不料他有匿喪的一件事，被後任稟揭出去，果然鬧出來，大家面子不好看，不如叫他同紳士商量。」一面想，一面又問：「電報是那裏送來的？」王柏臣說：「這電報打到裕厚錢莊，由裕厚錢莊送來的。」帳房師爺道：「既然不是一直打到衙門裏來的，這話就更好辦了。」

原來這裕厚錢莊，是同王柏臣頂要好的，一個在籍的候補員外郎趙員外開的。論功名，趙員外在興國州，並不算很闊；但是借著州官同他要好，有此勢力，便覺與眾不同。當下賓東二人想著了他，帳房師爺出主意，先叫廚房裏備了一席酒，叫管家拿了帖子去送給他，說：「敝上本來要請大老爺過去敘敘，因為七中不便，所以叫小的送過來的。」趙員外收了酒席，跟手王柏臣又叫人送給他四件頂好的細毛皮衣，一掛琥珀朝珠。送禮的管家說：「敝上因為就要走了，不能常常同大老爺在一塊兒，這是自己常穿的幾件衣服，一掛朝珠，留在大老爺這裏做個紀念罷！」趙員外無可推託，亦只得留下。「平時本來要好，受他的好處，已經不少；如今臨走，忽然又送這些貴重東西，未免令人侷促不安！莫不是外面傳說他什麼匿喪，那話是真的？果然真的，倒可趁此又敲他一個竹槓了。」

正盤算間，忽見王柏臣著人拿著片子來請，當下連忙換了衣服，坐著轎子到州裏來。此時王柏臣還沒有搬出衙門，因為在苫，自己不便出迎。只好叫帳房師爺接了出來，一直把他領到簽押房，同王柏臣相見。王柏臣做出在苫的樣子，讓趙員外同帳房師爺在高椅子上坐了，自己卻坐在一個矮杌子上。先寒暄了幾句；王柏臣一看左右無人，便走近趙員外身旁，同他咕唧了半天；所說無非是：外面風聲不好，後任想出他的花樣。彼此交好，務必要他幫忙的意思。趙員外考究，所以，纔曉得電報是他錢莊上轉來，嘴裏雖然諾諾連聲，心上卻不住的打主意。

等到王柏臣說完，他主意已經打好，連忙接口道：「是呀！老父臺不說，治弟為著這件事，正在這裏替老父臺擔心呢！頭一個就是敝錢莊的一個夥計，到治弟家裏來報信。治弟因為是老父臺的事情，一來我們自己人，二來匿喪是革職處分；所以治弟當時就關照他，叫他不要響起。並且同他說：『王大老爺待人厚道，你如今替他出了力，包在我身上，將來總要補報你的。』這個夥計經過治弟囑咐，一定不會多嘴。這話是那裏來的？老父臺倒要查考查考。」王柏臣道：「查也無須查得，只要老哥肯幫忙。現在兄弟已被後任稟了出去；這種公事，上頭少不得總要派人來查，上頭派人來查，自然頭一樁要搜尋這電報的底子，只說是老哥替兄弟扣了下來；兄弟始終一個不知情，總不能說兄弟的不是。」趙員外道：「不是這樣說。且等我想想來。」

於是一個人抱著水煙袋，閉著眼睛，出了一會神，歇了半天，纔說道：「這件事不該這樣辦法。」王柏臣便問：「如何辦法？」趙員外道：「如說電報是我扣下來的，不給你曉得，總算地方上紳士，大家愛戴你，不願你去任，所以纔有此舉，這事情並非不好如此辦；但是光我一個人辦不到，總得還要請出幾位來，大家商量商量，約會齊了纔好辦。」王柏臣一聽不錯，便求他寫信去聯絡眾位。一面說話，一面便把紙墨筆硯，取了出來，請他當面寫信；又親自動手替他磨墨。趙員外又楞了一會，道：「且慢！來了電報，不給你曉得，總算是我替你扣下來的！但是你沒有得信，憑空的錢糧跌價，這話總說不過去，總是一個大漏洞。我們應得預先斟酌好了，方纔妥當。」王柏臣聽他說得有理，亦就站在一旁出神。趙員外道：「這事情，不是三言兩語，可以了結的；等治弟出去商量一個主意，再進來回覆老父臺就是了。」

列位要曉得，趙員外既然存了主意，要敲王柏臣的竹槓，人有見面之情，自然當著面，有許多話說不出。王柏臣不懂得，還要起身相留。幸虧帳房師爺明白，丟個眼色給東家，叫他不必留他，又幫著東家，替東家再三拜託趙員外，說道：「你老先生有什麼指教，敝居停不能出門，兄弟過來領教就是了。」

趙員外就起身別去。到得晚上，王柏臣急不可耐，差了帳房師爺，前去探聽回音。

趙員外見了面，便道：「主意是有一條，亦是兄弟想出來的。不過我們這當中，還有幾位心上不是如此。」帳房師爺急欲請教，趙員外道：「電報是敝錢莊上通知了兄弟，由兄弟通知了各紳士，就是大家意思，要留這位賢父母多做兩天，顯我們地方上愛戴之情；這事只要兄弟領個頭，他們眾人倒也無可無不可。至於錢糧何以預先跌價？倘說是賢父母體恤百姓的苦處，雖亦說得過去；但是夾著丁憂一層，終不免為人藉口。何如由我們紳士大家頂上一個稟帖，敘為百姓如何苦求他減價的意思，倒填年月，遞了進去。有了這個稟帖，便見得王老父臺此舉，不是為著丁憂了。還有一個逼進一層的辦法，索性由我們紳士上個公稟：就說是王老父臺在這裏做官，如何清正，如何認真，百姓實在捨他不得。現在國家有事之秋，正當破格用人之際，可否先由瞿某人代理起來；等他穿孝百日過後，仍舊由他署理，以收為地擇人之效。稟帖後頭，並可把後任幾天斷的案子，敘了進去，以見眼前非王某人趕緊回任，竭力整頓不可。後任既然會出王老父臺的花樣，我們就給他兩拳，也不為過。不過其中卻要同後任做一個大大冤家，因此有幾個人，主意還拿不定。」

帳房師爺聽了他話，心上明白，曉得他無非為兩個錢；只要有了幾個錢，別人的事，都可以作得主意。又想：「這事就要做得快，一天天蹉跎過去，等上頭查了下來，反為不妙。」於是起身把嘴附在趙員外耳朵旁邊，索性老老實實問他多少數目；又說：「這錢並不是送你老先生的，為的是諸公跟前，總得點綴點綴。況且敝居停這季錢糧，已經收了九分九，無非是你們諸公所賜，這幾個錢，也是情願出的。」趙員外聽他說得冠冕，也就不同他客氣，索性照實說，討了二千的價。禁不起帳房師爺再四蹉磨，答應了一千。彼此定議，回來通知了王柏臣。王柏臣無可說得，只得照辦。

次日，一早把銀子劃了過去。趙員外跟手送進來一張求減銀價的公呈，倒填年月，還是一個月前頭的事；又把保留他的稿稟，也一塊兒請他過目。王柏臣看了，自然歡喜，雖然是銀子買來的，面子上卻很拿趙員外感激。一會又說要拿女兒，許給趙員外的兒子，同他做親家。一會又說：「倘若上頭能夠批准留任，將來不但你老兄有什麼事情，兄弟一力幫忙；就是老兄的親戚朋友，有了什麼事情，只要囑咐了兄弟，兄弟無不照應。最好就請吾兄，先把自己的親戚朋友名號，開張單子給兄弟；等兄弟拿他貼在簽押房裏，遇見什麼事，兄弟一覽便知，也免得驚動老兄了。」趙員外道：「承情得很！但願如此，再好沒有。但是批准不批准，其權操之自上，亦非治弟們可能拿穩的。」王柏臣道：「諸公的公稟，並非一人之私言，上憲俯順民情，沒有不批准的。」趙員外道：「那亦看罷了！」說完辭去。王柏臣重復千恩萬謝的，拿他送到二門口；又叫帳房師爺送出了大門。自此王柏臣便一心一意，靜候回批。

*　　*　　*

誰知瞿耐菴稟揭他的稟帖，不過虛張聲勢，其實並沒有出去。後來聽說眾紳士遞公稟，保留前任，他便軟了下來；又重新同前任拉攏起來。起先前任王柏臣，還催他早算交代，以便回籍守制。瞿耐菴道：「忙什麼！聽說地方紳士，一齊有稟帖上去保留你，將來這個缺，總是你的，我不過替你看幾天印罷了。依我看起來，這交代很可以不必算的。」王柏臣道：「雖然地方上愛戴，究竟也要看上頭的憲眷。像你耐翁同制憲的交情，不要說是一個興國州，就是比興國州再好上十倍的缺也容易！」瞿耐菴道：「這句話，兄弟也不用客氣，倒是拿得穩的。」一連幾天，彼此往來，甚是親熱。

過了兩天，上頭的批稟下來，說：「王牧現在既已丁憂，自應開缺回籍守制。州缺業已委人署理，早經稟告接印任事在案。目下非軍務吃緊之際，何得援例奪情；況該牧在任，並無實在政績及民。該紳等率為稟請保留原任，無非出自該牧賄囑，以為沽名釣譽地步；該紳等此舉，殊屬冒昧！所請著不准行。」一個釘子碰了下來，王柏臣無可說得，只好收拾收拾行李，預備交代起程。好在囊橐充盈，倒也無所顧戀。

至於瞿耐菴一邊，一到任之後，曉得錢糧已被前任收個淨盡，心上老大不自在，把前任恨如切骨，時時刻刻想出前任的手。後來聽說紳士有稟保留，一來曉得他民情愛戴；二來亦指望他真能留任，自己可以另圖別缺；所以前幾日間，同前任重新和好。等到紳士稟帖被駁，前任既不得留，自己絕了指望，於是一腔怒氣，仍復勾起。自從這日起，便與前任不再見面。逐日督率著師爺們，去算交代欠項款目。自不必說，都要一一斤斤較量；至於細頭關目，下至一張板凳，一盞洋燈，也叫前任開帳點收，缺一不可。

* * *

瞿耐菴的帳房，就是他的舅子，名喚賀推仁，本在家鄉教書度日。自從姊丈得了差使，就把他叫到武昌，在公館幫閑為業，帶著叫他當當雜差，管管零用帳，一連吃了一年零兩個月閑飯。姊夫得缺，就升他作帳房，自此更把他興頭的了不得。通衙門上下，都尊為舅老爺。下人有點不好，舅老爺雖不敢逕同老爺去說，卻趁便就跑到太太跟前報信，由太太傳話給老爺，將那下人或打或罵。因此舅老爺的作用，更比尋常不同。

這賀推仁更有一件本事，專會見風駛船，看眼色行事。頭兩天見姊夫同前任不對，他便於中興風作浪，挑剔前任的帳房。後來兩天，姊夫忽同前任又要好起來，他亦請前任帳房吃茶，吃酒。近來這兩天，見姊夫同前任翻臉，他的架子，頓時亦就水長船高。

向來州縣衙門，凡遇過年過節，以及督撫藩臬道府六重上司，或有喜慶等事；做屬員的孝敬，都有一定數目，什麼缺應該多少，一任任相沿下來，都不敢增減分毫。此外還有上司衙門裏的幕賓，以及什麼監印文案，文武巡捕，或是年節，或是到任，應得應酬的地方，亦都有一定尺寸。至於門敬規敬，更是各種衙門所不得免。另外府考院考辦差，總督大閱辦差，欽差過境辦差；還有查驛站的委員，查地丁的委員，查錢糧的委員，查監獄的委員；重重疊疊，一時也說他不盡。諸如此類，種種開銷，倘無一定而不可易的章程，將來開銷起來，少則固惹人言，多則遂成為例。所以這州縣官的帳房一席，竟非有絕大才幹，不能勝任。每見新官到任，後任同前任，因錢銀交代，雖不免彼此齟齬；而後任帳房，同前任帳房，卻要卑禮厚幣，柔氣低聲，以為事事叨教地步。缺分無論大小，做帳房的，都有歷代相傳的一本秘書；這本秘書，就是他們開銷的帳簿了。後任帳房，要到前任手裏買這本帳簿，缺分大的，竟是三百五百的討價，至少也得一二百兩，或數十兩不等。這筆本錢，都是做帳房的自己挖腰包，與東家不相干涉。只要前後任帳房，彼此聯絡要好，自然討價也會便宜；倘然有些齟齬，就是拚出價錢，那前任的帳房，亦是不肯輕易出手的。

賀推仁同前任帳房，忽冷忽熱，忽熱忽冷，人家同他會過幾次，早把他的底細，看得穿而又穿。他不請教人，人家也不俯就他。瞿耐菴到任不多幾日，不要說別的，就是本衙門的開銷，什麼差役工食犯人口糧，他胸中毫無主宰，早弄得頭昏眼花，七顛八倒。又不敢去請示東家，只得同首府所薦的一個雜務門上馬二爺商量。馬二爺歷充立幕，這些規矩是懂得的；便問：「舅老爺同前任帳房師爺，接過頭沒有？簿子可曾拿過來？」賀推仁道：「會是會過多次，卻不曉得有什麼簿子。」馬二爺一聽這話，曉得他是外行，因為舅老爺是太太面上的人，不敢給他當上，便把做帳房的訣竅，一五一十，統通告訴了一遍。賀推仁至此，方才恍然大悟，便道：「據你說，怎麼樣呢？」馬二爺道：「依家人愚見：先把這些應開銷的帳目，暫時擱起，叫他們過天來領。一面自己再去拜望拜望前任的帳房師爺；然後備副帖子，請他們明天吃飯，才好同他們開口這件事情。」賀推仁道：「吃飯是已經請過的了。」馬二爺道：「前頭請的不算數，現在是專為叨教來的。」賀推仁道：「倘若我請了他，他再不把簿子交給我，豈不是我又化了冤錢？」馬二爺道：「唉！我的舅老爺！吃頓飯值得什麼，這本簿子是要拿銀子買的！」賀推仁一聽，不禁大為失色，忙問：「多少銀子？」馬二爺道：「一二百兩，三四百兩，都論不定。像這個缺，幾十兩是不來的。」

賀推仁聽說要許多銀子，嚇得舌頭伸了出來，縮不回去；歇了半天，才說道：「人家都說帳房是好事情；像我來了這幾天，一個錢都沒有見，那裏有許多銀子去買這個呢！」馬二爺道：「這是州縣衙門裏的通例，做了帳房，是說不得的。沒有銀子好借，將來還人家就是了。」賀推仁道：「當了帳房，好處沒有，先叫我去拖債，我可不能，姑且等我斟酌斟酌再說。」於是趁空便把這話告訴了他姊姊瞿太太。瞿太太道：「放屁！衙門裏買東西，無論那一項，都有一個九五扣，這是帳房的呆出息。至於做官的，只有拿進兩個，那裏有拿出去給人家的？什麼工食口糧，都是官的好處，我從小就聽見人說，這些都用不著開銷的。他們不要拿那簿子當寶貝，你看我沒有簿子，也辦得來。」一頓話，說得賀推仁無言可答。

過了兩天，忽然府裏聽差的有信來，說本府大人新近添了一位孫少爺，各屬要送禮。瞿耐菴曉得賀推仁不懂得這個規矩，索性不同他說話。叫了雜務門馬二爺上來問他。馬二爺又把前言回了一遍，又說：「這本簿子，是萬萬少不得的。」瞿耐菴默然無言。回來同刑錢老夫子提起此事，錢穀老夫子是個老在行，便道：「怎麼耐翁接印這許多天，賀推翁這件事還沒辦好？這件事向例就有，接印的前頭就要弄好的。幸虧得這帳房，兄弟同他熟識，等兄弟同他去說起來看。」瞿耐翁道：「如此，就拜託了。」錢穀老夫子，果然替他跑了兩天。前任帳房見了面，甚是客氣，不過提到帳簿，前任帳房，便同錢穀老夫子咬耳朵咬了半天，又說：「彼此都是自己人，我兄弟好瞞得你嗎？如今將下情奉告過你老先生，想你老先生也不會責備我兄弟了。」錢穀老夫子也曉得這事，非錢不行，只得回來，勸東家送他們一百銀子，又說：「這是起碼價錢。」瞿耐菴是預先聽了太太的吩咐，一個錢不肯往外拿。錢穀老夫子一看，事情不會合攏，亦就搭訕著出去，不來干預這事。

* * *

原來前任帳房的為人，也是精明不過的；曉得瞿耐菴生性吝嗇，決計不肯多拿錢的。不如趁此時簿子還在我手，樂得做他兩注買賣。主意打定，便叫值帳房的傳話出去：凡是要常常到帳房裏領錢的主兒，叫他們或是今天，或是明天，分班來見，師爺有話交代他們。

眾人還不曉得什麼事情，到了天黑之後，先是那看門的同了茶房進來，打了一個扦，尊了一聲「師老爺」，垂手一旁站著聽吩咐。只見那帳房師爺笑嘻嘻的，對他們先說了一聲：「辛苦！」看門的道：「小的當差使，日子雖淺，蒙大老爺師老爺擡舉，不要說沒有捱過一下板子，並且連罵都沒有罵一聲。如今大老爺走了，師老爺也要跟著一塊兒去，小的們心上實在捨不得師老爺走。」帳房師爺道：「只要你們曉得就好。所以你們曉得好歹，大老爺同我也有恩典給你們。」他二人一聽有恩典給他，於是又湊前一步；帳房師爺拿帳翻了一翻，先指給看門的看，道：「這是你門下應該領的工食。你每月只領幾個錢，原是歷任相沿下來的，並不是我剋扣你們。如今我要走了，曉得你們都是苦人，可以替你們想法子的地方，我總肯替你們想法子的。幸虧這簿子還沒有交代過去，等我來做樁好事，替你把簿子改了過來，總說是月月領全的；後任亦不在乎此。」把門的聽了這話，連忙跪下，磕了一個頭，說了聲：「謝師老爺栽培。不但小的感念你老爺的恩典，就是小的家裏的老婆孩子，也沒有一個不感念師老爺的！」

帳房師爺也不理他，又指出一條拿給茶房看，說：「這是你領的工食。歷任手裏只領多少，我如今也替你改了過來。」帳房師爺的意思，以為如此，那茶房又要磕頭的了。豈知茶房呆著，昂然不動，停了一回，說道：「回師老爺的話：『有例不興，無例不滅』，這兩句俗語，料想師老爺是曉得的。師老爺肯照顧小的，小的豈有不知感激之理？但是小的這差使，也不止當了一年了，歷任大老爺，一任去，一任來，少說也伺候過七八任。等到要臨走的時候，帳房師爺總是叫了小的們來，說體恤小的們，那一款，那一款，都替小的們復了舊；不過師爺們改簿子，稍些要化兩個辛苦錢。小的們聽了這個說話，總以為當真的了。心上想：『果然如此，便一輩子沾光；就是眼前化兩個，也還有限。』連忙回家借錢，或是當當，孝敬師爺；有的寫張領紙，多借一兩個月工食，以作報效。誰知前任師爺，錢已到手，也不管你後頭了。到了後任帳房手裏，那知扣得更兇，譬如，前任帳房，只發五成的，這後任只發二三成，有的一成都不發。小的們便上去回說：『師老爺！這個前任有帳，可以查得的。』那帳房便發怒道：『混帳王八蛋！我豈不知道有帳。你可曉得那帳是假的？一齊是你們化了錢，買囑前任，替你們改的！』我的師老爺，你老人家想，這些後來的帳房，怎麼就會曉得我們化了錢改的，真正眼睛比鏡子還亮！當時小的們已經化了一筆冤錢，孝敬前任，還沒有補上空子，那裏還禁得後任分文不給呢？到了無可奈何之時，只得託了人去疏通，老實對後任說，前任實實在在是個什麼數目。好容易把話說明白，後任還怪小的們不應該預支透付，以致好處都被前任占去，一定還在後來領的數目裏，一筆一筆的明扣了去，絲毫也不肯讓一點！小的們上過一回當，還不死心；等到第二任，又是如此的一辦。等到再戳破以後，便死心塌地不來想這些好處了。如今蒙師老爺恩典，小的心上實是感激。但求師老爺，還是按照舊帳移交過去，免得後任挑剔，小的們就感恩不淺。小的說的，句句真言；燈光菩薩在這裏，小的倘有一句假話，便不是人生父母養的。」

帳房師爺聽了他這種議論，氣的半天說不出話來。仔細想了想，他的話又實在不錯，無可駁得；只得微微的冷笑了兩聲，說道：「你說的很是。倒怪我瞎操心了。」說著，拿簿子往桌上一推，取了一根火煤子，就燈上點著了火，兩隻手捧著了水煙袋，坐在那裏呼嚕呼嚕吃個不了。茶房碰了釘子，退縮到門外，還不敢就出去。站了好一回，帳房師爺才吩咐得一句道：「你們還在這裏做什麼？」於是看門的，又向師爺磕了一個頭，說了聲：「謝師老爺恩典。」那茶房仍舊昂立不動，搭訕著跟著一塊兒退出去。帳房師爺眼望著他們出去了，心上甚是覺著沒趣。

幸虧到了次日，別個主顧，很有幾個相信他的話，仍舊把他鼓起興來。他見了人，總推頭說自己不要錢；不過改簿子的人，不能不略為點綴。一連做了兩晚上的買賣，居然也弄到大大的一筆錢。然後把簿子統通另外謄了一遍，預備後任來要。

* * *

再說：後任瞿耐菴見前任不把簿子交出，便接二連三，一天好幾遍叫人來討。背後頭還說：「他再不交來，我一定稟明上頭。看他在湖北省裏，還想吃飯不吃飯。」瞿太太見事不了，又從旁代出主意：「現在人心難測，就把簿子交了出來，誰能保他簿子裏不做手腳？總而言之一句話：這裏頭的弊病，前任同後任不對，一定拿數目改大。譬如，孝敬上司，應該送一百的，他一定寫二百，開發底下，向來是發一半的，一定要寫全分，或是七成八成，他們的心上，總要我們多出錢，他才高興。你在省裏候補的時候，這些事不留心。我是姊妹當中，有些他們老爺也做過現任的交卸回來，都把這弊病告訴了我。我都記在心上，所以有些開銷，都瞞不過我。只要這本帳簿拿到我眼睛裏來，是真是假，我都有點數目。現在你姑且答應他一百銀子，回他言明在先：先拿簿子送來看過，果然真的，我自然照送，一個不少；倘若一筆假帳，被我查了出來，非但一個錢沒有，我還要四處八方，寫信去壞他名聲的。」瞿耐菴聽了太太吩咐，自然奉命如神，仍舊出來，去找錢穀老夫子，託作介紹。

錢穀老夫子道：「話呢，不妨如此說，但是不送銀子，人家的簿子，也決計不肯拿出來的。至於不許他造假帳，這句話我可以同他講的。」無奈瞿耐菴聽了太太的話，決計不肯先送銀子。錢穀老夫子急了，便道：「這一百銀子，暫且算了我的。將來看帳不對，在我的束修上扣就是了。」在他的意思，以為如此說法，他們決計無可推卻。豈知瞿耐菴夫婦，倒反認以為真，以為有他擔負，這一百兩銀子，將來總收得回來的。於是滿口答應，當天就劃了一張票子，送給錢穀老夫子。

等到錢穀老夫子將帳簿取了過來，太太略為翻著，看了一看，以為這興國州是個大缺，送上司的壽禮節禮，止少一百金一次；豈知帳簿上開的，只有八十元，或是五十元，頂多的也不過百元。從前他老爺也到外府州縣出過差，各府州縣，於例送菲敬之外，一定還有加敬；譬如：菲敬送三十兩，加敬竟加至五六十兩不等；——候補老爺出差，全靠這些，——今看帳簿，菲敬倒還不差上下，但是加敬只是四兩六兩，至多也只有十兩。此時他夫婦二人，倒不疑心這簿子是假的了。但是如此一個大缺，孝敬上司，只有這個數目，應酬同寅，也只有這個數目，心上不免疑疑惑惑；既而一想：「州縣缺分，本有明缺暗缺之分；明缺好處在面子上，暗缺好處在骨子裏；在面子上的應酬大，在骨子裏的應酬小。照此看來，這個缺倒是一個暗缺，很可做得。」如此一想，也不疑心了。誰知看到後面，有些開銷，或是送同城的，或是開發本衙門書差的數目，反見加大起來；於是瞿太太遂執定說：「這個簿子是前任帳房所改；一百銀子，一定不能照送。」要扣錢穀老夫子束修。錢穀老夫子不肯，於是又鬧出一番口舌。

要知後事如何，且看下回分解。

第四十二回　歡喜便宜暗中上當　附庸風雅忙裏偷閒

話說：瞿耐菴夫婦吵著，硬扣錢穀老夫子一百銀子的束修。錢穀老夫子不肯，鬧著要辭館。瞿耐菴急了，只得又託人出來挽留。裏面太太，還只顧吵著扣束修，又說什麼：「一季扣不來，分作四季扣就是了；要少我一個錢，可是不能。」瞿耐菴無奈，只得答應著。帳房簿子，既已到手，頂要緊的應酬，目下府太尊添了孫少爺，應送多少賀敬。翻開簿子一看，並無專條。瞿太太廣有才情，於是拿別條來比擬。上頭有一條是：「本道添少爺，本署送賀敬一百元。」瞿太太道：「就拿這個比比罷。本府比本道差一層，一百塊應得打一個八折，送八十塊。孫少爺又比不得少爺，應再打一個八折，八八六十四，就送他六十四塊罷！」於是叫書啟師爺，把賀稟寫好，專人送到府裏交納。

不料本府是個旗人，他自己官名叫喜元。他祖老太爺養他老太爺的那一年，剛正六十四歲，因此就替他老太爺起了個官名，叫做六十四。旗人有個通病，頂忌的是犯他的諱，不獨湍制臺一人為然。這喜太守，自接府篆，同寅薦了一位書啟師爺，姓的是大耳朵的「陸」字，喜太守見了，心上不願意，便說：「大寫小寫，都是一樣，以後稱呼起來，不好出口，可否請師爺換一個？」師爺道：「別的好改，怎麼叫我改起姓來？」曉得館地不好處，於是棄館而去。喜太尊也無可如何，只得聽其自去。

喜太尊雖然不大認得字，有些公事上的日子，總得自己標寫；每逢寫到「六十四」三個字，一定要缺一筆。頭一次標「十」字，也缺一筆。旁邊稿案，便說：「回老爺的話：『十』字缺一筆，不又成了一個『一』字嗎？」他一想不錯，連忙把筆放下，躊躇了半天，沒得法想。還是稿案有主意，叫他橫過一橫之後，一豎只寫一半，不要透頭。他聞言大喜，從此以後，便照辦，每逢寫到「十」字，一豎只豎一半；還誇獎這稿案，說他有才情。又說：「我們現在升官發財，是那裏來的？不是老太爺養咱們，咱們那裏有這個官做呢？如今連他老人家的諱都忘了，還成個人嗎？至於我如今，也是一府之主了，這一府的人，總亦不能犯我的。」於是合衙門上下，摸著老爺這個脾氣，一齊留心，不敢觸犯。

偏偏這回孫少爺做滿月，興國州孝敬的賀禮，簽條上竟寫了個「喜敬六十四元」。先是本府門政大爺，接到手裏一看，還沒有嫌錢少，先看了簽條上寫的字，不覺眉頭一皺，心上轉念道：「真正湊巧！統共六個字，倒犯他老人家父子兩代的諱，一齊都鬧上了。我們如果不說明，照這樣子拿上去，我們就得先碰釘子，又要怪我們不教給他了。」轉了一回念頭，又看到那封門包，也寫得明明白白，是「六元四角」。門政大爺，到此方才覺得興國州送的賀禮不夠數。於是問來人道：「你們貴上的缺，在湖北省裏，也算得上中字號了。怎麼也不查查帳，只送這一點點？這個是有老例的。」瞿耐菴派去的管家說道：「例倒查過，是沒有的。敝上怕上頭大人挑眼，所以特特為為查了幾條別的例，才斟酌了這麼一個數目。相煩你替咱費心，拿了上去。」門政大爺一面搖頭，一面又說道：「你們貴上大老爺，這回署缺，是初任，還是做過幾任了？」派去的管家，回稱是初任。門政大爺道：「這也怪不得你們老爺，不曉得這個規矩了。」派去的管家問：「什麼規矩？」門政大爺道：「你不瞧見這簽條上的字嗎？又是『喜元』，又是『六十四』，把他父子兩代的諱，都幹上去！你們老爺，既然做他的下屬怎麼連他的諱都不打聽打聽？你可曉得他們在旗的人，犯了他的諱，比當面罵他『混帳王八蛋』，還要利害？你老爺怎麼不打聽明白了，就出來做官！」一頓話，說得派去的管家呆了，只得拜求費心，說：「求你想個法子，替敝上遮瞞遮瞞。敝上總是感激，總要補報的。」

門政大爺，見他孝敬的錢，不在分寸上，曉得這位老爺，手筆一定不大的；便安心出出他的醜，等他以後怕了好來打點。主意打定，一聲不響，先把六元四角揣起；然後拿了六十四塊，便一直逕奔上房裏來告訴主人。

恰巧喜太尊正在上房，同姨太太打麻雀牌哩；打的是兩塊錢一底的小麻雀。喜太尊先前輸了錢，不肯拿出來；其時正和了一副九十六副，姨太太想同他扣帳，他不肯，起身上前要搶姨太太的籌碼。正鬧著，齊巧門政大爺拿著洋錢進來。姨太太道：「不要搶了，送了洋錢來了。」喜太尊一聽有洋錢送來果然放手，忙問：「洋錢在那裏？」門政大爺不慌不忙，頓時把一個手本，一封喜敬，擺在喜太尊面前。喜太尊一看手本，知道是新任興國州知州瞿某人，忽然想起一樁事來，回頭問門政大爺道：「瞿某人到任，有好多天了，怎麼『到任規』還沒送來？興國州是好缺，他都如此疲玩起來，叫我這本府，指望誰呢？」門政大爺道：「這是送的孫少爺滿月的賀禮。他有人在這裏，『到任』卻沒有提起。」

於是喜太尊方才歪過頭去，瞧那一封洋錢，一瞧是「喜敬六十四元」六個小字，面色頓時改變，從椅子上直站起來，嘴裏不住的連聲說：「啊，啊！」啊了兩聲，仍舊回過頭去，問門政大爺道：「怎麼他到任，你們也沒有寫封信去，拿這個教導教導他？」門政大爺道：「這個向來是應該他們來請示的。他們既然做到屬員，這些上頭就該當心。等到他們來問奴才，奴才自然交代他。他不來問，奴才怎麼好寫信給他呢？」喜太尊道：「寫兩封信也不要緊。你既然沒有寫信通知他們，等他來了，你就該告訴他了，叫他拿回去，重新寫過再送來。如今拿了這個來給我瞧，可是有心給我下不去不是？」門政大爺道：「老爺且請息怒。請老爺先瞧瞧他送的數目，可對不對？」喜太尊至此，方看出他止送有六十四塊；此時也不管籤條上有他老太爺的名諱，便登的一聲，接著豁瑯兩響，把封洋錢摔在地下，早把包洋錢的紙摔破，洋錢滾了滿地了。

喜太尊一頭跺腳，一頭罵道：「豈有此理！豈有此理！他這明明是瞧不起我本府！我做本府，也不是今天才做起，到他手裏，要破我的例，可是不能。怎麼他這個知州，腰把子可是比別人硬綳些，就把我本府不放在眼裏！到任規不送，賀禮亦只送這一點點。哼哼！他不要眼睛裏沒有人，有些事情，他能逃過我本府的手嗎？把這洋錢還給他，不收！」喜太尊說完這句，麻雀牌也不打了，一個人背著手，自到房裏生氣去了。

這裏門政大爺，方從地板上，把洋錢一塊一塊的拾起，連著手本，捧了出來。那瞿耐菴派去的管家，正坐在外面候信哩！門政大爺，走進門房，也把洋錢和手本往桌上一摔道：「夥計！碰下來了！上頭說『謝謝』，你帶回去罷！」瞿耐菴派去的管家，還要說別的；門政大爺，因見又有人來說話，便去同別人去睄唧，也不來理他了。

瞿耐菴管家無奈，只得把洋錢手本，帶了出來。回到下處，曉得事情不妙，不敢逕回本州，連夜打了一個稟帖，給主人說明原委，聽示辦理。等到稟帖寄到，瞿耐菴看過之後，不覺手裏捏著一把汗，進來請教太太。誰知太太聽了，卻毫不在心，連說：「他不收很好。我的錢本來不在這裏賺的，一定要孝敬他的。好歹咱們是署事，好便好，不好，到一年之後，他東我西，我不認得他，我又不仰攀他，要他認得我。派去的人，趕緊寫信，叫他回來，就說我眼睛裏沒有本府，我耽得起，看他拿我怎樣。」瞿耐菴聽了太太的話，一想不錯；於是寫了封信，把管家叫了回來。後來本府喜太尊，又等了半個月，不見興國州添送進來，「到任規」也始終沒送，心上奇怪。仔細一打聽，才曉得他有這們一位仗腰的太太，面子上雖說不出，只好暗地想法子。

* * *

閒話少敘。且說：瞿耐菴夫婦二人，因見本府上奈何他不得，以後膽子更大。除了督撫兩司之外，其餘連本道都不在他眼裏。三節兩壽，孝敬上司的錢，雖不敢任情減少，然而總是照著前任交過來的簿子送的。各位司道大人，都念他同制臺有點瓜葛，大家都不與他計較；不過恨在心裏。究竟多送少送，瞿耐菴並不曉得，以為「照著簿子，我總交代得過了」。只有撫臺，是同制臺敵體的，有些節敬門包等項，送得少了，便由首縣傳出話來，說他一兩句，或是退了回來。瞿耐菴弄得不懂，告訴人說：「我是照例送的，怎麼他們還貪心不足！」無奈撫臺面上，只好補些進去。有時候添過原數，有時候不及原數，總叫受他錢的人，心上總不舒服；這也非止一次了。還有些過境的委員老爺，或是專門來查事件的，他也是照著簿子開發，以致到一位委員，都也同他爭論。

正是光陰似箭，日月如梭，不知不覺，瞿耐菴自從到任至今，也有半年了。治下的百姓，因他聽斷糊塗，一個個痛心疾首，還是平常；甚至上司同寅，也沒有一個歡迎他的。碰來碰去，只有替他說壞話的人，沒有一個說他好的人。他自以為：「我於上司面上的孝敬，同寅當中的應酬，並沒有少人一個，而且筆筆都是照著前任移交的簿子送的。就是到任之初，同本府稍有齟齬；後來首縣前來打圓場，情面難卻，一切『到任規』，孫少爺滿月賀禮，都按照簿子上孝敬本道的數目，孝敬本府，也算得盡心的了。」那知本府亦恨之入骨，一處處弄得天怒人怨。在他自己，始終亦莫明其所以然。不料此時，他太太所依靠的乾外公——湍制臺，奉旨進京陛見；接著又有旨意，叫他署理直隸總督，一時不得回任。這裏制臺，就奉旨派了撫臺升署。撫臺一缺，就派了藩臺升署，臬臺，鹽道，以次遞升，另外委了一位候補道，署理鹽道。省中大局已定，所屬印委各員，送舊迎新，自有一番忙碌，不消細述。

* * *

且說：這位署理制臺的，姓賈名世文。底子是個拔貢，做過一任教官，後來過班知縣。連升帶保，不到二十年工夫，居然做到封疆大吏，在湖北巡撫任上，也足足有了三個年頭。年紀已經有六十六歲，生平保養的很好，所以到如今，還是精神充足。自稱生平有兩樁絕技：一樁是畫梅花，一樁是寫字。他的書法，自稱是王右軍一路，常常對人說：「我有一本王羲之寫的前赤壁賦，筆筆真楷，碧波清爽，一筆不壞；聽說還是漢朝一個有名的石匠刻的。兄弟自從得了這部帖，每天總得臨寫一遍，一年三百六十日，從沒有一天不寫的。」大家聽了他的話——幸虧官場上有學問的人也少，究竟王右軍是那一朝代的人，一百個當中，論不定只有三個二個曉得——曉得的也不過付之一笑，不曉得的，還當是真的哩！他說近來有名的大員，如同彭玉麟，任道鎔等，都歡喜畫梅花；他因此也學著畫梅花。他畫梅花，另有一個訣竅，說是只要圈兒畫得圓，梗兒畫得粗，便是能手。每逢畫的時候，或是大堂幅，或是屏幅，自己來不及，便叫管家幫著畫圈；管家畫不圓，他便檢了幾個沙殼子小錢，鋪在紙上，叫管家依著錢畫，沒有不圓的了。等到管家畫完之後，然後再經他的手鉤鬚加點。有些下屬，想要趨奉他，每於上來稟見的時候，談完了公事，有的便在袖筒管裏，或是靴頁子裏，掏出一張紙，或是一把扇子，雙手奉著，說一聲「卑職求大人墨寶」，或是「求大人法繪」。那是他再也高興沒有，必定還要說一句：「你倒歡喜我的書畫麼？」

後來大家摸著他的脾氣，就有一位候補知縣，姓衛名瓚號占先，因為在省裏窮的實在沒有路子走了，曾於半個月前頭，求過賈制臺賞過一幅小堂畫。賈制臺的脾氣，是每逢人家求他書畫，一定要詳詳細細，把這人履歷細問一遍，沒差的就可得差，無缺的就可得缺。候補班子當中，有些人因走這條路子得法的很不少。衛占先為此也趕到這條路上來。

但是求書畫的人也多了，一個湖北省城，那裏有這許多缺，許多差使，應酬他們。弄到後來，書畫雖還是有求必應，差缺卻有點來不及了。衛占先心上躊躇一回，忽然想出一條主意來，故意的說：「有事面稟」。號房替他傳話進去。賈制臺一看手本，記得是上次求過書畫的，吩咐叫「請」。見面之後，略為扳談了幾句。衛占先扭扭捏捏，又從袖子管裏掏出一卷紙來，說：「大人畫的梅花，卑職實在愛得很！意思想再求大人賞畫一張，預備將來傳之子孫，垂之久遠。」賈制臺道：「不是我已經給你畫過一張嗎？」衛占先故意把臉一紅，吞吞吐吐的半天，才回道：「回大人話：卑職該死！卑職該死！卑職沒出息，卑職因為候補的實在窮不過，那張畫卑職領到了兩天，就被人家買了去了。」賈制臺一聽這話，不禁滿臉堆下笑來，忙問道：「我的畫，人家要買嗎？」衛占先正言厲色的答道：「不但人家要買，並且搶著買。起先人家討價，卑職說要值十兩銀子。」賈制臺皺著眉搖著頭道：「不值罷！不值罷！」又忙問：「你到底幾個錢賣的？」衛占先道：「卑職實實在在到手二十塊洋錢。」賈制臺詫異道：「你只要人家十兩，怎麼倒到手二十塊洋錢？」衛占先道：「卑職討了那人十兩，那人回家去取銀子。忽然來了一個東洋人，說是聽見朋友說起，卑職這裏有大人畫的梅花，也要來買。」賈制臺又驚又喜道：「怎麼東洋人也歡喜我的畫！」衛占先道：「大人容稟。」賈制臺道：「快說！」衛占先道：「東洋人跑來要畫，卑職回他只有一張。他說一張就是一張。卑職拿出來，經他看過之後，他便問：『多少銀子？』卑職回他：『十兩銀子，已經被別的朋友買了去了。』東洋人道：『你退還他的銀子，我給你十四塊洋錢。』卑職說：『人家已經買定，是不好退還的。』東洋人只道卑職不願意，立刻就十六塊，十八塊，一直添到二十塊。不由分說，把洋錢丟下，拿著畫就跑了。後來那個朋友，拿了十兩銀子再來，卑職只好怪他沒有留定錢，所以被別人買了去。那個朋友還滿肚皮不願意，說卑職不是。」

賈制臺道：「本來是你不是！」衛占先一聽制臺派他不是，立刻站起來，答應了幾聲「是」。賈制臺道：「你既然十兩銀子許給了人家，怎麼還可以再賣給東洋人呢？果然東洋人要我的畫，你何妨多約他兩天，進來同我說明，等我畫了再給他。」衛占先連連稱「是」。又說：「卑職也是因為候補的實在苦極了，所以才斗膽拿這個賣給人的。」賈制臺道：「既然有人要，我就替你多畫兩張也使得。」說罷，便吩咐衛占先，跟著自己，同到簽押房裏來。

賈制臺進屋之後，便自己除去靴帽脫去大衣，催管家磨墨，立刻把紙攤開，蘸飽了筆就畫。又吩咐衛占先，也脫去衣帽，坐在一旁觀看。正在畫得高興時候，巡捕上來，回：「藩司有公事稟見。」賈制臺道：「停一刻兒。」接著又是學臺來拜。賈制臺道：「剛剛有事，偏偏他們纏不清。替我擋駕！」巡捕出去回頭了。接著又是臬司稟見，說是夏口廳馬同知，捉住幾個維新黨，請示怎麼辦法。夏口廳馬同知也跟來，預備傳見。還有些客官來稟見的。官廳子上，坐得有如許若干人，只等他老人家請見。他老人家專替衛占先畫梅花，只是不出來。

＊　＊　＊

外面學臺，雖然擋住，未曾進來。臬藩兩司，以及各項稟見的人，卻都等得不耐煩。當下藩臺先探問：「到底督憲在裏面會的什麼客，這半天不出來？」探來探去，好容易探到，說是：「大人正在簽押房裏，替候補知縣衛某人畫畫哩！」藩臺一向是有毛躁脾氣的，一聽這話，不覺怒氣沖天，在官廳子上，連連說道：「我們是有公事來的，拿我們丟在一邊；倒有閒情別致，在裏頭替人家畫畫兒，真正豈有此理！我做的是皇上家的官，沒有這樣閒工夫，好耐性去等他；既然不見，等我走。」說著，賭氣走出官廳，上轎去了。

且說：這時候，署藩臺的，亦是一個旗人，官名喚做噶札騰額，年紀只有三十歲。他父親曾做過兵部尚書，去世的時候，他年紀不過二十一歲。早年捐有郎中在身，到部學習行走。父親見背，遂蒙皇上天恩，仍以本部郎中，遇缺即補，服滿補缺，幸虧此時他岳丈執掌軍機，歇了三年，齊巧碰到京察年分，本部堂官，就拿他保薦上去。引見下來，奉旨以道府用。不到半年，就放湖北武昌鹽法道；是年只有二十七歲。到底年紀輕的人，一心想做好官，很替地方上辦了些事，口碑倒也很好。次年，還是湍制臺任上，保薦賢員，有他的政績臚列上陳，奉硃批先行傳旨嘉獎。他裏面有丈人照應，外面又有總督奏保，所以外放未及三年，便已升授本省臬司。這番湍制臺調署直隸總督，本著撫臺署理督篆，藩臺署理撫篆，所以就請他署理藩篆。

他到任之後，靠著自己內有奧援，總有點心高氣傲。有些事情，凡是藩司分所應為的，在別人一定還要請示督撫，在他卻不免有點獨斷獨行，不把督撫放在眼裏。此番偶然要好，為了一件公事，前來請示制臺。齊巧賈制臺替衛占先畫畫，沒有立刻出來相會，叫他在官廳裏等了一會，把他等的不耐煩，賭口氣出門上轎，逕回衙門，公事亦不回了。

* * *

歇了一會，賈制臺把畫畫完，題了款，用了圖章，又同衛占先賞玩了一回，方才想起藩臺來了半天了，立刻到廳上請見。那知等了一刻，外面傳進話來，說是藩司已經回去了。賈制臺聽說藩臺已去，便也罷休。

只因他平日為人很有點號令不常，起居無節，一時高興起來想到那個人，無論是藩臺，是臬臺，馬上就傳見；等到人家來了，他或是畫畫，或是寫字，竟可以十天不出來，把這人忘記在九霄雲外。巡捕曉得他的脾氣，回過一遍兩遍，多回了，怕他生氣，也只好把那人丟在官廳上老等。常有早晨傳見的人，到得晚上，還不請見；晚上傳見的人，到得三更四更，還不請見。他睡覺又沒有一定的時刻，會著客，看看公事，坐在那裏，都會朦朧睡去；一天到晚，一夜到天亮，少說也要睡二三十次。幸虧睡的時候不多，只要稍為朦一朦，仍舊是清清楚楚的了。

他還有一個脾氣，是不歡喜剃頭的，他說剃髮匠拿刀子，剃在頭上，比拿刀子割他的頭還難過；所以往往一兩個月不剃頭，亦不打辮子。人家見了，定要老大的嚇一跳，倘不說明白是制臺，不拿他當作囚犯看待，一定拿他當做孤哀子看待了。

除了畫梅花寫字之外，最講究的是寫「四六信」。常常同書啟老夫子們討論，說是一個人，只要會做四六信，別的學問，一定是不差的，因為這「四六信」，對仗既要工整，聲調又要鏗鏘。譬如：干支對干支，卦名對卦名，鳥獸對鳥獸，草木對草木；倘若拿干支對卦名，拿鳥獸對草木，便不算得好手了。至於聲調，更是要緊的，一封信念到完，一直順流水瀉，從不作興有一個隔頓。一班書啟相公，文案老爺，曉得制臺講究這個，便一個個在這上頭用心思。至於文理浮泛些，或是用的典故不的當，他老人家卻也不甚斤斤較量。

* * *

閒話少敘。且說：他一位堂母舅，敘起來卻是他母親的從堂兄弟；不過從前替他批過文章，又算是受過業的老夫子。他外祖家是江西袁州人氏，這位堂母舅，一直是個老貢生，近來為著年紀大了，家裏人口眾多，處館不能養活，忽然動了做官之興。想來想去，只有這位老賢甥，可以幫助幾百銀子。後來又聽見老賢甥升署總督，越發把他歡喜的了不得，意思就想自己到湖北來走一趟；一來想看看老賢甥，二來順便弄點事情做做；「倘若事情不成功，幾百銀子總得幫助我的。彼時回來，弄個教官，捐足花樣，倘能補得一缺，也好做下半世的吃著。」

主意打定，好容易湊足盤川，待要動身，忽地又害起病來。老年人禁不起病，不到兩三天，便把他病的骨瘦如柴，四肢無力。依他的意思，還要掙扎動身前去。他老婆同兒子，再三諫阻，不容他起身；他只得罷手。於是婉婉曲曲，修了一封書，差自己的大兒子，趁了船，一直來到湖北省城，尋個好客寓住下。

他的大兒子，便是賈制臺的表弟了，這位老表，有點禿頂，因他姓蕭，鄉下人都叫他為蕭禿子，後來念順了嘴，竟其稱為小兔子。且說：小兔子，一直是在家鄉住慣的，沒有見過什麼大場面。平常在家鄉的時候，見了捕廳老爺，已經當作貴人看待；如今要叫他去見制臺，又聽人家說起制臺的官，比捕廳老爺還要大個十七八級，就是伺候制臺的，以及在制臺跟前當底下人的，論起官來，都要比捕廳老爺要大幾成——一路早捏一把汗。

如今到得這裏，不見事情不成功，只得硬硬頭皮，穿了一身新衣服，戴了一頂古式大帽子，檢出幾樣土儀，叫棧房裏夥計，替他送到制臺衙門跟前。東探西望，好容易找到一個人。小兔子卑躬屈節，自己拿了「愚表弟蕭慎」的名片，向那人低低說道：「我是大人的表弟，大人是我的表哥。我有事情要見他，相煩你替我通報一聲。」那人拿眼朝他看了兩眼，因聽說是大人的表弟，方才把嘴努了一努，叫他去找號房。

小兔子走到號房門口，又探望了半天，才見一個人在牀上睡覺，於是從床上把那人喚醒。那號房一接名片，曉得是大人親戚，不敢怠慢，立刻通報。傳出話來叫「請」。仍舊由號房替他把土儀拿著，把他領了進去，叩見表哥。

賈制臺看了老母舅的信，自有一番寒暄，問長問短。小兔子除掉諾諾答應之外，更無別話說得。賈制臺見他上不得臺盤，知道沒有談頭，便吩咐叫他在客棧暫住，「等我寫好回信，連銀子就送過來。」小兔子本來是見官害怕的，因見表哥叫他住在外面候信，便也不敢再到衙門裏來。賈制臺的公事本忙，記性又不好，一擱擱了一個月，竟把這事忘記。後來又接到老母舅一封信，方才想起。忙請書啟老夫子，替他打信稿子，寫回信，說是送老母舅五百銀子。又對書啟老夫子說：「這是我的老母舅。在這信上，只說幾句家常話，用不著大客氣的。」書啟老夫子回到書房，按照家常信的樣子，寫了一封，送給賈制臺過目。賈制臺取過來看了一遍，因為上頭說的話，如同白話一樣，心中不甚愜意。吩咐把文案上委員請了一位來。委員到來，賈制臺仍照前話告訴他一番，又道：「雖是家常信，但是這位舅太爺，我小的時候，曾經跟他批過文章，於家常之中，仍得加點材料才好，也好叫老夫子曉得我如今的筆墨如何。」

委員答應退下，自去搆思，約摸有三個鐘頭，做好寫好，上來呈政，無奈當中又用了許多典故，賈制臺有點不懂，看了心上氣悶的很。後來看見信裏有「渭陽」兩個字，不覺顛頭播腦，反而稱讚這位文案很有才情；又道：「我這封信，本是給娘舅帶銀子去的，詩經上這兩句，我還記得是，『我送舅氏，曰至渭陽。』如今用這個典故，可稱確切不移。好好好！但是別的句子，又做得太文雅些，不像我們至親說的話了。為了這封信，倒很辛苦你們；無奈寫來寫去，總不的當。你們如今也不必費心了，還是等我自己寫罷。」文案退去之後，賈制臺拿兩封信給眾人看，說：「不信一個武昌省城，連封信都沒人寫，還要我老頭子自己煩心，真正是難了！」人家總以為他既如此說，這封信一定馬上自己動手的；況且舅太爺還在那裏，指望他寄銀子。

且說：小兔子在棧房裏，一住住了兩個月，不敢來見表哥，他老人家事情又多，幾個打岔，竟把這件事忘記在九霄雲外。忽然一天接到舅母的電報，說是娘舅已死，懇情立刻打發他兒子回去。賈制臺到此，方想起五百銀子未寄，信亦不曾寫，如今已來不及了。無可說得，只得叫人把表弟找來，當面怪表弟：「為什麼躲著我表哥？自從一面之後，一直不再來見說，我只當你已經動身回去了。我有銀子，我給誰帶呢？」幸虧小兔子是個鋸了嘴的葫蘆，由他埋怨，一聲不響，聽憑賈制臺給他幾個錢，次日便起身奔回原籍而去。

要知後事如何，且看下回分解。

第四十三回　八座荒唐起居無節　一班齷齪堂構相承

話說：小兔子去了三四天，賈制臺忽然接到蘄州知州一個夾單，說是：「憲臺表老爺蕭某人，趁了輪船，經過卑境。停船的時候，上下搭客，混雜不分；偶不小心，包裹裏的銀子，被扒手兒悉數扒去，現在住在敝署，不能前進，請示辦理。」等語。原來小兔子自從上了輪船，東張西望，並不照顧自己的行李，以致遇見扒手。當時齊巧解開包裹，找衣服穿，一摸銀子沒有了，立刻吵著鬧著，要船上人替他捉賊。賊捉不到，就哭著，要船上茶房賠他。一會又說要上岸去告狀。船上的人落得順水推船，趁著輪船還未離岸，馬上動手，把他的行李送到岸上，由他去告狀。他問了問，曉得靠船地方是蘄州該管。忙坐了一輛小車子，奔到州裏來告狀。

這州官姓區號奉仁，一聽是制臺的表弟，便也不敢怠慢，立刻請他到衙門裏來住；一面稟明制臺，請示辦理。夾單後面，又說：「這銀子是在輪船上失去的，輪船自有洋人該管，卑職並無治外法權，還求大人詳察。」他的意思，以為著此一筆，這事便不與他相干，無非欲脫自己的干係。誰知制臺看了這兩句，心上不自在，便道：「不管他岸上水裏，總是他蘄州該管，少了東西，就得問他要。我的親戚，他們尚且如此；別的小民，更不用說了。」說罷，便下了一個札子，將蘄州區牧嚴行申飭，說他捕務廢弛，限三天人贓並獲，逾限不獲，定行撤委。區奉仁接到此信，無奈，只好來同小兔子商量。私底下答應小兔子，凡是此番失去的銀子，都歸他賠，額外又送了二十四兩銀子的程儀；又另外替他寫了船票，打發一個家人，兩個練勇，送他回籍。一面自己上省，稟見制臺，面陳此事。這位區知州是晚上上了船，就趕著過江的。到了省裏，恐怕制臺記掛表弟，立刻上院稟見。

幸虧賈制臺是個起居無節的，三四更天一樣會客。巡捕號房，曉得他的脾氣，便也不敢回家，大家輪班在院上伺候。雖是三更半夜，轅門裏頭，仍舊熱鬧得很。區奉仁走到官廳一看，已經有個人在那裏了。這個人歪在首縣一向坐慣的一張炕上，低著頭打盹；有人走過他的面前，他也不曾覺得。

這裏官廳子共是三間敞廳，只點了一枝指頭粗的蠟燭，照得滿屋三間，光是黑沉沉的，看得不十分清楚。區奉仁是久在外任，省城裏這些同寅，素來隔膜；初進來時，見那人坐著不動，便也懶得上前招呼。此時正是十月天氣，忽然起了一陣北風，吹得門窗戶扇，唏哩嘩喇的響。蠟燭火被風一刮，早已蠟油直瀉下來，一支蠟燭，便已髕得無幾了。區奉仁此時也覺得陰氣凜凜，寒毛直豎。

正想叫管家取件衣服來穿，尚未開口，只見炕上那個打盹的人，忽然「啊唷」一聲，從炕上下來，站著伸了一個懶腰，仍舊歪下。卻不知從那裏拖到一件又破又舊的一口鐘❶，圍在身上，擁抱而臥；一雙腳露在外頭，卻是穿了一雙靴子。區奉仁看了，甚是疑心，既不曉得他是個什麼人；「倘若是個官，何以並無家人伺候，卻要在這裏睡覺？」

一面尋思，一面看錶，他初進來的時候，是十一點三刻，此時是三點一刻。正在看錶，忽然聽見窗戶外面，一班差人轎夫，蹲在那裏，嘴裏不住的噓哩噓哩的響，好像吃麵條子似的。區奉仁聽得清切，

❶ 一口鐘：同「一口中」，一種裏外可穿的短衫。

便想：「此時也不早了，肚裏也有些餓了，我何不叫他們也買一碗吃了？一來可以充饑，二來可以抵擋寒氣。」主意打定，便想推出門去叫人。誰知外面風大得很，尖風削面，猶如刀子割的一般；尚未開口，管家們早已瞧見，趕了進來，動問老爺有何使喚。

區奉仁連忙縮了回來，仍舊坐下；喘息稍定，便把買麵的話說了。管家道：「三更半夜，那裏有賣麵的？他們一般人，是凍的在那裏噓哩噓哩的喘氣，並不是吃麵；老爺想是聽錯了。老爺要吃麵，等小人出去，到轅門外面去買了來。」區奉仁點點頭。管家自去買麵。停了好半天，只買得一碗稀粥；說是天將四鼓，麵是沒有的了。區奉仁只得罷休。

吃過了粥，登時身上有了熱氣，就問：「上頭為什麼還不請見？」管家回道：「聽說同首府說話哩！首府從掌燈就進來，一直跑進簽押房，大人留著吃晚飯，談字談畫，一直談到如今，還沒有談完。江漢關道，從白天兩點鐘到這裏，都沒有見著哩！這位大人，只有同首府說得來，有些司道都不如他。」區奉仁道：「首府本來同制臺是把兄弟。」管家道：「聽說現在又拜了門生，拜制臺做老師，不認把兄弟了。通武昌省城，只有他可以進得內簽押房，別人只好在外頭老等。」區奉仁道：「照這樣子，可曉得他幾時才見？」管家道：「小的進來就問過號房，馬上就見亦說不定，十天半個月亦說不定，就此忘記了，不見也說不定。」區奉仁道：「我是有缺的人，見他一面，把話說過了，我就要回去的。被他如此耽誤下來怎麼好！」管家道：「這話難說。不是為此，怎麼遍官廳子上，一個個都怨聲載道呢？」

* * *

主僕二人正講得高興，忽見炕上圍著一口鐘睡覺的那個人，一骨碌爬起，一手揉眼睛，一手拿一口鐘推在一邊，又拿兩手拱了一拱，說道：「老同寅，放肆了！你閣下才來了一霎工夫，已經等的不耐煩，兄弟到這裏，不差有一個月了！」區奉仁一聽這話，大為錯愕，忙站起來，「請教貴姓台甫？」那人便亦起身相迎，回稱：「姓瞿號耐菴。」區奉仁一聽這瞿耐菴三字很熟，想了一回，想不起來。

原來：這瞿耐菴自從到了興國州，前任因為同他不對；前任帳房，又因需索不遂，就把歷任移交的帳簿子，一齊改了給他。譬如：素來孝敬上司，一百兩銀子的，他簿子上卻是改做一百元；應該一百元的，都改五十元。無論瞿耐菴的太太如何精明，如何在行，見了這個簿子，總信以為真，決不疑心是假造的。誰知這可上了當了，送一處，碰一處，送兩處，碰兩處，連他自己還不明白所以然，已經得罪的人不少了。你道前任帳房的心思，可惡不可惡。

起初湍制臺在湖北，丫姑爺戴世昌，腰把子挺得起，說得動話；瞿耐菴靠著他的勢頭，有些上司曉得他的來歷，大家看制臺分上，都不來同他計較；所以孝敬上司的數目，就是少些，還不覺得。不料湍制臺一朝調離，丫姑爺尚且失勢，他這個假外孫婿，更不消說了。賈制臺初署督篆，就有人說他壞話，起先賈制臺還看前任的面子，不肯拿他即時撤任；後來說他壞話人多了，又把他在任上聽斷如何糊塗，太太如何要錢，一齊掀了出來；齊巧本府上省，賈制臺問到首府，首府又替他下了一副藥；因此才把他撤了任回省。接連上了三天轅門，制臺也沒有見他。後來因為要甄別一票人，忽然想著了他，平空裏忽然傳見。

瞿耐菴聞命之後，忙得什麼似的，也沒有坐轎子，就趕到制臺衙門裏來。來傳的人，是十二點一刻到他公館；瞿耐菴沒有吃午飯，不到十二點三刻，就趕到轅門，走進官廳，一直坐了老等。誰知左等也不見請，右等也不見請，想要回去，又不敢回去，肚裏餓得難過，只好買些點心充饑。看看天黑下來，找到一個素來認得的巡捕，託他請示。巡捕道：「他老人家的脾氣，你還不知道麼？誰敢上去替你回？他一天不見你，就得等一天，他十天不見你，就得等十天，他一個月不見你，就得等一個月。他什麼時候要見，你無論三更半夜，天明雞叫，你都得在這裏伺候著。倘若走了不在這裏，他發起脾氣來，那可不是玩的！」原來這巡捕，當初也因少拿了瞿耐菴的錢，心上亦很不舒服他，樂得拿話嚇他，叫他心上難過難過。

瞿耐菴本來是個沒有志氣的，又加太太威風一倒，沒了仗腰的人，聽了巡捕的話，早嚇得魂不附體，只得諾諾連聲，退回官廳子上靜等。那知等到半夜，裏邊還沒有傳見，這一夜竟是坐了一夜，一直未曾合眼。等到第二天天明，就在官廳子上洗臉，吃點心，停了一刻，上衙門的人都來了，官廳子上人都擠滿。等到制臺傳見了幾個，其餘統通散去，又只剩得他一個，仍舊不敢回家，只得又叫管家到公館裏搬了茶飯來吃。這日又等了一天，還沒請見，又去請教巡捕。巡捕生氣，說道：「你這人好麻煩！同你說過，大人的脾氣，是不好打發的。既然來了走不得，怎麼還是問不完！」瞿耐菴嚇的不敢出聲，仍回到官廳上。

這夜不比昨夜了，因為昨晚一夜未曾合眼，身子疲倦得很；偶然往炕上躺躺，誰知一躺就躺著了。這一覺好睡，一直睡到第二天出太陽才醒。接著又有人來上院，他碰見熟人，也就招呼，好像是特地穿了衣帽專門在官廳子上陪客似的。一霎時各官散去，他仍舊由公館裏搬了茶飯來吃。只因其時天氣，尚不十分寒冷，所以穿了一件袍套，還熬得住。如是者又過了幾天，一直不回公館。

太太生了疑心，說：「老爺不要又是到漢口被什麼女人迷住了，所以不回來？」偷偷的自己過江探問。無意之中，又打聽到前次率領家人去打的那個人家，的確是老爺討的小老婆；那女人名喚愛珠，本是漢口窰子裏的人。當時不知道，怎樣被夏口廳馬老爺一個鬼串，竟被他蒙住了。後來瞿耐菴到任，很寄過幾百銀子給這女人；不過瞿耐菴懼內得很，一直不敢接他上任。那愛珠又是堂子裏出身，楊花水性；幸虧馬老爺顧朋友，說道：「倘若照此胡鬧下去，終究不是個了局！」就寫了一封信給瞿耐菴，說愛珠如何不好，「恐怕將來為盛名之累，已經替你打發了。」瞿耐菴得信之後，無可如何，只得丟開這個念頭。如今這事，全盤被太太訪聞，始而不禁大怒，既而曉得人已打發，方才把氣平下。

漢口找不到老爺，於是過江回省。怕家人說的話靠不住，又叫自己貼身老媽，摸到制臺衙門州縣官廳上，瞧了一瞧，果然老爺一個人坐在那裏，方始放心。天天派了人送飯送衣服給老爺，過了幾天，又因天氣冷了，夜裏實實熬不住，被頭褥子，無處安放，只送了一件一口鐘，又一條洋毯，以為夜間禦寒之用，閒話少敘。

*　　*　　*

且說：當時區奉仁拿他端詳了一回，方才想起從前有人提過他，是前任制臺的寄外孫婿。聞名不如見面，怎麼今天也會弄到這個樣子！便大略的問了一問。瞿耐菴是老實人，就一五一十的，把從前如何得缺，後來如何撤任，回省上轅門，制臺如何不見，如今平空的傳見，及至傳了，一等等了約一個月，不見傳見，以及巡捕又不准他走的話，詳述一遍。區奉仁聽了，一面替他歎息，一面又自己擔心，不覺皺緊眉頭，說道：「吾兄在省候補，是個賦閒的人，有這閒工夫等他。兄弟是實缺人員，地方上有公事，怎麼能耽擱得許久呢？」瞿耐菴道：「你要不來便罷；既然來了，少不得就要等他。我正苦沒有人作伴，如今好了，有了你老哥，我們空著無事談談，兄弟倒著實可以領教了。」區奉仁道：「不要取笑！他不見終久不是個事！兄弟這趟上省，只帶了中毛衣服來，大毛的都沒帶，原想就好回任的。如今被你老哥這一說，兄弟還要派人回蘄州去拿衣服哩！」瞿耐菴道：「今兒這個樣子，大約是不會傳見的了。你把補褂脫去，也到這炕上來睡一回兒。就是不睡著，我們躺著談心。夜深了，天氣冷，兩個人睡在炕上，總比外面好些。我這裏有一條洋毯，你拿去蓋蓋腳。我這裏有件一口鐘，也可以無須這個了。」

起先區奉仁還同他客氣，不肯上炕來睡；後來聽聽裏面，杳無消息，夜靜天寒，窗戶又是破碎的，一陣陣的涼風吹了進來，實在有些熬不住了，瞿耐菴又催了三回，方才上炕睡下；兩個人就拿了兩個炕枕作枕頭。

睡下之後，瞿耐菴又同他說：「不瞞老哥說：這三間屋裏，上面有幾根椽子，每根椽子裏有幾塊磚頭，地下有幾塊方磚，其中有幾塊整的，幾塊破的；兄弟肚子裏有一本帳，早把他記得清清楚楚了。」區奉仁聽他說得奇怪，忙問所以。瞿耐菴方同他說：「兄弟要見不得見，天天在這裏替他們看守老營。別人走了，單賸兄弟一個，空著沒有事做，又沒有人談天，我只好在這裏數磚頭了。」區奉仁聞言，甚為嘆息。瞿耐菴又說：「我們睡一會罷！停刻天亮，又有人來上衙門，一耽誤又是半天哩！」卻好區奉仁也有些倦意，便亦朦朧睡去。

次日起來，才穿好衣服，起早上衙門的人，已經來了。他倆是日又等了一天，仍未傳見。這夜又在官廳上蓋著洋毯，睡了一夜。到了第三天，區奉仁熬不住了。幸虧他是現任，平時制臺衙門裏照例規矩，並沒有錯，人緣亦還好；便找著制臺的一個門口，化上一千兩銀子，託他疏通。那人拍胸脯說，各事都在他的身上。

齊巧這天有人稟見，巡捕替他把手本一塊兒遞了上去。賈制臺叫請進去的時候，惟恐大人見怪，兩手捏著一把汗。及至見了面，制臺挨排問話，問到他只說得兩三句。第一句是：「你幾時來的？」區奉仁恭恭敬敬回了聲：「卑職前天就來了。」上頭又說：「長江一帶，剪綹賊多得很啊！輪船到的時候，總得多派幾個人彈壓彈壓才好。」區奉仁答應了兩聲「是」。制臺馬上端茶送客。區奉仁方才把心放下，等到站了起來，又重新請一個安，說：「大人如無什麼吩咐，卑職稟辭，今天晚上就打算回去。」賈制臺點點頭道：「你趕緊回去罷！」說罷，把一干人送到宅門，一呵腰制臺進去。然後區奉仁又去上藩臬兩司衙門。從司道衙門裏下來，回到寓處，收著行李。

* * *

剛要起身，忽見執帖門上，拿著手本上來，回稱：「新選蘄州吏目，隨太爺特來稟見。」區奉仁一看手本上寫「藍翎五品頂帶新選蘄州吏目隨鳳占」一行小字，便道：「我馬上就要出城，趕過江的，那裏還有工夫會他？」執帖門道：「自從老爺一到這裏，才去上制臺衙門，不曉得他怎樣打聽著的，當天就奔了來。老爺一直沒回家，他就一連跑了好幾趟。他說老爺是他親臨上司，應得天天到這裏來伺候的。」區奉仁聽他說話還恭順，便說了聲「請」。執帖門出去。一霎時只見隨鳳占隨太爺戴著五品翎頂，外面一樣是補褂朝珠。因為第一次見面，照例穿著蟒袍。未曾進門，先把馬蹄袖放了下來；一進門，只見他把兩隻手往後一癟，恭恭敬敬走到當中跪下，碰了三個頭，起來請了一個安；跟手從袖筒管裏，拿履歷掏了出來，雙手奉上，又請了一個安。此番區奉仁見下屬，不比見制臺了；大模大樣的，回禮起來，收了履歷。隨鳳占替他請安，他只拿隻右手往前一豎，把腰呵了呵，就算已經還禮了。

當下分賓坐下。區奉仁大約把履歷翻了一翻，因為認得的字有限，也就不往下看了。翻完了履歷，便問：「老兄貴處是山東？」隨鳳占道：「卑職是安徽廬州府人。」區奉仁詫異道：「怎麼履歷上說是山東呢？」再拿出一看，才知道他是山東賑捐局捐的官，原來錯看到隔壁第二行去了。自覺沒趣，只得搭訕著，問了幾句：「你是幾時來的？幾時去上任？」隨鳳占一一回答了。立刻端茶送客，也同制臺送下屬一樣，送了一半路，一呵腰進去了。隨鳳占又趕到城外，照例稟送區奉仁，自去回任不提。

單說：隨鳳占稟到了十幾天，未見藩臺掛牌，飭赴新任，他心上發急。因為同武昌府有些淵源，便天天到府裏稟見。頭一次首府還單請他進去，談了兩句，答應他吹噓；以後就隨著大眾站班見了。有天首府見了藩臺，順便替他求了一求，藩臺答應。首府回來，看見站班的那些佐雜當中，隨鳳占也在其內；進了宅門，就叫號房請隨太爺進來。號房傳話出去，隨鳳占馬上滿面春風，賽如臉上裝金的一樣，一手整帽子，一手提衣服，跟了號房進去。見面之後，首府無非拿藩臺應允的話，述了一遍。隨鳳占請安，謝過栽培。首府見無甚說得，也只好照例送客。

等到隨鳳占出來之後，他那些同班的人接著，一齊趕上前來，拿他圍住了，問他：「太尊傳見什麼事情？」隨鳳占得意洋洋的，還不肯說真話，只說：「有兩個差使，太尊叫我去，我不肯去。太尊叫我保舉幾個人，我一時肚皮裏沒有人，答應明天給他回音。」大眾一聽首府有什麼差使，於是一齊攢聚過來，足足有二三十個，竟把隨鳳占圍在垓心❷。好在一班都是佐雜太爺，人到窮了，志氣就沒有了，什麼怪像都做得出。其時正在隆冬天氣，有的穿件單外褂，有的竟其還是紗的；個個都釘著黃線織的補子，有些黃線都已宕了下來；腳下的靴子，多是尖頭上長了一對眼睛；有兩個穿著抓地虎，還算是好的咧！至於頭上戴的帽子，呢的也有，羢的也有，都是破舊不堪，間或有一兩頂皮的，也是光板子，沒有毛的了。大堂底下，敞豁豁的一堆人站在那裏，都一個個凍的紅眼睛，紅鼻子；還有些一把鬍子的人，眼淚鼻涕從鬍子上直掛下來，拿著灰色布的手巾，在那裏揩抹。

如今聽說首府叫隨鳳占保舉人，便認定了隨鳳占一定有什麼大來頭了；一齊圍住了他，請問「貴姓，台甫」。當中有一個稍些漂亮些的，親自走到大堂暖閣後面一看，瞥見有個萬民傘的傘架子在那裏，他就搬了出來，靠牆擺好，請他坐下談天。隨鳳占看看沒有板凳，難拂他的美意，只得同他坐下，也請教他的名姓。那人自稱姓申號守堯，是個府經班子；二十四歲上就出來候補，今年六十八歲了。先捐了個典史，在河南等過幾年，分在衛輝府當差有年，派了個保甲差使。晚上帶了巡捕，出門查夜，有一個吃酒醉的人，攔住當路罵人，被他碰見了；彼時少年氣盛，拉下來就五十板。等到打完了，那人才說：「我是監生，捐了監的人，不革功名是打不得屁股的。」當時無法，只得拿他開釋。誰知第二天，統通的監生老爺都來，不答應他，說他擅責有功名的人，聲稱要到府裏去告他。他就此一嚇，捲捲行李逃走了。後來還是那個捱打的人，恐怕鬧出來，於自己面子不好看；私自出來求人家，勸大眾不要鬧了，這才罷休。後來本府也曉得了，明知他是畏罪而逃，樂得把差使委派別人。地方上少掉一個試用典吏，是不打緊的，倒也沒有人追究。他鬧了這個亂子，河南不能再去。齊巧他兄弟一輩子當中，當初有個捐巡檢的，

❷ 垓心：被圍困在其中。項羽被圍垓下，小說語或即本此。

後來這人死了，他頂了這巡檢名字，化幾個錢，捐免驗看，一直到湖北候補。正碰著官運亨通，那年修理堤工案內，得了一個異常勞績，保舉免補本班，以府經補用；年代隔得遠了，他自己也常常拿從前的事情，告訴別人，以鳴得意。還說什麼：「你們不要瞧我不起！雖然是官卑職小，監生老爺都被我打過的！」人家聽慣了，都當他有些瘋氣，沒有人去理會他。

此時同隨鳳占拉攏上了，便嘻開了一張鬍子嘴，同隨鳳占一並排坐在傘架之上，扳談起來。隨鳳占難卻他這番美意，只得同他坐在一塊兒談天。究竟佐雜太爺們眼眶子淺，見申守堯同隨鳳占如此親熱，以為他二人一定又有什麼淵源，看來太尊所說的什麼差使，論不定就要被申某奪去了。於是有些不看風色的人，偏偏跟了他二人，到暖閣後面，聽他二人講話。又有些醋心重的人，一旁咕嚕說道：「人家好有門路，巴結得上紅差使，不要說起是一樁事情，輪不到我們頭上，就是有十樁八樁，也早被手長的人搶了去了。我們何必在這裏礙人家的眼，還是走開，省得結一重怨！」又有些人說道：「我偏不服氣，我定要在這裏聽他們說些什麼，有什麼瞞人事情，要這樣鬼鬼祟祟的。」

一干人正在三言四語，刺刺不休，忽見斜刺裏走過一個少年，穿著一身半新的袍套，向一個老頭子，深深一揖道：「梅翁老伯，長遠不見了！小姪昨天回來，就到公館裏請安，還是老伯母親自出來開門的，一定要小姪裏頭坐。小姪一問老伯不在家，看見老伯母，還只穿了一件單褂子，頭也沒梳，正在那裏燒水煮飯；所以小姪也就出來了。今日湊巧老伯在這裏，正想同老伯談談。」又聽那老頭子道：「失迎得很！兄弟家裏也沒得個客坐，偶然有個客氣些的人來了，兄弟都是叫內人到門外街上頓一刻兒，好讓客人到房裏來，在牀上坐坐。連吃煙，連睡覺，連會客，都是這一張牀。老兄來了，兄弟不在家，褻瀆得很！」又聽那少年道：「老伯，小姪是自家人，說那裏話來！」

又聽老頭子道：「老兄這趟差使，想還得意？」少年道：「小姪記著老伯的教訓：該同人家爭的地方，一點沒有放鬆；所以這趟差使雖苦，除用之外，也賸到八塊洋錢。」老頭子道：「你已經吃了虧了！到底你們年紀輕，是沒有什麼用頭的。」少年聽了不服氣，說道：「銀錢大事，再比小姪年紀輕的人，他也會丁是丁卯是卯的；況且我們出來為的是那一項，豈有不同人家要，白睜著眼，吃人家虧的道理？」老頭子道：「你且不要不服氣。你走了幾個地方？」少年道：「我的札子一共是五處地方，走了半個多月，才走完的。」老頭子說：「你又來！五個地方，只賸得八塊洋錢，好算多？不信一處地方，連著兩三塊錢都不要送。如今合算起來，每處只送得一塊六角錢。我們是老邁無能了，終年是輪不到一個紅點子；像你們年輕的人，差使到了手了，又如此的辜負那差使，這才真正可惜哩！」

少年道：「依你老伯怎麼樣？」老頭子道：「叫我至少一處三隻大洋，三五一十五塊錢，總得賸的。」少年道：「人家送出來，何嘗不是三塊四塊；但是自家也要用幾文，人家送了這筆洋錢來，力錢總得開銷人家兩個。」老頭子把嘴一披道：「你闊，你闊！太爺要賞他們！他們跟慣州縣大老爺的人，那個腰裏不是袋飽的，誰希罕你這幾角洋錢？叫我是老老面皮，來的人請他坐下，倒碗茶讓他吃，同他們謙恭些，是不犯本錢的。至於力錢，抹抹臉，我亦不同他們客氣了。人家見我如此待他，就是我拿出來，他亦不好意思收下。所以這等錢，我就樂得省下，自己亦好多用兩天。至於你說什麼零用，卻是沒有底的，倘若要闊一點，有多少都用得完；但是貪圖舒服，也很可不必再出來當這個差使了。」老頭子只管絮絮叨叨不住，少年聽了，甚不耐煩。

齊巧隨鳳占同申守堯，在暖閣後面談了一回，也走了出來。申守堯是認得那兩個人的，便問少年道：「你同梅翁談些什麼？」少年正待開口，卻被老頭子搶著說了一遍，無非是怪少年不知甘苦，不會弄錢的一派話。少年聽了不服氣，又同他爭論。申守堯便從中釋勸道：「這話怪不得梅翁要說。你老兄派的幾處地方，總還在上中字號上頭；他們現任大老爺，一年兩三萬的，往腰裏拿，我們面上，他就是多應酬幾文，也不過水牛身上拔一根毛。所以兄弟也是出差，每到一處，等他們把照例的送了出來，我一定要客氣，同他們推上兩下，並不說嫌少不收；我只說：『彼此至好，這個斷斷乎不敢當的。不過在省城裏候補了多少年，光景實在不好，現在情願寫借票，商借幾文。』如此說法，他們總得加你幾文。有些客氣的，借的數目，比送的數目還多。」少年道：「開口問人家借，借多少呢？」申守堯道：「這也沒有一定。總而言之：開出口去，伸出手去，不會落空就是了。」少年道：「到底這借票還寫不寫呢？」申守堯道：「你這人又呆了！錢既到手，抹抹臉皮，還有什麼筆據給人家！倘若一處處都寫起來，要是一年出上三趟差，至少也寫得二十來張借票，這筆帳一輩子還不清了，不過是一句好看話罷了。況且幾塊錢的小事，就是寫票據，人家也不肯接手的。倒不如大大方方說聲『多謝』，彼此了事。」

三個人正說得高興，不提防隨鳳占站在旁邊，一齊聽得明明白白，便插口說道：「守翁的話呢，固然不錯；然而也要鑑貌辨色，隨風駛船，這當中並沒有什麼一定的。」眾人見他一旁插口，不知道他是什麼人，不覺都楞在那裏。申守堯便替他拉扯，朝著一老一少說：「這位是新選蘄州右堂，姓隨官印叫鳳占；宦途得意得很，不日就要到任的。而且是老成練達，真要算我們佐雜班中，出色人員了！」一老一少聽了，連忙作揖，極道仰慕之忱。申守堯又替二人通報姓名，指著年老的道：「這位姓秦號梅士，同兄弟同班，都是府經。」又指少年的道：「這位學槐兄，今年秋天才驗看，同太尊第二位少奶奶娘家沾一點親，極蒙太尊照拂，到省不到半年，已經委過好幾個差使了。」隨鳳占亦連稱「久仰」；又道：「恰恰聽見諸公高論，甚是佩服！」秦梅士道：「見笑得很！像你老兄指日就要到任的，比起我們這些終年聽鼓的，到底兩樣。」

隨鳳占道：「豈敢豈敢！不過兄弟自從出來做官，一直是捐了花樣，補的實缺，從沒有在省城裏候補過一天。不過這裏頭的經濟，從前常常聽見先君提起，所以其中奧妙，也還曉得一二。」眾人忙問：「老伯大人從前一向那裏得意？」隨鳳占道：「兄弟家裏，自從先祖，就在山東做官。先祖見背之後，先君也就驗看到省，一直是在山左的。等到兄弟，卻是一直選了出來，僥倖沒有受過這苦。雖然都是佐班，兄弟家裏，也總算得三代做官了。」眾人道：「有你老哥這般大才，真要算得犂牛之子，跨灶之兒了。但是老伯從前是什麼一個訣竅，可否見示一二？」申守堯道：「你們不要吵，且聽他說！老成人的見解，一定是不同的。」

隨鳳占道：「先君從前在山東聽鼓的時候，有年秦首府的札子，叫老人家到各屬去查一件什麼事情。先君到了第二縣，我還記得明明白白的，是長清縣。這長清在山東省裏，也算一個上中缺。這位縣大老爺，又同先君稍為有些淵源，到了長清，見面之後，他就留先君到衙門裏去住。先君一想，住店總得化錢，有得省，樂得省，就把鋪蓋往衙門裏一搬，橫豎衙門裏空房子多得很。先君住的那間屋子，就在帳房的緊隔壁。當時住了下來，本官又打發門上來招呼，說：『請太爺同帳房一塊兒吃飯。』衙門裏大廚房的菜，是不能進嘴的。帳房師爺要好，又特地添了兩樣菜。先君吃著，倒也很舒服。誰知住了一夜，第二天本官就下鄉相驗去了；離城一百多里路，來回總得三四天。臨走的時候，還同先君說：『老兄不妨在這裏多盤桓幾天。倘若要緊動身，一切我已交代過帳房了。』先君以為他已經交代過帳房，總不會錯的。第三天先君覺著住在那兒，白擾人家，沒有味兒，就同帳房商量，說要就走的話。帳房答應了。先君先回到屋裏，收拾行李。停了一會，帳房就叫人送過兩吊京錢來，說是太爺的差費。先君此來，本想他多送兩個的；等到兩吊錢一送出來，氣的話都說不出！」

申守堯道：「兩吊錢還比兩塊錢多些，現在一塊洋錢，只換得八百有零。」隨鳳占道：「你不懂！我的太爺！北邊用的小錢，五百錢算一吊，一個算二個，兩吊只有一千文；合起洋錢來，還不到一元三角！」申守堯道：「那亦太少了。」隨鳳占道：「就是這句話了。所以當時先君見了，著實動氣，就同送錢來的人說：『我同你家大老爺的交情，並不在錢上頭，這個斷斷乎不好收的。』那人聽了先君的話，先還不肯拿回去，後來見先君執定不收，才拿了的。帳房就在隔壁，是聽得見的。那人過去，把先君的話述了一遍。只聽得帳房半天不說話，歇了一回，才說道：『兩吊不肯，只好再加一吊。這錢又不是我的。我也不便拿東家的錢，亂做好人。』先君一聽隔壁的話，知道不妙。等到第二趟送來，這時候頂為難；倘若是不推，明明是同他爭這一吊錢，面子上不好看，無奈只得略為推了一推。那送來的人，自然還不肯拿回去，先君也就自己轉風說道：『論理呢，這個錢我是不好收的。但是你們大老爺又不在家，我倘若一定不收，又叫你們師老爺為難。我只好留在這裏，師老爺前，先替我道謝罷！』諸公！你們想這時候，倘若先君再不收他的，他們索性拿了回去，老實不再送來，你奈他何，你奈他何！所以這些地方，全虧看得亮，好推便推，不好推只得留下；這就叫做見風駛船，鑑貌辨色。這些話，是先君常常教導兄弟的。諸公以為何如？」大家聽了，一齊點頭稱「妙」，說：「老伯大人的議論，真是我們佐班中的玉律金科！」

正說得高興，忽見一個女老媽，身上穿的又破又爛，向申守堯說道：「老爺的事情完了沒有？衣裳脫下來，交代給我，我好替你拿回去。家裏今天還沒米下鍋，太太叫我去當當。我要回去了。」申守堯不聽則已；聽了之時，怪這老媽不會說話，伸手一個巴掌，打的這老媽一個頭昏，站腳不穩，躺下了。

欲知後事如何，且看下回分解。

第四十四回　跌茶碗初次上臺盤　拉辮子兩番爭節禮

卻說：申守堯因為跟他拿衣帽的老媽說出他的窘況，一時面上落不下去，只得嗔怪老媽不會說話，順手一個巴掌，打了過去。不料用力過猛，把老媽打倒了。偏偏這個老媽，又是個潑辣貨，趁勢往地下一躺，說了聲：「老爺！你儘管打！你打死我，我也不起來了。」說完了這句，就在地下嚎啕痛哭起來。幸虧這時候有些小老爺，——因為方才站班，已經見著首府——他們說話的當口，早已散去十之八九，此時所賸不過五六個人，被他這一哭，卻驚動了許多人，一齊圍住來看。

申守堯只得紅著臉，彎了腰，去拖他。拖不起來，只得儘著罵他，罵了又要還嘴，氣極了，舉起腿來又是兩腳。那老媽見老爺動手動腳，索性賴著不起來，只是哭著喊冤枉。府衙門裏的號房把門的，出來吆喝都不聽；後來還虧了本府的門政大爺出來，罵了兩句，又說拿他送到首縣裏去，方才住了哭。站了起來，拿手在那裏揉眼睛。

此時弄得個申守堯說不出的感激意思，想走到門政大爺跟前，敷衍兩句。誰知等到走上前去，還未開口，早把他看了兩眼，回轉身就進去了。申守堯更覺羞愧，無地自容，意思又想過來，趁勢吆喝老媽兩句。誰知老媽早已跑掉；靴子帽子衣包，都丟在地下，沒有人拿。申守堯更急得沒法。

隨鳳占說：「可惜兄弟還要到別處拜客，否則就叫我的跟班的，替你拎了回去了。」申守堯道：「不消費心。」幾個人當中，畢竟是老頭子秦梅士古道熱腸，便說：「守兄的衣帽脫下來，沒有人拿，我們怎麼走呢？」說完，喊了一聲：「小狗子」，只見一個面黃肌瘦的小廝，應了一聲，跑過來，叫了一聲：「爸爸」。一旁侍立，卻舉起一隻袖子來擦鼻涕。老頭子道：「這位是隨老伯，這位是申老伯，見過了沒有？」小狗子說：「申老伯是認得的；只有隨老伯沒有見過。」老頭就叫他請安。小狗子果然請了一個安，叫了聲：「老伯」。隨鳳占便曉得是老頭子的兒子了，於是拉住了手，問長問短；又道：「世兄品貌非凡，將來是要一定發達的。」老頭子道：「承贊承贊。這是三小兒，今年已經十五歲了。不肯讀書，外才倒還有點。每逢兄弟上衙門，省得帶人，總是叫他跟著，或是拿拿衣帽，或是拜客投投帖；這些事情，還做得來。」

老頭子一面說，一面回頭吩咐兒子道：「你在這裏站著聽什麼，還不拿鞋來給我換。」小狗子聽說，立刻從懷裏取出一個小布包，把鞋取出，等他爸爸換好。老頭子亦一面把衣裳脫下摺好，同靴子包在一處；又把申守堯的包裹，靴子，帽盒，亦交代兒子拿著。申守堯先還不肯，老頭子一定要好，只得隨他。無奈小狗子兩隻手拿不了許多，幸虧他人還伶俐，便在大堂底下，找了一根棍子，兩頭挑著。又把他爸爸的大帽子合在自己頭上，然後挑了衣包，吁呀吁呀的，一路喊了出去。眾人至此，方曉得老頭子拿兒子當跟班用的。

* * *

閒話少敘。單說：秦梅士打發兒子，把申守堯的衣帽，送到他的寓處。只見那老媽正坐在堂屋裏哭罵哩，氣得申守堯要立刻趕他出去。老媽坐著不肯走，口稱：「要我走容易，把工錢算還了給我，我立刻走。還有老爺許我的，天天跟著上衙門拿衣帽，另外加錢給了我。」申守堯道：「那時說明白：有了差使，方可補付。如今我老爺並沒有得什麼差使，你怎好問我要呢？」老媽道：「這個不貼，送禮的腳錢，總應該給我的了。」申守堯道：「送禮也有限得很。」老媽道：「不管他多少，總是我名分上應得的錢。老爺你是做官做府的人，難道還吃我們這幾個腳錢不成？我記得清清楚楚，自從去年五月到如今，大大小小，也有三塊多錢的腳錢。從前你老爺說過，這筆錢，要提給太太六成，餘下的替我們收著一塊兒分。如今多算點，太太名下，算扣掉兩塊大洋，還有一塊多錢的多餘。連著十三個半月的工錢，一個月八角洋錢，八得八，三八兩塊四，再加半個月四角洋錢，一共是十元八角。加上腳錢，老爺我就再讓些你，一共給我十二塊洋錢罷！」

申守堯一聽老媽要許多錢，急得他火星直迸，恨不得就要伸手打他，嘴裏嚷著罵：「混帳王八蛋！豈有此理！我老爺那裏欠你這許多工錢？就是少你，也不過是三個月沒有付。如今你倒賴我說是有十三個半月沒有付，真正豈有此理！就是送禮的腳錢，我也是筆筆有帳，通共不到一塊錢。除掉太太的六成，所餘不過三四角洋錢，那裏有這許多？明明訛人罷哩！本來這錢，我是要立刻給你的；因為你會訛人，如今把腳錢罰掉，我不給了。」

老媽道：「還有工錢呢？」申守堯道：「依我說，三個月工錢，就拿了去。彼此一刀兩斷，永遠不准進我的大門。」老媽道：「好便宜，你倒會打如意算盤。十三個半月工錢，只付三個月，你同我了事，我卻不同你干休。還有送禮的腳錢，也不能少我半個的。老爺你試試，你如果少我一個錢，我同你到江夏縣打官司去。賴了人家的工錢，還要吃人家的腳錢，這樣下作，還充什麼老爺！」

申守堯不聽則已，聽了他這番議論，立刻奔上前來，一手把老媽的領口拉住，要同他拚命。老媽索性發起威來，跳罵不止，口口聲聲：「老爺賴工錢，吃腳錢！」他主僕拌嘴的時候，太太正在樓上捉虱子，所以沒有下來。後來聽得不像樣了，只得蓬著頭下來解勸。

其時小狗子還未走，亦幫著在旁邊，拉申守堯的袖子。小狗子一手拉，一面說道：「申老伯你不要去理那混帳東西。等他走了以後，老伯要送禮，等我來替你送。就是上衙門，也是我來替你拿衣帽。這些事情，我都會做，不希罕他，不要理他。」申守堯道：「世兄！你是我們秦大哥的少爺，我怎麼好常常的煩你送禮拿衣帽呢！」小狗子道：「這些事我都做慣的；況且送禮，是你申老伯挑我賺錢，以後十個錢，我亦只要四個錢罷了。」

申守堯聽了他的話，又是好笑，又是好氣；心想：「我們當佐班的，竟不曉得是些什麼東西，養出來的兒子，都如此的下作！」

正想著，齊巧太太亦下來了。見是老爺同老媽嘔氣，太太心上是明白的，曉得老爺這兩天沒有錢，不要想是十二塊，就是三塊亦拿不出；面子上只得勸老爺不要生氣，卻丟了個眼色給老媽，招呼到後面去勸他，叫他不要生氣，仍舊做下去：「老爺一時氣頭上的話，是不好作准的。」起先老媽還一口咬定不答應；禁不住太太左說好話，右說好話，面情難卻，也只好做下來再說。

當時秦小狗子，把申守堯拉開之後，即便把衣帽等一一交點清楚。申守堯留他吃茶也不要，留他吃飯也不要。嘴裏雖說不要，兩隻腳只是站著不肯走。申守堯摸不著頭腦，問他：「有什麼話說？」他說：「問申老伯要八個銅錢買糖山查吃。」可憐申守堯的搭連袋，那裏有什麼銅錢！但是小狗子開口，又不好回他沒有，只得仍舊進去，同太太商量。太太道：「我前天當的當，只賸了二十三個大錢，在褥子底下，買半升米也不𣊬，今日又沒有米下鍋，橫豎總要再當的了，你就數八個給他，餘下的替我收好，我還要用兩天呢！」霎時申守堯把錢拿了出來；小狗子爬在地下，給申老伯磕了一個頭，方才接過銅錢，一頭走，一頭數了出去。

小狗子去了，申守堯聽了聽，後面沒有聲息，曉得太太已經把老媽解勸好了，不至於問他要錢，於是一塊石頭放下。這天仍是太太叫老媽出去當了當，買了米來，才有飯吃。

等到做好，太太一頭吃飯，一頭數錢道：「當初我嫁你的時候，並不想什麼大富大貴，只圖有碗飽飯吃也夠了。後來你出來做官，我們老人家還說：『如今好了，某人出去做了官，你可以不愁的了。』人家做官，是升官發財；誰曉得我們做官，是越做越窮，眼前當都沒得當了！照此一天一天的下去，叫我怎麼樣呢！」申守堯聽了太太的話，滿面羞慚，說道：「我自從出來做官，也總算巴結的了，衙門牌期，沒有一回不到。時運不濟，叫我也沒法想！」說罷，連連歎氣。太太更是撲簌簌的淚如雨下，索性飯亦不吃了。申守堯看了這個樣子，亦只吃了半碗飯；湊巧有朋友來找他，也就出去了。

* * *

向來申守堯吃了中飯出門，一定是要半夜裏才回來。這天出去了，不到兩個鐘頭，就回來了。一進門拍手跳腳竟把他高興的了不得。太太見了，反覺希奇，問他：「為什麼大早就回來？」他說：「好了，好了。我們做佐班的，向來是被人家壓住了頭做的，沒有人拿我們當作人的。如今好了，有了出頭之日了。」太太問他：「怎麼有了出頭之日？」申守堯道：「我剛才同朋友出門，走到素來我同他商量借錢的胡太爺家。齊巧胡太爺出差回來，稟見藩臺，藩臺同他說：『剛剛從院上下來，制臺今天已有過話：自從明天起，凡是佐雜一班，一概有個坐位；不像從前，只是站著見了。』制臺還說：『大小都是皇上家的官，我瞧他不起，便是褻瀆朝廷的命官。坐了下來，他們有什麼話，都可以同他們談談。』太太，你想這位制臺，也總算好的了。想我候補了十幾年，真正氣也受夠了。到底如今彼此坐下談兩句，他也好曉得曉得我。你不記得今年八月裏，算命的還說我今年流年，臘月大利；看來就此得法，也未可知。而且還有一樣，藩臺見制臺，也不過有個坐位；如今我們佐班，竟同藩臺一樣，你想這一跳跳的多高！」

太太聽了，尋思了半天，說道：「慢著，你從前不是對我說，你們做官的，並不分什麼大小，見制臺就同哥兒兄弟一樣？怎麼你今兒又說從前都是站著見他呢？站著見他，不就合他的二爺一樣嗎？」申守堯臉上一紅，一時回答不出，歇了好一會，才說道：「如今好了，是用不著站著見他了。」

一面吱唔，一面心上尋思：「難怪他們婦道之家，不懂得我們當佐雜的，連制臺衙門裏的一條狗還不如！能夠比上他的二爺倒好了！」正想著，又聽得太太說道：「你不要騙我了。你站著見也好，坐著見也好，就是跪著見也好，我只要有錢用，有飯吃，不要當當就好了。」申守堯道：「你不要愁，如今興了這個規矩，以後就有了指望了。你等著罷！」太太也不理他。

本來次日申守堯是不上衙門的；因為制臺有了這句話，又說檢班次老的，一天先傳見二三十員；自己算了算：「論起資格來，雖然還不算得十二分老，論不定制臺高興或者多見幾個，也未可知。與其臨傳不到，還是早去伺候的為是。」主意打定，次日一早，仍舊是老媽拿了衣帽跟著，到了制臺衙門。

頭天制臺的話，早已傳徧的了；所以到了這天，那些佐貳老爺，都興頭的了不得，上衙門的格外來得多。中守堯到了制臺大堂底下，換好衣帽，會見秦梅士，隨鳳占一干人。隨鳳占說是昨晚已蒙藩憲掛牌，今天稟見，帶著稟辭；又說蘄州吏目一缺，打聽得近兩年來，全被前任弄壞了；見了制軍，有些話要得當面請請示。秦梅士亦預備下多少話，見了制軍要面稟。一干人正在那裏竊竊私議，只見藩臺，臬臺，糧道，鹽道，以及各著名局所總辦，道班，府班，首府，首縣，同州縣班實候缺補，一起一起的進去出來。從藩臬起，首府止，出來上轎的時候，一班佐雜老爺，都趕著走出來站班。那些大人們，有兩位客氣的，還同他們點點頭；有幾個架子大的，便亦昂頭不顧的走出去了。各官自清早七點鐘上院，一等等到十二點，制臺方才統通見完。

然後巡捕拿手本下來，說是傳見三十位佐班。某人某人，叫著名字，叫了上去，依著齒序，魚貫而入，不得攙前落後。各位太爺雖然高興，畢竟是第一次上臺盤，由不得戰戰兢兢，上下三十六個牙打對。還有幾個名字在後的，恐怕不能露臉，便越過幾個人跳上前去；前頭的人又不答應，便上前去拉他們；後頭的不服，又同前頭的吵鬧起來。巡捕官等得不耐煩，連連催道：「快些罷！有話下來說。我瞧你這些太爺，怎麼好啊！」那些太爺被巡捕吆喝了兩句，不敢作聲，一齊放放馬蹄袖，跟了進來。

走到會客廳上，制臺已經站在中間。傳諭不要磕頭，大家團團請了一個安。制臺攤了一攤手，說了一聲「坐」，便團團的坐了下來。有些人兩隻眼睛，只管看著大帥，沒有照顧後面，也有坐在茶几上的；也有一張椅子上已經有人坐了，這人又坐了下去，以致坐無可坐，又趕到對面，在廳上兜了一個大圈子的；亂了半天，方才坐定。大家必恭必敬，聲息俱無，靜聽大帥吩咐。

只聽得賈制臺說道：「現在各處官場體制，佐雜見首府，多半都是站班見的，不要說是督撫了。我如今破除成例，望你們大家都知道自愛才好。這兩天事情忙，過幾天我還要挨班傳見，當面考考你們。各位聽清爽了沒有？」起先眾人聽制臺說要考試，早已彼此面面相覷，一聲回答不出。等到臨了問：「大家聽見了沒有」，方才有兩個答應了一聲。制臺見話已說完，無可再說，只得端起茶碗送客。

隨鳳占進來的時候，原預備有許多說話面稟的；及至見了制臺，不知不覺，就像被制臺把他的氣逼住了，半個字也說不出；眾人答應「是」，也只得答應「是」，眾人端茶碗，也只得端茶碗。剛剛把茶碗端起，忽聽得拍撻一聲，不知是誰的茶碗跌碎了。定睛看時，原來是坐在末二位那位太爺，不知怎樣會把茶碗跌在地下，碰得粉碎，把茶潑了一地，連制臺的開氣袍子，都濺潮了。制臺一面站起，抖抖衣裳上的水，一面嘴裏說道：「這是怎麼說！這是怎麼說！」急的那位太爺蹲在地下，拿兩隻馬蹄袖，擄那打碎磁片子，弄得袖子盡濕；嘴裏自言自語的，說：「卑職該死！卑職該死！打碎茶碗，卑職來賠！」制臺也不理他。那人擄了一會，無法可想，也只得站了起來。眾人至此，方看明白，打碎茶碗的不是別人，正是申守堯。

原來他此番得蒙制臺賞坐，竟自以為莫大之榮寵，一時樂得手舞足蹈，心花都開；一見端茶送客，正想趕著出來，以便誇示同僚。豈知那茶碗托子是沒有底的，湊巧他那碗茶，又是才泡的開水滾湯，連錫托子都燙熱了；他見制臺端茶，忙將兩手把碗連托子舉起，不覺燙了一下，一時要放不敢放，一個不當心，誤將指頭伸在托子底下，往上一頂，那茶碗拍拉托一聲，翻倒在地下來了！此時眾人既看清是申守堯，直把他羞得滿面緋紅，無地自容。制臺拿他望了兩眼，想要說他兩句，又實在無可說得；只站起身來，回頭對巡捕說道：「以後還是照舊罷。這些人是上不得臺盤，擡舉不來的！」說完了這句，也不送客，一直逕往裏頭去了。

這裏眾人先還不敢走，只見制臺的一個跟班進來說道：「諸位太爺不走等什麼！還想大人再出來送你們嗎？倒合了一句俗話，『鼻子上掛鮝魚』，叫做休想。」眾人聽說，只得相將出來。申守堯思思索索的，跟在眾人後頭，走的很慢。那爺們又說道：「剛才大人的話，可聽見了沒有？這廳上的椅子，除了今天，明天又沒得坐了。如果捨不得，不妨再進來多坐一會去。」眾人雖明曉得他是奚落的話，但奈何他不得，只好低著頭，退了出去，仍走到大堂底下。

秦梅士年老嘴快，首先走來，把申守堯埋怨一頓，說：「我們熬了幾十年，才熬到這們一個際遇，如今又被你鬧回去了。你一人的成敗有限，這是關係我們佐班的大局的，怎麼能夠不來怪你呢！」申守堯自知理屈，不敢置辨。還是隨鳳占為人圓通，忙過來解勸道：「惟其只有今天坐得一次，越顯得難得之機會。將來我們這輩人，千秋之後，這件事行述上都刻得的。老前輩以為何如？」眾人議論了一回，各自散去。隨鳳占隨又分赴別位大憲衙門，叩謝稟辭，預備上任。

* * *

且說：他這個吏目，在湖北省佐貳實缺當中，雖然算不得好缺，比較起來，還算中中。隨鳳占自己又抱定了一個宗旨，叫做事在人為。他的意思，以為各種樣缺，總要想法自己去做，決沒有賠累的。他捐了花樣，新選到省，手中本來略有幾文。因為吏目是從九品，上任之後，轎子跟前，只能打把藍傘；鄉下人不懂得，還說這轎子裏的老爺是穿服的。心想藍傘實在不好看，要捐個五品銜又夠不上。齊巧有人用他十二塊錢，抵押給他一張空白五品翎頂獎札。他得了這個，非凡之喜，立刻穿戴起來。手本上居然加了「藍翎五品頂戴」六個小字。又想在省裏，做那四副銜牌帶去：一副是「蘄州右堂」，一副是「五品頂戴」，一副是「賞戴藍翎」；那一副湊不出，想了半天，忽然想起：「我的五品翎頂，是軍功上來的。」便湊了一副「軍功加三級」。把四副的銜牌湊齊，找了個漆匠，加工製造，五天包好，帶去上任。

到了蘄州，照例先去稟見堂翁區奉仁。知州大老爺沒有官廳，右堂太爺至此，只得先下門房，見了門政大爺，送過門包；自然以好顏相向，彼此如兄若弟的，鬼混了半天。門政大爺隨口編得了幾句恭維的話。隨鳳占亦說了些「諸事拜求關照」的話。等到裏頭堂翁請見，跟著手本進去，一般花衣補服，燦爛奪目。同堂翁區奉仁，雖然在省城裏已經見過，不能算數，重新磕頭行禮。區奉仁讓他坐下。彼此敷衍了幾句，端茶送客。

隨鳳占辭了出來，預先託過執帖門上，凡是堂翁衙裏官親老夫子，從帳房起，錢穀，刑名，書啟，徵收，教讀，大少爺，二少爺，姑爺，表少爺，由執帖門上領著，一處處都去拜過，每處一張小字官銜名片。也有見著的，也有擋駕的，連堂翁的一個十二歲的小兒子，他還給他作了一個揖。又託執帖門上，拿手本替他到上房裏給太太請安，太太說不敢當，然後退了出去。其時一個州衙門，已經大半個走徧了，下來之後，仍在門房裏歇腳。

門口幾位拿權的大爺，是早已溜的熟而又熟，就是堂翁的跟班，隨鳳占亦都一一招呼過。三小子倒上茶來，還站起來，同他呵一呵腰，說一聲：「勞駕！」跟手下來拜同寅，拜紳士，所有大小鋪戶，轎過之處，一概飛片。整整拜了一天客，未曾拜完。

預選吉日，是第二天臘月十九，接鈐任事。到了這天，地保辦差，招了無數若干的化子，替太爺打著傘，抗著牌。又弄了兩個鼓手，一個打鼓，一個吹嗩吶，一路吡哩叭喇鼕，一直吹進了衙門。隨鳳占身穿朝服，下了轎，一樣三跪九叩首，贊禮生吆喝著，接過了木頭戳子。因為上有堂翁，放不得炮，只放了兩掛一千頭的鞭炮來。便是改換公服，升堂受賀，啟用木戳，自有他那手下的一班人，向他行禮。退堂之後，接著又到堂翁跟前，稟知任事，照例三天，衙門情形不用細述。

* * *

隨鳳占雖係初任，幸虧是世代佐班，一切經絡，都還牢記在心，並不隔膜。他曉得做捕廳的，好處全在三節；所以急急趕來上任，生恐怕節禮被前任預支了。到地頭的頭一天，稟見堂翁下來，就到鹽公堂，以及各當鋪等處，拜會管事人。見面之後，無非先拿人物一派臭恭維，慢慢的談及缺分清苦，以後全仗諸位幫忙，然後再談到年下節敬一層。

蘄州城廂裏外，一共有七家當鋪，內中有兩家當鋪，是新換擋手，只知道年下送捕廳有此一分禮；那署事的，預先託人來預借，擋手的不曉得新選實缺就要來的，以為早晚都是一樣，他既來借，落得送個人情。有兩家老硬的，卻執定要到年下再送，預先來借，竟其一毛不拔。那署事的，卻也拿他無可如何。還有兩家通融辦理，等他來借，只借給他一半；譬如：一向是送兩塊洋錢的，先叫他帶一塊去，說明白那一塊須留送正任。那署事的亦只好罷手。內中只有鹽公堂的管事人，因同這位署事的是同鄉，見他來借，另外送了他兩塊，說是彼此鄉情，格外送的程儀。至於正項，須得到年下方好支送。那署事的為鹽公堂的節禮，向比別處多些，不肯輕輕放過，便說：「從中秋到年下，一共是一百三十五天，我做了一百二十來天，這筆錢應該我得。」他雖如此說，無奈人家只是不肯送，便也無可如何，只得罷手。

單說：隨鳳占自到蘄州之後，東也拜客，西也拜客，東也探聽，西也探聽；不上三天，居然把前任署事的一本帳簿，都打聽得清清楚楚，放在肚裏。自己又去同人家講：「兄弟本來今年是不打算到任的了；只因憲恩高厚，曉得年底下總有點出息，所以上頭才叫兄弟趕了來的。兄弟倘若隨隨便便，不去頂真，不特自己對不住自己，並且辜負上頭的一番美意。至於一切照例規矩，料想諸位定是按照舊章。」說到這裏，禁不住強作歡顏，哈哈一笑，接著又道：「兄弟是實缺，彼此以後相聚的日子正長，將來叨教的地方甚多，諸位一定是照應兄弟的，還用兄弟多慮嗎？」說罷，又哈哈大笑。

他一連走了多處，都是如此說法，有幾家年禮未被前任收去的，聽了他話，樂得做個順水人情。有兩家不懂得這裏頭訣竅，已經預先在前任面上，做過好人，聽此說話，卻不免有點後悔。閒話少敘。

卻說：隨鳳占接印下來，忙叫自己的內弟，同了一個心腹跟班，追著前任，清算交代，一草一木，不能短少，別的更不消說了。前任移交下來，一共是五隻吃茶的蓋碗，內中有一隻，沒有蓋子。這邊點收的時候，那個跟班的一個不當心，又跌碎了一隻蓋子。無奈這跟班的，又想自己討好，不肯說是跌碎了，見了老爺，只推頭說是前任只交過來三隻有蓋子的；以為一隻茶碗蓋子，為價有限，推頭在前任身上，老爺或者不好意思再去問他討，這事就過去了。誰知這位太爺，一根針也不肯放鬆，定規不答應，逼著跟班的找前任去討蓋子：「倘若沒有，就剝下他的王八蓋來給我。」那跟班心上是明白的，自己打破了，怎麼好向人家去討呢？於是賴著不肯去。

隨鳳占罵跟班說：「跟了我這許多年，如今越發好了，幫著別人，不幫著我老爺，一點忠心都沒有了！」跟班被他催得無可如何，只得出去，打了一個轉身，仍舊空著手回來，說：「沒有。」隨鳳占不免又拿他埋怨了一頓，怪他無用，一定要自己去討，後來還是被舅老爺勸下的。

交代算清，聽說前任明天就要回省。他一聽不妙，忙忙的連夜出門，找齊了城廂內外地保，叫他們去吩咐各煙館，各賭場，以及私門頭窰子，凡是右堂太爺衙門有規矩的，都通知你們，一概不准付。「倘若私自傳授，我太爺一定不算，從新要第二分的。況且他是署事，我是實缺，將來他們這些人，都是要在我手底下過日子的。如果不聽吩咐，叫他們以後小心！」著地保分頭傳命去後，他一想：「煙館，賭場，窰子等處，是我吃得住的。唯獨當鋪，都是些有勢力的紳衿開的，有兩家已被前任收了去，年下未必肯再送我，豈不白白的吃虧！這事須得趁早向前任算了回來，倘若被他走了，這錢問誰去要呢？」

主意打定，立刻親自去拜望前任。前任聽說他來，只得出來相見。只見他進門之後，勉勉強強作了一個揖。歸坐之後，把臉紅了幾陣，要說又不爽爽快快的說，吞吞吐吐了半天，才說道：「兄弟今日過來，有一樁事情要請教。……」說到這裏，又咽住了，歇了一會，又說道：「論理呢，兄弟世代為官，這幾個錢也見過的。但是既然犯了本錢出來做官，所為何事，倘若一處不計較，兩處不在乎，這也可以不必出來現世了。這事論不定，還是他們因我們新舊交替，趁空朦蔽，也未可知。所以兄弟不得不過來言語一聲，大家明明心迹，這就不為小人所欺了。」前任署事的，見他說了半天，只是繞圈子裏，還沒有說到本題；雖然心上也有點數，究為何事，不得而知；楞在那裏，不作一聲。

隨鳳占見他不答，只得又說道：「所為的並非別事，就是年下節禮一層；這筆錢雖然有限，也是名分所關，所謂『有其舉之，莫敢廢之』，我們也犯不著做什麼好人不要。但是這筆錢，兄弟一向是曉得的，總得拖到年下，他們方肯送來。有幾處脾氣不好的，弄到大年三十，還不送來；總要派了人到他們店裏去等，等到三更半夜，方才付了出來。我說他們這些人是犯賤的，一定要弄得人家上門，不知是何打算。」前任署事的，聽他如此講，方才順著他的嘴說道：「這班人真是可惡得很，不到年下，早一天決計不肯通融的。」隨鳳占忽然把臉一板道：「兄弟說的是別省外府州縣，都是這個樣子。誰知此地這些人家，竟其大謬不然。」前任聽了他的說話，曉得他指的是自己，面子上只得做出詫愕的神氣，裝作不懂。

隨鳳占又笑嘻嘻說道：「做官的苦處，你老哥是曉得的。我們這個缺，一年之計，在於三節；所以兄弟一接印之後，就忙忙的先去打聽這個。這也瞞不過我兄，這是我們養命之源，豈有不上勁之理！誰知連走幾家，他們都說這分年禮，已被老兄支來用了。兄弟想兄弟是實缺，老兄不過署事，倘若兄弟是大年初一接印，這筆錢自然是歸老兄所得；倘若是二十九接印，年裏還有一天，這錢就應兄弟得了。兄弟聽他們說話奇怪，心想吾兄是個要面子的人，決不至於如此無恥。而且他們這筆錢，一向非到年下不付，何以此番忽然慷慨肯借？所以疑心他們趁我們新舊交替，兩面影射。兄弟一向是事事留心，所以今天特地過來，請教一聲，以免為所朦蔽。」前任署事的，聽他此話，一句回答不出。

隨鳳占又道：「我曉得老哥決不做對不住朋友的事情；咱倆一同到兩家當鋪裏去，把話說說明白，也明明你老哥的心迹。」說罷，起身要走。前任署事的，只是推頭明天要動身，收拾行李，實在沒有工夫出門。隨鳳占道：「老哥不去，豈不被人家瞧著真果的同他們串通，已經支用了嗎？」前任一想：「這事遮遮掩掩，終不是個了局，不如說穿了，看他如何。」

想定主意，便哼哼冷笑了兩聲，說道：「你老哥也太精明了！固然你是實缺，兄弟是署事，你說你是憲恩高厚，叫你來收節禮的；難道兄弟不是上憲栽培，就會到這裏來呢？辛苦了一節，好容易熬到年下，才收人家這分節禮。我們算算日子看，你到任不過十幾天，我兄弟在任一百多天，論理年下的這分禮，統通都應該我收才是。你是實缺，做得日子長著哩，自然該我們署事的占點便宜。」隨鳳占見他直認不辭，不覺氣憤填膺，恨恨的說道：「那可不能，通天底下沒有這個道理。照此說來，一定這個錢，已經被你支了用了；我趕了來做什麼的。我同你老實說：彼此顧交情，留個面子，這點小事情，我也不追究了。你把這預支的年禮，快快的替我吐了出來，大家客客氣氣；如果要想賴，不肯拿出來，哼哼，我不同你講理，我們同去見堂翁，等堂翁替我評評這個理去。」

前任署事的，聽他說話強橫，便也不肯相讓，連連說道：「見堂翁就見堂翁，我亦不怕他什麼。」隨鳳占見他不怕，立刻走上前去，一把胸脯，說了聲：「我們同去！」前任署事的，見他動手，也乘勢一把辮子。兩個人從右堂扭了出來，一扭扭到正堂的宅門裏頭。把門的是認得的，連忙上前相勸；誰知兩個人都用死力揪住不放，再三的拉亦拉不開。兩家的管家都跟著。

一揪揪到門房裏，只見執帖門上，同了幾位門政大爺，正在那裏打麻雀牌哩！見了這個樣子，一齊上前喝阻。隨鳳占說：「他眼睛裏太沒有我實缺了。我要見堂翁，請堂翁替我評評這個理。」前任亦說：「一共總我只收到人家四塊錢的節禮，這錢也是我名分應得的。他要見堂翁，我就陪他來見堂翁。我沒有短處，不怕什麼。」幾位門政大爺，聽了他二人說話，無可袒護；只得上來勸的勸，拉的拉，好容易才把他兩位拉開。

州裏執帖門跺著腳說道：「你二位這是怎麼說呢！說起來大小是個官，怎麼連著一點官禮都不要了！快別這個樣子，叫上頭聽見了生氣，就是旁人瞧著，也要笑話的！有什麼話，我們當面講講開，俗語說的好，叫做是『君子動口，小人動手』；怎麼你二位連這二句話都不曉得嗎？」

他倆扭進來的時候，各人都覺著自己理長，恨不得見了堂翁，各人把各人苦處訴說一頓。及至被接帖大爺訓斥一番，頓時啞口無言，不知不覺，氣燄矮了大半截，坐在那裏一聲不響。執帖門上又叫三小子絞手巾，給他倆擦臉；又叫泡蓋碗茶，著實殷勤。那班打麻雀牌的人，也不打了，一齊拿眼睛釘住他倆，聽他說些什麼。始終隨鳳占熬了半天，熬不住了，把前任預支年禮的話，原原本本述了一遍。前任見他開口，也搶著把他的苦況，陳說一番，又說：「可憐我到了臨要交卸的幾天，是一點勢力也沒有了！那些人真正勢利，向他們開口，說到舌敝唇焦，止有一家兩家，拿出來兩塊大洋，一共總止有四塊大洋。你看，他就鬧到這個樣子。」隨鳳占道：「怎麼四塊還嫌少，依你要多少？」

前任還未開口，只聽一個打牌的人說道：「真是你們這些太爺眼眶子淺，四塊錢也值得鬧到這個樣子！我們打麻雀，只要和上一百副就有了；旁家和一百副，做莊還不要，四塊錢，什麼希奇，我昨天還輸了四十多塊哩！」執帖門道：「老哥，誰能比得上你？你們錢漕大爺，一年好幾千的掙；人家當小老爺，做上十年官，還不曉得能夠賺到這個數目不能。」錢漕道：「我有錢賺，我可惜做不著老爺；他們大小總是皇上家的官。」又一個同賭的道：「罷罷罷！你們沒瞧見他們剛才一路扭進來的時候，為了四塊洋錢，這個官簡直也不在他們二位心上；倘若有幾千銀子給他們賺，只怕叫他們不做官都情願的。你老哥眼饞他倆做官，我來做個中人，你倆就換一換，可好不好？」錢漕門道：「我有錢了，我不會自己捐官；我為什麼要人家的？」那個同賭的道：「我只要有錢賺，就是給我官做，我亦不要。」眾人你一句，我一句，直把個隨鳳占同前任羞得無地自容；也深悔自己孟浪，如今坍臺坍在他們這一班奴才手裏。

當下隨鳳占也沒有再說別的，淡淡的談了兩句，自行回去，至於那前任，另有同他說得來的人，早拉他到別的屋裏去了。一天大事，瓦解冰消。

一直等到年下，隨鳳占還差人到那兩家當鋪去討年禮。人家回稱早就送過了。隨鳳占道：「我沒有收到，不能算數。」以後說來說去，大家總念他大小是個朝廷的官，將來論不定，或者有仰仗他的地方，也就不肯過於同他計較，又每家送了他一隻大洋，方才過去。

* * *

正是光陰似箭，日月如梭，轉瞬間三春易過，已到四月。向例各屬犯人，到了這時候，定須解往省城，由大憲訂期會訊詳察，有無冤枉。這日巡撫司道，統通朝服升堂，提犯勘驗，其名謂之「秋審大典」，其實不過點名過堂。大員之中，有好名的，還捐幾文錢，買些蒲扇，痧藥之類，賞給那些犯人，實則為數亦甚有限。名字說是「秋審」，及至犯人上堂之後，就是有冤枉，那坐在上頭的幾位大人，實在也沒閒工夫同犯人說話；所以這一審，俱是虛應故事。閒話休提。

且說：蘄州是黃州府該管，到了這個時候，府太尊便把閤屬的捕廳，開了單子，酌派兩位，解犯進省。這趟到省，不定有一月半月耽擱，本缺未便久懸，例在分府候補佐貳當中，輪派兩人前往代理，亦是調劑屬員的意思。這年府太尊所委兩人，偏偏有隨鳳占在內。到得四月初十邊，本府公事，跟著府委代理的，一同下來。隨鳳占照例交卸，解犯上省。倘若到省沒有耽擱，約計四月底，五月初，就可回來，趕收節禮，尚不為晚。設遇有事遲至節後，亦未可知。隨鳳占奉到此札，心上甚是懊悶。但是太尊所委，便也無可如何，只得將鈐記交與代理人看管，自己跟手整頓行裝，急急進省。

不料到省之後，各屬犯人，剛剛這天到齊，臬臺正要請撫臺幾時秋審，偏偏這天得了病症，請了幾個大夫，都醫不好。又有人說：撫臺犯的是外症，面目浮腫，很不好看；嘴裏還有一股氣味，叫人聞了噁心。後來請到了一位外國大夫，方才有了把握，配了幾瓶藥水，送給撫臺吃過。據外國大夫說：吃了這個藥水，有什麼病症，一齊從小便裏出去，決不會上頭面的了。但是一時總得避風，不能出外見客。因此就把這「秋審」一事，耽誤下來，一班實缺捕廳太爺，眼巴巴望著，恨不得早把此事辦過，也可以早些回任；無奈撫臺病著，一時不能舉行；公事不完，不敢擅離省城一步，各位太爺異常焦躁。

書中單表：隨鳳占隨太爺，只因端節就在目前，一時不能回任，眼看著一分節禮，要被人家奪去，更是茶飯無心，坐立不安。等到四月二十六這一天，聽得同寅說撫臺的病，雖有轉機，但一時總難出外，必須節後方能舉行秋審。他一聽此信，猶如渾身澆了一盆冷水一般。回寓後一言不發，躊躇了半夜，方想出一條主意來。他想：「照此樣子下去，不過閒居在省，一無事事；我何如趁此擋口，趕回蘄州，就騙人家，說是公事已完。人家見我回來，自然這節禮決計不會再送到別人手中去了。等到節禮收齊，安安穩穩，過完了節，我再回省。神不知，鬼不覺，豈不大妙！」

主意打定，立刻叫家人收拾行李，出城過江，趁了下水輪船，逕向蘄州進發。臨走的時候，有同他住在一起一位同差的，問他那裏去。他說：「接到家信，太太在蘄州生產，家裏沒人照應，不得不親自回去。這裏的事，千萬拜託老兄，不要說破。」人家見他說得如此懇切，這種順水人情，自然樂得送的，便亦無話，聽其自去。

誰知他老人家回到蘄州，既不稟見堂翁，亦不拜客，並不與代理的見面，天天鑽在那幾爿當鋪裏，或是鹽公堂裏走走。同人家說：「我已經回來了，幾時幾日接的印。」人家都信以為真。到了五月初三，所有的禮物，都被他收了去了。那代理的人，起先聽說撫臺有病，把「秋審」一事擱起，曉得實缺一時不得回來，滿心歡喜，以為這分節禮，逃不出我的掌握之中。那知等到初五早上，依然杳無消息；趕緊著人出去打聽，纔知道早被隨太爺半路上截了去了。這一氣非同小可，立刻出門查訪，後在一爿小客棧裏，把隨太爺找著。見面之後，不由分說，拿隨太爺一把辮子，說他擅離職守，捏稱回任，定要扭他到堂翁跟前，請堂翁稟明太尊，請示定奪。隨太爺亦不肯相讓，因此彼此又衝突起來。

要知後事如何，且看下回分解。

第四十五回　擅受民詞聲名掃地　渥承憲眷氣燄薰天

卻說：正任蘄州吏目隨鳳占，被代理的找著，扭罵了一頓，隨鳳占不服，就同他衝突起來。代理的要拉了他去看堂翁，說他擅離差次，私自回任，問他當個什麼處分。隨鳳占說：「我來了又沒有要你交印，怎麼好說我私自回任？」代理的說：「你沒接印，怎麼私底下好受人家的節禮。」隨鳳占說：「我是正任，自然這個應歸我收。」代理的不服，一定要上稟帖告他。畢竟是隨鳳占理短，敵不過人家，只得連夜到州裏，叩見堂翁，託堂翁代為斡旋。

這日州官區奉仁，正辦了兩席酒，請一班幕友官親，慶賞端陽。正待入座，人報前任捕廳隨太爺坐在帳房裏，請帳房師爺說話。帳房師爺不及入席，趕過來同他相見。只見他穿著行裝，一見面先磕頭拜節，帳房師爺還禮不迭。磕頭起來，分賓歸坐。帳房師爺未及開談，隨鳳占先說道：「兄弟有件事，總得老夫子幫忙。」帳房師爺到此，方問他差使是幾時交卸的，幾時回來的。隨鳳占見問，只得把生怕節禮被人受去，私自趕回來的苦衷，細說了一遍。又說：「代理的為了此事，要稟揭兄弟；所以兄弟特地先來求求老夫子，堂翁跟前，務求好言一聲，感激不盡！」說完，又一連請了兩個安。

帳房師爺因為他時常進來拍馬屁，彼此極熟，不好意思駁他。讓他一人帳房裏坐，自己到廳上，一五一十告訴了東家區奉仁。奉仁亦念他素來恪守下屬體制，聽了帳房的話，有心替他幫忙。便讓眾位吃完了酒，等到席散也有十點多鐘了，然後再把隨鳳占傳上去。面子上說話，少不得派他幾句不是；隨鳳占亦再三自己引錯，只求堂翁栽培。區奉仁答應他，等把代理的請了來，替他把話說開。

正待送客，齊巧代理的拿著手本也來了。區奉仁連忙讓隨鳳占仍到帳房裏坐，然後把代理的請了進來。代理的見了堂翁，跪在地下，不肯起來。區奉仁道：「有話起來好說，為什麼要這個樣子呢！」代理的道：「堂翁替卑職作主，卑職纔起來。」區奉仁道：「到底什麼事情呢？」代理的道：「卑職的飯，都被隨某人一個人吃完了。卑職這個缺，情願不做了。」區奉仁道：「你起來，我們商量。」一面說，一面又拉了他一把，於是起立歸坐。

區奉仁又問：「到底什麼事情？」代理的道：「卑職分府當差，整整二十七個年頭，前頭洪太尊，陸太尊，卑職統通伺候過。就是代理，大小也有五六次，也有一月的，也有半月的。」區奉仁道：「這些我都曉得，你不用說了。你但說現在隨某人同你怎樣？」代理的道：「分府當差的人，不論差使署缺，都是輪流得的，卑職好容易熬到代理這個缺。偏偏碰著隨某人，一時不能信任，節下有些卑職應得的規矩，……」不想說到這裏，區奉仁故意的把臉一板道：「什麼規矩，怎麼我不曉得？你倒說說看！」

代理的一見堂翁頂起真來，不由得戰戰兢兢的，陪著笑臉回道：「堂翁明鑑：就是外邊有些人家送的節禮。」區奉仁聽了，哼哼冷笑兩聲道：「吠，原來是節禮啊！」又正言厲色問道：「多少呢？」代理的道：「也有四塊的，也有兩塊的，頂多的不過六塊，一股腦兒也有三十多塊錢。」區奉仁道：「怎麼樣呢？」代理的撇著哭聲回道：「都被隨某人收了去了，卑職一個沒有撈著！卑職這一趟代理，不是白白的代理，一點好處都沒有了麼！所以卑職要求堂翁作主。」說罷，從袖筒管裏抽出一個稟帖，雙手捧上，又請了一個安。看那樣子，兩個眼泡裏含著眼淚，恨不得馬上就哭出來了。區奉仁接在手中，先看紅稟由頭，只見上面寫的是：「代理蘄州吏目，試用從九品錢瓊光稟：為前任吏目偷離省城，私是回任，冒收節敬，懇恩作主由。」區奉仁一頭看，一頭說道：「他是正任，你是代理，只好稱他做『正任』。」又念到「私是回任」，想了一回道：「吠！私自的『自』字寫錯了！但是他沒有要你交卸，說不到『回任』兩個字。」又念過末了一句說道：「亦沒有自稱『節敬』的道理。虧你做了二十七年官，還沒有曉得節敬是個私的。」順手又看白稟，只見「敬稟者」底下頭一句，就是「竊卑職前任右堂隨某人」。區奉仁也不往下再看，就往桌子上一撩，說道：「這稟帖可是老哥的手筆？」錢瓊光答應一聲：「是！」又說：「卑職寫得不好。」區奉仁道：「高明之極！但是這件事，兄弟也不好辦。隨某人呢，私自回來，原是不應該的；但是你老哥告他『冒收節敬』，這『節敬』可是上得稟帖的？我倘若把你這稟帖通詳上去，隨某人固不必說，於你老哥，恐怕亦不大便當罷！」錢瓊光一聽堂翁如此一番教訓，不禁恍然大悟，生怕堂翁作起真來，於自己前程有礙，立刻站了起來，意思想上前收回那個稟帖。

區奉仁懂得他的來意，連忙拿手一掀，說道：「慢著！公事公辦，既然動了公事，那有收回之理？你老哥且請回去聽信，兄弟自有辦法。」說罷，端茶送客。錢瓊光只得出來。

這裏區奉仁便把帳房請了來，叫他出去，替他們二人調處此事。「隨鳳占私離差次，本是不應該的；現在罰他把已收到的節禮，退出一半，津貼後任。」隨鳳占聽了，本不願意。後見堂翁動了氣，要上稟帖給本府，方才服了軟。拿出十六塊大洋，交到帳房手裏。稟辭過堂翁，仍自回省，等候秋審不提。

* * *

這裏錢瓊光自從見了堂翁下來，一個錢沒有撈著，反留個把柄在堂翁手裏，心上害怕。在門房裏坐了半天，不得主意，只得回去。次日大早，仍舊跑了過來。門口的人一齊勸他上去見帳房師爺，他一想沒法，只得照辦。其時隨鳳占吐出來的十六塊洋錢，已到帳房手裏。只因他的人緣，不及隨鳳占來得圓通，及至見面之後，吱吱喳喳，又把臭唾沫吐了帳房師爺一臉，還沒有把話說明白，帳房師爺看他可憐，意思想把十六塊洋錢拿出來給他；回頭一想：「倘若就此付給他，他一定不承情的。」只得先把東家要通稟上頭的話，加上些枝葉，說給他聽，直把他嚇得跪在地下磕頭。然後帳房師爺，又裝著出去見東家，替他求情。鬼鬼祟祟了半天，回來同他說，東家已答應，不再提這事了；錢瓊光不勝感激。

至此，方慢慢的說道：「我兄弟念你老兄是個苦腦子，特地再三替你同隨某人商量，把禮節分給你一半，你倆也就不用再鬧了。」錢瓊光見了起初的情形，但願堂翁不要拿他的稟帖，通詳上去，已經是非常之幸；斷想不到後來帳房師爺，又拿出十六塊洋錢給他。把他感激的那副情形，真是畫也畫不出，立刻爬在地下，磕了八個頭；磕了起來，少說作了十來個揖，千「費心」，萬「費心」，說個不了，又託帳房師爺帶他到堂翁跟前叩謝憲恩。帳房師爺說：「他現在有公事，我替你說是一樣的了。」於是錢瓊光又作了一個揖，然後拿了洋錢，告辭出去。

回到自己捕廳裏，把十六塊洋錢拿出來，翻來覆去的看了半天。又一塊一塊的在桌上，釘了好幾回，一聽響聲不錯，格外感激那個帳房照應他，連一塊啞板的都沒有，總想如何酬謝酬謝他才好。一面想，一面取塊小手巾，把洋錢包好，放在枕頭旁邊。

跟手出去解手，解手回來，一個人低著頭走，忽然想到：「四月底城外河裏，新到了一隻檔子班的船，一共有七八個江西女人，有兩個長的很標緻。南街上毡帽鋪裏掌櫃王二瞎子，請過我一趟，臨行的時候，還再三的託我照應他們。我不如明天到那裏，叫他們替我弄幾樣菜，化上一兩塊錢，請這位老夫子補補他的情才好。」主意打定，回到屋裏，不知不覺，把剛才十六塊洋錢，陡然忘記放在那裏去了。桌子抽屜書箱裏面，統通找到，無奈只是無影無蹤，直把他急的出了一身大汗。找了半天，仍舊找不著，恍恍惚惚，自己也不辨是真是夢。於是和衣往牀上躺下，慢慢的想：「到底我剛才放在那裏的？」一會又怪自己記性不好，恨的像作什麼似的！不料偶一轉側，忽聽得噹的一聲，原來一包洋錢，小手巾未曾包好，被個小枕頭碰了一下，所以響的。

錢瓊光翻過身來，一看洋錢有了，立刻打開來，數了一數不錯，還是十六塊，這一喜更非同小可；連忙拿手巾包好，塞在身上袋裏。便起身叫管家到南街上，招呼王二瞎子，託他去到檔子班船上，叫他們明天晚上到館子裏，叫幾樣菜，說是要請州裏帳房師老爺吃飯；交代館子裏，菜要弄好些；再到船上收拾收拾乾淨。底下人奉命去後，他自己又盤算道：「明天請的客，自然是帳房師老爺首座。」忽又想起：我今兒在帳房裏，看見本官的二老爺，見了我，還問我這趟代理弄得好，有幾個錢；看來著實關切，也不好不請請他。我們在外頭，那裏不拉個朋友呢！屈指一算：「帳房老夫子一位，本官二老爺兩位，王二瞎子三位，連自己一共才有四個人。人頭太少，索性多請兩位；把南關裏鹹肉鋪老板孫老葷，東門外豐大藥材行跑街周小驢子，一齊請了來，大家熱鬧。料想他們聽見我請的是州裏二老爺，帳房師爺，他們一齊都要趕得來的。況且如此一請，人家曉得我同州裏要好，目下於我的事情，也不為無益。」

主意打定，正在洋洋自得，那差出去的管家，也回來了，回稱：「王二爺聽說老爺請州裏師爺吃飯，忙的他立刻自己出城，到船上去交代，連館子裏也是自己去的。」錢瓊光點點頭，又道：「我請的不但帳房師爺，還有區大老爺的二老爺哩！」管家出去，錢瓊光也就安寢。

畢竟有事在心，睡不大著。次日一早起身，洗臉之後，就趕過來，自己請客。先到門房，取出一張官銜名片，先上去稟見二老爺。執帖門上進去了一回出來，說道：「二老爺昨兒在房裏，叉了半夜麻雀。到了後半夜，忽然發起痧來，鬧到天亮才好的。如今睡著了，只好擋你老的駕罷！」錢瓊光一聽這話，不覺心中一個失望，嘴裏還說：「我今天備了酒席，誠心請他老人家賞光的。怎麼病起來了，真真不湊巧了！」

於是又親身到帳房裏，想當面去約帳房師爺。不料走到帳房裏，只見裏間外間桌子上面，以及牀上，堆著無數若干的簿子；帳房師爺手裏握著一管筆，一頭查，一頭念；旁邊兩個書辦，在那裏幫著寫。帳房一見他來，也不及招呼，只說得一句：「請坐！兄弟忙著哩。」錢瓊光見插不下嘴，一人悶坐了半天。值帳房的送上水煙袋，一吃吃了五根火煤子。無奈帳房還沒有完忙。只得站起身來告辭，意思想帳房出來送客的時候，可以把請他吃飯的話，通知於他。

誰知錢瓊光這裏說「失陪」，帳房把身子欠了一欠，說了聲：「對不住，我這裏忙著，不能送了，過天再會罷！」說完，仍舊查他的簿子。錢瓊光無法，只得出來。心想：「今天特特為為請他們吃飯，一個也不來，化了冤錢事小，被王二瞎子一班人瞧著，我這個臉擺在那裏去呢！」一回又怪帳房師爺道：「我專誠來請你吃飯，你不該只顧做你的事情，拿我擱在旁邊，一理不理。諒你不過靠著東家，騙碗飯吃，也不是什麼大好老，就這樣的大模大樣，瞧人不起！至於那位二老爺，昨天不病，明天不病，偏偏今兒我定了菜，他今兒病了，得知是真是假。他們既然不來，我也不希罕他們的。」

一面想，一面又走到門房裏，執帖門上見他沒精打彩的，便問：「錢太爺心上轉什麼念頭，很像滿肚皮心事似的？」誰知一句話，倒把錢瓊光提醒，一想：「二老爺帳房既然不來，我不如拿這桌菜，請請底下的朋友，人家看起來，一樣是州裏的人。只怕這幾位拿權的大爺，在堂翁跟前，說起話來，還比什麼帳房，二老爺格外香些！況且我自從到任至今，也沒有請過他們，今兒這局，豈不一當兩便？」於是就把這話，告訴了執帖門上，託他把錢漕，稿案，雜務，簽押，書稟，用印幾位有名目的大爺，統通請到。跟班人多，不能遍約，只約得跟班頭一位，說明今天是夜局。執帖門上明曉得他是請上頭請不到，所以改請他們的，便推頭：「沒有空，謝謝罷！」

錢瓊光也沒聽見，忙著又託這屋裏的三小子，替他去請客，一霎時三小子回來說：「稿案毛大爺，簽押盧大爺，恐怕晚上有堂事，不敢走開。雜務上朱大爺，用印的馬大爺，為了這兩天，上頭常常有呼喚，亦抽不得身。錢漕上陸大爺，為他二奶奶養孩子，請了假，已經兩天不來了。只有跟班上蕭二爺，說是等到老爺睡了覺，一定過來奉擾的。」三小子未說完，執帖門上又道：「他們統通不來，你為我一個人，何必要費事呢！」錢瓊光道：「還有蕭二爺同你倆呢！他們掃我的面子，難道咱們老弟兄，你還好說不來嗎？」於是又千叮萬囑，直至執帖門上點頭應允，方才告別。

回到自己衙內，心想：「他們竟如此瞧我不起，竟其一個不來；肯來的，又是拿不到權的人。」真正越想越氣！好容易熬到下午，王二瞎子親自跑來，說：「一切都預備好了。館子裏聽說請的是州裏師老爺，貼本都情願。但不知這位師爺，什麼時候才過來？」只見錢瓊光臉上紅了一陣，說道：「他們一齊體諒我，不肯叫我化錢，一定還要拉我在衙門裏吃飯。說著，就吩咐大廚房裏添菜。我想我今天的菜，已經託了你了，他們既然不來，我不好叫你為難，只得又請了兩位別的客。」王二瞎子道：「你早告訴了我，這菜可以推得掉的。但不知請的又是那兩位？」錢瓊光不好說請的是跟班上的，只含糊說了聲：「還是衙門裏的。」王二瞎子一聽，仍是衙門裏的人，就是聲光比帳房差些，尚屬慰情聊勝於無。依王二瞎子意思，還想等著衙門裏的人到齊，一塊陪出城，似乎面上有光彩些。錢瓊光是曉得的，跟班上蕭二爺，非得老爺睡了覺，是不得出來的；便說：「不必罷。我們先出去吃著煙，等他們罷！」

於是兩人步行出城，到了船上，一班女戲子迎了出來，一個個擦著粉，戴著花，妖妖嬈嬈的，「錢太爺」「王二爺」叫的應天響。錢太爺走進艙裏，只見居中擺了一張煙鋪，王二瞎子是大癮，見了煙鋪，就躺下了。船上女老班也進艙招呼，問衙門裏的老爺，幾時好來。王二瞎子不等錢太爺開口，拿指頭算著時候，說道：「現在是五點鐘，州裏大老爺吃點心；六點鐘看公事；七點鐘坐堂。大約這幾位老爺，八點鐘可以出城。」錢瓊光說：「那可來不及。我們這位堂翁，也是個大癮頭，每日吃三頓煙，一頓總得吃上一個時辰，這個時辰單是抽煙，專門替他裝煙的，一共有五六個，還來不及！此刻五點鐘，不過才升帳先過癮；到六點鐘吃點心；七點鐘看公事；八點鐘吃中飯；九點鐘坐堂；碰著堂事少，十點鐘也可以完了，回到上房吃晚飯過癮；十二點半鐘，再到簽押房看公事；打過兩點，再到上房抽煙；這頓煙一直要抽到大天亮。不過以後有上房裏的人伺候，跟班上的爺們，都可以沒事了。」

王二瞎子道：「他老這們大的癮，設若有起事來，怎麼樣呢？」錢瓊光道：「有起事來，或是進省上衙門，總是吞生煙。」正說著，孫老葷先來了，曉得要陪州裏的老夫子吃飯，特地換了一身簇新的衣服。王二瞎子道：「老董，今兒錢太爺是請你來做陪客的，不是請你來招女婿的，為什麼穿的衣服，同新女婿一樣呢？」孫老董道：「難得錢老父臺賞飯吃，請的又是州裏的老夫子，當然應該穿件新衣服恭敬些。」二個人閑談了好一回，船上又搬出些點心來吃過。

王二瞎子掏出錶來一看，九點鐘只差得五分了。不但州裏的客沒來，連著周小驢子也沒音信，大家甚是奇怪。又等了半個鐘頭，忽聽見船頭上有人叫喚，大家總以為是請的特客來了，一齊起身相迎。及至進艙一看，原來就是周小驢子，跑的滿身是汗，一件官紗大衫，已經透了半截了，一隻手只拿扇子扇個不了。王二瞎子勸他脫去長衫，又叫船上打盆水，給他洗臉。

錢瓊光便問他為何來得如此之晚。周小驢子道：「也是治弟的一個鄉親，他有個姑表妹妹，從前他姑媽在世的時候，有過話允許，把這個女兒，給我們這個鄉親做媳婦的；後來姑媽死了，姑夫變了卦，嫌這內姪不學好，把女兒又許給別人了。」錢瓊光道：「當初媒人是誰？」周小驢子道：「有了媒人倒好了！為的是至親，姑媽親口許的，用不著媒人。」錢瓊光道：「婚書總有？」周小驢子道：「這個不曉得有沒有。治弟為了這件事，今天替他們跑了一天，無奈說不合攏，看來恐怕要成訟的了。」錢瓊光道：「一無媒證，二無婚書，這官司是走天邊亦打不贏的。」

周小驢子道：「現在我們這鄉親情願……」說到這裏，又不說了。王二瞎子會意，拿嘴朝著錢瓊光一努，對周小驢子道：「擺著我們錢老父臺在這裏，你不託！該應怎麼辦法，大家商量好了，只要替你鄉親爭口氣。再不然，錢老父臺同州裏上頭下頭都說得來，還怕有辦不到的事嗎？」一句話提醒了周小驢子，忙說道：「他姑夫那邊只要出張票，不怕他不遵。」錢瓊光道：「單是出張票容易。兄弟自從到任之後，承諸位鄉親照顧，一共出過十多張票。不瞞諸位說：這票都是諸位照顧兄弟的。這件事兄弟衙門裏很可辦得，用不著驚動州裏的。」周小驢子道：「你老父臺肯辦這件事，那還有什麼說的。包管一張票出去，不怕他姑夫不把女兒送過來。捕衙的規矩，治弟是懂得的；如今我們這鄉親，他是有錢的主兒，我一定叫他多出幾文，俗語說得好，叫做『爭氣不爭財』，只要這件事扳過來，不但治弟面子上有光彩，將來敝鄉親還要送老父臺的萬民傘咧！」錢瓊光道：「全仗費心！你老哥今兒回去，叫他明天一早就把呈子送過來。兄弟這邊簽稿並行，當天就出票的。」

幾個人又閒談了一回。王二瞎子躺在煙鋪上，一連打了幾個呵欠。都說：「天不早了！怎麼請的客還不來？不要是忘記了罷？」錢瓊光道：「我有數的，他們早不得來，這時候也快了。」

又停了一會，只聽得岸上咕咕呱呱的，一片說笑之聲；走到岸灘上，又哼兒哈兒的，叫船上打扶手。霎時上得船來，錢瓊光急忙迎出去一看，原來來的止有一個蕭二爺。還有一個小爺們，是常常替堂翁裝水煙的，雖然面善得很，卻不曉得他姓甚名誰。當下不便動問，只問得一聲：「為什麼某人不來？」小爺們搶著說道：「老爺派他進省，他不得來，所以叫我來代理的。蕭大爺今天來代理執帖門，你說他闊不闊！」一面說，一面走進艙中，眾人一齊起身相迎。見面之後，都恭恭敬敬的作揖。不料這小爺們，是打扦打慣的，見了人一伸腿就彎下去了。眾人之中，亦止有錢瓊光還安還得快，那三個卻都不在行。王二瞎子幸虧被錢瓊光扶了一把，否則幾乎跌倒。

當下都勸他倆寬衣。只見這小爺們身材很小，卻穿了一件又長又大的紗大褂。錢瓊光認得這件大褂，是堂翁天天穿著會客的；再看手裏的潮州扇子，指頭上搬指，腰裏的表帕荷包，沒有一件不是堂翁的；

當面不便說破，心上卻也好笑。

一會歸坐奉茶。錢瓊光先問：「二位為什麼來的這樣晚？」蕭大爺先回答道：「九點半鐘，本來就可以來的；齊巧我們東家接到省裏一封信……，外頭還沒有人知道，先送個信給你，你明天一早好穿了衣裳，過來道喜。」錢瓊光忙問道：「堂翁有什麼喜事？」小爺們搶著說道：「我們老爺升了官了！」蕭大爺進來的時候，當著王二瞎子一班人，自己還想充做師爺，所以一口一聲的「我們東家」。今見小爺們說了聲「我們老爺」，他便把小爺們瞧了一眼，幸虧在場的人，都沒留意。

錢瓊光又接著問道：「堂翁高升到那裏？」小爺們又搶著說道：「或者武昌府，或者黃州府，都說不定。」蕭大爺道：「你別聽他胡說。我們東家，他身上本有個補缺後的同知直隸州，如今又保了個，保了個什麼……你看，我的記性真正不好，偏偏又忘記了。」一面說，一面又低著頭，皺著眉，閉著眼睛，想了半天，還是想不出，又拿自己的拳頭，打著自己的頭，說道：「保得個什麼……怎麼我說不上來！」小爺們又搶著說道：「蕭大爺，這封信是雜務上拿進來的。那時候我正在椅子後頭，替他老人家裝煙。他老指著信上一句，對雜務上說：『你看』。我在他背後，亦就掂著腳望了一望，原來這信上有我的名字，——有『應升』兩個字，我自己的名字，我是認得的。」錢瓊光是在官場上閱歷久的了，曉得保案上有「應升」兩個字，一定是應升之缺升用。便道：「他老人家已有了同知直隸州再升什麼，自然一定是知府了。明天應得過去道喜。費心二位關照！」蕭大爺道：「自家人說那裏話來！」此時錢瓊光正因不曉得小爺們的尊姓大名，心上悶悶；因此一番酬答，倒曉得了。

只因時候不早，忙命擺席，自然是蕭大爺首座，小爺們二座。在席面上，蕭大爺還留身分，提到州官，口口聲聲，「我們東家」，在座人始終瞧不破他的底細。只有小爺們吃無吃相，坐無坐相，夜裏天熱，打了赤膊，把條辮子盤在頭上，拿兩條腿蹲在椅子上，儘性的喝酒吃菜。檔子班的女人，叫名頭是賣技不賣身的！他偏要同他們動手動腳。有兩個女人，在人面前，一定要撇清；被他這一鬧，一個個都咕都著嘴，說什麼：「你們老爺，手要放尊重些！」說罷，把手一摔走開。小爺們生氣，罵聲：「混帳王八蛋！你瞧不起我大爺，明兒回去一定告訴本官出票拿你們，看你怕不怕。」船上女人也不理他。主人錢瓊光只好起身相勸。

好容易一席酒吃完，看看已將天亮。小爺們是帶著跑上房的，怕誤了差使，老爺要罵，立刻披衣要走。主人還再三相留，吃了稀飯再去。蕭大爺亦勸他慢些：「我同錢太爺還有句話說。」小爺們等不及，只是跺腳，說：「誤了差使，釘子是我碰。你飽人不知餓人飢，我勸你快快走罷！」蕭大爺被他催得無奈，只得穿衣告辭。等到主人送到船頭上，小爺們早披了又長又大的那件長褂，站在岸上了。當時他二人自回衙門不提。

* * *

且說：錢瓊光回到艙中，王二瞎子便埋怨他道：「怎麼請到這位寶貝！」錢瓊光把臉一紅，想了想說道：「你不要看輕了他！他在本州大老爺跟前，倒是頭一分的紅人呢！一天到晚除掉睡覺，那有一刻工夫好離得掉他。總而言之，我們做官，總要隨機應變，能屈能伸，才不會吃虧。即如他們所說的州裏大老爺得了保舉，他們就肯送信給我；我既然先得信，今天我就頭一個去道喜，上司瞧著，自然歡喜。倘若不請他們吃飯，誰有這閒工夫來通知我？可見同人拉攏，是沒有吃虧的，這就是做官的訣竅。」王二瞎子被他說得頓口無言。周小驢子起身先行，說：「要辦那件事去。治晚馬上就去同前途接頭，儘兩個鐘頭，趕來回覆老父臺。」錢瓊光道：「兄弟就回去，一面先把票子寫好，空著名字等填。等老兄過來，兄弟再到州裏賀喜，專候專候。」說罷，拱手而別。錢瓊光也同王，孫兩個，各自回去，不在話下。

單說：錢瓊光雖然熬了一夜，只因有利可圖，便也不覺勞乏。回到捕衙，業已紅日高升，急忙翻出舊卷，查照舊票的底子，把票寫好，只空著案由，及原被告的名字未填，寫好之後，看了兩遍；索性又取出木頭戳子用印，又拿硃筆把日子填好。其時已有八點鐘了，算算時候已不止兩個鐘頭，無奈不見周小驢子前來，心上異常著急。看看時候不早，又須趕到州衙門裏道喜，急得他什麼似的！無奈只得穿好衣帽靜坐，專等周小驢子一到，交割清楚，便好再走。

事有湊巧，剛剛衣服穿得一半，周小驢子來了。二人相見大喜。周小驢子在袖子裏，取出那張稟帖。錢瓊光大略一看，只見上面很有些不懂得的句子。忙把原被告名字記清；又再三斟酌一番，把案由摘敘了三四句，從抽屜裏取出票來填好；立刻派了一個人，叫他：「跟著周先生一同去。」然後周小驢子從大襟袋裏取出一個紅封袋，雙手奉上。

錢瓊光接在手裏一掂，似乎覺得甚輕，忙問：「這裏頭是若干？」周小驢子道：「這裏頭是四塊折席，不成意思，不過送老父臺吃杯酒的。」錢瓊光躊躇了一回，說道：「不瞞老哥說：兄弟是代理，就要交卸的人。同老哥相好，承老哥照顧這件事，兄弟多也不敢望，只望他一個全數，不要說別的，單是這張票，兄弟從城外一回來，就連忙弄好了，專等你老哥來。這票上的字，都是兄弟自己寫的。倘若照衙門裏的規矩辦起來，至少也得十天起碼，那裏有這樣快！此事落在別人身上，哼哼，至少也得要他三十隻洋。如今只要你十塊，真是格外克己的了。」周小驢子聽了他這一番話，又見他不肯收那四塊，知道事情不得過場，於是從袋裏又挖出兩塊洋錢，還說：「這兩塊是治弟代墊的。替朋友辦事，少不得也要替他作三分主。」錢瓊光道：「兄弟是個爽快人，你老哥替朋友辦事，也是義氣，你索性爽些再替他添兩塊。一共兄弟受他八塊，你回去開銷他十塊，我們弄個二八扣。你費了心，我也不另外替你道乏了。」周小驢子又思思索索的半天，好容易才添了一塊，說了無數的叨情話，說什麼：「這總是老父臺照應治弟的，多賞治弟一塊買鞋穿罷！」錢瓊光無奈。周小驢子去後，方急忙趕到州裏去。

雖然曉得堂翁是起得遲的，但是為了道喜，不得不早些過來。此時合衙門的人，因為老爺得了保案，都是喜氣沖沖的。錢瓊光蟒袍補褂，照例先到門房。常見的那位執帖大爺，已經奉派進省；這天是雜務門的執帖，錢瓊光也是認得的，急忙取出手本，交給他託他上去代回，說是稟賀稟見。

雜務門進去了一回，忽然滿頭是汗，怒沖沖的走回門房，把大帽子摘下，往桌子上一撩，說道：「媽的晦氣！他升官，人家就該死了。幸虧他得的保舉不過是個虛好看；倘若真正做了知府，那架子更要大呢；倘若做了道臺，天都可以撐破，再大更不用說了。總而言之，我們當奴才的不是人。錢太爺，大小像你這樣，總得是個官纔好！」錢瓊光聽了他半天說話，也摸不著頭腦，只得搭訕著站起來說道：「堂翁可曾升帳沒有？我還是就進去，還是等一會兒？」雜務門道：「得了保舉，早把他喜的睡不著了。今天一早就起來了，忙著做官銜牌，糊對子。因為做牌的來的晚了些，開口就罵人。誰不是人生父母養的，擱得住被他『混帳王八蛋』，罵了去，喝了來！大爺越想越氣，不吃這碗飯了！」錢瓊光一聽堂翁已經起來多時，心上著急，恨不得馬上進去才好；後來直等得雜務門氣平了，然後領了他進去見的。

這時候區奉仁正在大廳上，把昨夜接的那封喜信，擱在面前，旁邊坐著幾位朋友官親，如帳房書啟二老爺之類，都在那裏湊趣。錢瓊光進了大廳，恭恭敬敬跪下，磕了三個頭，替堂翁叩喜；又同各位師爺及二老爺相見。堂翁讓他坐，然後坐下。區奉仁一面孔得意之色，先開口道：「你是幾時曉得的？」錢瓊光一想，不好說是昨夜裏得信，只得回稱：「剛剛得信。」區奉仁道：「還是你一個人曉得，還是同城統通曉得？」錢瓊光道：「只有卑職一個人得信，所以趕過來，先替堂翁叩喜。」區奉仁道：「是啊！我料想他們是不會曉得的，我得的是密保，——上頭只有撫臺自己曉得，連藩臺都還不明白哩！——還是那年獲盜案內，撫臺親口許我的。到如今果然保了出來，可見做上憲的人，又要賞罰分明，又要記性好，然後叫人心服。這位撫臺，兄弟同他也算投緣的了，將來倒要送副門生帖子去才是。」說著，便同帳房說：「我的話，可是不是？」帳房說：「是極！」區奉仁又道：「我已經有了同知直隸州了，再升用升個什麼，自然一定是知府了。你看這些混帳王八蛋！我從早上叫他們趕做一付『升用府正堂』的官銜牌，到如今木匠還不來，真正可惡！此時同城雖然還不曉得，馬上他們得了信，都要來道喜的。今天他們來過，明天我去謝步，這副牌是執事裏一定要用的。況且這是恩出自上，比捐的總體面些。」師爺們一齊應了一聲：「是。」

區奉仁又望著錢瓊光說道：「我們湖北的體制：佐貳見知府，是沒得坐位的。兄弟雖然不講究這個，但是體制所關，將來過了班，就要隨隨便便也就不能了！」錢瓊光明曉得這句話是在說的是他，想了半天，無可回答，只應了一聲：「是。」

正說著，書辦上來請示，說是裏裏外外，或是柱子上，或是門上，有些對聯都要另換新的，要請師爺，擬好了句子，好交代書辦去寫。區奉仁忙回過臉，去對書啟老夫子說道：「這個要請你老夫子費心了。」書啟師爺忙又應一聲「是」，隨手請教是怎麼做法。區奉仁道：「前頭的句子，都是按著州縣官做的。如今兄弟得了升用知府，有些什麼『五馬黃堂』等類的字眼，都可以用得著了。兄弟如今一來公事忙，二來上了年紀，也不肯用這個心思了，至於煖閣當中，我倒想好了一句成句，就是貼『一品當朝』四個字的地方，你們拿紅紙比好尺寸，替我寫『憲眷優隆』四個字，照樣貼在屏門當中。」回頭又問書啟：「老夫子以為何如？」

書啟尚未答言，二老爺接著說道：「這四個字似乎太俗。」區奉仁聽了似不願意道：「這四個字，人家四六信裏常常用的，又是成句，總比『一品當朝』四個字來得文雅。」二老爺道：「煖閣當中，不是『一品當朝』，就是『指日高陞』，從沒有用過別的字眼。」區奉仁更怒道：「你們這些人真正不通！不靠著憲眷，怎麼能夠陞官呢？我這四個字，把你所說的兩句，統通包括在內。所以一等人有一等人的材料，老弟，不是我瞧你不起，像你這樣執迷不化，將來能夠趕到愚兄這個分兒還早咧！」二老爺見哥哥動了氣，也就掀起了嘴，不言語了。

* * *

區奉仁正待再說下去，忽聽外面一片人聲，大家不覺嚇了一跳，忙叫人出去查問。只見稿案門飛跑似的進來，回道：「有些人來告錢太爺受了人家的狀子，又出票子拿人，逼得人家吃了鴉片煙。現在趕來求老爺替他伸冤，那個吃大煙的也擡了來了，還不知有氣沒氣。」區奉仁道：「混帳！我的衙門裏准他們把屍首擡來的嗎？你跟官跟了這許多年，這一點點規矩還不曉得，今天老爺有喜事，連點忌諱都沒有了。混帳王八蛋！還不替我轟出去！」稿案門道：「這是錢太爺不該受人家的狀子，人家無路伸冤，所以才來上控的。」區奉仁聽得「上控」二字，忽然明白，方才回過臉去，對準錢太爺發作道：「你做的好官啊！這是你鬧的亂子，弄得人家到我這裏來上控。我自己公事累不了，你還要弄點事情出來，叫我忙忙，現在怎樣說？」錢瓊光起先聽了稿案門的話，早已嚇得瑟瑟的抖，後來又聽了堂翁的教訓，便拍託一聲，身不由己的跪下了。區奉仁並不讓他起來，又擺著架子，說什麼：「擅受民詞，有干例禁，你既出來做官，連這個還不曉得嗎？我也顧不得你，我是照例要揭參的。」錢瓊光一聽要參官，更嚇的魂不附體，只是跪在地下磕響頭，不起來，求堂翁開恩。

區奉仁拿他訓斥了半天，還不曉得外面究竟鬧的是什麼事情，便道：「你就在這裏朝我跪到天黑，也不中用，你自己鬧的亂子，快自己出去了結了，再來見我。」錢瓊光跪在地下，還是不動。區奉仁問他：「為什麼不出去？」錢瓊光道：「不瞞堂翁說：卑職這一出去，可沒有命了！」區奉仁道：「到底為著什麼事情，你自己總該有點數的。」錢瓊光又磕頭道：「卑職該死！卑職同他們來往，共有好兩件事，實在不曉得是那一件。」區奉仁道：「好個不安本分的人！」錢瓊光道：「都是他們來找卑職的，卑職也只盼能夠替他們把事情了掉，也免得堂翁操心。」區奉仁道：「承情！」

至此方回頭，問稿案門：「到底外面為了什麼事情？」稿案門回稱：「為的是一個人家，有個女兒，有個光棍想要娶他，那家不肯，這光棍就託人化了錢給錢太爺，託錢太爺出票子抓那個有女兒的人，說是抓了來要打板子，那人急了，就吃了生大煙；鄉鄰不服，所以鬧到這裏來的。」錢瓊光至此，方才明白就是早上的那樁事，深恨周小驢子事情辦得不妥當。裏面說了半天話，外面的人聲已住。稿案門再出去問了問，才知已被雜務門吆喝住，只等老爺坐堂審問，不敢囉唕了。

區奉仁一聽外頭人聲已息，才說：「那個吞煙的，趕緊拿水給他吃，或者有救。」人回：「已經灌過了，聽說吃的不多，大約可以救得的。」區奉仁於是把心放下，又朝著錢瓊光發作了幾句，方才自往簽押房裏而去。錢瓊光不免跟了帳房師爺，同到帳房，就左一個安，右一個安，一面請安，一面軟求道：「晚生一時荒謬，總得求你老夫子成全。」師爺道：「你老哥就要交卸的人了，何必再去多事！這事你自己鬧的亂子，還不快去想個法子，壓伏壓伏他們？等到堂翁坐了堂，那事就不好辦了。」

一句話提醒了錢瓊光，立刻退出帳房，走到雜務門的門房裏。雜務門正在外面幫著灌那吞煙的人，一霎回來，見了面，少不得又是一番埋怨，說：「我的太爺！幾乎玩成功一條人命，虧你！我亦不曉得你是怎樣鬧的。」停了一回，又說道：「現在你放心罷，人命是沒有的了。你今天算好運氣，偏偏碰著我們這位老爺，有喜事不坐堂。你有這半天一夜的工夫，能夠完結，趕快去完結了再來；完結不了，明天再審。」

錢瓊光於是再三感謝，方才辭別出來。回到捕衙，蟒袍補褂，統通汗透的了。馬上叫人去找周小驢子，周小驢子逃走了不在家。錢瓊光無奈，只得去找王二瞎子，因他地面上人頭還熟，託他找個人出來勸和勸和。王二瞎子，昨夜擾過他的酒，少不得出來幫忙。當時就找到了兩個人：一個是善堂董事；一個是從前做過圖正的，後來因為上了歲數，就把圖正一應事務，統通交代兒子承受，自己不管。他倆都是年高望重的人，又是捕廳老父臺見委之事，一想彼此都有仰仗的地方，樂得藉此交結交結。王二瞎子見他倆已允，便先尋了本圖地保，同著原差，又找到原告，在小茶館裏會齊，開議此事。幸虧原告那邊吞煙吞的不多，一經施治，便無妨礙。又經王二瞎子善堂董事一干人，連騙帶嚇，原告一面，只求太爺不逼他把女兒嫁與那個光棍，他亦情願息訟。錢瓊光就答應他：「前頭那張票不算數，立刻弔銷。所有你們婚嫁之事，我太爺一概不管。」於是一天大事，瓦解冰消。

錢瓊光又進去求了帳房師爺，錢穀師爺，替他到堂翁面前講情。湊巧堂翁這兩天，正因升官一事，滿心快活，只圖省事，便也不來問信。過了兩日，正任吏目隨鳳占回任，錢瓊光照例交卸，自行回府銷差，這事也就完了。

要知後事如何，且看下回分解。

第四十六回　卻洋貨尚書挽利權　換銀票公子工心計

且說：蘄州州官區奉仁，自從得了保舉之後，同城齊來道喜，少不得一一答拜；又辦了酒席，請他們吃喝；一連忙了幾日，方才停當。後來奉到部文核准，行知下來，自己又特地進了一趟省，叩謝憲恩。正想回任，忽然奉到藩臺公事，說他從前當過好幾處局子的收支委員，帳目清楚，公事在行；現在北京派有欽差童大人前來清查財政，由江，皖各省，一路而來，目下已到南京，指日就臨湖北，所有本省司庫局所，凡屬銀錢出入之地，均須造冊報銷，以備欽差查考；因此特地留下區奉仁在省，辦理此事；蘄州本缺，另委一位候補同知，前去代理。雖說是短局，然而區奉仁放著一個實缺，不得回任，卻在省裏幫人家清理帳目，心上很不願意。但是迫於憲令，亦叫做無可奈何而已。

且說：這位欽差姓童表字子良，原籍山西人氏；乃是兩榜出身，由部曹外放知府，一直升到封疆大吏。三年前調京當差，改以侍郎候補，第二年就補了缺，做了兩年侍郎，目下正奉旨署理戶部尚書。此時朝廷正因府庫空虛，有些應辦的事，都因沒有款項，停住了手。便有人上了一個摺子，說：「現在東南各省，如兩江，湖廣，閩，浙，兩粵等處，均係財賦之區，錢糧釐稅，歲入以數千萬計。然而錢漕有積欠，釐金有中飽；如能加意搜剔，一年之中，定可有益公家不少。無如各省督撫狃於積習，苟且因循，決不肯破除情面，認真釐剔。近來又有什麼外銷名目，說是籌了款項，只能辦理本省之事，將來不過一紙空文咨部塞責。似此不顧大局，自便私圖，若非欽派親信大員，前往各省詳細稽查，認真清理，將來財政竭蹶，根本動搖，其弊當不可勝言！」各等語。朝廷看了這個摺子，甚是動聽，馬上召見軍機大臣，戶部尚書，商議此事。童子良亦以此舉為然，並且自己保舉自己，說：「臣在外省做官，做了二十年，一切情形都熟；先下江南，後到閩，廣，大約有半年工夫，就可回京覆命。」朝廷准奏。跟手就下一條上諭，派童某人前往江南等處查辦事件。

次日童大人謝恩，召見下來，就在本部裏選了八位司員，又在別部裏奏調了幾位，此外還有軍機囑託，老公囑託，大小一共又收了五十多張條子，一齊派為隨員。又因為自己膝下，只有一個大兒子，是前頭正太太所生，餘外都是妾生的幾個小兒子；若把大的留在家裏，恐怕他欺負小的，只得把大的帶了出門。安排停當，方才檢了日子，陛辭出京。

且說：童子良生平，卻有一個脾氣，最犯惡的是洋人。無論什麼東西吃的用的，凡帶著一個「洋」字，他決計不肯親近。所以他渾身上下，穿的都是鄉下人自織的粗布。洋布，洋呢之類，是找不出一點的。但是到了五十多歲上頭，為生病抽上了鴉片煙，再戒不脫。一天在朝房裏，有位王爺，同他說笑話道：「子良，你不是犯惡洋貨嗎？你為什麼抽洋煙呢？」一句話說惱了他，回得家來，就把煙燈煙鎗，統通摔掉，對家裏人說：「我從今再不吃這撈什子了！」

誰知他老人家煙瘾很大，兩個時辰不抽，眼淚鼻涕，一齊來了。家裏人看他難過，想要勸他，又不敢十分相勸，才勸得一句，他便回道：「你們隨我罷，我寧可死，也不破戒的了。」後來實在熬不過了，一息奄奄，說不出話來，拿眼睛望著他大兒子，意思想叫他大少爺替他備辦後事。

他大少爺此時，也有十八九歲了，讀書雖不成，外才是有的；見了父親這個樣子，便追問所以立志戒煙的原故。當時就有人提起，只因某王爺說了一句笑話，所以把老頭子害到這步田地。到底大少爺有主意，想了一想道：「說了洋煙，無怪乎他老人家要不吃了。如今你們只說是雲南土熬的廣膏，雲南，廣東，都是中國地方，並不是外洋來的，自然他老人家沒得說了。」家人遵命，慌忙另外取了一付煙盤，拿到房中。童子良見了，連忙搖手，意思不要他們進來。後來家人照著大少爺的話回了，方才一連呼了幾口，這一頓，竟比平時多吃了三錢，方才過癮。

過了幾天，齊巧前頭同他說笑話的那位王爺，請他吃飯。見面之後，童子良便叫著自己名字，告訴王爺說道：「童某現在不吃洋煙了。」王爺一聽大喜，連連誇獎他，說道：「有志不在年高。你老先生竟能立志戒煙，打起精神，替主子辦事，真正是國家之福！」一面吃酒，一面留心看他，到底吃不吃。誰知他吃到一半，叫值席的倒了一碗熱茶給他，趁人不見，從荷包裏摸出一個煙泡，化在茶裏吃了。這位王爺，是同他向來說慣笑話的，今天拿住了這個把柄，便問他：「既然不抽洋煙，為什麼還要吞煙泡呢？」他便正言厲色的答道：「童某吃的是本土，是不相干的。」王爺說：「吃煙吞泡，還不是一樣嗎？怎麼叫做不相干呢？」童子良道：「回王爺話：所謂戒煙者，原戒的是洋藥，不是戒的本土。但看各關報銷冊，洋藥進口稅，一年有多少，便曉得我們中國人吃洋煙的多少。如今先從童某起，頭一個不抽洋煙，拿本土來抵制他；以後慢慢勸他人。倘或天下一齊都吃本土，不吃洋煙，還愁什麼利源外溢呢？童某並不是歡喜一定要吃這個撈什子，原不過以身作法，叫天下人曉得我是為洋藥節流，便是為本土開源，如此一片苦心而已。」王爺道：「不想老先生抽抽鴉片煙，卻有如此的一番大經濟在內，可佩可佩！」

這是一樁事。

還有一樁。這一樁乃是要錢。做官的人要錢，本來算不得什麼。但是他卻另有一副脾氣，是專要銀子，不要洋錢；為的洋錢的「洋」字，又犯了他的忌諱。從前京城裏面，本來是不用什麼洋錢的，用的全是當十大錢，無非銀子換錢，錢換銀子，倒也爽快。近來幾年，洋錢漸漸的用慣了，北京城也有了。有些會打小算盤的人，譬如一向是孝敬一百兩的，如今只消一百塊錢，化上七十多兩銀子，也甚覺得冠冕。

無奈這位童大人，要是人家送他洋錢，他一定璧還不受。送他錢的人，不是門生，便是故吏，總是有求於他的人，如今見他不受，大家心上都要詫異。後來訪著緣故，只得換了銀子再送去，合起數目來，總比洋錢還要多些，他到此亦不謙讓了。

除掉現銀子，便是銀票：一千兩，二千兩，三百兩，五百兩，白紙寫的居多，還有些人，因為寫的白紙票子，恐怕忌諱，竟用大紅緞子寫的，倒也新鮮得很。他生平雖愛錢，卻是一文不肯浪費。凡是人家送給他的銀票，上房後面，另有一間小屋，這間屋十分黑暗，連個窗戶都沒有的。然而一步一鎖，無論什麼人，不准進去的；就是兒子，亦只准站在門外。一天老頭子在這屋裏有事情。大少爺進來回話，因為受過父親的教訓，不敢逕入房中，站在門外老等。等了一回，忽聽老頭子在小屋裏叫喚起來；方見姨太太點了個亮，掀開門簾，在門口站著，亦不敢進去。彷彿老頭子在地下摸索了一回，忽然一跳就起，說道：「還好！有了！」隨手出來，把門鎖好。姨太太照火的時候，大少爺留心觀看。只見這間小屋裏，四面牆上貼的，一張一張，很像條子一樣，及至仔細一看，才曉得牆上貼的都是銀票。大少爺把舌頭一伸，心裏暗暗歡喜，原來老人家有這許多家當，這間小屋，卻是他老人家的一間銀庫。又過了兩年，有幾省督撫，奏請置辦機器，試造中國洋錢。他老先生見了這個摺子，老大不以為然。無奈朝廷已經批准，他也無可挽回。只得回轉家中，生了兩天氣，說：「好好一個中國，為什麼要用夷變夏！中國，用慣銀子的，如今偏要學外國的樣，鑄什麼中國洋錢。這個洋錢，日後倘若用開，豈不是全國成了他們外國人的世界，那還了得！我情願早死一天，眼睛閉了乾淨，免得日後叫我瞧著難過。」他雖如此說，人家亦不來睬他。

到了第二年，有兩省銀元造成，解到部裏，——其時他老人家已掌戶部——司員檢了一包，請他過目，他閉著眼睛說道：「我不忍看這些亡國東西，你們拿了去罷！」司官曉得他素來的脾氣，只得退了下來。後來這話傳開了，京城裏都以為笑話。

有天有個門生，本是個翰林底子，因得京察記名，奉旨簡放江西九江府知府。召見下來，到老師跟前辭行。童子良道：「聽說九江地方是很熱鬧的。」門生道：「本是個通商碼頭，各國的商人都有，那裏是很不好做的。門生特地來請請老師的教訓。」童子良歎口氣道：「那裏有這許多國度，總而言之一句話：他們外國人，想出法子，來騙我們的錢。我不相信他們外國人，就窮到這步田地，自己家裏做不出生意，一定要趕到我們中國做生意。偏偏就有我們這些不掙氣的督撫，去隨和他們的，洋錢不夠使，我們又特地買了機器，鑄出洋錢來，給他們使。不曉得他們外國人，有何功何德到我們，我們要如此的巴結他。我真正不懂！」門生道：「我們中國自鑄的洋錢，本不叫做洋錢，有的叫做銀元，亦叫龍圓。」童子良道：「亦不過多換幾個名字，騙騙皇上罷了。還不同外國洋錢一個樣子嗎？」門生道：「大小雖一個樣子，花樣卻是不同。我們的龍圓，正中盤的是一條龍，所以叫做龍圓。」童子良聽說花樣不同外國一樣，不覺心上一動，說道：「你有沒有？可拿個我來瞧瞧。」這位門生齊巧身邊有兩塊洋錢，一塊鷹洋，一塊龍圓，便取出來，說聲：「老師請看。」童子良接在手中，一見有一塊鷹洋在內，便皺著眉頭說道：「怎麼老弟你亦用這個！」隨手就拿這塊洋錢，在炕几上一丟，卻拿了那塊龍圓，不住的端詳。後來看見有龍的一面，四轉亦有洋字，他老人家便把面孔一板道：「老弟！怎麼你也來欺我！如果不是造了送給外國人的，為什麼要刻上這些外國字呢？我總疑心現在的人，一定是吃了外國人的迷混藥，所以樣樣都幫著外國人，真正不解。」後來這個門生，又再三告訴他說：「中國所以鑄造龍圓，原是想出法子抵制外國洋錢的意思，就同老師單吃本土，不吃洋煙，同一用意。」童子良經此一番譬解，雖然明白了許多；然而總為這龍圓上面刻了洋字，決計不肯使用。

* * *

閒話少敘。單說：他此番派了九省欽差，到處查帳籌款，不但那九省大小官員，聽得他來，個個不安其位；就是別省聽著，也為擔心。當時他上去請訓，奏稱道：「臣這趟出京，要由旱道而走，十八站到清江浦；然後坐了民船，再下江南。」上頭問他：「為什麼不坐火車，到天津，再換輪船到上海，豈不快些？」他便磕頭奏道：「臣是天朝的大臣，應該按照國家的制度辦事。什麼火車輪船走的雖快，總不外乎奇技淫巧；臣若坐了，有傷國體，所以斷斷不敢。」上頭聽他說的話很冠冕，而且曉得他為人古板，也就隨他去了。但是按照官站，須要經過山東，朝廷便諭他，順便帶看河工。他亦說：「山東黃河，年來時常決口，聽說其中弊端百出；臣到山東後，定當嚴密稽查，決不敢有負委任。」上頭聽了，無甚說得。

過了一天，次早又上去陛辭下來，便在部裏支了盤川，帶了隨員，逕向北道旱路進發。未曾動身的前頭，發信給各地方大員，叫他們傳諭所屬，無非說：「本大臣砥礪廉隅，一介不取。所到之處，一概不許辦差。倘敢不遵，定行參處。」如此通飭下去，總以為這位欽差，是清廉自矢，決計不用地方上破費銀錢的了。豈知他所費的更多。你道是何緣故呢？現在不說別的，單指轎馬一項而論：欽差坐的是長轎，擡轎子的每班四人，每天要換三班。一位少大人，隨員六七十位：有的坐轎，有的坐車。欽差隨員各人，都有跟人，都有行李。通扯起來，轎子至少亦得二三十頂；轎車大車一百多輛；馬亦要一百多匹。這筆費用，一天共需幾何！部裏支的盤川，如何夠使？欽差每到一處，總要面諭地方官：「所有夫價，即便寫了領紙，交給巡捕官，到我這裏來領。」地方官當時只得諾諾遵命。等到下來，一一發付之後，那裏還敢向欽差大人手裏討取？然而等到欽差臨動身的時候，這張領紙，又一定要討來取去的；地方官又不敢不照寫。總是只見領紙進來，從不見銀子出去。好在地方官，亦早已自認晦氣，決不要欽差還的。至於欽差自己心上，亦未始不明白，但是不如此，不能顯得清廉；況且自己那裏亦貼得出許多呢？

最要緊的：是每到一處，地方官辦差太省儉了，固然不好；太華麗了，也不相宜。欽差尚未來到，便有欽差的巡捕，先趕早一步來，名字叫做先站，其實是同地方官講價錢來的。看缺分大小，一千八百，儘著量要。若是地方官孝敬的能夠如願，他便把欽差脾氣歡喜什麼，不歡喜什麼，都說了出來。地方官摸著欽差的脾氣，這差事，自然是好辦了。倘若送的不能如願，他便不肯以實相告，儘著地方官去瞎碰。

此番欽差，因奉旨查辦河工，所以繞道濟南。撫臺恐怕首縣辦差，一個人兼顧不到，特地派了兩個同知，兩個知縣，幫著去辦。使用銀子，都在善後局裏支領。偏偏所派的四位當中，有一位同知，手筆極緊，除掉行轅應用的物件，不得不辦了送去，其餘小錢一文不肯浪費。巡捕官預先下來，只有首縣，私下答應他八百銀子。那巡捕官一定要三千，說：「欽差到你們這裏，總得多住幾天，隨時可以挑眼的。咱們勸你多破費幾文，為的是彼此平安，省得欽差挑眼之後，大家沒味。」首縣聽了，甚以為然。無奈那位同知大老爺，執定不肯。首縣無奈，只得又自己暗裏送了這巡捕五百金。

此時山東省城，是早已曉得欽差脾氣，不歡喜洋貨的。所以行轅之內，一切擺設鋪陳，凡是洋鐘，洋錶，洋毯，洋燈，洋桌，洋椅之類，一概不用。等到晚上，點了無數若干的牛油蠟燭，不拿洋燈比較，也還覺得明亮。至於其他一切陳設，都是中國土貨。吃的東西，又無非照例的燕菜席，滿漢席。欽差住了幾天，尚無話說。

其時已是四月，天氣漸熱。跟班的出來，說大人嫌吃的水不乾淨，就是攪出手巾來，也有股氣味。辦差的聽見了，立刻就叫人到趵突泉，打了水來，給欽差吃。又買了一打林文煙香水，交給跟班上，說每逢欽差洗臉，面盆裏沖上些香水，就沒有氣味了，而且還香噴噴的好聞。誰知拿了進去，欽差還沒有聞著，打手巾把子的人，已經挑眼了，拿著香水，送到欽差面前說：「這是外國人的藥水，他們拿來藥你的。」欽差聽了，便氣的了不得，寫信給撫臺，要查辦辦差的。撫臺忙傳那四個辦差的到轅問話，四個人據實稟明，說那香水原是可以避暑氣的，而且還可以避疫氣。撫臺復了欽差，欽差又查問那裏買的。後來聽說洋貨店裏買的，欽差愈加不高興，說：「我就同女人一樣，守節已經到了六七十歲。難道還要半路上失節不成？你們這些人，都不是好人，總要想出法子來害我，到底是何居心！」這個風聲，傳了出去，不但辦差的人，處處小心；就是合省官員來稟見的，凡是稍有帶點洋氣的東西，都不敢叫他瞧見。有天同司道談論公事，談得時候多了些，忘記了時辰，便問：「現在是什麼時辰了？」有位候補道，無意之中，說了聲：「現在大約有一點鐘了。」那童子良不聽則已；聽了之時，便把眉頭一皺，眼睛一愣說：「你老哥說的什麼？兄弟不懂。」嘴裏說不懂，心上卻是明白的，曉得他們所說的，一定是錶上的時刻；便想到這些人身上，一定帶著有錶；半天不言語，側著耳朵一聽。偏偏同他坐的頂近一位道臺，外褂裏面，剔剔的響。童子良聽了一會，便問這位道臺：「你老哥身上有什麼東西，一剔一剔的響？」又問：「你們眾位，可曾聽見沒有？」眾人都不敢言語。直把那位道臺羞得耳根都紅，坐立不穩。童子良還算忠厚，未曾當面揭穿；只第二天見了撫臺，說：「某道人是漂亮的：但是漂亮人，總不免華而無實，不肯務正。所以兄弟取人，總在樸實無華一路。」撫臺聽了，先還摸不著頭腦，還以為某人辦事不誠實，所以欽差才加了他這個考語。後聽別位司道說起，曉得是為帶著錶，方才付之一笑了事。

* * *

欽差在濟南，住了十來天。所查辦的事，無非是河工局裏，多孝敬他幾萬銀子，沒什麼大不了之事。河工局送的是公款，為的是保全大局起見。欽差受了，自無話說。撫臺又另外送了程儀。下來便是司道孝敬，府縣孝敬，還有些相好處的孝敬，欽差亦一一笑納。另外又有位平度州知州，這州官，乃是在旗，名喚巴吉，表字祥甫。平度州缺，在東三府裏，也算得中等的缺。巴祥甫到任，已經做過五六年了。這年又得了卓異，照例送部引見。他身上本有任候補直隸州字樣，等到引見下來，又得了個回任候升。回省之後，上司都拿他當老州縣看待，自然立即飭回本任的。回任不多幾時，偏偏臨清州出缺；臨清州乃是直隸州，巴祥甫因為自己資格已到，不免有覬覦之心。親自進省，託人在大憲面前吹噓，意思想求大人，拿他升補。上頭尚在游移兩可。這個當口，齊巧欽差來到，一連忙了十幾天，就把這事擱起。巴祥甫心上雖然著急，也屬無可如何。巴祥甫有個哥哥，從前曾經拜在欽差門下。巴祥甫因此淵源，也就拿著門生的帖子，前去叩見。居然傳見，留談了半天，甚是親熱。等到見了下來，就有他的親家，也在省裏候補的，勸他送分重禮給欽差，趁勢託欽差說兩句好話，撫臺一定答應。巴祥甫亦以為然，意思想送欽差八千銀子。親家道：「銀子不及送東西的體面。」原來巴祥甫省城裏，有什麼事情，都是託他這位親家替他經手的。他親家新近亦是替一個朋友送了一分禮，說是送給一位什麼大人的。後來這分禮沒有收，那個朋友的錢，亦就一直沒有拿出來。這分禮物，總共值到五弔來往銀子，一齊擔在他親家身上；所以他親家急於想要出脫。齊巧碰著巴祥甫要送欽差的禮，他親家面子上，勸他置辦東西，內骨子實是要卸自己的干係，因此一力攛掇。那分禮物當中，如珠寶翡翠之類，很有兩件值錢的。巴祥甫瞧了，因見親家討他六千，他看過六千還值，便爾應允。但是巴祥甫的為人，是有點馬馬虎虎的；把禮物大概看了一遍，面子上很覺過得去，便對親家說了聲「費心」，吩咐開寫禮單，即刻差人送去。

不料送禮的家人，去不多時，忽然趕回來找老爺，說是禮單之中，有盤珠打璜金錶一打，欽差巡捕說：「這是大人頂頂犯忌的東西，怎麼拿這送他。非但不落好，倘或欽差生了氣，還怕於你老爺功名有礙！」巴祥甫道：「既然承他關照，我們就把錶拿回來，再配一樣別的送去亦好。」家人道：「小的亦是如此說。無奈巡捕老爺，不准我們拿回來。」巴祥甫急了，只好親自趕去。走到那裏，巡捕拿他一味恫嚇，說：「已回過少大人了，不能由你拿回去掉換。你要太平無事，除非送三千銀子給少大人，託他替你想法子，還是個辦法。」巴祥甫無奈，只得同他磋磨了半天，跌到二千。巡捕果然進去，向大少爺說明。大少爺說：「叫他把銀子拿來，保他無事。」巴祥甫只得又回來，找到他親家，打了二千銀子的一張票子，送了進去。然後巡捕連錶連銀子，統通拿進去，交代了大少爺。大少爺又教了巡捕若干話，巡捕會意。

直等到裏頭傳開飯，童子良剛剛坐下。只見巡捕拿了手本禮單，從外面走了進來。方才走到院子裏，劈面大少爺從廂房裏走了出來，不由分說，攔住擡盒，瞧了一瞧；順手在盒子裏取出一捧東西，手裏拿著，卻嘴裏嚷著說道：「這人真正豈有此理！他不曉得這裏大人犯惡這個嗎？竟其大膽，敢拿這個往這裏送嗎？」一頭說，一頭搶在盒子前頭，上來報信。其時拿手本禮單的人，已經到了童子良跟前了。童子良看了禮單，一見有金錶在內，心上一個不高興，面孔頓時沉了下來，要待發作。尚未發作，不料少爺才上得一層臺階，一個滑腳，早滑倒了；嘩啷一聲，一大捧東西，一齊丟在地下，還有些珠子，的溜溜在地下亂滾。看上去，有兩個黃澄澄的確像個金錶，珠子早灑了滿地了。童子良一見大少爺跌倒，忙問：「怎麼樣了？」大少爺喘吁吁的站起來，把衣服撣了兩撣，也不拾地下的東西，便跑在他父親身邊回道：「我正為巴某人送的禮奇怪，所以搶著拿了來，給你老人家瞧。」童子良此時早看清是錶，便發話道：「你不曉得我頂頂恨這個東西嗎？還要拿了來氣我？替我把他地下的東西掃出去，就是跌破了，也不准放在這裏。」家人們答應一聲，早有幾個人，把錶搶著拿了出去。又一連兩三掃帚，地下一顆珠子，都掃的沒有了。

童子良見錶拿出去，方把巡捕埋怨道：「他們說不曉得；怎麼你們在我這裏當差使，連這個都不知道嗎？也不通知他們一聲，由著他們拿這個來氣我！」巡捕見錶拿了出去，沒了對證，方慢慢的辯道：「回大人的話：巴牧有兩句話說來，本要稟告大人知道的。倘若巴牧沒有那兩句話，標下亦決計不敢替他拿上來了。」童子良忙問：「什麼話？」巡捕道：「他說他這個錶，不是外國來的，是本地匠人自己造的。」童子良道：「怎麼本地人也會造錶？錶造出來，做什麼用呢？」巡捕便按照大少爺吩咐他的話回道：「巴牧的意思：因為外國進來的錶太多了，頂好中國人不買。無奈中國人有幾個能像大人這樣正派，不用這些東西呢？但是外國進來的多了，中國的銀錢，就不免慢慢的一齊淌出去了。現在也是萬不得已，才想出這個抵制的法子；叫自己的匠人，仿照外國人的樣子，造出一個錶來，一樣報時報刻。中間的關捩子，就同鎖璜一樣，所以叫做打璜金錶。面子上盤了多少珍珠，無非取其值錢好看的意思，所以叫做盤珠打璜金錶，大人沒有瞧見，那底下一面還有『大清光緒年製』六個字；上頭外國字，一個都沒有；真正是自己本國土製的。」童子良聽了，居然信以為真，便道：「果然如此，還說得過去。如今跌碎了他的，倒辜負他這一片盛意了！」巡捕見欽差怒氣已平，便笑著朝大少爺說道：「巴某人送禮來的時候，他自己倒也很明白。」童子良道：「怎麼樣？」巡捕道：「他說：『我巴某人，拿了這東西孝敬欽差，不把話說明白，欽差一定要生氣的。說明白了，或者還念這片苦心，亦就包涵過去了。』巴某人還說：『欽差是個正人。自古道：「邪不勝正」。所以不歡喜這些東西的。』如今可被他一句話說著了。錶是大人犯惡的，一進了院子門，大人老遠的瞄了一眼，自然而然，那東西就會跌在地下，跌碎不能近大人的身。這也不怪少大人拿的不好跌碎的，暗地裏自有神道，在少大人手裏奪過來，摔在地下的。真正是『邪不勝正』，那話是萬不得錯的。」

童子良聽了這番恭維，方才一面吃飯，一面慢慢的說道：「神道自有的。我們老太爺，從前在山西做知縣，凡是出了疑難命盜案件，自己弄得沒有法子想，總是去求城隍老爺幫忙。洗過澡，換過新衣服，吃的是淨素，住在城隍廟裏，城隍老爺，就託夢給他。或是強盜，或是兇犯，依著方向去找，回回都找到的。後來老太爺升天之後，老太太還做夢，說是老太爺也做了那一縣的城隍了。神道的確是有的，不可不相信！」巡捕道：「像大人這樣的職分，一定有值日功曹，暗中保護；城隍老爺位分小，還夠不上哩！」童子良把臉一板道：「這話不是可以混說的。那年陸中堂死了，他家是南方人，都按照南方風俗辦的事。當天化了多少錫箔，什麼望鄉臺，地獄門，十八殿閻王，一齊都上了錢糧。城隍廟裏，自從城隍老爺起，一直到小鬼土地，一齊都有燒化。人死了，頭一重先要到城隍老爺跟前掛號；任憑你中堂尚書，再大點的官，都逃不過的，這話都可以混說，真正瞎胡鬧了！」一席話說完，飯亦停當，方走下來，把巴祥甫送的禮物，仔仔細細看了一遍。有個翡翠搬指，很中他老人家的意；帶了手上，給大少爺瞧，問大少爺道：「你瞧這搬指，也不輸給你丈人的那一個了。」大少爺答應了一聲：「是。」童子良又看別的禮物，也都過得去，便吩咐一齊收下；錶已打碎，亦不追究。因此一個搬指，對了他的胃口，卻很替巴祥甫出力，在撫臺面前替他說許多好話。後來巴祥甫竟其如願以償，補授臨清州缺。這是後話不提。

* * *

單說：大少爺憑空得著了十二隻金錶，自然滿心歡喜。且說：他此番跟了老頭子出來，人家孝敬欽差，少不得也要孝敬少大人。銀子雖然也弄得不少，不過人心總無饜足之時，自然越多越好。老頭子自到山東，總共擄了人家若干現金，若干票子，就帳上看起來，也就不在少數。後來老頭子，又嫌現的累墜，於是又一概換了票子，牀頭上有個拜匣，一齊鎖在裏面。莫說別人不能經手，就是自己兒子，也不准近前一步。這間屋一步一鎖，鑰匙是老頭子自己帶著。老頭子或是清晨起來，或是燈下無事，一定一天要早晚查點三次。統計在山東境內，得了十五萬六千銀子。少爺勸他與其自己帶在身邊，不如早些託票號裏匯到京城，也可存莊生息。無奈老頭子總覺放心不下，不以少爺之言為然。

過了些時，山東銀子收齊了，便吩咐起馬，九站旱道，直到清江浦換船南下。在旱道上，這個拜匣，就放在轎子裏面。每逢打尖住宿，等到無人之時，依舊每日三次查點銀票。十五萬六千銀子的銀票，也有二千一張的，也有一千一張的，三百五百也有，一百二百也有；統算起來，共有三百幾十張。查點一次，亦很費半天工夫。他在屋裏點票，一向是一個人不准入內；就是有客來拜，也不敢回。必須等到他老人家點完了數，鎖入拜匣，親隨人等方敢進見。

及至到了清江，坐的是大號南灣子船，欽差自己一隻，少爺一隻，隨員人等，一共是二十多隻，一字兒排在河心。少爺因為老頭子一個人在船上，未免冷清，同老頭子說：「情願同老人家同船，以便早晚伺候。」老頭子怕兒子偷他銀子，執意不肯。少爺見老頭子不允，也只好遵命。南灣子船極大，房艙又多。童子良特特為為叫辦差替他做了兩扇牢固的門，以便隨時好鎖。到了清江，漕臺請他吃飯，都是鎖了艙門才去的。

漕臺見了面，同他說：「我這裏有的小火輪，讓我派兩條，送你到蘇州，免得路上耽擱。」童子良連連作揖推辭道：「你老哥還不曉得兄弟的脾氣嗎？我寧可天天頂風，一天走不上三里路，我是情願的。小火輪雖快，是洋人的東西，兄弟生平頂頂恨的是洋貨，已經守了這幾十年，現在要兄弟失節，是萬萬不能的了。況且兄弟苟其貪圖走的快，早由天津坐了火輪船到上海，也不到山東，繞這一個大灣兒了。」漕臺見他如此說法，曉得他牛性發作，也只好一笑置之。

單說：大少爺見老人家有這許多銀子，自己到不了手，總覺有點難過，變盡方法，總想偷老頭子一票，方才稱心。如此者處心積慮，已非一日。從清江一路行來，早晚靠了船，大少爺一定要過來請安。等到老頭子查點票子的時候，一定要把大少爺趕回自己船上去。大少爺也曉得老頭子的用意，生恐被他偷用了，將來輪不到小兒小女，無奈想放下，總放不下。

有天船靠常州，到了晚上，時候還早，父子二人，吃過了飯，隨便談了幾句，童子良就急急的催兒子過船。大少爺心上有點氣不服。走到船頭，盤算了一回。恰喜這夜並無月色，對面不見人影，他便悄悄的吩咐船家，說：「我要在這船沿上出恭。」船上人道：「這裏河面寬，要當心，滑了腳，不是玩的！船上有的是馬桶，還是艙裏穩當些。」大少爺道：「我歡喜如此。不准響，鬧得大人知道。」船上人見說他不聽，也只好隨他了。大少爺便依著船沿，慢慢的扶到後面，約摸老人家住的那間艙屋。幸喜窗板露著有縫，趁勢蹲下，朝裏一望，可巧老頭子正是一個人，在那裏點票子哩。大少爺看看眼饞。一頭看，一頭想主意，只見老頭子，只是一張一張的點數，並不細看票子裏的數目。一搭五十張，望上去有七八搭的光景。點完之後，用紙包了一個總包，仍舊放在那個拜匣之內，拿鎖鎖好，擺在牀頭。他老人家亦就順勢躺在牀上，看那樣子，甚為怡然自得。大少爺隨即回到自己船上。

一宵易過，容易天明。第二天開船，是日船到無錫。到了晚上，大少爺又過來偷著看了一回，也是如此。他便心上想道：「像他這種點法，止點票子的數，並不點銀子的數。倘若有人暗地裏替他換下幾張，他會曉得嗎？有了。等我到了蘇州，如此如此，這般這般。這銀子雖然不能全數到我的手，十成裏頭，總有六七成可以弄到手的。」

主意打定，便買囑上下人等。等到船泊蘇州之後，偷個空上岸。先把自己的現銀子，取出幾個大元寶，到錢鋪裏，託他們一齊寫了銀票：也有十兩的，也有八兩的，極少也有四兩。錢鋪問他做什麼用。他說是賞人的，人家也不疑心了。回到船上，專等欽差上岸，或是拜客，或是赴宴。這個當口，大少爺便開了老頭子住的艙門，鑰匙都是預先配好的。開了艙門，尋到拜匣所在，取出銀票，掉了幾張大數目的，放上幾張小數目的，仍舊包好放好。等到晚上，老頭子點票子的時候，大少爺又去偷看了一回。只見老頭子依然是一張一張的，點了個總數不錯，無甚說得。因此大少爺膽子愈大，第二天又換上十來張，老頭子仍未看出。如此者不上五天，便把他老人家整整千百大數目的銀票，統通偷換了去。

童欽差雖然仍舊逐日查點，無奈這個弊病，始終沒有查出。又幸虧這童欽差平時一個錢不肯用的；這些銀票，將來回京之後，也不過送到黑屋裏為糊牆之用。大約這重公案，他老人家在世一日，總不會破的了。於是大少爺把心放下。後來手腳做的越多，膽子越大；老頭子這趟差使弄來的錢，足足有八九成到他兒子手裏了。

未知後事如何，且看下回分解。

第四十七回　喜掉文頻頻說白字　為惜費急急煮烏煙

卻說：童子良到了蘇州。江蘇是財賦之區，本是有名的地方。童子良此番是奉旨前來，一為查舊帳，二為籌新款。欽差還沒有下來，這裏官場上得了信，早已嚇毛了。此時做江蘇巡撫的，姓徐，號長縣，是直隸河間府人氏，一榜出身。藩臺姓施，號步彤，是漢軍旗人氏。臬臺姓蕭，號卣才，是江西人氏。他倆一個是保舉，一個是捐班，現在一齊做到監司大員，偏偏都在這蘇州城內。施藩臺文理雖不甚清通，然而極愛掉文，又歡喜挖苦。因為蕭臬臺是江西人，他背後總要說他是個補碗的出身。蕭臬臺聽見了，甚是恨他。

這日轅期，兩司上院，見了徐撫臺。徐撫臺先開口道：「裏頭總說我們江蘇是個發財地方，我們在這裏做官，也不知有多少好處。上頭不放心，一定要派欽差來查。我們做了封疆大吏，上頭還如此不放心我們，聽了叫人寒心！」施藩臺答應了兩聲「是」，又說道：「回大帥的話：我們江蘇聲名好聽，其實是有名無實。即如司裏做了這個官，急急的『量人為出』，還是不夠用，一樣有虧空。」徐撫臺聽了「量人為出」四個字不懂，便問：「步翁說得什麼？」施藩臺道：「司裏說的是『量人為出』，是不敢浪費的意思。」畢竟徐撫臺是一榜出身，想了一想，忽然明白，笑著對臬臺說道：「是了。施大哥眼睛近視，把個量入為出的個『入』字，看錯個頭，認做個『人』字了。」蕭臬臺道：「雖然看錯了一個字；然而

『量人為出』，這個『人』字還講得過。」徐撫臺聽了，付之一笑。施藩臺卻頗洋洋自得。

徐撫臺又同兩司說道：「我們說正經話。欽差說來就來，我們須得早為防備。你二位老兄所管的幾個局子，有些帳，趁早叫人結算結算，趕緊把冊子造好，以備欽差查考。等到這一關搪塞過了，我亦決計不來管你的閒事。」藩臬二司，一齊躬身答應，齊說：「像大帥這樣體恤屬員，真正少有，司裏實在感激！」徐撫臺道：「多靡費，少靡費，橫豎不是用的我的錢，我兄弟決計不來做這個難人的。」藩臬兩司下來，果然分頭交代屬員，趕造冊子不提。

* * *

正是有話便長，無話便短。轉眼間童欽差已經到了蘇州，一切接差請聖安等事，不必細述。且說：童欽差見了巡撫徐長縣，問問地方上的情形。徐撫臺無非拿場面上的話，敷衍了半天。接著便是司道到行轅稟見。童欽差單傳兩司上去，先問地方上的公事，隨後又問藩臺：「單就江蘇一省而論：釐金共是若干？」施藩臺先回一聲「是」，接著說了句：「等司裏回去查查看。」童欽差聽了，無甚說得。歇了一回，又提到漕米，童欽差道：「這個是你老哥所曉得的了。」誰料施藩臺仍舊答應了一聲「是」，接著又說了一句：「等司裏回去查查看。」童欽差一聽，他這個要回去查，那個要回去查，便很有些不高興。於是回過臉，同藩臬臺論江南的梟匪，施藩臺又搶著說道：「前天無錫縣王令來省，司裏還同他說起：『無錫的九龍山強盜很多，你們總得會同營裏，時常派幾條兵船去『遊戈遊戈』才好；不然，強盜膽子越弄越大。那裏離太湖又近，倘或將來同太湖裏的『鳥匪』，合起幫來，可不是玩的！」施藩臺說得高興。童欽差一直等他說完，方同藩臬臺說道：「他說的什麼？我有好幾句不懂。什麼『遊戈遊戈』，難道是下油鍋的油鍋不成？」蕭臬臺明曉得施藩臺又說了白字，不便當面揭穿駁他，只笑了一笑。童欽差又說道：「他說太湖裏還有什麼『烏匪』，那烏兒自然會飛的，於地方上的公事，有什麼相干呢？哦！我明白了，大約是梟匪的『梟』字。施大哥的一根木頭，被人家抗了去了，自然那烏兒沒處歇，就飛走了。施大哥好才情，真要算得想入非非的了！」

施藩臺曉得童欽差是挖苦他，把臉紅了一陣，又掙扎著說道：「司裏實在是為大局起見，生怕他們串通一氣。設或將來造起反來，總不免『茶毒生靈』的。」童欽差聽了，只是皺眉頭。施藩臺又說道：「現在緝捕營統領周副將，這人很有本事，賽如戲臺上的黃天霸一樣。還是前年司裏護院的時候，委他這個差使。而且這人不怕死，常同司裏說：『我們做皇上的官，使皇上家的錢，將來總要「馬革裏屍」，才算對得起朝廷。』」童欽差又搖了搖頭說道：「做武官能彀不怕死，原是好的。但是你說的什麼『馬革裏屍』，這句話我又不懂。」施藩臺只是漲紅了臉，回答不出。蕭臬臺於是替他分辯道：「回大人的話：施藩司眼睛有點近視，所說的『馬革裏屍』，大約是『馬革裹屍』，因為近視眼看錯了半個字上。就是剛才說的什麼『茶毒生靈』的『茶』字，想來亦是這個緣故。」童欽差點頭笑了一笑，馬上端茶送客。一面吃茶，又笑著說道：「我們現在用得著這『茶度生靈』了。」施藩臺下來之後，朝蕭臬臺拱拱手道：「卣翁，以後凡事照應些，欽差跟前是玩不得的！」於是各自上轎而去。

自此以後，童欽差就在蘇州住了下來。今天傳見牙釐局總辦，明天傳見銅元局委員。無非查問他們一年實收若干，開銷若干，盈餘若干。所有局所，雖然一齊造了四柱清冊，呈送欽差過目。無奈童子良還不放心，背後頭同自己隨員，說：「這些帳是假造的，都有點靠不住。總要自己澈底清查，方能作准。」

於是見過總辦會辦，大小委員，都不算數；一定要把局子裏的司事，一齊傳到行轅，分班問話。頭一天傳上來的一班人，童欽差只略為敷衍了幾句話，並不查問公事。這一班退出，吩咐明天再換一班來見。等到第二天，換二班的上來，欽差竟其異常頂真，凡事都要考求一個實在。有些人回答不出，很碰欽差的釘子。於是大家齊說：「這是欽差用的計策：曉得頭一班上來見的人，一定是各局總辦，選了又選，都是幾個尖子，自然公事熟悉，應對如流，所以無須問得。等到第二班，一來總辦沒有預備，再則大家見頭一天欽差無甚話說，便亦隨隨便便。誰知欽差忽然改變，焉有不碰釘子之理？」司事碰了釘子，其過自然一齊歸在總辦身上。

合蘇州省裏的幾個闊差使總辦，一齊都是藩臺當權。馬上傳見施藩臺，當面申飭，問他所司何事。施藩臺道：「司裏要算是頂真的了，幾次三番，同他們三令五申。無奈這些人，只有這個材料，總是這麼不明不白的。」童子良道：「這裏頭的事，你可明白？」施藩臺道：「等司裏回去查查看。」童子良氣的無話可說，便也再不理他。

* * *

幸虧現任蘇州府知府，為人極會鑽營，而且公事亦明白。不知怎樣欽差跟前被他溜上了，竟其大為賞識，凡事都同他商量。這知府姓卜號瓊名。但是過於精明的人，就不免流於刻薄一路。平時做官，極其風厲，在街上看見有不順眼的人，抓過來就是一頓。——尤其犯惡打前劉海的人，見了總要打的。他說這班都是無業遊民，往往有打個半死的。因此百姓恨極了他，背後都替他起了一個渾號，稱他為「剝窮民」。藩臺施步彤，文理雖然不甚通，公事亦極顢頇，然而心地是慈悲的，所謂：「雖非好官，尚不失為好人。」因見知府如此行為，心上老大不以為然，背後常說：「像某人這樣做官，真正是草菅人命了！」亦曾當面勸過他，無如卜知府陽奉陰違，也就奈何他不得。欽差此番南來，無非為的是籌款。江南財賦之區，查了幾天，尚無眉目，別處更可想而知了。童子良生怕回京無以交代，因此心上甚為著急。

卜知府曉得欽差的心事，便獻計於欽差：說是蘇州一府，有些鄉下人應該繳的錢糧漕米，都是地方上紳士包了去，總不能繳到十足，有的繳上八九成，有的繳上六七成。地方官怕他們，一直奈何他們不得；許多年積攢下來，為數卻亦不少。童子良道：「做百姓的食毛踐土，連國課都要欠起來不還，這還了得嗎！」卜知府道：「其過不在百姓，而在紳士；百姓是早已十成交足，都收到紳士的腰包裏去了。蘇州省城裏還好，頂壞的是常熟，昭文兩縣，他那裏的人，只要中個舉，就可以出來替人家包完錢漕，進士更不用說了。」童子良道：「你也欠，他也欠，地方官就肯容他欠嗎？將來交不到數目，不還是地方官的責任嗎？」卜知府道：「地方官亦是無辦法，亦只好拿那些沒勢力的欺負，做個移東補西的法子。至於有勢力的，拉攏他還來不及，還敢拿他怎樣呢！」童子良道：「一個舉人有多大的功名，膽敢如此！」卜知府道：「一個舉人原算不得什麼；他們合起幫來，同地方官為難，遇事掣肘，就叫你做不成功；所以有些州縣，只好隱忍。卑府卻甚不以此為然。」

童子良道：「依你之見如何？」卜知府道：「卑府愚見：大人此番，本是奉旨籌款而來；這筆錢實實在在是皇上家的錢，極應該清理的，而且數目也不在少數。為今之計，只要大人發個令，說要清賦；誰敢拖欠，我們就辦誰，越是紳衿，越要辦得兇；辦兩個做榜樣，人家害怕，以後的事情，就好辦了；不但以後的事情好辦，這筆錢清理出來，也儘夠大人回京覆旨交代的了。」

童子良這兩天，正以籌不著款為慮，聽了此言，雖然合意；但是意思之中，尚不免於躊躇，想了一想，說道：「這筆錢原是極應該清理的；但是如此一鬧，不免總要得罪人。」卜知府道：「古人『鐵面無私』；大人能夠如此，包管大人的名聲格外好，也同古人一樣，傳之不朽。而且如此一辦，朝廷也一定說大人有忠心；朝廷相信了大人，誰還敢說什麼話呢？」童子良經他這一泡恭維，便覺他說的話，果然不錯，連說：「兄弟照辦。但是老兄到底在這裏做了幾年官，情形總比兄弟熟悉些。將來凡事還要仰仗！」卜知府亦深願效力。一連又議了幾日，把大概的辦法，商量妥當，就委卜知府做了總辦。

卜知府本來是個歡喜多事的人，一朝權在手，便把令來行，行文各屬，查取拖欠的數目，以及各花戶的姓名。查明之後，立刻委了委員，分赴各屬，先去拿人。那些地方官本來同紳士意思不對，今奉本府之命，又是欽差的公事，樂得假私濟公；凡來文指拿的人，沒有一名漏網，等到解到省城之後，凡是數目大的，一概下監；數目小的，捕廳看管。

但是欠得年代久了，總算起來，任憑你什麼人，一時如何還得起？於是變賣田地的也有，變賣房子的也有，把現成生意盤給人家的也有，一齊拿出錢，彌補這個虧空。然而這些都還是有產業，有生意的人，方能如此。要是一無底子的人，靠著自己一個功名，漁肉鄉愚，挾持官長，左手來，右手去，弄得的錢，是早已用完的了。到得此時，斥革功名，抄沒家產都不算，一定還要拷打監追；及至山窮水盡，一無法想，然後定他一個罪名，以為玩視國課者戒。因此破家蕩產，鬻兒賣女，時有所聞。雖然是咎由自取，然而大家談起來，總說這卜知府辦的太煞認真了。

閒話少敘。但說：卜知府奉到憲札之後，認真辦了幾天，又去稟見欽差。童子良道：「兄弟即日就要起身，前赴鎮江，沿江上駛；先到南京，其次安徽，其次江西，其次兩湖；回來再坐了海船，分赴閩粵等省；到處查查帳，籌籌款，總得有一年半載耽擱。這事既交代了老兄，大約有半年光景，總可清理出一個頭緒？」卜知府道：「不消半年。卑府是個性急的人，凡事到手，總得辦掉了，才睡得著覺；大約多則三月，少則兩月，總好銷差。」童子良道：「如此更好！」卜知府回去，真個是雷厲風行，絲毫不肯假借；怕委員們私下容情，一齊提來，自己審問。每天從早晨起來，就坐在堂上問案，一直到夜，方才退堂。他又在三大憲跟前稟明，說：「有欽差委派的事，不能常常上來伺候大人。」甚至每逢轅期，他獨不到。三大憲面子上，雖不拿他怎樣，心上卻甚是不快。

有天施藩臺又向蕭臬臺說道：「聽說卜某人是一天到晚坐在堂上問案子，連吃飯的工夫都沒有。這人精明得很，賽如古時皐陶一般；有了他，可用不著你這臬臺了。」施藩臺說這話，蕭臬臺心上本以為然；無奈施藩臺又讀錯了字音，把個皐陶的「陶」字，念做本音，像煞是什麼「糕桃」。蕭臬臺楞了一楞，忙問：「什麼叫做糕桃？」施藩臺亦把臉紅了半天，回答不出。後來方是一位候補道，忽然明白了他這句話，解出來與眾人聽了；臬臺方才無言而罷。按下卜知府在蘇州辦理清賦不表。

* * *

且說：此時做徐州府知府的，姓萬號向榮，是四川人氏。這人以軍功出身，一直保到道臺，放過實缺。到任不久，為了一件什麼事，被御史參了一本；本省巡撫查明覆奏，奉旨降了一個知府。後來走了門路，經兩江總督咨調過來，當了半年的差使。齊巧徐州府出缺，他是實缺降調人員，又有上頭的照應，自然是他無疑了。這萬太尊從前做道臺的時候，很有點貪贓的名聲；就是降官之後，又一直沒有斷過差使；所以手裏光景還好。到任之後，就把從前的積蓄，以及新收的到任規費等，先拿出一萬銀子，叫帳房替他存在莊上，每月定要一分利息，錢莊上不肯，只出得六釐；萬太尊不答應；後首說來說去，作為每月七釐半，長存。

這爿錢莊，乃本地幾個紳士拼出股分，來合開的，下本不到一萬；放出去的帳面，卻有十來萬上下。齊巧這年年成不好，各色生意，大半有虧無贏，因此錢業也不能獲利；後來放出去的帳又被人家倒掉幾注；到了年下，這爿錢莊，便覺得有點轉運不靈。萬太尊一聽消息不好，竟立逼著帳房去提那一萬銀子。錢莊上擋手的，忙託了東家，進來同太尊說，請他過了年再提。萬太尊見銀子提不出，更疑心這錢莊是靠不住的了；也不及思前顧後，頓時一角公事給首縣，叫他一面提錢莊擋手，押繳存款，一面派人看守該莊前後門戶。

知縣不知就裏，正在奉命而行。卻不料這個風聲，一傳出去，凡是存戶，一齊拿了摺到莊取現，頓時把個錢莊逼倒。既倒之後，萬太尊不好說是為了自己的款子，就札縣拿人，只說是奸商虧空鉅款，地方官不能置之不問。但是錢莊已經閉倒，店夥四散，擋手的就是押在縣裏，亦是枉然。後來幾個東家會議，先湊了三千銀子，歸還太尊，請把擋手保出，以便清理。萬太尊無奈，只得應允；連利息整整一萬零幾百銀子，現在所收到的，不及三分之一；雖說保出去清理，究竟還在虛無漂渺之間；總算憑空失去一筆款項，心上焉有不懊悶之理！

又過了些時，恰值新年。萬太尊有兩個少爺，生性好賭，正月無事，便有人同他到一爿破落戶鄉紳人家去賭。無奈手氣不好，屢賭屢輸，不到幾天，就輸到五千多兩。少爺想要抵賴，又抵賴不脫。兄弟二人，彼此私下商量，無從設法；便心生一計；將他們聚賭的情形，一齊告訴與他父親。萬太尊轉念想道：「這拿賭是好事情，其中有無數生法。」便聲色不動，傳齊差役，等到三更半夜，按照兒子所說的地方，前往拿人；並帶了兒子同去，充做眼線。少爺一想：「倘或到得那裏，被人家看破，反為不妙。」但是老子跟前，又不好點明，只得臨時推頭肚子疼，逃了回來。

這裏萬太尊既已找著賭場所在，吩咐跟來的人，把守住了前後門戶；然後打門進去，乘其不備，頓時拿到十幾個人。內中很有幾個體面人，平時也到過府裏，同萬太尊平起平坐的；如今卻被差役們拉住了辮子；至於屋主那個破落鄉紳，更不用說了。此時這般人正在賭到高興頭上，桌子上洋錢，銀子，紙票，銀票，戒指，鐲頭，金錶，統通都有，連著籌碼骨牌。萬太尊都指為賭具，所以連賭具，連銀錢，親自動手，一擄而光。總共包了一個總包，交代跟來的家人，放在自己轎子肚裏，說是帶回衙門，銷燬充公。又親自率領了多人，故意在這個人家上房內院，仔細查點了一回。然後出來，叫差人拉了那十幾個人，同回衙門而去。

萬太尊明曉得被拿之人，有體面人在內，便吩咐把一干人分別看管。第二天也不審問，專等這些人前來說法。果然不到三天，一齊說好；有些顧面子的，竟其出到三千五千不等，就是再少的，三百二百也有，統通保了出去。萬太尊面子上說這筆錢，是罰充善舉；其實各善堂裏，並沒有撥給分文；後來也不曉得如何報銷的。

便有人說：這個拿賭，萬太尊總共拿進有一萬幾千銀子；少爺賴掉人家的五千多不算，從大賭檯上擄來的，聽說值到三四千亦不算；倘算起來，足足有兩萬朝外。不但上年被錢莊倒掉的，一齊收回，而且更多了一倍，真可謂得之意外了。但是被拿的人，事後考究這事，是如何被太尊曉得的；猜來猜去，便有人猜到是少爺漏的消息。說道：「太尊的兩位少爺，是天天到此地來的，獨有拿賭的那天沒來，如今索性連影子都不見了。賭輸了錢，欠的帳，都有憑據；他如此混帳，我們要到道裏去上控的。他既縱子為非，又借拿賭為名，敲我們的竹槓；如今這筆錢，到底是捐在那爿善堂裏，我們倒要查查看。」眾人齊說：「極是！」於是一倡百和，大家都是這個說法。

就有人把話傳到萬太尊耳朵裏，萬太尊道：「我不怕他們告，先拿他們辦了再說。難道他們開賭是應該的？我的兒子好好的在家裏，沒有人來引誘，他就會跑出去，同他們在一塊兒嗎？我不辦他們，只罰他們出幾個錢，難道還不該應？真正又好笑，又好氣！」萬太尊說罷，行所無事。後來再打聽打聽，那幾個罰錢的人，亦始終沒有敢去出首；大約是怕弄他不倒，自己先坐不是之故。

但是名氣越鬧越大，這個消息傳到京城裏，被一個都老爺曉得了。齊巧這都老爺是徐州人氏，便上了一個摺子，大大的拿這萬太尊參了幾款。這時恰碰著童子良到江南籌款，軍機裏寄出信來，就叫他就近查辦。童子良不免派了自己帶來的隨員，悄悄的到徐州府，走了一遭。列位看官，可曉得現在官場，凡是奉派查辦事件，無論大小，能有幾件是鐵面無私的！委員到得徐州，面子上說不拜客，只是住在店裏查訪；卻暗地裏早透個風給人，叫人到萬太尊那裏報信。萬太尊得了這信，豈有不著急之理？立刻親自過來奉拜，送了一桌酒席；又想留在衙門裏去住。幾天下來，彼此熟了，還有什麼不拉交情的？再加派去的委員，亦並不是吃素的；萬太尊斟酌送些他，再借些，自然是大事化小，小事化無了。

話休絮煩。此時，童子良已由蘇州坐了民船，到得南京。委員回來稟復了。萬太尊曉得事已消彌，不致再有出岔，於是也跟著進省，叩謝欽差。並且由先前這個委員，替他說拜欽差童子良為老師，借名送了一分厚禮，自不必說。正當這天進去稟見，同班連他共是三個。那兩個也是知府，都在省裏當什麼差使的。齊巧頭天童子良病了一天一夜，又吐又瀉，甚是利害，這天本是不見客的。因為萬太尊是新收的門生，那兩個又有要緊的公事面回，所以一齊都請到臥室裏相見。預先傳諭萬太尊，不必行禮。萬太尊答應著。進得房來，只見欽差靠著兩個炕枕，坐在牀上。三個人只恭恭敬敬的，請了一個安。童子良略為把身子欠了一欠，上氣不接下氣的敷衍了兩句。

三人躬身詢問：「福體欠安，今天怎麼樣了？」童子良因曉得那兩位知府，當中有一位略為懂得點醫道的，先把病勢大概，說了幾句；又叫人把藥方取出來，請他過目，問他怎樣，可用得用不得。那位不懂得醫道的，先說道：「大人洪福齊天，定然吉人天相，馬上就會痊好的。」童子良也不理他。又聽得那個略為懂得醫道的說道：「方子不過如此。但是卑府學問疏淺；大人明鑑萬里，還是大人鑑察施行罷！」童子良著急道：「這是什麼話！我曉得老兄於此道，甚是高明；所以特地請教。現在兄弟命在呼吸，還要如此的恭維，也真正太難了！諸位老兄在官場上，歷練久了，敷衍的本事是第一等；像這樣子，只怕要敷衍到兄弟死了，方才不敷衍呢！」他倆聽了，面孔很紅了一陣，不敢作聲。

到底新收的門生萬太尊格外貼切些；因見他倆都碰了釘子，便搭訕著說道：「上吐下瀉的病，只要吃兩口鴉片煙就好的。」童子良道：「是啊！我從前原本不忌這個東西的。現在到了江南來，因為天天要起早辦公事見客，吃了他，很不便當，又要耽擱工夫，又要糜費。像愚兄從前的癮，總得一兩銀子一天。所以到了蘇州，就立志戒煙，天天吃藥丸子；前頭還覺撐得住，如今有了病，倒有點撐不住了。」

萬太尊道：「老師是朝廷的棟樑，就是一天吃一兩銀子，也不打緊。」童子良道：「小處不可大算，一天一兩，一年三百六十兩，近年來大土的價錢又貴，三百六十兩，不過買上十二三隻土，還要自己看著煮，才不會走漏；一轉眼，就被他們偷了去了。」萬太尊道：「老師毛病要緊，多化幾兩銀子，值得什麼！如果要土，門生那個地方，本是出土的地方；而且的的確確是我們中國的土。門生這趟帶來的不多，大約只夠老師一年用的；等到門生回去，再替老師辦些來；就是老師回京之後，門生年年供應些，亦還供應得起。」童子良一聽萬太尊有煙土送他，自然歡喜。因為病後，倒怕多說了話勞神，當時示意送客。三人一齊告辭出來。

* * *

萬太尊回到寓處，把從徐州帶來的煙土，取出好些，送到行轅。童子良一齊收下。當天就傳話出來，叫到煙館裏挑選四名煮煙的好手，到行轅伺候；又叫辦差的，置辦鍋鑪木炭磁缸等件，預備應用；又特地派了大少爺，及三個心腹隨員，監督煮煙。大少爺道：「一天就是抽二兩，一時那裏就抽得這許多？有這些土，只要略為煮些，夠路上抽的就是了；其餘的不必煮，路上帶著，豈不便當些？如今一起煮好了，缸兒罐兒，堆了一大堆，還要人去照顧他；一個不留心，不是打碎了罐子，或是倒翻了煙，真正不上算！」童子良低低的說道：「你們小孩子家，真正糊塗！我為的如今煮煙，是有人辦差的，就是缸兒罐兒，也不要自己出錢買。等到上起路來，船上不必說；走到旱路，還怕沒有人替我們擡著走嗎？每缸多少，每罐多少，我上頭都號了字，誰敢少咱們的，打翻了少不得就叫地方官賠，用不著你操心。如今倘若不把他煮好了，將來帶到京裏，那一樣不要自己拿錢買呢？誰來替咱辦差？你們小孩子家，只顧得眼前一點，不曉得瞻前顧後；這點算盤都不會打，我看你們將來怎樣好啊！」一席話，說得兒子無言可答。

不多一會，煮煙的也來了，童子良吩咐他們明天起早來煮。到了第二天，他老人家病也好些，居然也能到外面來走走了。就在花廳上，擺起四個爐子煮煙，除掉大少爺之外，其餘三個隨員，雖然不戴大帽子，卻一齊穿了方馬褂上來，圍著爐子，川流不息的監察。童子良也穿了一件小夾襖，短打著，頭上又戴了一個風帽，拄著拐杖，自己出來監督。弄得三間廳上，煙霧騰天。碰著有些不要緊的官員來見，他就吩咐叫請。人家進來之後，或是立談數語，或是讓人家隨便旁邊椅子上坐坐。人家見了，都為詫異。

未知後事如何，且看下回分解。

第四十八回　還私債巧邀上憲歡　騙公文忍絕良朋義

卻說：欽差童子良在南京將養了半個月，病亦好了；公事亦查完了，總共湊到將近一百萬銀子光景。因見這邊實在無可再等，只得起身溯江上駛。未曾動身之先，就有安徽派來道員一員，知縣兩員，前來迎迓。及至動身的幾天頭裏，江寧，上元兩縣，曉得欽差不坐輪船的，特地封了十幾號大江船；又由長江水師提督，派了十幾處炮船，沿江護衛。在路早行夜泊，非止一日，有天到得蕪湖，欽差因為沒甚公事，未曾登岸。及至將到安慶省城，文武大小官員，一起出境迎接，照例周旋，無庸多述。因安徽省現在這位中丞，亦有被參交查事件；所以欽差於盤查倉庫提撥款項之後，只得暫時住下，查辦參案。

原來此時做安徽巡撫的，姓蔣號愚齋，本貫四川人氏。先做過一任山東巡撫，上年春天才調過來的。由山東調安徽，乃是以繁調簡，蔣中丞心上，本來不甚高興。實因其時皖北，鳳亳一帶土匪蠢動，朝廷因為這蔣中丞是軍功出身，前年山東曹州一帶，亦是土匪作亂，經蔣中丞派了兵去治服的；所以朝廷特地調他過來，以便剿辦皖北土匪。無非為地擇人之意。

蔣中丞接印之後，就派了一位營務處上的道臺，——姓黃名保信——一員副將，——姓胡名鸞仁——帶了五營人馬，前去剿辦。稟辭的時候，蔣中丞原面諭他們相機行事；及至到得那裏，他兩個辦不下來；就上了一個稟帖，說土匪如何猖狂，如何利害，請加派幾營兵，以資策應。蔣中丞得稟後，就加派了一員記名總兵，——姓蓋名道運——統率了新練的什麼常備軍，續備軍，又是三四營，前去救應。此番蔣中丞因該匪等膽敢抗拒官軍，異常兇悍，實屬目無法紀；又加了一個札子給他三個，叫他們如遇土匪，迎頭痛剿。

畢竟土匪是烏合之眾，那裏禁得起這大隊人馬，不下三個月，土匪也平了；那一帶的村莊，也沒有了。問是怎樣沒有的，說是早被他三位架起大炮，轟的沒有了。於是得勝回朝，蔣中丞自有一番保奏：胡副將升總兵，蓋總兵升提督，黃道臺亦得了什麼「巴圖魯勇號」。正在高興頭上，不提防被御史參上幾本，說他們並不分別良莠，一律剿殺；又說蔣中丞濫保匪人，玩視民命，所以派了童子良查辦的。

蔣中丞未曾調任之前，安徽有一個候補知府，姓刁名邁彭，歷任三大憲都歡喜他。凡是省裏的紅差使，闊差使，不是總辦，便是提調，都有他一分。然而除掉上司之外，卻沒有一個說他好的。蔣中丞亦早已聞得他的大名，等到接印下來，同司道談起本省公事，便道：「怎麼我們安徽一省候補道府，如此之多，連個能夠辦事的都沒有？」兩司聽了愕然；各候補道更為失色。蔣中丞歇了一會，又說道：「但凡有個會辦事的，何至於無論什麼差使，都少不了刁某人一個呢？就是他能辦事，他一個人到底有多少本事，有多大能耐，一天到晚，忙了東，又忙西，就是有兼人之材，恐怕亦辦不了？」各位司道方才曉得中丞，是專指刁某人而言，一齊把心放下。但是大眾聽撫憲如此口氣，知道不妙，就是想要替他說兩句好話，也不敢說了。有些窮候補道，永遠不得差使的，心中反為稱快。等到下來，早有耳報神把這話傳給了刁邁彭了。

刁邁彭自從到省十幾年，一直是走慣上風的，從沒有受過這種癟子。初聽這話，還是一鼓作氣的，說道：「明天就上院辭差使，決計不幹了。」親友們大家都勸他忍耐；又有人說：「中丞大約是初到這裏，誤聽人言；再過幾天，同你相處久了，曉得你的本領，自然也要傾倒的。」在外親友勸，在家太太勸，過了兩天，刁邁彭的氣也平了，也不想辭差使了；仍舊謹謹慎慎上他的局子，辦他的公事。卻不料藩臺因撫臺說他閒話，也不敢過於相信他。三四天後，忽然拿他所兼的差使，委了別人兩個；大約還是些掛名不辦事的，正經差使卻沒有動。刁邁彭一見苗頭果然不對，此時一心害怕，深恐還有什麼下文。翻過來求藩臺，求臬臺，替他在撫臺面前說好話。保全他的差使，還來不及，亦不說辭差使不幹的話了。

畢竟蔣中丞人尚忠厚，因見兩司代為求情，亦就答應，暫時留差，以觀後效。兩司下來，傳諭給刁邁彭，叫他巴結聽差。刁邁彭不但感激零涕，異常出力；並且日夜鑽謀籠絡撫憲的法子，總要叫他以後開不得口才好。心想：「凡是面子上的巴結，人人都做得到的，不必去做。總要曉得撫臺內裏的情形：或者有什麼隱事，人家不能知道的，我獨知道；或者他要辦一件事，未曾出口，我先辦到，那時候方能顯得我的本領。但是他做巡撫，我做屬員，平日內裏又無往來，如何能夠曉得他的隱事？」這天整整躊躇了半夜。

回到上房，正待睡覺。忽然有個老媽，因為太太平時很歡喜他，他不免常在主人跟前說同伴壞話。此時忽被同伴說他做賊，並且拿到賊贓，一時賴不過去。太太只得吩咐局裏聽差的勇役，一面看守好了這個老媽，一面去追趕薦頭；說是等到薦頭到來，一起送到首縣裏去辦。這事從吃晚飯鬧起，一直等到二更多天，薦頭才來。太太正在上房發威，薦頭同老媽直挺挺跪在地下，這個當口，齊巧刁邁彭踱了進去。問其所以，太太說了一遍。太太又罵薦頭好大的架子，叫了這半天才來。薦頭分辯說道：「實為著撫臺大人的三姨太太，昨日添了一位小少爺，叫我雇奶媽，早晨送去一個，說是不好；剛才晚上又送去一個，進去之後，又等了好半天；所以誤了太太這裏的事情，只求太太開恩。」太太聽了這話，心上生氣，說他「拿撫臺壓我」，正待發作。誰知刁邁彭早聽的明明白白，忽然竟有所觸；又見老媽年紀尚輕，甚是潔淨。刁邁彭便心生一計，連向太太搖手，叫他不要追問。太太摸不著頭腦。刁邁彭急走上前，附耳說了兩句。太太明白，果然就不響了。

刁邁彭忙叫薦頭起來，向他說道：「知人知面不知心；你們做薦頭的人，也管不了這許多，薦來的人做賊，是怪不得你的。不過是你的來手，卻不能不同你言語一聲。剛才太太因為你來得晚了生氣，如今把話說明，就沒有你的事了。」薦頭正為太太說要拿他當窩家辦，嚇得心上十五個弔桶，七上八落。如今見刁大人這番說話，不覺轉愁為喜；立刻爬在地下，替大人太太碰了幾個響頭。回轉身來，就把那偷東西的老媽，打了兩下巴掌，又著實拿他埋怨了幾句。刁邁彭又道：「這個人，我本是要送他到縣裏重辦的；只為到得縣裏，一定要迫及薦頭人，於你亦有不便。我如今索性拿他交代與你帶去，只要把偷的東西拿回來；看你面上，饒他這一遭，等他以後別處好吃飯。」那老媽聽了，自然也是感激的了不得，連磕了幾個頭，跟了薦頭，千恩萬謝而去。

第二天刁太太這裏，仍舊由原薦頭薦了個人來。刁邁彭有意籠絡這薦頭，便同他問長問短，故意找些話出來，搭訕著同他講。後來薦頭來得多了，刁邁彭同他熟慣了，甚至無話不談。有天刁邁彭問他：「撫臺衙門裏，你可常去？」薦頭道：「現在院上用的老媽，一大半是我薦得去的。」刁邁彭道：「有什麼伶俐點的人沒有？」薦頭道：「可是太太跟前要添人？」刁邁彭道：「不是。現在沒有這樣伶俐人，也不必說；等到有了，你告訴我，我自有用他的去處，並且於你也有好處的。」

薦頭道：「可惜一個人，大人公館門裏，若能再叫他進來了，這個人倒是很聰明的。而且人也乾淨，模樣兒也好，心也細；有什麼事情託他，是再不會錯的。」刁邁彭忙問：「是誰？」又問：「我這裏為什麼不能再來？」薦頭道：「就是前個月裏人家冤枉他做賊，攆掉的那個王媽。大人明鑑：人家說他做賊，是冤枉的；同夥裏和他不對，所以說他做賊，無非想害他的意思。」刁邁彭道：「這個人很不錯，太太本來也很歡喜他。不過同夥當中都同他不對，因此我這裏他站不住腳，所以太太亦只好讓他走了去了。至於做賊的一件事，我也曉得冤枉的；所以當時我並不追究。」薦頭道：「大人太太待他的恩典，他有什麼不知道。」刁邁彭道：「他知道好，可見得就不是個糊塗人。如今又是你的保舉，我現在就用他亦可以。」

薦頭道：「他出去之後，我又薦他到南街下劉道臺公館裏去。劉道臺是一直沒有當過什麼差使的，公館裏沒有出息，聽說老媽的工錢都是付不出的。所以王媽雖然去了，並不願意在他家，鬧著要出來。既然大人要他，我回去就帶信給他，仍舊叫他到這裏來，伺候大人同太太就是了。」刁邁彭道：「錢歸我出，而且還可以多給他些好處。但是這個人，並不是要他來伺候我，亦不是要他來伺候我們太太；要他去伺候一個人，伺候好了，我會重重有賞，連你都有好處的。」薦頭聽了，還當是刁大人有什麼外室，瞞住了太太；因是熟慣了，便湊前一步，附耳問道：「可是去伺候姨太太？」刁邁彭連連搖頭道：「不是，不是。你不要亂猜。」薦頭道：「這個我可猜不著了。到底去伺候誰？請大人吩咐了罷！」刁邁彭道：「現在離年不多幾天了，我還要消停幾天，今日不同你說。等你回家猜兩天，猜不著，等我過了年，再告訴你。」薦頭無奈，只得回去。

正是光陰似箭，轉眼又是新年了。這天是大年初五，那薦頭急忙忙趕到刁公館裏，給大人太太叩喜。齊巧太太被一位要好的同寅內眷邀去吃年酒去了，只有刁邁彭在家。薦頭便問：「大人去年所說的那樁事情，可把我悶壞了！今日請大人吩咐了罷！」刁邁彭說道：「你不要著急，我本來今天就要告訴你的。總而言之：這件事你能替我辦成，我老爺的升官，連你的發財，統通都在裏頭。」薦頭聽了，真喜得眉花眼笑，嘴都合不攏來。

刁邁彭正要望下說時，恰巧管家頭戴大帽子，拿了封信進來，說是：「老爺的喜信來了！」刁邁彭聽了，不覺陡然楞了一楞，於是把話頭打住。原來上年刁邁彭曾經託過京裏一個朋友，謀幹一件事情。這個管家，乃是刁邁彭的心腹，曉得此事；所以今天接著了這封京信，以為必定是那件事的回信來了。及至刁邁彭拆開看過之後，才知不是。於是擱在一邊。

管家出去。刁邁彭方才說道：「我託你不為別的：為的你常常薦人到撫臺衙門裏去，就是上回歇掉的那個王媽，我看這人還伶俐，我想託你拿他薦到撫臺衙門裏去。我這裏有四十兩銀子：二十兩送你吃杯茶；那二十兩你替我給了王媽。你可曉得我託你把他薦了進去，所為何事？專為叫他在裏頭做一個小耳朵；凡是撫臺大人有什麼事情，都來告訴我；就是沒有事情，或是大人說些什麼閒話，一天到晚，做些什麼事情，只要是他知道的，都可以來告訴我。我公館裏他不便來，他可送信給你，由你再傳給我。但是至少三天總得報一次。這件事情辦成，我還要重重的謝你。以後若是王媽他家裏缺什麼錢用，你告訴我，都由我這裏給他。」那薦頭聽了刁邁彭的一番話，沉吟了一回，回說：「這人現在已不在劉公館了，另外找了一個人家，聽說出息很好。等我去挖挖看。大人賞他的銀子，我帶了去。這個請大人收了回去，我們怎好無功受祿呢？」刁邁彭道：「這一點點算不得什麼！你也不必客氣，將來我還要補報你的。」蔫頭見刁邁彭執意要他收，他亦樂得享用；於是千恩萬謝，拿了銀子而去。

走出宅門，刁邁彭又拿他喊住，問道：「你拿他送進去給那一個？倘若送到不相干人的跟前，那是沒用的。」蔫頭道：「現在是二姨太太拿權，我自然拿他送到二姨太太跟前去，大人放心就是了。」刁邁彭見他說話在行，也自放心。果然那蔫頭回去，找到王媽，交代他十兩銀子，把刁邁彭的一番盛意說知；並說以後還要周濟他。王媽自然歡喜；本來他此時在劉公館裏出來，正待找主，有了這個機會，隨即一口答應。齊巧院上傳出話來，二姨太太房裏要雇個老媽，又要乾淨，又要能幹。蔫頭得信，便把這王媽薦了進去；試了兩天工，居然甚合二姨太太之意。當時蔫頭先把進去情形，稟報過刁邁彭。

過了兩天，王媽傳出話來。無非撫臺大人昨日歡喜，今天生氣的一派話，並沒有什麼大事情。以後或三天一報，或兩天一報，都是些不要緊的；甚至撫臺大人同姨太太說笑的話，也說了出來。刁邁彭聽了，不過付之一笑。只有一次是二姨太太過生日，別人都不曉得；只有他厚厚的送了一分禮。雖然撫憲大人有命璧謝，未曾賞收；然而從此以後，似乎覺得有了他這個人在心上，便不像先前那樣的犯惡他了。以後又有兩件事情，被他得了風聲，都搶了先去，不用細述。

* * *

單說：有天王媽又出來報說。說是撫臺大人這兩天，很有些愁眉不解。聽得二姨太太講起，說他老人家前年上京陛見的時候，借了一家錢莊上一萬二千銀子；前後已還過五千，還短七千。現在這個人生意不好，店亦倒了；派了人來逼這七千銀子。這位大人一向是一清如水的。現在這個來討帳的人，就住在院東一爿客棧裏面。大人想要不還他，似乎對不住人家，而且聲名也不好聽；倘若是還他，一時又不湊手；因此甚覺為難。

刁邁彭聽在肚裏，等到王媽去後，便獨自一個踱到街上，尋到院東幾爿客棧，一家家訪問。有無北京下來的人。等到問著了，又問這人名姓；問他到此之後，可是常常到院上去的。並他來往的是些什麼人；都打聽清楚。刁邁彭是在安慶住久的，人頭既熟，便找到這人的熟人，託他請這人吃飯，他卻自己作陪。席面上故意說這位撫臺，手裏如何有錢，好叫那人聽了回去，逼的更兇。

過了一天，果然王媽又來報，說大人這兩天不知為著何事，心上不快活；一天到夜罵人，飯亦吃不下去。刁邁彭聽了歡喜，心想道：「時候到了！」便打了一張七千兩的票子，又另外打了一百兩的票子，帶在身上，去到棧房，找那個討帳的說話。幸喜幾天頭裏在檯面上，同那人早已混熟了，彼此來往過多次；那人亦曾把討帳的話，告訴過刁邁彭，刁邁彭立刻拍著胸脯說道：「我們這位老憲臺是有錢的，不應如此嗇刻，你只管天天去討；將來實在討不著，等我進去，同他帳房老夫子說，劃還給你就是了。」

果然那人次日進去，逼的更緊。撫臺不便親自出來會他，都是官親表姪少爺出來，同他敷衍。有時或坐在門房裏，一坐半天，弄得個撫臺難為情的了不得，而又奈何他不得；想要同下屬商量，又難於啟齒。正在急的時候，忽然一連三天，不見那人前來；合衙門的人都為詫異。派個人到他住的棧房裏打聽打聽，說是已經回京去了。棧房裏的人還說：「這人本是專為取一筆銀子來的；如今人家銀子已經還了他，還住在這裏做什麼呢？」出來打聽的人回去，把這話稟報上去，弄得個撫臺更是滿腹狐疑，想不出其中緣故。

原來刁邁彭自從王媽送信之後，他拿了銀票，一直逕到棧房，找到那人；自己裝做是撫臺帳房裏託出來做說客的。起先止允還一半，那人不肯；然後講到讓去利錢，那人方才肯了。叫他取出字據，銀契兩交，一刀割斷。然後又把那一張一百兩的票子取出，作為撫臺送的盤川；那人甚是感激。又叫他寫了一張謝帖。次日便動身回京而去。

刁邁彭把筆據謝帖，帶了回家，心上盤算：「銀子已代還了，撫臺的面子亦有了；怎麼想個法子，叫撫臺曉得是我替他還的才好。意思想託個人去通知他，恐怕他不認，亦屬徒然。若是自己去當面同他講，更恐怕把他說臊了，反為不美。而且這字據，又不便公然送還他。」躊躇了好兩天，才想出一個法子；當天足足忙了半天。諸事停當，次日飯後上院。

這幾天撫臺正為要帳的人，忽然走了，心上甚是疑惑不定。見他獨自一個來稟見，原本不想見他；後來說是有事面會，方才見的。進去之後，敷衍了幾句，並不提及公事。等到撫臺問他，刁邁彭方纔從從容容的，從袖筒管裏取出一個手摺，雙手送給撫臺，口稱：「大人上次命卑府抄的各局所的節略，凡是卑府所當過的差使，這上頭一齊有了。此外卑府沒有當過的，不曉得其中情形，不敢亂寫。」撫臺聽了，一時記不清楚，自己從前到底有過這話沒有。隨手接了過來，往茶几上一擱，道：「等兄弟慢慢的看。」刁邁彭道：「這後頭還有卑府新擬的兩條條陳，要請大人教訓。」

撫臺聽說有條陳，不得不打開來，一頁一頁的翻看，大略的看了一遍；前面所敘的，無非是他歷來當的差使，如何興利，如何除弊的一派話。後頭果然又附了兩條條陳：一條用人，一條理財；卻都是老生常談，看不出什麼好處。撫臺正在看得不耐煩，忽地手摺裏面，夾著兩張紙頭，上面都寫著有字，——一張是八行書信紙寫的，一張是紅紙寫的——急展開一半來一看。原來那張信紙，寫的不是別樣，正是他老人家自己欠人家銀子的字據；那一張就是來討銀子的那個人的謝帖。再看欠據上，卻早已寫明「收清」塗銷了。撫臺看了，當時不覺呆了一呆；隨時心上亦就明白過來，連手摺，連字據，連謝帖，捲了一捲，攏在手裏，說了聲：「兄弟都曉得了。過天再談罷！」說完，端茶送客。

且說：撫臺蔣中丞送客之後，袖了那卷東西，回到簽押房裏，打開來仔仔細細的看了一回，的確是那張原據七千多銀子，連利錢足足一萬開外。「如此一筆鉅款，他竟替我還掉，可為難得！」但是思想不出，他是怎麼曉得的，真正不解！接著又看那張謝帖，寫明「收到一百銀子川資」的話。心想：「他這又何苦呢，正項之外，還要多貼一百銀子。」仔細一想：「明白了，這是他明明替我做臉的意思。這人真有能耐，真想得到，倒看他不出！從前這人我還要撤他的；如今看來，倒是一個真能辦事的人。以後倒要補補他的情才好。」跟手又把他那個手摺翻出來，自頭至尾，看了一遍。「雖然不多幾句話，然而簡潔老當，有條不紊，的確是個老公事。」再看那兩條條陳，亦覺得語多中肯。「在候補當中，竟要算個出色人員！」

盤算了一會，回到上房，接著吃晚飯，二姨太太陪著吃飯。正議論到那個要帳的走的奇怪，蔣中丞連忙接口道：「我正要告訴你們，這銀子竟有人替我代還了。」二姨太太聽了詫異。忙問：「是誰還的？」蔣中丞便一五一十的統通告訴了他，又說：「刁某人是個候補知府，現在當的是什麼差使。」

此時齊巧王媽站在二姨太太身傍，伺候添飯；他心上是明白的，忙插嘴道：「這位老爺我伺候過他，他的光景我是知道的，雖然當了這幾年的差使，還是窮的當當，手裏一個錢都沒有，那裏來的這一萬銀子呢？不要不是他罷？」蔣中丞道：「的確是他。他當的都是好差使，還怕沒錢？頭兩萬銀子，算來難不倒他。」王媽道：「這位老爺的的確確沒有錢。我伺候過他的太太一年多，還有什麼不曉得的？他的太太亦時常同我們說：『這些差使，給了我們這位老爺，真正冤枉呢！除掉幾兩薪水之外。「外快」一個不要。這兩年把我的嫁裝都賠完了，再過兩年，就支不住了！這些差使若是委在別人身上，少說有五六萬銀子的財好發。』」蔣中丞聽了疑惑道：「他既然沒得錢，怎麼能夠替我還帳呢？」王媽道：「這位老爺錢雖不要；然而手筆很大，一千八百的，常常幫人，自己沒有錢，外頭拖虧空，所以他身上聽說有毛五萬銀子的虧空。如今這筆錢，想來又是什麼莊上拉來的；有幾個差使在身上罩住，那裏總還拉得動；但怕將來沒了差使，不曉得拿什麼還人家呢！」蔣中丞聽了，心上盤算道：「據他這樣說來，真正是個好人了。」從此以後，蔣中丞便拿他另眼看待；又委他做了本衙門的總文案。沒有事情，都可以穿了便服，一直到簽押房裏，同撫臺談天的。此時刁大人的聲光，竟比蔣中丞未到任之前還好。人家看了，都很奇怪，齊說：「某人做官，真有本事，無論什麼撫臺來，一個好一個。」總猜不出是個什麼訣竅。

又過了一個月。童欽差要來的話，早已宣布開了。所有當銀錢差使的人，一齊捏著一把汗，刁邁彭更不必說。還算他有才具，只在暗地裏布置，外面卻絲毫不肯衿張。等到欽差到了安慶住下，叫他們造報銷；他早已派人在南京抄到人家報銷的底子，怎樣欽差就賞識，怎樣欽差就批駁；他都了然於心，預備停當。等到這裏欽差才吩咐下來，他第二天就把冊子呈了上去，又快又清楚，合了欽差的心。欽差看了大喜，一連傳見過三次；所說的話，又甚對欽差的脾胃。以後通省各局所的冊子，都造好送了上來，欽差看了許多冊子，然而總不及刁邁彭的好。因此欽差很賞識他，同蔣撫臺說，要上摺子保舉他。撫臺是承過他的情的，豈有不贊成之理。這是後話不提。

＊　＊　＊

且說：欽差童子良，因奉朝廷命查辦蔣撫臺「誤剿良民，濫保匪人」一案，案情重大；所以到了安慶之後，聲色不動，早派了兩個心腹，前往鳳，亳一帶密查。等到這裏司庫局所盤查停當，先前委出去查事的人，亦已回來了，竟同御史參的話，絲毫不錯。欽差便行文撫臺，叫他把記名提督蓋道運，候補道黃保信，候補總兵胡鸞仁三員，先行摘去頂戴，有缺撤任，有差撤委，一齊先交首府看管，聽候嚴參，歸案審辦。這事一出，大家又嚇毛了。

先前蔣撫臺也聽見風聲不好，便有人送信給他說，為的就是上年皖北剿匪一案。蔣撫臺說：「我有地方官奏報為憑，所以才發兵的。至於派出去的人，誤勦良民，這個我坐在省城裏，離著一千多里路，我怎樣會曉得呢？這個須問他們帶兵的，其過並不在我。」又有人把這話傳給了蓋道運等三個說：「看上去撫臺不肯幫忙。」蓋道運道：「我們是奉公差遣，他不叫我們去殺人，我們就能夠亂殺人嗎？這件事是他叫我們如此做的。欽差問起來，我有他的札子為憑，咱不怕。」說完，便把札子取了出來，給大眾瞧了一瞧，仍舊拽在身上，又說一聲：「這是咱的真憑據！」黃保信，胡鸞仁兩個，聽他如此一說，亦各各把心放下。

隨後又有人把蓋道運的話，告訴了蔣撫臺。蔣撫臺一聽大驚，便把札子的原稿，弔出查看，覺得所說的話，雖然過火，尚無大礙。惟獨後頭有一句是叫他們「迎頭痛剿」；看到這裏，不覺把桌子一拍道：

「完了！這是我的指使了。深悔當初自己沒有站定腳步，如今反被他們拿住了把柄！」自己惱悔的了不得，然而又是一籌莫展。曉得刁邁彭見多識廣，才情極大，況且這些屬員當中，亦只有同他知己。於是請了他來，密商這件事，如何辦法。

這件事刁邁彭是早已知道的了。三人之中，黃保信黃道臺，還同他是把兄弟。依理老把兄遭了事情，交在首府看管，做把弟人，就該應進去瞧瞧他，上司跟前能夠盡力的地方，替他幫點忙才是。無奈這位刁邁彭，一聽撫臺有卸罪於他三人身上的意思，將來他三人的罪名，重則殺頭，輕則出口❶，斷無輕恕之理；因此就把前頭交情，一筆勾消；見了撫臺，絕口不提一字，免得撫臺心上生疑：這正是他做能員的秘訣！此時撫臺傳見，正為商議這件事情。他便迎合憲意說：「他三人如何荒唐，極該拿他三人重辦；一來塞御史之口，二來卸大人的干係，倘若大人再要迴護他三人，將來一定兩敗俱傷，於大人反為無益。」

蔣撫臺聽了，雖甚以他話為然；但是因為前頭自己實實在在下過一個札子，叫他們迎頭痛剿。如今把柄落在他們手裏，欽差提審起來，他們一定要把這個札子呈上去的；豈不是一應干係，都在自己身上，他們罪名，反可減輕。因把詳細情節，告訴了刁邁彭，問他如何是好。

刁邁彭至此，也不免低頭沉吟了一回，問撫臺要了那個札子底稿，拿來看一回，便道：「法子是有一個，但光是卑府一個人做不來，還得找一個蓋某人的朋友，肯替大帥出力的，做個連手才好。」蔣撫臺默默無語。後來還是刁邁彭想起武巡捕當中，有一個名字叫做范顏清的；「這人同蓋道運本是郎舅，後來為了借錢不遂，早已不大來往的了。如今找他做個幫手，這事或者成功。」蔣撫臺一聽這話，連忙

❶出口：前清謫戍，遠流口外，亦稱「出口」。

站起身來，朝著刁邁彭深深一揖，道：「兄弟的身家性命，一起在老哥哥身上。千萬費心！一切拜託！」刁邁彭道：「卑府有一分心，盡一分力就是了。」說罷退下。

刁邁彭也不及回公館，便去尋著范顏清，先探他口氣，同他說：「想不到令親出此意外之事！」范顏清道：「我們是至親，不是我背後說：他也過於得意了。」刁邁彭一聽口音很不對，便說：「你們是至親，到了這個時候，正應該幫幫他的忙才是。你是常在老帥身邊的人，總望你替他說句好話才好。今日連你都如此說他，他還有活命嗎？」范顏清道：「卑職事情，瞞不過你大人的明鑑。常言道：『至親莫如郎舅』。他是提鎮，卑職是千把，說起來只有他提拔卑職的了；誰知倒是一點好處沾不到的。即如去年他平了土匪回來，論理呢，本來不敢妄想；只求他大案裏頭帶個名字，就算我至親沾他這點光，也在情理之內。那曉得弄到後來竟是一場空，倒是些不三不四的，一齊保舉了出來。所以如今卑職也看穿了，決計不去求他。卑職同他親雖親，究竟隔著一層。如今連他們的姑太太，也不同他來往了。這可是同他一個娘肚裏爬出來的，尚且如此，更怪不得別人了。」

刁邁彭一聽范顏清說的話，很是有隙可乘，便把他拉到裏間房裏，同他咕唧了好一會；把撫臺所託的事情，以及拉他幫忙的話，並如何擺佈他三個的法子，密密商量了半天。范顏清果然滿口答應：「情願拚著斷了這門親戚，報效老帥。只求事情之後，求大人在老帥面前好言吹噓，求老帥栽培就是了。」刁邁彭亦滿口答應。

* * *

二人計議已定好，刁邁彭回到公館，立刻叫廚子做了兩席酒，叫人挑著送到首府裏。一席說是自己送給黃大人的；那一席又換了兩個人抬了進去，說是院上武巡捕范老爺送給他舅爺蓋大人的。隨後又見他二人不約而同，一齊來到首府，找了首府陪著他；一個看朋友，一個看親戚。首府一見他二人，都是撫臺的紅人，焉有不領他進去之理。

蓋道運見了范顏清，雖然平時同他不對，如今自己是落難的人，他送了吃的，又親自來瞧，總算有情分的了；不得不拿他當做親人，同他訴了一番苦，又問姑太太的好。范顏清同他敷衍了幾句；又把刁邁彭引了過來，彼此相見。刁邁彭先見老把兄，自然另有一番替他抱屈的話，說得黃保信感激他，直拿他當做親兄弟一般看待。及至見了蓋道運，又是義形於色的說了一大套話。蓋道運是個武傢伙，更加容易哄騙，亦當他是真好人；便說撫臺如何想卸罪於他三人身上；「現在我有撫臺札子為憑，欽差提審，我是要呈上去的。」刁邁彭亦竭力叫他把札子收好，不但保得性命，而且保得前程。蓋道運自然佩服他的話。四個人又談了半天，他二人方才辭別而出。

第二天范顏清說院上事忙，只有刁邁彭一個，又到首府裏看他二人，說的話無非同昨天一樣。刁邁彭回到院上，同蔣撫臺說：「時候到了。再不辦，欽差要提人審問，就來不及了。」當夜刁邁彭就住在院上簽押房裏，足足忙了半夜。第三天午前又去瞧蓋道運，說是：「剛從院上下來，聽得說你三位的風聲不好！」蓋道運道：「無論如何，我有中丞這個憑證，總不會殺頭的。」刁邁彭道：「你別這樣講。他們做文官的，心眼子總比你多兩個，你那裏是他對手。你姑且把札子拿出來，等我替你看看，還有什麼拿住他的把柄地方沒有。」頭兩天蓋道運聽了黃保信的話，說我們這位把弟如何能幹，如何在行；所以一聽他言，頓時就要請教。齊巧黃保信這時也陪了過來。亦催蓋道運：「把札子拿出來，給某人瞧瞧，還有什麼可以規避的方法。」蓋道運不加思索，忙從懷裏取出那角公事，雙手送上。刁邁彭剛正接到手中，忽然范顏清又從外面進來，拿個蓋道運一把拉到對過房裏說話。大家曉得他是院上來的，一定是得了什麼風聲了；蓋道運不由得跟了過去。黃保信同胡鸞仁，各各驚疑不定。刁邁彭將計就計，亦說：「范某人到這裏，一定有什麼話說，你二人姑且跟過去聽聽看。」他倆被這一句提醒，果然一同走了過去。此時刁邁彭見房內無人，急急從袖筒管裏，把昨夜所改好的一個札子，取了出來，替他換上。

那邊范顏清故意做得鬼鬼祟祟的，說是：「今天在院上，聽見老帥同兩司談起你老舅的事情，大約無甚要緊。老帥總得想法子，出脫你們三位的罪名，可以保全自己。」蓋道運聽了如此一講，又把心略略放下，忙說道：「果然如此，還像個人。」范顏清故意多坐了一回，約摸刁邁彭手腳已經做好，倏地取出錶來一看，說一聲：「不好了，誤了差了！」連忙起身告辭，又走過來喊了一聲：「刁大人，我們同走罷！老帥叫你起的那個稿子，今兒早上還催過兩遍，你交代上去沒有？」刁邁彭亦故作一驚道：「真的我忘記了！我們同走，回頭再來。」說完出來，便把札子連封套交代了蓋道運，彼此拱拱手，同了范顏清揚揚而去。這裏蓋道運還算細心，拉開封套瞧了一瞧，見札子依然在內，仍舊往身上一拽，行所無事。

* * *

且說：童子良此番來到安徽籌款，沒有籌得什麼；安徽又是苦省分，撫臺應酬的，也不能如願；所以這事既已查到實在，就想澈底究辦。先叫帶來的司員，擬定摺稿，請旨把蓋道運等三個先行革職，歸案審辦，這是欽差在行轅裏做的事。撫臺在外頭，雖然得了風聲，然而無法彌補。

偏偏又是刁邁彭，因蒙欽差賞識，便天天到欽差行轅裏去獻殷勤。不但欽差歡喜他，連欽差的隨員跟人，沒有一個不同他要好的。拜把子，送東西，應有盡有，所以弄得異常連絡。等到欽差參了出去，他得了風聲，又去化錢給欽差隨員，託他們把摺子的稿子，抄了出來。大眾以為摺子已發，無可挽回，落得賣他幾文。那曉得他稿子到手，立刻送到撫臺跟前，蔣撫臺見上頭參的很兇，倘若認真的辦起來，不但自己功名不保，而且還防有餘罪；急同刁邁彭商量辦法。

刁邁彭道：「只要欽差的這個底子到了我們手裏，卑府就有法子想了。」蔣撫臺急欲請教。刁邁彭道：「要大人先下手奏出去，便可無事。」蔣撫臺道：「欽差的摺子，昨兒已經拜發，我們怎樣趕到他的頭裏呢？」刁邁彭道：「這有什麼難的。欽差的摺子，是按站走的。我們給他一個六百里加緊，將來總是我們的先到。他三個的罪名，橫豎是脫不掉的。如今札子已經換到，他們沒有把柄，就冤枉他們一次，還怕什麼！現在只請大人先把這事奏參出去，只把罪名卸在他三個身上；自己亦不可推得十二分乾淨，失察處分，必須自行檢舉的。如此一來，我們的摺子先到京，皇上先看見，欽差的摺子，隨後趕到，就是再說得利害些，也就無用了。」

蔣撫臺聽他說話，甚是有理。立刻照辦，仔仔細細擬了一個摺子：請將蓋道運三個革職嚴懲；自己亦自請議處。當天把摺子寫好拜發，由驛站六百里加緊，遞到京城。果然比欽差的摺子，早到得好幾天。上頭批了下來：蓋道運三個一齊充發軍臺，效力贖罪；巡撫蔣某交部議處。旋經部議得降三級調用；虧得自己軍機裏有照應，求了上頭，改了個革職留任，仍舊還做他的撫臺。

上諭下來的那天，蓋道運氣憤憤的不服，說：「我們是按照撫臺的札子辦事的，為什麼要辦我們的罪？」一定吵著，要首府上去替他伸冤。首府問他：「有什麼憑據？」他就把札子掏了出來，摔到首府面前說：「老兄請看，這不是他叫我們『迎頭痛勦』的嗎？怎麼如今全推在我們身上呢？」首府接過來一看，只有叫他們「相機勦辦」的字眼，並沒有許他「迎頭痛勦」的字眼，便把這話告訴了他，又把字義講給他聽；蓋道運還不明白。畢竟黃保信是文官，猜出其中的原故，一定那天被刁邁彭偷換了去。把話說明，於是一齊痛罵刁邁彭，已經來不及了。後來欽差那面，見朝廷先有旨意，亦道是蔣某人自己先行出奏；卻不曉得全是刁邁彭一個人串的鬼戲。後來刁邁彭在安徽做官，因此甚為得法。

未知後事如何，且看下回分解。

第四十九回　焚遺財傷心說命婦　造揭帖密計遣群姬

卻道：刁邁彭自蒙欽差童子良賞識，本省巡撫蔣中丞亦因他種種出力，心上十二分的感激。後來欽差那邊拿他保了個送部引見；撫臺這邊明保，亦有好幾個摺子。刁邁彭就趁勢請咨進京引見。到京之後，又走了門路。引見下來，接著召見了一次，竟其奉旨以道員發往安徽補用；平空裏得了一個特旨道，聲光更與前不同了。回省之後，不特通省印委人員，仰承鼻息；就是撫臺，因為從前歷次承過他的情，不免諸事都請教他，有時還讓他三分。因此安徽省裏，官場上竟替他起了一個綽號，叫他做二撫臺。

這二撫臺屢次署藩臺，署臬臺，署關道，署巡道；每遇缺出，總有他一分，都是蔣撫臺照應他的。後來又署了蕪湖關道。到任未久，忽然當地有個外路紳衿，姓張，名守財，從前帶過兵打過土匪；事平之後，帶過十幾年營頭，又做過一任實缺提督。自從打土匪擄來的錢財，以及做統領剋扣的軍餉，少說手裏有三百多萬家私。這人到了七十歲上，因為手裏錢也有了，官也到了極品了；看看世界上，以後的官一天難做一天，如果還是戀棧，保不定那時出個亂子；皇上叫你去帶兵，或是打土匪，或是打洋人，打贏了還好，打輸了，豈非前功盡棄，自尋苦惱！齊巧這年新換的總督，同他不對，很想抓他個岔子，出他的手；虧得他見貌辨色，立刻告病還鄉，樂得帶了妻兒老小，回家享福，以保他的富貴。

他原籍雖然不是蕪湖，只因從前帶營頭，曾經在蕪湖住過幾年，同地方上熟了，就在本地買了些地基，造了一所房子。從來在任上手裏的錢多了，又派人回來，添買了一百幾十畝地；翻造了一所大住宅屋子，旁邊又造了一座大花園。

這張守財生平，只有一樣不足，是年紀活到七十歲，膝下還是空無所有。前前後後，連買帶騙，他的姨太太，少說也有四五十個。到了後來，也有半路上逃走的，也有過了兩年不歡喜，送給朋友，賞給差官的；等到告病交卸的那年，連正太太一共還有十九位。正太太是續娶的，其年不過四十來歲，聽說也是一位實缺總兵的女兒。張守財一向是在女人面上，逞英豪慣了的。誰知娶了這位太太來，年紀比他差了三十歲；然而見了面，竟其伏帖帖，不敢違拗半分。那十八位姨太太，都還是太太未進門之前討的。自從太太進門，卻沒有添得一位。

在任上的時候，一來太太來的日子還淺，不便放出什麼手段；二則衙門裏耳目眾多，不至於鬧什麼笑話；所以彼時太太還不見得怎樣，不過禁止張守財不再添小老婆而已。等到交卸之後，回到蕪湖。他蓋造的那所大房子，本是預先畫了圖樣，照著圖樣蓋的。上房一並排是個九間，原說明是太太住的上房，後頭緊靠著上房，四四方方，起了一座樓。樓上下的房間，都是井字式。樓上是九間，樓下是九間。四面都有窗戶，只有當中一間，是一天到夜，都要點火的。九間屋，每間都有兩三個門，可以走得通的。恰恰樓上下一十八個房間，住了一十八位姨太太；正太太住了前面上房。怕這些姨太太不妥當，凡是這樓的四面，或是天井裏，或是夾道裏，有門可以通到外頭的，一齊叫木匠釘煞，或叫泥水匠砌煞。倘若要出來，只准走一個總門，這個總門，通著太太後房，要走太太的後房裏出來，一定還要在太太的大牀旁邊走過。不但十八位姨太太出來，一齊飛不掉太太的房間；就是伺候這十八位姨太太的人，無論老媽子，丫頭，沖壺開水，點個火，也要從太太的牀邊經過。鎮日價人來人去，太太並不嫌煩，而且以為：「必須如此，方好免得老爺瞞了我，同這班人，有什麼鬼鬼祟祟的事；或是私下拿銀子去給他們，只要有我這個總關口，不怕他插翅飛去。」按下慢表。

* * *

且說：張守財告病回來，他是做過大員的人，地方官自然要拿他擡高了身分看待。縣裏官小說不著。本道刁邁彭乃是官場中著名的老猾，碰見這種主兒，而且又是有錢的，豈有不同他拉攏的道理？起先不過請吃飯，請吃酒，到得後來，照例拜了把子。張守財年尊居長，是老把哥。刁邁彭年輕，是老把弟。拜過把子不算，彼此兩家的內眷，又互相往來。刁邁彭又特特為為穿了公服，到張守財家裏，拜過老把嫂。等到張守財到道衙門裏來的時候，又叫自己的妻子，也出來拜見了大伯子。從此兩家往來，甚是熱鬧。

刁邁彭雖然屢次署缺，心還不足，又託人到京裏買通了門路，拿他實授蕪湖關道這走門路的銀子，十成之中，聽說竟有九成，是老把兄張守財拿出來的。張守財一介武夫，本元雖足；到底年輕的時候，打過仗，受過傷，到了中年，斲喪過度；如今已是暮年了，還是整天的守著一群小老婆廝混；無論你如何好的身體，亦總有撐不住的一日；平時常常有點頭暈眼花。刁邁彭得了信，一定親自坐了轎子來看他，上房之內，直出直進，竟亦無須迴避的。

到底張守財是上了年紀的人，經不起常常有病，病了幾天，竟其躺在牀上，不能起來了。不但精神模糊，言語蹇澀，而且骨瘦如柴，遍體火燒；到得後來，竟其痰湧上來，喘聲如鋸。這幾個月裏，只要稍為有點名氣的醫生，統通請到。一個方子，總得三四個先生商量好了，方才煎服。一帖藥至少六七十塊洋錢起碼；若是便宜了，太太一定要鬧著說：「便宜無好貨，這藥是吃了不中用的。」誰知越吃越壞，仍舊毫無功效。

後來又由刁邁彭薦了一個醫生，說是他們的同鄉，現在在上海行道，很有本事。張太太得到這個風聲，立刻就請刁邁彭寫了信，打發兩個差官去請；要多少銀子，就給他多少銀子，好在上海有來往的莊家，可以就近劃取的。等到了上海，差官找到了醫生的下處。一看場面，好不威武，一樣貼著公館條子；但是上門看病的人，卻是一個不見。差官只把信投進。那醫生見是蕪湖關道所薦，一定要包他三百銀子一天，盤川在外，醫好了再議；另外還要「安家費」二千兩。差官樣樣都遵命，只是安家費不肯出，說：「我們大人自從有了病，請的大夫，少說也有八九十位了。無論什麼大價錢，都肯出，從來沒有聽見還有什麼安家費的。先生如果缺錢使用，不妨在『包銀』裏頭支五天使用，三五一十五，也有一千五百銀子。」那醫生見差官不允，立刻搭架子說：「不去了。」又說：「我又不是唱戲的戲子，不應該說『包銀』。」同來請的是兩個差官，一個不認「安家費」，以致先生不肯去；那一個急了，便做好做歹，磕頭賠禮，仍舊統通答應了他，方才上輪船。在輪船上包的是大餐間，一切供應，不必細述。

誰知等到先生來到蕪湖，張守財的病，已經九分九了。當時急急忙忙，張太太恨不得馬上就請這位名醫進去，替老爺看脈，把藥灌下，就可以起死回生。齊巧這位先生，偏偏要擺架子，一定不肯馬上就看；說是輪船上吹了風，又是一夜沒有好生睡覺，總得等他養養神，歇息一夜，到第二天再看。無論如何求他，總是不肯。甚至於張太太要出來跪求他，他只是執定不答應，他說：「我們做名醫的，不是可以粗心浮氣的。等到將息過一兩天，斂氣凝神，然後可以診脈。如此開出方子來，才能有用。」大家見他說得有理，也只得依了他。

這醫生是早晨到的，當天不看脈。到得晚上，張守財的病，越發不成樣子了，看看只有出的氣，沒有進來的氣，這兩天，刁邁彭是一天兩三趟的來看病，偏偏這天有公事，等到上火才來。會見了上海請來的醫生，問看過沒有？差官便把醫生說的話回了。

刁邁彭道：「人是眼看著就沒有用了，怎麼等到天明！還不早些請他進去看看，用兩味藥，把病人扳了過來！你們不會說話，等我去同他商量。」當下幸虧刁邁彭好言奉勸，才把先生勸得勉強答應了。於是由刁大人陪著，前面十幾個差官，打了十幾個燈籠，把這位先生請到上房裏來。此時張太太見了先生，他的心上，賽如老爺的救命星來了。滿上房裏洋燈，保險燈，洋蠟燈，機器燈，點的爍亮。先生走到牀前，只見病人睡在牀上，喉嚨裏只有痰出進，抽動的聲響。那先生進去之後，坐在牀前一張椅子上，閉著眼，歪著頭，三個指頭，把了半天脈，一隻把完，再把一隻，足足把了一個鐘頭。

把完之後，張太太急急問道：「先生，我們軍門的病，看是怎樣？」先生聽了，並不答話。便約刁大人同到外面去開方子。張太太方再要問，先生已經走出門外。大家齊說這先生是有脾氣的，有些話，是不能同他多講的。當由刁大人讓了出來；先生一面吃水煙，一面想脈案，方說得一句「軍門這個病……」。下半截還沒有說出，裏面已經是嚎啕的痛哭，一片舉哀的聲音，就有人趕出來報信，說是軍門歸天了！刁邁彭聽了這話，一跳就起，也不及顧，先跑到裏頭，幫著舉哀去了。

這裏先生雙手捧著一枝煙袋，楞在那裏，坐著發呆。正在出神的時候，不提防一個差官，舉手一個巴掌，說：「你這個混帳王八蛋！不替我滾出去，還在這裏等什麼？」說著又是一腳。先生亦因坐著沒味，便說：「我的當差的呢？我要到關道衙門去。」又道：「我是你們請來的，就是要我走，也得好好的打發我走，不應該這個樣子待我。我倒要同刁大人把這個情理，再細細的同他講講。」差官道：「你早晨來了。叫你看病，你不看，擺你娘的臭架子。一直等到人不中用了，還是刁大人說著，你這才進去看。我們軍門的病，都是你這雜種耽誤壞的。不走，等做不成！」說著舉起拳頭，又要打過來。幸虧刁大人的管家勸住，才騰空放那先生走的。閒話少敘。

再說：張太太在上房裏，原指望請了這個名醫來，一帖藥下去，好救回軍門的性命。誰知先生前腳出去，軍門跟手就斷氣。立刻手忙腳亂起來。一位太太同著十八位姨太太，一齊嚎啕痛哭，哭的震天價響。正哭著，人報刁大人進來了。張太太此時已經哭的死去活來。一眾老媽見是刁大人進來，就把十幾位姨太太，勸進到後房裏去。刁大人靠著房門，望著死人，亦乾號了幾聲。於是張太太又重新大哭，一面哭著，一面下跪給刁大人磕頭，說：「我們軍門伸腿去了，家下沒有作主的人，以後各事，都要仰仗了。」刁邁彭急忙回說：「這都是兄弟身上，應該辦的事，還要大嫂囑咐嗎？」說罷又哭。

* * *

張守財既死之後，一切成殮成服，都不必說，橫豎有錢，馬上就可以辦得的。但是一件，他老人家做了這們大的一個官，又掙下了這們一分大家私，沒有兒子，叫誰承受？他本來出身微賤，平時於這些近支遠親，自己都弄不清楚。娶的這位續絃太太，又是個武官的女兒，平時把攬家私，以及駕馭這些姨太太，壓制手段是有的；至於如何懂得大道理，也未見得，所以於過繼兒子一事，竟不提起。

至於那些姨太太，平日受他的壓制，服他的規矩，都是因為軍門在世。如今軍門死了，大家都是寡婦家，曉得太太也沒有仗腰的人，彼此還不是一樣？便慢慢的有兩個不服規矩起來，太太到了此時，也竟奈何他們不得。此時張府上，是整日整夜，請了四十九位僧眾，在大廳上拜禮「梁王懺」，晚上「施食」；鬧得晝夜不得休息。

到了三七的頭兩天，有個尼菴的姑子，走了一位姨太太的門路，也想插進來做幾天佛事，姨太太已答應了他。誰知太太不答應，一定要等和尚拜完四十九天，功德圓滿之後，再用姑子。這件事本來小事情，誰知他們婦道家存了意見，這位姨太太見太太不允，掃了他面子，立刻滿嘴裏嘰哩咕嚕的，瞎說了一泡，還是不算；又跑到軍門靈前，連哭帶罵，絮絮叨叨，哭個不了。

太太聽得話內有因，便把他拉住了，問他說些什麼。這位姨太太，索性一不做，二不休，便一頭哭，一頭說道：「我只可憐我們老爺，做了一輩子的官，如今死了，還不能夠叫他風光風光！多念幾天經，多拜幾堂懺，好超度他老人家早昇天界，免在地獄裏受罪；如今連著這們一點點都不肯！我不曉得留著這些錢，將來做什麼，難道誰還要留著貼『養漢』不成？如今他老人家死了，我曉得我們這些人，更該沒有活命了！我也不想活了，索性大家鬧破了臉，我剃了頭髮當姑子去！」一面說，一面哭。太太也有聽得明白的，氣的坐在房裏，瑟瑟的抖。後來又聽說什麼「養漢」，越發氣急了，也不顧前慮後，養漢不養漢，立起走到牀前，把軍門往日素來在放房產契據銀錢票子的一個鐵櫃，拿鑰匙開了開來，順手抱出一大捧的字據，一走走到靈前，說了聲：「老爺死了，我免得留著這樣東西害人！」抓了一把，捺在焚化錫箔的鑪內，點了個火，呼呼的一齊燒著。說時遲，那時快，等到家人小子老媽丫鬟上前來搶，已經把那一大捧一齊送進去了。究竟這櫃子裏的東西連錢，太太自家亦沒有個數，大約剛才所燒掉的一大包，估量上去，至少亦得二三十萬產業。有些可以註失重補，有些票子，一燒之後，沒有查考，亦就完了。

當時張太太盛怒之下，不加思索，以致有此一番舉動。一霎燒完，正想回到上房裏，從櫃子裏再拿出一包來燒；誰知早被幾個老媽抱住，按在一張椅子上，幾個人圍著，不容他再去拿了。張太太身不由己，這才跺著腳，連哭帶罵，罵個不了。起先說他閒話的那個姨太太，已楞在一旁呆看，不言不語了。

正當胡鬧的時候，早有人飛跑送信到道衙門裏去。刁邁彭得信趕來，不用通報，一直進去。因為進門的時候，就聽得人說張太太把些家當產業，統通燒完；他便三步邁作兩步，走到靈前，嘴裏連連說道：「這從那兒說起！這從那兒說起！」一見鑪子裏，還在那裏冒煙，他便伸手下去，抓了一下子，被火燙的手指頭生痛，連忙縮了回來。看看心總不死，於是又伸下去，抓出一疊，四面已經焦黃，當中沒有燒到的幾張契紙，字跡還有些約略可辨，刁邁彭一面檢看，一面連連跌腳說道：「這又不必！」看了半天，都是殘缺不全，無可如何，亦只有付之一歎！然後起身，與張太太相見。

此時張太太早哭得頭髮散亂，啞著喉嚨，把這事的始末根由，訴了一遍。訴罷，又跪下磕了一個頭，跪著不起來。刁邁彭再三催他站起；他總是不肯起，口口聲聲，要求刁邁彭作主。

刁邁彭一想：「他們都是一般寡婦，沒有一個作主的。若論彼此交情，除了我也沒有第二個，可以管得他的家事的。」於是也就不避嫌疑，滿口答應，又說：「大哥臨終的時候，我受了他的囑託，本來就想過來替他料理的；一來這兩天公事忙，二來因為大哥去世了才不多幾天，還不忍說到別事。如今既然嫂嫂這裏弄得吵鬧不安，那亦就說不得了。」張太太聽了，自然是千感萬謝，忙又磕了一個頭。

磕頭起來，便請刁大人到屋裏來，拿櫃子指給他看，說：「我們軍門幾十年辛苦，賺得來的。明天就請大人過來，替他理個頭緒；應該怎麼個用頭，就求大人斟酌一個數目。免得我嫂子受人的氣。」刁邁彭道：「這件事不是光理個頭緒，就算完的。依我兄弟的愚見，總得分派分派才好。大哥身後，掉下來的人，又不止你嫂子一個；如果還像從前和在一起，那是萬萬做不到的。兄弟明天過來，自有一個辦法。」張太太一向是「惟我獨尊」的；如今聽說要拿家當分派，意思之間，以為：「這個家除了我，更有何人？」便有點不高興。

當下刁邁彭回到自己衙門，獨自盤算著說道：「這位軍門，他的錢當初也不曉得是怎麼來的，如今整大捧的，被他太太一齊往火裏送。自己辛苦了一輩子，掙了這分大家私，死下來，又沒有個傳宗接代的人，不知當初要留著這些錢何用！我剛才說要替他們大小老婆分派分派，似乎張太太心上還不高興。唉！我這人真正也太呆了！替他們分派之後，一個人守著十幾萬銀子，各人幹各人的，這錢豈非仍落他人之手？我明天何不另想一個主意，等到太太出面，把些小老婆好打發的，打發幾個；打發不掉的，每人須少分給他們幾個；餘下的一齊仍歸太太掌管。如此辦法，少不得他太太總要相信我；以後各事，經了我的手，便有個商量了。」轉念一想：「凡事不能光做一面，總要兩面光，必須如此如此方好。」

主意打定，第二天便吩咐不見客，獨自一個溜到張家；先到大廳上，見了張守財的幾個老差官。曉得這班人，都很有點權柄，太太跟前，亦都說得動話的；刁邁彭便著實拿他們擡舉，又要拉他們坐下談天。幾個老差官，因他是實缺關道，又是主人把弟，齊說：「大人跟前，那有標下坐位？」刁邁彭道：「不必如此說，一來諸位大小亦是皇上家的一個官；二來你們太太，逼了我要替他料理料理家務，有些事情，還得同諸位商量；現在跟前沒有別人，我們還是坐下好談。諸位不坐，我亦只好站著說話了。」眾人至此無奈，方才一齊斜簽著身子坐下。刁邁彭先誇獎：「諸位如何忠心！軍門過去了，全靠諸位，替他料理這樣，料理那樣。」又說：「諸位跟了軍門這許多年，可惜不出去投標投營！有諸位的本領，倘若出去做官，還怕不做到提鎮大員，戴紅頂子嗎？」隨後方才說到自己同軍門的交情。「如今軍門死了，無人問信，我做把弟的，少不得要替他料理料理；就是人家說我什麼，也顧不得了。」此時眾人已被刁邁彭灌足米湯，不由己的，沖口而出，一齊說道：「大人是我們軍門的盟弟，軍門去世了，大人就是我們的主人，誰敢說得一句什麼？要是有人說話，標下亦不答應他，一定揍他。」刁邁彭哈哈大笑道：「就是說什麼，我亦不怕，我同軍門的交情，非同別個。要是怕人說話，我也不往這裏來了。」說罷，就往上房裏跑。

走了幾步，又停住了腳，回頭說道：「諸位都跟著軍門出過力，見過場面的人。我今天來到這裏，要同軍門的太太商量：現在我奉到上頭公事，要添招幾營人，又有幾營要換管帶。我看來看去，只有諸位是老軍務，目前就要借重諸位，跟我幫個忙才好。」眾人一聽刁大人有委他們做管帶的意思，指日便是個官了，總比如今當奴才好，便一齊請安，謝大人提拔。然後跟著同到上房，見了張太太照例請安，勸慰一番。然後又提到替他料理家務的話。此時一眾差官，都當他是好人，見他同太太講話，並不生他的疑心。把他送到上房之後，便一齊退到外面，候著站班恭送。

刁邁彭見跟前的人漸漸少了，方才把想好的主意，說了出來。張太太一聽，甚中其意，連忙滿臉堆著笑說道：「到底我們軍門的眼力不差，交了這個朋友。只有大人一位，可以託得後事的。」說著又歎氣道：「我們軍門一條命，送在這班狐狸手裏。依我的意思，一齊趕掉，一個錢也不給他們。」刁邁彭道：「這是斷斷乎不可，錢是要給幾個的。」張太太默默無言。刁邁彭又講到：「這班出過力的差官，很有幾個有才具的。兄弟的意思，想求嫂子賞薦幾個，等兄弟派他們點差事，幫幫兄弟。橫豎又不出門，府上有事，仍舊可以一喊就來的。」張太太道：「這是大人提拔他們，大人看誰好，就叫誰去。軍門過世之後，公館裏亦沒有什麼事情，本來也要裁人。如今一得兩便，他們又有了出路，自然再好沒有了。」刁邁彭辭別回去。

第二天辦了五六分札子，叫人送到張府上。那札子便是委這幾個差官，當什麼新軍管帶的。凡是張府上幾個拿權老差官，都被他統通調了去。這般人正愁著軍門過世以後，絕了指望；如今憑空裏一齊得了差使，更勝軍門在日，有何不感激之理！自此以後，這班人便在刁邁彭手下當差。刁邁彭卻自從那日起，一直未曾再到過張府。後文再敘。

* * *

且說：張太太自從聽了刁邁彭的話，同那班姨太太，忽然又改了一副相待情形；天天同起同坐，又同在一塊兒吃飯，說話異常親熱。從前這班姨太太，出出進進，都要打太太的牀前走過。如今太太也不拿他們防備了；便在中間屋裏另開了一個門，通著後頭，預備他們出進。太太又說：「我們現在都是一樣的，還分什麼大小呢？」一班姨太太陡然見太太如此隨和，心上都覺得納罕。畢竟這班小老婆幾個是好出身！從前怕的是老爺，是太太；如今老爺已死了，太太也沒有威風了，有幾個安分守己的，還是規規矩矩，同前頭一樣；有幾個卻不免有點放蕩起來，同家人小廝嘻嘻哈哈；有時和尚進來參靈，或是念經念的短了，或是聲音不好聽了，這些姨太太還排揎他們一頓。

後來過了半月，借著到廟裏替軍門做佛事，就時常出去玩耍。太太非但不管他們，倒反勸他們出去散心，說：「你們都是一班年輕人，如今老爺死了，還有什麼指望，有得玩，樂得出去玩玩。不比我自從遭了老爺的事，就一直有病，那裏有玩的興致呢！」自從那日起，張太太果然推頭有病，不出來吃飯。一班姨太太見他如此，樂得無拘無束，儘著性兒出去玩耍。太太睡在家裏，一問也不問。

張府中照此樣子，已經有一個多月。這一個多月，刁邁彭竟其推稱有公事，一趟未曾來過。又不時把他新委的幾個張府上的差官，傳來諭話，說：「我這一陣，因為公事忙，未曾到你們軍門家裏。自從軍門去世之後，留下這些年輕女人，我實在替他放心不下。你們得空，還得常常回去，帶著招呼招呼，也好替我分分心。」眾人一齊答應稱「是」。背後私議，齊說：「刁大人如此關切，真正是我們軍門的好朋友。」

又過兩天，正是初一，刁邁彭到城隍廟裏拈香，磕頭起來，說是：「神桌底下有張字帖似的，看是什麼東西。」便有人拾了起來，遞到刁邁彭手裏，故意看了一看，就往袖子裏一藏，出來上轎。此時那一班差官，都跟來看見。刁邁彭回到衙中，脫去衣服，吩咐左右之人，一齊退去。單把那班差官傳進來，拿這張給他們看；又是埋怨自己，又是怪他們，說道：「我再三的同你們說，我這陣子公事忙，不能常常到你們軍門公館裏去。況且現在又不比軍門在日，公館裏全是一班女人，我常常跑了去，亦很不便。所以再三交代你們，叫你們時常帶著回去招呼招呼；為的就是怕鬧點事情出來，叫人家笑話。也不必實有其事，就是被人家造兩句謠言，亦就犯不著。你們不聽我的話，如今如何被人家寫在匿名帖子上頭！

這個寫帖子的人，也是可惡，什麼事情不好說，偏偏要說他們寡婦家的事情。我總得叫縣裏，查到這個人重辦他一辦。這個帖子，幸虧是我瞧見，叫他們拾了起來；倘若被別人拾著了，傳揚出去，那時候名氣才好聽呢！」

刁邁彭一頭說，眾差官一面應「是」，一面看那匿名揭帖。內中有兩個識字的，只得把上寫的四句詩，念給眾人聽道：「蕪湖城裏出新聞：提督軍門開後門，日日人前來賣俏，便宜浪子與淫僧。」那兩個差官，畢竟是武夫，字雖認得，句子的意思，畢竟還不懂。念完之後，楞住不響。刁邁彭特地逐句講給他們聽過，然後大家方才明白。內中就有一個粗鹵的，聽了這些言語，不覺雙眉倒豎，兩眼圓睜，氣憤憤的說道：「這是怎麼說！這是怎麼說！我們軍門做了這們大的一個官，倒叫他死後丟臉，這件事，標下倒有點不服氣。近來半個月，我們太太有病睡在屋裏，不出來。這一定是那班姨太太鬧的。太太病了，沒有人管他們，就鬧得無法無天了！大人說不得，我們軍門死了，知己朋友，可以幫著替他料理料理家務的，只有你老人家一位。標下在這裏，替你老人家跪著，總得求你老人家，替他管管才好！」於是一齊跪下。刁邁彭看了皺著眉頭，說道：「這事情鬧的太難為情了，叫我亦不好管啊！——也罷，等我慢慢的想個法子。你們且出去，一面打聽打聽，到底怎麼樣；一面訪訪那個寫匿名帖子的人，到底是誰。查得人頭，我也好辦。況且這帖子，既然被我拾著一張，看來總不止一張，外面一定還有，你們姑且留起心來。」眾差官只好答應著，退了下來。

有兩個回到公館裏，把這話稟告了張太太。張太太聽了，一聲不響，歇了半天，方說：「我自己的病，還不曉得怎樣，那裏有工夫管他們！你們姑且出去查查看，查到了什麼憑據，告訴我說，我再來問他們。」差官退出，因見太太並不追究此事，心中俱各憤憤，齊說：「軍門死了，怎麼連個管事的都沒有了。儘他們無法無天，這還了得。」

於是又過兩天，那兩個性子暴的差官，正在茶館裏吃茶回來，將近走到轅門。忽見照壁前，有許多人在那裏圍住了看，他倆亦就停止住了，看他們看些什麼。原來牆上貼著一張字帖，眾人一頭看，一頭說，一頭譬解，也譬解不的當。你道如何？原來那張字帖，正與前天刁大人在城隍廟裏拾著的一樣。不過第二句「提督軍門開後門」一句，改為「大小老婆開後門」，換了四個字了。這兩個差官不看則已，看了之時，不覺一腔熱血，大抱不平，也不顧人多擠擁，立時邁步上前，把字帖揭在手中。並不回到道衙門，拿了字帖，一直逕到張公館上房，叫老媽稟報，說：「有要事面回太太。」太太便喚他們進見。那兩個差官見了太太，一言不發，把個字帖往太太面前一送，說一聲：「太太請看！」

太太聽了，佯作不知，還問：「上頭說的是些什麼？」差官道：「上回刁大人照這樣的字，已經見過一張了；標下就來回過太太，請太太管管這些姨太太，少教他們出去，弄的名聲怪不好聽的。太太說『沒有工夫管他們』。如今好了，連太太的聲名，也被他們帶累下了！」太太著急道：「怎麼有我在上頭？」差官道：「這第二句，可不是連太太，也被著他們蹧蹋了麼？」太太看了一遍，還是不懂，叫帳房師爺來講給他聽，方才明白。

等到明白之後，這一氣真非同小可；頓時面孔一板，兩腳一頓，也不顧有人沒人，蓬著個頭，穿了一身小衣裳，也不及穿裙子，一跑跑到軍門靈前，拍著靈檯，又哭又罵，數說：「老爺在世，吃了皇上家的錢糧，不替皇上家辦事；只知道剋扣軍餉，弄了錢來，討小老婆。人家討小老婆，三個五個，也儘夠的了；你偏一討討上幾十個，又不是開窰子，要這群狐狸做什麼用！如今等你死了，留下這班禍害，替你換了頂戴還不算；還要拿我往渾水缸裏亂拉，連我的名聲，也弄壞了。」一面數說，一面回頭：「叫人替我把刁大人請了來！他是軍門的好兄弟，軍門死了，他索性門也不上了，我們這裏的事，他一管也不管了。到底我們這裏大小老婆，那一個開後門，那一個賣俏，那一個同和尚往來，他是地方官，可以審得的。橫豎我是一直病著，連房門都沒有站出，是瞞不過人的。將來審明白了，那個狐狸幹的事，我同那個拚命。倘若審不出，我情願自己剃了頭髮，當姑子去。住在這裏，弄得名聲被別人帶累壞了，我卻犯不著。」說著，又叫人去催刁大人，說：「他為什麼還不來？他不是軍門的好朋友嗎？軍門死了，他竟其信也不問了，活的不要管，問他對得住死的嗎？」

正吵著，刁大人來了。一隻腳才跨進門，張太太已經跪下了，口口聲聲：「請大人伸冤！大人倘若不替我伸冤，我今天就死在大人跟前！」說完，從袖筒管裏一把爍亮雪尖的剪刀，伸了出來，就在面前地下一攤。刁邁彭見了，連連搖手道：「快別如此！快別如此！有話起來說，我們好商量。我受了大哥臨終時候的囑託，我賽如就是他的顧命大臣一樣，還有什麼不盡心的？快快請起！快快請起！」起先張太太還只是跪著不起來，後來聽見刁大人答應了他，方才又磕了一個頭，從地下爬起，就在靈前一張矮腳凳子上坐下。刁邁彭亦即歸坐。張太太便一五一十，把方才的話，說了一遍。

刁邁彭道：「這事原難怪大嫂生氣。大嫂一直有病，睡在家裏；如今忽然拿你帶累在裏頭，自然你要生氣。但是這事情，關係府上的大局，傳揚出去，名聲不好聽；而且也對不住死的大哥。依兄弟愚見，還是請大嫂訓斥他們一番，等他們以後收斂些就是了。」差官插口道：「頭一回大人拾著那張帖子，標下就趕回來告訴太太，請太太管管他們，不准他們多出去。太太不聽，如今果然鬧到自己身上來了。」刁邁彭道：「是啊！當初我交代你們，也為的是這個。」張太太道：「我從前不管他們，是拿他們當做人，留他們的臉。如今鬧到這步田地，大家的臉，亦不要了。大人若是肯作主，對得住死的大哥，想個法子，安放安放這些狐狸。若是不能，我就死了讓他。」說著，伸手拾起剪刀來，就想抹脖子，急的眾人連忙搶下。

刁邁彭裝做沒主意，向眾人道：「這事怎麼辦呢？」眾人也是你看看我，我看看你，都不得主意。張太太又只是催著問刁大人：「到底怎麼？」後來還是那個來送信的差官，心直口快，幫著說道：「軍門過世之後，只有太太是一家之主；不要說是自盡，就是要往別處去住，也是萬萬不能的。」張太太道：「留著我在這裏受氣！人家做了壞事，好一齊推在我的身上！既然不准我死，我無論如何，斷然不能再同這班狐狸，住在一塊兒的。」差官道：「太太說到這步田地，料想是不能挽回的了。現在沒得法想，只好求大人把這些姨太太都叫出來問問；誰是安分守己的，誰留下，以後跟著太太同住，既然住下，就有得服太太規矩；倘若不情願的，只好請他另外住，免得常在一塊兒淘氣。」張太太道：「這些人我是一個合不來的。」

刁邁彭道：「好是好，壞是壞，不可執一而論。就是叫他們另外住，也得有個章程給他們；不是出去之後，就可以任所欲為的。」張太太道：「什麼章程！他們各人有各人的私房，還怕不夠吃用？公中的錢，那是一個不能動我的。不願意，儘管走。從前我沒有來的時候，小老婆聽說也打發掉不少了，沒有什麼希罕。後來這幾年，幸虧有我替他管得好，所以沒有鬧甚笑話。如今軍門過了世，還沒有斷七，他們就一個個的變了樣子！刁大人若看把兄弟分上，這班狐狸，辦都可以辦得的。如何還要拿錢出來，送給他們，那卻萬萬不能的。」

刁邁彭聽畢，走近一步，低低說道：「這話做兄弟的，豈有不知；但是如此一做，被別人瞧著，好像我們做事，過於刻薄。不如好好的叫他們另外去住，回來兄弟放個風聲給他們；並且不要他們住在這裏蕪湖地面上才好。叫他們遠遠的，我們看不見，聽不著，說句不中聽的話，就是他們跟了人逃走，也不與我們相干，以後我們倒反乾淨。大嫂意思，以為如何？但是姨太太，聽說一共還有頭二十位，……」張太太道：「還有十八個。」刁邁彭道：「也得做幾起慢慢的分派，不是一天可以去得完的。況其中果有一二安分守己的，也不妨留兩個陪伴陪伴自己。兄弟今天先把幾個常常愛出去玩的，替你打發掉；其餘的過天再來。」張太太一聽他話有理，便也點頭應允，不作一聲。

刁邁彭於是回過臉，朝著眾人說道：「我同你們軍門是把兄弟，有些事情，雖然我也應該管得，然而今天之事，一張匿名帖子，也作不得憑據。我如今並不拿這帖子上說的話，派誰的不是；不過一樣：現在軍門已經過世，太太便是一家之主，太太說的話，無論誰，都不能違拗的。各位姨太太，既然不服太太的規矩，愛出去玩耍，以致把太太的名聲，連累弄壞；這便是各位姨太太的不是。太太發過誓，不能再同各位姨太太住在一處；我勸來勸去，勸不下來。這是天長日久之事，倘若今天說和之後，明天又翻騰起來，或是鬧得比今天更兇，叫我旁邊人，也來不及！所以我替他們想，也是分開住的好。現在有我做個當中人，也決計不會剋苦了他們。我今天先替大家分派停當，願意去的，儘半月之內，各自另外去住。倘若半月之後不走，便是有心在這裏陪伴太太；太太亦並不難為他，一樣分錢給他使；但是永遠不得再出大門。叫他們想想看，還是走那條路的好。」

張太太道：「走的人，一家給他多少，亦請刁大人吩咐個數目。」刁邁彭道：「這要太太吩咐的。」張太太不肯，一定要刁大人說。刁邁彭無奈，只得說道：「今天我來分派，無論走的，同不走的，總歸一樣。至於走不走，聽便。各人衣服首飾，仍給本人，每人另給摺子一個，就把大哥所有的當鋪，分派均勻，每人寫明：當本三萬，只准取利，不准動本。另外每人再給一千銀子的搬家費，不去的不給。」張太太意思似乎太多。刁邁彭道：「出去之後，仍是軍門的人。軍門有這分家當在這裏，不好少他們的。」

說完，又對來的兩個差官說道：「你倆暫且在這裏伺候兩天。那位姨太太要走，我不便當面問他們，他們也不便對我說。今天請帳房先生，把當鋪裏管事的，一齊約好，趕把利錢摺子，寫給他們。誰要走，有你們在這裏，也好幫著招呼招呼。不走的，再等我來，同你們太太商量安置的法子。」刁邁彭說完了一席話，便即起身告辭。

他說話時，一眾姨太太在孝幔裏，都聽得明明白白。有兩個規矩的，早打定主意不出去。有兩個尖刁的，聽了不服，說道：「我偏不走，看他能彀拿我怎樣。」後來轉念一想：「太太的氣，從前也受夠了；如今有了三萬銀子的利錢，又有自己私房，樂得出去享用，無拘無束。」因此也就不鬧。又有些本來不打算出去另住，聽了旁人的挑唆，或是老媽丫環的攛掇，也覺得出去舒服些。因此願意分開另外住的，十八位之中，倒有一十五位。

要知後事如何，且看下回分解。

第五十回　聽主使豪僕學摸金　抗官威洋奴唆吃教

話說：張守財一班姨太太，自從太太鬧著不要他們同住，經刁邁彭一番分派，倒也覺得甚是公允，沒甚話說。其時十八位姨太太當中，只有三個安心不願意出去，情願跟著太太過活，也只好聽其自然。下餘的十五位，也有三個一起的，兩個一起的，合了夥，房子租在一塊兒；不但可以節省房金，而且彼此互相照應。其時正有一位大員的少爺，在蕪湖買了一大爿地基，仿上海的樣子，造了許多弄堂。弄堂裏全是住宅。也有三樓三底的，也有五樓五底的。大家都貪圖這裏便當，所以一齊都租了這裏的屋。而且在這弄堂裏頭，有戲園，有大菜館，有窰子，真要算得第一個熱鬧所在。姨太太們雖然不逛窰子，上茶館；然而戲園大菜館，是逃不掉的，因此更覺隨心樂意。

刁大人限的是半月，這半月裏頭，油漆房子，置辦傢伙，並沒有一天得空。等到安排停當，搬了出來，卻也沒有一個逾限的。你道為何？只因這位張太太為人兇狠不過，所以一群姨太太也是早離開他一天，早快活一天；大家都存了這個心，自然是不肯耽擱了。十五位當中，卻有四位，因為自己家裏，或是有父母，有兄弟，得了這個信，把他們接出來同住；有的住本地，有的住鄉間，還有一二位竟往別縣而去。其他十位，卻一齊住在這熱鬧所在。

等到在張府臨出門的頭一天，刁大人特地叫差官，傳諭他們說道：「諸位姨太太現在雖是搬出另住，也要自己顧自己的聲名。凡是菴觀寺院，戲園酒館，統都不可去得。現在大人正有告示貼在以上各處，不許容留婦女入內玩耍，倘有不遵，定須重辦！因為此事，又特地派了十幾個委員，晝夜巡查。設若撞見委員們，委員們倘若置之不問，何以禁止旁人？如其毫不徇情，未免有傷顏面。為此特地關照一聲，還是各自小心為妙。」大家聽了，也有在意的，也有不在意的，按下不表。

* * *

單說：張太太自從十五位姨太太一齊出去另住之後，過了兩天，心上忽然想著：「刁大人做事，好無決斷，這班狐狸，為什麼不趕掉了乾淨？他偏蝎蝎螫螫的，又像留住他們，卻又叫他們分出去住。等他無拘無束，將來一定無所不至，豈不把軍門的聲名，愈加弄壞！正不知他是何用意！」正在疑疑惑惑，齊巧刁邁彭親來問候，張太太便問他所以縱容這班狐狸之故。

刁邁彭道：「依我的意思，頂好叫他們離開蕪湖地面，彼此不相聞問；無奈一時做不到，只好慢慢的來。好在我前天，已經叫人透過風給他們，將來自有擺佈他們的法子，不消大嫂費心的。至於大嫂這裏，除掉分給各位姨太太之外，大約數目，我兄弟也粗知一二。也應該趁此時叫這裏帳房先生，理出一個頭緒；該收的收，該放的放。譬如：有什麼生意，也不妨做一兩樁。家當雖大，斷無坐吃山空的道理。此時大哥死過之後，大嫂是女流之輩，兄弟雖然不便經手；然而知無不言，也是我們做朋友的一點道理。」張太太道：「正是！軍門去世，我乃女流之輩，一些事兒不懂，將來各式事情，正要仰仗。怎麼你刁大人，倒說什麼『不便經手』？刁大人不管，叫我將來靠那個呢？」說著，便大哭了起來。

刁邁彭道：「非是兄弟不管，但是兄弟實在有不便之故。彼此交情，無論如何好，嫌疑總應得避的。

況且大嫂這裏，原有一向用的帳房，把事情交代他們，也就夠了。不瞞大嫂說：新近有好兩注生意，弄得好，將來都是對本的利錢。倘若大哥在日，兄弟早來合他說，叫他入股；如今想想總不便。所以幾次三番，人家叫兄弟來說，兄弟總沒有來說。雖說看準這買賣好做，不至於蝕到那裏；然而數目太大了，大嫂雖不疑心，亦總覺得駭人聽聞的。」張太太道：「刁大人說那裏話來！你照顧我，就是照顧你去世的大哥。只要生意靠得住，你說好，我有什麼不做的？錢是我的，誰還能管得住我？至於帳房所管，不過是個呆帳；有些大生意，他們是作不來主的。刁大人你說的，到底什麼生意？如果可以說得，回來要多少本錢，我這裏有。」刁邁彭道：「生意呢，也算不得什麼大生意。不過弄得好，才有對本利；弄得不好，也只有二三分三四分錢。」太太道：「我亦不想多要，就有二三分三四分，我已經快活死了！」

刁邁彭見張太太對他深信不疑，便也不再推託，言明先叫帳房先生，把所有的產業，以及放在外頭的，一律先開一筆細帳。至於所說的生意，立刻寫信通知前途，叫他來合股。自此以後，刁邁彭一連來了幾天，把這裏帳目，都弄得清清楚楚。所有的房契，股票，合同，欠據，共總一個櫃子，仍舊放在張太太牀前。還有什麼金葉子，金條，洋錢，元寶，雖沒有逐件細點，亦大約曉得一個數目，亦是統通放在太太屋裏。已成之產業不算，總共還有個一百二十幾萬現的。張太太又說：「分出去住的一班狐狸，每人至少有三五萬銀子的金珠首飾。可憐我自己個人所有的，也不過他們一個雙分罷了！他們十五個人，倒足足有五六十萬！」刁邁彭聽了吐舌頭；借此又把張太太同一班姨太太的金珠價值，亦了然於心了。

後來連著來說過兩注買賣，張太太都答應。一注是在上海頂人家一爿絲廠，出股本三十萬；一樁是合人家開一個小輪船公司，也拼了六萬。兩樁事，張太太這邊都託了刁邁彭，請他兼管。刁邁彭說自己官身不便；於是又保舉了他的兄弟刁邁崑做了絲廠的總理，又保舉自己的姪少爺，去到輪船公司裏，做副擋手。張太太見兩樁買賣都已成功，利錢又大，大約算起來，不上三年，就有一個頂對；於是心上甚是感激刁邁彭，託他還有什麼好做的事情，留心留心。刁邁彭滿口答應，又說：「各式買賣，好做的卻不少。但是靠不住的，我兄弟也不來說；設或有點差錯，放了出去，一時收不下來，叫我如何對得住大嫂呢！」嘴裏如此說，心上卻不住的轉念頭。

* * *

話分兩頭，且說：那十五位姨太太，有五位跟了自己家裏的人，出去另住，倒也偃旗息鼓，不必表他。單說：那十位一班，都是年輕好玩的人；又是這們一個熱鬧所在；此時無拘無束，樂得任意逍遙；日裏出去頑耍，到得晚上，不是合夥喝酒，便是聚攏打牌。十個人分住了三所五樓五底的房子。每人都有三四個老媽丫環；此外底下人，看門的，廚子，打雜的，都是公用。初出來的時候，這十人很要好，每月輪流做東道；輪到做東道那一天，十個一齊聚在他家。從前張軍門在日，這些姨太太，上下人等，都喚做幾姨幾姨，以便易於分別。這番留在家裏的三位，是：大姨，二姨，六姨。跟著父母兄弟回家去住的五位，是：五姨，十姨，十三姨，十六姨，十八姨。餘下十位，統共搬出來同住。

這天輪到八姨做東道，辦的是番菜，此時只開了一爿番菜館，食物並不齊全；在本地人吃著，已經是海外奇味了。當下八姨隔夜關照，點定了十分菜，說明日晚上上火時候，送在家裏來吃。八姨是同十二姨，十五姨，十七姨同住的；說明白這天下午四點鐘，先會齊了打麻雀，打過八圈莊吃飯。誰知頭天戲園子裏送到一張傳單，說有上海新到名角，某人某人，路過此地，挽留客串三天，一過三天，就要到漢口去的；勸人不可錯過這機會。頭一個十七姨得了信，就嚷起來，說：「明天一定要看戲。看過戲回來，吃大菜不遲。」於是十二姨，十五姨，一齊湊興，都說要看戲。

八姨還不願意，說：「湊巧我今天做主人，你們在家裏，也好幫著我料理料理。要看戲，明天我做東請你們，今天不放你們去。」無奈三個人執定不肯。八姨又嚇嚇他們道：「刁道臺出了告示，不准女人看戲；前天還特地叫人來關照。不要被他拿了去！依我還是不去的好。」十二姨鼻子裏哼了一聲道：「不信他連這點交情都不顧了。那還成個人嗎！」八姨見說他們不聽，便也無可如何，只得讓他們自去。

這裏客人，絡續來到，都是八姨一個人接待；內中又有十四姨，亦說是因為看戲，隨後就來。當下一算，只有賓主六人，打兩場牌還少兩位；便由八姨作主，把十二姨，十五姨，一家一個大丫頭，叫他來，替主人代打。本地戲園，散戲本來是極早的。這裏一幫人，打牌打昏了，忘記派人去接。

等到上了火一大會，只剩得一圈莊了，八姨吩咐燙酒，又叫廚房內預備起來；這才覺得他四個看戲的，還沒有回來，叫聲：「奇怪！」忙著叫人再去接時，忽聽樓下一片聲響，吱吱喳喳，聽亦聽不清楚。八姨連忙靠在樓窗下，向下追問。只見十七姨屋裏的老媽，急的跺腳說道：「不好了，三位姨太太，連著跟去的人，被看街的兵一齊拉到局子裏去了！」八姨一聽這話，忙問：「這話可真？」樓下人說：「打雜的都回來了，怎麼不真！跟去的男男女女，倒有七八個，一齊都拉了去。這個打雜的，幸虧同局子裏有點親，所以單把他放了出來。」樓上下一番吵鬧，打牌的也就不打了。其中還有十四姨，是同四姨，九姨，住在一起的；至今不見他來，恐怕亦被街上的兵拉去。四姨，九姨，又忙著問打雜的：「可看見十四姨沒有？」打雜的說：「沒有看見。」大家更加疑心。八姨又問打雜的：「怎麼會被街上的兵拉去的呢？」打雜的道：「散戲場的時候，剛剛出了大門，就有十來個兵，上來拖了就走，一拖拖到警察局裏。老爺出來說：『本道大人有過告示，不准女人出來看戲。你們這些人，好不守婦道！等到明天一早，送到縣裏去辦！』」八姨道：「你們沒有嘴，為什麼不說是這裏的呢？」打雜的道：「跟去的王二爺在街上，就同他們說：『這是張軍門的姨太太。』他們不理。到了局裏，見了委員老爺又說。委員老爺，亦不理，說：『無論什麼人，違了大人的告示，我們都要拿辦的。有什麼話，你們明天到城裏去說罷！』王二爺還要說時，已經被他們帶了下來。三位姨太太，是另外一間房子，派人看守；其餘的都鎖著，預備明天解到城裏去。」大眾聽了，面面相覷，正想不出一個法子。

忽然見十四姨，披頭散髮，闖進門來，說聲：「不……不……不好了！家……家裏來了一班強……強盜，在那……那……那裏打劫哩！」大眾聽他這一說，都嚇呆了。四姨，九姨，是同他同住的，要搶一齊搶，得了這個信，更嚇得魂不附體！八姨便問十四姨：「你不是去看戲的嗎？幾時回家的？十二姨，十五姨，十七姨，被街上的巡兵拉了去，你知道不知道？你家裏來了強盜，你一個人怎麼逃走得脫的呢？」

此時十四姨已經坐下，定了一定神，便含著淚說道：「可不是！我正是去看戲的。他們被巡兵拉了去，我不曉得。我看完了戲，因為天冷，想換件衣服，再到你這裏來。想不到一腳才跨進了門，強盜就跟了進來！嚇得我也沒有敢進房，就一直跑到廚房柴堆裏躲起來的；只聽得強盜上了樓……」四姨道：「啊呀！我的事情糟了！」十四姨又接著說道：「強盜上了樓，就聽得鬨隆鬨隆，像是開箱子，拖櫃子的聲音。樓上吵了半天，又到樓底下翻了半天才去的。」九姨聽到這裏，亦就跺著腳哭道：「我就知道，我亦是逃不脫的！」

十四姨又說道：「我一直爬在柴堆裏，動也不敢動；好容易等強盜走過一大會，看門的老頭子進來，才拿我拉起來！家裏至今，只剩了看門的老頭子一個；其餘的用人，都不曉得到那裏去了。」八姨便問：「可查過東西，搶去了多少？」十四姨道：「那裏查過！大約檢好的都沒有了！真正晦氣！也不曉得今年交的是什麼星宿，一回一回的遭這些事！」說完，又哭。

四姨道：「今兒這裏的三個，扣在局子裏，不得出來；我們家裏，又遭了強盜；看來今天的飯是吃不成了！既然強盜已去，我們也得回家，查點查點。這個明火執仗，地方官是有處分的。今天辦警察，明天辦警察，老爺在日，錢倒捐過不少；如今死了，警察的好處，我們沒有沾到；違了告示，倒會把我們的人拿了去的。現在又出了搶案，不知道他們管事不管事！」說到這裏，四姨便起身，拉了九姨，十四姨同走，說：「我們到底搶掉多少東西，也要回去查查看，查明白了，案總要報的；強盜總要替咱們辦的。」說完自去。

此時在座的人，只剩得三姨，七姨，十一姨，連著主人八姨，一共四個。八姨因為兩下裏出事，甚是沒精打彩；又愁著十二姨三個人，明天到城裏出醜；又記掛著他三人，今夜裏受罪。想要派人去瞧瞧，都說：局子門口，有人把著不得進去。三姨說：「衙門裏公事我是知道的，只要有錢，就准你進去了。」八姨就拿出四十塊錢，仍舊打發打雜的去。這裏廚子上來請示：「番菜都已做好，客齊了，就好起菜了。」三姨說：「隨便拿點什麼來，吃了算數。番菜過天再吃罷！」無奈番菜館裏，是點定的菜，不能退還，只好叫他一齊開了出來，敷衍吃過了事。

剛剛吃完，打雜的回來，又同了一個被押的管家一塊兒回來。這管家名喚胡貴，也是張軍門的舊人。

此番跟了幾位姨太太出來，大家都拿他當作自己人看待。胡貴當下說道：「今日之事，是警察局裏奉了本道大人面諭拿的。無論你是什麼人，違了本道的告示，一概不准用情。當時拿到之後，委員老爺就到道裏請示。本道大人說道：『若論張軍門的家眷，我們極應該替他留個面子的。但是誰不曉得我同張軍門是把兄弟；我若容了情，以後還能禁阻別人嗎？現在是我格外留情，指示他一條路；你回去，就在今天晚上，叫他三個人，每人拿出一萬塊洋錢，充做罰款，就將他們取保出去。如今正在這裏辦警察，開學堂，沒有款項，得此也不無小補；既保全他們的面子，人家亦不至說我徇情。如果不然，明天解到縣裏，公事公辦，打了枷號，也好叫眾人做個榜樣。我本有言交代在前；他們不聽好言，自投羅網，須知怪我不得。』委員老爺回來，就把三位姨太太，叫了上去，叫他們早打主意。三位姨太太求他讓些；無奈委員老爺執定不肯，說是：『本道大人吩咐過，要少一絲一毫，都不能夠。』三位姨太太回說：『就是照辦，一時也沒有這些現的！』委員老爺道：『你們這班人好呆！沒有現的，首飾，珠寶，利錢，摺子，都可以抵數，只要夠了三萬就是了。』三位姨太太還不答應。委員老爺立刻拿腔做勢，把個跟去的陳媽鎖了起來。陳媽說道：『我又沒有犯什麼罪，為什麼要鎖我！』委員老爺就動了氣，說他頂嘴，馬上拖他跪下，打他嘴巴。才打了十幾下子，陳媽的兩個門牙，已經打下來了，淌了滿地是血。三位姨太太看了害怕，免得吃他眼前虧，所以無法答應的。」

八姨因這胡貴本來是靠得住的，便也不生疑心。到他三人房裏，找了半天，好容易把他三位的當鋪利錢摺子找到，點了點數，就檢了三個一萬頭摺子，交代胡貴叫他拿這個去抵數。胡貴去不多時，又回來說：「單是利錢摺子，委員老爺不要。或是股票，或是首飾，方可作抵。」八姨想：「股票本來是沒有的。至於首飾，他三人出門看戲，都是插戴齊全了走的。每人頭上手上，足有萬把銀子珠寶金器，已經儘夠；何必再由家裏往外拿呢？」於是又吩咐了胡貴。胡貴去了一回，又回來說：「委員老爺有過話：光是利錢摺子不肯收；但是總得倍上幾倍，少了不能相信。三位姨太太說：『橫豎是暫時抵押，將來可以拿錢贖回來的。至於首飾，不便交代他們；倘或被他們把好的掉換了幾樣，向誰去討回呢？』」八姨一聽這話不錯，就把所有的當鋪摺子，一齊交代了他。胡貴收了摺子自去。

大家以為：「這筆錢拿出，三位姨太太一定可以回來了。一切取保等事，胡貴色色在行，可以無須慮得。」三姨，七姨，十一姨，因為要等他三個，一直也沒有回去。誰知一等等到半夜三點鐘，還不見著一干人回來，滿腹狐疑，再派人到警察局門口探聽，只見局門緊閉，連個鬼的影子，也沒瞧見。去的人回來說了，大眾更覺驚疑不定，只得自寬自慰說：「今天來不及了。大約明天一早，一定總放出來的。」於是，三姨，七姨，十一姨要回去。八姨害怕，要留他們兩位來做伴。他三人也不便一齊全走，商議半天，方才議定：七姨一個，回去看家；這裏留下三姨，十一姨陪伴八姨。

七姨去後，這裏又派人去看了四姨，九姨，十四姨一趟。曉得被強盜搶去的東西，很不少；已經開好失單，等到明天報官。大家聽了，歎息一回，各自關門安寢。八姨直同三姨，十一姨，閒談了半夜，也沒有合眼。

看看天色快亮，方才朦朧睡去，忽聽得有人在樓下院裏，高聲叫喊，說：「快請三姨，十一姨回去！今夜家裏，被賊挖了壁洞，東西偷去無數若干！七姨東西，賽如都偷完了，七姨在家裏，急的要上吊！」三姨，十一姨，一聽這話，一骨碌爬起，坐在牀沿上，卻是嚇的瑟瑟的抖，兩隻腳就像蹈在棉花裏的一般，要想往牀下走一步路亦不能了！又過了半天，方才有點氣力。三姨歎口氣，說道：「老天爺不長眼睛，為什麼只管同我們幾個人做對頭！」八姨到此，深自後悔，昨夜不該留他二人作伴；此時無話可說，只得推他倆回去，開好失單趕緊報案。好在不多時候，或者就可破案，也論不定。又託他倆安慰七姨。三姨，十一姨，急急的走了回去；幸喜前弄後弄，是沒有許多路的。

八姨此時，亦因昨夜的事，掛在心中，也就起來不睡了。一面仍叫打雜的，去到警察局打聽十二姨，十五姨，十七姨的消息，又說：「胡貴昨天已把款子繳了進去，怎麼還不放出來呢？」打雜的去了一會子，急得滿頭是汗，跑回來說：「局子裏人說：昨兒這裏，並沒有派人拿什麼錢去。現在時候，為著還早，所以還沒有拿人送到城裏去。」八姨聽了，這一急非同小可，忙道：「昨兒胡貴不是說道臺大人要罰他們的錢嗎？」打雜的道：「小的到局子裏，就把這話，託小的親戚上去回了二爺。二爺又回了老爺。老爺還把小的叫上去，說：『這個話，雖是有的；道臺要罰他們的錢，一個人也不過罰他們幾千，並沒有這許多。你們不要被人家騙了去？你不來我這裏，我亦要派人到你們公館裏，詢問一聲，如果是照罰的，我就緩點把人解城；倘若是不肯罰錢，早給我一個回信；我把人早解進城，也早卸我的干係。快去快來！』委員老爺的話如此，小的所以回來的。」八姨聽了，真正急的失魂落魄，絲毫不得主意；忙問：「你碰見了胡貴沒有？」打雜的道：「小的沒碰見他。若是碰見了，早把他拉了來了。」

八姨正在尋思，忽聽人報：「警察局來了一個師爺，一個二爺，一問正是為討回信來的。」八姨躊躇了一回，只好自己出去會他。見面之後，那師爺便說：「敝東是奉公差遣，並不是一定同這裏為難。就是道臺大人，要這邊捐幾個錢，也是充做善舉的。現在敝東，特地叫我過來，商量一個辦法。至於說是昨天晚上，由尊府上管家送來幾個當鋪摺子，我們局裏，卻沒有收到。難保是府上受人之騙，須怪我們不得！況且幾個利錢摺子，又不是股票，就是再多些，也抵不了數。現在逃走的這管家，叫什麼名字，請這邊開出來，我們也好替你們上緊的查。至於現在每人罰他幾千銀子，並不為多。惟該怎麼，還是早點料理就是。」此時八姨一心，只在胡貴身上，嘴裏不住的說：「所有的摺子，是我親手交給他的，如今被他拿了逃走了，叫我怎麼對得住人呢！」警察局師爺道：「好在都是你們自己的當鋪，好派人去註了失，再補一分，不就完了嗎？」一句話，把八姨提醒；一想只好如此，方把心上一塊石頭放下，重新商量罰款之事。

警察局師爺，一口咬定二萬銀子，一切費用在內，馬上就可把人保釋。八姨想：「銀子只要二萬，雖然還在分寸上，總望少點才好。」後首說來說去，跌到二萬塊錢，每人六千罰款，下餘二千作一切費用。八姨道：「洋錢現的是沒有，看來只好拿首飾來抵，他們各人首飾，昨兒各人都帶了出去，須得問他們自己，叫他們每人拿些出來，暫時抵數。等到出來之後，再拿錢去贖回來，也是一樣。」警察局師爺道：「沒有現的，只好如此。但是他三位昨天進來的時候，頭上並沒有戴什麼珠寶。敝東亦親口問過，都說：『出門的時候，首飾原本有的。後來被拿，在半路上，就卸了下來，叫人拿了回來了。』所以敝東才叫我們到這裏來的。」八姨聽了，又是一驚，忙說：「沒有這回事。昨兒我們底下人回來還說，所有的首飾，他三個都還帶的好好的呢！他三人不肯拿首飾抵給你們，所以才叫他來問我要摺子。一定是他們藏了起來，哄你們的。」警察局師爺說：「我看未必，難保亦是貴管家做的鬼！姑且等我們回去，問過了他們再講。」說完立刻帶了二爺自去。

此時八姨心上忑忑不定：一回又恨刁大人不顧交情；一回又罵胡貴「混帳」。不多一刻，局裏師爺又回來說：「問過三位，所有首飾，早交給胡貴拿回來了。現在他們三人身上，除了衣服之外，一無所有，所以叫我仍舊到這裏來取。他三位還說，自己首飾，倘若果真都被胡貴捲了逃走，無論如何，總求你八太太替他湊一湊。今天把他們救了出來，少不得還要算還你的。」八姨一聽，楞了半天，一聲不響。師爺又催了兩遍，想想沒法，只得開了三位的拜匣，湊來湊去，約摸只有一半；一時逼在那裏，說不得只得自己硬做好人，把自己值錢東西，湊了十幾件，拿出來交代與師爺過目，師爺還說不值二萬。八姨氣極了，一件件折算給他聽：「一總共值二萬四千哩！」師爺道：「你話原也不錯；但是一樣：你倘是一件件置辦起來，照現在市價，合從前市價，只怕拿著二萬四千，還買不來；若是如今要拿他變錢，可是就不值錢了！至少再添這們一半來，我回去才好交代。」於是把個八姨急得沒法。

正說著，齊巧昨兒番菜館裏一個西崽來收帳。因八姨是他老主顧，彼此熟了，他聽此說話，便代出主意道：「這一定是師爺想好處。」一句話，提醒了八姨，說道：「不錯。商量送他多少？」西崽說道：「這位師爺，常常到我們大菜館裏來，替人家了事，多多少少都要。等我來替你問他。」果然那西崽到師爺面前，咕唧了一回，講明白另送二百塊錢，方才拿了首飾走的。八姨不放心，又叫了個貼身老媽一同跟去了；順便去接他們三位人回來。

果然去不多時，十二姨，十五姨，十七姨，就一同回來了。相見之下，自不免各有一番說話。彼此提到胡貴，十二姨說：「我們還沒有走到局子門口，因半路上，他走上來，說：『姨太太！帶了這些珠寶進去，是不便的！請姨太太悄悄的探了下來，我替你拿著！』我們一想不錯，一頭走，一頭探東西給他。說也奇怪，跟去的一幫人，只有他沒有被捉，在旁邊跟著，竟像沒事人一樣。後來到局子裏，還見他進來過一次。那時候，我們心上，嚇都嚇死了，那有工夫理會到這些。誰知竟不是個好人！」

八姨道：「這也奇了！你們三個人在路上，探首飾東西，又不在少數，難道那些巡兵，竟其一概不管，隨你們做手腳嗎？」十五姨道：「真是說也奇怪！我們把首飾除了下來，他還說手裏不好拿，又向我們要了兩塊手帕子，包著走的。拉我們的巡兵眼望著他，竟其一響不響。說穿了這件事，實在詫異得很！難道他們竟其串通一氣，來做我們的？」八姨於是又把打雜的，叫上來問他：「昨天到局子裏去，在那裏碰見胡貴的？」打雜的說：「小的才走到局子門口，胡二爺已從裏面出來。據他自己說，是委員老爺特地放他回來傳話的。就同了小的一塊回來。別的小的不知道。」

大家聽說，正猜不出所以然。恰好昨夜被強盜打劫的四姨，九姨，十四姨，被賊偷的三姨，七姨，十一姨，亦因為掛記這邊，一齊過來問候，大家見面，一把鼻涕，一把眼淚，各人訴說各人苦處。八姨問他們：「報官沒有？」三姨歎口氣道：「提起報官來，更惹了一肚皮的氣！警察局裏的委員，也來踏勘過了，失單也拿了去了；不過那委員的口音，總說是家賊。我就同他說：『現在牆上有挖好的壁洞，明明是外頭來的。』那委員便說：『是裏應外合！沒有家賊，斷乎偷不了這許多去。牆上不挖個洞，他們怎麼往外拿呢！』我又駁他：『若說是家賊，他不好開了大門，往外拿，豈不更為便當些？』委員被我頂的無話說，才拿了失單走的。但是一件：賊去之後，掉下一根雪青紮腰。我們那些底下人都認得，說是這根紮腰，像你們這邊胡貴的東西，常常見他紮在腰裏的，同這一模一樣。我就趕緊朝他們擺手，叫他們快別響了。照這樣子，警察局裏，還推三阻四，說我們是家賊；再有這個憑據，越發要叫他有得說了。」三姨一番話，眾人還不理論，獨有八姨這邊四位，是昨夜受過他騙的，曉得他不是好東西，便道：「這事的確是他做的，也保不定。」三姨忙問所以。八姨又把昨晚的事說了。於是大家便也一口咬定是他。

接著又問四姨等強盜打劫之事。四姨道：「你們說的，竟其一絲一毫也不錯。依我看來，不但是自己人做弄自己；並且還是官串通了，叫他們來的呢！」眾人聽了，更為詫異。四姨道：「我打這裏回去，強盜是已經走掉的了。查查我們那些二爺，別人都不少，單單失了王福他爺兒倆。」三姨道：「王福是誰？」四姨道：「就是有兩撇鬍子的——南京人——常常到道裏去的。從前在老公館裏的時候，每逢刁道臺來了，總是他搶著裝煙。刁道臺著實說他好，還同他說：『現在你們軍門過世了，只要你們在這裏好好當差，將來我總要提拔你們的。』後來我們出來，就派了他跟到我們那邊照應。只可惜他兒子小三子不學好，時常在外頭，同著一般光棍來往。我昨天回去，不見了他爺兒倆，我還說：『莫不是被強盜打死了罷！你們快去找找呢！』倒是看門老頭子明白，上來同我說：『今兒這個岔子出的蹊蹺。』我問他：『怎麼蹊蹺？』他說：『小三子一向是一天到晚，一夜到天亮，從不回家的；獨獨昨天吃了飯，就沒有出門。起先他還在他爺的牀上躲著的；後來等到打過了四點鐘，十四姨瞧戲去了，四姨，九姨到八姨那邊去了，他這裏忽而躺下，忽而又站起來，到門外望望，好像等什麼人似的。後來一轉眼，就不見了。等到出了事，一直就沒有瞧見他爺兒倆的影子。』我聽這話蹊蹺，今兒早上，我就叫人到門房裏，看看他倆的鋪蓋行李。看門的老頭子，就說：『四姨用不著看，我早已看過了，牀上只有一條破棉絮，別的東西，早運了走了。』這不是自己人做弄自己嗎？這班強盜，一定是王福的兒子引來的了。」

眾人道：「怎麼你又說是官串通的呢？」四姨道：「這個是我心上恨不過，所以如此說的。昨天出了事，去報官，說是遲了。今兒一早出城來踏勘，官倒來的不少，什麼縣裏，保甲局，警察局，老爺共有好幾位，看了半天，一點說不出道理來；倒把我們的人叫上去盤問了半天。頂可笑是縣裏周官，還問我們的人：『來的這夥強盜當中，你們可有素來認得的人在內沒有？』這句話問的大家都笑起來了。我此刻也不管他什麼老爺不老爺，我隔板壁就說：『強盜來了，一個個手裏洋槍，我們逃性命還來不及；那裏有工夫拿他們的臉，一個個去認呢！』一句話，被我說的縣官亦笑了，連忙分辨，說是：『無論有熟人，沒有熟人，城廂裏出了搶案，我總得要辦的。不過你們要曉得這強盜當中，有了你們認得的人，你們的心上，也可以明白，這一回事，用不著怪我地方官了。』你們眾位聽聽看，這位老爺的話，蹊蹺不蹊蹺！」那眾人聽了，也有說這話說得奇怪的，也有罵官糊塗的。

在座的人，只有八姨見事頂明白，聽了他話，估量了一回，便說道：「據我看來，簡直昨天的事，都是他們串通了做的。你們想，我們這裏的胡貴，你們那裏的王福，為什麼都在這一天跑掉呢？被賊偷了東西，委員就說是『家賊裏應外合』；被強盜打劫了，蕪湖縣反問『這夥強盜，你們認得不認得？』我想他們心上，都是明白的，不過不便說出來就是了。至於我們這裏幾位，卻是自己不好，不遵他的告示，說明白是姓刁的叫拿的；我看來看去，姓刁的頂不是東西！四姨，我且問你，你們的王福，可是常常到道裏去的？」四姨道：「可不是。」八姨道：「姓刁的同他說話，他回來亦告訴過你們沒有？」四姨道：「才搬到這裏來的時候，王福天天到道裏去。回來之後，有影有形，亂吹上一泡。近來這四五天裏，人雖是天天出去；問他那裏去，不說是道裏，只說是看朋友。我們還笑他，怕只是刁大人跟前碰下來；再想不到會出這個岔子。這都是我們軍門當初用的好人！」八姨道：「不要怪用人，這班小人，本來沒有什麼好東西。怪只怪軍門活著在世的時候，交的好朋友，真好本事，真好計策，半天一夜，都被他一網打盡了！現在十個人當中，只空了我一個，不曉得他要想什麼好法子來擺佈，我料想是逃不脫的！」

* * *

這面幾個人，正談論著，只聽得外間，也有人在那裏，吱吱喳喳的說話。八姨便問：「是誰？」老媽回說：「是大菜館裏的，剛才來過，如今又來了。」八姨便曉得就是剛才同局裏師爺講價錢的那個西崽了。為他方才幫著出力，便掀開簾子招呼他，又說：「剛才辛苦了你了！」

西崽道：「說那裏話來！自己老主客，有了事，應該幫忙的。不瞞太太說：這個局子開了不到一年，我們吃煞他苦了！名字叫警察局，就是保護百姓的。街口上站的兵，吃了東西，不還錢也罷了，還說他是苦人出身，偌大的局子，局子裏出來的老爺師爺，搖搖擺擺，哼而哈之，走到我們大菜館裏，揀精揀肥，要了這樣，又要那樣；一個伺候的不好，兩隻眼睛一豎，就要罵人，再說說，還要拿局子裏的勢力，威嚇我們！我們伺候這些老爺師爺，也總算賠盡小心了。他們的帳，我們本來是不去收的；好在賠亦賠得有限，樂的借此結交結交他們，以後凡事有得照應些。誰知好事倒沒有落到，一個月頭，我們夥計，送菜到西頭黃公館裏去；路上碰見幾個青皮——有人說是與『安慶道友』一黨呢——迎面走來，不由分說，拿我們的夥計，就是一碰，菜亦翻了，傢伙亦打碎了，還不算；還拉住我們夥計，賠衣服，說是鮑魚湯沾了他的衣服了。我們夥計，不答應賠衣服，彼此鬪了兩句嘴。他們一齊上前，就是七八個，把夥計打了，又去報警察。等到店裏得了信，我趕了去，倒說老爺叫人出來吩咐，派我們不是，打碎碗盞，是自己不小心，一定要我們店裏，賠他們的衣服。我想大事化為小事，出兩個錢，算不得什麼；便自認晦氣，問他們毀了件什麼衣服，等我看了，好賠還他們。那曉得老爺竟一口幫定他們說：『衣服不用看。你拿五十塊錢，我替你們了事；不然，先把人押起來再說。』諸位太太想想看，天底下可有這個情理沒有！因此我恨傷了。想了想，好漢不吃眼前虧，當面答應他，回家打主意。當下老爺還把我們夥計，『留下做押頭；不放他們出來。』

我從局子裏出來，一頭走，一頭想主意，不知不覺，碰在一個人的身上，猛可間吃了一驚。擡頭一看，被我碰的那個，不是別人，原來是我的娘舅。他問我：『有什麼要緊事情，如此心慌意亂，連娘舅到了眼前，都不認得了！』我被他這一問，怔了半天，才同他說：『街上非說話之所。』急忙回到店內，把始末根由告訴了一遍。娘舅聽了，把胸脯一拍說了聲：『容易。無論他做官的如何兇惡，見了咱總要讓咱三分。』諸位太太，可曉得我這娘舅，他是做什麼的，能夠眼睛裏沒有官？原來他是在教的。一吃了教，另外有教士管他，地方官就管他不著。而且這教士，樣樣事情，很肯幫他忙，真正比自己親人還要來的關切；連著生了病，都是教士帶了醫生來替他看，一天來上好幾趟。我們中國人，隨你朋友如何要好，亦沒有這個樣子！所以凡是我們娘舅一個鎮上，沒有一個不吃他的教。如今且說那一天，我娘舅聽說我受了這個冤枉，馬上同我說，叫我說是這爿大菜館，他亦有分的。如今店裏的夥計，被他們局子裏抓去了，今天要有人做菜；沒人做菜，生意就做不成。現在已經耽誤了半天，趕緊把人放出來，耽誤的買賣，就是要他賠，也還有限。倘若到晚不出來，同他講，我這爿店，一共是十萬銀子的本錢，一年要做二十萬銀子的生意。他弄壞了我的招牌，問他可賠得起賠不起！娘舅交代了我這話，要我就去說。

我想不如拉了娘舅一塊兒同去。幸喜我們這個娘舅，也不怕多事，就領了我同去。

起初我們到局裏，老爺都是坐堂，叫我們跪著見的。這回我一到局子門口，他們是認得我的，便問：『五十塊洋錢可帶了來沒有？』我說：『沒有。現在我們東家來了，有什麼話，請老爺問他罷！』他們進去回了老爺，跟手老爺又出來坐堂，叫我上去。我說：『這事不與小的相干，該賠多少，請老爺問小的東家罷！』老爺問：『東家是誰？叫他上來！』咱娘舅不慌不忙，走到堂上，就在案桌旁邊一站，老爺罵他：『你好大膽子！這是皇上家法堂，你敢不跪！』咱娘舅說：『縣大老爺的公堂，才算是法堂哩！你這個局子，算不得什麼。就是真正皇上的法堂，咱來了亦是不跪的。』老爺被他這一說，氣極了，問他：『有幾個腦袋，敢不跪？』他從從容容從懷裏掏出一尊銅像來，又像佛，又不像佛，頭上有四個叉架子。委員老爺一見這個也明白了，曉得他是在教，頓時臉上顏色，和平了許多，同他說：『我這事，不與你相干，用不著你來干預。』我娘舅說：『我開的店，我店裏的人，被你捉了來，一點鐘不放，就耽誤我一點鐘買賣，半天不放，就耽誤我半天的買賣！我今番來到這裏，問你要人，還在其次；專為叫你賠我們的買賣來的。』這句話，可把委員老爺嚇死了，臉上頓時失色！幸而這老爺轉灣轉得快，一想此事不妙，也顧不得旁邊有人無人，立刻走下公案，滿臉堆著笑，拿手拉著咱娘舅的袖子，說：『我們到裏頭談去。』咱娘舅道：『你只賠我買賣，還我的人，就完了。此外沒有別的話說。』委員道：『我實在不曉得是你開的，是我糊塗，得罪了你。我在這裏替你賠罪。』一面說，一面就作了一個揖。又說：『你既然老遠的來了，無論如何，總賞小弟一個臉，進去喝杯茶，也是我地主之誼。』同娘舅說完了，又回頭同我說道：『這件事，我要怪你。你頭一趟到這裏，為什麼不把話說明白？早知道是他老先生開的，這事豈不早完了呢！』正說著，又回頭叫站堂巡兵：『快把他們的夥計放他回去！他們買賣是要緊的。』此時咱娘舅聽了他這番說話，又好氣，又好笑。還想不答應他。他手下的人，一面已經泡了兩碗蓋碗茶出來：我一碗，娘舅一碗。娘舅不肯到裏面去，他們就在公案旁邊，擺下兩把椅子，讓我們坐。老爺又親自送茶。咱娘舅道：『老爺你不要忙這些！我只問你，我們的事，你怎麼開發？』老爺道：『統通是我不是，你也不用說了。今兒委屈了你們的夥計，拿我的四轎，送他回去。打碎的傢伙，統通歸我賠。鬧事人，我明天捉了來辦給你看，就枷在你們店門口。你說好不好？』依咱娘舅的意思，還不答應。是我拉了娘舅一把說：『能照這樣也就罷了！饒了他罷！』娘舅方才沒有再說別的；後來卻著實拿他數說一頓，說：『我們幸虧在教，你今天才有這個樣子。若是平民百姓，只好壓著頭受你的氣！』娘舅說一句，他答應一聲『是』，口口聲聲，總怪手下人不好。然後我們兩個人連夥計，一齊坐了轎子出來的。

諸位太太，你想這個老爺，不是我說句瞧不起他們的話：真正是犯賤的！不拿吃教嚇嚇他，沒有五十塊洋錢，他就肯同你了嗎！如今非但五十塊不要，並且賠還我們碗盞；鬧事的人，還要辦給我們看。」三姨道：「後來那個鬧事的，到底枷出來沒有？」西崽道：「第二天，那老爺果然自己來找我，要叫我同著他去拜我們娘舅。過天又託出人來說：『那幾個光棍都逃走了，請這邊原諒他們一點。如果一定要辦人，沒法，亦只好上緊去捉，捉到了，一定要重辦的。』後來我想這件事，我們已經佔了上風；『安慶道友』，就是『哥老會』一幫，他們黨羽很多，倒不好纏的，不要將來吃他們的虧。因此我就同來人說：『請老爺看著辦罷！』也沒有說別的。

後來道臺刁大人聽見了，把委員老爺叫了進去，大大的埋怨一頓，埋怨他這事起初辦的太糊塗了。

『為什麼不打聽明白，就把人押起來？幾幾乎鬧出教案來！』刁大人還說：『不要看我是個道臺，我的膽子，比沙子還小！設或鬧點事出來，你我有幾個腦袋呢！也不光我是這樣，或是上頭制臺，亦何嘗不同我一樣呢！上頭尚且如此，你我更不用說了。以後總要處處留心才好！』諸位太太，請看這些樣子，若要不受官的氣，除了吃教，竟沒有第二條路。倘若不早點打算，諸位太太都是女流之輩，又有財主的名聲，以後的虧，還有得吃哩！」八姨道：「你的話，固然也不錯。但是這件事，你娘舅也忒煞荒唐了，怎麼自己也沒有股子，好說是股東呢？倘或查出來不是，豈不連累了教裏的名聲？教士肯幫人的忙，有了病，他還替你請醫生，他的心原是好的。仗著在教，像你們招搖撞騙，也決計不是個道理。」西崽道：「在這昏官底下，也不得不如此；不然，叫我們有什麼法呢！所以一佔上風，我亦就教娘舅，不要同他爭了，為的就是這個。」

欲知眾人聽了心上如何，且看下回分解。

第五十一回　覆雨翻雲自相矛盾　依草附木莫測機關

卻說：張軍門的姨太太，聽了番菜館西崽的說話，心上自忖，曉得刁邁彭同他們作對，將來此處萬難久居；除了吃教，亦沒有第二條可以抵制之法。於是等西崽去後，商量了幾天，仍把那個西崽喚來。叫他找了他娘舅，替他做了個介紹，一齊進了教。自從他三家被偷，被搶，被罰之後，至今也有一個多月，強盜同賊，杳無下落。就是被罰的三位金珠首飾拿了進去，等到備了現錢去贖，倒說上頭不要，定要吃沒他們的東西。就是被胡貴騙去的利錢摺子，本典之中，竟亦不肯掛失，摺子補不出，利錢亦取不到。他們一幫人急殺了，只得去求教士。

幸喜這位教士，人極公正，先問他們有無別情；等的問實了，便說：「地方官，警察局，本是保護居民的；如今居民被盜賊所害，問他保護的何事？至於利摺被騙，倒可掛失。首飾作抵，理應贖回，又斷無揹住的道理。」於是把這事，詳詳細細，寫了一封信給刁道臺，請為追究。大眾見教士允為出力，方才把心放下。按下不表。

且說：他三家出事的那天晚上，警察局委員，先到道轅稟知：「有三位張府上姨太太出來看戲，已飭巡兵遵諭，捉拿到局，請示辦理。」刁邁彭傳諭：「從重示罰，以昭儆戒。」第二天委員，把首飾繳了進去，刁邁彭便叫收起。委員又稟兩家被劫被偷情形，以及家人胡貴騙去利摺各話。刁邁彭尚未回答，恰好首縣又來稟報此事。刁邁彭道：「『慢藏誨盜，治容誨淫』；不打劫他們的，打劫那一個呢？雖然城廂出了盜案，是老兄們負責任；但這件事，據兄弟看起來，他們兩家實在是咎由自取。這兩件事，老兄們能夠破案，固然甚好；倘然不能破案，我本道決計不催你們；就是他們來上控，我亦要申飭的。」首縣同委員，於本道近來的做事，本也有點風聞；聽了這話，自然樂得丟在腦後了。

刁邁彭還說：「利錢摺子，又抵不了罰款，怎麼會被底下人騙去？不要是倒貼了底下人罷？這個倒要查個實在，好好的用人，怎麼會逃走？」首縣等見本道如此說法，也無話可說，只得退下。刁邁彭便趕到張太太那裏去送信討好，又說：「這一下子，可被我把他們弄倒了。」又說：「他們有幾個人的當鋪摺子，亦被底下人騙了逃走。如今他們想注失，要當鋪裏照樣補給他們。這件事，我兄弟卻不答應。好好的底下人，怎麼會逃走？好好的摺子，怎麼會失掉？這事倒要查訪明白才好。」張太太本來是恨這班姨太太的，聽了刁邁彭的話，甚是歡喜。立刻叫帳房寫信，吩咐各當鋪管事：「如果有人要來補利錢摺子，不准補給他。叫本人來同我說。」帳房答應，自去照辦。

這裏刁邁彭又趁空設法張太太的銀子，無非又是什麼織布局，肥皂廠，洋燭公司，自來火公司，造紙廠，紙煙公司，有的八分利，有的七分利，有些竟還利大於本，一年就有一個頂對的。張太太相信了他，當他是好人，自不免為其所惑；大捧的送到他手裏，儘他去使用。如此者，又是一個多月。張太太的現錢，是早已捲光，做生意搭股分還不夠。刁邁彭便說：「當鋪是呆生意，不如把他抵押出去，抽出本錢來，好做別的。」張太太信以為真，亦就託他經手。此時姓張的資財，已有二百多萬在刁邁彭掌握之中了。

一日正在衙門裏，獨自一人盤算：「如今錢弄到手了，如何想個法子，遠遠的脫離此地才好。」忽見外面傳一封信來，說是某處教會來的。刁邁彭一聽「教會」二字，不免已吃一驚。及至拆開來一看，原來寫的是絕好的華文，信上就是責備他，不能保衛百姓，以致盜賊充斥，案懸不破。後來又提到：「張姓婦人罰款，前以飾物作抵，原說准其贖還。何以備款往贖，委員掯住不付？辦事殊欠公允！今該婦某某氏等，已經皈依敝教，本教會例應保護。所有某某氏等被盜被竊兩案，應請嚴著地方官，迅速破案。至某某氏既備現款，自應准其將飾物贖去，務希飭令該委員即予發還，是所至盼。」各等語。刁邁彭看過之後，賽如一盆冷水，從頭澆下，一時想不出如何覆他。一回，又罵：「這些女人，真正刁惡，竟敢拿教會來壓制我！」想了半天，只好自己佯作不知，一齊推在首縣委員身上，說已札飭他們，遵照來函辦理。含含糊糊，寫了回信送去。

教士看了，還當是道臺果不知情，下屬矇蔽上司，也是有的。於是又耽擱了半個月，仍然毫無音信，教士不免又寫信來催。豈知這半個月裏頭，刁邁彭早已大票銀子運往京城，路子都已弄好。這天教士來信，恰巧這天他接到電報，有旨賞他三品卿銜，派他做了那一國出使大臣了。刁邁彭得了這個信，自然歡喜。「但是事難兩全，如今張太太一邊的銀子，已經全數弄到了手了。至於那些姨太太的，明的暗的，亦已不在少數。人貴見機。如今他們是有人保護的了，況且我目前就要到外洋去，正同他們打交道，倘若貪心不足，把名氣弄壞了，反倒不好。應該放的地方，少不得也要放手，這方是大丈夫的作用。」

想罷，便把洋務文案委員，請來斟酌了一封信：「除盜賊兩案，仍勒限印委各員嚴拿懲辦外；所有某某氏存抵首飾，准其即日備價贖回。」利錢摺子，亦答應補給。教士得到這封回信，自無話說。那被罰的十二姨，十五姨，十七姨，都趕著把東西贖了出去。張家的當鋪，早經刁邁彭言明，由他經手抵出去的了。然而暗底下仍是他掌管，說不得自認晦氣，另想法子敷衍他們。大眾見刁邁彭如此辦法，雖然那二家一時結不了案，也就不像從前追得緊了。按下不表。

＊　＊　＊

單說：張太太那面聽說刁邁彭出使外洋，不覺心上老大吃了一驚，心上盤算：「我偌大一分家私，一齊託他經手。他今出門，多則六年，少則三年，方能回來。所有他做出去的買賣，叫我同那一個算呢！」馬上差人一面拿帖子，到道臺衙門賀喜，順便請刁大人過來，商量善後事宜。刁邁彭直至把教士回信打發去後，方才過來見面，就說：「大嫂不來叫，兄弟也要過來了，天底下的事，竟其想不到的！」張太太還當他說的是出外洋一事，便說：「這是朝廷倚重大人。大人有這樣聖眷，將來到外洋，立了功回來，怕不做尚書侍郎？就是督撫，也在意中！」刁邁彭聽說，皺了皺眉頭，說道：「不是這個！」張太太見他氣色不對，忙問：「又有什麼事情？」

刁邁彭又故意躊躇了一回，方說道：「這事卻也不好瞞你。如今大嫂被外國人告了！」張太太聽說他自己被外國人告了，不覺大驚失色道：「我是中國人，他們是外國人，我同他井水不犯河水，他為什麼要告我呢？」刁邁彭道：「不說明白了，不但你聽了糊塗，就是我聽了也詫異。這件事原是你們這裏的人起的！」張太太忙問：「是我們這裏的什麼人？」刁邁彭道：「還有誰，就是那班搬出去的姨太太！我倒是一片好心，幫著大嫂，拿他們分了出去。一來省大嫂嘔氣，二來等他們自己過活，公中的錢也可省儉些。就是這一回，他們被偷被搶，以及罰他們，也是兄弟幫著大嫂，想竭力的拿他們壓倒了，免得將來生事。倘若兄弟早幫他們出把力，催催縣裏，還會到如今不破案？不曉得他們，如今聽了什麼壞種的說話，一齊入了外國籍。中國官管他們不著；他們有了事，倒可以來找我們的。大嫂！你想氣人不氣人！」張太太道：「他們入外國籍，倒入的是那一個國度？可是你刁大人放欽差的那個國度不是？如果是你刁大人去的那個國度，務必拜託你大人，同他們那邊皇上說了，遞解他們回來，不要他們這些壞人做百姓。」刁邁彭道：「他們入籍的那個國度，聽說是什麼『南冰洋』，『北冰洋』，也不曉得是『黑水洋』，『紅水洋』，兄弟一時在氣頭上，也記不清楚。總而言之：他們現在已經做了外國人，我們總是他的對手了！」張太太道：「你說的，可就是他們？還是另外，又有外國人出來告我？」刁邁彭道：「有是另外有個外國人，亦是他們串出來的。」張太太道：「就是告我，也得有件事情，到底告我那一樁呢？」刁邁彭道：「說來話長，等我慢慢的講。其實這件事情，我固然替大嫂出力；我待他們也不能算錯。每人分給他三萬吊錢的當鋪利錢，就拿按年八釐算，每年每人，就有兩千多吊錢的利錢，無論如何，亦儘夠使的了；況且他們各人又有自己的私蓄，還要貪心不足，串了外國人，入了外國籍，反過來告你大嫂，似乎也覺得過分！兄弟得了這個信，一直氣的沒有吃飯；人家來道喜，一齊擋駕；就趕過來通知大嫂。」

張太太著急問道：「到底他們告我，是些什麼話？」刁邁彭至此方說道：「告你『吞沒家財』，『驅逐夫妾』。」張太太道：「這也奇了！我們軍門留下的家財，不是我承受，誰承受？至於那班東西，原是分出去的，讓他們另住，我何曾趕他們出門？這種說話，未免太煞欺人了！況且我做大婦的，就是真果的要趕掉他們，他們也只好走。我不過背一個不賢的名聲，總說不到家當上頭。」刁邁彭哈哈一笑道：「大嫂你就是誤在這上頭了！現在的世界，比不得從前了。從前做姨太太的，見了正太太，賽如主母，自己就同買來的丫頭一樣，所以太太說打發，就打發，人家不能說他不是。如今各色事，都是外國人拿權。外國人講平等，講平權，是沒有什麼大小的。你是軍門身上下來的人，他們亦是軍門身上下來的人，同是一樣的人，就不分什麼高下。有一個錢，大家就得三一三十一平分，如此方無說話。倘若你一個人多拿了，他們少拿了，就可以說話的，就可以請出訟師來，同你打官司的。總得大家扯勻才好。」張太太道：「我是中國人，我不懂得什麼外國理信。刁大人你亦是中國官，你為什麼不拿中國的例子駁他呢？」刁邁彭道：「我心上何嘗不是如此想。但是我這個官，沒有這個權柄，可以管得他們。」張太太道：「你刁大人既沒有這權柄管他們，等他來的時候，你不理他就是了。他們能夠拿你什麼？」刁邁彭道：「我不理，他們要到南洋兩江制臺那裏去的！兩江制臺不理，他們還會到外務部，這兩處只要一處管了帳，我們總沒有便宜沾的。」張太太道：「依你說怎麼樣？可是要我把家當拿出來分派給他們，還是拿我趕出去，請他們回來住？不然，怎麼樣呢？」說著，就急得哭起來了。

刁邁彭道：「大嫂你且慢著，不要發急！他們如此說，我不得不過來，述給你聽。少不得我總要替你想法子。就是我自己沒有權柄管理外國人，也總要挽出人來，替你們和息的。」說罷，亦就告辭回去。張太太還想留住他，託他想法子。刁邁彭道：「我的心上，比你大嫂還要著急。就是你不託我，我亦要替你想法子的；不然，我怎樣對得住大哥呢！兄弟自從接到電報放欽差，忙的連回電都沒有打。目下實在沒有功夫。等兄弟回去打好主意，明天再來同大嫂商量罷！」說完自去。

張太太等他去後，心上自己盤算，說：「刁某人每逢來在這裏，何等謙和，替我做事，何等忠心；怎的今天變了樣子？難道放了欽差，立刻架子就大起來麼？如此，也不是什麼靠得住的朋友了！」轉念一想：「我這分家私，一齊在他手裏。如今要同外國人打交道，除了他沒有第二個。況且他本來是這裏的道臺，如今又放了欽差，說出去的話，外國人無論如何，總得顧他一點面子。如今是沒腳的蟹，賽如瞎子一樣，除了人一步不能行；無奈只得耐定了性，靠在他一個人身上的了！」按下張太太自己打主意不提。

* * *

且說：刁邁彭回到衙門，一面又要忙交卸，一面又要預備進京陛見；一霎時又是外國人來拜會，又要出門謝步；一回又是那裏有信來，有電報來，一回忙著回那裏信，那裏電報；真正忙得席不暇暖，人仰馬翻！少不得每天總要抽出空來，到張公館坐上五分鐘，或是三分鐘。張太太見了面，頂住問他：「怎麼樣？」刁邁彭無非一派恫嚇之詞。張太太又問：「如何對付他們？」刁邁彭只是咬定一口：「一個錢不能給他們的。」起先張太太聽了，又把刁大人當做忠心朋友，自己怪自己，那天幾乎錯怪了他。

豈知一連幾天，刁邁彭來了幾次，都是這個說法。及至問他：「照此下去，幾時可了？」刁邁彭皺著眉頭，說道：「若是不給錢，這事要了，可是不容易呢！」張太太說：「刁大人！你是快走的人了！不趁在你手裏，把事早點了結，到了後任手裏，叫我去找誰呢？」刁邁彭道：「昨兒省城裏已有信來，派來署事的這位候補道，我也同他見過面的。等我見了他，竭力託他就是了。」張太太一聽事情不妙，連忙拿話頂住刁邁彭道：「一定要在刁大人手裏了結。」刁邁彭隱約其詞，似乎嫌張太太一個錢不肯放鬆，這事總不會了。張太太卻一口咬定：「要我往外拿錢，可是不能。」刁邁彭見話說不上去，只得另外打主意，當時辭了出來。

回到衙門，齊巧有個保人壽的洋人，因在南京得到刁邁彭放欽差的消息，就有刁邁彭的朋友，替這洋人寫了封信，叫他到蕪湖來兜攬生意。刁邁彭看朋友的分上，少不得自要照顧他些買賣。恰巧這日正從張公館回來，想不出一個哄騙張太太的法子。等到見了洋人，忽然有觸斯通，便道：「你這趟很遠的跑來，總得替你多拉幾注買賣才好。」洋人自然歡喜。刁邁彭便說：「我有一個朋友姓張，家裏很有家私，我薦你到他家裏去。但是我的朋友，只有女眷在家，你先到那裏，不必同他們說什麼。停刻等我到來，有我替你拉攏，自然一說成功。」洋人更為感激不盡，立刻問明方向，獨自先去。刁邁彭亦跟手坐了轎子趕來。洋人先到那裏，雖有繙譯，因為刁大人交代過，叫他不要說什麼，他只得不響。不過門上見是洋人，問那裏來的，只回了聲：「道裏來的。」門上人聽說是道裏來的，摸不著頭腦，只得請他廳上坐了再講。一面泡茶，一面進去報知女主人。張太太聽了，只當是告他的那個外國人，抄家當來了，嚇得什麼似的，連連說道：「這怎麼好！這怎麼好！你們快去，快把刁大人趕來，等他想個法子，先把洋人弄走了才好！」家人奉命，飛跑趕去，走到半路上，齊巧刁大人也來了。刁邁彭轎子裏看見，先說道：「我正要到你們太太這裏來。現在可是外國人來了？」家人道：「正是。」刁邁彭催轎夫快走，趕到張公館。下轎走進大廳，先向洋人拉手，說了聲：「你這裏的事，一齊包在我兄弟身上，其實你也無須來得的。」洋人由繙譯傳話說道：「我是要來。我是要來。」刁邁彭未曾下轎，那個請他的家人，早已趕快一步，回到家裏，稟報太太知道，說：「刁大人聽說洋人在此，已經趕了來了。」等到刁大人下轎到廳上，同洋人說的話，張太太早已趕出來，在屏門背後，聽的清清楚楚。一聽他倆所說的話：洋人說：「我要來。」刁大人道：「你的事，一齊包在我身上。」——這兩句，再要合拍沒有——竟是為著打官司來的。張太太不聽則已，聽了之時，頓時魂飛天外，面上失色！說時遲，那時快，刁邁彭向洋人說完了兩句話，立刻起身，到後頭來。一見張太太流淚滿面，一句話也說不出。刁邁彭道：「此處不便，我們到裏頭去講。」果然張太太跟刁邁彭到得裏面。

張太太一把眼淚，哭著說道：「別的話不必講。自從軍門去世之後，我這裏一家一當，都在你刁大人手裏。為今之計，弄到這個樣子，你刁大人不來救我，更指望誰來救我呢！」說罷，跪在地下，不肯起來。刁邁彭一面讓他起，一面故意做出唉聲歎氣的樣子，說：「這是怎麼好！這是怎麼好！叫我怎麼對得起死的大哥一個人！」在客堂裏打了幾個旋身，又出來。同外人嘁嘁喳喳了一回，不見洋人走。他又進來，同張太太說道：「如今之計，只有一個法子，少不得我要被人家說我不避嫌疑罷了。」張太太一聽有法子好想，立刻問他是什麼法子。刁邁彭想要說出口，又頓住了不說道：「到底不便，到底被人家說起來不好聽，只得另外打主意。」張太太看他又有不肯之意，不免又把眉毛蹙起來。只見刁邁彭又在地下，旋了兩三遍，把牙齒咬咬緊，說道：「這是沒有法子的事，為朋友只得如此。我為了朋友，就是被人家說我什麼，我究竟自己問心無愧。」旁人看他自言自語，坐立不定，都莫知其所以然。

大家正在楞住的時候，忽然聽他說道：「大嫂！現在洋人不肯走！兄弟只有一個法子：等我去同洋人說，說大嫂現在賸得有限家當；其餘的因為替軍門還虧空，早已全數抵押出去了。他若問抵押給那個，你只說我經手。但是口說無憑，你快叫帳房，立刻寫好幾張抵押據，隨便寫抵給『張三』，『李四』都可以。由你畫了花押，交代給我。洋人不相信，我就拿這個給他看。我替你經手，連當鋪連錢莊銀子，一共是二百六十七萬，你就照這個數目寫給我。可好不好？」畢竟張太太是女流之輩，聽了此話，馬上就叫自己的帳房上來照寫。

不料這帳房倒是有點忠心的，近來因見刁邁彭的行為，很覺不對，平時已在女主人面前，絮聒過多次。無奈女主人不聽他話，也叫無可如何。此時又叫他出立憑據，他便兩眼瀰煞瀰煞的，頂住了刁邁彭，一聲不響。後來女主人又催他，帳房只是不寫。刁邁彭何等精明，早已猜著其中用意，忙道：「貴居停這一分家當，一齊都在我一人身上。我如今是就要出洋的人了，說不定十年八年，方得回來，正要找個人交卸了好走。像老兄辦事這樣鄭重，實在可靠得很，倒不如趁今天我們做個交代罷！」刁邁彭一面說，面上卻是笑嘻嘻的。張太太看了不懂，只是催帳房快寫，寫好了，就交代刁大人。那帳房想了一回，歎了一口氣，提起筆來，一氣寫完。有些話頭，自己寫的不合式，只得隨時請教刁大人。刁邁彭見他肯寫，也就不刁難他了。

等到寫完，又逐句講給張太太聽過，催著張太太畫過字。刁邁彭道：「你們不要疑心！我要這個，不過給外國人瞧過，就拿回來的。」說著，便把筆據袖了出去。又同洋人咕噥了一回，洋人同他拉拉手，帶了繙譯自去。刁邁彭果然來把筆據，交還了張太太，叫了聲：「大嫂！這個東西，果然有用。把東西給洋人看過，居然一聲不響就去了。大嫂你暫請收好了這個，等洋人要看時，我再來問你討。」張太太道：「這又何必給我呢！刁大人收著不是一樣？」刁大人道：「不可不可，人家要疑心我吞沒你的家當的！」

列位看官，看到此處，以為刁邁彭拿筆據交還與張太太，一定又是從前騙蓋道運札子的手段來？豈知並不如此，他用的，乃是欲擒姑縱之計。蓋道運的事情，關係蔣撫臺出入甚重，所以不得不把札子掉換下來。張太太這裏，橫豎欺他是女流之輩，甕中捉鼈，是在我手掌之中。不過想做得八面玲瓏，一時破不了案。等他擺脫身子，到了外洋，張太太從那裏去找他呢？所以他當下把筆據交代之後，仍回自己的衙門，同保壽險的洋人，鬼混了一陣，只說是張太太一定不肯保。洋人無可如何，只好聽之。

他卻又耽擱了兩三天，一直不到張公館。畢竟張太太放心不下，叫人去請。推頭有公事。張太太少不得自己親來，刁邁彭見面之後，只說：「你大嫂之事，不了自了，包你那個外國人是不來的了；就是你們那班姨太太，曉得官司打不出，也一齊癟了念頭了。這兩天我倒替你很放心，很快活，你自己著急的那一門？」張太太道：「我所急的，非為別事；有你刁大人在這裏一天，我自然放心，設或你刁大人動身之後，那外國人又來找起我來，卻如何是好呢？」刁邁彭聽了此言，故意「啊唷」一聲，跌足躊躇道：「這一層我倒沒有慮到，到底你大嫂心細。然而據我看起來不要緊，橫豎你給我的那張抵押據，在你手裏，你拿出來給他看就是了。」張太太道：「這張據應該你拿著的，不應該在我手裏？」刁邁彭道：「我拿著不妥。一來你大嫂雖不疑心到我，我也要防別人說話；二來我把這筆據帶了出洋，等到洋人來了，還是沒得給他看。如今這事，沒有別法想，只有你把那張假筆據拿出來，等我替你上個稟帖，給上頭預先存個案；再結結實實的，找上兩個中人。就是我出洋去，有中人替我說話，有起事來，只要中人出場，洋人自然不來找你的了。」張太太的筆據，是帶好了來的，馬上交出，又問中人是誰。刁邁彭屈指一算，後任明天好到，便約張太太三天回音。張太太自回公館。

這裏刁邁彭等到後任接了印，便向後任說：「從前在此地住的，有一位張軍門，如今死了。他的家眷，因為軍門去世之後，官虧私虧，共有二百多萬；一齊託兄弟替他經手，把家產抵還清楚，現在分文不欠。恐怕再有人訛他，所以託兄弟替他稟明上頭，並在道縣各衙存案，以免後論。兄弟適因交卸，未曾趕得及辦理此事。現在只好費老兄的心了！」說罷，便把替張太太代擬的稟帖，以及抵押據，還有揑造的人家還來的借據，一齊抄黏稟帖，請後任過目。後任因為他是欽差，上頭聖眷優隆，將來不免或有倚靠他的地方；所以於他委的事，絕無推卻，趕著簽稿並送，第二天就詳了出去。諸事辦妥，方才到張太太那裏報信。上頭的批稟來不及，只好拿了道縣的批頭給張太太看，又講給張太太聽道：「現在你生怕我走了，沒有對證。如今好了，道裏縣裏，一齊存了案，又稟了省裏三大憲，將來沒有不准的。不過批稟，一時還不得回來。將來批稟批過之後，新道臺少不得要來招呼你的。而且道裏縣裏都存了案，他倆就是活對證。他們走了就是後任換掉，有案卷存在他們衙門裏，終究賴不脫的。如今這事辦得萬妥萬當，人家只曉得是你抵押到我名下，那洋人決計不會來找你的了。就是再有話說，不要你出頭，道裏縣裏，就會替你出頭的。你說好不好？」張又太太問那張筆據。刁邁彭道：「附在卷裏，你也不拿，我也不拿，是中人替我們守著；那是再要妥當沒有。」張太太默然不語。

刁邁彭又忙著說：「現在我就要走了，倒是我經手的帳，總要交代了才好走。一切生意，都是我手裏放出去的，一時又收不回來，少不得找個靠得住的人，接我的手。」說著，便喊一聲：「來！你們把七大人請進來！」又回頭對張太太說：「這是我的堂房兄弟，就是上回薦給你在上海管事情的。我去了，只有他可以接我的手。如今先叫他進來見見大嫂，以後有什麼事情，大嫂就好當面交代他了。」說著，七大人進來了，穿的衣服，並不像什麼大人老爺，簡直油頭光棍一樣。張太太此時迫於刁邁彭面子，只得同他見禮。刁邁彭道：「我這兄弟，只能總其大綱；而且他一個人亦來不及。現在兄弟又把上次問大嫂要去的幾個差官留心察看，見他們辦事，都還老練。我特地挑了又挑，挑出七八個，真正尖子。幾注大生意，每一處派他們一個，去管理銀錢帳目。」張太太道：「他們字都不認得，當得了嗎？」刁邁彭道：「為的是自己人，無論如何，總靠得住些；就是字不認得，數目是總認得的。」因為不夠，又把本宅的帳房，一齊派了出去。刁邁彭一面分派；一面又叫拿筆硯，把他經手的生意，以及現派某人管理某事，仍託本宅帳房拿張八行書，開了一張細帳，交代了張太太。自從張太太請他經手這些銀錢，某處生意，某處生意，不過嘴裏說得好聽，始終沒見一張合同，一張股票，一個息摺。大約現寫的這片帳，在他就算是交代的了。好在張太太是女流之輩，儘著由他哄騙。至於一班帳房，一班差官，因見大家都派了事情，也就不來多嘴了。交代清楚，刁邁彭便跪下磕頭辭行，再三又叮囑了幾句。張太太少不得也說幾句客套話。然後刁邁彭拱了拱手，帶著兄弟而去。

且說：刁邁彭的兄弟，就是上回所說的做絲廠的擋手的刁邁崑了，這人最是滑不過。但是刁邁彭有些事情，自己不能去做，總是託了這兄弟去做；兄弟有利可圖，倒也伏伏帖帖，聽他的使喚，做他的聯手。這遭刁邁彭賺了姓張的二百幾十萬銀子，自己實實在在有二百萬上腰。下餘幾十萬，這裏五萬，那裏三萬，生意卻也搭的不少，其中就算這兄弟經手的絲廠，略為大些。當初原為遮人耳目起見，不得不如此；等到後來張太太把抵押的憑據，稟了上頭存了案，他卻無所顧忌了。但是還怕兄弟，並那張太太手下一班舊人，說出他的底細。特地替兄弟捐了一個道臺，一面在上海管事，一面候選。其他張府帳房差官等等；湊攏不過十幾個，面子上，每人替他預留一個位置；其實早同擋手說明，派的都是吃糧不管事的事情，沒有一個拿得權的。不過薪水，總比在張府時略為豐潤。這班人有錢好賺，誰肯再來多嘴。

歇上三五個月，有另外薦出去的，也有因為多支薪水歇掉的；總之不到一年，這班人一齊走光。張太太還毫無知曉。

等到張太太拿不到利錢，著急寫信到上海來追討，刁邁崑總給他一個含糊，後來張太太急了，自己趕到上海來；東打聽，也是刁家產業，西打聽，也是刁家股分，竟沒有一個曉得是姓張的資本。於是趕到絲廠裏找刁邁崑，說是進京投供去了。問問那班舊人，都說不知道。張太太又氣又急，只得住了下來。雖然沒人趕他，卻也沒人睬他，自己又是女流之輩，身旁沒有一個得力的人，乾急了兩個月；心想只得先回蕪湖，再作道理。

誰知看了日子，寫了船票，正待動身，倒說忽然生起病來。張太太自到上海，一直就住的全安棧，一病病了二十來天。到蕪湖來的時候，本來帶的錢不多，以為到了上海，無論那一注利錢收到手，總可夠用。那知東也碰釘子，西也碰釘子，一個錢沒弄到，而且還受了許多閒氣。等到想要回去，原帶來的錢，早已用沒了。還虧當了一隻金鐲子，才寫的船票。後來病了二十幾天，當的錢又用得一文不賸。上海無從設法，無奈只得叫同來的底下人，寫信回家，取了錢來，然後離得上海。

等到一到家，刁邁崑的信也來了，說是：「剛從北京回來，大嫂已經動身。兄弟不在上海，諸多簡褻！」但是通篇，並無一句提到生意之事。張太太又趕了信去，問他本錢怎麼樣，利錢怎麼樣。他一封信回來，竟推得乾乾淨淨，說：「上海絲廠，以及各項生意，原是君家故物。自從某年某月，由大嫂抵與家兄執業，彼此早已割絕清楚。如不相信，現有大嫂在蕪湖道縣存的案，並前署蕪湖道申詳三憲公文為據。儘可就近一查，豈能欺騙！」各等語。信後又說：「大嫂倘因一時缺乏，朋友原有通財之義。雖家兄奉使外洋，弟亦應得盡力。惟以抵出之款，猶復任意糾纏，心存影射，弟雖愚昧，亦斷不敢奉命。」云云。張太太接到這封信，氣得幾乎要死！手底下還有幾個舊人，都慫慂他去告狀。

當下化了幾十塊錢，託人做了一張狀子，又化了若干錢，才得遞到蕪湖道裏。蕪湖道檢查舊卷，張某人的遺產，早已抵到刁欽差名下，有他存案為憑，據實批斥不准。張太太心不服，又到省裏上控。省裏叫蕪湖道查復。這個當口，刁邁崑早已得信，馬上一個電報給他哥。他哥就從外洋一個電報給蕪湖道，說明存案之事。任你是誰做了蕪湖道，只有巴結活欽差，斷無巴結死軍門之理。因此張太太又接二連三，碰了幾個釘子。不但外頭放的錢，一個弄不回來，就是手裏的餘資，也漸漸的銷歸烏有；因此一氣一急，又生了一場病，就此竟嗚呼哀哉了！一切成殮發喪，不用細述。

但說：刁邁彭在外洋得了這個消息，心上雖是快活；然而還有一句說話道：「他那所房屋極好，我很中意，現在不曉得便宜了誰了！」做書人做到此處，不得不把姓刁的權時擱起。

* * *

單說：姓張的家裏，自從正太太去世，家裏只留了三個寡婦姨太太。此時公中，雖然無錢；幸虧他三人還有些私蓄，拿出來變變賣賣，尚堪過活。而且住著一所絕好的大房子，上頭又沒有了管頭，因此以後的日子，倒也甚為安穩。有日家裏，正為張軍門過世，整整三足年，特地請了一班和尚，在廳上拜懺。就把他夫婦二人的牌位，用黃紙寫了，供在居中，以便上祭。這日約摸午牌時分，三位姨太太正穿了素衣，上來哭奠。正在哀哀慟哭之時，忽然外面跑進一個三十多歲的男人進來。這人是個瘦長條子，面孔雪白，高眉大眼，儀表甚是不俗；雖是便衣，卻也是藍寧綢袍子，天青緞馬褂，腳下粉底烏靴；看上去很像個做官模樣。家人們見他一直闖了進來，又想攔又不敢攔，便問：「老爺是那裏來的？請旁邊客廳上坐。」那人也不及回答，但見他三步并做兩步，直走至供桌前跪倒，放聲痛哭，哭個不了。一面哭，一面跌腳捶胸，自己口稱：「兒子不孝，不能來送你老人家的終，叫我怎麼對得住你呢！」一面數說，一面還是哭個不了。眾人聽了他的聲音，都覺奇怪。暗想：「我們軍門那裏來的這個大兒子？」但是看他哭得如此傷心，又不敢疑他是假，只得急急將他勸住，問他一向在那裏，幾時來到此地，他擦了擦眼淚，一見有三個穿素的女人，曉得便是三位老姨太太；立刻就爬在地下，磕了三個頭，口稱姨娘行禮。

起來歸坐，不等眾人開口，他先說道：「我今日來到這裏，我若不把話說明，你們一定要奇怪。我的母親劉氏，原是老人家頭一位姨太太。彼時老人家還在湖南帶兵。有天聽了朋友一句玩話，便立時三刻，逼我母親出去，一刻不能相容。其時我母親已有了兩個月的身孕，老人家並沒有曉得。虧得我母親彼時手裏，光景還好，娘兒倆便來到長沙居住。後來等我養了下來，很寫過幾封信給老人家；老人家一直置之不理。後來等到我七八歲上，忽然老人家想到沒兒子的苦。不知那位曉得我母子的下落，便在老人家面前點了兩句，聽說老人家著實懊悔。不過此時老人家已經得缺，恐招物議，沒有敢認。然而卻是常常託人帶信，問我們母子光景如何。後來又過了十幾年，老人家已補授提督。我的母親亦去世。其時我已有二十多歲了，好容易找到從前做狼山鎮的黃軍門，曉得他同老人家把兄弟，我就去找他把話說明，託他到老人家跟前替我設法。黃軍門就留我住在他衙門裏，後來又帶我到鎮江，見過老人家一面。彼時正議續娶這一位嫡母，原說是沒有兒子的，所以仍舊不敢認。我回家再三託黃軍門替我位置。以後每年總寄兩回銀子給我，每次三百兩，一年六百兩，娶親的那一年，又多寄了一千兩；都是黃軍門轉交的。

又過了三四年，黃軍門奉旨到四川，督辦軍務，就把我帶了過去。其時我已經保到都司銜，候補守備。在四川住了四五個年頭，接連同土匪打兩回勝仗。總算官運還好，一保保到副將銜，候補游擊。這個當口，想不到黃軍門去世。幸虧接手的人很把我看得起，倒分給我四個營頭，叫我統帶起來。幾年家裏的情形，除掉老人家告病，及老人家去世，我是知道的。但是相隔好幾千里，又恐怕家裏大娘不肯認我，所以一直連封信都不敢寫。如今是有差使過來，到了漢口，碰見黃軍門的大少爺，才曉得這邊的事。心上惦記著這邊父母都已去世，不曉得家裏是個什麼樣子，所以特地趕過來看看。原來家裏還有三位姨娘料理家務，那是極好的了。」這一番話，說得三位姨太太將信將疑。

大姨太太年紀最大，曉得舊事；知道張軍門是有這們一位姓劉的姨太太，為了不好趕出去的。後無下落，亦從未見軍門提過。至於兒子，更是毫無影響了。那人見三位姨太太，正在不響，曉得他們見疑；忙從靴子裏取出一搭子信來，一面翻信，一面說道：「我的名字叫國柱，還是那年黃軍門要替我謀保舉，寫信給老人家，叫老人家替我題個名字。後來回信，就題了這『國柱』二字。這裏還有老人家親筆信為憑，不是我可以造得來的。而且我還有一句話，要預先剖明，我現在也是四十歲的人了，功名也有了，老婆也娶了，兒子也養了；有現成的差事當著，手裏還混得過；決不要疑心我是想家當來的！」一面又叫跟班的，把護書拿來，取出好幾件公事。據他說：全是得保舉的憑據，上頭都有他的名字，翻出來給人瞧。三位姨太太瞧了，亦似懂非懂的。

當時大家便問他：「吃飯沒有?」他說：「一到這裏，才落了棧，沒有吃飯，就趕了來的。」又說：「我是自己人，不用你們張羅，我也用不著客氣。至於我到此，只能耽擱幾天，找和尚拜兩天懺。靈柩停在那裏，你們領我去磕一個頭。事情完了，我就要走的。」雖然說得如此冠冕，人家總不免疑心；他自己亦懂得。趕忙吃過飯，回到寓處，取出一張五千銀子的銀票來，仍回到公館裏來。託這邊帳房裏，替他到莊上去換銀子。銀子換到，馬上交出三百兩，作為拜儀上祭之用。慢慢的又同三位姨娘，講到家裏的日子。曉得公中一個錢都沒有，三位姨娘，都是自吃自的，便說：「我這回銀子帶的不多，回來先拿五千銀子過來，以備公中之用。至於三位姨娘缺錢使用，等我寫信往四川，再匯過來。」人家見他用錢，用得如此慷慨，終究狐疑不定。

大姨太太私下便出主意，說：「他倘是真的，而且做了這們大的官，很可以叫他去出出場，到道裏縣裏去拜望拜望。人家兒子養在外頭，等到大了，再回來歸宗的很多。是真是假，等他到外頭碰碰去再說。倘是假的，他一定不敢去見。」主意打定，趁空便同他說了。誰知他聽了此言，非但不怕，而且甚喜，說道：「我是老人家的兒子，這些地方，極應該去的。雖說兒子養在外頭，長大之後，歸宗的很多；但是說出去，終不免叫人疑心。我想總求這邊姨娘，先派個在行底下人，跟了我同去。等投帖的時候，務先把話說明，人家便不疑心了。等到拜過之後，我還要重新替老人家開弔哩！」到了第二天，果然張公館裏派了兩名家丁，一名差官，過來伺候少大人拜客。道裏縣裏營裏統通是新換的官，自從張軍門過世之後，家裏又沒有人同官場上來往；大眾都不曉得他的底細，更樂得藉此朦混過去。只有幾家土著的老鄉紳，還有往年同張府上來往的幾家鋪戶，如：錢莊，票號，……等類，間或有兩家留心到張軍門並無兒子一層。等到家人把話說明，一來事不干己；二來此時張府早經衰敗，久已彼此無涉；因此不犯著前來多事。等到客人拜完，家裏人沒有了疑心，便讓他家裏來住。

齊巧這位蕪湖道是個老古板。因為張軍門從前很有點名聲，因此於這張大少爺來拜時，立刻請見，而且第三天就來回拜。見面之後，問長問短，張國柱並不隱瞞，竟說明自己是：「先君棄妾所生，『樹高千丈，葉落歸根。』此時先父母停柩未葬，還有三位庶母，光景甚是拮据，說不得都是小姪之事。」又說：「小姪在外頭帶兵幾年，從前先君在日，常常寄錢給小姪使用。如今先君一死，卻再想不到他老人家有許多官虧私虧，以致把家產全數抵完。此事還是從前刁老伯經手，各衙門都有存案，料想老伯是曉得的。如今生養死葬，一應大事，無論小姪有錢沒錢，事情總是要做，儘著小姪的力量去辦便了。」蕪湖道道：「尊大人解組歸來，聽說共有好幾百萬；即使抵掉不少，看來身後之需，或不至過於竭蹶。就是幾位老姨太太手裏，諒想還可過得？再不然，這所房子，亦值得十多萬塊錢。」國柱道：「無論先君有無遺貲，總之這些事情，在小姪都是義不容辭的。況且病不能侍湯藥，死不能視含殮，已經是不可為子，不可為人。如今再來搜括老人家的遺產，小姪還算個人嗎！所以小姪一回來，先取五千金存在公中，以備各項用度。以後所缺若干，再到四川去匯。莫說公中無錢，就是有錢，小姪亦決計分文不動。至於賣房子一句話，更非忍言！」一番話竟說得蕪湖道大為佩服，連連誇說：「像世兄這樣天性獨厚，能顧大局，真是難得！」又問：「世兄少年，料想讀的書不少！」張國柱回稱：「還是在黃仲節黃軍門世叔那裏讀過幾年書，經書古文統通讀過。」蕪湖道說：「我猜世兄一定是有學問的；若是沒有讀過書，決計不懂這些大道理。」說完，又連誇獎。自此張國柱有了蕪湖道認他為張軍門之子，而且異常看重，自然別人更無話說了。

要知後事如何，且看下回分解。

第五十二回　走捷徑假子統營頭　靠泰山劣紳賣礦產

話說：四川來的張國柱，自從蕪湖道認他為張軍門的少爺，再加他自己，又能不惜錢財，把一公館的人都籠絡得住。而且所辦的事，所說的話，無一不在大道理上；因此眾人聽了，更為心服。他見大勢已定，便說：「老太爺老太太靈柩，停在此地，終非了局。」更與三位老姨太太商量，意思想再開一回弔，然後靈柩送回原籍，算了算總得上萬銀子，一面打電報到四川去匯，一等錢到了，就辦此事。三位老姨太太自然無甚說得。

誰知過了兩天，不見電報回來。張國柱哭喪著面孔，咳聲歎氣的，走了進來，說：「老天爺同我作對，連著這一點點孝心都不叫我盡。我這人生在世界上，還能做什麼事呢！」大家問他：「回電怎麼說？」他並不答言，只是呼呼噓噓的哭。大家急了，又頂住問他。他說：「四川的防營，前月底奉到上頭的公事，這個月就要裁掉。我這趟出差，本是有個人替我的。我打電報去同他商量，叫他無論在那裏，暫時替我挪匯七八千金。再拿我這裏的幾千湊起來，看來這件事可以做得體體面面，把老人家送回家去。那知憑空出了這們一個岔子，叫我力不從心，真真把我恨死！」大姨太太道：「老爺在世，有些手底下提拔過的人，得意的很多。現在有你大少爺在此，不怕他不認。寫幾封信出去，同他們張羅張羅，料想不至於不理。」張國柱道：「不可，不可！老人家的大事，怎麼好要人家幫忙！我雖暫時卸差，究竟還算騎在馬上的人，向他們去開口，斷斷不可。不是怕他們疑心；我為的是人在人情在，如今老人家已過世三年，彼此又一直沒有通過音信，他不應酬你，固不必說；就是肯應酬，一處送上二三十兩，極多到一百兩，於我們仍舊無濟，而且還承他們這們一分情，實在有點犯不著。還是我們自己想法子好。」

過了一天，張國柱又說道：「雖然我那邊差使，已經交卸；究竟我在這裏，不能過於耽擱。既然錢不湊手，說不得只好稱家有無。況且從前已經開過弔，此時也不便再去叨擾人家。馬上找人看個日子，儘半個月之內，就送柩起身。除掉幾處至好之外，其餘概不通知他。」這半月之內得空，就往道裏跑；見了蕪湖道，恭順的了不得。後來又拜在蕪湖道門下，說什麼：「門生父親去世的早，老一輩子的教訓，門生聽見的不多。如今拜在門下，受老師一番陶鎔，庶幾將來，可以稍為懂得做人的道理。」這種話，灌在蕪湖道的耳朵裏，豈有不樂之理？曉得他四川差事已撤，目下正在為難，自己出於至誠，送他二百銀子。不要他出名，竟替他寫信，給所屬各府州縣，替他張羅。居然也弄到將近二千銀子，統通交代張國柱，張國柱自然感激。看看動身的日子，一天近似一天，張國柱就在廟裏開了一天弔。凡是發有訃聞的，道臺以下，都來弔奠。到客雖然不多，而場面卻也很好。張國柱披麻帶孝，叫兩個人攙著出來，給客人磕頭；拿著哭喪棒，嘴裏乾號著，居然很有個孝子模樣。因此三位老姨太太，以及合公館裏人，瞧著都為感歎，都說：「還算我們軍門的福氣，有這們一個好兒子打發他回家。」

內中忽然有位素同張軍門要好的朋友——也是本地鄉紳，是個候補員外郎，——姓劉名存恕，獨他不十二分相信，背後裏說過幾句閒話。就有人把這話，傳到張國柱耳朵裏去。當時張國柱也沒有說什麼，但在肚皮裏打主意。

本來說明白開弔後，就動身的。如今又一連耽擱了七八天，還沒有動身。蕪湖道問他：「為什麼還不動身？」他畏畏縮縮，要說又不肯說。蕪湖道懂得他的意思，曉得一定是錢不夠，問他是否為此，他到此也只得實說。蕪湖道道：「如今遠水救不得近火，就是我們再幫點忙，至多再湊了幾百銀子，也無濟於事。況且你這回回去，路遠山遙，又非兩三天就可以到的。就是回家安葬，亦得開開弔，驚動驚動朋友，那一注不是錢？從前我很想叫你把房子暫時抵押頭二萬金，以辦此事。你世兄不肯。如今依我的主意，只有這們一個辦法。你世兄萬萬不可拘泥，姑且照我的說話，回去同你們老姨太太商量商量。好在尊大人現在只剩得三位老姨太太，也不消住這大房子。就是遲兩年，等你世兄有了錢，再贖亦不妨。」張國柱聽了這番話，心上很願意；他面子上卻故意躊躇了半天，說道：「老師教訓的極是。且等門生回去，同幾位庶母商量商量，當再來稟復。但是門生還有一件事，老人家帶了這許多年的兵，又補授實缺多年，總算替皇家出過力的人。如今去世之後，連個照例的好處，都還沒有辦准。小姪意思，想仗老師大力，求求上頭督撫憲，能夠專摺替先君求個恩典。或照軍營積勞病故例，從優賜卹。倘能辦到一椿，存沒均感！」說著，又爬在地下，磕了一個頭。蕪湖道道：「這是世兄的一點孝心，愚兄豈有不竭力之理。不說別的，就是尊大人在安徽帶兵，年代亦就不少。世兄一面把房子押掉，扶柩起身。我這裏一面就替你辦起來，大約頂快，亦得好幾個月的工夫。」張國柱又重複磕頭謝過。

當天蕪湖道就留他吃飯，說是：「今天因為開辦學堂，請了幾位紳董吃晚飯，帶著議事；就屈世兄作陪。」張國柱聽了此言，自然不走。少停客到，不料那個疑心他的劉存恕，也在其內。張國柱一見有他，立刻吩咐底下人：「回家到我屋裏，牀頭下有個皮包，替我取來。」這裏一面入席；張國柱的管家，已把皮包取到，交代給主人。張國柱把皮包接了過來，一手開皮包，一手往裏一摸，早摸出一張紙來，嘴裏說道：「今天趁諸位老伯都在這裏，小姪有件東西，要請諸位過一過目。」一面說，一面把那張紙頭，先遞到劉存恕手中。劉存恕接過來一看，原來是一個札子。再看札子上的公事，乃是欽差督辦四川軍務大臣，叫他統帶營頭。公事上頭，拿他的官銜，都寫得明明白白。眾人見他拿了這個出來，都莫明其用意。眾人一面傳觀，只聽得他又說道：「先君過世之前，因為官虧，家產業已全數抵押出去，一無所有。小姪不遠數千里趕回歸宗，擔當一切大事，自己吃了苦不算，還要賠錢。一切事情，都瞞不過我們這敝老師的，他老人家真能曉得小姪的苦處。因為外面很有些不相干的人，言三語四。不說小姪回來想家當，便說小姪這個官是假的。所以小姪，今天特地拿出這札子來，彼此明明心迹。」說完，隨手把札子收回，放在皮包之內，交代跟人先拿回去。自己仍舊在這裏陪客。

當下眾人看了他的札子，都無話說。只有蕪湖道當他是個正經人，便指著他同眾人說道：「從前他們老太爺致仕之後，聽說手裏著實好過。何以一故下來，竟其一無所有！只有他一位世兄，真正是前世修來的！他所做的事，很顧大局，這趟回來，非但他老太爺的好處沒有沾著；而且再賠了好幾千兩銀子，真要算難得的了！現在想要扶他老太爺靈柩回去，一個錢沒有，如何可以動得身？我勸他暫時把房子押幾個錢動身，他還不肯。這種好兒子，真正是世界上沒有的！」眾人聽說，自然也跟著附和一回。

卻不料在席有本衙門裏一位老夫子，早看得清清楚楚，獨他一言不發。等到席散，同同事講起，說：「我辦了這幾十年的公事，什麼沒有見過？連著照會，尚且有硃筆墨筆之分。至於下到札子，從來沒有看見過有拿墨筆標日子的。凡是『札』子，總有一個紅點；臨了一圈一鉤。名字上一點一鉤，還有後頭日子，都要用硃筆標過，方能算數。而且一翻過來，一定有內號戳記一個。他這個札子，一非硃標，二無內號。想是我閱歷尚淺，今天倒要算得見所未見了。」他同事道：「這話我不相信。札子上的關防，總是真的。」老夫子道：「關防果然是真的；難道就不許他預印空白麼？他本是黃軍門的世姪，到了四川，一直就在黃軍門跟前。黃軍門過世，他還在他的營裏。這個當口，何事不可為？不過我們心存忠厚，不當面揭破他，也就罷了。」

再說：張國柱回到家裏，只說是蕪湖道的意思，要上稟帖，託上頭替老人家請卹典。但是事前上上下下各衙門打點，以及部裏的銷化，至少也得四五萬金。三位老姨太太齊說：「這事果然是正辦；然而一時那裏有這些錢呢？」張國柱道：「這是老人家死後風光的事。無論如何，苦了我一個人，到處募化，也總要辦他成功！」

後來轉轉彎彎，仍逼到「抵房子」一句話上，但是仍出自三位老姨太太嘴裏，並不是他創議。他到此時，得風就轉，連說：「若是只為盤送靈柩，無論如何，我總是不肯動這房子的。如今替老人家請卹典，數目太大了，不得不在這房子上生法。」次日出門，仍舊託了道裏的帳房朋友，替他經手，竟抵了五萬銀子。蕪湖道聽見了，反說他是正辦。

又說：「某人的老太爺不在了，只有三個小，又沒有孩子；一所大房子，還不是空了起來？現在抵給人家，到底好先收兩個錢用用。」跟手見了張國柱的面，又說：「你四川的差使，聽說已經交卸。將來三位老姨太太回去，少不得要你養活，你沒得差使的人，如何拖累得起？我們大家又好，我總得替你想個法子。」張國柱聽了這話，立刻請安，謝老師的栽培。蕪湖道道：「你一面扶柩動身，我這裏一面想法子。目下我就要進省，等你回來，大約就有了眉目了。」按下張國柱拿了銀子，隨同三個老姨太太，伴送張軍門夫妻兩具靈柩，回籍安葬，不表。

* * *

且說：這裏蕪湖道果然過了兩天，因為別事晉省，帶著替張軍門請卹典，替張國柱謀差使。從蕪湖到省，搭上了火輪船，馬上就可以到的。下船之後，先到下屬預備的公館，休息了一回。隨手上院，照例先落司道官廳。一進官廳，只見先有一個人，已經坐在那裏了。看樣子，不像本省候補人員。彼此請教「貴姓，台甫」。蕪湖道先自己說了一遍；那人忙稱：「大公祖」。自稱：「姓尹號子崇，本籍廬州，以郎中在京供職。一向在京，是住在敝岳徐大軍機宅裏的。」蕪湖道明白，便曉得他是綽號琉璃蛋，徐大軍機的女壻了。於是又問他：「這趟出京，有什麼貴幹？」尹子崇因為同他初見面，有些秘密事情，不好出口，只淡淡的說道：「有點小事情，要同中丞商量商量。也沒有什麼大事情。」隨問蕪湖道道：「大公祖所管的地方，可有什麼好的礦？」蕪湖道看出苗頭，估量他此番一定是為開礦來的，便亦隨嘴敷衍了幾句。

恰巧裏頭先傳見蕪湖道，蕪湖道上去，回完公事，就把張軍門身後情形，以及替他求卹典的話，說了一遍。又說：「張某人原有一個棄妾所生的兒子，一直養在外頭，今年也差不多四十歲了。從前跟著黃某人黃鎮，在四川防營，保至副將銜游擊。這人雖是武官，甚是溫文爾雅，人很漂亮，公事亦很明白。現在扶了他老人家的靈柩，回籍安葬去了。但是現在四川防營已撤，張游擊沒有了差使，可否求求老帥的恩典，安置他一個地方？」

原來這撫臺從前做臬司時候，同張軍門也換過帖的。官場上換帖，雖不作准；只要有人說好話，那交情亦就頓時不同泛泛了。撫臺聽了蕪湖道的話，馬上說道：「原來張某人還有個兒子，兄弟聽見了很歡喜。況且是故人之子，我們應得提拔提拔他。可巧這裏的營頭，新近被童欽差回京，一共做掉了三個統領。這十幾營，還是張某人手裏招募的。如今他既然有這們一個好兒子，我這個差使，暫不委人。你回去就寫封信給他，叫他葬事一完，趕緊回來。至於他老人家的卹典，等他到了這裏，我們再商量著辦。我同他老人家是把兄弟，還有什麼不幫忙的？」蕪湖道道：「既蒙大帥賞恩典，肯照應他，職道就去打個電報給他，叫他把葬事辦完，趕緊出來到差。」撫臺道：「如此更好！」蕪湖道退出，自去辦事不提。

後來這張國柱竟因此在安徽帶了十幾個營頭。說起來沒有一個不曉得他是張軍門的兒子的。他扶柩回籍的時候，早把三位老姨太太安頓在家；手裏有了抵房子的五萬銀子，著實寬裕，自然各事做得面面俱到了。等他在安徽帶了幾年營頭，索性託人把蕪湖的房子賣掉，又賣到好幾萬銀子，入了他的私囊。倒是分出去的幾位老姨太太仗著在教，出來找過他幾次，弄掉了幾千銀子，此外卻一直太平無事。不必細述。

*　*　*

如今且說同蕪湖道在官廳子上碰見的尹子崇。等到蕪湖道見了下來，撫臺方才請他。他還沒有來的時候，撫臺就皺著眉頭，對巡捕說：「他只管天天往我這裏跑些什麼？誰不曉得他是徐大軍機的女壻，一定要把他這塊招牌掮出來做什麼呢？而且琉璃蛋的聲名，也不見得怎樣！」正說著，尹子崇進來了。撫臺是有侍郎銜的；尹子崇是郎中，少不得按照部裏司官見堂官的禮制，見面打躬，然後歸坐。撫臺雖不喜歡他，但念他是徐大軍機的姑爺，少不得總須另眼看待。

尹子崇當下先開口說道：「司官昨兒晚上，又接到司官岳父的信，叫司官把這邊的事情，趕緊料理清楚。料理清楚了，就叫司官回京當差，過年，上半年謁陵，下半年又有萬壽，叫司官不要錯過了機會。」撫臺道：「世兄這邊除掉礦務事情，還有別的事嗎？」尹子崇道：「不瞞大人說：就這善祥公司的事，司官就有點來不及了！司官創辦這個公司的時候，說明白招股六十萬，先收一半。雖不是司官的錢，司官卻很費張羅。就是司官的岳父，也幫著寫過幾封信，才有這個局面。不要說，礦是好的；但是三十萬銀子，已經用完了，下餘的一半股分，人家都不肯往外拿。」撫臺道：「只要礦好，眼看著這公司將來一定發財的。再加以令岳大人的聲望，罩在那裏；你世兄又是槃槃大才，調度有方。還怕不蒸蒸日上嗎？下餘的一半股分，只要寫信催他們往外拿就是了。利錢既不少人家的；將來發財，又可操券，人家還有什麼不放心的？」

尹子崇道：「不瞞大人說：這件事，壞在司官過於要好，實事求是；所以才弄得股東裏頭有了閒話，銀子不肯往外拿。」撫臺聽了詫異道：「這又奇了！倒要請教請教。」尹子崇道：「當初才開創的時候，司官就立意，事事省儉。所以自從開創到如今，所有的官利，一齊都沒有付。原說是等到公司獲利之後，補還他們，原不想少他們的。不料他們都不願意，把後頭的大本，就此揹住不付。」撫臺道：「呀！原來有此一層！現在你世兄的意思，打算怎麼樣呢？開礦本是件頂好的事，不但替中國挽回利權，而且養活窮人不少。若是半途而廢，豈不可惜！現在你世兄有令岳大人的面子，還是勸人家趕緊把股本交齊，或者再招集新股。況且這個礦，明擺著是個發財的事情，料想人家不至於不肯來。但是兄弟有一句說話，利錢總應該發給他們。俗語說得好，『將本求利』，有了利錢，人家自然踴躍了。」

尹子崇聽了撫臺的這番說話，臉上忽然一紅，好像有許多說話，一時說不出口的。停了半天，方搭訕著說道：「大人教訓原極是。但是司官的岳父，有信來叫司官回京，不願司官再經手這個事情。況且近來兩個月，先招的股本用完，後頭的一半，人家又不肯拿出來，司官已經經手墊了好幾萬銀子下去；所以也急於擺脫此事，能夠早脫身一天好一天。」撫臺道：「照閣下的意思，想怎麼樣呢？」尹子崇道：「司官亦得回去，同股東商量起來看。」撫臺見無甚說得，只得端茶送客。

等到送客回來，又跺著腳，朝著手下人說：「我們中國人，真正不興，沒有一件事辦得好的！起初總是說得天花亂墜，向人家招股。等到股本到了手，爛嫖爛賭，利錢亦不給人家。隨後事情鬧糟了，他又不願意幹了。現在也不曉得他打什麼主意！我沒有這大工夫陪他，再來不見。」手下人答應著。不在話下。

* * *

且說：尹子崇這回上院，原有句話要同撫臺商量的。後來被撫臺幾句話頂住，使他不能開口，便也沒精打彩，回到善祥公司裏。幾個公司裏的同事，接著問：「那事回過中丞沒有？方才那個洋人又來過了。他的意思，這件事，一定要中丞預聞。總得中丞答應了他，以後他到這裏開起礦來，大家可以格外聯絡些。」尹子崇道：「這洋人怎麼這樣糊塗！他不相信我，他一定要撫臺答應他，他才肯買？我就是不肯折這口氣。你告訴他，這個公司，是我姓尹的開創的。姓尹的有什麼事，自有姓徐的擔當。他撫臺能夠怎樣？若說他撫臺不答應，叫他同我老丈去說，我如今賣定這礦。至於洋人怕撫臺掣他的肘，不肯保護他。問撫臺可有幾個腦袋，敢得罪外國人？」

尹子崇正在一個人說得高興，一回那個買礦的洋人又來了，後頭還跟著一位通事。尹子崇一見洋人來到，直急的屁滾尿流，連忙滿臉堆著笑站起身，拉手讓坐。又叫跟班的開洋酒，開荷蘭水，拿點心，拿雪茄煙，請他吃。當由洋人先同他帶來通事，咕嚕了幾句。通事就過來問尹子崇：「同撫臺碰過頭沒有？」尹子崇道：「這個礦是我姓尹的手裏開辦的，一切事他作不了我的主。況且還有敝岳徐大軍機在裏頭。將來你們接了手，儘著這一個省分，任憑你愛到那裏去開採，你就到那裏去開採。你們可是怕他不保護？只怕他沒有這個膽子！依我說：你們儘管放心去幹。有什麼說話，你索性來同我講，等我去同我們老丈講，包你千妥萬當。」通事當把這話，翻譯給外國人聽了，外國人又咕嚕了一回。通事又同尹子崇說道：「我們敝洋東的意思，說這個公司，雖是你尹先生創辦的，但你尹先生只算得一個商人。就是敝洋東，他也不過是個商人。雖然是一個願賣，一個願買，然而內地非租界可比，華商同洋商，斷不能私相授受。為的這開礦的事，是要到內地來的；洋商尚不准在內地開設洋棧，豈有准他在內地亂開礦的道理？況且還有一說，就是：在租界上華商把買賣倒給了洋商，或是單掛他的牌子，也得到領事公館裏去註冊。如今我們敝洋東，走到內地來，接你的買賣，怎能夠不經兩邊官長的手，就能作准呢？你們中國人說起來，總說外國人如何不講情理，如何不守條約；這件事，敝洋東的意思，一定要兩邊官長都簽了字，他才肯接手。」

尹子崇聽他這一番說話，心上老大不自在。通事早把他的命意，統通告訴了洋人。再加他那副惱悶的情形，就是通事不繙給外國人聽，外國人也早已猜著了。那洋人的心上，豈不明白，這事倘或經了撫臺，除非這撫臺是尹子崇一流人物，才肯把這全省礦產賣給外人，任憑外人前來開挖，中國官一問不問。倘或這撫臺是稍微有點人心的，念到主權不可盡失，利源不可外溢，是沒有不來阻擋的。只要撫臺不答應他，這事就辦不成功。所以一回回要尹子崇把這事上下打通，方肯接手。至於尹子崇，雖說是徐大軍機的女壻；然而全省礦產，即關係全省之事，撫臺是一省之主，事關國體，倘若撫臺執定不肯，就是軍機大臣，也奈何他不得。尹子崇剛剛聽了撫臺一番說話，曉得拿這話同他去講，一定不成。然而面子上，又不肯坍臺。只好處處拉好了丈人，叫洋人不要聽撫臺的話，有話只同他講，他好去同他丈人去講。不料這洋人，乃是明白事體的，執定不肯。尹子崇恐怕事情弄壞，公司的事，擺脫不得，還是小的；第一是把公司賣給外國人，至少也得他們二百萬銀子，除掉歸還各股東股本外，自己很可穩賺一注錢財。因此被他搭上了手，決計不肯放鬆。

閒話少敘。且說：當時洋人聽了尹子崇的話，也曉得他此中為難，心上暗暗歡喜。一人自想：「公司雖然接辦不來，弄他幾文，也是好的。他有做軍機大臣的好親戚，還怕沒有人替他拿錢嗎？」於是笑嘻嘻的，就要告辭。尹子崇還是苦苦留住不放，一定要商量商量。那洋人腦筋一轉，計上心來，連忙坐下，聽他說話。尹子崇無非還是前頭一派說話，自己拍著胸脯，說道：「你們這些人，為什麼一點膽子都沒有，一定要撫臺答應，才算數！他的官做得長，做不長，都在咱老丈手裏。不是說句狂話：我們做出來的事，他敢道得一個『不』字？他要吱一吱，立刻端掉他的缺，還怕沒有人來做？」通事不響，洋人只是笑。尹子崇又催通事問洋人。通事問過洋人，回稱：「只要你丈人徐大軍機肯簽字，也是一樣。」尹子崇道：「肯簽字。一定包在我手裏。」洋人道：「既然如此，尹先生幾時進京，我們同著一塊兒進京。倘若徐大軍機不肯簽字，非但我這趟進京盤纏，要你認我；就是我這趟由上海到安徽的盤纏，以及到了這裏幾多天的費用，都是要你認的！」通事說一句，尹子崇應一句，因他說的有「一同進京」一層，尹子崇道：「這層暫時倒可不必。等我先進京，把老頭子運動起來，彼時再打電報給你們，然後你們再進京不遲。但是一件：事情不成，一切盤纏等等自然是我的，設或事情成功了，你們又翻悔起來，叫我去找誰呢？」洋人道：「彼此是信義通商，那有騙人的道理？」尹子崇道：「但是口說無憑，你總得付幾成定銀，擺在這裏，方能取信。」洋人想了一回，問道：「付多少呢？如果是我翻悔，說不得定錢罰去。倘你翻悔，或是竟其辦不成功，怎麼一個議罰呢？」尹子崇道：「我是決計不翻悔的。」洋人道：「你雖如此說，我們章程，總得議明在先，省得後論。」尹子崇道：「是極是極！」

於是躊躇了一回，先要洋人付二成，又說：「這全省的礦，總共要你二百四十萬銀子，也總算克己的了。二成先付四十八萬。」洋人嫌多。後來說來說去，全省的礦一概賣掉，總共二百萬銀子。先付二成四十萬。洋人只答應先付半成五萬。又禁不住尹子崇甜言蜜語，從五萬加到先付十萬，即日成交，先由尹子崇簽字為憑，限五個月交割清楚。如其尹子崇運動不成，以及半途翻悔，除將原付十萬退出外，須加三倍作罰。

此時尹子崇一心只盼望成功，要洋人當天付銀子；凡洋人所說的話，無不一一照辦，事情一齊寫在紙上，自己簽字為憑。寫好之後，尹子崇等不及明天，當時就把自己的花押，畫了上去，意思就想跟著洋人，要到寓處去拿錢。洋人說：「我的錢，一齊存在上海銀行裏。既然答應了你，總早晚得給你的。橫豎事情已經說好了，我在這裏也沒有什麼耽擱，明天就回上海。你們可以派個人，一塊兒跟我到上海拿銀子去。」尹子崇聽了，心上雖然失望；無奈暫時忍耐，把那張簽的字，權且收回。又回頭同公司人說：「叫誰去取銀子呢？」想來想去，無人可派，只得自己去走一遭。當同洋人商量，後天由他自己同往上海，定銀收清之後，他亦跟手前赴北京。洋人應允，自回寓所。

* * *

這裏尹子崇也不知會股東，便把公司裏的人，一概辭掉，所有公司辦的事情，一概停手。又把現在租的大房子回掉；另外借人家一塊地方，但求掛塊招牌，存其名目而已。凡是自己來不及幹的，都託了一個心腹，替他去幹，好讓他即日起身。正是有話便長，無話便短。兩天到了上海，收到洋人的銀子。把那張簽的字，交給洋人。洋人又領他到領事跟前，議了一回。此時尹子崇只求銀子到手，千依百順，那是再要好沒有。

他本是個闊人，等到這筆昧心錢到手之後，越發鬧起嫖勁來。——無非在上海四馬路狂嫖爛賭，竭力報效好幾萬，不必細表。他來的時候，正是五月中旬，如今已是六月初頭。依他的意思：還要在上海過夏，到秋涼再進京，實實在在，是要在上海討小。有班謬託知己的朋友，天天在一塊兒打牌吃酒，看他錢多，覷空弄他幾個用用；所以不但他自己不願走，就是這班朋友，也不願意要他走。

後來還是他自己看見報上，說是他丈人徐大軍機，因與別位軍機不和，有摺子要告病。他自己自從到了上海，一直嫖昏，也沒有接過信，究竟不知老丈告病的話，是真是假。算了算洋人限的日子，還有三個多月，事情儘來得及。但是一件：老丈果真告病，那事卻要不靈。心上想要打個電報，到京裏去問問。又一想自己從到上海，老丈跟前一直沒有寫過信，如今憑空打個電報去，未免叫人覺著詫異。左思右想，甚是為難。後來幸虧同嫖的一個朋友，替他出主意；叫他先打電報進京，只問老頭子身體康健與否。不說別的。他便照樣打去，第二天得到舅爺的回電，上寫著「父病痢」三個字。尹子崇一想他老丈是上了歲數的人了，又是抽大煙，是禁不起痢的。到此他才慌了，只得把娶妾一事，暫擱一邊，自己連夜搭了輪船進京。所有的錢：五成存在上海，二成匯到家裏，上海玩掉了一成，自己卻帶了一成多進京。當下急急忙忙，趕到京城。總算他老丈命不該絕，吃了兩帖藥，痢疾居然好了，尹子崇到此把心放下。

但是他老丈總共有三個女婿，那兩個都是正途出身；獨他是捐班，而且小時候，仗著有錢，也沒有讀過什麼書，至今連個便條都寫不來。因此徐大軍機不大歡喜他。他見了丈人，一半是害怕，一半是羞愧，賽是鋸了嘴的葫蘆一般，不問不敢張嘴。如今為賣礦一事，已在洋人面前誇過口，說他回京之後，怎麼叫丈人簽字，怎麼叫丈人幫忙，鬧得一天星斗。誰知到京之後，只在丈人宅子裏，乾做了兩個月的姑爺，始終一句話，未曾敢說。

看看限期將滿，洋人打了電報進京催他，他至此方才急的了不得，一個人走出走進，不得主意。如此者又過了十幾天。買礦的洋人也來了，住在店裏，專門等他，不成功好拿他的罰款，更把他急得像熱鍋上螞蟻似的。自古道：「情急智生。」他平時見老丈畫稿，都是一畫了事；至於所畫的是件什麼公事，是向來不問的。尹子崇雖然學問不深，畢竟聰明還有。看了這樣，便曉得老丈是因為年紀大了，精神不濟的原故；這件事倒很可以拿他朦一朦。又幸虧他那些舅爺，當中有兩位，平時老子不給他們錢用，大家知道老姊丈有錢，十兩八兩，一百八十，都來問他借。因此這尹子崇，丈人跟前，雖不怎樣露臉；那些使他錢的舅爺，卻是感激他的。所以郎舅當中，彼此還說得來。尹子崇也曾把這賣礦一事，同他舅爺談過。幾個舅爺，都一力攛掇他成功，將來多少總得沾光幾文，當下大家都曉得尹子崇被洋人逼的為難，都來替他出主意。

後來還虧他一個頂小的舅爺，這年不過一十九歲，年紀雖小，心思最靈。仗著他父親徐大軍機的喜歡他，他便幫著出壞主意，言明事成之後，酬謝他若干。尹子崇自然應允。他先把外頭安排停當，然後回去運動老頭子。曉得老頭子同前門裏，一個什麼寺的和尚要好，空閒了，常常往這寺裏跑。這寺裏的當家和尚，會詩，會畫，又會替人家拉皮條。他既同徐大軍機做了一人之交，惹得那些走徐大軍機門路的，都來巴結這和尚。而且和尚替人家拉了皮條，反絲毫不著痕迹。因為徐大軍機相信他，總說他是出家人，四大皆空，慈悲為主。凡是和尚託的人情，無論如何，總得應酬他，和尚做的這些事，雖然瞞得過老大人，卻是瞞不過少大人。幸虧這和尚見了少大人，甚是客氣，反借著別的事情，替少大人出點力，以為求容之地。這些少大人，雖然明知道他的所為；因為念他平日人還恭順，亦就不肯在老頭子跟前揭穿他的底子。這番尹子崇小舅爺，替他出的主意，就靠在這老和尚身上。

老和尚曉得少大人有此一番託他，便也不敢怠慢。檢了空日，備了一桌素齋，預先自己到府，邀請徐大人這日赴宴。徐大軍機自然立刻允應。到了那天，徐大軍機朝罷無事，便坐了車子，一直逕去。見了和尚，談詩談畫，風雅得很。正談得高興頭上，尹子崇先同小舅爺趕到寺裏，說是伺候老爺而來的。徐大軍機並不在意，和尚見了，竭力拉攏說道：「備了一桌素齋，本來嫌人少。如今他二位到這裏，陪陪老大人，那是再好沒有的了！」二人亦謙遜了一回。

老和尚丟下他二人，仍去同老頭子談天。才談得幾句，忽然又聽得窗子後頭，一陣洋琴的響音。和尚耳尖，聽了，先問香火道：「這是誰又在那裏弄這個東西？」香火道：「就是前天來的那位外國王爺。」和尚道：「叫別的師傅陪陪他，不要怠慢了人家！我這裏陪徐大人，沒工夫去招呼他，就說我不在家就是了。」香火答應著出去；這個當口，尹子崇郎舅兩個，也已出去。徐大軍機便問：「這外國王爺，他是怎樣的一個人？」和尚道：「人倒是很好的一個，也是在教。他的教原同我們釋教，差彷不多，都是一心向善的。他自從到京之後，一直就住在他們公使館裏。前頭到過寺裏一次，是我出去陪他的。我雖然不會他們的說話，有了通事傳話，都是一樣的。這人彈得一手好洋琴，還會做做外國詩。有一部什麼外國人詩集，當中選刻他的詩很不少。可惜都是外國字，我們不認得。倘若懂得他們的文理，同他唱和唱和，結交一個海外詩友，倒是一樁極妙之事！」

徐大軍機道：「你既然說得他如此好，為什麼不請他來會會呢？」和尚道：「講起外交的禮節，他既來了，原應該我自己去接他的。況且他也是王爺之分，非同尋常可比。但是難得今天你大人有空，我們正想借此談談心；所以讓他們去陪他，也是一樣的。」徐大軍機道：「停刻我們還要在這裏吃飯，倘若被他闖進來，反為不美。我看還是請他來會會的好。如果他沒有吃飯，就讓他一塊兒吃素齋。我們的禮信，總到的了。」和尚巴不得這一聲，立刻丟下徐大軍機，自己去請。

一霎時，只見和尚在前頭走，洋人在當中，尹子崇郎舅兩個，跟在後頭。洋人身旁，還有一個人，想必是通事了。進屋之後，徐大軍機先站起來，同他拉手。他亦趕著探帽子，徐大軍機一見兒子女壻，都跟在後頭，便說了聲：「你們倒同他先會過了。」和尚連忙湊熱鬧說道：「虧得請他進來。他剛才見少大人尹姑爺，把他樂的了不得，正商量著一同來見你老大人哩！」當下分賓歸坐。寒暄得不到三五句，和尚恐怕問出破綻來，急急到外間調排桌椅，催他們入坐。

從前徐大軍機在寺裏吃飯，都是一張方桌，同這當家和尚兩個人，對面坐的。如今多了四個人，六人三對面，方桌亦還坐得下。再不然，加張圓桌面子，也坐得很舒服，很寬展了。那知和尚竟其不然，只見他對著香火說道：「徐大人常常來的；外國人還是頭一遭哩。一時頭上素番菜來不及辦，就拿這中國菜請他，似乎覺得不恭敬些。現在我有一個法子：你們到西書房裏，把那張大菜桌子，那些椅子，通搬過來，用大菜傢伙，吃中國菜，我們依他一樣，他總不能說我什麼了。」一霎時調排已定，隨請入座。徐大軍機走到外間一看，只看見擺的很長桌子。和尚便說：「徐大人，咱們今天是中西合璧。你老大人獨自一位，請坐在上面。旁是少大人尹姑爺作陪。這邊底下是主位，密司忒薩坐在右首。他同來這位劉先生坐在左手。靠著主人右首這一位，在他們外國人，算是頭一席，所以你老大人無須同他客氣的。」

當下坐定之後，和尚又叫開洋酒，荷蘭水。洋人不會用筷子，又替他換了刀叉。當下說說笑笑，都是些不相干的話。徐大人找出多少話來應酬他，都是少大人，尹姑爺，同著繙譯，替他支吾的。等到吃過一大半，約摸徐老頭兒有點倦意，不曉得洋人同繙譯說了幾句什麼話，繙譯便同少大人說：「我們敝洋東極其仰慕徐大人，從前沒有到中國時候，就常常見人提起徐大人的名字的。他現在跟著我們中國人，亦很認得幾個中國字……。」和尚急忙插口道：「認得了中國字，將來就好做中國詩了。只是我們不認得洋字，不會看他的詩，實在抱愧得很！」和尚說的話，大家亦沒有理會。

那通事劉先生又說道：「敝洋東的意思：想求大人把大人的名字三個字，寫在一張紙上，給他看。」徐大軍機聽了大喜，立刻叫拿筆硯。又見洋人從身上摸索了半天，拿出一大疊的厚洋紙，上頭還寫著洋字。花花綠綠的，看了亦不認得。通事把這一疊紙接過來，送到徐大軍機面前，說道：「敝洋東嫌中國紙不牢，身上一搓就要破的。請大人把三個字，寫在這張紙上。」徐大軍機此時，絲毫不加思索，立刻戴上老花眼鏡，提起筆來，把自己的三個名字，端端整整寫了出來。通事拿回給洋人看過。洋人又咕嚕了兩句。通事又把那疊紙撕去幾張，重新送到徐大軍機面前，說道：「敝洋東想求大人，照樣再替他寫三個字。前頭寫的，是他自己留著當古玩珍藏。這寫的，他要帶到外國去，把這三個字，印在他的書當中。」

和尚又幫著敷衍道：「想是這位外國詩翁，今天即席賦詩，定歸把他今天碰見老大人，一齊都做了進去；所以要把老大人的名字，刻在他的詩稿當中。這倒是海外揚名的！」和尚一面說，徐大軍機早已寫完，又傳到洋人手中。洋人拿起來，往身上一藏。然後仍舊吃酒吃菜。和尚見事弄好，便丟個眼色給香火，催廚房趕緊出菜。一霎席散，讓少大人尹姑爺陪了洋人，到西書房裏吃茶。他自己招呼徐大軍機。徐大軍機又坐了半天，喝了兩杯茶，方才坐車先自回去。至此，和尚方才回到西書房來，正見少大人在那裏指手劃腳，自己稱揚自己哩！

要知後事如何，且看下回分解。

第五十三回 洋務能員但求形式 外交老手別具肺腸

話說：老和尚把徐大軍機送出大門，登車之後，他便踱到西書房來。原來洋人已走，只賸得尹子崇郎舅兩個。他小舅爺正在那裏，高談闊論，誇說自己的好主意，神不知，鬼不覺，就把安徽全省礦產輕輕賣掉！外國人簽字，不過是寫個名字，如今這賣礦的合同，連老頭子亦都簽了名字在上頭，還怕他本省巡撫說什麼話嗎？就是洋人一面，當面瞧見老頭子簽字，自然更無話說了。原來這是當初尹子崇弄得一無法想，求教到他小舅爺；小舅爺勾通了洋人的繙譯，方有這篇文章。所有朝中大老的小照，那繙譯都預先弄了出來給洋人看熟；所以剛才一見面，他就認得是徐大軍機，並無絲毫疑意。合同例須兩分，都是預先寫好的。明欺徐不大軍機認得洋字，所以當面請他自己寫名字，因係兩分，所以叫他寫了又寫。至於和尚一面，前回書內，早已交代，無庸多敘。

當時他們幾個人，同到了西書房，繙譯便叫洋人，把那兩分合同取了出來，叫他自己亦簽了字，交代給尹子崇一分，約明付銀子日期，方才握手告別。尹子崇見大事告成，少不得把弄來的昧心錢，除酬謝和尚，通事二人外，一定又須分贈各位舅爺若干，好堵住他們的嘴。閒文少敘。

且說：尹子崇自從做了這一番偷天換日的大事業，等到銀子到了手，便把原有的股東，一齊寫信去招呼，說是：「公司生意不好，吃本太重，再弄下去，實有點撐不住了，不得已，方才由敝岳作主，將此礦產賣給洋人，共得價銀若干。除墊還他經手若干外，所賸無幾，一齊打三折，歸還人家的本錢，以作了事。」股東當中：有幾個，素來仰仗徐大軍機的，自然聽了，無甚說得；就是明曉得吃虧，亦所甘願。有兩個稍些強硬點的，聽了外頭的說話，自然也不肯干休。常言說得好：「若要人不知，除非己莫為。」尹子崇既做了這種事情，所有同鄉京官裏面，有些正派的，因為事關大局，自然都說尹子崇的不是；有些小意見的，還說他一個人，得了如許錢財，別人一點光沒有沾著，他一個人安穩享用，有點氣他不過；便亦攛掇了大眾出來，同他說話。專為此事，同鄉當中，特地開了一回會館。尹子崇卻嚇得沒敢到場。後來又聽聽外頭風聲不好，不是同鄉要遞公呈，到都察院裏去告他，就是都老爺要參他。他一想不妙，京城裏有點站不住腳，便去催逼洋人，等把銀子收清，立刻捲捲行李，叩別丈人，一溜煙逃到上海。

恰巧他到上海，京城的事也發作了。竟有四位御史，一連四個摺子參他，奉旨交安徽巡撫查辦。信息傳到上海，有兩家報館裏，統通把他的事情，寫在報上，拿他罵了個狗血噴頭。他一想上海也存不得身；而且出門已久，亦很動歸家之念；不得已偃旗息鼓，逕回本籍。他自己一人忖道：「這番賺來的錢，也儘夠我下半世過活的。既然人家同我不對，我亦樂得與世無爭，回家享用。」於是在家一過，過了兩個多月，居然無人找他。他自己又自寬自慰，說道：「我到底有『泰山』之靠，他們就是要拿我怎樣，總不能不顧老丈的面子。況且合同上還有老丈的名字；就是有起事情來，自然先找到老丈，我還退後一層，真正可以無須慮得。」

一個人正在那裏盤算，忽然管家傳進一張名片，說是縣裏來拜。他聽了這話，不禁心上一怔。說道：

「我自從回家，一直還沒有拜過客。他是怎麼曉得的？既是來了，只得請見。」這裏執帖的管家，還沒出去，門上又有人來說：「縣裏大老爺已經下轎，坐在廳上，專候老爺出去說話。」尹子崇聽了，分外生疑。想要不出去見他，他已經坐在那裏等候，不見是不成功的。轉念一想道：「橫豎我有好靠山，他敢拿我怎樣？」於是硬硬頭皮，出來相見。

誰料走到大廳，尚未同知縣相見，只見門外廊下，以及天井裏，站了無數若干的差人。尹子崇這一嚇，非同小可。此時知縣大老爺，早已望見了他了，提著嗓子，叫了一聲：「尹子翁！兄弟在這兒！」尹子崇只得過來，同他見面。知縣是個老猾吏，笑嘻嘻的，一面作揖，一面竭力寒暄道：「兄弟直到今日，才曉得子翁回府，一直沒有過來請安，抱歉之至！」尹子崇雖然也同他周旋，畢竟是賊人膽虛，終不免失魂落魄，張皇無措。作揖之後，理應讓客人炕上上首坐的。不料一個不留心，竟自己坐了上面。後來管家上來遞茶給他，叫他送茶，方才覺得。臉上急得紅了一陣，只得換座過來，越發不得主意了。

知縣見此樣子，心上好笑，便亦不肯多耽時刻，說道：「兄弟現在奉到上頭一件公事，所以不得不親自過來一趟。」說罷，便在靴統子當中，抽出一角公文來。尹子崇接在手中一看，乃是南洋通商大臣的札子，心上又是一呆。及至抽出細瞧，不為別事，正為他賣礦一事。果然被四位都老爺聯名參了四本，奉旨交本省巡撫查辦。本省巡撫，本不以他為然的，自然是不肯幫他說話。不料事為兩江總督所知，以案關交涉，正是通商大臣的責任；頓時又電奏一本，說他：「擅賣礦產，膽大妄為！請旨拿交刑部治罪。」上頭准奏。

電諭一到，兩江總督便飭藩司，遴選委員，前往提人。誰知這藩司正受過徐大軍機栽培的，便把他私人候補知縣毛維新，保舉了上去。這毛維新同尹府上，也有點淵源，為的派了他去，一路可以照料尹子崇的意思。等到到了那裏，知縣接著。毛維新因為自己同尹子崇是熟人，所以讓知縣一個人去的。

及至尹子崇拿制臺的公事，看得一大半，已有將他拿辦的說話，早已嚇呆在那裏，兩隻手拿著札子，放不下來。後來知縣等得長久了，便說道：「派來的毛委員，現在兄弟衙門裏。好在子翁同他熟人，一路上倒有照應。轎子兄弟已經替子翁預備好了，就請同過去罷！」幾句話說完，直把個尹子崇急得滿身大汗，兩隻眼睛，睜得如銅鈴一般；吱吱了半天，才掙得一句道：「這件事，乃是家岳簽的字，與兄弟並不相干。有什麼事，只要問家岳就是了。」知縣道：「這裏頭的委曲，兄弟並不知道。兄弟不過是奉了上頭的公事，叫兄弟如此做，所以兄弟不能不來。如果子翁有什麼冤枉，到了南京見了制臺，儘可分辯的；再不然，還有京裏。況且裏頭有了令岳大人的照應，諒來子翁雖然暫時受點委曲，不久就可明白的。現在時候已經不早了，毛某人明天一早，就要動身的，我們一塊去罷！」

尹子崇氣的無話可說，只得支吾道：「兄弟須得到家母跟前，稟告一聲；還有些家事，非得料理料理。准今天晚上，一准過去。」知縣道：「太太跟前，等兄弟派人進去，替你說到了就是了。至於府上的事，好在上頭還有老太太，況且子翁不久就要回來的，也可以不必費心了。」尹子崇還要說別的，知縣已經仰著頭，眼睛望著天，不理他；又提著嗓子，叫：「來啊！」跟來的管家，齊齊答應一聲：「是。」知縣道：「轎夫可伺候好了？我同尹大人，此刻就回衙門去。」底下又一齊答應，回稱：「轎夫早已伺候好了。」知縣立刻起身，讓尹子崇前頭，他自己在後頭，陪著他一塊兒上轎。

這一走，他自己還好；早聽得屏門背後，他一班家眷，本已得到他不好的消息；如今看他被縣裏拉了出去，賽如綁赴「菜市口」一般，早已哭成一片了！尹子崇聽著，也是傷心；無奈知縣毫不容情，只得硬硬心腸跟了就走。

霎時到得縣裏，與毛委員相見。知縣仍舊讓他廳上坐，無非多派幾個家丁勇役，輪流拿他看守。至於茶飯一切相待，自然與毛委員一樣。畢竟他是徐大軍機的女壻，地方官總有三分情面，加以毛委員受了江寧藩臺的囑託，公誼私情，二者兼盡；所以這尹子崇，甚是自在。

當天在縣衙一宵，仍是自己家裏派了管家前來伺候。第二天跟著一同由水路起身。在路曉行夜宿，非止一日，已到南京。毛委員上去請示，奉飭交江寧府經廳看管，另行委員押解進京。擱下不表。

* * *

且說：毛維新在南京候補，一直是在洋務局當差，本要算得洋務中出色能員。當他未曾奉差之前，他自己常常對人說道：「現在吃洋務飯的，有幾個能夠把一部各國通商條約，肚皮裏記得滾瓜爛熟呢？但是我們於這種時候，出來做官，少不得把本省的事情，溫習溫習，省得辦起事情來，一無依傍。」於是單檢了道光二十二年江寧條約抄了一遍，總共不過四五張書，就此埋頭用起功來。一念念了好幾天，居然可以背誦得出。他就到處向人誇口說，他念熟這個，將來辦交涉，是不怕的了。後來有位在行朋友，拿他考了一考，曉得他能耐不過如此，便駁他道：「道光二十二年定的條約，是老條約了；單念會了這個，是不中用的。」他說：「我們在江寧做官，正應該曉得江寧的條約。至於什麼天津條約，煙臺條約，且等我兄弟將來改省到那裏，或是咨調過去，再去留心不遲。」那位在行朋友，曉得他是誤會，雖然有心要想告訴他；無奈見他拘執不化，說了亦未必明白，不如讓他糊塗一輩子罷。因此一笑而散。

卻不料這毛維新反於此大享其名，竟有兩位道臺，在制臺前很替他吹噓，道：「毛令不但熟悉洋務；連著各國通商條約，都背得出的，實為牧令中不可多得之員！」制臺道：「我辦交涉，也辦得多了；洋務人員，在我手裏提拔出來的，也不計其數；辦起事情來，一齊都是現查書。不但他們做官的是如此，連著我們老夫子也是如此。所以我氣起來，總朝著他們說：『我老頭子記性差了，是不中用的了。你們年輕人，很應該拿這些要緊的書，念兩部在肚子裏。一天念熟一頁，一年便是三百六十頁，化上三年工夫，那裏還有你的對手！』無奈我嘴雖說破，他們總是不肯聽。寧可空了，打麻雀，逛窰子，輪到有起事情來，仍然要現翻書起來，真正氣人！今天你二位所說的毛令，既然肯在這上頭用功，很好，就叫他幾天來見我。」

原來此時做江南制臺的姓文名明，雖是在旗，卻是個酷慕維新的；只是一樣：可惜少年少讀了幾句書，胸中一點學問沒有。這遭總算毛維新官運亨通。第二天上去，制臺問了幾句話。虧他東拉西扯，居然沒有露出馬腳；就此委了洋務局的差使。這番派他到安徽去提人，稟辭的時候，他便回道：「現在安徽那裏，聽說風氣亦很開通了。卑職此番前去，經過的地方，一齊都要留心考察考察。」制臺聽了，甚以為然。等到回來，把公事交代明白，上院稟見。制臺問他考察的如何。他說：「現在安徽官場上，很曉得維新了。」制臺道：「何以見得？」他說：「聽說：省城裏開了一爿大菜館，三大憲都在那裏請過客。」

制臺道：「但是吃吃大菜，也算不得開通。」毛維新面孔一板道：「回大人的話：卑職聽他們安徽官場上，談起那邊中丞的意思說：凡百事情，總是上行下效；將來總要做到，叫這安徽全省的百姓，無論大家小戶，統通都會吃了大菜才好。」制臺道：「吃頓大菜，你曉得要幾個錢！還要什麼香檳酒，啤酒，去配他。還有些酒的名字，我亦說不上來。貧民小戶，可吃得起嗎？」制臺的話，說到這裏，齊巧有個初到省的知縣，同毛維新一塊進來的，只因初到省，不大懂得官場規矩。因見制臺只同毛維新說話，不理他，他坐在一旁難過，便插嘴道：「卑職這回出京，路過天津，上海，很吃過幾頓大菜，光吃菜，不吃酒，亦可以的。」他這話原是幫毛維新的。制臺聽了，心上老大不高興，眼睛往上一楞，說：「我問到你再說。上海洋務局，省裏洋務局，我請洋人吃飯，也請過不止一次了，那回不是好幾千塊錢。你曉得！」回頭又對毛維新說道：「我兄弟雖亦是富貴出身，然而並非紈袴一流。所謂稼穡之艱難，尚還知一二。」毛維新連忙恭維道：「這正是大帥關心民瘼，才能想得如此周到。」

文制臺道：「你所考察的，還有別的沒有？」毛維新又回道：「那邊安慶府知府饒守的兒子，同著那裏撫標參將的兒子，一齊都剪了辮子，到外洋去遊學。恰巧卑職趕到那裏，正是他們剃辮子的那一天。首府饒守，曉得卑職是洋務人員，所以特地下帖，邀了卑職去，同觀盛典。這天官場紳士，一共請了三百多位客。預先叫陰陽生挑選吉時。陰陽生開了一張單子，挑的是未時剃辮大吉。所請的客，一齊都是午前穿了吉服去的，朝主人道過喜，先開席坐席。

等到席散，已經到了吉時了。只見饒守穿著蟒袍補褂，帶領著這位遊學的兒子，亦穿著靴帽袍套。望空設了祖先的牌位，點了香燭。他父子二人，前後拜過，稟告祖先。然後叫家人拿著紅氈，領著少爺到客人面前，一一行禮，有的磕頭，有的作揖。等到一齊讓過了，這才由兩個家人，在大廳正中，擺一把圈身椅，讓饒守坐了。再領少爺過來，跪在他父親面前，聽他父親教訓。

大帥不曉得，這饒守原本只有這一個兒子；因為上頭提倡遊學，所以他自告奮勇，情願自備資斧，叫兒子出洋。所以這天撫憲同藩臬兩司，以及首道，一齊委了委員，前來賀喜。只可憐他這個兒子，今年只有十八歲，上年臘月才做親，至今未及半年，就送他到外洋去。莫說他小夫婦兩口子拆不開；就是饒守自己想想，已經望六之人了，膝下只有一個兒子，怎麼捨得他出洋呢！所以一見兒子跪下請訓，老頭子止不住兩淚交流，要想教訓幾句，也說不出話了！

後來眾親友齊說：『吉時已到，不可錯過！世兄改裝，也是時候了！』只見兩個管家上來，把少爺的官衣脫去，除去大帽，只穿著一身便衣，又端過一張椅子，請少爺坐了，方傳剃頭的上來，拿盆熱水，揿住了頭，洗了一回。然後舉起刀子來剃，誰知這一剃，剃出笑話來了。只見剃頭的拿起刀來，磨了幾磨，嗶擦擦兩聲響，從辮子後頭一刀下去，早已一大片雪白的露出來了。幸虧卑職看得清切，立刻擺手，叫他不要再往下剃，趕上前去同他說：『再照你這樣剃法，不成一個和尚頭嗎！外國人雖是沒有辮子，何嘗是個和尚頭呢！』當時在場的眾親朋，以及他父親，聽卑職這一說，都明白過來。一齊罵他，說是他不在行，不會剃。剃頭的跪在地下，索索的抖說：『小的自小吃的這碗飯，實在沒有碰見過剃辮子是應該怎樣剃的。小的總以為既然不要辮子，那自然連頭髮一塊兒不要，所以才敢下手的。現在既然錯了，求大老爺的示，應該怎麼樣，指教指教小的。』

卑職此時早已走到饒守的兒子跟前，拿手撩起他的辮子來一看，幸虧剃去的是『前劉海』。還不打緊。便叫他們拿過一把剪刀來，由卑職親自動手。先把他辮子拆開，分作幾股，一股一股的，替他剪了去，底下還替他留了約摸一寸多光景。再拿鑷花水前後刷光，居然也同外國人一樣了。大帥，想想他們內地，真正可憐！連著出洋遊學，想要去掉辮子，這些小事情，都沒有一個在行的！幸虧卑職到那裏教給他們，以後只好用剪刀剪，不好用刀子剃，這才大家明白過來，說卑職的法子不錯。當天把個安慶省城都傳遍。那個參將的兒子，就是照著卑職的話用剪刀的。第二天卑職上院見了那邊中丞，很蒙奬勵，說：『到底你們江南無辮子遊學的人多，這都是制憲的一番提倡。』」

時候長久了，制臺要緊吃飯，便道：「過天空了，我們再談罷！」說完，端茶送客。毛維新只得退出，趕著又上別的司道衙門，一處處去賣弄他的本領。不在話下。

* * *

且說：這位制臺，本是個有脾氣的。無論見了什麼人，只要官比他小一級，是他管得到的，不論你是實缺藩臺，他見了面，一言不合，就拿頂子給人碰，也不管人家臉上過得去過不去。藩臺尚且如此，道府是不消說了。州縣以下，更不用說了。至於在他手下當差的人甚多，巡捕，戈什，喝了去，罵了來，輕則腳踢，重則馬棒，越發不必問的了。

且說：有天，為了一件什麼公事，藩臺開了一個手摺，拿上來給他看。他接過手摺，順手往桌上一撩，說道：「我兄弟一個人，管了這三省事情，那裏還有工夫，看這些東西呢？你有什麼事情，直截痛快的，說兩句罷！」藩臺無法，只得捺定性子，按照手摺上的情節，約略擇要陳說一遍。無如頭緒太多，斷非幾句話所能了事。制臺聽到一半，又是不耐煩了，發恨說道：「你這人真正麻煩！兄弟雖然是三省之主，大小事情，都照你這樣子，要我兄弟管起來，我就是三頭六臂，也來不及！」說著，掉過頭去，同別位道臺說話。藩臺再要分辯兩句，他也不聽了。藩臺下來，氣的要告病。幸虧被朋友們勸住的。

後來不多兩日，又有淮安府知府上省稟見。這位淮安府，乃是翰林出身，放過一任學臺。後來又考取御史，補授御史，京察一等放出來的。到任還不到一年，齊巧地方上出了兩件交涉案件，特地上省見制臺請示。恐怕說的不能詳細，亦就寫了兩個節略，預備面遞。等到見了面，同制臺談過兩句，便將開的手摺，恭恭敬敬，遞了上來。制臺一看，手摺上面寫的，都是黃豆大的小字，便覺心上幾個不高興，又明欺他的官不過是個四品職分，比起藩臺差遠了。索性把手摺往地下一摔，說道：「你們曉得我年紀大，眼睛花，故意寫了這小字來朦我！」那淮安府知府，受了他這個癟子，一聲也不響。等他把話說完，不慌不忙，從從容容的，從地下把那個手摺拾了起來。一頭拾，一頭嘴裏說：「卑府自從殿試朝考，以及考差考御史，一直是恪遵功令，寫的是小字；皇上取的，亦就是這個小字。如今做了外官，倒不曉得大帥是同皇上相反，一個個是要看大字的。這個只好等卑府慢慢學起來。但是如今這兩件事情，都是刻不可緩的；所以卑府才趕到省裏，來面回大帥。若等卑府把大字學好了，那可來不及了！」

制臺一聽這話，便問：「是兩件什麼公事？你先說個大概。」淮安府回道：「一件為了地方上的壞人，賣了塊地基給洋人，開什麼玻璃公司。一樁是一個包討債的洋人，到鄉下去，恐嚇百姓，現在鬧出人命來了。」制臺一聽，大驚失色道：「這兩樁都是個關係洋人的，你為什麼不早說呢？快把節略拿來我看！」淮安府只得又把手摺呈上。制臺把老花眼鏡帶上，看了一遍。淮安府又說道：「卑職因為其中頭緒繁多，恐怕說不清楚，所以寫了節略來的。況且洋人在內地開設行棧，有背約章；就是包討帳，亦是不應該的。況且還有人命在裏頭！所以卑府特地上來，請大帥的示，總是禁阻他來才好。」制臺不等他說完，便把手摺一放，說：「老哥，你還不曉得外國人的事情，是不好弄的麼？地方上百姓，不拿地賣給他，請問他的公司到那裏去開呢？就是包討帳，他要的錢，並非要的是命。他自己尋死，與洋人何干呢？你老兄做知府，既然曉得地方有這些壞人，就該預先禁止他們，不准拿地賣給外國人才是。至於那個欠帳的，他那張借紙，怎麼會到外國人手裏？其中必定有個緣故，外國人頂講情理，決不會憑空詐人的。而且欠錢還債，本是分內之事，難道不是外國人來討，他就賴著不還不成？既然如此，也不是什麼好百姓了。現在凡百事情，總是我們自己的官同百姓都不好；所以才會被人家欺負。等到事情鬧糟了，然後往我身上一推，你們算沒有事了。好主意！」原來這制臺的意思是：「洋人開公司，等他來開；洋人來討帳，隨他來討。總之，在我手裏，決計不肯為了這些小事，同他失和的。你們是做我的屬員，說不得都要就我範圍，斷斷乎不准多事。」所以他看了淮安府的手摺，一直只怪地方官同百姓不好，決不肯批評洋人一個字的。淮安府見他如此，就是再要分辯兩句，也氣得開不出口了！制臺把手摺看完，仍舊摔還給他。淮安府拿了稟辭出去，一肚皮沒好氣。

* * *

正走出來，忽見巡捕拿了一張大字的片子，遠望上去，還疑心是位新科的翰林。只聽那巡捕嘴裏，嘰哩咕嚕的說道：「我的爺！早不來，晚不來，偏偏這時候，他老人家吃著飯，他來了。到底上去回的好，還是不上去回的好？」旁邊一個號房道：「淮安府才見了下來，只怕還在簽押房裏，換衣服，沒有進去也論不定。你要回，趕緊上去，還來得及。別的客，你好叫他在外頭等等。這個客，是怠慢不得的！」那巡捕聽了，拿了片子，飛跑的進去了。這裏淮安府自回公館不提。且說：那巡捕趕到簽押房，跟班的說：「大人沒有換衣服，就往上房去了。」巡捕連連跺腳道：「糟了，糟了！」立刻拿了片子，又趕到上房。才走到廊下，只見打雜的正端了飯菜上來。屋裏正是文制臺一迭連聲的罵人，問為什麼不開飯。巡捕一聽這個聲口，只得在廊簷底下站住，心上想回。因為文制臺一到任，就有吩咐過的：凡是吃飯的時候，無論什麼客人來拜，或是下屬稟見，統通不准巡捕上來回。總要等到吃過飯，擦過臉，再說。無奈這位客人，既非過路官員，亦非本省屬員；平時制臺見了他，還要讓他三分。如今叫他在外面老等起來，決計不是個道理。但是違了制臺的號令，倘若老頭子一翻臉，又不是玩的。因此拿了名帖，只在廊下盤旋，要進又不敢進，要退又不敢退。

正在為難的時候，文制臺早已瞧見了，忙問一聲：「什麼事？」巡捕見問，立刻趨前一走，說了聲：「回大帥的話：有客來拜。」話言未了，只見拍的一聲響，那巡捕臉上，早被大帥打了一個耳刮子。接著聽制臺罵道：「混帳忘八蛋！我當初怎麼吩咐的：凡是我吃著飯，無論什麼客來，不准上來回。你沒有耳朵，沒有聽見？」說著，舉起腿來又是一腳。那巡捕捱了這頓打罵，索性潑出膽子來，說道：「因為這個客是要緊的，與別的客不同。」制臺道：「他要緊，我不要緊，你說他與別的客不同，隨你是誰，總不能蓋過我。」巡捕道：「回大帥：來的不是別人，是洋人。」

那制臺一聽「洋人」二字，不知為何頓時氣燄矮了大半截，怔在那裏半天。後首想了一想，驀地起來，拍撻一聲響，舉起手來，又打了巡捕一個耳刮子。接著罵道：「混帳忘八蛋！我當是誰，原來是洋人！洋人來了，為什麼不早回，叫他在外面等了這半天？」巡捕道：「原本趕著上來回的，因見大帥吃飯，所以在廊下等了一回。」制臺聽完，舉起腿來，又是一腳，說道：「別的客不准回。洋人來，是有外國公事的，怎麼好叫他在外頭老等？糊塗！混帳！還不快請進來！」那巡捕得了這句話，立刻三步併做二步，急忙跑了出來。走到外頭，拿帽子摘了下來，往桌子上一丟道：「回又不好，不回又不好。不說人頭，誰亦沒有他大。只要聽見『洋人』兩個字，一樣嚇的六神無主了。但是我們何苦來呢！掉過去，一個巴掌，翻過來，又是一個巴掌；東邊一條腿，西邊一條腿；老老實實不幹了！」正說著，忽然裏頭又有人趕出來，一迭連聲的叫喚說：「怎麼還不請進來？」那巡捕至此，方才回醒過來，不由的，仍舊拿大帽子合在頭上，拿了片子，把洋人引進大廳。此時制臺早已穿好衣帽，站在滴水簷前，預備迎接了。

原來來拜的洋人，非是別人，乃是那一國的領事。你道這領事來拜制臺，為的什麼事？原來制臺新近正法了一名親兵小隊。制臺殺名兵丁，本不算得大不了的事情；況且那親兵，亦必有可殺之道。所以制臺才拿他如此的嚴辦。誰知這一殺，殺的地方不對，既不是在校場上殺的，亦不是在轅門外殺的；偏偏走到這位領事公館傍邊，就拿他殺了。所以領事大不答應，前來問罪。當下見了面，領事氣憤憤的，把前言述了一遍。問制臺為什麼在他公館旁邊殺人，是個什麼緣故。幸虧制臺年紀雖老，閱歷卻很深，頗有隨機應變的本領。當下想了一想，說道：「貴領事可是來問我兄弟殺的那個親兵？他本不是個好人，他原是拳匪一黨，那年北京拳匪鬧亂子，同貴國及各國為難，他都有分的。兄弟如今拿他查實在了，所以才拿他正法的！」領事道：「他既然通拳匪，拿他正法，亦不冤枉。但是何必一定要殺在我的公館旁邊呢？」制臺想了一想道：「有個原故。不如此，不足以震服人心。貴領事不曉得這拳匪，乃是扶清滅洋的。將來鬧出點子事情來，一定先同各國人，及貴國人為難。就是於貴領事，亦有所不利。所以兄弟特地想出一條計來，拿這人殺在貴衙署旁邊，好叫他們同黨瞧著，或者有些怕懼。俗語說得好，叫做：『殺雞駭猴』。拿雞子宰了，那猴兒自然害怕。兄弟雖然只殺得一名親兵，然而所有的拳匪，見了這個榜樣，一定解散，將來自不敢再同貴領事及貴國人為難了。」領事聽他如此一番說話，不由得哈哈大笑，誇獎他有經濟，辦得好。隨又閒談了幾句，告辭而去。

制臺送客回來，連要了幾把手巾，把臉上身上，擦了好幾把，說道：「我可被他駭得我一身大汗了！」坐定之後，又把巡捕號房統叫上來，吩咐道：「我吃著飯，不准你們來打岔，原說的是中國人。至於外國人，無論什麼時候，就是半夜裏，我睡了覺，亦得喊醒了我；我決計不怪你們的。你們沒瞧見，剛才領事進來的神氣，賽如馬上就要同我翻臉的！若不是我這老手三言兩語，拿他降伏住，還不曉得鬧點什麼事情出來哩！還擱得住你們再替我得罪人嗎？以後凡是洋人來拜，隨到隨請。記著！」巡捕號房統通應了一聲：「是。」

制臺正要進去，只見淮安府又拿著手本來稟見，說有要緊公事面回；並有剛剛接到淮安來的電報，須得當面呈看。制臺想了想，肚皮裏說道：「一定仍舊是那兩件事。但不知這個電報來，又出了點什麼岔子。」本來是懶怠見他的。不過因內中牽涉了洋人，實在委決不下！只得吩咐說：「請。」

霎時淮安府進來，制臺氣吁吁的問道：「你老哥又來見我做什麼？你說有什麼電報，一定是那班不肖地方官，又鬧了點什麼亂子。可是不是？」淮安府道：「回大帥的話：這個電報，卻是個喜信。」制臺一聽「喜信」二字，立刻氣色舒展許多，忙問道：「什麼喜信？」淮安府道：「卑府剛才蒙大人教訓，卑府下去，回到寓處，原想照大人的吩咐，馬上打個電報給清河縣黃令。誰知他倒先有一個電報給卑府，說玻璃公司一事，外國人雖有此議，但是一時股分不齊，不會成功。現在那洋人，接到外洋的電報，想先回本國一趟，等到回來再議。」制臺道：「很好！他這一去，至少一年半載。我們現在的事情，過一天是一天，但願他一直耽誤下去，不要在我手裏，他出難題目給我做，我就感激他了！那一樁呢？」

淮安府道：「那一樁原是洋人的不是，不合到內地來包討帳……。」制臺一聽他說洋人不是，口雖不言，心下卻老大不以為然，說：「你有多大的能耐，就敢排揎起洋人來？」於是又聽他往下講道：「地方上百姓動了公憤，一鬨而起；究竟洋人勢孤……。」制臺聽到這裏，急的把桌子一拍道：「糟了！一定是把外國人打死了！中國人死了一百個，也不要緊。如今打死了外國人，這個處分，誰耽得起？前年為了拳匪，殺了多少官，你們還不害怕嗎？」淮安府道：「回大帥的話：卑府的話，還未說完。」制臺道：「你快說！」淮安府道：「百姓雖然起了一個鬨，並沒有動手，那洋人自己就軟下來了。」制臺皺著眉頭，又把頭搖了兩搖，說道：「你們欺負他單身人。怕他吃眼前虧，暫時服軟；回去告訴了領事，或者進京告訴了公使，將來仍舊要找我們倒蛋的！不妥不妥！」淮安府道：「實實在在，是他自己曉得自己的錯處，所以才肯服軟的。」

制臺道：「何以見得？」淮安府道：「因為本地有兩個出過洋的學生，是他倆聽了不服，哄動了許多人，同洋人講理。洋人說他不過，所以才服軟的。」制臺又搖頭道：「更不妥！這些出洋回來的學生，真不安分！於他們本身不相干，就出來多事。地方官是昏蛋，難道就隨他們嗎？」淮安府道：「他倆不過找著洋人講理，並沒有滋事。雖然鬨動了許多人，跟著去看，並非他二人招來的。」制臺道：「你老哥真不愧為民之父母！你總幫好了百姓，把自己百姓，竟看得沒有一個不好的；都是他們洋人不好。我生平最恨的，就是這班刁民，動不動，聚眾滋事，挾制官長。如今同洋人也是這樣。若不趁早整頓整頓，將來有得弄不清楚哩！你且說那洋人服軟之後，怎麼樣？」淮安府道：「洋人被那兩個學生一頓批駁：

說他不該包討帳，於條約大有違背；如今又逼死了人命，我們一定要到貴國領事那裏去告的。」制臺聽了，點了點頭道：「駁雖駁得有理；難道洋人怕他們告嗎？就是告了，外國領事豈有不幫自己人的道理？」淮安府道：「誰知就此三言兩語，那洋人竟其頓口無言。反倒託他通事，同那苦主講說，欠的帳也不要了，還肯拿出幾百兩銀子來，撫恤死者的家屬，叫他們不要告罷！」

制臺道：「唉！這也奇了！我只曉得中國人出錢給外國人，是出慣的；那裏見過外國人出錢給中國人？這話恐怕不確罷？」淮安府道：「卑府不但接著電報，是如此說，並有詳信，亦是剛才到的。」制臺道：「奇怪，奇怪！他們肯服軟認錯，已經是難得了。如今還肯出撫恤銀子，尤其難得，真正意想不到之事！我看很應該就此同他了結。你馬上打個電報回去，叫他們趕緊收篷，千萬不可再同他爭論別的。所謂『得風便轉』。他們既肯賠話，又肯化錢，已是莫大的面子。我辦交涉也辦老了，從沒有辦到這個樣子，如今雖然被他們爭回這個臉來，然而我心上倒反害怕起來。我總恐怕地方上的百姓，不知進退，再有什麼話說，弄惱了那洋人；那可萬萬使不得！俗語說得好，叫做：『得意不可再往』；這個事可得責成你老哥身上。你老哥省裏也不必耽擱了，趕緊連夜回去，第一彈壓住百姓，還有那什麼出洋回來的學生，千萬不可再生事端；二則洋人走的時候，仍得好好的護送他出境。他一時為理所屈，不能拿我們怎樣；終究是記恨在心的。拿他周旋好了，或者可以解釋解釋。我說的乃是金玉之言，外交秘訣；老哥你千萬不要當做耳邊風。你可曉得你們在那裏得意；我正在這裏提心弔膽呢！」淮安府只得連連答應了幾聲「是」。然後端茶送客。

要知後事如何，且看下回分解。

第五十四回　慎邦交紆尊禮拜堂　重民權集議保商局

卻說：江南官場上，自從這位賢制軍一番提倡，於是大家都明白他的宗旨所在，是：見了洋人，無論這洋人如何強硬，他總以柔媚手段去迎合他。抱定了「釁不我開」四個字的主義，敷衍一日算一日，搪塞一朝算一朝。制臺如此，道府自不得不然。道府如此，州縣越發可想而知了。

幾個月前頭，不知那裏死掉一個外國有名的教士。這教士在中國，歲數也不少了。一年到頭，勸人為善，卻著實做些好事。偶爾地方上，出了什麼民教不和的案件，只要這位教士到場，任你事情如何棘手，亦無不迎刃而解的。所以各省的大吏，亦都感激他。後來奏聞朝廷，不但屢次傳旨嘉獎，而且還賞過他頂戴匾額。由外洋進來傳教的，總算數一數二的了。誰知皇天不佑好人，他年紀並不大，忽然得了一病，就此嗚呼哀哉。他們在教的人，開什麼追悼會，紀念會，自有一番典禮。不用細表。單說：這位制臺大人，從前因辦交涉，也受過他的好處。此時聽見他的凶耗，立刻先打了一個電報，足足有好幾百字，去慰唁他的夫人兒子。又特地派了自己的二少爺，同著本省洋務局老總胡道臺，帶了弔禮，坐了輪船，前去弔唁。一直等到送過教士的夫人兒子回國，方才回來。自有此一番舉動，大眾愈加曉得，不但同在世的洋人，往來酬應，必不可少；就是弔死送葬，一切禮信，也不能免的。因此便有些州縣，望風承旨，借著應酬外國人，以為巴結制臺地步。

* * *

目下單說：江寧府首府，該管的一個六合縣。這六合縣在府北一百一十五里，離著省城較近，自然信息靈通。此時做這六合縣知縣的，乃是湖南人氏，姓梅，名颺仁，號子賡，行二。這人小的時候，諸事顢顢頇頇，不求甚解。偶然人家同他說句話，人家說東，他一定纏西，人家說南，他一定纏北。因此大家奉他一個表號，叫他做梅二纏夾。幸喜他凡事雖然纏夾，只有讀書做八股，卻還來得。居然到二十歲上，掙得一名秀才；到二十七歲上，又掙得一名舉人。

有人說：他前一科，就該得意的了；只因為一首八韻詩，是「平平仄仄平」平起的，後四韻忘記了，卻又鬧了個「仄仄平平仄」，變成功仄起的了；因此房官看到那裏，圈不下去，就打了下來。批語上拿他三篇文章，讚得天花亂墜；只可惜詩上倒了韻，不能呈薦，著實替他惋惜。等到出榜之後，梅颺仁領出落卷來一看，見是如此，不禁氣憤填膺，不怪自己錯了韻，反罵主司去取不公，歎自己文章憎命。當時有他一個同窗，聽了他的話，便駁他道：「子賡！你的文章並沒有薦到主司跟前。也不是你文章做得不好，是你詩弄錯了韻，出了岔子，是怪不得別人的。」梅颺仁至此，方才明白過來，曉得自己粗心所致。只是他命中注定有個舉人，到了下一科，便是他發達的那年。自古道：「福至心靈」。三場完畢，沒有出岔子，等到出榜，居然高高的中了。

梅颺仁的父親，單名一個蔚字，是個候選通判，此時正跟了一位出使英國大臣鳳大人做隨員。在上海，沒有等到聽見兒子的喜信，十天前頭，就跟了欽差，坐了公司船起身。他父親的為人，生性愛小，歡喜佔便宜。離了上海還沒有三天，這日正值風平浪靜。他一人飯後無事，便踱出來，到處閒逛，後來走到一間房艙門口。齊巧這艙裏的外國客人，因事到隔壁艙裏，同別的客人談天，忘記把自己艙門帶上。這梅蔚看了看艙內無人，又見那張外國牀上，放著一個很大的皮包。他曉得外國人每逢出門，凡是緊要的東西，以及銀錢等類，都是放在這皮包裏頭的。他便動了垂涎之念；也不管自己是何職分，並是何身價，且忘記自己這趟跟著欽差出洋，還是替國家增光來的，還是替國家丟臉來的。此時都不在念，一心一意，只想偷他一票，以為：「我此時身在外洋，就是破了案，也沒有人認得是我的。」主意打定，便躡手躡腳，掩入房中，把個皮包，提了就走。一提提到自家那間艙內，急忙將門掩上，想把皮包打開來看，誰知又看到是鎖好的。後來好容易拿小刀子，把皮包劃破了，把裏面東西，一齊抖出。誰知這皮包內只有一卷字紙，幾本破書，兩個「金四開」，此外一無所有。他看了，雖然失望，因想兩個「金四開」也值得好幾文錢，總算是意外之財，這趟買賣，未曾白做，便也甚是開心。後來那個失落皮包的客人，當時雖然也著實尋找；後來找不著，又因所失甚微，隨亦沒有追究，所以未曾破案。

船上因為他是中國欽差的隨員，每逢吃飯，都叫他跟著欽差，一塊兒吃大菜。用的傢伙，什麼刀叉等類，有些都是金子打的，黃澄澄的，著實可愛，而且也很值錢。他看了這個，又捨不得了，每逢吃飯，總要偷人家一兩件小傢伙。而且非但他一個，連他的同事一位候選知府，也同他一個脾氣。當時船上，因為差的東西多了，查來查去，方才查出是中國欽差隨員老爺們幹的事。那船上的洋人，便氣極了，不准他們再到大餐間裏去吃飯。欽差也曉得了，面子上很難為情，私底下叫了他二人過來，著實申飭他二人一頓。梅颺仁的父親還不服，說道：「咱們中國的錢，被他們外洋弄去的也不少。趁此拿他點東西，也樂得的。」欽差聽了，格外生氣。到了倫敦，就想咨送他回國的。因為接到電報，曉得他的兒子中舉，因此才擱了下來。後來還鬧出許多笑話，下文再表。

目下單說：這梅颺仁中舉之後，接到他父親從英國寄回來的家信，自然有一番歡喜說話；接著又勉勵他，無非叫他潛心舉業，預備明年會試。末後說到自己，還要自己信口胡吹，說他自到外洋，辦理交涉，同洋人如何接洽，洋人如何相信他，欽差如何倚重他；好在沒有對證，騙騙自己的兒子罷了。信上還說：「我的底子，不過通判，將來保舉雖然可靠；然而一保同知，再保知府，三保道員，其中甚費周章，而且耽誤時日。」意思想叫兒子，把家裏的幾畝薄田，還有幾處市房，一齊盤給人家，拿出錢來，等兒子明年上京會試的時候，替他上兌捐一個分省補用知府。如此一保便成道員，似乎來的快些。

梅颺仁得信之後，遵照辦理。等到事情辦妥，已經過了新年，急急起身，跟了大幫舉子，上京會試。頭二場，幸喜沒有出岔子。到了第三場，每策止限定三百字，他不知怎麼一個不留心，多拽了一張，鬧了一個拽白。他急了，便胡湊亂湊，把這條策多湊了一百。雖然沒有被貼，然而每篇都是三百字，這篇鬧了個大肚皮，文理又不甚貫串，自然就吃了這大肚皮虧了。等到出榜，名落孫山，心上好不懊惱！一面急忙忙想替老人家把官捐好，便即出京。

齊巧這年山西鬧荒，開辦急賑。忽有人同他說起：目下只要若干銀子，捐一個大八成知縣，馬上就得了缺。他聽說，不覺心上一動，說：「老人家的保舉，總在三年之後；等到開保的前頭，再給他報捐，也不為遲。何如我此刻先拿這錢，自己捐個大八成知縣。倘或選得一個好缺，這兩年之內，先賺上幾萬銀子，也未可知。」主意打定，便把老子的事情擱起，先辦自己的事。果然天從人願，不到半年，便選到江南做實缺知縣去了。總算他官運亨通，一選就選到江南六合縣知縣。

到省的時候，還是前任制臺手裏。前任制臺，是個老古板，見面之後，問了幾句話，梅颺仁都是老老實實回答的；前任制臺喜歡他，說他是書生本色。如此並不留難，馬上就叫藩臺掛牌，飭赴新任。到任之後，公事一切，尚稱順手。過了半年，無甚差錯。制臺既是性情古板，有些同洋人交涉的事件，自不免就要據理直爭，不肯隨便了事。因此洋人在他手中，不甚得意。上憲既如此，做下屬的，也想以氣節自見，都要批駁洋人一兩件事情，以為表見之地。這梅颺仁的為人，雖然沒有什麼大閱歷，然而上司的意旨，卻也不敢不留心。既留了心，還有什麼不照著辦的。

六合縣在內地，同洋人本來沒有什麼交涉。一天有個教民，欠了人家的錢不還，被他抓住了，打了這教民一頓。這教民本來是個不安分的，所以教士並不來保護他。梅颺仁因此揚揚自得，便上了一個稟帖，以顯他的能耐。齊巧前任制臺奉旨來京，未曾來得及批他這個稟帖，已經交卸後任——就是現在這位媚外的新制臺了。在接管卷內，看見這個稟帖，心上老大不高興，便說：「朝廷敦崇睦誼，視教民如赤子，不憚三令五申，叫地方官極力保護。該令豈無聞知，乃膽敢虐待教民，又復砌詞瀆稟，以為見好地方，實屬糊塗謬妄！除嚴行申飭外，並記大過三次，以為妄啟外釁者戒。」不倫不類，罵了下來。

梅颺仁接著一看，賽如一盆冷水，從頭頂上直澆下來；心想：「前任制憲是如此，後任制憲又是如此，真正叫我們做屬員的，為難死了！但為今之計，當王者貴，少不得跟著改變從前的宗旨，或者還可立腳。」凡是初次出來做官的人，沒有經過風浪，見了上司下來的札子，上面寫著什麼違干未便，定予嚴參等字樣，一定要嚇的慌做一團。意思之間，賽如上司已經要拿他參處的一般。後來請教到老夫子，老夫子譬解給他聽，說：「這是照例的一句話，照例的公事，總是如此寫的。」頭一次他聽了，還當是老夫子寬慰他的話，等到二次三次，弄慣了，也就膽子放大，不以為奇了。又凡是做官的人，如在運氣頭上，一帆風順的時候，就是出點小岔子，說無事也就無事。倘或正在高興頭上，有人打他一下悶棍，無論大小事件，他吃了這個癟子❶，心思頓時不靈，手足也就頓時無措了。

目下單表：這梅颺仁到任，已經半年；各種場面，都算見過。再加制憲垂青，公事順手。雖然他的為人，平時有點顢頇；因在運氣頭上，倒也並不覺得。只可惜忽然換了上司，變了局面，結結實實一個釘子，碰了下來，正是上文所說的：在高興頭上，被人打了一下悶棍，頓時弄得兩眼漆黑，走頭無路。一回又想做好官，索性同上司去碰了一碰，就是革職，也博個強項聲名。一回又想：「自己巴結到這個官，也很不容易；而且缺分又好。倘或同上頭鬧翻了，莫說參官，就是撤任，在省裏閒空起來，這是何犯著呢！況且這捐官的錢，原是預備替老人家過班的；如今還沒有補上這個空子，已經把功名丟掉，怎麼對得住老人家呢！」有此幾個講究，少不得就要委曲下來，改換自己的宗旨。照此看來，人家雖稱他為纏夾先生，其實他並不纏夾。

但是他自從受了這個癟子，少不得氣焰頓時矮了半截，不但精神委頓，舉止張皇；就是說話，也漸漸的語無倫次了！

六合離省城最近，制臺一舉一動，都有耳報神前來報給他的。他見制臺是如此舉動，越發懊悔他自己從前所為的。只因矯枉過正，就不免鬧出笑話來了。

* * *

❶ 吃癟子：碰釘子。

南京城裏，回子頂多。因此這六合的地方，也就不少。有天一個回子，被一個人扭到衙門裏喊冤。喊冤的人叫盧大，回子叫馬二。盧大控告馬二，說被馬二一拳頭，打掉他一個門牙，淌了若干的血。同馬二評理，馬二不服，掄起拳頭，接連又是三拳。現在腰裏膀子上都受了重傷。所以扭來求大老爺伸冤。其時正值梅大老爺早堂未散，一聽是鬪毆小事，便吩咐了兩造，帶到案前跪下。梅大老爺先把名字，問個明白。然後又追問為什麼彼此打架。盧大尚未開口，馬二先搶著說，才說得一句「回大老爺的話」。梅大老爺曉得他是被告，行兇打人的人，心上先有三分不願意；他便把眼睛一楞，拿驚堂木一拍，罵了聲：「忘八蛋！老爺還沒有問到你，用你插嘴！」兩邊差役，一見老爺動氣，便一齊吆喝：「不准多嘴！」老爺至此，方才細問盧大端的。盧大道：「小的在南街上，王公館裏管廚。王公館的主人，喜歡吃燒鴨子。這馬二店裏，油雞，燒鴨子，鹹水鴨子都有。小的天天上街買菜，總到他店裏，買半隻燒鴨子。這天買了菜回來，又到他店裏，小的就拿菜籃子，往他櫃檯上一擺。他就同小的翻起來了。小的同他講理說：『我同你也算老主顧了，就是借你的櫃檯擺擺籃子，也不打緊，用不著這個樣子。』」梅大老爺說：「是啊！他怎麼樣呢？」盧大道：「他把眼睛一豎，說道：『別的事情，咱同你講朋友。這個可來不得。』」梅大老爺道：「你怎麼說呢？」盧大道：「我說：『我的籃子，擺是已經擺了，收不回去的了。你待把我怎麼的？』青天大老爺！這馬二聽到這裏，也不同小的再說什麼，便伸過來一拳頭；小的一個不防備，早把小的門牙打下來了，現在還在這裏淌血哩！小的趕著問他為什麼打人，他舉手又是三拳，這可把小的打壞了！」梅大老爺一聽這話，便把驚堂木一拍，臉上露著一團怒氣，指著馬二罵道：「好個混帳忘八蛋！他借你櫃檯擺擺籃子，什麼大不了的事，你膽敢行兇打人，這還了得！」說著就伸手到籤筒裏去抓籤，想打馬二的板子。那馬二急了，便在地下碰頭說道：「我的老爺！你聽明白了，再動氣！小的是在教的！」

梅颺仁上次原是因為打了教民，碰了制臺釘子。這番一聽「在教」二字，不覺心上畢拍一跳。忙從籤筒裏，先把那隻手，收了回來。心上獨自想道：「好險呀！幾乎鬧出點事情來！」一面拿袖子擦頭上的汗，一面又吩咐馬二快說。說話時，那梅大老爺的臉色，已經平和了許多；就是問話的聲音，也不像先前之疾言厲色了。當下只聽得馬二回道：「大老爺明鑑：小的從老祖宗下來，一直在教。」梅颺仁道：「原來你是世代在教。你們教裏的規矩，我曉得的。快起來，快起來，不要你跪著說話。」

於是馬二站立在公案西邊，原告盧大倒反跪在下面。只聽馬二又回：「小的的櫃檯，借給他擺擺籃子，原不打緊。大老爺！可曉得他籃子裏，是些什麼？」梅颺仁道：「是些什麼？」馬二道：「請大老爺問盧大。」盧大接口道：「籃子裏有什麼，有他媽媽的肉。」梅颺仁把驚堂木一拍道：「公堂之上，由你信口罵人，看來就不是個安分東西。給我打嘴！」左右一聲吆喝，頓是幾個人上來，猶如鷹抓燕雀一般，揪住盧大，打了十個嘴巴。老爺又問馬二。馬二道：「小的是清真教門；豬肉這件東西，原是忌的。盧大籃子裏，又是豬頭，又是豬蹄子，不乾不淨，就往小的櫃檯上一擺。小的先同他好說，叫他不要擺。不料他倒惱了，開口就罵小的，什麼什麼的，可把小的氣極了！順手推了他一把，是有的；小的並沒有敢拿拳頭打他。這都是他渾告，求大老爺的明鑑！」

原來梅颺仁一時糊塗，只認做中國人吃了教，便稱「在教」；並不曾想到回子也稱「在教」。雖是馬二供了出來，他還是執迷不悟，連說：「你們教裏規矩，自然是吃了教，就得念經，念了經，就得吃素。

什麼葷腥，原不准進門的。這件事是盧大不是。依我老爺的意思，盧大就先該打。」盧大一聽老爺要打他，連忙分辯道：「他的教，並不是人家吃的那個教，用不著吃素，他自己還宰雞鴨哩！」梅颺仁道：「無論他那一教，都是一樣。本縣皆有保護之意，斷不容你們這些刁民欺負他的。」說著，又喝令：「拖下去打！」盧大急了，拚命的碰頭說：「求老爺的恩典！」梅颺仁道：「你這東西可惡，不能如此便宜你。你還是願打呢，還是願罰？」盧大又磕頭道：「大老爺的恩典。小的一個當廚子的，那裏有許多罰呢？」梅颺仁道：「不罰不成功。現在姑念你初次，我老爺格外加恩典給你，你拿出三十吊錢，給馬二重修櫃檯，就此完案。如果不罰，打八十大板，枷在馬二店門口三個月，你自己想，還是走那一條路好？」盧大又磕頭道：「三十吊實在罰不起！」後首求來求去，減到十二塊洋錢，當天還沒有。梅颺仁便吩咐拿他交保，出外借資，限三天交案。隨囑咐馬二，到第三天當堂來領。馬二打了人，倒反打了贏官司，好不興頭。可憐盧大捱了馬二一頓打，老爺非但不給他伸冤，還要罰他出錢，真正晦氣！閒話休表。

且說：轉眼之間，三天限期已到，盧大怕打，早已連借帶當，湊了十二塊洋錢，送到衙門裏來。此時老爺正坐在堂上理事。盧大把洋錢交了上去，老爺吩咐他一旁靜候，等到馬二到案具領，准予銷案。盧大無可如何，只得息心屏氣，等在外面。誰知一等，等到散堂，那馬二還沒有來。老爺沒有工夫等他，早已退堂。盧大卻不敢就走。後來好容易等到上了燈，馬二才來。老爺叫原差出來，問他為什麼到此時才來；他說他的老師父死了，前去幫忙，所以到這會才來的。原差據情稟復。老爺便問：「可是他教裏的老師父？」原差道：「正是。」

梅颺仁心上盤算道：「上回我打了那個吃教的，他們教幫中一定是恨我了；如今我何不借著這件事情，同他們聯絡聯絡。不但可以解釋前嫌，而且叫上頭制臺瞧著，心上也歡喜。況且近來不多幾時，那一省死了一個教士，制臺還同了自己的二少爺，前去弔孝。我的官比不上他，總要自去走一趟，叫人家看著，也鄭重些。」想定主意，仍叫原差出來問馬二，問他們的老師父，在那裏死的。馬二照說一遍。梅颺仁又叫原差出來留住馬二說：「老爺要去上祭，叫你領路，一塊兒同去。」馬二自然遵命。梅颺仁便吩咐大廚房裏，立刻備一桌祭席，叫人挑著。自己亦還頂冠束帶，出來上轎。馬二在前領路，一領領到清真寺門口，歇下轎子。老爺出轎，其時已是深夜，亦看不出上面寫的，是幾個什麼字，梅颺仁還疑心他們是個禮拜堂。連忙走到裏面，忙著叫跟來的人，擺設祭筵。

那馬二卻早已去找老師父的家小，以及他們那般在教的。霎時男男女女，亦就聚了七八十個人；有些都是聽說大老爺來上祭，趕著來瞧熱鬧的，霎時聚了一屋子的人。梅大老爺舉目四看，並不見一個外國人，心想：「教士的家小，總應該是洋婆；怎麼如今來的，全是些中國人呢？」正在心上疑疑惑惑，不提防那桌祭筵，才擺得一半，已被那些回子打了一個空，頓時人聲鼎沸起來。還有人提起一個豬頭，摔到梅大老爺這邊來，一齊嚷著說：「不要放掉了那狗官！他不是來上祭，竟是拿我們開心來的！」

原來此番梅颺仁來的孟浪，只聽了「在教」二字，便拿定他是外洋傳教的教士，並不曉得是回子。倒反備了豬頭三牲來上祭，豈知越發觸動眾回子之怒，鬧了個鼎沸盈天！梅颺仁幸虧馬二保護著，從人叢裏逃出來。走了幾步，跟班的差役們，方才慢慢的跟了上來。梅颺仁轎子，是已被眾回子拆散的了，只得步行回衙；一連問馬二：「你們這裏傳教的，總不止你老師父一位。別的外國人，以及你老師父的家小，都到那裏去了？」馬二到此，方對他講：「我們雖然在教，並沒有什麼外國人，大老爺不要弄錯了！」梅颺仁又問左右跟班的；才回稱：「這裏是回子的清真寺，並不是什麼外國人的禮拜堂。」梅颺仁怪道：「為什麼不早說？」跟班的回道：「小的至今沒有明白老爺到那裏去。只知道老爺叫馬二領路，所以一齊就跟到這裏來的。」梅颺仁又問馬二：「你們老師父，可是那個在教堂裏的神父？」馬二道：「我們只叫老師父，不曉得什麼神父不神父。」梅颺仁至此，方才明白過來，自己沒有問清，拿著回子當做了外國傳教的了。但是臉上，又落不下去。回衙之後，立刻坐堂，把剛才傳話的原差，叫上來罵了一頓，又打了二百屁股，總算替大老爺光了光臉，才把這事過去。

自此以後，梅颺仁有十幾天沒有出門，生怕路上碰見了回子，再來打他。其實眾回子，當時雖然鬧了個沸反盈天；當中究竟也有幾個懂事的，說：「他無論如何不好，總是地方上官；倘一翻臉，你們總敵他不過。」因此到了第二天，大眾亦就偃旗息鼓，沒有鬧到衙門裏去。梅颺仁聽聽外面，沒有什麼動靜，方才一塊石頭落地。

* * *

又過了些時，上頭有文書下來，叫地方官提倡商務。六合是個小地方，又是內地，沒有什麼大生意的。梅颺仁卻因上回責打了教民，碰了制臺釘子，一直總想做兩件仰承憲意的事，以為取悅之地。無奈越想討好，越不討好，以致誤認教民，又被回子蹧蹋了一頓，心上好不煩惱！如今得了這個題目，便想借題做一篇新鮮文章。上頭的公事，是叫地方官時時接見商人，與商人開誠布公，聯絡一氣。地方有事，商為輔助；商民有事，官為保護：總令商情得以上通，永免隔閡之弊。札子上的話，是如此立意，原非不善。梅颺仁因想借此做番事業，便把札文，反覆細看。看了十來遍，忽然豁然貫通，竟悟出一個道理來。

當時拿了札子，一直奔到老夫子書房裏，對老夫子說道：「據兄弟看來，上頭的意思，還是重在『地方有事，商為輔助』的一句話上。輔助什麼？不過要他們捐錢而已。本來現在地方上，很有些上頭交辦的公事，什麼學堂等等，一齊都要地方官籌款；如果辦不起來，還有處分。兄弟正在這裏發愁。如今可巧有這件札子，我們以後的事，倒有了些把握了。」老夫子接過札子，大約看過一遍，歪著頭，想了一回，不禁一跳就起道：「颺翁，你真可謂讀書得閒了！你說的一點不錯，上頭正是這個意思！但是話雖如此說，我們辦事須有個秩序。上頭既叫我們保護商人，我們如今先不說捐錢的話，先借一個地方，或是公所，或是總會，以為接待商人之所。等他們一齊來了，彼此也聯絡了，然後再向他開口。人有見面之情，你開出口去，他們總得答應你的。」老夫子說一句，梅颺仁應一句。等到老夫子說完了，他又連說了一兩句道：「著著，我兄弟就照你老夫子的話去辦。前天兄弟看見制臺轅門抄上，寫著省城裏已經設了一個保商局，派了黃觀察做總辦，大約亦就是辦理此事。我們姑且託人到省裏，打聽打聽章程，是個什麼樣子，我們也照辦一個。可好不好？」老夫子道：「好好好！就是如此！」

幸喜這梅颺仁是個躁性子，有了一件事，從不肯留過夜的。當天就在本城城隍廟裏，借了三間房子，做了一個接待商人之所。門口掛起一面招牌，上寫「奉憲設立保商局」。另外兩扇虎頭牌，是「商局重地」，「閒人免進」八個大字。一面又仿照札子上的意思，請老夫子擬了告示，曉諭一切坐賈行商，叫他們都到這裏來聚會。又稟明上頭，委了本縣典史，王朝恩王太爺，做了駐局的委員。縣大老爺公事忙，不能常常過來問信，商人有什麼事，都找王太爺說話。這是後話不提。

且說：當時忙了幾天，就檢定日子開局。恐怕開局的那一天，商人來的不甚踴躍，一面由梅颺仁先發帖子請客，凡是城箱內外，大大小小的紳衿，一概請到。又叫典史王太爺坐著轎子，到各鋪戶，家家去拜，勸他們到這天來入會。誰知到了這天，做買賣的仍然不多，大家不曉得大老爺安的什麼心，所以有些人竟不敢來。只有一向同地方官有來往的幾家紳衿；還有兩個同帳房裏有首尾的一家錢莊，一家南貨店的老板來了。合湊起來，不到兩桌人。梅颺仁甚為掃興。

客人到齊，勉強入座。一桌是梅颺仁自作主人；一桌是典史王太爺代作主人。坐定之後，大家喝了幾杯酒。坐首座的一位紳士，是北門外頭大夫第知府銜候選同知蔣大化，先開口道：「老公祖，你這件事辦的甚好啊！你是怎麼想出來的？治弟真拜服你！」原來梅颺仁頭天晚上，先在老夫子跟前，叨了許多教。這回聽了蔣大化的話，便搖唇鼓舌的說道：「這件事呢，雖不是兄弟一個人主意；然而兄弟亦早存了這個心。所以發個狠，特地趁在兄弟任上，把這件事辦成了。一來上頭有了交代；二來兄弟以後叨教之處甚多。到了這個地方，諸位既不須拘什麼形跡；就是兄弟有什麼為難之事，也可以當面商量。否則，你們諸公請想，這們一個六合縣，周圍百把里路的地方，又要辦這個，又要興那個，巧媳婦做不出沒米的飯，叫兄弟怎麼來得及呢！」梅颺仁這番說話，總不脫他將來借此籌款的宗旨。

此時在席第五座，是改試策論新科發達的一位孝廉公，身上也捐了個內閣中書，姓馮號彝齋。據他自說：舊學不見得怎樣，新學他卻極有工夫的；所以改試策論，馬上就中。只可惜會試的卷子上，有「目的」兩個字，在他自己以為用的是新名詞。房官看了還好。卻不料到了大總裁吏部尚書塔公手裏，看到這裏，拿起筆墨，豎了一個小小槓子；另外粘了一張紙條，注了十個字道：「以『的』字入卷內，未免太俗。」因此就沒有中得進士。等到報罷之後，馮彛齋領出落卷來一看，見是如此，氣的了不得，大罵主司一場，急急收拾回家。齊巧上頭派了委員，下來勸捐，他就湊了千把銀子，捐了個內閣中書。借此可以出入公門，干預干預地方上的公事。

這日請客，有他在座。他聽了梅颺仁一番說話，心上老大不以為然，便想借此吐吐自己胸中的學問。於是不等別人開口，他先搶著說道：「老公祖此言誤矣！治弟很讀過幾本繙譯的外國書，故而略曉得些外國政治。照著今日此舉，極應該仿照外國下議院的章程，無論大小事務，或是或否，總得議決於合邑商民，其權在下，而不在上。如謂有了這個地方，專為老公祖聚斂張本，無論為公為私，總不脫專制政體，治弟不取也。」說著，又連連搖頭不止。

梅颺仁卻也奈何他不得，彼此楞了一回。第二座一位進士底子的主事公，姓勞名祖意的，開言道：「治弟有個外孫，新近從東洋遊學回來。他的議論，竟與彛齋相像。我們這一輩子的人，都是老朽無能了！英雄出少年，倒是彛翁同我們這外孫，將來很可以做一番事業。」馮中書見他倚老賣老，竟把自己當作後輩看待，心上很不高興。想了一想，說道：「到了這個時候，也沒有什麼事業可以做得！除掉腹地裏幾省，外國人鞭長莫及；其餘的雖然沒有擺在面子上瓜分，暗地裏都各有了主兒了。否則我們江南，總還有幾十年的等頭；如今來了這們一位制軍，只怕該五十年的，不到五年就要被他雙手斷送。」

勞主事道：「那亦不見得送得如此容易！就是真個送掉，無論這江南地方屬那一國，那一國的人做了皇帝，他百姓總要有的。咱們只要安分守己做咱們的百姓，還怕他們不要咱們嗎？你又愁他什麼呢！」梅颺仁道：「勞老先生的話，實在是通論，兄弟佩服得很。莫說你們做百姓的用不著愁，就是我們做官的，也無須慮得。將來外國人，果然得了我們的地方，他百姓固然要，難道官就不要麼？沒有官，誰幫他治百姓呢？所以兄弟也決計不愁這個。他們要瓜分，就讓他們瓜分，與兄弟毫不相干。勞先生以為如何？」勞主政道：「是極！是極！」兩個「是極」，直把個梅颺仁讚得十分得意。馮中書卻早氣得把面孔都發了青。

欲知後事如何，且看下回分解。

第五十五回　呈履歷參戎甘屈節　遞銜條州判苦求情

卻說：馮中書當下，聽了梅老公祖及勞老先生一番問答，心上想道：「這個人竟其絕無一毫國家思想，只要保住他自己的功名產業，就是江南全省地方，統通送與外國人，簡直與他絕不相干。但是百姓好做順民，你這個官將來卻無用處。誰不曉得中國的天下，都是被這班做官的一塊一塊送掉的！他如今還說出這種話來，豈不可笑！」

一個人肚皮裏正尋思著，忽又聽得梅颺仁說道：「勞老先生，江南地方，被外國人拿去，倒是一樣不好。」勞主事忙問何事。梅颺仁道：「不是別的，只有我們這一位制憲，實實在在不好伺候，他一到任我就碰他一個釘子。這幾個月，兄弟總算跟定了他走的了，聽說他還是不高興。你想，我們做下屬的難不難！」勞主事尚未開口，馮中書搶著說道：「這個，老公祖倒可以無須慮得的。如今他是上司，你是屬員。等到地方屬了外國人，外國人只講平等，沒有什麼『大人』『卑職』，你的官就同他一般大。上頭只有一個外國皇帝，你管不到他，他也管不到你。你還慮他做什麼呢？」梅颺仁聽了，似信未信，未曾開言。又是勞主事搶說道：「我原說彝齋兄的宗旨，同我們外孫一樣。這平等的話，我的外孫子也是常常說的。」馮中書聽了，格外生氣。究竟因他上了幾歲年紀，又是一鄉之望，奈何他不得，只得忍氣吞聲。草草把酒席吃完，各自分散。

自此以後，這梅颺仁竟借此聯絡商人，捐了無數的款項。把地方上什麼學堂等等，一切可以得維新名譽的事情，卻也辦了幾件。他又自己愛上稟帖，長篇大套的，常常寫到制臺那裏去。等到時候久了，上頭也就回心轉意，說：「某人還能辦事。」

列公有所不知，凡是做官的，能夠博得上司稱讚這麼一句，就是升官的喜信。果然不到三個月，藩臺掛牌，把他升署海州直隸州。梅颺仁得信之下，好不興頭，立刻親自進省謝委。省裏回來，那個委署六合縣的，也就到了。梅颺仁忙著交卸，帶了家眷，幕友，家丁，逕到海州上任。

* * *

海州這個地方，緊靠海邊，名為要缺，其實從前並沒有什麼事情。直至近兩年來，有些國度，總想霸佔我們中國的地方，不時派了兵船，前來中國江海一帶口岸，往來巡弋。每到一處，又不就走。有時候還要派人上岸，上來的人，多多少少，也不能定。不說是測量形勢，就說是操練兵丁。封疆大吏，尚且拿他無可如何；至於地方官，更不消說得了。閒話少敘。

且說：梅颺仁到任之後，剛剛才有一月光景，他所管的海面上，忽然開來三隻外國兵船，一排兒停住了不走。第二天，大船上派了十幾名外國兵，一齊坐了小划子下來，後頭還跟了通事。走到岸上，向鋪戶買了許多的食物，什麼雞鴨米麥之類，買好了，把帳算清付了錢，仍舊坐了小划子，回上大船，並沒有絲毫騷擾。有些鋪戶，見是外國人來買東西，故意把價錢多說些，因而倒反沾光不少，還望他第二天再來買。這個當口，便有人飛跑送信到州裏，說是海裏來了三條外國兵船，不知是做什麼來的。州官梅颺仁聞報，不覺大吃一驚，馬上請了師爺來，商量對付的法子。又說：「這來的兵船，倘或他們要同我們開仗，我們這裏毫無預備，卻怎麼是好呢！」一面著急，一面又叫人去知會營裏，倘或鬧點事情出來，只好請他們先去抵擋抵擋。

梅颺仁只顧忙亂，頭上的汗珠子，早已有黃豆大小滾了下來。師爺見了他這副發急樣子，又好氣，又好笑，連忙勸他道：「現在頂要緊的，是先派個人到船，問他到此是個什麼意思。倘若是路過這裏，沒有什麼舉動，彼以禮來，我以禮往，也不必得罪他們。但是也得早早請他離開此地，以免地方上百姓見了疑懼。倘或是另有別的意思，他們船上的大砲，何等利害，斷非我們營裏這幾個老弱殘兵，可以抵擋得住的；必須快快打電報，稟明上頭制臺，請示辦理。」梅颺仁正在束手無策的時候，聽了師爺的說話，甚是中聽；立刻照辦，但是一時又不曉得是個怎麼辦法。「誰有這個膽子，敢到他們船上去呢？」師爺道：「『兩國交兵，不斬來使。』我們派個人去，是決計不要緊的。」梅颺仁便問：「派什麼人去？」師爺想了想，說：「東家是一縣之主，去了不便；而且這些船上，都是外國人，本衙門裏，沒有繙譯。現在只好借重州判老爺，同了學堂裏英文教習，去走一趟。問他個來意，便好打電報到南京去。」梅颺仁道：「是極，是極！」

馬上叫人把州判老爺請了過來，把這話告訴了他，請他辛苦一趟。州判老爺生恐外國人拿他宰了，一味推三阻四。先說：「晚生不懂得外國話。」梅颺仁道：「有繙譯。」州判還想說別的，齊巧請的那位英文學堂教習也來了，問知來意。幸喜他讀過幾年外國書，人還開通；又聽得這事不會白做的，將來州官，總得另外盡情；馬上答應說：「應得效勞。」又幫著勸了州判老爺一番，方才一同前去。

州判老爺跟了教習走出來上轎，一頭走，一頭說道：「外國人是個什麼樣子，我兄弟還是小時候在洋片子上，瞧見過兩次。到底和我們中國人，一樣不一樣？見了他要行個什麼禮？我們一上船，該用個什麼手本，還是怎麼說？」教習道：「外國人不過長的樣子，是個高鼻子，凹眼睛；說的話，彼此口音不同；此外原同中國人一樣的。老父臺見了他，只要拉拉手，也不消作揖，也不消磕頭，只要拉拉手就好了。但是拉手，切記用右手同他拉；千萬不可拉左手，是要得罪他的。」州判老爺道：「得罪了他，便怎麼樣？可是他就同咱打仗？」教習道：「那亦未見得。不過像煞不敬重似的。你想，你不敬重他，他心上會願意嗎？」

州判老爺道：「我往常聽見人說：外國兵船上，無論那裏都裝的是砲。只要拿手指頭往桌子上一揿，就轟的一聲，立刻把人打死。那年李中堂放欽差出去，也不知到了那個國度，人家砲船上請他吃飯。他一點沒有預備，跑到人家船上，同那兵官說話著。一言不合，那個帶兵官，拿起茶碗往桌子上一摔，頓時一個『紹興罎』一樣大的砲子，彈了出來。幸喜我們老中堂坐在的地方偏了一點，沒有打中身上。你說險不險呢！這事一則是老中堂的福氣大；二是也虧他老人家從前打長毛，打捻子，見多識廣，大砲的聲音，耳朵是聽慣的了。見了這個樣子，只微微的一笑，並沒有說什麼。那船上的兵官，見一砲打他不中，心上反覺過意不去，翻過來好好的送他上岸。第二天就辦了許多金珠寶貝，到中堂跟前求和。老中堂允了他的和，准了他五口通商，所以如今才有了這些外國人。我說的，可是不是？我如今不怕別的，單怕他開砲。我是自小被爆仗嚇壞了，往常聽見放鞭放炮，總是護著耳朵的。」教習聽他引經據典，說得津津有味，心上著實可笑，也不同他計較。便道：「中堂大官，所以船上開砲迎接他；我們去是不開砲的。你去見他，也不用著什麼手本，拿張片子到了船上，我替你傳話就是了。」說著一同出來，上了轎。坐了轎子，一直擡到海邊上。小划子早已預備好了。

州判老爺雖然有教習壯著他的膽子，走到海灘下了轎，依然戰戰兢兢的，賽如將要送他上法場的一樣。扶上划子，船小人多，不免東搖西蕩，又把他嚇得啊唷皇天的叫，伏在一個人的身上，動也不敢動。好容易撐近大船，扶他上梯子。他擡頭一看，船頭上站著好幾個雄糾糾深目高鼻的外國兵，更把他嚇得索索的抖。兩隻腿上，想要一點力氣都沒有了。忙找了三四個人，拿他架著送到船上。他此時魂靈出竅，臉色改變，早已呆在那裏，撥一撥，動一動，連著片子也沒有投，手亦忘記拉了。幸虧那個教習，擋在頭裏。一到船上，同人家拉過手，就打著英國話，問人家那裏來的，到此是個什麼意思。船上人回答出來，才曉得並不是英國來的兵船，幸虧英國話是普通的，大家都還懂得兩句。船上的帶兵的還是提督職分，聽說中國官派人來問他蹤跡，他也打著英國話，說：「我們路過這裏，想上去打獵，玩耍二天，就要開船走的，並沒有什麼意思。你們不必驚慌。」教習把話問明白，亦就同人家拉了拉手，攙了州判老爺下船。

州判老爺自從上船，一直也沒有同人說一句話。此時回到小划子上，定了一定神，方算是魂靈歸竅；拿手把頭上的汗抹了一把，說道：「出娘肚皮，今兒是頭一遭，可把我嚇死了！這官簡直不是人做的！」教習也不理他，只瞧著他覺得好笑。他見人家不理他，又搭訕著說道：「聽得說外國人如何如何；其實也有說有笑，很好說話的。」教習道：「既然如此，老父臺為什麼不同他攀談攀談呢？」州判老爺把臉一紅道：「他同我言語不通，叫我說什麼呢？」教習道：「不要緊，有我替你傳話。」州判老爺道：「同你到這裏，已經勞你的神了，還好再打攪你麼？我兄弟心上愈覺不安了！」說著，划子靠定了岸。他倆仍舊坐轎進城銷差。見了州官，州判老爺膽子便壯了，張牙舞爪，有句沒句，跟著教習說了一大泡。等到把話說完，梅飂仁方才明白此番兵船的來意，於是一塊石頭落地。

又想道：「外國人來到這裏，雖然沒有什麼事；也樂得電稟制臺知道，顯得我們同外國人也還聯絡，所以才會偃旗息鼓，平安無事。」主意打定，請教師爺，師爺亦幫著他說很好。連忙找出電報新編，寫好碼子，叫人去打。州判老爺又求著把他親自到船上，見洋人周旋的話敘上。梅飂仁應允。州判老爺請安，謝了一聲：「堂翁栽培。」然後皷舞歡欣，跟了請來做繙譯那位教習，一同出去。梅飂仁親自送了出來，只同教習說道：「以後還要仰仗！」教習道：「理應效勞。」霎時別去。

* * *

且說：電報打到南京，制臺一見上面，敘著：「有三隻兵船」，頓時大驚失色，及至看到後半，「業已問過無事」，臉色方才和平下來。忙傳通省洋務局總辦上院斟酌辦法。這位制臺是向來佩服外國人的；洋務局老總，也就迎合著憲意，回道：「如今不問他是做什麼來的，既然他們老遠的從外國跑到我們中國，總之他們是客，我們是主，這個地主之誼，是要盡的。」制臺道：「你但知其一，不知其二。你曉得來的是個什麼人？」洋務局老總道：「梅牧電報上，原說是個水師提督。」制臺道：「是啊！提督是個什麼職分，在我們中國，是武一品大員，可以節制鎮道，連你老哥，都要歸他節制的。現在就拿我們的官來比他，他來了，地方上文武統通應該出境迎接才是。現據梅牧的來電看起來，直到派了繙譯上船問過，方才知道。可見地方上，預先就沒有一點預備。這班地方官，也總算糊塗極了！據兄弟的意思：趕緊回個電報給梅牧，叫他連夜預備一座公館，請他們上岸來住。住一天，供應一天。梅牧是地方官，這錢說不得要他賠兩文。賠的多了，我們再調劑他，等他好放心竭力去辦。我們這裏，再放一隻兵輪去，算是我特地派了去接他們，到南京來盤桓幾天的。如此或者叫他們心上歡喜。你老哥以為何如？」洋務局老總自然順著他說：「好極！准定遵照大帥的憲諭辦理。」制臺立刻就同洋務局老總，當面擬好一個電報，知會海州梅牧；一面傳令派了一隻兵輪，連夜開足機器，逕向海州進發。按下慢表。

且說：海州知州正在衙內，同一班老夫子商量辦法，忽然接到制憲回電。見是如此，便也不敢怠慢；立刻叫人到學堂裏，仍把那位教習請來。請他到船上傳話，就說：「制臺有電報：請貴提督到岸上居住，已由梅知州代備寬大房屋一所。」那船上提督便道：「我們來此，非有他意，上次即已言明。雖承貴總督美意，敝提督實實不願相擾。況且我們的船，再過一兩天，就要離開此地的。決計不要貴州梅大老爺費心。」教習見洋人不願到岸上居住，便也由他，回來回復了梅颺仁。

梅颺仁得了這個信，甚是為難。若是依了洋人，隨他住在船上，深恐怕制臺說他不會應酬；如果再叫繙譯到船上去說，又怕洋人討厭。想來想去，不得主意。這個當口，齊巧省裏派來的兵船到了。船上的管帶，是個總兵銜參將，姓蕭名長貴。到了海州，停輪之後，先上岸拜會州官。梅颺仁接見之下，蕭長貴當把來意言明，又說：「兄弟奉了老帥的將令：叫兄弟到此地，同了老兄一塊兒去到船上，稟見那位外洋來的軍門。兄弟這個差使，是這位老帥到任之後才委的，頭尾不到兩年，一些事兒不懂，都要老大哥指教。」梅颺仁道：「豈敢！」

蕭長貴道：「兄弟打省裏下來的時候，老帥有過吩咐說：『那位外國來的帶兵官，是位提督大人，咱們都要按照做屬員的禮節去見他。』你老大哥還好商量，倒是兄弟有點為難。依著規矩，他是軍門大人，咱是標下，就應該跪接才是。」梅颺仁道：「現在又不要你去接他，只要你到他船上，見他就是了。」蕭長貴說：「兄弟此來，原是老帥派了兄弟專到此地接他來的，怎麼不是接？非但要跪接，而且要報名。等他喊『起去』，我們才好站起來。這個禮節兄弟從前在防營裏當哨官，早已熟而又熟了。大約按照這個禮信做去，是不會錯的。」梅颺仁道：「要是這個樣子，我兄弟就不能奉陪了。我們地方官，接欽差，接督撫，從來沒有跪過。如今咱倆同去，我站著，你跪著，算個什麼樣子呢？」蕭長貴道：「做此官，行此禮，我倒不在乎這些。」梅颺仁道：「就算你行你的禮，與我並不相干。但是外國人，既不懂得中國禮信，又不會說中國話，你跪在那裏，他不喊『起去』，你還是起來不起來？」

蕭長貴一聽這話，不禁拿手扶著顙子為難起來，連說：「這怎麼好？」梅颺仁道：「不瞞老兄說：這船上本來我兄弟也不敢去的，有我這兒繙譯去過兩趟，聽說那位帶兵官很好說話；所以兄弟也樂得同他結交結交，來往來往。況且又有制憲的吩咐，兄弟怎好不照辦？現在定不好叫你老哥一個人為難，兄弟有個好的法子。」蕭長貴忙問：「是個什麼法子？」梅颺仁道：「你既然一定要跪著接他，你還是跪在海灘上，等我同繙譯先上船見了他們那邊的官，我便拿你指給他看。等他看見了之後，然後我再打發人下來，接你上船。你說好不好？」蕭長貴聽說，立刻離坐請了一個安，說：「多謝指教。兄弟准定如此。」梅颺仁道：「可是一樣：外國人不作興磕頭的，就是你朝他磕頭，他也不還禮的。所以我們到了船上，無論他是多大的官，你也只要同他拉手就好了。」蕭長貴道：「這個又似乎不妥。雖然外國禮信，不作興磕頭；但是咱的官，同人家的官比起來，本來用不著人家還禮。依兄弟的意思：還是一上船就磕頭，磕頭起來，再打個扦的為是。」梅颺仁見說他不信，只得聽他。馬上吩咐伺候，同了繙譯上船。

剛上得一半，這裏蕭長貴早跪下了。等到梅颺仁到船上，會見了那位提督，才拉完手，說過兩句客氣話，早聽得岸灘上一陣鑼聲，只見蕭長貴跪在地下，雙手高捧履歷，口拉長腔，報著自己官銜名字，一字兒不遺，在那裏跪接大人。梅颺仁在船上瞧著，又氣又好笑。等他報過之後，忙叫繙譯知會洋官，說：「岸上有位兩江總督派來的蕭大人，在那裏跪接你呢！」洋官聽說，拿著千里鏡，朝岸上打了一回，才看見他們一堆人，當頭一個，只有人家一半長短。洋官看了詫異，便問：「誰是你們總督派來的蕭大人？」繙譯指著說道：「那個在前頭的便是。」洋官道：「怎麼他比別人短半截呢？」繙譯申明：「他是跪在那裏，所以要比人家見短半截。」又說：「這是蕭大人敬重你，他行的是中國頂重的禮節。」洋官至此，方才明白，忙說幾句客氣話，無非是：「不敢當。叫他起來，請他上船」的意思。繙譯繙了出了。梅颺仁便派人招呼他上來。

一霎蕭長貴上了大船，繙譯便指給他說：「那位是提督。那位是副提督。那位是副將。」蕭長貴立刻爬在地下，先給提督磕了三個頭，起來請了一個安。只見他從袖筒管裏掏了半天，摸出一個東西來。繙譯在旁邊看得明白，原來是一套華洋合璧的履歷，倒很拜服他想得周到。只見他倏地朝著洋提督跪了一隻腿，拿履歷高高舉起，獻了上去。洋提督不曉得他拿的是什麼東西，忙問這邊同來的繙譯。繙譯同他說明，方才親自離座，接了他的履歷。蕭長貴至此，亦把那隻腿伸了起來。又同什麼副提督，副將見禮，仍舊是磕頭請安。雖然人家不還禮，幸虧他臉厚，並不覺得難為情。一一見完之後，方趨前一步站著，同洋提督說話。

洋提督同他說話，請他坐。他說：「標下理應伺候軍門大人。軍門大人跟前，那有標下的坐位？」

洋提督再三讓他。方才斜簽著身體，坐了一張椅子邊。洋提督說話，他不懂，都是繙譯代傳。繙譯聽了洋提督的話，答應「也司」。他亦坐在一旁，高聲應「是」。人家見他好笑，他也並不覺得。只聽他又朝著洋提督說道：「回軍門大人的話：標下奉了老帥的將令，派標下來迎接軍門大人到南京去盤桓幾天。我們老帥曉得軍門大人到了，馬上叫洋務局老總，替軍門大人預備下一座大公館。裱糊房子，掛好字畫，掛燈結彩，足足忙了三天三夜。總求軍門大人賞標下一個臉，標下今日就伺候軍門起身。」說完之後，繙譯照樣繙了一遍。洋提督道：「我早已說過，再過上一禮拜，就要走的。另外還有事情，到別處去。多承你們總督大人費心，我心領就是。」蕭長貴聽洋提督不肯進省。忙又回道：「軍門若是不到南京，我們老帥，一定要說標下不會當差使，所以軍門動了氣，不肯進省。現在求軍門無論怎樣幫標下一個忙，給標下一個面子。等我們老帥看著歡喜，將來調劑標下一個好差使；標下是一家大大小小，都要供你老人家長生祿位的！」說完，又請了一個安。於是繙譯又把話繙了一遍。洋提督聽完，笑了一笑，叫繙譯同他說：「你們不必強留我。南京我是決計不去的。」蕭長貴見他如此，心上甚是懊悶，便道：「既然軍門大人不肯賞臉，亦是沒有法子的事情。標下是奉了老帥將令，到此伺候軍門大人的。軍門大人有什麼差使，儘管派下來，等標下去辦。」洋提督也同他謙遜了兩句。

梅颺仁又當面虛邀他到岸上去住，又說：「公館一切，早已預備妥貼。」無奈那洋提督，只是不肯下船。大眾見無甚說得，方才一同辭別下船。梅颺仁自己回衙理事。蕭長貴卻不敢逕回南京，天天還是拿著手本，早晚二次，穿著行裝，到洋提督大船上請安。洋提督辭過他幾次，他不肯聽，也只得聽其自然。

洋提督原說是七天就走的。卻不料到第五天夜裏，蕭長貴正在自己兵船上睡覺，忽聽得外面一派人聲，接著又有洋槍洋砲聲音，拿他從夢中驚醒，直把他嚇得索索的抖，在被窩裏慌作一團。想要叫個人出去問信，無奈上氣不接下氣，掙了半天，還掙不出一句話來。正在發急時候，忽然一個水手，從船頭上慌慌張張，來報信道：「大人，不好了，有強盜！」蕭長貴一聽「強盜」二字，更嚇得魂不附體，馬上想穿褲子逃命。急忙之中，又沒有看清，拿褲腳當作褲腰，穿了半天，只伸下了一隻腿，那一隻腿抵死伸不下去。他急了，用力一登，豁拉一聲，褲子裂開了一條大縫，至此方才明白穿倒了，重新掉過來穿好。把長衣披在身上，來不及鈕扣子，拿紮腰攔腰一捆，拖了一雙鞋，手下的兵丁，還當是大人出來打強盜哩，拿了手槍上前遞給他。只聽他悄悄的同旁邊人說道：「強盜來了，沒有地方好逃，我們只得到下層煤艙裏躲一會去。」說完，往後就跑。幸虧走得不多幾步，船頭上的水手，又趕來報道：「好了，好了。所有的強盜，都被洋船上打死了；還捉住十幾個。請大人放心，沒有事了！」至此，蕭長貴方才把神定了一定，站住了腳，問旁邊人道：「我現在可是做夢不是？」大家都聽了好笑。

蕭長貴又怔了半天說道：「你們說什麼『強盜已經捉住』的話，可是真的？」一個水手道：「怎麼不真，是標下親眼見的。一共捉住有十二三個哩！」蕭長貴道：「你們看清楚了沒有？不要有人躲在黑影裏，我們出去，被他宰了，白白的送了命，那可不是玩的！我看還是不出去問信的為是。就是出了什麼盜案，都是地方官的處分。我們是客官，何苦往自己身上拉呢！你們也快快息燈睡覺，把艙門關好！要緊要緊！」說罷，他老人家先自脫衣上牀，仍舊歇下。兵丁們亦樂得省事。於是大家安睡了一夜。

次日起來，原來蕭長貴到洋提督船上稟安，總是每早七點鐘就去的。這天怕去的早了，路上遇著什麼強盜的餘黨，恐防不測，特地又緩了一個鐘頭才去的。等到蕭長貴到了洋提督大船上，海州梅颺仁亦早已來了。原來這天晚上洋提督船上，捉住了強盜，次日一早，就叫人到城裏送信。梅大老爺一想，捉住了大盜，地方官是有保舉的；所以一得信，就趕著出城，到船上求著把強盜帶回城裏審問。幸虧那位洋提督，並無一點為難的意思，立刻把十三個強盜，統通交給了梅颺仁。又怕路上或有逃失，特地派了八名洋兵，幫著解到城裏。蕭長貴一見強盜果然拿著，頓時膽子壯了起來，立刻回船，也派了幾名兵幫著護送，以為將來邀功地步。

當下梅大老爺督率一班人，把強盜解到衙門，打發過洋兵，及蕭長貴派來的兵，馬上升堂審問。起先那些強盜，還想賴著不認；後來有幾個熬刑不過，只得招了，原來都是積年的大盜。其餘的見他同黨已招，曉得抵賴不脫，也只有一一招認。梅颺仁心上想道：「我今天平空拿住了許多大盜，雖然是外國兵船上出力，究竟是在我地面上，稟報上去，面子總好看的。」於是心上甚是快活，立刻叫書辦把強盜供狀，敘了文書，申報上憲。又請老夫子詳詳細細，替他做了一個電稟，專稟制臺。

電稟上先敘：此番外國兵船到來，他如何竭力聯絡，竭力保護，以致那兵船上的提督，如何感激他，想報答他。又敘他：「自從到任之後，懸賞購線捕拿巨盜，久已萑苻絕跡，閭閻相安。乃於某日風聞，有大股盜匪道出卑境；卑職先期商明外國兵船，請其屆時幫助，當荷應允。不料某晚三更時分，據眼線報稱：該盜窩藏某處，卑職立即督同通班健役，前往捕拿。惟是盜黨甚多，卑職深慮所帶勇役，眾寡不敵，因即一面設法，誘至海灘；一面密告外國兵船。果蒙協力兜拿，共捕獲積年巨盜一十三名。經卑職帶回卑署，詳加鞫訊；俱各供認歷年某案某案，肆行搶劫不諱。除將供招另文申詳，懇祈憲示遵行外；

所有此次外國兵船，幫同緝獲積年巨盜，應如何答謝之處，卑職不敢擅專，理合電稟；乞諭祇遵。」云云。電報發了出去，梅颺仁趕忙又親自到洋船上，謝洋提督幫助之力；又說：「敝縣已把此事電稟制臺，馬上就有回電。制臺亦總是感激的。」意思想留洋提督多住兩三天，以便稍盡地主之誼。洋提督謙遜了幾句，依舊是不肯久留。梅颺仁只得告辭回去。

* * *

且說：南京制臺接到海州知州梅颺仁的電稟，從頭至尾，看了一遍；頓時臉上露出一副受寵若驚的樣子，忽而紅，忽而白，於紅白不定之中，又顯出一副笑容。忙把總理洋務文案候補道史其祥史大人請到簽押房裏相商。這位制臺，是專門講究洋務的。就是簽押房，也是洋款擺設，居中擺了一張大菜桌子，一面三把椅子，底下一位是主位。當下史其祥史大人進門，歸坐之後，制臺先把海州上來的電報稟給他看過。史其祥一面看，一面點頭。看完之後，便問：「老帥是個什麼主見？」制臺道：「我想此事，外國船上的洋兵，替我們捉住了強盜，還肯交給我們地方官自己審辦，這就是十二分面子。他們既給咱面子，咱們也不可以不顧人家的面子。我想現在既已審問明白，都是積年巨盜，本應該就地正法的。我們如今，且不要批下去。電諭海州梅牧，把這些人犯的案件，以及應該得的罪名，詳細敘明，叫繙譯繙成英文，照會過去，請教應該如何辦法。倘若他們肯准許強盜不死，我們也樂得積些陰德。你道如何？」

史其祥聽罷，歇了一歇，說道：「這是我們內地裏的事情。既是大盜，審明之後，就地正法，乃是我們自己的主權，他們外國人，本不應該干預的。依職道的見識：還是老帥自己批飭下去，將該盜就地正法，似乎不必咨照外國兵官。至於他們出了力，應該如何答謝，或是電飭梅牧，親到船上一趟，代達老帥的意思；或是辦些土儀，如洋酒雞蛋之類，犒賞兵丁，亦無不可。這是職道愚昧之見，請請老帥的示，可行不可行？」制臺聽罷，亦楞了一回，說道：「你的話呢，固然不錯。而人家顧了咱的面子，咱們一點亦不客氣客氣，似乎心上總過不去。我看土儀呢，亦得送；這幾個人怎麼辦法，我的意思：總得讓讓人家，等人家退回來不管，我們再自己辦，那就不落褒貶了。我這是面面俱到的法子，我看還是如此辦的好。」

史其祥道：「這辦案的事，實實在在，是我們自己的主權。那外國人是萬萬不可同他通融的。」制臺一見史其祥還是執定前見，心上很不高興，便道：「我兄弟辦交涉也辦老了，這些事，還有什麼不懂？你們總是頑固見識，到了這個時候，還是一點不肯讓人。但是據你剛才所說，究不能夠面面俱到，總得斟酌一個兩全的法子才好。」史其祥笑著說道：「強盜歸我們自家辦，就是保守我們自己的主權。再送些土儀給他們，也總算有情分到他們了。除此去外，實在沒有第二條法子。」

制臺聽了，面孔一板道：「你這人真好糊塗！我剛才怎麼同你講的！這件事，非往常可比。強盜雖然應該歸我們辦，你不想這回的強盜，是那個拿到的？人家出了力，又不想咱們的別的好處，難道連這一點面子還不給他，還成句話嗎？我辦交涉辦老了的，如今倒留個把柄在人家手裏，叫人批評兩句，我可犯不著！」說完，鬍子一根根蹺了起來，坐著不言語。史其祥見制臺生了氣，一想不妙，怕於自己差使有礙，便暗暗說道：「主權不主權，關我什麼事，用得我乾著急！我起了勁，白得罪了上司，於我有什麼好處呢！」但是一時，又想不出一個轉灣的法子。躊躇了好半天，只得仰承憲意，自圓其說道：「職道的話，原是一時愚昧之談，作不得准的。既然老帥要想一個兩全的法子，足見老帥於慎重邦交之內，仍寓挽回主權之心，職道欽佩得很！現在職道想得一法。是：『主權既不可棄，邦交又當兼顧。』請請老帥的示，可行不可行？」制臺道：「你快說！」史其祥道：「請老帥立刻電飭梅牧，把拿到十三個人當中為首的，先行就地正法幾名，伸國法，即可以保主權。下餘的幾個，若以強盜論，原應該不分首從，一律斬決。如今且不將他定罪，就遵照老帥剛才吩咐的話，送交外國兵官，聽他處治。他要他死，這幾人本有應得的死罪；他要開脫他們，我們也樂得就此積些陰功，也不負老帥好生之德。」制臺聽到這裏，一面聽，一面點頭，嘴裏不住的讚好；不等史其祥說完，忙搶著說道：「就是這樣，就是這樣！到底你史大哥有主意，所以兄弟凡事都要同你商量。現在就作准照你辦，立刻擬好電報，送到電局，飭令梅牧遵照辦理。」按下省城之事不表。

* * *

單表：梅牧梅颺仁，奉到制臺的覆電，立刻照諭施行。請了本營參將，從監裏把前番審定的五名盜首，提到大堂，驗明正身。頓時綁赴校場，一概正法。殺人的時候，他同營裏一齊穿著大紅斗篷。殺人回來，照例先到城隍廟拈香。回到衙門，又照例排衙，然後退入簽押房。大凡他們做官的人，忌諱頂多。又怕的是鬼，說是穿了大紅斗篷，鬼就不敢近身了。再到城隍廟裏一轉，就是有點邪魔鬼祟，亦被城隍老爺叫小鬼拿他趕掉。等到回到衙門，升坐大堂，排衙的時候，衙役們拿著棍子，趕出趕進，一陣吆喝，無論有多少冤鬼，早已都嚇散了。歷來相傳，都是如此說法。究竟做官的人，誰被冤鬼纏過，又沒人見過。不過借此騙騙自己，安安自己的心罷了。

且說：梅颺仁回到簽押房，因為洋提督後天就要走，連夜到學堂裏，又把那位教習，拿轎子抬了來，請他繙譯這件公事，以便照會洋提督，請他的處斷。

那位教習，起先還拿腔做勢，說：「來不及！」又說：「為人辦事，須有一定時刻。晚生今天在學堂裏，已經教了幾個鐘頭的書，到了晚上，極應該休息休息。如今又要我繙譯這些東西，這是最傷腦筋。晚生還是帶回去，等到空的時候，再繙好過來罷！」梅颺仁一聽他話不對，只得挽出師爺同他講，說：「洋提督後天就要走的，這件公事，無論如何，明日一早，總得送過去。吾兄辛苦了，敝東自應格外盡情，千萬辛苦這一趟罷！」那位教習聽說：「格外盡情」，無奈只得應允。當下就在梅颺仁簽押房裏，調齊案卷，繙譯起來。梅颺仁跑出跑進，不時自己出來招呼，問他：「要茶，要水？肚子餓了有點心。」一回又叫管家把上海艾羅公司買的「補腦汁」開一瓶給他喝，免得他用心過度，腦筋受傷。那位教習，見他如此，心上也覺過意不去，只得盡心代為繙譯。無奈這件公事，頭緒太多；他的西學，尚不能登峰造極，很有些繙不出來的地方。好在通海州除掉他，都是外行，騙人還騙得過。當下足足鬧了八個鐘頭，只勉強把制臺的意思，敘了一個節略，寫了出來，念給梅颺仁聽過。梅颺仁除掉說「好」之外，亦無他話可以說得。

當下梅颺仁，立刻叫人把寫好的英文信，送到船上。那位教習，深曉得自己本事有限，恐怕外國人看了他寫的英文信不懂，非自己前去，當面譬解給他聽，是斷乎不會明白的，連忙挺身而出，說：「這信等我自己送去。」梅颺仁見他如此要好，自然歡喜。誰知等到他到了船上，見了洋提督，呈上書信；洋提督看過一遍，又第二遍，看來看去，竟有大半不懂，忙問他：「信上寫的什麼？」他只得紅著臉，把這事一五一十，說給提督聽了一遍。洋提督道：「幸虧你自己來。你倘若不來，我這船上懂得各國文法的人都有，單就是你的英文，沒人懂得。」說罷，哈哈大笑。那位教習，曉得總是寫的信上拼法不對，所以被洋人恥笑；羞的滿臉通紅。當時洋提督說道：「既然貴國法律，這幾個人都該辦死罪的，就請貴州梅大老爺照著貴國的法律，辦他們就是了。」那位教習又請洋提督，同到法場監斬。洋提督欣然應允，隨即約定時刻。那位教習先回來送信。

梅颺仁立刻照會營裏，排齊隊伍，押解犯人同到法場。才走到那裏，洋提督帶了幾十名洋兵，也早來了。外國的兵，腰身筆直，步伐整齊，身材長短，都是一樣。手裏托著洋槍，打磨的淨光雪亮，耀人的眼睛。等到到了法場上，一字兒擺開，站在那裏，一動不動。及看中國的兵：老的小的，長長短短；還有些癆病鬼，鴉片鬼，混雜在內。穿的衣裳，雖然是號褂子，掛一塊，飄一塊，破破爛爛，竟同叫化子不相上下。而且走無走相，站無站相。腳底下踢哩搭替，不是草鞋，便是赤腳，有的襪子變成灰色，有的還穿一雙釘靴。等到到了法場上，有說笑的，也有罵人的。癆病鬼不管人前人後，隨便吐痰。鴉片鬼就拿號褂子袖子，擦眼淚。拿的刀叉，一齊都生了銹了。比起人家的兵來，真正是天懸地隔！

洋提督走來，同中國官見面之後，先拿照像機器，替犯人拍了一張照。等到殺過之後，又拍了一張。然後分道各自回去。其時梅颺仁已將憲諭飭辦的洋酒雞蛋送洋人的禮物，都已辦齊，就託省城派來兵輪管帶蕭參將上船送禮。蕭長貴一聽，要他去送禮，又把他興頭的了不得；因為這分禮，是替制臺送的，面子上的事情。立刻穿好衣帽，把禮物裝了幾擡盒，活豬活羊，各一百頭，由兵役們牽著。他自己卻坐了一頂小轎，跟在後頭，說：「這兩年在船上當差事，舒服慣了，把騎馬的本事忘掉了！」

霎時到得船上。禮單是早已託繙譯繙好的，兵船上的人看了，都還明白。蕭長貴是船上來過多次了，熟門熟路，人都有點認得。見了船上的人，無論是兵官，是兵丁，是水手，見了洋人就請安。見了洋提督，更請兩個安；一個是自己請的，一個是代制臺請的。他那副卑躬屈節的樣子，洋船上的人，是早已看慣了的，都不以為奇。當下洋提督吩咐叫把禮物全行收下，犒賞來人。又叫一員小武官，陪了蕭長貴大餐。這一頓飯，直害得蕭長貴坐立不安，神魂不定！還有些兵丁，見他來熟了，都不同他客氣，拉著他的辮子，打著洋話問他：「可是尾巴不是？」蕭長貴話雖不懂，曉得是拿他開心的話頭，便漲紅了臉，低著頭，一聲也不敢響。一會吃完飯，又在洋提督跟前稟謝過，然後告辭。一直回到州衙門。

彼此會面，商量了一回明天送行的儀注。蕭長貴仍說要在岸灘上跪送。又邀了本營參將，排齊隊伍，一塊兒去跪送。本營參將亦是答應了。此時梅颺仁又把本城的文官，一齊約定，次日一早，先到本衙門會齊，然後一同出城，上手本。大家都應允了。

慢慢的，梅颺仁又講到：「這回拿住強盜，雖然是外國人出力。看上頭制臺的意思，甚是歡喜，將來保舉一定是有的。」蕭長貴聽到這裏，跑過來，深深一揖，託著替他帶個名字。梅颺仁為他是制臺派來的，即日回省，還望他幫著自己說好話，馬上答應。接著繙譯又求保舉；梅颺仁亦答應，又說：「往來傳話，這遭是你老哥頂辛苦的了，應該應該！」繙譯歡喜的了不得。

說話之時，前番上船探信的那位州判老爺，正同別人閒話，忽然聽到這邊談保舉，立刻丟掉別人，趕過來朝著梅颺仁說道：「堂翁，還有晚生呢？」梅颺仁一聞此話，不覺怔了半天，才慢慢的問道：「你老哥還有什麼？」州判老爺道：「不是晚生說句誇口的話：這件事，要算晚生的頭功。堂翁你還有什麼不知道的？他們一個人不敢上去；不是你堂翁委了晚生，同了這位繙譯老夫子去的嗎？」梅颺仁道：「是啊！去了也不好說是頭功。」州判老爺著急道：「晚生不去這一趟，那外國人怎肯同我們要好，替我們出力？晚生不求堂翁別的，只求將來開保案時候，求堂翁把晚生這段勞績敘上。制臺大人看了，是決計不會批駁的。將來借此，晚生得能過班，也不枉堂翁的栽培！」說著又請了一個安。梅颺仁只是淡淡的，說：「我們再商量罷！」

* * *

州判老爺恐怕事情不妙，呆坐半天。忽然心生一計，便悄悄的拉了那位同去當繙譯的教習一把，兩個人一同告辭出來。州判拿他讓到自己衙門裏坐了，同他商量，說：「這事是你第一個出力；兄弟還在第二。總而言之，沒有第三個人，可以蓋過咱倆的。我看我們這位堂翁，疑疑惑惑，是有點靠不住的。我們不如趁今天晚上，洋船還沒有開，咱倆同到他們船上，求他出封信給制臺保舉。咱倆索性丟掉他們。你說可好不可好？」繙譯聽罷此言，想了一回。心想：「他的話確也不錯，走外國人門路，似乎覺得比中國人妥當些。倒難為他想出這條法子來。」連說：「好極！你如果要去，有什麼話，我替你傳去。」州判大喜，立刻開抽屜找出兩條紅紙；又把西席老夫子請來，請他代寫兩張官銜條子：一張是自己的，一張是繙譯的。又把自己一相情願的保舉，開了上去。寫好之後，立刻飛轎趕到海灘，下轎上船。

此番州判老爺，曉得外國船上的人，沒有歹意，放開膽子，不像前番觳觫恐慌的樣子了。船上的人問他：「來做什麼？」繙譯說是：「要見你們提督的。」船上人只得領他進見。此時州判老爺，因有求於人，不得不自己格外謙恭；見了洋提督，磕頭請安，竟是和蕭長貴一式無二。幸虧洋提督早已司空見慣，看他磕頭，昂不為禮。直等他站起，方才用手指了一指，——是讓他坐的意思。他亦明白，於是斜簽著臉，朝上坐下。當由繙譯敘述來意。洋提督一頭聽，一頭笑，一面又搖搖頭。

州判老爺瞧著，話雖不懂，意思是明白的，曉得有點不願意的意思。心上甚為著急，想要插嘴，又不知說什麼是好。而且說出來的話，他們亦不懂得，正在左右為難！只聽得繙譯又嘰哩咕嚕的說了半天，方見洋提督笑了一笑。繙譯便回過頭來，從州判老爺手裏把兩張銜條討過來，遞給了洋提督。洋提督看了不懂，又問繙譯：「這上頭寫的什麼？」繙譯卻把州判老爺的一張翻來覆去，講給他聽。州判老爺一旁瞧著，暗暗歡喜，以為這事總可望成功了。繙譯說了一回，便約州判老爺一同走。

州判老爺便急急的問他：「我們的事怎樣？你看會成功不會成功？」繙譯道：「停刻再說。」州判老爺無奈，只得去替洋提督請了一個安，算是告辭。然後同了繙譯出來。一出艙門，又問繙譯：「到底咱們的事怎麼樣？」繙譯道：「等我們回去再細談。」

此時直把個州判老爺急的頭上汗珠子，有黃豆大小。究竟事情成否，不得而知，禁不住心上畢卜畢卜跳不住。

欲知後事如何，且看下回分解。

第五十六回　製造廠假札賺優差　仕學院冒名作鎗手

卻說：海州州判同了繙譯，從洋船上回到自己衙門，急於要問所遞銜條，洋提督是否允准出信。當下繙譯先說洋提督如何不肯，經他一再代為婉商，方才應允，並且答應信上大大的替他兩人說好話。州判老爺聽了，非凡之喜。一宵易過。次日又跟了同寅同到海邊，送過洋提督開船，方才回來。蕭長貴亦開船回省。

過了一日，梅颺仁果然發了一個稟帖，無非又拿他辦理交涉情形，鋪張一遍。後面敘述：「拿獲大盜，所有出力員弁，叩求憲恩，准予獎勵。」

等到制臺接到梅颺仁的稟帖，那洋提督的信，亦同日由郵政局遞到，立刻譯了出來。信上大致是謝制臺派人接他，又送他土儀的話。下來便敘：「海州文武相待甚好，這都是貴總督的調度。我心上甚是感激！」末後方敘到：「海州州判某人，及繙譯某人，他二人託我，求你保舉他倆一個官職。至於何等官職，諒貴總督自有權衡，未便干預。附去名條二紙，即請臺察。」各等語。制臺看完，暗道：「這件事情，海州梅牧，總算虧他的了！就是不拿住強盜，我亦想保舉他，給他點好處，做個榜樣。如今添此一層，更有話好說了。至於州判，繙譯，能夠巴結洋人寫信給我，他二人的能耐也不小；將來辦起交涉來，一定是個好手。我倒要調他倆到省裏來察看察看。」當日無話。

次日司道上院，見了制臺。制臺便把海州來稟給他們瞧過；又提到該州州判同繙譯，託外國官求情的話。藩司先說道：「這些人走門路，竟走到外國人的門路，也算會鑽的了！惟恐此風一開，將來必有些不肖官吏，拿了封洋人信來，或求差缺，或說人情，不特難於應付；勢必至是非倒置，黑白混淆，以後吏治，更不可問！依司裏的意思：海州梅牧獲盜一案，亟應照章給獎；至於州判某人，巧於鑽營，不顧廉恥，請請大帥的示，或是拿他撤任，或是大大的申斥一番，以後叫他們有點怕懼也好。」

誰知一番話，制臺聽了，竟其大不為然，馬上面孔一板道：「現在是什麼時候，朝廷正當破格用人，還好拘這個嗎？照你說法：外國人來到這裏，我們趕他出去，不去理他，就算你是第一個大忠臣。弄得後來人家翻了臉，駕了鐵甲船，殺了進來；你擋他不住，乖乖的送銀子給他，朝他求和，歸根辦起罪魁來，你始終脫不掉。到那時候，你自己想想，上算不上算！古語說得好：『君子防患未然』；我現在就打的是這個主意。又道是：『覩人必於其微』；這兩人會託外國人遞條子，他的見解，已經高人一著。兄弟就取他這個，將來一定是個外交好手。現在中國人才消乏，我們做大員的，正應該舍短取長，預備國家將來任使；還好責備苛求嗎？」藩臺見制臺如此一番說話，心上雖然不願意，嘴裏不好說什麼，只得答應了幾聲「是」，退了出去。

這裏制臺，便叫行文海州，調他二人上來。二人曉得是外國信發作之故，自然高興的了不得，立刻束裝進省，到得南京，叩見制臺。制臺竟異常謙虛，賞了他二人一個坐位，坐著談了好半天，無非獎勵他二人，很明白道理。「現在暫時不必回去，我這裏有用你們的地方。」兩人聽說，重新請安謝過。次日制臺便把海州州判委在洋務局當差，又兼製造廠提調委員。那個繙譯，因他本是海州學堂裏的教習，拿他升做南京大學堂的教習，仍兼院上洋務隨員。分撥既定，兩人各自到差。海州州判，自由藩司另外委人署理。海州梅颺仁因此一案，居然得了明保，奉旨送部引見。蕭長貴回來，亦蒙制臺格外垂青，調到別營做了統領，仍兼兵輪管帶。都是後話不提。

* * *

且說：海州州判，因為奉委做了製造廠提調，便忙著趕去見總辦，見會辦，拜同寅，到廠接事。你道此時做這製造廠總辦的是誰？說來話長。原來此時這位當總辦的，也是才接差使未久，這人姓傅號博萬。他父親做過一任海關道，一任臬司，兩任藩司；後首來了一位撫臺，不大同他合式，他自己估量自己手裏，也著實有兩文了，便即告病不做，退歸林下。傅博萬原先有個親哥哥，可惜長到十六歲上就死了；所以老人家家當，一齊都歸了他，人家叫順了嘴，都叫他為傅百萬。其實他家私，老人家下來，五六十萬是有的；百萬也不過說說好聽罷了。只因他生得又矮又胖，穿了厚底靴子，站在人前，也不過二尺九寸高，又因他排行第二，因此大家，又贈他一個表號，叫做傅二棒鎚。傅二棒鎚自小才養下來，沒有滿月，他父親替他捐了一個道臺。所以他的這個道臺，人家又尊他為「落地道臺」。但是這句話，只有當時幾個在場的親友曉得。到得後來，亦就沒有人提及了。後來大眾所曉得的，只有這傅二棒鎚一個綽號。

且說：傅二棒鎚先前靠著老人家的餘蔭，只在家裏納福，並不想出來做官。在家無事，終日抽大煙。幸虧他得過異人傳授，說道：「凡是抽煙的人，只要飯量好，能夠吃油膩，臉上便不會有煙氣。」他這人吃量是本來高的，於是吩咐廚房裏，一天定要宰兩隻鴨子：是中飯吃一隻，夜飯吃一隻。剩下來的骨頭，第二天早上煮湯下麵。一年三百六十天，天天如此。所以竟把他吃得又白又胖，竟與別的吃煙人兩樣。他抽煙一天是三頓：早上吃過點心，中飯，晚飯，都在飯後。泡子都是跟班打好的，一口氣一抽，就是三十來口，口子又大，一天便百十來口，至少也得五六錢煙。等到抽完之後，熱手巾是預備好的，三四個跟班的，左一把，右一把，擦個不了。所以他的臉上，竟其沒有一些些煙氣。

擦了臉，自己拿了一把鏡子，一頭照，一頭說道：「我有了這麼大的家私，就是一天吃了一兩八錢，有誰來管我？不過像我們世受國恩的人家，將來總要出去做官的，自己先一臉的煙氣，怎麼好管屬員呢？」有些老一輩人，見他話說得冠冕，都說：「某人雖有嗜好，尚還有自愛之心。」因此大家甚是看重他，都勸他出去混混。無奈他的意思，就這樣出去做官，庸庸碌碌，跟著人家到省候補，總覺不願。總想做兩件特別事情，或是出洋，或是辦商務，或是那省督撫奏調，或是那省督撫明保，做一個出色人員，方為稱意。

但是在家納福，有誰找他？誰知富貴逼人，坐在家裏，也會有機會來的！齊巧有他老太爺提拔的一個屬員，姓王，現亦保到道員，做了出使那一國大臣的參贊。這位欽差大臣，姓溜名國因，是由京官翰林放出來的。平時文墨工夫雖好，無奈都是紙上談兵，於外間的時務，依然隔膜得很。而且外洋文明進步，異常迅速。他看的洋板書，還是十年前編纂的，照著如今的時勢，是早已不合時宜的了。他卻不曉得，拾了人家的唾餘，還當是入時眉樣。亦幸虧有些大老們，耳朵裏從沒有聽見這些話；現在聽了他的議論，以為通達極的了。就有兩位上摺子，保舉他使才。

中國朝廷，向來是大臣說什麼，是什麼，照例奉旨記名，從來不加考核的。等到出使大臣，有了缺出，外部把單子開上；又只要裏頭有人說好話，上頭亦就馬上放他。等到朝旨下來，什麼謝恩聽訓，都是照例的事。就是上頭召見，問兩句話，亦不過檢可對答的回上兩句，餘下不過磕頭而已。列位看官，試想任你是誰，終年不出京城一步，一朝要叫你去到外洋，你平時看書，縱然明白，等到辦起事來，兩眼總漆黑的。閒話少敘。

且說：這個溫欽差召見下來，便到各位拿權的王大臣前請安，請示機宜，以為將來辦事的方針。這些大人們當中有關切的，便薦兩個出過洋，懂得事務的，或當參贊，或充隨員，以為指臂之助。還有些汲引私人的，亦只顧薦人，無非為三年之後得保起見。當下這傅二棒鎚父母所提拔那位屬員王觀察，已有人把他薦到溫欽差跟前充當參贊。幸喜欽差甚是器重他。他便想到從前受過好處的傅藩臺的兒子——亦是傅二棒鎚，有出山的思想，預先有過信給這王觀察。王觀察才幹雖有，光景不佳。既然出洋，少不得添置行頭，籌寄家用。雖有照例應支銀兩，無奈總是不敷，所以也須張羅幾文。心上早看中這傅二棒鎚，是個主兒，本想朝他開口，齊巧他有信來，託謀差使，便將機就計，在溫欽差前竭力拿他保薦，求欽差將他攜帶出洋。欽差應允。王觀察便打電報給他，叫他到上海會齊，等到得上海，會面之後，傅二棒鎚雖然是世家子弟，畢竟是初出茅廬，閱歷尚淺，一切都虧王觀察指教。因此便同王觀察十分親密；王觀察因之亦得遂所願。兩人遂一塊兒，跟著欽差出洋。

王觀察當的是頭等參贊。因為這傅二棒鎚已經是道臺，小的差使不能派，別的事又委實做不來；又虧王觀察替他出主意：教他送欽差一筆錢，拜欽差為老師；欽差亦就奏派他一個挂名的差使。

溫欽差是當窮京官當慣的。在京的時候，典質賒欠，無一不來。家裏有一個太太，兩個小姐；太太常穿的，都是打補釘的衣服。光景艱難，不用老媽，都是太太自己燒茶煮飯，漿洗衣服。這會子得了這種闊差使，在別人一定頓時闊綽起來。誰知道這位太太，德性最好，不肯忘本，雖然做了欽差夫人，依舊是一個人不用，上輪船，下輪船，倒馬桶，招呼少爺小姐，仍舊還是太太自己做。朋友們看不過，告訴了欽差，託欽差勸勸他；他說道：「我難道不曉得現在有錢？但是有的時候，總要想到沒的時候。如今一有了錢，我們就儘著花消；倘若將來再遇著難過的日子，我們還能過麼？所以我如今決計還要同從前一樣，有了攢聚下來，豈不更好！」欽差見他說得有理，也只得聽他，好在也早已看慣的了，並不覺奇。

傅二棒鎚既然拜了欽差為老師，自然是欽差太太也上去叩見過。太太說：「你是我們老爺的門生，我也不同你客氣。況且到了外洋，我們中華人在那裏的少，我們都是自己人一樣。你有什麼事情，只管進來說就是。要什麼吃的用的，亦儘管上來問我要。我總拿你當我家子姪一樣看待，是用不著客氣的。」傅二棒鎚道：「門生蒙老師師母如此栽培，實在再好沒有！」說著，又談了些別的閒話，亦就退了出來。

這一幫出洋的人，從欽差起至隨員止，只有這傅二棒鎚頂財主，是匯了幾萬銀子，帶出去用的，雖然不帶家眷，管家亦帶了三四個。穿的衣服，脫套換套。他說：「外國人是講究乾淨的，穿的襯衣衫褲，夏天一天要換兩套；冬天亦是一天一身。換下來的，拿去重洗。」外國不比中國，洗衣裳的工錢極貴。照傅二棒鎚這樣子，一天總得兩塊金洋錢工錢，一月統算起來，也就不在少數了。

欽差幸虧有太太，他一家老少的衣衫，自從到得外洋，一直仍舊是太太自己漿洗。在外國的中國使館，是租人家一座洋房做的。外國地方小，一座洋房，總是幾層洋樓，窗戶外頭便是街上。外國人洗衣服，是有一定做工的地方；並且有空院子，可以晾晒。欽差太太洗的衣服，除掉屋裏，只有窗戶外頭好晾。太太因為房裏轉動不開，只得拿長繩子，把所洗的衣服，一齊拴在繩子上，兩頭釘好，晾在窗戶外面，這條繩子上，褲子也有，短衫也有，襪子也有，裹腳條子也有，還有四四方方的包腳布；顏色也有藍的，也有白的，同使館上面天天掛的龍旗，一般的迎風招展。有些外國人在街上走過，見了不懂。說：「中國使館今日是什麼大典！龍旗之外，又掛了些長旗子，方旗子，藍的，白的，形狀不一，到底是個什麼講究？」因此一傳十，十傳百，人人引為奇事。便有些報館訪事的，回去告訴了主筆，第二天報上登了出來。幸虧欽差不懂得英文的；雖然使館裏，逐日亦有洋報送來，他也懶怠叫繙譯去繙。所以這件事，外頭已當著新聞；他夫婦二人，還是毫無聞見，依舊是我行我素。

傳二棒鎚初到之時，衣服很拿出去洗過幾次，便有些小耳朵進來，告訴了欽差太太。道：「傳大人如何闊，如何有錢！一天單是洗衣服的錢，就得好幾塊！」欽差太太聽了，念一聲：「阿彌陀佛！要是我有了錢，決計不肯如此用的。我們老爺少爺的衣服，統通是一個月換一回。我自己論不定，兩三個月才換一回。那裏有他闊，天天換新鮮！他一個月，有多少薪金，全不打算打算。照這樣子，只怕單是洗衣服，還要去掉一半！你們去同他說，橫豎一天到晚，空著沒有事情做，叫他把換下來的衣裳拿來，我替他洗。他一天要化兩塊錢的，我要他一天一塊錢就夠了。他也好省幾文，我們也樂得賺他幾文，橫豎是我氣力換來的。」當下果然有人把這話，傳給了傳二棒鎚。傳二棒鎚因為他是師母，如把褲子襪子給他洗，終覺有些不便，一直因循未果。後來欽差太太見他不肯拿來洗，恐怕生意被人家奪了去，只得自己請傳二棒鎚進來同他說。傳二棒鎚無奈，只得遵命。以後凡是有換下來的衣服，總是拿進來，給欽差太太替他漿洗，頭兩個月，沒有話說，傳二棒鎚因為要巴結師母，工價並不減付，仍照從前給外國人的一樣。欽差太太自然歡喜。

* * *

有天有個很出名的外國人，請欽差茶會；欽差自然帶了參贊繙譯，一塊兒前去。到得那裏，場子可不小，男男女女，足足容得下二三千人，大半都是外國的貴人闊人，富商巨賈，此外也有各國的公使參贊，客官商人。凡是有名的人，統通請到。傳二棒鎚身穿行裝，頭戴大帽，翎頂輝煌的也跟在裏頭，鑽出鑽進。無如他的人，實在長得短；站在欽差身後，墊著腳指頭，想看前面的熱鬧，總被欽差的身子擋住，總是看不見。夾在人堆裏，死擠擠不出，把他急的了不得，只是拿身子亂擺。齊巧他身子旁邊，站了一個外國絕色的美人。外國的禮信，凡是女人來到這茶會地方，無論你怎樣闊，那女人下身，雖然拖著掃地的長裙，上半身，卻是袒胸露肩，同那赤膊的無異。這是外國人的規矩如此，並不足為奇的。傳二棒鎚夾在這女人的身旁，因為要擠向前去，瞧外面的熱鬧，只是把身子亂擺。一個腦袋，東張西望，賽如小孩搖的皷一般。

那女人覺得膀子底下，有一件東西，磕來碰去，翠森森的毛，又是涼冰冰的，不曉得是什麼東西。凡是外國人茶會，一位女客，總得另請一位男客陪他，這男客接到主人的這副帖子，一定要先發封信去，問這女客肯要接待與否。必須等女客答應了，肯要他接待，到期方好前來伺候。倘若這女客不要，還得主人另請高明。閒話休敘。

且說：這天陪伴這位女客的，也是一位極有名望的外國人，聽說還是一個伯爵，是在朝中有職事的。

當時那外國女客，因不認得那件東西，便問陪伴他的那個伯爵，問他是什麼。幸虧那位伯爵，平時同中國官員，往來過幾次。曉得中國官員，頭上常常戴著這翠森森，涼冰冰的東西，名字叫做「花翎」；就同外國寶星的一樣，有了功勞，皇上賞他准他戴，他才敢戴，若是不賞他，卻是不能戴的。那位伯爵，只知其一，不知其二，卻把銀子可捐戴的一層，沒有告訴了他。這也是那位伯爵，不懂得中國內情的緣故，休要怪他。當下那外國女客，明白了這個道理，便把身子退後半尺，低下頭去，把傅二棒鎚的翎子，仔細端詳了一回，又拿手去摩弄了一番；然後同那伯爵說笑了幾句，方始罷休。

這天傅二棒鎚跟了欽差，辛苦了幾個時辰。人家的身子高，看得清楚，倒見了許多什麼。獨有他長得矮，躲在人後頭，足足悶了一天，一些些景緻，多沒有瞧見；因此把他氣的了不得。回到使館，三天沒有出門。

第四天，有個出名製造廠的主人請客，請的是中國北京派來考查製造的兩位委員；這兩位委員，都是旗人，一名呼里圖，一名搭拉祥，都是部曹出身。到了外洋，自然先到欽差衙門稟到；驗過文書。卻與傅二棒鎚未曾謀面。這晚廠主請那兩位委員，卻邀他作陪。傅二棒鎚接到了信，便一早的趕了去。見了外國人，寒暄幾句。接著那兩位委員，亦就來了。進門之後，先同外國人拉手。又同傅二棒鎚廝見，問傅二棒鎚：「貴姓？台甫？貴處？貴班？貴省？幾時到外洋來的？」傅二棒鎚一一說了。他倆曉得是欽差大人的參贊，不覺肅然起敬。傅二棒鎚仔細看他二人，一個呼里圖，滿臉的煙氣，青枝枝的一張臉。一個搭拉祥，滿臉的滑氣，油幌幌的一張臉。年紀都在三十朝外，說的一口好京話，見了人好拉攏。傅二棒鎚亦問他二人官階一番。呼里圖說是：「內務府員外郎，現在火器營當差。」搭拉祥是兵部主事，現蒙本部右堂桐善相大人在王爺跟前，遞了條子，蒙王爺恩典，派在練兵處報效。是咱倆商量：凡是人家出過洋的回來，總是當紅差使。所以咱倆亦就稟了王爺，情願出洋遊歷，考查考查情形，將來回來報效。王爺聽了很歡喜。臨走的這一天，咱倆到王爺跟前請示，他老人家說：『好，好，好！你們出去考察回來，一家做一本日記，我替你們進呈，將來你倆升官發財，都在這裏頭了。』傅二哥，你想他老人家，真細心，真想得到！咱倆蒙他老人家這樣栽培，說來真真也是緣分！」

傅二棒鎚聽了他二人這一番說話，默默若有所悟。聽他說完，只得隨口恭維了兩句。接著便是本廠的主人，同他二人說話；兩邊都是通事傳話。廠主人問他二位：「在北京做些什麼事情？想來一定忙的？」呼里圖說道：「吃錢糧，沒有別的事情。」外國人不懂。通事又問了他，才曉得他們在旗的人，自小一養下來，就官一份口糧，都是開支皇上家的。廠主人方才明白。又問搭拉祥，搭拉祥說：「我單管『畫到』。」廠主人又不知什麼叫做「畫到」。搭拉祥說：「我們當司官的，天天上衙門，沒有什麼公事；又要上頭堂官曉得我們是天天來的，所以有本簿子，這天誰來過，就畫上個『到』字。我專當這差使，除掉自己之外，還有些朋友自己不來，託我替他代畫的。所以我天天上這一趟衙門，倒也很忙。」廠主人又問他二人：「這遭出來，到我們這裏，可要辦些什麼槍砲機械不要？」

搭拉祥正待接話，呼里圖搶著說道：「從前咱們火器營裏，用的都是烏鉛，別的都恐怕沒有比過他的。至於砲，還是那年聯軍進城的時候，前門城樓上，架著幾尊大炮，到如今還擺著；咱瞧亦就很不小了。」當下廠主人見他說的話，不倫不類，也就不談這個，另外說了些閒話。等到吃完客散，傅二棒鎚回到使館，心想：「現在官場，只要這人出過洋，無論他曉得不曉得，總當他是見過什麼的人，派他好差使。我這趟出洋，總算主意沒有打錯，將來回去，總得比別人占點面子。」一個人正在肚裏思量，不提防接到家裏一個電報，說是老太太生病，問他能否請假回去。他得到這個電報，心上好不自在！要想留下，究竟老太太天性之親，一朝有病，打了電報來，要說不回去，於名分上說不下去。如果就此請假回國，這裏的事，半途而廢，將來保舉弄不到，白吃一趟辛苦，想想亦有點不合算。左思右想，不得主意。

後來他這電報，一個使館都傳開了，瞞亦難瞞。欽差打發人來問他，老太太犯的是什麼病，要電報去看。他一想不好，只得上去請假，說要回國省親；又道：「倘若門生的母親病輕了，再回來報效老師。」溫欽差道：「我本想留下你幫幫我的；因為是你老太太有病，我也不便留你。等你回去看看，好放心。老弟幾時動身，大約要多少川資，我這裏來拿就是了。」傅二棒鎚一想：「這個樣子，不能不回去的了；眼望著一個保舉，不能到手。至於回國之後，要說再來，那可就煩難了。」

躊躇了一回，忽然想到那日呼里圖，搭拉祥二人的說話，只要到過外洋，將來回去，總要當紅差使的；於是略略把心放下。又想：「他們到這裏遊歷的人，都要記本日記簿子，以為將來自見地步，我出來這半年，一筆沒記。而且每日除掉抽大煙，陪著老師說閒話之外，此外之事，一樣未曾考較；就是要記，叫我寫些什麼呢！回去之後，沒有這本東西做憑據，誰相信你有本事呢？」亦是他福至性靈，忽又想到一個絕妙計策；仍舊上來見老師，說：「門生想在這裏報效老師；無奈門生福薄災生，門生的母親，又生起病來，門生不得不回去。辜負老師這一番栽培，門生抱愧得很！」欽差道：「父母大事，這是沒法的！你回去之後，能夠你們老太太的病就此好了，你趕緊再來，也是一樣。倘或果真有點什麼事故，你老弟一時不得回來；好在愚兄三年任滿，亦就回國，我們後會有期，將來總有碰著的日子。」傅二棒鎚道：「門生蒙老師如此栽培，實在無可報答；看樣子門生的母親，未必再容門生出洋。門生的意思：亦就打算引見到差，稍謀祿養。門生這一到省，人地生疏，未必頓時就有差委門生。想求老師一件事情……」

欽差不等他說完，接著說道：「可是要兩封信，老弟分發那一省？」傅二棒鎚道：「門生想求老師賞兩個札子。」欽差想了想，皺著眉頭，說道：「我內地裏沒有什麼事情，可以委你去辦。」傅二棒鎚道：「不是內地，仍舊在外國。英國的商務，德國的鎗炮，美國的學堂：統通求老師賞個札子，等門生去查考一遍。」欽差道：「不是你老太太有病，你急於回去？還有工夫一國一國的，去考查這些事情嗎？」傅二棒鎚道：「門生並不真去。」欽差道：「你既不去，又要這個做什麼？這更奇了！」傅二棒鎚又扭捏了半天，說道：「不瞞老師說：老師很遠的帶了門生，到這外洋來，原想三年期滿，提拔門生，得個保舉，以便將來出去做官便宜些。誰料平空裏出了這個岔子，現在保舉是沒有指望。這是門生自己沒有福氣，辜負老師栽培，亦是沒法的事。門生現在求老師賞個札子，不為別的；為的是將來回國之後，說起來面子好看些。雖說門生沒曾有一處走到；到底老師委過門生這麼一個差使，將來履歷上，亦寫著好看些。」溫欽差聽了一笑，也不置可否。你道為何？原來溫欽差的為人，極為誠篤。說是委了差使不去，這事便不實在，所以他不甚為然，因之沒有下文。當下但問他幾時動身，川資可到賬房去領。傅二棒鎚覺得說來無濟，只得退了下來，心上悶悶不樂。

幸虧他父親提拔的那位王觀察，此時正同在使館當參贊，聽得他這個消息，立刻過來探望。傅二棒鎚只得又託他吹噓。王觀察一口應允。傅二棒鎚又說：「只要欽差肯賞札子，情願不領川資，自行回國。」王觀察正是欽差信用之人，說的話，自然比別人香些。欽差初雖不允，禁不住一再懇求，又道是：「傅某人情願不領川資。況且給他這個札子，無關出入。」欽差因他說話動聽，自然也應允了。誰知傅二棒鎚得到這個札子，卻是非凡之喜。立刻收拾行李，叩謝老師，辭別眾同事，急急忙忙，趁了公司船回國。在公司船上，足足走了兩個多月，方才回到上海。在上海棧房裏，耽擱一天，隨即逕回原籍。老太太的病，乃是多年的老病，時重時輕；如今見兒子忽從外洋回來，心上一歡喜，病勢自然減鬆了許多。請了大夫吃了幾帖藥，居然一天好似一天，傅二棒鎚於是把心放下。

這趟雖然出洋化了許多冤枉錢，又白辛苦了半年多，保舉絲毫無望；然而被他弄到了這個札子，心上卻是高興。路過上海時，請教了一位懂時務的朋友，買了幾部什麼英軺日記，出使星軺筆記等類，空了便留心觀看。凡是那一國輪船打得好，那一國學堂辦得好，那一國工藝振興得好，那一國鎗炮製造得好，雖不能全記，大致記得一半成。到了檯面上，同人談談天，說的總是這些話。大眾齊說：「某人到過一趟外洋，居然增長了這多見識。」傅二棒鎚聽了，心上歡喜，仍舊逐日溫習，一直等到老太太可以起床，看看決無妨礙的了，他便起身進京引見。

到得京裏，會見幾位大老們。問他一向做什麼，他便說：「新從外洋回來，奉出使大臣某欽差的札子，委赴各國考察一切。事完，正待銷差，忽接到老母病報，一面電稟銷差，一面請假回國。現因親老不敢出洋，所以才來京引見的。」大老們聽了他這番說話，又問他外國的事情。他便把什麼英軺日記，出使筆記所看熟的幾句話，演說了出來。聽上去，倒也是原原本本，有條不紊。大老們聽了，都讚他留心時事。又問他外國景緻。這是更無查對之事，除自己知道的之外，又隨口編造了許多。那些大老們，有幾位輪船都沒有坐過，聽了話，還有什麼不相信的。傅二棒鎚見人家相信他的話，越發得意的了不得！

＊　＊　＊

引見之後，遂即到省，指的省分是江蘇。先到南京，去見制臺，傳了上去，制臺是已曉得他的履歷的了。一來他父親做過實缺藩司，從前曾在那裏同過事，自然有點交情；二來又曉得他從外洋回來；南京候補的雖多，能夠懂得外交的，卻也很少；某人既到過外洋，情形一定是明白的；因此，已存了個另眼看待的心。等到見面，傅二棒鎚又把溫欽差派他到某國某國，查考什麼事情，一一陳說了一遍。說完，又從靴統裏，把溫欽差給他的札子，雙手遞給制臺過目。制臺略為看了一看，便問他：「所有的地方，可曾自己一一親自到過？」傅二棒鎚索性張大其詞，說得天花亂墜。不但身到其處，並且一一都考較過。誰家的機器，誰家的章程，滔滔汩汩，說個不了。好在是沒有對證的，制臺當時，已不覺被他所瞞。

等他下去，第二天同司道說：「如今我們南京正苦懂得事的少。如今傅某人從外洋回來，倒是見過什麼的。有些交辦的新政，很可以同他商量。他閱歷既多，總比我們見得到。」司道都答應著。又過了幾天，傅二棒鎚稟辭，要往蘇州，說是稟見撫臺去。制臺還同他說：「這裏有許多事，要同你商量。快去快來！」傅二棒鎚自然高興。

等到到了蘇州，又把他操演熟的一套工夫，使了出來。可巧撫臺是個守舊人，有點糊裏糊塗的，而且一向是謹小慎微，屬員給他一個稟帖，他要從第一行人家的官銜名字，「謹稟大人閣下敬稟者」讀起，一直讀到「某年月日」為止。才具只得如此，還能做得什麼事情？所以聽了他的說話，倒也隨隨便便，並不在意。

傅二棒鎚見蘇州局面既小，撫臺又是如此，只得仍舊回到南京。此時制臺正想振作有為。都說：他的人是個好的，只可惜了一件是：犯了「不學無術」四個字的毛病。倘或身旁有個好人，時時提醒了他，他卻也會做好官的。無奈幕府裏屬員，當中辦洋務的，只仗著繙譯。要說繙譯，外國話，外國文理是好的；至於要講到國際上的事情，他沒有讀過中國書，總不免有點偏見，幫著外國。所以這位制臺，靠了這班人辦理外交，只有愈辦愈壞，主權慢慢削完，地方慢慢送掉；他自己還不曾曉得。

此外管軍政的，管財政的，管學務的，縱然也有一二個明白的在內，無奈好的不敵壞的多。不是借此當作升官的捷徑，便是認做發財的根源。一省如此，省省如此，國事焉得而不壞呢！閒話休敘。

且說：傅二棒鎚回到南京，制臺又謬採虛聲，拿他當作了一員能員，先委了他幾個好差使。隨後他又上條陳，說省城裏這樣辦的不好，那樣辦得不對；照外國章程，應該怎樣怎樣。制臺相信了他的話。齊巧製造鎗砲廠的總辦出差，就委他做了總辦；又撥給許多款項，叫他隨時整頓。不久又兼了一個銀元局的會辦，一個警察局會辦。這幾個差使，都是他說大話發空議論騙了來的。考其究竟，還虧溫欽差給了他那個考查各國的札子，他雖然一處沒有去，借了這札子的力量，居然制臺相信他，做了這製造廠的總辦。

那海州州判調省之後，制臺拿他撥在廠裏當差。其時正當這傅二棒鎚初委總辦，接手未久。亦是他倆官運亨通。傅二棒鎚自從接差之後，諸事順手，從未出過一點岔子，所以制臺愈加相信。當了兩年紅差使，跟手就委署一任海關道。交卸到省，仍舊當他的紅差使。那位州判老爺，因為憲眷隆優，亦就捐升同知，做了搖頭大老爺。說是遇有機會，就可以過班知府。後來能否如願，書中不及詳敘。

* * *

且說：彼時捐例大開，各省候補人員，十分擁擠，其中魚龍混類，良莠不齊。做上司的人，既漫無區別；專檢些有來往，有交情，或者有帽子寫信的人，照應照應，量委差缺。有些苦的候補了十來年，永遠見不到上司面的人還有。因此京裏有位都老爺，便上了一個摺子。請旨飭令各省督撫，整頓吏治，甄別賢愚；好的留省當差，壞的咨回原籍，或是責令學習。摺子上去，上頭自然沒有不准；立刻由軍機處，寄字各省督撫照辦。各省當中，有些已有課吏館的，奉到這個上諭，譬則本來敷衍的，至此也要整頓起來。還有些督撫，曉得捐班當中通的人少，也不忍轉於苛求。凡是捐班人員初到省，道府大員，總得給他個面子，不肯過於頂真。同通以下，以及佐雜，就用不著客氣了，這些人到省，並不要他做什麼策論，也不要扃門考試，同通知縣，只要他當面點京報。北京出的京報，上面所載的，不過是宮門抄，同本日的幾道諭旨，以及幾個摺奏，——並沒有什麼深文奧義，——是頂容易明白的。這時候做督撫的人，隨手翻一條，或是諭旨，或是摺片，只要不點騎馬句，就是完卷。算算是並不煩難，無奈有些候補老爺，仍舊還是點不斷。

傳說：那一省有一個候補同知到省，撫臺叫他點京報。點的是那一省的巡撫上的摺子；這位巡撫是姓覺羅。他當下拿筆在手，「某省巡撫」一「點」，「奴才」一「點」，「覺羅」一「點」。點到這裏，撫臺說：「罷了，罷了！不消再往下點了！」當下那位同知，還不曉得自己點錯。等到眾人一齊點過，退了下去，還要指望上司照應他，派他差使。那知道過了兩天，掛出牌來，是叫他回籍學習。他到此急了，一時摸不著頭腦，請教旁人。旁人說：「莫非你點京報點錯了罷？」他還不服。人家問他點的那一段，他便背給人家聽。又道：「旗人的名字，一直是兩個字的。『奴才』底下『覺羅』兩字，一定是這位撫臺的名字。我點的並不錯。」人家見他不肯認錯，也就鼻子裏冷笑一聲，不告訴他，等他糊塗一輩子。但是上司掛牌，叫他回去學習，是無從挽回得來的。只得收拾行李，離開此省，另作打算。此外因點破句子，鬧笑話的，尚不知其數；但看督撫挑剔不挑剔，憑各人的運氣去碰罷了！

至於一班佐雜，學問自然又差了一層。索性京報也不要他點了，只叫他各人把各人的履歷，當面寫上三四行。督撫來不及，就叫首府代為面試。只要能夠寫得出，已算交代過排場。倘若字跡稍能清楚點，就是超等。至於寫不成字的，往往十居六七。要奏參革職，亦參不了許多。要咨回原籍，亦咨不了許多。做上司的到了此時，亦只好寬宏大量，積點陰隲，給他們留個飯碗罷了！閒話少敘。

* * *

目下單說：湖南一省，新近換了兩任巡撫，著實文明，很辦了些維新事業。屬下官員，望風承旨，極應該很開通的了。那知開者自開，閉者自閉。當時正接著這考試屬員的上諭，撫臺本是個肯做事的人，當下硬傳兩司商量辦法。藩臺說：「同通州縣，本有月課。現在考較他們，也不過同月課一個樣子。」臬臺說：「其實只要月課頂真些考，考得好的，拔委差缺；那不好的，自然也要巴結上進。」撫臺道：「這個我豈不知。但是現在軍機裏，鄭重其事的，寫出信來，說得另外考試一場，分別一個去取。我的意思不光是專考捐班人員，就是科甲出身的，也應一體與試。」齊巧藩臺是個甲班，便道：「科甲出身人員，總求大帥給他一個面子，可否免其考試？」撫臺道：「這個不可。科甲人員，文理雖通；但是他們從前中舉人，中進士，都是仗著八股試帖騙得來的，於國計民生，毫無關係。這番考試，乃是試以時政公事，明白的，方可做官；倘若公事不明白，雖是科甲出身，也只好請他回家處館。這樣人倘若將來拿了印把子，怕不誤盡蒼生嗎？」藩臺聽了無話。

當下撫臺便叫藩臺，傳諭他們：自從候補道府起至佐雜為止，分作三天，一體考試。如有規避，從重參處。倘有疾病，隨後補考。這個風聲一出，人人害怕，個個驚惶。不但一班候補道臺，怨聲載道，自以為已經做了監司大員，如今還要他同了一班小老爺，分班考試，心上氣的了不得。至於一班科甲人員尤其不平，心想：「我們乃是正途出身，又不是銀子買來的，還要考什麼？」但是撫臺既有這個號令，又不敢違拗，只得一個個去打聽，幾時才考，考些什麼。打聽著了，以便以預先揣摩起來。

其中有位候補知府，乃是一位太史公截取出來的。到省後，亦委過兩趟好點的差使。無奈總是辦理不善，鬧了亂子，撤了回來；因此也就空在省裏。他雖然改官外省，卻還是積習未除。他點翰林的那年，已經四十開外；五十多歲上，截取出來；目下已經六十三歲，然而精神還健，目力還好。每日清晨起來，定要臨摹靈飛經，寫白摺子兩開，方吃早點。下午太陽還未落山的時候，又要翻出詩韻來，做一首五言八韻詩。他說：「吟詩一事，最能陶寫性靈。」然而人家見他做詩，卻是甚苦，或是練字，或是練句，往往一首詩，做到二三更天，還不得完。詩不做完，就不睡覺。偶然得到了一句自己得意的句子，馬上把太太少爺，一齊叫了來，講給他們聽。有時太太睡了覺，還一定要叫醒了他；或爬在床沿上，高聲朗誦，念給太太聽。他自從當童生起，一直頂到如今，所有做的試帖詩稿，經他自己刪汰過五次，到如今還有二尺來高，六十幾本。自以為在清朝當中，也算得一位詩家了。後來朝廷廢去八股試帖，改試策論，他聽了大不為然。

此時已經改外候補，因為得了這個信息，氣的三天沒有上衙門。同寅當中，有兩個關切的，還當他有病在家，都走來瞧他，問他為什麼不出門。他歎口氣，對人說道：「現在是雜學龐興，正學將廢！眼見得世界上讀書的種子，就要絕滅了！」自此以後，白摺子寫的格外勤，試帖詩做的格外多。人家問他何苦如此；他說他是為正學綿一線之留延，所以不得不如此。大家都說他痰迷心竅，也就不再勸他。

又過了些時，聽見撫臺有考試屬員的話。又說：連正途出身的道府，亦要一體考試。他聽了更氣的什麼似的，說：「我們自從鄉會覆試朝殿散館，以及考差，除掉皇上，亦沒有第二個人來考過。咱如今不該做了他的屬員，倒被他搬弄起來，這個官還好做嗎！」說著，馬上要寫稟帖，給撫臺告病，說：「不幹了。我不能來受他的氣！」

誰知他老人家正在鬧著告病，倒說一連接到親友兩封來信：一封是他一個至好朋友，還是那年由京裏截取出來，問他挪用過八百金，一直未曾歸還，如今那個朋友，光景很難，所以寫了信來問他討。又一封乃是他的親家，現任戶部侍郎；從前定過他的小姐做兒媳，如今兒子已經長大，擬於秋間為之完姻，以了向平之願。這位侍郎公親家，乃是他一向仰仗的。想想自己女兒，也不小了，留在家裏無用，早晚總要出閣的。還帳要錢，嫁女兒亦是要錢，眼面前就有這兩宗出款，倘若不做官，更從何處張羅？因此空發了半日牢騷。

過了一夜。第二天便出門拜見首府。因首府是他同年，彼此知己，好打聽中丞這番考試屬員，是個什麼宗旨，所考的是些什麼東西。首府同他說：「聽說，也不過策論，告示，批判之類。」他說：「若說策論呢，對策不過翻書的工夫，鄉會三場，以及殿試，我輩尚優為之。至於作論，越發不是難事，不過做一篇散體文章。況且朝考，亦要作論，這些都是做過的。至於擬告示，擬批，擬判，我兄弟雖是一行作吏，但自問並不同於俗吏所為，一向於這公事上頭，卻也不甚留心，不甚了了。驟然拿個稟帖叫我批，說樁案子叫我判，叫我寫些什麼呢？」首府乃是一個老猾，聽了說道：「這些事情，只要准情酌理，大致不錯，也就交代過去，沒有什麼煩難的。」他道：「總要還他格式才好。這些格式，我肚子裏一向沒有，怎麼好呢？」首府道：「就像我兄弟出來做官，何曾懂得什麼格式？也不過書辦擬了上來，老夫子改好之後，再送我過目，瞧著有不對的，斟酌換兩個字罷了！老同年如其單要講究格式，其實只要一書辦足矣！」

那位截取知府聽了，喜的了不得，連忙說道：「現在我兄弟就少這麼一個人，指點格式。如此就拜託同年，可否就在貴衙門裏，書辦當中，檢老成練達的，賞薦一位，以便兄弟朝夕領教，也免得時刻來煩老同年。」首府被他纏不過，曉得他有痰氣的，如果不答應，一定還要纏之不休，只得應允。

等到他拜客回公館，那府裏的書辦也就來了。見了面磕頭，稱「大人」，自己稱「書辦」。問他那一房，回說是刑房。這位太史公竟其異常客氣，因為他姓王，就稱之為王先生。又請王先生坐，王先生執定不肯。他說：「請教的事情多，坐了好商量。」原來這位太史公，從前做八股的時候，單練就一種工夫，是：自己抄寫類書。把什麼四書人物串珠，四書典林，文料觸機等類，一概自己分門別類，抄寫起來。等到用的時候，自然是有觸斯通，取之不竭。如今撫臺要考官，他想考試，都是一樣的，夾帶總要預備的。他的意思：很想仿照款式，照編一部，就題個名字，叫做官學分類大成。將來刻了出來，不但便已，並可便人。通天下十八省，大大小小候補官員，總有好幾萬人。既然上頭要考官，這種類書，每人總得買一部。一十八省一齊消通，就有好幾萬部的銷場。不惟得名，而又獲利，看來此事大可做得。因此便把這意告訴了王先生。

王先生聽了，楞了一楞，說道：「案卷有幾千幾百宗，一時那裏查得齊！況且書辦管的，單是刑科。還有吏，戶，禮，兵，工五科的事情，再加現在的洋務，商務，一共有八九門，書辦一個人怎麼管得來呢！若是大人考較各種格式，依書辦的愚見：外面書鋪裏有一種書，叫做什麼宦鄉要則，買部來看看，大約亦有個六七成。」那位截取太史公聽了甚喜。聽了一遍不懂，又問了一遍。把名字問明白了，立刻寫了個條子，叫管家去買。

不到半點鐘工夫，居然買了回來。翻開一看，只見各種款式都有些。他老人家翻來覆去，看了一回，說道：「原來這書，竟同我們做時文的所讀的制藝聲調譜一樣！只要把他讀熟，將來出去做官，自然無往不利了。」王先生道：「這些都是個呆的。至於其中的巧妙，在乎各人學問閱歷，書上亦載不盡許多。」截取太史公道：「這個你可辦得來？」王先生道：「辦雖辦得來，不過幾句照例的話，隨便寫了上去，仍舊要師爺改了才好用。」截取太史公道：「我現在只要有你的本事，我就不愁了！」兩個人談了半天，就要留王先生吃飯。王先生不肯，起身告辭。特地叫他把地名寫下，以便叫人來請。

等到王先生去後，這一位太史公，足足盤算一夜。想來想去，自己本事總覺有限，不可冒昧出去應考。忽然悟到：「凡是考試，都可以請槍手，冒名頂替進場。等到明天，我何不把王先生找了來，就叫他充做我的跟班，一塊兒混了進去？等到題目下來，可以同他商量，豈不省事？」主意已定，次日一早，便派人把王先生找來，同他密商此事。答應送他若干銀子，如得高等，得有差缺，另外補情。

王先生聽了，若笑不笑的，躊躇了一回，說道：「大人既要書辦去做這個，為什麼昨天不說。書辦今天早上，已答應了別人了。」截取太史公一聽大驚，心想：「人家倒比我還來得快！可見這事早已通行，在我今日，並不算作創舉。」想罷，便問：「請你作槍的是誰？」書辦道：「是一位同知老爺，並不同大人一班。至於這位老爺的名字，書辦也不便說。橫豎到了那天，如其府廳同一天考，只要書辦幫完了那邊，自然趕到大人這邊來效力。倘若不在一天，那話更好說了。」這位太史公聽了，默默無言，只得另打主意。

原來這兩天，所有的道員，已經竭力運動，弄了什麼京信。撫臺答應，顧全他們的面子，免其考試。府廳以下，均不得免。當下已定了府廳為一天；州縣人多，分作三天。統通到課吏館聽候面試。至於佐雜各員，則歸首府代勞。閒話少敘。

* * *

且說：到了考試府廳的那一天，撫臺因係奉旨的事，不得不格外慎重。天甫黎明，憲駕已臨課吏館。司道大憲通同堂參與考。各官一齊翎頂輝煌，靴聲橐橐；卻個個手提考籃，同應試的舉子一樣。當下逐一點名給卷。點完之後，司道退出，照例封門。撫臺特留下兩員候補道，作為場中巡察官。當下發出題目牌，眾人擠上去看時，只看上面一共寫著兩個題目：一篇史論，一道策。史論題目，是大家曉得的，總出在御批通鑑輯覽一部書上。策題問的是膏捐。這膏捐一事，有些抽大煙的老爺們，或者還明白一二；至於那些不抽煙的，以及平時連申報都不看的，還不曉得是什麼呢！一時人頭簇簇，言三語四，聚了多少人商量：也有商量出道理的，也有商量不出道理的。

正在聚訟紛紜之際，忽聽得一片喧聲，說是拿住了槍手。只見許多穿袍子，戴帽子的老爺，扭住一個又胖又大的一個黑漢說：「他進來冒名頂替做槍手，如今要拿他去回撫臺。」後來那兩個監場的道臺，彼此商量了一回，齊說：「這事情鬧到大帥跟前，恐怕弄僵，不好收場。」便挺身出來，打圓場，勸：「諸位放手！把槍手交給我們二人，我們替你們稟明中丞，查明白他那本卷子，是替什麼人槍的。查明白了，一面撤去這本卷子，再把本人嚴參；一面把槍手另外一間屋子看管起來。等到開門的時候，發交長沙縣嚴辦。諸位不要耽誤自己的工夫！這件事，統通交給我二人便了。」一眾大人老爺們，見這兩位道臺說話在理，果然把槍手交出，眾人各自散去。那兩位道臺這才進去，面稟撫臺。

撫臺於此舉甚是頂真，一聽這話，忙說：「冒名頂替，照考試定章辦起來，是要斬立決的。今天考試，雖非鄉會可比，然究係奉旨之事。既然拿到了槍手，兄弟今天，定要懲一儆百，讓眾人當面看看，好把他們有個怕懼。」說著，立刻叫巡捕官，傳令開門，傳三大營首府縣伺候，說：「撫臺大人，今天要請大令殺人。」眾官不知就裏，一齊奔到課吏館。

誰知等了半天，既不見撫臺出來，亦沒有別的吩咐。後來一打聽，不料拿到的那個槍手，查出那本卷子，不是別人，正是撫臺二少爺的妻舅。他因為要仰仗太親翁的提拔，所以特地捐了一個知府，寄託宇下。正逢著撫臺考官；這位大人，乃是個一竅不通的，只得請了槍手，代為槍替。又有二少爺的內線，替他求求太親翁，料想超等總有分的，那知被人拿住了破綻，撫臺一時未及查問明白，鬧得一天星斗，一時不好收篷。眾人來了半天，巡捕上來請示。撫臺只吩咐槍手發交首府。調三大營來，是恐怕再有人傳遞，特地叫他們來巡緝的。要殺人的話，也就不提了。

欲知後事如何，且看下回分解。

第五十七回　慣逢迎片言矜秘奧　辦交涉兩面露殷勤

話說：湖南撫臺，本想借著這回課吏，振作一番。誰知鬧來鬧去，仍舊鬧到自己親戚頭上，做聲不得，只落得一個虎頭蛇尾。後來又怕別人說話，便叫人傳話給首府，叫他斟酌著辦罷！首府會意回去，叫人先把那個槍手教導了一番話。先由發審委員，問過兩堂，然後自己親提審問。首府大人假裝聲勢，要打要夾。那槍手只顧言東語西，不肯承認；在堂的人，都說他是個瘋子。

首府又問：「這人有無家屬？」就有他一個老婆，一個兒子，趕到堂上跪下，說：「他一向有痰氣病的，這天本來穿了衣帽，到親戚家拜壽，有小工王三跟去。王三回來說：『剛剛走到課吏館，因彼處人多路擠，一轉眼就不見了。』王三尋了半天不見，只得回家報知。後來家中妻子，連日在外查訪，杳無消息。今天剛剛走到府衙，聽得裏面審問重犯，又聽說是課吏館捉到的槍手，因此趕進來一看；誰知果然是他。但他實係有病，雖然捐有頂戴，並未出來做官，亦並不會做文章。叩求青天大人開恩，放他回去。」首府聽了，不理；歇了一回，才說道：「就不是槍手，是個瘋子，也要監禁的。」那人的妻子，還只是在下叩頭。

首府又叫人去傳問請槍手的那位候補知府。那位候補知府，說是有病不能親來，拿白摺子寫了說帖，派管家當堂呈遞。首府一面看說帖，管家一面在底下回道：「家主這天原預備來考的；實因這天半夜裏得了重病，頭暈眼花，不能起牀。」首府道：「既有病，就該請假。」管家道：「回大人的話：撫臺大人點名的時候，正是家主病重的時候。小的幾個人，連著公館裏上下，請醫生的請醫生，撮藥的撮藥，那裏忙得過來！好容易等到第二天下午，家主稍為清爽些，想到了此事，已經來不及了。」說著，又從身邊把一卷藥方呈上，說道：「這張是某先生幾時幾日開的；那張是某先生幾時幾日開的。」又說：「家主現在還躺在牀上，不能起來。大人很可以派人看的。」又說：「這些醫生，都可以去問的。」首府點點頭，吩咐眾人一齊退去；瘋子暫時看管，聽候稟過撫臺大人，再行發落。

後來首府稟明了撫臺，回來就照這樣通詳上去。把槍手當做瘋子，定了一個監禁罪名。「候補知府某人，派首縣前往驗過，委係有病，取具醫生甘結為憑。惟該守既係有病，亟應先期請假；迨至查出未到，始行遣下續報。雖訊無資雇槍手等弊，究不能辭玩忽之咎。應如何懲儆之處，出自憲裁。」各等語。撫臺得了這個稟帖，還怕有人說話，並不就批。

第二天傳發出一道手諭，貼在府廳官廳上，說：「本部院凡事秉公辦理，從不假手旁人。此番欽奉諭旨，考試屬員，原為拔取真材，共求治理。在爾各員，應如何恪恭將事，爭自琢磨，以副朝廷孜孜求治之盛意。乃候補知府某人，臨期不到，已難免疏忽之愆。復經當場拿獲瘋子某某，其時眾議沸騰，僉稱槍手。是以特發首府，嚴行審訊。旋經該府訊明，某守是日有病，某某確有瘋疾；取具醫生甘結，並該瘋子家屬供詞，稟請核辦前來。本部院辦事頂真，猶難憑信。為此諭爾各守丞倅知悉：凡是日與考各員，苟有真知灼見，確能指出槍替實據者，務各密告首府，彙稟本部院，親自提訊。一經證實，立即按律嚴懲。飭吏治而拔真材，在此一舉，本部院有厚望焉！特諭。」這個手諭貼了出來，就有些妒忌那位知府的，又有些當場拿人的，各人有各人的主意，有的是洩憤，有的想露臉，竟有兩人寫了稟帖，想交給首府代遞。

次日衙期，一齊到了官廳。二人中的一個，便頭一個上來拿稟帖交給了首府。首府大略一看，一面讓坐，一面拿那人渾身打量一番，慢慢的講道：「事情呢，本來不錯！就是兄弟也曉得，並不冤枉。但是一樣：誰不曉得他是撫臺少爺的親戚，我們何苦同他做這個冤家呢！況且就是拿他參掉，騰下來的差使，未必就派到你我。而且我們的名字，他老人家倒永遠記在心上。據我兄弟看來，諸君很可不必同他多此一個痕迹。果然諸君一定要兄弟代遞，兄弟原不能不遞。但是，朋友有忠告之義，愚見所及，安敢秘而不宣？諸君姑且斟酌斟酌，再遞何如？」大家聽了首府的話，想想不錯，有些稟帖，還沒有出手的，一齊縮了回來。就是已把稟帖交給首府的，到此也覺後悔，朝著首府打恭作揖，連稱「領教」，也把那稟帖收了回來。

首府又細加探聽，內中有幾個心上頂不服的，把他們的名字一齊開了單子，送給撫臺。撫臺見手諭貼出了兩天，沒有說話，便按照首府的詳文辦理。略謂：「某守臨期因病不到，雖非有心規避，究屬玩視，著記大過三次。瘋子暫行監禁，俟其病痊，方准交其家屬領回。」一面繕牌曉諭；一面已把前天所考的府廳一班，分別等第，榜示轅門。凡是首府開進來的單子，想要攻訐他兒子妻舅的幾個名字，一齊考在一等之內，三名之後。這班人得了高第，無不頌稱中丞拔取之公，次日一齊上院叩謝。其實弄到後來，前三名仍是撫臺的私人。第一名，委了一個缺出去。二三名，都派了一個差使。三名之後，毫無動靜，空歡喜了一陣，始終未得一點好處。至於那位記過的，雖然一面記過，一面仍有三四個差使委了下來。眾人看了他，雖不免作不平之鳴，畢竟奈何他不得。只因這一番作為，撫臺深感首府斡旋之功，拿他器重的了不得。未久就保薦他人材，將他送部引見。引見之後，過班道臺，仍歸本省補用，並交軍機處存記。領證到省，稟見撫臺。第二天就委了全省學務處，洋務局，營務處三個闊差使，又兼院上總文案。

* * *

且說：這位觀察公，姓單號舟泉，為人極其漂亮，又是正途出身。俗語說得好：「一法通，百法通」；他八股做得精通，自然辦起事來，亦就面面俱到了。他自從接了這四個差使之後，一天到晚，真正是日無暇晷，沒有一天不上院。撫臺極其相信他，固不必說。他更有一種本事，是一天到晚，同撫臺在一處；凡是撫臺說的話，他總答應著，從來不作興說一句「不是」的。

有天撫臺為了一件什麼交涉事件，牽涉法國人在內，撫臺寫錯了，寫了英國人了。撫臺自己謙虛，拿著這件公事，同他商量，問他可是如此辦法。他明明曉得撫臺把法國的「法」字，錯寫做英國的「英」字；他卻並不點穿，只隨著嘴說：「極是。」這撫臺心上想：「某事同某人商量過，他說不錯，一定是不錯的了。」便發到洋務文案上照辦。幾個洋務文案，奉到了這件公事，一看是撫臺自己寫的，自然是分頭趕辦。等到仔細校對起來，法國人的事，牽到英國人身上，明明是撫臺一時寫錯。然而撫臺寫的字，不敢提筆改，只得捧了公事，上來請教老總。單道臺道：「這個我何曾不曉得是中丞寫錯，但是在上憲跟前，我們做屬員的，如何可以顯揭他的短處？兄弟亦正為此事躊躇！」

此時單道臺一面說，一面四下一看，只見文案提調候補知府旗人崇志綽號崇二模糊的，還沒有散，便把手一招道：「崇二哥快過來！這事須得同你商量。」崇二模糊忙問何事；單道臺如此這般的說了一遍，道：「現在別無辦法；只有託你二哥，明天拿這件公事，另外寫一分夾在別的公事當中，送上去，請他老人家的示，看他怎麼批。料想鬧錯過一回，斷乎不會回回都鬧錯的。」崇二模糊雖然模糊，此時忽然明白過來，忙道：「回大人的話：這件公事，大帥今天才發下來，明天又送上去，不怕他老人家動氣？又該說咱們不當心了。」單道臺發急道：「我們文案上，碰個釘子，算什麼！差使當的越紅，釘子碰的越多。總比你當面回他說『大人寫錯了字』的好。況且他一省之主，肯落這個把柄在我們手裏嗎？還是照我的辦好。」崇二模糊拗他不過，只得依他。等到了第二天，送公事上去，果然又把這件公事，夾在裏面。撫臺一面翻看，一面說話。後來又翻到這件，忽然說道：「這個我昨天已經批好，交代單道臺的了。」崇二模糊不響。撫臺又說一遍。崇二模糊回稱，說是：「單道臺說的，還得請請大帥的示。」撫臺心上想：「難道昨兒批的那張條子，他是落掉不成？」於是又重批一條。誰知那個法國人的「法」字，依舊寫成英國的「英」字，一誤再誤，他自己實實在在未曾曉得。

等到下來，崇二模糊把公事送給單道臺過目。單道臺看到這件，只是皺眉頭，也不便說什麼。為的旁邊的人太多，他做屬員的人，如何可以指斥上憲之過？倘或被旁邊人傳到撫臺耳朵裏去，如何使得！看過之後，放在一邊。等了半天，打聽得撫臺一個人在簽押房裏，他便袖了這件公事，一個人走到撫臺跟前。一掀門簾，正見撫臺坐在那裏寫信。他進來的腳步輕，撫臺沒有聽見。他見撫臺有事，便也不敢驚動，袖了公事，站在當地，一站站了一點鐘。撫臺因為要茶喝，喊了一聲：「來！」猛然把頭擡起，才看見單道臺，問他幾時來的，有什麼事情。單道臺至此，方才卑躬屈節的口稱：「職道才進來，因見大帥有公事，所以不敢驚動。」撫臺一面封信，一面讓他坐。等信封完，然後慢慢的提到公事。

倒是撫臺先說：「昨天一件什麼事，不是我兄弟已經同老哥商量好了，批了出去，叫他們照辦嗎？他們今天又上來問我。我看他們這些人，可糊塗不糊塗！」單道臺道：「非但他們糊塗，職道學問疏淺，實在亦糊塗得很！就是昨天那件公事，大帥一定曉得這外國人的來歷，一定是英國人，不是法國人。職道猜這件公事，他們底下總沒有弄清，一定是把英國人，寫做法國人了。大人明鑑萬里，所以替他們改正過來的。」

撫臺聽了，楞了一楞，說：「那件公事，你帶來沒有？」單道臺回稱：「已帶來。」就在袖筒管裏，把那件公事取了出來，雙手奉上；卻又板著面孔說道：「法國人在中國的，不及英國人多；所以職道很疑心這樁事，一定是英國人。大帥改的一點不錯。」撫臺亦不答話，接過公事，從頭至尾，瞧了一遍；忽然笑道：「這是我弄錯了，他們並沒有錯。」單道臺故作驚惶之色道：「倒是他們不錯，這個職道倒有點不相信了。」立刻接過公事，又仔細端詳看一遍；一面點頭，一面咂嘴弄舌的，自言自語了一回；又說道：「果真是法國人。不是大帥改過來，職道一輩子也纏他不清。職道下去，立刻就吩咐他們，照著大帥批的去辦。」撫臺道：「這事已耽誤了一天了，趕快催他們去辦罷！」單道臺諾諾連聲，告退下去。

回到文案上，朝著崇二模糊一班人說道：「你們不要瞧著做官容易！伺候上司，要有伺候上司的本領。照著你們剛才的樣子，就是公事送上去十回，不但改不掉，還要碰下來！」崇二模糊道：「依著卑府，是要在那寫錯字的旁邊，貼個紅簽子送上去，等他老人家自己明白。」單道臺道：「這個尤其不可！

只有殿試朝考，閱卷大臣看見卷子上有了什麼毛病，方才貼上個簽子，以做記號。我是過來人，還有什麼不曉得？如今我們做他下屬，倒反加他簽子，賽如當面罵他不是？斷斷使不得！中庸上有兩句話，我還記得，叫做：『在下位，不獲乎上，民不可得而治矣。』什麼叫做『獲上』！就說會巴結，會討好，不叫上司生氣。如果不是這個樣子，包你一輩子不會得缺，那裏來得黎民管呢？這便是『民不可得而治矣』的註解。」單道臺正說得高興。崇二模糊是有點模模糊糊，也不管什麼大人。「卑府一定要請教：剛才大人上去，是同大帥怎麼講的？怎會大帥肯自己認錯改正過來？求求大人指示，等卑府將來，也好學點本事。」單道臺閉著眼睛，說道：「這些事，可以意會，不可言傳。要說，一時亦說不了許多。『神而明之，存乎其人』；諸公隨時留心慢慢的學罷！」

* * *

又過了些時，首縣稟報上來：有一個遊歷的外國人，因為上街買東西，有些小孩子拉住他的衣服，笑他；那個洋人惱了，就將手裏的棍子打那孩子。那孩子躲避不及，一下子打到「太陽穴」上，——是個致命傷的所在，那孩子就躺在地下，過了一會就沒有氣了。那個孩子的父母，自然不肯干休，一齊上來，要扭住外國人。外國人急了，舉起棍子一陣亂打。旁邊看的人，很有幾個受傷的。街坊上眾人起了公憤，一齊奮勇上前，捉住了外國人，奪去他手裏的棍子；拿繩子將他手腳一齊綑了起來，穿根匾擔，把他扛到首縣喊冤。首縣一聽，人命關天，這一驚非同小可。等到仔細一問，才曉得兇手是外國人。因想：「外國人，不是我知縣大老爺可以管得的。」立刻吩咐一干人下去候信。當時屍也不驗，立刻親自上院請示。撫臺見了面，問知端的，曉得是交涉重案，事情是不容易辦的，馬上傳單道臺商量辦法。

單道臺問：「打死人的兇手，既是外國人，到底那一國的？查明白了，可以照會他該管領事，商量辦法。」首縣見問，呆了半天，方掙扎著說道：「橫豎外國人就是了。卑職來的匆促，卻忘記問得。」撫臺又問：「打殺的是個什麼人？」首縣說：「是個小孩子。」撫臺道：「我亦曉得是個小孩子。到底他家裏是個做什麼的？」首縣道：「這個卑職忘記問他們。等卑職下去，問過了他們，再上來稟復大帥。」撫臺罵他糊塗，叫馬上去查明白了，再來。首縣無奈，只得退去。

回到衙門，把簽稿二爺叫上來，哼兒哈兒，罵了一頓，罵他糊塗：「不把那小孩子的家計，同兇手是那一國的人，查明白了回我。如今撫臺問了下來，叫我無言可對。真正糊塗！趕緊去查！」簽稿們下來，照樣把地保罵了一頓。地保又出去追問苦主，方才曉得是豆腐店的兒子，是個小戶人家，沒有什麼大手面的。後來又問到外國人，大家都不懂他說話。首縣急了，曉得本城紳士龍侍郎，新近亦沾染了維新習氣，請了外國回來的洋學生，在家裏教兒子讀洋書，打算請了他來，充當翻譯。馬上叫人拿片子去請。等了半天，去人空身回來說道：「龍大人那裏洋師爺，半個月前頭，就進京去考洋翰林去了。」首縣正在為難，齊巧院上派人下來說：「把外國兇手，先送到洋務局裏安置。等到問明之後，照會他本國領事，再商辦法。」首縣聞言，如釋重負，趕忙前去驗屍，提問苦主鄰右。疊成文書，申詳上憲。閒話少敘。

原來辦理這案，全是單道臺一個人的主意。他同撫臺說：「我們長沙並沒有什麼領事。這個外國人，是為遊歷來的，如今打死了人，倘若不辦他，地方上百姓，一定不答應。若說是拿他來抵罪，我們又沒有這樣的治外法權，可以拿著本國的法律，治別國的人。想來想去，這兇手放在縣裏，總不妥當。倘或在班房裏叫他受點委曲，將來被他本國領事說起話來，總是我們不好。不如把他軟禁在職道局子裏，不過多化幾個錢，供應他。等到他本國領事回文來，看是如何說法，再商量著辦。請請大帥的示，看是怎樣？」撫臺連說：「很好！」所以單道臺下來，立刻就派人到首縣裏去提人的。當下人已提到，局子裏有的是翻譯，立刻問他是那一國的人，什麼名字。幸虧鄰省湖北漢口，就有他該管領事，可以就近照會。馬上又回明撫臺，詳詳細細，由撫臺打了一個電報，給湖廣總督，託他先把情節，告訴他本國領事，再彼此商量辦法。

這位單道臺辦事，一向是面面俱到，不肯落一點褒貶的；他說：「這事是人命關天，況且兇手又是外國人，湖南省的闊人又多；如果一個辦的不得法，他們說起話來，或是聚眾，同外國人為難起來，到這時節，拿外國人辦也不好，不辦也不好。不如先把官場上為難情形，告訴他們，請他們出來，替官場幫忙。如此一來，他們一定認做官場也同他們一氣，紳士百姓一邊就好辦了。但是一件：外國領事一定不是好纏的。外國人打死了人，雖然不要抵命；然而其勢，也不能輕輕放他回去。但是，如今我們說定這外國人一個什麼罪名，領事亦決計不答應；此時卻要用著他們紳士百姓了。等他們大眾動了公憤，出頭同領事硬爭，領事見動了眾，自然害怕。再由我們出去，壓服百姓，叫百姓不要鬧。百姓曉得我們官場上，是幫著他們的，自然風波容易平定，那時節兇手的罪名，也容易定了；百姓自然也沒有說了；外國領事，還要感激我們，內而外部，外而督撫，見你有如此才幹，誰不器重！真是無上妙策！」主意打定，立刻就想坐了轎，去拜幾個有權勢的鄉紳，探探他們口氣，好借他們做個幫手。

正待上轎，只見有人前來報稱：「眾紳士因為此事，說洋務局不該不把外國兇手交給縣裏審問，如今倒反拿他留在局中，十分優待，因此眾人心上不服，一齊發了傳單，約定明日午後兩點鐘，在某處會議此事。又聽說：一共印了幾千張傳單，通城都已發遍，將來來的人一定不少，還恐怕愚民無知，因此鬧出事來。」單道臺聽了，馬上三步併做兩步，上了轎，又吩咐轎夫：「快走！」什麼葉閣學，龍祭酒，王侍郎，幾個有名望的，他都去拜過，只有龍祭酒門上回感冒，未見；其餘都見著的。

見了面，頭一個王侍郎先埋怨官場太軟弱，不應該拿兇手如此優待。「如今大眾不服，生怕明天鬧出事情出來，彼此不便！」好個單道臺聽了王侍郎這番說話，連說：「這件事，職道很替死者呼冤，一定要稟明上憲，照會領事，歸我們自家重辦，好替百姓出這口氣。」王侍郎道：「既然曉得百姓死的冤枉，極應該把兇手發到縣裏，叫他先吃點苦頭，也好平平百姓的氣。」單道臺湊近一步道：「大人明鑑：我們做官的人，只好按照約章辦理。無論他是那一國的人，都得交還他本國領事自辦。面子上那能說句違約的話呢！但是職道卻有一個愚見：這個兇手，如今無故打死了我們中國人，倘若就此輕輕放他過去，不但百姓不服；就是撫憲同職道，亦覺於心不忍！所以職道很盼大人約會大眾，幫著出力，等到領事來到此地，同他竭力的爭上一爭。倘若爭得過來，一來伸了百姓的冤，二來也是我們的面子。就是京裏曉得了，這是迫於公憤的事，也不能說什麼話。」王侍郎道：「官不幫忙，只叫我們底下出頭，這還有用嗎！」單道臺發急道：「職道何嘗不出力！要說不出力，也不趕著來同大人商量。」一席話竟把王侍郎一班紳士，拿單道臺當作了好官，說他真能衛護百姓，頓時傳遍了一個湖南省城，竟沒有一個不說他好的。

單道臺又恐怕底下聚了多少人，真要鬧點事情出來，倒反棘手。過了一天，因為王侍郎是省城眾紳衿的領袖，於是又來同王侍郎商議。見面之後，先說：「接到領事電報，一定要我們把兇手護送到漢口，歸他們自己去辦；是職道同撫憲說明，一定不答應他。現在撫臺又追了一封電報去，就說百姓已經動了公憤；叫他趕緊到這裏，彼此商量辦法，以保兩國睦誼。如今電報已打了去，還沒有回電來，不曉得那邊怎麼樣。卑職深怕大人這邊，等得心焦，所以特地過來送個信。總望大人傳諭眾紳民，叫他們少安毋躁，將來這事，官場上一定替他們作主，決不叫死者含冤。所慮官場力量，有時而窮，不得不借眾力，以為挾制地步。究竟到了內地，他們勢孤，總可以強他就我。所以動眾一事，大人明鑑，只可有其名而無其實。倘或聚眾人多了，外國人有個一長兩短，豈不是於國際上又添了一重交涉麼？」此時王侍郎本係丁憂在家，剛剛服滿，頗有出山之意。一聽這話，深以為然。但是於自己鄉親面上，不能不做一副激烈的樣子，說兩句激烈的話，以顧自己面子：其實也並不是願意多事的人。當下聽了單道臺的話，連稱：「是極。」

等到單道臺去後，他那些鄉親，前來候信。王侍郎只勸他們不到聚眾，不可多事；將來領事到來，撫臺一定要替死者伸冤。他是一鄉之望，說出來的話，眾人自然沒有不聽的，果然一連平定了三天。

等到第四天，領事也就到了。領事只因奉到了駐京本國公使的電報，叫領事親赴長沙，會審此案；所以坐了小輪船來的。地方官接著，自不得不按照條約，以禮相待。預備公館，請吃大菜，一切煩文，不用細述。等到講到了命案，單道臺先同來的領事，說：「我們中國湖南地方，百姓頂蠻；而且從前打長毛，全虧湖南人。——都是些有本事的。他們為了這件事情，百姓動了公憤，一定也要把兇手打死，以為死者伸冤。兄弟聽見這個信，急的了不得；馬上稟了撫臺，調了好幾營的兵，晝夜保護，才得無事。

不然，那兇手還能活到如今，等貴領事來嗎？」領事道：「這個條約上有的，本應該歸我們自己懲辦。倘若兇手被百姓打死了，我只問你們貴撫臺要人。」單道臺道：「這個自然。不特此也；百姓聽見貴領事要到此地，早已商量明白，打算一齊哄到領事公館裏，要求貴領事拿兇手當眾殺給他們看。百姓既不動蠻，不能說百姓不是。他們動了公憤，就是地方官，亦無可奈何。不知貴領事到了這個時候，是個怎麼辦法？」領事聽了他這番話，一想：「現在我們勢孤，倘真百姓鬧起事來，也須防他一二。」但是面子上，又不肯示人以弱，呆了一呆，說道：「貴道臺如此說法，兄弟馬上先打個電報給我們的駐京公使，叫他電回本國政府，趕快派幾條兵輪上來。倘若百姓真要動蠻，那時敝國卻也不能退讓。」單道臺一聽領事如此說法，亦就正言厲色的說道：「貴領事且不要如此說法。敝國同貴國的交誼，固然要顧。然而百姓起了公憤，就是敝國政府亦不能禁壓他們，何況兄弟。以前是貴領事未到，百姓幾次三番想要鬧事，那是兄弟出去勸諭他們。又告訴他們聽：『將來領事到來，自能秉公辦理。爾等千萬不可多事！』今天初到這裏，他們聚了若干的人，想來問信，又是兄弟拿他們解散。若非兄弟出力，早已鬧出事來，貴領事那裏還能平平安安，在這裏談天？就是打電報去調兵船，只怕遠水亦救不得近火。如今各事且都丟開不講，但說這個兇手，論他犯的罪名，是『故殺』；照敝國律例，是要抵擬的。但不知貴領事此番前來，作何辦理？」領事道：「是『故殺』，不是『故殺』，總得兄弟問過犯人一次，方能作准。就是『故殺』，敝國亦無擬抵的罪名，大約不過監禁幾個月罷了！」單道臺道：「辦的輕了，恐怕百姓不服！」領事道：「貴國的人口很多；貴國的新學家做起文章來，或是演說起來，開口『四萬萬同胞』，閉口『四萬萬同胞』；打死一個小孩子，值得什麼？還怕少了百姓？」

單道臺一聽領事說的話，明明奚落中國，有心還要駁他幾句；回心一想：「彼此翻了臉，以後事情，倒反難辦。我橫豎打定主意，兩面做個好人，只要他見情於我，我又何苦同他做此空頭冤家呢！」想罷便微微一笑，暫別過領事，又回到王侍郎家裏，把他見了領事，如何辯駁，如何要求，添了無數枝葉。不曉得的人聽了，都當他真正是個好官，真能夠迴護百姓。後來大眾問他：「到底辦這外國人一個什麼罪名？」單道臺道：「這個還要磋磨起來看。」

單道臺此時也深曉得領事與紳士兩面的事，不容合在一處的。但是面子上見了領事，不能不裝出一副害怕的樣子，說百姓如何刁難，如何挾制。「如果不是我在裏頭，彈壓住他們，早晚他們一定鬧點事情出來。」只要說得領事害怕，自然可望移船就岸。見了紳士，又做出一副慷慨激烈的樣子，說道：「我們中國是弱到極點的了！兄弟實在氣憤不過！如今我們還沒有同他為難，聽說：他要把諸公名字，開了清單寄給他們本國駐京公使；說是這樁命案，全是諸公鼓動百姓，與他為難，拿個聚眾罪名，輕輕加在諸公身上。將來設有一長兩短，百姓人多，他查不仔細；諸公是不得免的！」幾個紳士起先是靠了大眾公憤，故而敢與領事抵抗；如今聽說要拿他們當作出頭的人，早已一大半都打了退堂鼓了！反有許多不懂事的人，私底下去求單道臺替他想個法子，不要把名字叫領事知道方好。因此幾個周轉，領事同紳士都拿單道臺當做好人！當下拿兇手問過一堂，定了一個監禁五年的罪名。

據領事說：照他本國律例，打死一個人，從來沒有監禁到五個年頭的。這是格外加重。撫臺及單道臺都沒有說話。單道臺還極力恭維領事，說他能顧大局，並不袒護自己百姓，好叫領事聽了喜歡。及至他見了紳士，依舊是義形於色的。他道：「雖然兇手定了監禁五年的罪名，照我心上，似乎覺得辦的太輕；總要同他磋磨，還要加重，方足以平諸公之氣。」這番話，他自己亦明曉得已定之案，決計加重不來；不過姑妄言之，好叫百姓說他一個「好」字。至於紳士，到了此時，一個個都想保全自己的功名，倒反掉轉頭勸自己的同鄉，說：「這位領事能夠把兇手辦到這步地位，已經是十二分了！況且有單某人在內，但凡可以替我們幫忙，替百姓出氣的地方，也沒有不竭力的。爾等千萬不可多事！」百姓見紳士如此說法，大家誰肯多事。一天大事，瓦解冰銷，竟弄成一個虎頭蛇尾！

只有單道臺卻做了一個面面俱圓。撫臺見面誇獎他，說他能辦事。領事心上也感激他，彈壓百姓，沒有鬧出事來；見了撫臺，亦很替他說好話。至於紳士一面，一直當他是迴護百姓的，更不消說得了。自從出事之後，頂到如今，人人見他東奔西波，著實辛苦。官廳子上，有些同寅見了面，都恭維他「能者多勞」。單道臺得意洋洋的，答道：「忙雖忙，然而並不覺得其苦。所謂：『成竹在胸』；凡事有了把握，依著條理辦去，總沒有辦不好的。」人家問他有什麼訣竅，他笑著說道：「此是不傳之秘，諸公領悟不來，說了也屬無益。」人家見他不肯說，也就不便往下追問了。

又過了些時，領事因事情已完，辭行回去。地方官照例送行，不用細述。誰知這回事，當時領事只認定百姓果然要鬧事，幸虧單道臺一人之力，得以壓服下來。當時在湖南，雖隱忍不言；過後想想，心總不甘。於是全歸咎於湖南紳衿；又說撫臺不能鎮壓百姓，由著百姓聚眾，人太軟弱，不勝巡撫之任。至於幾個為首的紳衿，開了單子，稟明駐京公使，請公使向總理各國事務衙門詰責，定要辦這幾個人的罪名。又要把湖南巡撫換人。因此外國公使，便向總理衙門又多出一番交涉來。

要知後事如何，且看下回分解。

第五十八回　大中丞受制顧問官　洋翰林見拒老前輩

且說：駐京外國公使接到領事的稟帖，一想：這事一定要爭的。便先送了一個照會到總理衙門，叫這些總理各國事務大人們照辦。列位看官是知道的：中國的大臣，都是熬資格出來的。等到頂子紅了，官升足了，鬍子也白了，耳朵也聾了，火性也消滅了，還要起五更上朝，等到退朝下來，一天已過了半天，他的精神，更磨的一點沒有了。所以人人只存著一個省事的心，能夠少一樁事，他就可以多休息一回。倘在他精神委頓之後，就是要他多說一句話，也是難的。而且人人又都存了一個心，事情弄好弄壞，都與我毫不相干；只求不在我手裏弄壞的，我就可以告無罪了。

人人都存著這個念頭。所以接到公使的照會，司員看了看，曉得是一件交涉重案，壓不來的，馬上拿了文書呈堂；無奈張大人看了搖搖頭，王大人看了不作聲，李大人看了不贊一辭，趙大人看了仍舊交還司員。司員請示：「怎麼回覆他？」諸位大人說：「請王爺的示。」第二天會見了王爺，談到此事。王爺問：「諸位是什麼意思？還是答應他，還是不答應他？怎麼回覆他才好？」諸位大人，你看看我，我看看你，一句話也沒有。王爺等了半天，見各位大人沒有一句說話，又問下來道：「到底諸公有些什麼高見？說出來，我們大家亦可以商量商量。」張，王，李，趙四位大人，被王爺這一逼，不能不說話了。張大人先開口道：「還是王爺有什麼高見，一定不會差的。」王大人更報著自己的名字，說道：「某人識見有限，還是王爺歷練的多；王爺吩咐該怎麼辦，就怎麼辦罷！」李大人道：「他二位說的話，一些不錯。」趙大人資格最淺，就是肚皮裏有主意，也不敢多說話的；只隨著大眾說，應了一聲「是」。王爺見談了半天，仍談不出一毫道理來，於是摸出表來一看。張大人說本衙門有事，王大人說還要拜客，李，趙二位大人亦都要應酬；一齊說了聲：「明天再議。」送過王爺，各人登車而去。

過了兩天，公使館裏，沒有來討回信。王爺同他四位，亦就沒有再提此事。等到第三天，公使因為他們沒有回覆，又照會過來問信。他們還是不得主意。王爺同他們議了半天，無非「是是是」，「者者者」，鬧了些過節兒，一點正經主意都沒有。這天又是空過去，亦沒有照覆公使。等到第五天，公使生了氣，說：「給你們照會，你們不理！」於是寫了一封信來，訂期明日三點鐘，親自前來拜會，以便面商一切。諸位王爺大人們，只得答應他；回他：「明天恭候。」

同外國人打交道，是不可誤時候的。說是三點鐘來見，兩點半鐘，各位王爺大人，都已到齊；一齊穿了補褂朝珠，在一間西式會客堂上等候。剛剛三點，公使到了。從王爺起，一個個同他拉手致敬，分賓坐下，照例奉過西式茶點。王爺先搭訕著同他攀談道：「我們多天不見了！」公使還沒有答話，張大人忙接了一句道：「這一別可有一個多月了！」王大人道：「還是上個月會的！」李大人道：「多時不見，我們記掛貴公使的很！」趙大人道：「我們總得常常敘敘才好！」公使是懂得中國話的，他們五位都說客氣話，少不得也謙遜了一句。王爺又道：「今天天氣好啊！」張大人道：「沒有下雨。」王大人道：「難得貴公使過來，天緣總算湊巧得很。」李大人道：「幸虧是好天；下起雨來，這京城地面，可是有些不方便！」趙大人道：「我曉得貴公使館裏，很有些精於天文的人。不是好天，貴公使亦不出來。」

公使又問道：「前天有兩件照會過來，貴親王，貴大臣都想已見過的了。為什麼沒有回覆？」王爺道：「就是湖南的事嗎？」張大人亦說了一聲：「湖南的事？」公使問：「怎麼辦法？」王爺咳嗽了一聲。四位大人亦都咳嗽一聲。公使又問：「怎麼樣？」王爺道：「等我們查查看。」四位大人亦都說：「須得查明白了，再回覆貴公使。」公使問：「幾天方能查清？」王爺道：「行文到湖南，再等他聲覆到京，總得兩個月。」四位大人齊說：「總得兩個月。」公使道：「敝國早替貴國查明白了：實在巡撫過於軟弱；一班紳衿，架弄著百姓，幾乎鬧出事來。我們彼此要好，所以特地關照一聲。貴親王，貴大臣，似可無須再去查得，就請照辦罷！」王爺又咳嗽了一聲。各位大人亦都咳嗽了一聲。但是也有吐痰的，也有不吐痰的。呆了半天，公使又追著問信。王爺說：「我們須得商量起來看。」四位大人齊說：「總得商量起來看。」公使聽了，微微一笑。

幸虧這位公使，性氣和平；也是曉得中國官場的習氣，是捱一天算一天，等到實在捱不過去，也只好隨著他辦；所以當時聽了這班王爺大人們的說話，也不過於迫脅他們。但道：「要等行文去查，那是等候不及！現在電報又不是不通，諸公馬上打個電報去，兩三天裏頭，還怕沒有回電嗎？」一句話，把他們提醒了，一齊都說：「准其打電報去問明白了，就給貴公使回音罷！」公使臨走，又說了一句：「三日之後，來聽回音。」

等到送過公使，王爺說道：「這件事情，還是依他，還是不依他？倘若不依他，總得想個法子，對付他才好！」四位大人當中，要算張大人資格最老，經手辦的事亦頂多；忙出來攔住道：「王爺不曉得！我們同外國人打交道，也不止一次了，從來沒有駁過他的事情。那是萬萬拗不得的，只有順著他辦！」

說完，又回頭對王，李，趙三位大人道：「我們辦交涉事辦老了，這一點點訣竅，還不懂得？」王爺被他駁得無話可說，歇了半天，搭訕著說道：「這件事情，你們到底查明白了沒有？」張大人道：「用不著。等到他們外國人來，他們說怎麼辦，就怎麼辦。還要王爺操這個心嗎？」

其實公使來鬧了半天，為了什麼事，他們亦只曉得一個大略，是：湖南出了一件人命交涉案件，公使不答應，說巡撫軟弱，挾制政府裏換人；究竟案中的詳情，他們還是糊裏糊塗！一個個吃了「補心丹」，一齊把心補住，決不肯為了此事再操心的。當下又談了一回，無非是商量把現在這位湖南巡撫，調任別處；簡一個有機變的，調做湖南巡撫。又是張大人出主意道：「我們調去的人，怕他們外國人不願意；何如等他後天來討回信時，探探他的口氣，他說那個好，就派那一個去；省得將來同他們不對，又來同我們搗蛋。」王爺點頭稱「是」；大眾亦就別去。

* * *

且說：總理各國事務王大臣，聽了外國公使的說話，心上雖不甘願遷就他，卻也不敢違拗他；等到第三天，公使又來討回信的時候，見了面，拿他恭維了一泡。先時一個個手裏，都捏著一把汗。後來提到正事，王爺頭一個答應他：「准定把湖南巡撫換人。但是放那一個去，一時還斟酌不出這麼一個對勁的。最好是同貴國人說得來的，以後辦起交涉來，彼此有個商量，不至於再像這回事，弄得不討好。」公使道：「是啊！現署山東巡撫的賴養仁賴撫臺這人就很好。前任黃撫臺，很同我們敝國人作對，自從姓賴的接了手，我們的鐵路，已經放長了好幾百里；還肯把濰縣城外一塊地方，借給我們做操場。貴親王，貴大臣是曉得的：敝國在貴省地方，造了鐵路，不見得中國人不坐；載貨搭客，原是彼此有益的事情。就是借地做操場，後來亦總要還的；不曉得前任黃某人為什麼商量不通。賴撫臺是開通極了，所以我們各國都歡喜他。以後請政府都要用這種人，國家才會興旺！現在據我們意思，貴親王，貴大臣就奏明貴國皇上，竟把賴某人補授湖南巡撫。再揀一個同賴某人一樣的人，做山東巡撫。如此，方見我們兩國的邦交，更加親熱！諸公以為如何？」王爺聽了，望望四位大人。四位大人，亦望望王爺，彼此不作一聲。

還是王爺熬不過，就近同張大人說：「既然他們說賴某人好，我們就給他一個對調罷？」張大人搖搖頭道：「使不得！使不得！賴某人一准升湖南巡撫；山東一席，還要斟酌。這個是他們不歡喜的，調了過去，亦不討好。還是陝西竇某人，從前做津海關道的時候，很應酬他們外國人。凡是才進口的新鮮果子，以及時鮮吃物等類，他除掉送我們幾個人之外，各國公使館裏，他都要送一分去。你說他想的周到不周到？如果把這種人調到山東去，他們一定喜歡的。」王爺道：「既然如此，我們就答應他就是了。」張大人道：「倒也不在乎一定先要說給他們。只要不駁他的話，他就曉得我們已經許他的了。王爺不曉得老辦交涉的，本有這『默許』的一個訣竅；凡事我們等他做，不作聲，他們曉得我們就已經允許了他了。」王爺點頭稱「是」。

他二人談了半天，公使等得不耐煩，又問：「怎麼樣？」他們幾個人，只是守著默許的秘訣，無論如何，也不做聲。公使急得發跳。還是王爺熬不住，同他說了聲「回來就有明文」。公使聽了這句，也就明白，不再往下追問了。又說了幾句別的閒話，分手辭去。

次日果然一連下了兩條上諭：湖南，山東兩省巡撫，一齊換人。先前的那位湖南巡撫，亦沒有拿他調補陝西，落空下來。這也是張大人的調度，說他是得罪過外國人的人，一時不好叫他有事情；總得冷冷場，等人家平平氣，方好位置他。閒話休提。

* * *

且說：新任山東巡撫賓撫臺，名喚賓世豪，原是佐貳出身，生平最講究的是應酬。做佐雜的時候，有一次跟著一位候補知縣，一同到外州縣出差。候補知縣坐的是轎子，他不肯化錢，在路上或是叫部小車子，或是跟著轎子，一路的跑。有些不知道的，還當是跟的差官底下人之類，並沒人曉得他是太爺。

亦是他運氣湊合，這年正在省裏候補，空閒著沒有事，齊巧本省巡撫有位老太爺，最愛著象棋，就有人把他保薦進去；同老太爺一連下了十盤，就一連和了十盤。據賓世豪私下對人家說：「若照老太爺手段，贏他一百盤都容易。但是恐怕老太爺面子上過不去，所以同他和了十盤。」此時老太爺也明曉得賓世豪是個好手；但是自己生性好勝，不贏他一盤，總不肯歇手。幸虧賓世豪乖覺，摸著老太爺脾氣，故意讓他幾步，等老太爺贏了一盤，光了光面子。果然老太爺大喜，連說：「我今天雖然贏了賓某人棋子；然而他的手段是好的。只有他還可以同我交交手，若是別人休想。」賓世豪聽老太爺獎勵他，甚喜。此時老太爺離不了他，先叫兒子委了他幾個掛名差使，拿乾薪水。後來碰著機會，開保舉，又把他保舉過班。連進京引見的盤費，都是老太爺叫兒子替他想法子，無非委派一個解餉等差，無庸細述。

等到引見出來，走了老太爺門路，署過兩趟好缺，著實弄到幾文，又一齊孝敬了上司。於是升過府班，過道班，保送海關道，放津海關道，一齊都是應酬來的。津海關做了兩年，只因有人謀他的這個缺，上頭也曉得他發了財了，就拿他升臬司，接著升藩司，如今升山東巡撫。他自從佐貳起家，一直做到封疆大吏，前後不到十年工夫。他辦交涉的手段，還是做候補道的時候，就練好的。等到做了津海關道，自然交涉等事情更多了。

他練就的一套功夫是什麼？就是上文張大軍機所說的「默許」的一個秘訣：凡是洋人來講一件事情，如果是遵條約的，固然無甚說得；倘若不遵條約的，面子上一樣同人家爭爭；到後來洋人生氣，或者拿出強項手段來辦事，他亦聽那洋人去幹，決不過問。後來洋人摸著了他的脾氣，凡百事情，總要同他言語一聲。他允也罷，不允也罷，洋人自己去幹他自己的。他有時碰了上頭的釘子，下來問那洋人；洋人道：「你早已默許我過了。你不許我做，我能做嗎？如今事已做成了，你再要我反悔，可是不能！倘若一定要反悔，也可以；你賠我若干錢，我就歇了。你為什麼不早點攔住我？如今我已經化了本錢，忽然攔住我。我不做，耽誤我的買賣，壞我的名氣，還得賠我若干錢，方能過去。否則不能同你干休！」他聽了外國人的說話，依舊無言可答。後來外國人又來問他討銀子，要賠款，倘或彼此說開了，也就不要了。有些說不開的，外國人問他要賠款，他還當真的給他。如此者三四次。上頭見他賠銀子是真的，以後的事，曉得他為難，只要外國人沒有話說，也不來責備他了。

* * *

且說：他如今升了巡撫，自然是過了幾年，閱歷愈深。又加以外國人在他手裏，究竟占過便宜，不忘記了他，一聽他來，個個歡喜。到任之後，這一個來找，那一個來找。凡是來找他的外國人，他沒有一個不請見，又沒有一個不回拜。一天到晚，只有同外國人來往，還來不及；那有工夫，還能顧及地方上公事呢！因此便有人上條陳說：「大帥萬金之體，為國自愛，倘照這樣忙法子，就是天天喝參湯，精神也來不及！總得找個人，能夠代替代替才好。」竇世豪道：「外國人事情，他們一樣不懂，誰能替我？除非現在有這們一個人懂得外國人的脾氣，有什麼事情，他替我代辦了，不要我操心，還要外國人不生氣；如此我才放心得下！你們可有這們一個人？」大家保舉不出人，也就不往下說了。

後來這個風聲，傳到外國人的耳朵裏，便借此因頭，硬來薦人；又引證海外那一個國，從前沒有興旺的時候，亦是借用別國有本事的人做客卿，然後他的國度，就此興旺了；這也不過借他做個嚮導的意思。竇世豪聽了這個說話，心想：「這個法子倒不錯；用外國人去對付外國人，同外國人有些事情，總容易商量得過，不消我費心。而且以後永無難辦的交涉。我倒可以借此卸去這付重擔，省得外國人時刻來找我；也免京裏頭，嫌我辦得不好。橫豎有人當了風去，好歹不與我相干。」存了這個主意，馬上答應，就託外國人介紹，請了一位嚮導官。

據他們外國人說：「此人在他們學堂裏，學的是政治法律，都得過高等文憑的。」竇世豪道：「我這一番的任務，十府，二直隸州，一百單八州縣，所有的公事，都要我一個人過目。我那兒來的及！有了這個幫手，我也可以歇歇了。」過了兩天，介紹的人，先把合同底子送過來請竇世豪過目，滿紙洋文，寫的花花綠綠的，竇世豪不認得，發到洋務局叫繙譯去繙譯好。又由洋務總辦斟酌添了兩條，餘外無甚改動。每月是六百兩薪水，先訂一年合同。竇世豪看了無話，就叫照辦。那洋人本是住在中國的，自然一請就到。等合同簽字之後，竇撫臺便約他到衙門裏同住，以便遇事可以就近相商。那洋人本無家眷，原是無可無不可的；搬了進來。因為他姓喀，撫臺稱他喀先生；合衙門都稱他喀師爺；官場來往，還稱他為喀老爺，喀大人；有些不曉得他的姓，都尊之為洋大人。閒話休敘。

單說：他才接事的頭一天，竇世豪為了長清縣稟到一件命案，師爺擬的批不算數，一定要叫繙譯去同喀先生說過，請喀先生擬批。誰知講了半天，一個案由還沒有明白。大家都說：「喀先生學的是外國刑名，中國的刑名，他沒有講究過，就是擬了出來，到部裏亦要駁的。還是請我們自己老夫子擬罷！」竇世豪無奈，只得拿回來，交給自己老夫子去辦。又過了幾天，上頭有廷寄下來，叫他練兵，辦警察，開學堂。他得了這個題目，便道：「這幾件都是新政事宜，可要請教這位大政治家了。」即忙把喀先生請了來，同他逐一細講，要他代擬章程。喀先生道：「這幾件，在我們敝國都是專門的學問。即以練兵而論：陸軍有陸軍學堂，水師有水師學堂。就以學堂而論：也有初級，有高級。我不是那學堂裏出身，不好亂說。」

竇世豪至此，方才有點反悔之意，皺了皺眉頭，說道：「人命案件，請教你，你說中國刑名你不懂。今兒這些事情，原是上頭照著你們法子辦的，怎麼你亦不懂？這樣不懂，那樣不懂，到底你曉得些什麼呢？」喀先生道：「你們中國的法律，本是腐敗不堪的。現今雖然說改，亦還沒有改好。要我拿了你們的法律去辦事，我可不能。我要用我們敝國的法律，大帥又怕部裏要駁。今兒你大帥所說的幾件事，在我敝國，都是專門學問。如果你大帥一准辦這幾樁事，要我薦人，我都有人。至於問我曉得些什麼，將來倘如有了同敝國交涉的事情，不消你大帥費心，我都可以辦得好好的。」竇世豪聽了無話。所有新政，仍舊委了本省司道，分頭趕辦，也不再去請教喀先生了。喀先生也樂得拿薪水，吃飯睡覺，清閒無事。不知不覺，已經有半年下來。

一天，他的一位外國同鄉，帶了家小，初次到中華來，先到山東遊歷。因為叫人挑行李，價錢沒有說明白，挑夫欺他也有的，便把那個外國人的行李，吃住不放。約摸有二里多路，定要他五百大錢一擔。那個外國人恨傷了，曉得喀先生在撫臺衙門裏，便來找他，將情由細說一遍；又說挑夫一共三個。喀先生心上想：「在此住了半年，一無事辦，自己亦慚愧得很；如今借此題目，倒可做篇文章了。」便去找竇世豪，氣憤憤的說：「挑夫吃住我同鄉的行李，直與搶奪無異。貴國這條律例，我是知道的，應請大帥將挑夫三名，一概按例梟示，方合正辦。」

竇世豪起初聽了，還以為挑夫果然可惡；如其搶奪洋人行李，一定要重辦的。立刻傳了首縣來，告訴他這事，叫他辦人。首縣去不多時，回來稟稱：「人已拿到，並且問過一堂。此事原係挑夫同洋人講明五百大錢。因此洋人不肯付錢，挑夫一定吃住了討，說五百一擔，本是講明白的，少一個錢可不能。洋人氣急了，就拿棍子打人；現在有個挑夫頭都打破了。卑職驗得屬實。因此三個挑夫起了鬨，說錢亦不要了，仍把東西挑回去，等洋人另外找人去挑，他們總算沒有做這筆買賣。後來還是房東出來打圓場，每擔給他三百大錢，行李亦早已交代過了。據卑職看，這件事情早已完結的了；那個洋人又來叫大帥操心，亦未免太多事了！」首縣一番話，說得甚為圓轉。竇撫臺一聽不錯，說：「挑夫亂要錢，誠屬可惡。你既打了他，又沒有照著原講的價錢給他；如今反說挑夫動搶，一定要我拿他們正法，這也太過分了！」便請了喀先生來，把情節同他講明，叫他回覆那洋人，不要管這閒事。

誰知喀先生不聽則已，聽了之時，竟其拍桌子，摣板凳，朝著竇撫臺大鬧起來，說：「我自從接事以來，不按照你們中國的法律辦事，嫌我不好。如今按照你們中國的法律辦事，亦是不好。明明是瞧我不起，所以不聽我的話。既然不聽我的話，還將我做什麼呢？」當下那洋人又著實責備竇撫臺，說他違背合同。「既然請了我來，一點事權也不給我，被別國人看著，還當是我怎樣無能。這明明是壞我的名譽；以後還有誰請我呢？現在你把一年的薪水，一齊找出來給我還不算；還要賠我名譽銀子若干。如果不賠我，同你到北京公使那裏講理去。」說完，就要拖了竇撫臺出去。竇撫臺問他：「那裏去？」他說：「北京去。」竇撫臺說：「就是要北京去，我是有職守的人，不奉旨，是不能擅離的。你要去，你一個人先去罷。這是你自己要去，不是我辭你的，不能問我要薪水。」那洋人一聽竇撫臺如此的回絕他，越發想要蠻做。

幸虧其時首縣還沒走，立刻過來打圓場，一面同洋人說：「有話總好商量，我們回來再說。他是一省之主，你把他鬧翻了，你在這裏是孤立無助的，吃了眼前虧，不要後悔！」洋人聽了這兩句話，一想不錯，方才閉了嘴不響。首縣又過來，求竇大帥息怒。「大帥是朝廷柱石；他算什麼東西！倘或大帥氣壞了，那還了得！」竇撫臺亦只好收篷；就吩咐把此事交給洋務局去辦。首縣答應下去，稟明洋務局老總，就同著洋務局老總，找到洋人；說來說去，言明認賠一年薪水，以後各事，概不要他過問。洋人只要銀子到手，自然無甚說得。

竇撫臺自從上了這們一個當，自己也深自懊悔，倚靠洋人的心，也就淡了許多了。後首有人傳說出來，這事一來是竇世豪自己懊悔，深曉得上了外國人的當；二來是他親家沈中堂從京裏寫信出來；通知他，信上說：「現在京裏，很有人說親家的閒話；說親家請了一位洋人做老夫子，大權旁落，自己一點事不問。這事很失國體，親家趕快把那位洋人辭掉，免得旁人說話。至戚相關，所以預行關照。」竇世豪得了這封信，所以毅然決然，借點原由，同洋人反對，彼此分手，以免旁人議論，以保自己功名。話休絮煩。

*　*　*

且說：他這位親家沈中堂，現官禮部尚書，協辦大學士，又兼掌院大學士。雖然不在軍機處有什麼權柄，然而屢掌文衡，門生可是不少。他的為人，本來是極守舊的；無奈後來朝廷銳意維新，他雖不敢公然抵抗，然而言談之間，總不免有點牢騷。一天，有兩位督撫，又有幾個御史，連上幾個摺奏：請減科舉中額，專重學堂。老頭子見了，心上老大不高興，嘴裏說道：「不要說別人，就是他們幾位，從前那一個不是由科舉出身？如今已得意了，倒會出主意，斷送別人的出路，真正豈有此理！」後來打聽著上摺子的幾位御史，內中有一個姓金的，一個姓王的，都是那年會試他做總裁取的門生。因此越發氣的了不得。無奈朝廷已經准了他們的摺奏，面子上不好說什麼，只吩咐門上人：「以後王某人，同金某人來見，一概擋駕，璧還他們的門生帖子，不要收。」門上人答應著，後來王，金二人來了，果然被門上人擋了。兩人只得託人疏通；無奈他老人家拙性發作決意不收。兩人無可如何，只得罷休。

又過了些時，又有那省督撫，奏請朝廷優待出洋遊學畢業回來的學生。他老人家得了這個信，越發鬍子根根蹺起，說：「這些學生，今兒鬧學堂，明兒鬧學堂，一齊都是無法無天的，怎麼好叫朝廷重用他們這種人！做了官還了得！」當下正要把他那些得意門生，凡是與自己宗旨相同的，揀選幾十位，約會在一處，請他們吃飯，商量挽回的法子。單子還沒有發出，又傳到一個消息，說：要把天下庵觀寺院，一齊改作學堂。他老人家一聽這話，更氣得兩手冰冷，連連說道：「如今越鬧越好了！再鬧下去不曉得還鬧出些什麼花樣來！我亦沒有這種氣力，同他們去爭，只有禱告菩薩，給他們點活報應就是了。」這一夜，直把他氣的不曾合眼。

第二天，就請病假在家裏靜養。他是掌院，又是尚書，自然有些門生屬吏，川流不息的前來瞧他。大眾一齊曉得老師的病是醫藥不能治的。便有一個門生自告奮勇，說：「門生拚著官不要，拚著性命不要，學那從前吳都老爺的尸諫。明天一定要上摺子爭回來；倘若上頭不批准，門生真果死給眾人看，總替老師出這一口氣。」沈中堂一看這告奮勇的人，不是別人，正是侍讀學士，旗人紳靈，號叫紳筱庵的便是。還是三科前，那年殿試，他做閱卷大臣，把紳筱庵這本卷子取在前十本內。第二科留館。旗人升官容易，所以如今已做到侍讀學士了。沈中堂看清是他，忙把大拇指頭一伸，說：「你老弟倘能把這樁事扳回來，菩薩馬上保佑你升官，將來一定做到愚兄的地位。」紳筱庵當時亦就義形於色的，辭別老師，言明：「回家擬好摺子。請老師明天候信便了。」沈中堂聞言之下，喜雖喜；然而面上還露著一副哀戚之容，說：「筱庵老弟果真要尸諫，雖是件不朽之事；但是他一家妻兒老小，靠託誰呢！我老頭子這們一把年紀，官況又不好，還能照顧他嗎！」於是呆了一回，等到眾人要去，一定要親自送他們到門外上車。眾門生執定不肯，說：「老師於門生向來是不送的。倘若老師要送，一定是拿我們擯諸門外了。」於是走到簷下，大眾站定不肯走。沈中堂道：「我不是送眾位，我是送筱庵老弟的。筱庵果然要學吳侍御之所為，我們今日，就要一別千古了！我怎好不送他一送呢！」眾人見他如此說法，只得隨他送諸門外。

如今不說紳學士回去擬摺。且言：沈中堂送客進來，也不回上房，一直到自己常常念經的一間屋子裏，就在觀音面前，抖抖擻擻的，點了一炷香，又爬下碰了三個頭。等到碰完末了一個頭，爬在地下，有好半天沒有站起。口中念念有詞，也不曉得禱告的是些什麼。後首起來之後，又上氣不接下氣的，念了半遍金剛經，實在念不動了，只好次日再補。自此便在家養病，三天假滿，又續三天。老頭子一心指望紳學士摺子上去，定有一道上諭。即使批斥不准，或是留中。紳筱庵既說明尸諫，他的為人，平時雖放蕩不羈，然而看他前天那副忠義樣子，決計不是說著玩玩的。但是摺子上去，准與不准，以及筱庵死與不死，總應該有個確信。何以一連幾天，杳無消息？真令人猜不出是個什麼緣故。眼見得六天假期滿了，筱庵那裏還是無動靜；自己又不是怎樣病得利害，請假請得太多了，反怕有人說話；無奈只得銷假請安。

眾門生屬吏，見他老人家病痊銷假，又一齊趕了來稟候。沈中堂見了眾位，又獨獨不見紳學士。前天的話，是大家一齊聽見的；沈中堂便問眾人：「這兩天見著筱庵沒有？我等了他四天，摺子仍舊沒有上去。難道前天說的話，是隨口說說的嗎？如果說了話不當話，我也不敢認他為門生了！」其時眾人當中，有個同紳筱庵同在一起的，他也是一位翰讀學，姓劉名信明。也聽了沈中堂的說話，忙替紳筱庵辯道：「筱庵那天從老師這兒回去，聽說竟為這件事氣傷了，在家裏發肝氣。請了許多中國醫生醫不好，後來還是吃了洋醫生兩粒丸藥吃好的。第二天睡了一天，第三天才起來的。正想辦這件事，湊巧那兩天天熱，不知怎樣又忽然發起痧來。馬上找了個剃頭的，挑了十幾針，幸虧挑的還快，總算保住性命。現在是門生大家叫他在家裏養病，不要出來，受了暑氣，不是玩的。大約明天總到老師這裏來請安。」沈中堂道：「原來說來說去，他的性命，還是要緊的。他連外國大夫的藥都肯吃，他還肯為了這件事死嗎！我如今也斷了這個念頭，決計不再望他死了。」言罷，恨恨不已。過了兩天，紳筱庵曉得老師怪他，但是不好意思見老師的面。後來好容易找了許多人疏通好了，方才來見。沈中堂總同他淡淡的，不像從前的親熱了。

原來：紳筱庵紳學士，自從那天從沈中堂宅子裏回去，原想一鼓作氣，留個千載不朽的好名兒。一路上在車子裏，盤算這個摺子，應得如何著筆，方能動聽。

及至到家，才跨下車來，忽見自己的管家迎著請了一個安，說：「替老爺叩喜。」紳筱庵忙問：「何事？」管家道：「廣東學政出缺，外頭都擬定是老爺。小軍機王老爺剛才來過，因見老爺不在家，叫奴才轉稟老爺。今天王爺還提到老爺的名字，看來這事情倒有十分可靠。」紳筱庵原想明天學吳可讀尸諫的；及至聽了管家這番說話，不覺功名心一動，頓時就把那件事忘記了。他這一夜，賽如鍋上螞蟻似的，在一間屋裏，踱來踱去，一直沒有住腳，又想寫信去問小軍機王老爺。家人回稱：「時候已經不早了，怕王老爺已經睡了覺。」又要寫信去問列位朋友，一時又無可問之人。恐怕人家本來不曉得，現在送個信給他，反被他鑽了去，此事不可不防。因此足足盤算了一夜。第二天一早，正想出門探覓消息，上諭已經下來，早放了別人。

紳筱庵望了一個空，一團悶氣，無可發洩，方想到昨兒在老師沈中堂跟前說的話，現在正好借此題目，發洩發洩。正提起筆來做摺子，忽然太太叫老媽來請，說是小少爺頭暈發燒，也不知犯了什麼症候。紳筱庵兄弟三房，只此一個兒子，年方十一歲。讀書很聰明，雖不能過目成誦，然而十一歲的人，居然五經已讀完三經，現在正讀左傳。文章已做到「起講」，先生許他明年就好完篇了的。因此紳筱庵夫婦竟拿他當做寶貝一般看待。一旦有了病，不但紳筱庵神魂不定；一個太太，早靠在少爺身邊，一手拍著，一面淚珠子早已接連不斷的掛在臉上了。紳筱庵回到上房，一看這個樣子，一條英氣勃勃的心腔，早為兒女私情所牽制。少不得延醫服藥，竭力替兒子醫治，以安太太之心。

這一鬧又鬧了兩天。等到兒子病好，恰值沈中堂假期已滿。他此時學吳可讀尸諫的心，早已消歸東洋大海；只是老師面前，無以交代，少不得編造謠言，託人緩頰，把此事搪塞過去。明知老師冷淡他，事到其間，也只好聽其自然了！過了些時，他這段故事，外頭都傳開了。都說：「老頭子發痰氣，逼著門生尋死。幸虧紳某人有主意，沒有上了他的當。」

* * *

有天他老人家在家裏坐著，直隸總督來拜。見面之後，賣弄他：「這兩年派出去的學生，學成回來很有些好學問的。今兒召見，已蒙上頭應許，准其擇尤保送。由禮部請示日期，在保和殿考試一次，分別等第，賞他們進士翰林，以示鼓勵。將來這閱卷一事，少不得總要老先生費心的。這樣門生，多收兩個在門下，將來能夠替國家辦點事，大家都有面子！」沈中堂聽他說完，忙忙搖手道：「別的都可以，只是保和殿考試一事，兄弟還要力爭；他們這些人都夠到殿試，以後要把我們擺到那兒去呢！就以我們這個翰林院衙門而論：幾千年下來，一直乾乾淨淨的；如今跑進來這些不倫不類的人，不被他們鬧糟了嗎？」說罷，悶悶不樂。直隸總督來此，原想預先託個人情的；後見話不投機，只好搭訕著出去。

那知這位直隸總督，上頭聖眷很紅，說什麼是什麼，向來沒有駁回他的。回去之後，果然保送了許多學生，請上頭考試錄用。軍機上先得了信，就有位軍機大臣，曉得沈中堂有迂拙脾氣的，便拿他開心說：「直隸總督某人送些學生進來，都被我們咨回去了；曉得中堂不歡喜這班人，所以特地告訴你一聲，也叫你歡喜歡喜。」沈中堂聽了，果然心上很快活，連連說道：「這才是正辦！就是上頭准了他這個，如其派我閱卷，我寧可辭官不做，這個差使，決計不當的。」那位軍機大臣道：「中堂所見極是！」彼此別去。誰知到了第二天，就有上諭：著於某日在保和殿考試出洋畢業學生。沈中堂看了，還當是軍機沒有這個權力阻擋這件事，也只有付之一歎，沒有別的說話。

又過了兩天，考試過了。第二天，派他做閱卷大臣。他此時告假已來不及，要說不去，這違旨的罪名，又當不起；只得垂頭喪氣，跟了進去。幸虧試卷不多；而且所派閱卷大臣，也不止他一位，他自己樂得不管事，讓別人去作主。不過大概翻了一翻，檢一本沒有違礙字眼的，擺在第一，呈進上去。等到引見下來，果然朝廷破格用人，頂高等的，都賞了翰林；其次用主事知縣京官外官都有。那些用主事知縣的，不用去說他了。但說那幾個賞翰林的，照例要上衙門，拜老師，認前輩，這些禮節，一點不能少的。沈中堂當的是掌院學士，正管得著他們，少不得前來叩見。

那幾位翰林，雖然打外洋回來，不曉得中華規矩；然而做此官，行此禮，到了此時，說不得也要從眾了。於是打聽了規矩，封了贄見門包，拿著手本，前來私宅謁見。不提防這位老中堂，早就預備此一著，兩天頭裏，便齊集了甲班出身的那些門生，同他們說道：「從前要進我們這個翰林院，何等煩難！鄉試三場，會試三場；取中之後，還要覆試，又是殿試，朝考，留館。諸君都是過來人，那一層門檻，可以越得過！如今這些人，一點苦沒有吃著，止作得兩篇策論，就要來當翰林。以後無論什麼人，也可以當翰林了。然而上頭有恩典給他們，我們怎好叫上頭不給他們？就是上頭派愚兄閱卷，愚兄亦怎好不去；不過收到這種門生，愚兄心上總覺不是。現在請了諸位來，彼此商量一個抵制的法子，就同他們上海抵制美約一樣，總要弄得他們不敢進這個衙門才好。諸位老弟高見，以為何如？」於是一齊稱「是」。沈中堂又問他們抵制的法子。有人說：「應該上個摺子，不准他們考差。凡是本衙門差使，都不准派。」又有人說：「這個翰林，只能算做頂帶榮身，不能按資升轉。」沈中堂聽了，不置可否。

內中有一位閣學公，姓甄號守球，年紀已有七十三歲了；獨他見解獨高，忙插嘴道：「老師所說的，是抵制之法；抵制得他們自己不敢來才好。現在有個法子：他既然賞了翰林，一定要來拜老師，認前輩。老師不能不認他，他送贄見，亦樂得收他的。我們這些老前輩，無求於他，等他來的時候，我們約齊了一概不見，我們不要認得他；就是在別處碰見了，他稱我們前輩老前輩，我們只拱手說：『不敢當』。也不要理他。如此等他碰過幾回釘子，怕見我們的面，以後叫他們把這翰林一道視為畏途，自然沒有人再來了。但是要抵制，我們總要齊心才好！」眾人聽罷，一齊稱「妙」。沈中堂點頭稱「是」，連說：「守球老弟所論極是。愚兄樂得認他做門生；但是贄見，亦要照尋常加倍。我們中國的規矩：凡是沾到一個『洋』字，總要加錢。不要說別的，我們大孩子，新從上海來，他說上海戲園子規矩：洋人看戲加倍。他幾個雖不是洋人，然而總是外洋回來的，我問他多要，並不為過。」眾門生又一齊稱「是」。於是當天議定，等他幾人來見老前輩時，一概不許接待，以為抵制之策。眾人一齊認可，方才別去。

欲知後事如何，且看下回分解。

第五十九回　附來裙帶能諂能驕　掌到銀錢作威作福

話說：甄守球甄閣學在沈中堂宅內，議定抵制之法：凡是新賞翰林的幾個學生來拜，一概不見；不要他們認前輩老前輩。商議既定，果然大眾齊心，直弄得他們那幾個人，到一處碰一處，沒有一處見到。後來這幾個人，曉得在京裏有點不合時宜，也就各自走了道路，出京另外謀幹去了。京裏的這班人，聽見他們已走，彼此見面，一齊誇說：「甄老前輩出的好計策！」甄閣學亦甚是得意。

一天甄閣學在自己宅子裏，備了三席酒，請眾位同年同門，吃酒賞菊花。沈中堂得了信，說是：「飲酒賞菊，是頂雅緻的事情，怎麼守球不請我老頭子？」就有人把話傳給了甄閣學，連忙親自過來陪話，說道：「不是不請老師。實在因為屋子太小，多怕褻瀆了老師，所以不敢來請。」沈中堂道：「我很歡喜。到了那天，我要來；你亦不必多化錢，我亦吃不了什麼，不過大家湊湊罷了！」甄閣學自然高興。

到了那天，因為老頭子要來，雖說不化錢，早已特特為為又添了一桌菜，檢老師愛吃的，點了幾樣。這天約明白的兩點鐘會齊。不到一點鐘，老頭子頂高興，早已跑了來了。一問所請的客，都是自己的門生，尤其高興。等到客齊，老頭子先創議，要人家做菊花詩。老頭子說：「什麼五古七古，七律七絕，我都有點忘記了。只有五律，只要拿試帖減四韻，我雖然多年不做，工夫荒了，還勉強湊得成功。」眾人見老頭子高興，少不得一齊獻醜，當時各自搜索枯腸。約摸一個鐘頭，還是沈中堂頭一個做好。眾人搶著看時，果然是一首五律。然後眾人絡續告成；數了數一共二十七首。有三位說要回去補做了送來。彙齊之後，甄閣學一齊請沈中堂過目。其中只有兩個做七絕的，一個做七律的，九個做五律的，十五個做五絕。你道為何？只因五絕比五律更好做，連中間的對仗，都可以減去；所以大家捨難就易，走了這一路。當時沈中堂看了甚喜，說：「明天請守球老弟，畫一張格子，分送諸位；另外各自再謄一張，中縫腳下，各人寫各人的名字。簽條上就寫翰苑分書菊花詩。送到琉璃廠，等他們刻了板，印出來賣。凡是寫大卷子的人，誰不要買一部？」眾人聽了，不勝佩服。

酒席吃到一半，甄閣學忽然起身向內，停了一回，拿了兩張字出來，送到沈中堂跟前，說是：「門生的兩個兒子做的，不曉得將來還有點出息沒有？」沈中堂道：「好啊！拿來我看。」原來都是和的菊花詩；前面寫著「恭求太老夫子中堂訓正」，下面註著「小門生甄學忠，甄學孝謹呈」字樣。沈中堂未看詩，先看名字，說道：「好名字！一個人能彀記得『忠孝』兩個字，還有什麼說的呢！」於是又看詩，連讚：「好口氣！兩位世兄，將來一定都是要發達的；都是我的小門生，將來亦於湯有光的事。我很想見見他倆。」甄閣學巴不得這一聲，即刻進去，招呼兒子紮扮了出來。沈中堂一看，大的約摸有四十外了，戴的是藍頂花翎；小的亦有二十多歲，還是金頂子；一齊都穿著袍套，見了太老師爬下磕頭。太老師止回了半揖，磕頭起來，又讓坐。

老頭子因見甄學忠是四品服色，曉得他一定有了官了，便問：「在那一部當差？」甄閣學搶著回道：「本來是有個小京官在身上，如今改了直隸州出去。」沈中堂道：「怎麼不下場？」甄閣學道：「已經下過十場，年紀也不小了，正途不及，只好叫他到外頭去歷練歷練。」沈中堂道：「可惜可惜！有如此才華，不等著中舉人，中進士，飛黃騰達上去，卻捐了個官，到外頭去混，真正可惜！」一面說，一面又拿他倆的詩，顛來倒去，看了兩三遍，拍案道：「『言為心聲』，這句話是一點不差的。大世兄的詩好雖好，然而還總帶著牢騷；這便是屢試不第的樣子。幸虧還豪放，將來外任還可望得意。至二世兄富麗堂皇不用說，將來一定是玉堂人物了！」

接著又問甄學忠：「幾時出去做官？分發那一省？」甄學忠回稱：「這個月裏，就辦引見，指分山東。」沈中堂道：「好地方！山東撫臺，也是我門生。我替你寫封信去。」甄閣學本有此心，但是不便出口；今見老師先說了出來，自然感激涕零！立刻又叫兒子磕頭謝了太老師栽培。當時沈中堂甚是高興，吃酒論文，直至火上始散。

次日甄閣學又叫兒子去叩見太老師。等到引見領憑下來，又去辭行。沈中堂見面之後，果為鄭重其事的，拿出一封親筆信來，叫他帶去給山東巡撫。按下慢表。

* * *

目前單說：甄閣學的兒子甄學忠拿了沈太老師的信，攜帶家眷前去到省。他父親因為他獨自一個出去做官，心上不放心，便把自己的內兄請了來，請他跟著同到山東，諸事好有照應。他父親的內兄，便是他的舅太爺了。這位舅太爺姓于，前年死了老伴，無依無靠，便到京找他老妹丈，吃碗閒飯。甄閣學是做京官一直省儉慣的人，憑空多了一個人吃飯，心上老大不自在。幾次三番，要把他薦出去，無奈人家嫌他年紀太大了，都不敢請教。這遭託他同到山東照應兒子，卻是一舉兩得。

于舅太爺年紀雖大，精神尚健；於世路上一切事情，亦還在行。甄學忠有這位老母舅照料，自然諸事一概靠託，樂得自己不問。于舅太爺卻勤勤懇懇，事必躬親，於這位外甥的事，格外當心。那些跟來的管家，都是在京裏苦敽的了，好容易跟著主人到外省做官，大家總望賺兩個。誰知碰見了這位舅太爺；以後的好處且慢說，但就目前路上而論：什麼雇車子，開發店家，有心賺兩個零用錢，亦做不到。因此，大家沒有一個歡喜這位于舅太爺的；而且都在少主人面前，說他的壞話。

在路曉行夜宿，非止一日，早已走到山東濟南府城。稟到，稟見，繳憑，投信；一切繁文，不必細表。撫臺接到沈中堂的私函，託他照應甄學忠，自然是另眼看待。到省不到一個月，撫臺避嫌疑，不肯委他差使。齊巧那時候辦河工，撫臺反替他託了上游的總辦張道臺。算是張道臺上稟帖，向撫臺說：這甄牧如何老練，如何才幹，「目下正值需才之際，可否稟懇憲恩，飭令該牧來工差遣，以資臂助。」各等語。撫臺看了，彼此心心相印，斷無駁回之理。甄學忠奉到了公事，連忙上院叩謝，撫臺當著大眾，很拿他交代一番；又說：「你到省未久，本還輪不到委什麼差使。這是張道臺有稟帖在此，稟請你去幫忙。好生幹！」甄學忠連應了幾聲「是」，下來。大家都說他，一定同張觀察有什麼淵源；還有人來問他。甄學忠回稱：「素昧生平。」大家都不相信，還說他有意瞞人。甄學忠自己亦摸不著頭腦，人家說他閒話，無可置辯。

後來到得工上，叩見了張觀察。張觀察同他很客氣，第二天就委了他買料差使。上來叩謝，張觀察曉得買料事繁，當面薦了兩個人：一個蕭心閒，一個潘士斐，說：「他二人於辦料一切，都是老手。」甄學忠又怕薦的人，沒有自己人當心；於是又寫信到公館，請他娘舅于舅太爺趕了來。于舅太爺一聽外甥有了事，自然也是歡喜的；便道：「這買料的事：上關國帑，下關民命，中間還關係委員的考成。若是沒個人去監察監察他們，這些人我是知道的，什麼私弊，都會做出來！」因此，接信之後，便趕著趕到工上。有他一個清眼鬼，自然那些什麼蕭心開，潘士斐，以及一班家人們，都不敢作什麼弊了。然而大家一齊拿他恨入骨髓。不在話下。

＊　＊　＊

且說：甄學忠到省，不及一月，居然得了這個美差；便有他的堂房舅子姓黃綽號黃二麻子的，前來找他。他太太是湖北人。這黃二麻子是他大舅子。齊巧這年，正在山東濰縣當徵收。看了轅門抄，曉得妹丈得了河工差使，他便想趕到省裏來：一來望望妹妹；二來想插手弄點事情做做，總比他當徵收師爺的好。主意打定，便在東家跟前，請了兩個半月的假，上省找他妹丈。他這個館地，原是情面帳，東家並不拿他十二分當人；他要告假，樂得等他告假。叫帳房多送了一個月的束修，給他做盤川；又託帳房師爺，替他照官價雇了一輛車，派了一個差役送他進省；連個二爺都沒有帶。

到了省城，黃二麻子是省錢慣的，不肯住客店；又因為同甄學忠的太太，有幾十年不見了，雖是堂房兄妹，怕他一時記不得，似乎未便冒昧；況且妹丈又是從未見過面的人；因此便借了一個朋友家裏，暫住歇腳。

他是午飯前到的，吃了飯，就換了衣服，要去拜望妹妹，妹丈。他也沒有什麼好衣服，一件覆染的繭緞袍子，一件天青緞舊馬褂，便算是客服了。又嫌不恭敬，特地又戴了一頂大帽子，穿了一雙前頭有兩隻眼的靴，搖搖擺擺，算做行裝，也還充得過。

打扮停當，忽然想起：「初次拜妹丈，應該用個什麼帖子？」他朋友說：「用個『姻愚弟』罷了。」

黃二麻子搖搖頭說道：「我這趟來，是望他提拔提拔我的。同他兄弟相稱，似乎自己過於拿大。而且依我意思：用帖子亦不妥當，還是寫個單名的手本。你說好不好？」那朋友道：「令親是什麼官？」黃二麻子道：「舍妹丈是戶部主政，改捐直隸州知州。我們這位太親翁，是現任內閣學士；除掉內閣大學士之外，京城的官，就要算他頂大。舍妹丈便是他的大少爺。」那朋友道：「他老子官大，兒子總不能世襲到自己身上。就算可以世襲，也沒見過郎舅至親，可以用得手本的。」黃二麻子道：「這是官場的規矩。你沒有做過官，是不曉得的。我這趟來找他在工上弄事情做的。事情成功了，他做老總，我們在他手下辦事，賽如就同他的屬員一樣。怎麼今天來了，不上個手本？不但見舍妹丈要用手本；就是去見舍妹，也是要用手本。先上去稟安，方是道理。」那朋友見他執迷不悟，也只好隨他，便說道：「你說的不錯。時候不早了，你快去罷！」

黃二麻子趕忙出門，一路問人，好容易問到妹夫的公館。自己投帖，門上人拿他看了兩眼，回稱：「老爺到工上去了，不在家；擋你老爺的駕罷！」黃二麻子又說：「既然老爺不在家，費心上房太太跟前，替我回一聲，就說我黃某人稟安稟見。」門上人聽他說要見太太，又拿他看了兩眼，問他：「同敝上可是親戚？」他到此，方才說明：「你們的太太，就是我的舍妹。」門上人連忙改口稱呼說：「原來是一位舅老爺！」又問：「同我們太太，可是胞兄妹？」黃二麻子道：「同高祖還在五服之內，是親的不算遠。」門上人一聽，不是親舅老爺，那臉上的神色又差了。但念他總是太太娘家的人，得罪不得，便道：「你老爺坐一回，等家人上去回過，再來請。」黃二麻子連稱：「勞駕得很！」

一霎時門上人進去，回過太太，讓他廳上相見。太太家常打扮出來，見了面，太太正想舉袖子萬福，黃二麻子早跪下了。磕頭起來，又請了一個安，口稱：「連年在外省處館，姑太太到了，沒有趕得上來伺候！」太太道：「不敢！」於是滿面春風的，問長問短。黃二麻子異常恭敬，竟其口口聲聲：「姑老爺」，「姑太太」；什麼「妹夫」「妹妹」等字眼，一個也不提了。隨後提到託在工上謀事情的話；太太道：「至親原應該照應的，無奈這些事情，都是你妹夫作主，不是熟手，插不下手去。我亦不好要他怎麼樣。你既然很遠的來，……住在那裏？」黃二麻子道：「暫時借一個朋友家裏歇歇腳，還沒有一定的住處。」太太道：「既然如此，你且把行李搬了來住兩天。你妹夫不時到省裏來，等他見了你，我們再來想法子。」黃二麻子聽了前半截的話，心上老大著急；及聽到後半，留他在公館裏住，便滿心歡喜，又著實說了幾句感激姑太太栽培的話；然後退了下來。

一眾家人，曉得太太留他在公館裏住，看太太面上，少不得都來趨奉他。一個個「舅老爺」長，「舅老爺」短，叫的鎮天價響。黃二麻子此時，同他們異常客氣，連稱：「我如今也是來靠人的，一切正望你們老爺提拔，諸位從旁吹噓，我們還不是一樣嗎？快別提到『舅老爺』三個字！」大家見他隨和，倒也歡喜他。

過了幾天，甄學忠工上有事，自己沒有回來，差了于舅太爺到省城裏來，辦一件什麼事。黃二麻子早打聽明白了。等到于舅太爺下車進來之後，他忙趕著拿了「姻愚姪」的帖子，上去叩見。見了面，口稱「老姻伯」，自稱「小姪」，說到他自己的事情，又要懇老姻伯替他吹噓。于舅太爺是至誠人，看他規矩，便也認他是個好人。過了一天，事情辦完，于舅太爺要回工上去。甄學忠的太太，又來拜託他在外甥面前，替他哥子幫忙。于舅太爺只得答應著。

等到老人家轉過了身，一班家人都指指點點的罵他。黃二麻子聽在肚裏，心想：「他的人緣，如此不好，倒是一個絕好的機會！」沒有事，便到上房找妹子談天。面子上說是請姑太太的安，其實是常常親熱慣了，他有他的主意。湊巧這位太太，最愛談天說閒話；如今有了這個本家哥哥湊趣，而且又無須避得嫌疑；因此這黃二麻子在妹子跟前，很有臉，家人小子們，求舅老爺說句把話，亦很靈。

如此者約有半個月光景。有天甄學忠因公回省，到得家裏，聽了于舅太爺的先入之言，心上早有了個底子。等到見了面，頭一樣他能夠低頭服小，就合了脾胃，答應同他一塊兒到工上去。黃二麻子既到著工上，一看姑老爺的氣派可不小。雖說是個買料委員，只因他手上用的人多，凡是工上用的東西，無論一土一木，很要他派人去採辦；用的人多，自然趨奉的人就多，名為委員，實則同總辦一樣。此時是于舅太爺拿總，專管銀錢。就是總辦薦的蕭心閒，潘士斐，亦都在總局裏，派了有底有面的執事。黃二麻子初到，一個個都去拜望。提到妹夫，還不曾稱妹夫，仍舊稱「我們姑老爺」。後來見大家背後叫「老總」，他亦改口稱「老總」。

過了兩天，老總派他稽查工料。他也不曉得稽查些什麼。他平時見了老總及于舅太爺，不敢多說話。卻同蕭心閒，潘士斐兩人，甚是投機。他倆念他是東家的舅爺，總比別人親一層。而且他在工上住了兩天，定要借事進省一趟；說是記掛姑太太，進省看姑太太去。人家見他走得如此勤，便疑心他縱然不是親兄妹，亦總是嫡堂兄妹了。有些話不便當面向東家談的，便借他做個內線。只要他在他姑太太跟前提一聲，將來東家總曉得的。

幾回事情一來，他曉得人家有仰仗他的地方，頓時水長船高，架子亦就慢慢的大了起來。朝著蕭，潘一般人，信口亂吹，數說：姑太太今天留他吃什麼點心，又為他添什麼菜，又指著身上一件光板無毛的皮袍子，說：「這件袍子，也是姑太太送的。」眾人看了看皮袍子面子，乃是一件舊寧綢覆染的，已經舊的不要舊了。潘士斐愛說玩話，便笑著說道：「你們姑太太也太小氣了。既然送你皮袍子面子，為什麼不送你一件新的，卻送你舊的？」黃二麻子把臉一紅，想了一想，說道：「我們姑太太，本來要送我一件新的；是我不要，只問他要這件舊的。」眾人說：「有新的送你，你反不要，要舊的；這是什麼緣故？」黃二麻子道：「我們天天在工上當差使，跑了來，跑了去，風又大，灰土又多，新的上身，不到三天，就弄壞了，豈不可惜！我所以只問他要件舊的，可以隨便拖拖。這個意思，難道你們還不曉得？」

過了一天，姑太太差了管家來，替老爺送東西吃食，順便帶給于舅太爺，黃二麻子一家一塊鹹肉，一盤包子。于舅太爺向來是自己一個人吃飯的，所以大家不曉得。黃二麻子卻如得了皇恩御賜一般，直把他喜的了不得，逢人便告；又說：「我們姑太太，怎麼想得這樣周到！曉得我們在工上吃苦，所以老遠的帶吃食來。從前我有兩個舍妹：大舍妹小氣的了不得，所以只嫁了一個教書的，不久就過去了。這是二舍妹。他自小手筆就闊，氣派也不同，所以就會做太太，這是一點不錯的。」到了第二天中午，特地把姑太太給他的鹹肉，蒸了一小塊。拿小刀子，溜薄的，切得一片一片的，擺在一個三寸碟子裏頭。等到開飯的時候，他拿了出來。一桌子五個人吃飯，他每人敬了一片，說：「這就是我們姑太太的肉，請諸位嘗嘗。」敬了一片，第二片他可不敬了。只見他一筷子一片，只管夾著往嘴裏送，一頭吃，還要一頭讚。等到吃完，剩了三片，還叫伺候開飯的二爺，替他留好了，預備第二頓再吃。

偏偏碰見這個二爺的嘴饞，伸手拈了一片，往嘴裏一送；又自言自語道：「只聽他說好，到底是個什麼滋味，等我也嘗他一片。」果然滋味好，於是又偷吃了一片，越吃越好吃；又自己說道：「『一不做，二不休』；一片也是吃，三片也是吃，索性吃完了他。舅太爺不問便罷；倘若問起來，就說是個貓偷吃了的，他總不能怪我。」主意打定，等到晚上開飯的時候，伺候開飯的二爺，只指望他忘卻那三片鹹肉不提起才好。誰知黃二麻子於這三片鹹肉，竟是刻骨銘心，也決計忘不掉。一坐下來，還沒有動筷子，就問：「我的鹹肉呢？」偷嘴的二爺，忙嚷著叫廚房裏添碗肉。黃二麻子道：「不是要廚房裏添肉，是中飯吃的我們姑太太的肉，還賸下三片，我叫你替我留好的。」偷嘴的二爺曉得躲不過，瞎張羅了半天，才回了一聲：「沒有了。」黃二麻子眼睛一瞪，把筷子往桌子上一拍，說道：「那裏去了？」偷嘴的二爺說道：「想是被野貓啣了去了。」急的黃二麻子跺腳罵「王八蛋」，說道：「是我們姑太太給我的肉，我一頓捨不得吃完，所以留在第二頓吃。叫你留好，你不當心，如今被貓啣了去了。我不管，我只是問你要。你快快賠我來。你若不賠，你自己去同你們太太說去。」黃二麻子只管罵，不動筷子。等到別人吃完飯，他還是坐著不動，一定要偷嘴的二爺賠他的。

那偷嘴的二爺，先撅著嘴不做聲，儘著他罵。後來挨不過，走到門外，嘴裏嘰哩咕嚕的，說道：「少了三片鹹肉，不過是豬肉，又不真果是他們姑太太身上的肉，何犯著鬧到這步田地！」偏偏這句話，又被黃二麻子聽見了，趕著出去打他的嘴巴，問他吃的誰的飯。一定上去回老爺，攆掉他還不算，還要打他的板子。別的爺們曉得事情鬧大了，都怪那個偷嘴的二爺不是，不該嘴裏拿太太亂講。「舅老爺是太太的哥哥，你講被他聽見了，怎麼叫他不生氣呢？他果然同老爺說了，你還想吃飯嗎？」那個偷嘴的二爺到此，方才悔悟過來。由眾人架弄著，領他到黃二麻子跟前磕頭，求舅老爺息怒，不要告訴太太曉得。

黃二麻子起先，還拿腔做勢，一定不答應；禁不住眾管家一齊打扦哀求，方才答應下。那個偷嘴的二爺，又磕頭謝過舅老爺恩典，方算完事。

如此一來，黃二麻子把情分一齊賣在眾人身上；眾人自然見他的情。他自己一想：「上頭除掉姑老爺，就是于舅太爺一位。餘外的人，都越不過我的頭去。」自此以後，他的架子，頓時大了起來。一班家人小子，看了老爺太太的分上，少不得都要巴結他。還有些人，曉得他在主人面前說得動，指望他說句把好話，也不得不來趨奉。

偏偏事有湊巧，于舅太爺病了十天。甄學忠一向有什麼事情，都是于舅太爺承當了去。如今他老人家病了，樣樣都得自己煩心，不上二天，早把他鬧煩了。到這當口，黃二麻子曉得是機會到了，便格外在姑老爺跟前獻殷勤；甚至家人小廝當的差使，不該他做的，他亦搶在前頭。甄學忠覺得他這人可靠，漸漸的拿些事情交代他辦。他辦完了事情，一天定要十幾趟，到于舅太爺屋裏，看于舅太爺的病，伺候于舅太爺，什麼湯啊水啊，亦都是他料理。因此于舅太爺亦很見他的情，面子上很讚他好。

卻不料他老人家的病，一日重似一日。甄學忠還算待娘舅好，凡是左近有名的醫生，都已請遍；無奈總不見效！他老人家自己，也曉得是時候了，便把外甥請到牀前，黃二麻子亦跟了進去。只見他從被窩裏伸出手來，拉著外甥的手，說道：「老賢甥！我自從你令堂去世，承你老人家看得我起；如今又到你手裏，並不拿我娘舅當作外人，一切事情，都還相信我。我如今是不中用的了！現在正是你要緊時候，我不能幫你的忙，這也是無可奈何之事！但是我死之後，銀錢大事，你可收回自己去管。一句話，須要記好：『人心叵測』，雖是至親，也都是靠不住的！」于舅太爺說到這裏，已經喘吁吁，上氣接不到下氣，頭上汗珠子，同黃豆大小，直滾下來。甄學忠此時念到他年日相待情形，不期而然的，從天性中流出幾點眼淚。忙請娘舅呷一口參湯；勸娘舅暫時養神，不要說話。約摸停了一會，于舅太爺得了參湯補助氣力，漸漸的精神回轉；於是又掙扎著說道：「不但銀錢大事，要自己管；就是買土買料，也總要時時刻刻去當心。我活一天，這些事我都替你搶在頭裏，不要你操心；就是惹人家罵我恨我，我亦不怨。橫豎我有了這把年紀，也不想什麼好處。除了我，卻沒有第二個肯做這個冤家的！黃某人，人是很能幹的……」說到這裏，于舅太爺氣又接不上來，喘做一團。甄學忠扶他睡下，叫他歇一回。誰知他話說多了，精神早已散了，一個氣不接，早見他眼睛一翻，早已不中用了！甄學忠少不得哭了一場；趕緊派人替他辦後事，忙著入殮出殯；把他靈柩，權寄在廟裏，隨後再扶回原籍；都是後話不提。

* * *

且說：當他病重時，同他外甥說的幾句話，黃二麻子跟在屋裏聽得清清楚楚。先聽他說：「人心叵測，雖是至親，亦靠不住！」不由心上畢拍一跳，暗暗罵他：「老殺才！你病了，我如此的伺候你，巴結你，如今倒要絕我的飯碗！幸虧沒有叫出名來還好。」等到第二回說：「黃某人，人是很能幹的……」照于舅太爺的意思，諒來一定還有不滿意於他的說話。又幸虧底下的話，沒有說出，就一命嗚呼了。碰巧他這位老賢甥，聽話也只聽一半，竟是斷章取義。聽了老母舅臨終的說話，以為是老母舅保舉他堂舅爺接他的手，所以才會誇獎他能幹。他得了這句說話，等到于舅太爺一斷了氣，還沒有下棺材，他已把大權交給黃二麻子。

黃二麻子卻出其不意，受了妹夫的託付，這一喜，真非同小可。當天就接手；接手之後，一心想查于舅太爺的帳目，有什麼弊端，揭了出來，也好報報前仇。誰知查了半天，竟其一毫也查不出。只有一間空房子，常常堆著千把吊錢；他便到妹夫跟前獻殷勤道：「這許多錢，堆在家裏，豈不擱利錢！何不存在錢鋪裏，一來可生幾個利錢，二則也免自己擔心？舅太爺到底有了歲數的人了，無論你如何精明，總有想不到的地方。」只見他妹夫道：「你倒不要說他。工上用的全是現錢，不多預備點存在家裏，一時上頭要起來，那裏去弄呢？」黃二麻子碰了這個軟釘子，自己覺著沒趣，搭訕著又說了幾句別的閒話，妹夫也沒有理會他。他便回到自己房裏生氣，咕嘟著嘴，一個人自言自語道：「誰希罕吃他的飯！這也算得什麼！」

正在氣悶，齊巧管廚的上來，付伙食錢。管廚的曉得他是主人的舅老爺，今兒又是初接事，不敢不巴結他。一進門，先請一個安，說了聲：「請舅老爺的安。」黃二麻子愛理不理的，問他什麼事。管廚的故意做出一副笑容，從袖子裏取出一本伙食帳來，送到桌子上；卻又笑嘻嘻的，說道：「又要舅老爺費心了！」黃二麻子是在現任州縣衙門當過師爺的，雖然自己沒有經過手，規矩是知道的。曉得大廚房裏，帳房師爺有個九五扣。黃二麻子便拿起算盤，踢踢搭搭一算，五天應付九十六弔。照九五扣，應除四弔八百文，實付九十一弔二百文。照數發了出來。管廚的接到手裏一算，不敢說不對，只笑嘻嘻的說道：「舅老爺這是怎麼算的？小的不懂。」黃二麻子當是管廚的有心當面奚落他，便把算盤一推，跟手拿桌子一拍，罵道：「好混帳！你瞧不起我，見我今天初接手，欺負我外行，要來矇我。通天底下衙門局子，都是一樣。我做帳房，雖是今天頭一天，你當管廚的，難道亦是今天頭一回嗎？你如果嫌少，你不要拿，替我把錢放在這裏！」管廚的碰了這個釘子，曉得一時說不明白，只好拿了錢，搭訕著出來。

黃二麻子還罵道：「底賤貨！你不兇過他的頭，他就兇過你的頭，真正不是些好東西！」

到了第二天，管廚的特地送了黃二麻子一隻火腿；又做了兩碗菜：一碗紅燒肘子，一碗是清燉鴨子；說是：「小的孝敬舅老爺的，總得求舅老爺賞個臉收下。」起先黃二麻子還只板著個臉，一定不要這些東西；禁不住管廚的一再懇求，方才有點活動。管廚的下去，當夜便找了值帳房的二爺，請他吃了幾杯酒，託他同舅老爺說：「這個九五扣，照例原是應該有的；只為舅太爺要替老爺省錢，叫我們辦清公事，什麼伙食錢，酒席價，格外往少裏打算，也不要什麼扣頭。如今舅老爺來了，這個錢，我們下頭亦情願報效的。但是有一句俗語，叫做：『羊毛出在羊身上』，無非還是拿著老爺的錢，貼補他舅老爺罷了。舅老爺是何等精明的人，難道要我們賣老婆孩子不成？少不得還要拜求舅老爺，在老爺面前，就說：『現在工上米糧柴火，以及吃的菜，無一不貴。若照著前頭數目，實在有點賠不起。』總得求他老人家看破些，自下個月起，每人伙食，加上十個錢，如此一來，我也不至賠本，舅老爺也有了。至於老爺，一天多化幾百錢，小處去，大處來，只要那筆材料裏頭，多開銷上頭幾文，還怕這筆沒抵擋嗎？」那值帳房的二爺，吃喝了他的酒菜，少不得要幫他的忙，當時諾諾連聲。等到晚上，走到黃二麻子身旁，一五一十，說了一遍。只見黃二麻子皺了半天眉頭，說道：「既然如此，何不早說！老爺跟前，我已經說他做不下去，保舉了別人，換別人做了。如今叫我到老爺跟前怎麼再替他說回來呢？」值帳房的二爺，聽了此言，亦為一驚，口稱：「這事總要求舅老爺恩典！」停了半晌，黃二麻子又說道：「這麼樣罷：老爺跟前，我還說得回來，只說：『接手的那個人，家裏有事，一時不能上工，仍叫前頭一個做起來。以後我們再留心，另雇別人了罷！』但是要接手的那個人，我已經答應他了，明天就要來上工。這個只好你們底下去，同他商量，他肯讓自然極好；倘若不肯，也只好由他，我不能做出爾反爾的事。」值帳房的出來，同管廚的說了。管廚的倒也明白，說：「也不過想兩個錢。等我認晦氣送他二十弔錢，叫他明天不要來。但是由我們底下勸他，一定不肯依的。這事情還得求舅老爺幫我一個忙，這錢就請舅老爺給他，方才妥當。」值帳房的，又上去回了。黃二麻子不說別的；但說二十弔錢太少，恐怕說不下去。後來又添了十弔，黃二麻子答應了，方才無事。自從管廚的有了這回事，大家都曉得舅老爺是要錢的。凡是來想他妹夫好處的，沒一個不送錢給他。等到妹夫差使交卸下來，他的腰包裏，亦就滿了。

未知後事如何，且看下回分解。

第六十回　苦辣甜酸遍嘗滋味　喜笑怒罵皆為文章

話說：黃二麻子，在他妹夫的工上，很賺了幾個錢。等到事情完了，他看來看去，統天底下的買賣，只有做官利錢頂好。所以拿定主意，一定也要做官。但是賺來的錢，雖不算少，然而捐個正印官還不夠，又恐怕人家說閒話。為此躊躇了幾天，才捐了一個縣丞，指分山東，並捐免驗看，逕自到省。一面到省；一面又託過妹夫，將來大案裏頭，替他填個名字，一保就好過班。妹夫見他有志向上，而且人情是勢利的，見他如此，也就樂得成人之美。閒話休敘。

且說：黃二麻子到省之後，勤勤懇懇，上衙門站班。他拿定主意，只上兩個衙門，一個是藩臺，一個是首府。每天只趕這兩處，趕了出又趕進，別處也來不及再去了。又過了些時，有天黃二麻子走到藩臺衙門裏一問，號房說：「大人今兒請假，不上院了。」又問：「為什麼事請假？」回稱：「同太太姨太太打饑荒，姨太太哭了兩天不吃飯；所以他老人家亦不上院了。」又問：「為什麼事同姨太太打饑荒？」號房道：「這個事我本不曉得，原是裏頭二爺出來說的，被我聽見了。我今告訴你，你到外頭卻不可亂說呢！」黃二麻子道：「這個自然！」號房道：「原來我們這位大人，一共是一位正太太，三位姨太太。不是前兩天有過上諭，如要捐官的，儘兩月裏頭上兌；兩月之後，就不能捐了？因此我們大人就給太太養的大少爺，捐了一個道臺。大姨太太養的是二少爺，今年雖然七歲，有他娘吵在頭裏，定要同太太一樣也捐一個道臺。二姨太太看著眼熱，自己沒有兒子，幸虧已有五個月的身孕，便要大人替他沒有養出來的兒子，亦捐一個官，放在那裏。我們大人說：『將來養了下來，得知是男是女？倘若是個女怎麼辦？』二姨太太不依，說道：『固然保不定是個男孩子，然而亦拿不穩一定是個女孩子。姑且捐好一個預備著，就是頭胎養了女兒，還有二胎哩！』大人說他不過，也替他捐了；不過比道臺差了一級，只捐得一個知府。二姨太太才鬧完，三姨太太又不答應了。三姨太太更不比二姨太太，並且連著身孕也沒有，也要替兒子捐官，大人說：『你連著喜都沒有，急的那一門？』三姨太太說：『我現在雖沒有喜，焉知道我下月不受胎呢？』因此也鬧著，一定要捐個知府。聽說：昨兒亦說好了。大人被這幾位姨太太鬧了幾天幾夜，沒有好生睡，實在有點撐不住了，所以請的假。」黃二麻子至此，方才明白。

於是又趕到首府衙門。到了首府，執帖的說：「大人上院，還沒有回來。」黃二麻子只得在官廳子上老等。一等等到下午三點鐘，才見首府大人回來，急忙趕出去站班。只見首府面孔，氣得碧青，下屬站班，他理也不理。下了轎，一直跑了進去，大非往日情形可比。黃二麻子心中不解，等到人家散過，他獨不走，跑到執帖門房裏，探聽消息。執帖的說：「太爺你請少坐。等我進去打聽明白了，再出來告訴你。」於是上去伺候了半天，好容易探得明白，出來同黃二麻子說道：「你曉得我們大人為了什麼事，氣的這個樣子？」黃二麻子急於要問。執帖道：「照這樣看去，這個官竟是不容易做的！只因今天上院，齊巧撫臺大人這兩天發痔瘡，屁股裏疼的熬不住，自從臬臺大人起，上去回話，說不了三句，就碰了下來。聽見說：我們大人還被他噴了一口唾沫，因此氣的了不得！現在正在上房生氣，口口聲聲要請師爺替他打稟帖告病哩！」黃二麻子道：「這個卻是不應該的。他自己屁股有病，怎麼好給人家臉上下不去？

平心而論：這也是他們做道府大員的，才夠得上給他吐唾沫。像我們這樣小官，想他吐唾沫還想不到哩！」一面說完，也就起身告辭回去。

到第二天，仍舊先上藩臺衙門，號房說：「大人還不見客。」黃二麻子道：「現在各位姨太太，可沒有什麼飢荒打了？」號房道：「聽說，我們大人，只有大太太，大姨太太兩位少爺的官，實實在在，銀子已經拿了出去。二姨太太同三姨太太，他倆一個才有喜，一個還沒有喜，為此大人還賴著，不肯替他們捐。嘴裏雖然答應，沒有部照給他們。他們放心不下，所以他倆這兩天跟著老爺鬧；大約將來亦總要替他捐的：這是私事。還有公事：向來有些局子裏的小委員，凡是我們大人管得到的，如果要換什麼人，一齊都歸我們大人作主。撫臺跟前，不過等到上院的時候，順便回一聲就是了。如今這位撫臺大人卻不然，每個局裏都委了一位道臺做坐辦。面子上說藩司公事忙，照顧不了這許多，所以添委一位道臺辦公事。名為坐辦，其實權柄同總辦一樣，一切事情，都歸他作主。他要委，就委，他要撤，就撤，全憑他一個人的主意。我們大人，除掉照例畫行之外，反不能問他。弄得他老人家，心上有點酸擠擠的不高興，所以今天仍舊不出門。」

黃二麻子聽完這番話，一個人肚皮裏尋思道：「他做到一省藩臺，除掉撫臺，誰還有比他大的？誰不來巴結他？照現在的情形說起來，辛苦了半輩子，弄了幾個錢，不過是替兒孫作馬牛！外頭的同寅，還來排擠他，一群小老婆似的。賽如撫臺就是一個男人，大家都要討他喜歡；稍些失點寵，就要酸擠擠的。說穿了這個官，真不是人做的！」一面說，一面呆坐了一回。號房說：「黃太爺！你也可以回去歇歇了！他老人家今天不出門，你在這裏，豈不是白耽擱了時候？」一句話提醒了，黃二麻子連忙站起來說道：「不錯！你老哥說的是極！臬臺衙門，我有好兩個月不去了。他那裏例差也不少，永遠不去照面，就是他有差使，也不會送到我的門上來。」說著，自去。

才進臬臺轅門，只見首府轎子，執事，橫七豎八，亂紛紛的擺在大門外頭。黃二麻子心上明白，曉得首府在這裏，心上暗暗歡喜。以為這一趟來的不冤枉，又上了臬臺衙門，又替首府大人站了出班，真正一舉兩得，心上正在歡喜。等到進來一看，統省的官到得不少，一齊坐在官廳子上等見。停了一刻，各位實缺候補道大人，亦都來了，都是按照見撫臺的儀制，在外頭下轎。黃二麻子心上說：「司道平行，一向頂門拜會的，怎麼今兒換了樣子？」於是找著熟人問信，才曉得撫臺奉旨進京陛見；因為他一向同臬臺合式，同藩臺不合式，所以保奏了臬臺護院。正碰著臬臺又是旗人，上頭聖眷極紅，頓時批准。批摺沒有回來，自然電報先到了。恰好這日是轅期，臬臺上院，撫臺拿電報給他看過。各還各的規矩：臬臺自然謝撫臺的栽培；撫臺又朝著他恭喜，當時就叫升炮，送他出去。等到臬臺回到自己的衙門，首府縣跟屁股趕了來叩喜。接連一班實缺道，候補道，亦都按照屬員規矩，前來稟安稟賀。此時臬臺少不得仍同他們客氣。常言道：「做此官，行此禮。」無論那臬臺如何謙恭，他們決計不敢越分的。

閒話休敘。當下黃二麻子聽了他朋友一番說話，便道：「怎麼我剛才在藩臺衙門來，他們那裏一點沒有消息？」他的朋友道：「撫臺剛剛得電報，齊巧臬臺上院稟見，撫臺告訴了他。臬臺下來，撫臺只見了一起客，說是痔瘡還沒有好，不能多坐；所以別的客，一概不見。自從得電報到如今，不過一個鐘頭，自然藩臺衙門裏，不會得信。」黃二麻子道：「怎麼電報局亦不送個信去？」他的朋友道：「你這人好呆！人家護院，他不得護院，可是送個信給他，好叫他生氣不是？」黃二麻子道：「撫臺亦總該知照他的。」朋友道：「不過是接到的電報，部文還沒有來，就是晚點知照他，也不打緊。況且他倆平素又不合式；如果合式，也不會拿他那個缺，越過藩臺，給臬臺護院了！」黃二麻子到此，方才恍然。停了一會，各位道臺大人見完了新護院，一齊出來。新護院拉住叫「請轎」，他們一定不肯。又開中門，拉他們，還只是不敢走，仍舊走的旁邊。各位道臺出去之後，又見一班知府，一班州縣，約摸有兩點鐘才完。

藩臺那裏，也不曉得是什麼人送的信，後來聽說，當時簡直氣得個半死！氣了一回，亦無法想。一直等到飯後，想了想，這是朝廷的旨意，總不能違背的。好在仍在請假期內，自己用不著去；只派了人拿了手本到臬臺衙門，替新護院稟安稟賀；又聲明有病請假，自己不能親自過來的緣故。然而過了兩天，假期滿了，少不得仍舊自己去上衙門。他自己戴的是頭品頂戴紅頂子，臬臺還是亮藍頂子；如今反過來，去俯就他，怎麼能夠不氣呢！按下慢表。

* * *

且說：甄學忠靠了老人家的面子，在山東河工上，得了個異常勞績，居然過班知府。第二年又在搶險案內，又得了一個保舉，又居然做了道臺。等到經手的事情完了，請咨進京引見。父子相見，自有一番歡樂。老太爺便提到小兒子，讀書不成，應過兩回秋闈不中，意思亦想給他捐個官，等他出去歷練歷練。甄學忠仰體父意，曉得自己沒有中舉，只以捐納出身，雖然做到道臺，尚非老人所願。如今再叫兄弟做外官，未免絕了科名的指望，老人家越發傷心。於是極力勸老人家：只替兄弟捐個主事，到部未曾補缺，一樣可以鄉試。倘若能夠中個舉人，或是聯捷上去，莫說點翰林，就是呈請本班，也就沾光不少！

甄閣學聽了，頗以為然，果然替小兒子捐了一個主事，籤分刑部當差。

又過了兩年，大兒子在山東，居然署理齊，東，泰，武，臨道。此時甄閣學春秋已高，精神也漸漸的有點支持不住，便寫信給大兒子說，想要告病。此時兒子已經到任。接到了老太爺的信，馬上寫信給老人家，勸老人家告病，或是請幾個月的病假，到山東衙門裏盤桓些時。甄閣學回信應允。甄學忠得到了信，便商量著派人上京去迎接。想來想去，無人可派，只得把他的堂舅爺黃二麻子請了來，請他進京去走一遭。

此時黃二麻子在省城裏，靠了妹夫的勢頭，也弄兩三個局子差事在身上。聽了妹夫的吩咐，又是本省上司，少不得馬上答應。甄學忠又替他各處去請假——凡是各局子的總會辦，都是同寅——言明不扣薪水。在各位總會辦，橫豎開支的不是自己的錢，樂得做好人，而且又顧全了首道的情面，於是一一允許，黃二麻子愈加感激。

第二天收拾了一天，稍些買點送人禮物。第三天就帶了盤川，及家人練勇，一路上京而來。在路曉行夜宿，不止一日，已到了京城。找到了甄閣學的住宅，先落門房，把甄學忠的家信，連著自己的手本，託門上遞了進去。甄閣學看了信，曉得派來的是兒子的堂舅爺，彼此是親戚，便馬上叫：「請見。」黃二麻子見了甄閣學，行禮之後，甄閣學讓他坐，他一定不敢上坐；並且口口聲聲說「老大人」，自己報著名字。甄閣學道：「我們是至親，你不要鬧這些官派！」黃二麻子那裏肯聽。甄閣學也只好隨他。

黃二麻子請示：「老大人幾時動身？」甄閣學道：「我請病假，上頭已經批准，本來一無顧戀，馬上可以動得身的。無奈我有一個胞兄，病在保定，幾次叫我姪兒寫信前來，據說病得很兇，深怕老兄弟不得見面。信上再三勸我，務必到他那裏，看他一趟。現在我好在一無事體，看手足分上，少不得要親自去走一遭。再者，我那些姪兒，還沒有一個出仕，等我去同他商量商量，也要替他們弄出兩個去才好。」黃二麻子便問：「這位大老大人，一向是在保定候補呢，還是作幕？」甄閣學道：「也非候補，也非作幕。只因我們家嫂，祖父兩代，在保定做官，就在保定買了房子，賽同落了戶的一樣。家兄娶的頭一位家嫂，沒有生育，就死了。這一位是續絃，姓徐。徐家這位太親母，止此一個女兒，鍾愛的了不得，就把家兄招贅在家裏做親的。那年家兄已有四十八歲，家嫂亦四十朝外了。家兄一輩子，頂羨慕的是做官。自從十六歲上場鄉試，一直頂到四十八歲，三十年裏頭，連正帶恩，少說下過十七八場，不要說是舉人副榜，連著出房堂備，也沒有過，總算是蹭蹬極了！到了這個年紀，家兄亦就意懶心灰，把這正途一條念頭打斷，意思想從異途上走。到這時候，如說捐官，家嫂娘家有的是錢，單他一個愛婿，就是捐個道臺，也很容易。偏偏碰著我們這位太親母，就是家兄的丈母了，他的意思，卻不以為然。他說：『梁灝八十二歲中狀元。只要你有志氣，將來總有一朝發迹的日子。我這裏又不少穿，又不少吃，老婆孩子，又不要你養活，你急的那一門，要出去做官？我勸你還是用功，不要去打那些瞎念頭。你左右不過五十歲的人。比起梁灝，還差著三十多歲哩！』家兄聽了他丈母的教訓，無奈只得再下場。如今又是七八科下來了，再過一兩科不中，大約離著邀恩，也不遠了。偏偏事不湊巧，他又生起病來！至於我那些姪兒呢？肚子裏的才情，比起我那兩個孩子來，卻差得多。我的兩個孩子，我豈不盼他們由正途出身，於我的面上，格外有點光彩；無奈他們的筆路不對，考一輩子也不會發達的！幸虧我老頭子見機得早，隨他們走了異途，如今到底還有個官做。若照家兄的樣子，自己已經蹭蹬了一輩子，還經得起兒子再學他的樣？所以我急於要去替他安排安排才好。」甄閣學說完了這番話，黃二麻子都已領悟，無言而退。

一時在京那些同年至好，曉得甄閣學要出京，今天你送禮，明天我餞行。甄閣學怕應酬，一概辭謝。趕把行李收拾停當，雇好了車，提早三天，就起身，前往保定進發。他第二個兒子甄學孝，同著家眷，仍留京城，當他的主事。按下慢表。

* * *

單說：甄閣學同了黃二麻子兩個，曉行夜宿，不止一日，已到保定大老大人的公館，一直到他門口下車。原來大老大人的丈母，一年前頭，也不在了，另外有過繼兒子過來當家。大老大人因為住在丈人家不便，好在有的是妻財，立刻拿出來，另外典一所大房子，同著太太少爺，搬出來另住。當時黃二麻子招呼著甄閣學下了車。甄閣學先進去了。黃二麻子且不進去，先在門外，督率家人練勇卸行李。自己又一面留心，在門樓底下，兩面牆上看了一回，只見滿牆貼著二寸來寬的紅紙封條。只見報條上的官銜：自從拔貢，舉人起，某科進士，某科翰林；京官大學士，軍機大臣起，以及御史中書為止；外官從督撫起，以至佐雜太爺止；還有武職，提鎮至千把外委，通通都有；又有什麼欽差大臣，學政主考，一切闊差使；至於各省局所督會辦，不計其數。黃二麻子一頭看，一頭想心思：「他老人家生平沒有做過什麼官；就是令弟二先生，也不過做到閣學；他上代頭，又沒有什麼闊人；那裏來的這許多官銜？至於外省的那些官銜，同那武職的，越發不對了。就說是親戚的，也只應該揀官大的寫上幾個，光光門面；什麼佐雜，千把，寫了徒然叫人家看著寒酸，不曉得他一齊寫在這裏，是個什麼意思？」黃二麻子正在門樓底下一個人納悶，不知不覺，行李已發完了。

於是跟了大眾，一塊兒進去。聽見這裏的管家說起：「二老爺進來的時候，我們老爺正發暈過去，至今還沒有醒。」黃二麻子雖是親戚，不便直闖人家的上房，只好一個人坐在廳上靜候。等了一會，忽聽得裏面哭聲大震，黃二麻子道聲：「不好！一定是大老大人斷了氣了！」想進去望望，究竟人地生疏，不敢造次。心上又想：「幸虧還好，他老兄弟倆，還見得一面。但這一霎的工夫，不曉得他老兄弟，可能說句話沒有？」正想著，裏面哭聲也就住了。黃二麻子不免懷疑。按下慢表。

如今且說：甄閣學自從下車走到裏面，便有他胞姪兒迎了出來，搶著替二叔請安。剛進上房，又見他那位續絃嫂子，也站在那裏了。甄閣學是古板人，見了長嫂，一定要磕頭的。磕完了頭，嫂子忙叫一班姪兒來，替他磕頭。等到見完了禮，甄閣學急於要問：「大哥怎麼樣子？」他嫂子見問，早已含著一包眼淚，拿袖子擦了又擦，歇了半天，才回得：「不大好！請裏面坐！」甄閣學也急於要看哥哥的病，不等嫂子讓，早已掀開門簾進去了。進得房來，只見他哥哥朝外睡在牀上；拿塊手巾包著頭，臉上一點血色也沒有的，確是久病的樣子。甄閣學要進來的時候，他哥哥迷迷糊糊，似睡不睡，並不覺得有人進來。等到兄弟叫了他一聲，似乎拿他一驚，睜開眼睛一看，當時還沒有看清。後來他兒子趕到牀前，又高聲同他說是：「二叔來了。」這才心上明白。頓時一驚一喜，竭力的從被窩裏，掙著伸出一隻手來，拿兄弟的衣裳一把拉住。看他情形，不曉得要有許多話說。誰知拉兄弟衣裳的時候，用力過猛，又閃了氣，一陣昏暈。一鬆手，早又不知人事。兒子急的喊爸爸，喚了幾聲，亦不見醒。甄閣學一時手足情切，止不住下淚來。誰知他嫂子姪兒，以為這個樣子，人是決計不中用的了；又用力喊了兩聲，不見回來；便當他已死，一齊痛哭起來。

後來還是常伺候病人的一個老媽，在病人胸前摸了一把說：「老爺胸口還有熱氣，決計不礙。」勸大家別哭，大家方才停止。悲聲停了一刻，忽聽見病人在牀上，大聲呼喊起來。眾人一齊吃了一驚，趕緊撩開帳子一看，只見病人已經掙扎著爬起來了。眾人又怕他閃了氣力，然而要想按他，又按他不下，只得扶他坐起。只聽他嘴裏，還自言自語：「這可真正嚇殺我了！」一連又說了兩遍，說話的聲音，很有氣力，迥非平時可比。再看他臉色，也有了血色了。

甄閣學看了詫異，忙問：「大哥怎麼樣？」只見他回道：「我剛才似乎做夢，夢見走到一座深山裏面。這山上豺，狼，虎，豹，樣樣都有，看見了人，恨不得一口就吞下去的樣子。我幸虧躲在那樹林子裏，沒有被這班惡獸看見，得以無事！……」畢竟他是有病之人，說到這裏，便覺上氣不接下氣；眾人趕忙送上半碗參湯，等他呷了幾口接接力；又道：「我在林子裏，那些東西瞧不見我；我卻瞧見他們，看的碧波爽清的。原來這山上，並不光是豺，狼，虎，豹；連著貓，狗，老鼠，猴子，黃鼠狼，統通都有；至於豬，羊，牛，更不計其數了。老鼠會鑽，滿山裏打洞；鑽得進的地方，他要鑽；倘若碰見石頭，鑽不進的地方，他也是亂鑽。狗是見了人就咬；然而又怕老虎吃他，見了老虎就擺頭搖尾巴的樣子，又實在可憐。最壞不過的是貓，跳上跳下；見了虎豹，他就跳在樹上；虎豹走遠了，他又要下來了。猴子是見樣學樣。黃鼠狼是顧前不顧後的，後頭追得緊，他就一連放下幾個臭屁跑了。此外還有狐狸，裝做怪俊的女人，在山上走來走去，叫人看了，真正愛死人。豬羊頂是無用之物。牛雖來得大，也不過擺樣子看罷了！我在樹林裏看了半天，我心上想：『我如今同這一班畜生在一塊，終究不是個事，又想跳出樹林子去。無奈遍山遍地，都是這班畜生的世界，又實在跳不出去。』想來想去，只好定了心，閉著眼睛，另外生主意。正在這個當口，不提防大吼一聲，頓時天崩地裂一般。這時候我早已嚇昏了，並不曉得我這人是生是死，恍恍惚惚的，一睜眼忽然又換了一個世界，不但先前那一班畜生，一個不見；並且連我剛才所受驚嚇，也忘記了。」

病人說到這裏，又停了一刻，接了一接力；家人們又送上半碗湯，呷了兩口；這才接下去說道：「我夢裏所到的地方，竟是一片康莊大道，馬來車往，絡繹不絕，竟同上海大馬路一個樣子。我此時順著腳向東走去，不知不覺，走到一個所在，乃是一所極高大的洋房，很高的臺階。一頭走，一頭數臺階，足足有一十八級。我上了臺階，亦似乎覺得有點腿痠，就在東面廊下，一張外國椅子上，和身倒下。有點剛才朦朧睡去，忽然覺得身後有人推我一把，嘴裏大聲喊道：『這是什麼地方！你是那裏來的野人，敢在這裏亂睡！你不看裏面那些戴頂子，穿靴子的老爺們，他們一齊靜悄悄的坐在那裏？只有你這個不懂規矩的，在這裏撒野，還不給我滾開！』我被他罵得動氣，便說：『他們做他的老爺，我睡我的覺。我不礙著他們，他們不能管我。你怎能管我？你道我不懂規矩，難道他們那班戴頂子，穿靴子的人，就不作興有不規矩的事嗎？』那個人被我頂撞了兩句，登時惱羞成怒，掄起拳頭來就要打我。我也不肯失這口氣，就和他對打起來。洋房裏的人聽見我同那人打架，立刻出來吆喝說：『這裏辦正經事。你們鬧的什麼！』那人見有人吆喝，馬上站住。我也只好住手。裏頭的人，便問我是那裏來的。我怎麼回答他，一時間恍恍惚惚，也記不清了。又忽然記得我問那人：『你們在這裏做什麼？』那人道：『我們在這裏校對一部書。』我問他是什麼書，那人說是：『上帝可憐中國貧弱到這步田地，一心要想救救中國。然而中國四萬萬多人，一時那能夠統通救得。因此便想到一個提綱挈領的法子，說：中國一般的人民，他們好像生來都是見官害怕的，只要官怎麼，百姓就怎麼，所謂上行下效。為此拿定了主意，想把這些做官的，先陶鎔到一個程度，好等他們出去，整躬率物，救國救民。又想：中國的官，大大小小，何止幾千百個。至於他們的壞處，很像是一個先生教出來的。因此就悟出一個新法子來：摹仿學堂裏先生教學生的法子，編幾本教科書，教導他們。並且仿照世界各國普通的教法：從初等小學堂，一層一層的上去，由是而高等小學堂，中學堂，高等學堂。等到了高等卒業之後，然後再放他們出去做官，自然都是好官。二十年之後，天下還愁不太平嗎？』我聽了未及回答，只見那人的背後，走過一個人來，拿他拍了一下，說聲：『夥計！快去校對你的書罷！校完了好一塊兒出去吃飯。』那人聽罷此言，馬上就跑了進去。

不多一刻，裏面忽然大喊起來。但聽得一片人聲說：『火！火！火！』隨後又看見許多人，抱了些燒殘不全的書出來，這裏頃刻間，火已冒穿屋頂了。一霎時救火的洋龍，一齊趕到，救了半天，把火救滅。再到屋裏一看，並不見有什麼失火的痕跡。就是剛才洋龍裏面放出來的水，地下亦沒有一點。我心上正在希奇，又聽見那班人回來，圍在一張公案上面，查點燒殘的書籍。查了半天，道是他們校對的那部書，只賸上半部。原來這部教科書，前半部是專門指摘他們做官的壞處，好叫他們讀了知過必改。後半部方是教導他們做官的法子。如今把這後半部燒了，只賸得前半部。光有這前半部，不像本教科書，倒像個封神榜，西遊記；妖魔鬼怪，一齊都有。他們那班人，因此便在那裏商議說：『總得把他補起來才好！』內中有一個人道：『我是一時記不清這些事；就是要補，也非一二年之事。依我說：還是把這半部印出來，雖不能引之為善，卻可以戒其為非。況且從前古人，以半部論語治天下；就是半部亦何妨？

倘若要續，等到空閒的時候再續。諸公以為何如？』眾人躊躇了半天，也沒有別的法子可想，只得依了他的說話。彼此一鬨而散。他們都散了，我的夢也醒了，說也奇怪，一場大病，亦賽如沒有了！」

當下甄閣學見他哥子病勢已減，不覺心中安慰了許多。以後他哥子活到很大年紀。他自己即時前往山東，到他兒子任上做老太爺去，寫了出來，不過都是些老套頭，不必提他了。

——是為官場現形記，前半部終。

儒林外史

吳敬梓／撰　繆天華／校注

《儒林外史》堪稱清代小說不朽的諷刺傑作，作者吳敬梓對於當時醜惡的社會、炎涼的世態、八股文考試的弊病等深有所感，因發而為諷世的寫實小說。其筆法生動逼真，諷刺諧謔，將人情炎涼一一呈現眼前。本書以嘉慶藝古堂本為底本，市井俗語並有注釋，便於讀者賞閱。

國家圖書館出版品預行編目資料

官場現形記／李伯元撰;張素貞校注;繆天華校閱.——四版二刷.——臺北市：三民，2024
面；　公分.——（中國古典名著）

ISBN 978-957-14-7203-4（一套：平裝）

857.44　　110007494

中國古典名著

官場現形記（下）

撰　者｜李伯元
校注者｜張素貞
校閱者｜繆天華

創辦人｜劉振強
發行人｜劉仲傑
出版者｜三民書局股份有限公司（成立於1953年）

三民網路書店
https://www.sanmin.com.tw

地　址｜臺北市復興北路386號　（復北門市）(02)2500-6600
臺北市重慶南路一段61號（重南門市）(02)2361-7511

出版日期｜初版一刷 1979年11月
三版四刷 2017年6月
四版一刷 2021年7月
四版二刷 2024年6月
書籍編號｜S851810
ISBN｜978-957-14-7203-4